AF150019

Rowohlt Verlag GmbH, Kirchenallee 19, 20099 Hamburg

Kontaktadresse nach EU-Produktsicherheitsverordnung:
produktsicherheit@rowohlt.de

Bernard Cornwell, geboren 1944, machte nach dem Studium Karriere bei der BBC, doch nach Übersiedlung in die USA entschloss er sich, einem langgehegten Wunsch nachzugehen, dem Schreiben. Im englischen Sprachraum gilt er als unangefochtener König des historischen Abenteuerromans. Seine Werke wurden in über 20 Sprachen übersetzt – Gesamtauflage: mehr als 20 Millionen.

«Ein Knaller.» *Mail on Sunday*

«Ein toller Leckerbissen für die vielen Cornwell-Fans.» *Publishers Weekly*

«Schonungslos deckt Bernard Cornwell das Grauen des Bürgerkriegs auf.» *Hamburger Abendblatt*

BERNARD CORNWELL

Starbuck

DER VERRÄTER

Aus dem Englischen von Karolina Fell

Roman

Rowohlt
Taschenbuch
Verlag

Die Originalausgabe erschien 1994 unter dem Titel
«The Starbuck Chronicles: Copperhead» bei
HarperCollins Publishers, London.

3. Auflage Juni 2020
Veröffentlicht im Rowohlt Taschenbuch Verlag,
Reinbek bei Hamburg, Mai 2015
Copyright © 2013 by Rowohlt Verlag GmbH,
Reinbek bei Hamburg
«The Starbuck Chronicles: Copperhead»
Copyright © 1994 by Bernard Cornwell
Redaktion Jan Hendrik Möller
Umschlaggestaltung any.way, Barbara Hanke/Cordula Schmidt
Umschlagabbildung Jeff Cottenden
Satz Alegreya PostScript (InDesign) bei
Pinkuin Satz und Datentechnik, Berlin
Druck und Bindung BoD – Books on Demand GmbH,
Norderstedt, Germany
ISBN 978 3 499 25915 9

Der Verräter ist für Bill und Anne Moir

ERSTER TEIL

EINS

Die Invasion begann um Mitternacht.

Es war keine echte Invasion, nur ein schwerer Überraschungsangriff auf eine Rebellenstellung, die eine Patrouille in den dichten Wäldern entdeckt hatte, welche sich über die Steilfelsen auf dem Flussufer von Virginia zogen. Doch für die zweitausend Mann, die darauf warteten, den kalten, schiefergrauen Potomac zu überqueren, war die Unternehmung dieser Nacht viel bedeutender als ein bloßer Überraschungsangriff. Dieser Kampf auf der anderen Uferseite bot ihnen Gelegenheit, ihre Kritiker ins Unrecht zu setzen. Kinderstubensoldaten waren sie in einer Zeitung genannt worden; zwar sehr gut ausgebildet und bestens gedrillt, aber viel zu kostbar, um in einer Schlacht schmutzig gemacht zu werden. Doch in dieser Nacht würden die verachteten Kinderstubensoldaten kämpfen. In dieser Nacht würde die Potomac-Armee Feuer und Stahl in ein Rebellenlager tragen, und wenn alles gutging, würde sie weitermarschieren und Leesburg besetzen, eine Stadt, die zwei Meilen hinter der gegnerischen Stellung lag. Die erwartungsvollen Soldaten stellten sich die beschämten Bürger dieser Stadt Virginias vor, wenn sie nach dem Aufwachen bemerkten, dass das Sternenbanner wieder über ihrer Gemeinde wehte, und sie stellten sich vor, wie sie weiter nach Süden marschierten, immer weiter, bis der Aufstand niedergeschlagen und Amerika in Frieden und Brüderlichkeit wiedervereint war.

«Du Bastard!», schrie jemand am Flussufer, wo ein Arbeitstrupp gerade dabei war, ein Boot zu Wasser zu lassen, das vom nahe gelegenen Chesapeake and Ohio Canal bis an den Fluss getragen worden war. Ein Mann aus dem Arbeitstrupp war im Lehm ausgerutscht und hatte das Heck des Bootes auf den Fuß eines Sergeanten fallen lassen. «Du unfähiger Hundesohn, gottverdammter Bastard, du!» Der Sergeant hinkte von dem Boot weg.

«Entschuldigung», sagte der Mann nervös.

«Ich geb dir gleich Entschuldigung, du Bastard!»

«Ruhe! Seid jetzt ruhig!» Ein Offizier, prächtig anzusehen in einem neuen grauen Mantel mit schönem roten Futter, stieg die steile Uferböschung hinunter und half, das Ruderboot ans graue Wasser hinüberzutragen, von dem zarter Nebel aufstieg und den niedrigen Hang am gegenüberliegenden Ufer verhüllte. Sie arbeiteten bei hellem Mondlicht, keine Wolke stand am Himmel, und die Sterne strahlten so leuchtend und klar, dass sie wie ein Omen für ihren Erfolg wirkten. Es war Oktober, der angenehme Monat, in dem die Luft nach Äpfeln und Holzrauch roch und in dem die glühend heißen Hundstage des Sommers von frischeren Temperaturen abgelöst wurden, die gerade genug Winterkühle ankündigten, um die Männer aus der Truppe dazu zu bringen, ihre schönen neuen Uniformmäntel in der gleichen Farbe wie der dahinziehende Flussnebel zu tragen.

Die ersten Boote wurden schwerfällig vom Ufer weggeschoben. Klappernd fuhren die Riemen in die Ruderlöcher, dann tauchten sie spritzend ins Wasser, während die Boote im Nebel verschwanden.

Die Männer, die noch einen Moment zuvor als fluchende, unbeholfene Gestalten das Lehmufer herunter- und in die klobigen Boote gestiegen waren, verwandelten sich auf wundersame Weise in waffenstarrende Kriegersilhouetten, die schweigend und edel durch die dunstige Nacht den nebeligen Schatten des feindlichen Ufers entgegenglitten. Der Offizier, der sich von dem Sergeanten Ruhe ausgebeten hatte, starrte wehmütig übers Wasser. «Ich glaube», sagte er leise zu den Männern an seiner Seite, «so muss sich Washington bei der Überquerung des Delaware gefühlt haben.»

«Die Nacht damals war allerdings wesentlich kälter, denke ich», erwiderte ein zweiter Offizier, ein junger Student aus Boston.

«Hier wird es auch bald reichlich kalt werden», sagte der erste, ein Major. «Es sind nur noch zwei Monate bis Weihnachten.» Als der Major in den Krieg gezogen war, hatten die Zeitungen versprochen, dass die Rebellion im Herbst niedergeschlagen sein würde, doch inzwischen fragte er sich, ob er zum weihnachtlichen Familienfest zu Hause bei seiner Frau und seinen drei Kindern sein würde. Am Heiligabend sangen sie immer Weihnachtslieder im Common, einem Bostoner Park; auf den Gesichtern der Kinder lag der Abglanz auf Stangen gehängter Laternen, und danach gab es in der Sakristei der Kirche Punsch und geschmortes Gänsefleisch. Dann, am nächsten Tag, gingen sie zur Farm seiner Schwiegereltern in Stoughton, wo sie die Pferde anschirrten und sie zum Entzücken ihrer Kinder in Wolken von aufgewirbeltem Schnee und zu klingenden Schlittenglocken über die Landstraßen traben ließen.

«Und ich gehe stark davon aus, dass General Washingtons Organisation besser war als unsere», bemerkte der zum Lieutenant gewordene Student amüsiert. Er hieß Holmes und war klug genug, um seinen Vorgesetzten Respekt abzunötigen, aber normalerweise auch intelligent genug, um sich durch seine Klugheit nicht ihre Gunst zu verscherzen.

«Ich bin überzeugt davon, dass unsere Organisation ausreichen wird», sagte der Major eine Spur zu zurückhaltend.

«Da haben Sie ganz sicher recht», sagte Lieutenant Holmes, obwohl er in dieser Sache keineswegs sicher war. Drei Regimenter Nordstaatentruppen warteten darauf, über den Fluss zu setzen, und es waren nur drei kleine Boote vorhanden, die sie von der Seite Marylands zu der Insel dicht beim gegenüberliegenden Ufer bringen sollten, wo die Truppen landen mussten, bevor sie auf zwei weiteren Booten die kurze restliche Überfahrt von der Insel zum Festland Virginias in Angriff nahmen. Zweifellos war es ein Vorteil, den Fluss dicht bei dem gegnerischen Lager zu überqueren, aber Lieutenant Holmes verstand dennoch nicht, warum sie nicht eine Meile weiter flussauf übersetzten, wo keine störende Insel im Fluss lag. Vielleicht, mutmaßte Holmes, war dies hier eine so unwahrscheinliche Stelle zur Flussüberquerung, dass die Rebellen niemals darauf kommen würden, sie zu bewachen, und eine bessere Erklärung fiel ihm nicht ein.

Aber auch wenn die Wahl der Stelle zur Überquerung des Flusses rätselhaft war, so war der Zweck dieses nächtlichen Einsatzes umso klarer. Der Vorstoß würde über die Uferhänge auf der Seite Virginias zum Angriff auf das Rebellenlager führen, wo so viele Konföderierte wie möglich gefangen genommen werden sollten. Einige der Rebellen würden flüchten, ihren Weg aber von einer zweiten Yankee-Einheit blockiert finden, die fünf Meilen weiter flussab übersetzte. Diese Einheit würde den Weg über die Mautstraße abschneiden, die von Leesburg zum Hauptquartier der Rebellen in Centreville führte, und indem sie die geschlagenen Rebellen in eine Falle laufen ließen, würde der Norden mit einem kleinen, aber bedeutenden Sieg beweisen, dass die Potomac-Armee mehr konnte als zu exerzieren und Waffenübungen oder beeindruckende Paraden abzuhalten. Die Besetzung Leesburgs würde eine willkommene Dreingabe darstellen, aber das eigentliche Ziel dieses nächtlichen Einsatzes bestand darin zu beweisen, dass die neu ausgebildete Potomac-Armee bereit und imstande war, die Rebellen gründlich zurückzuschlagen.

Zu diesem Zweck kämpften sich die Boote vor und zurück durch den Nebel. Jede Überfahrt schien eine Ewigkeit zu dauern, und den ungeduldigen Männern auf dem Ufer Marylands schien es so, als würden die Warteschlangen niemals kürzer. Das 15th Massachusetts setzte als erstes Regiment über, und einige Männer im 20th Massachusetts fürchteten, ihr Schwesterregiment würde das feindliche Lager längst erobert haben, bevor die Boote endlich das 20th über den Fluss brachten. Alles ging so langsam und unbeholfen vor sich. Gewehrschäfte schlugen an Dollborde, und Bajonettscheiden verfingen sich im Ufergebüsch, als die Männer in die Ruderboote stiegen. Um zwei Uhr morgens wurde flussauf ein größeres Boot entdeckt und zu der Stelle ihrer Flussüberquerung hinuntergebracht, wo es mit spöttischem Jubel empfangen wurde. Lieutenant Holmes kam es so vor, als würden die wartenden Männer unglaublich viel Lärm machen, genug, um jeden Rebellen zu alarmieren, der möglicherweise das Ufer auf der Virginia-Seite bewachte. Doch kein Kampfruf klang durch den Nebel, und keine Gewehrschüsse hallten von dem hohen, bewaldeten Hang herunter, der jenseits der Insel so unheilvoll aufragte. «Hat die Insel einen Namen?», fragte Lieutenant Holmes den Major, der so sehnsüchtig an Weihnachten gedacht hatte.

«Harrison's Island, glaube ich. Ja, Harrison's.»

Dieser Name wirkte auf Lieutenant Holmes recht unspektakulär. Er hätte sich für die Feuertaufe des 20th Massachusetts etwas Erhabeneres gewünscht. Vielleicht einen Namen mit dem eisernen Klang von Valley Forge oder die schlichte Vornehmheit von Yorktown. Etwas, an das man sich noch lange erinnern würde und das gut aussah, wenn es auf die Regimentsfahne gestickt wurde. Harrison's

Island klang viel zu prosaisch. «Und der Hügel dahinter, Sir?», fragte er hoffnungsvoll. «Auf dem anderen Ufer?»

«Der heißt Ball's Bluff», sagte der Major, und das war noch weniger heroisch. Die Schlacht von Ball's Bluff klang mehr nach einem Pokerspiel als nach dem Wendepunkt, mit dem die Nordstaaten ihren Triumph einleiten würden.

Holmes wartete bei seiner Kompanie. Sie würden als Erste aus dem 20th Massachusetts zum anderen Ufer hinüberfahren und wären damit auch die Ersten ihres Regiments, die an einem Kampf teilnehmen würden, falls das 15th die Eroberung der Rebellenstellung nicht schon abgeschlossen hatte. Die Möglichkeit einer bevorstehenden Schlacht machte die Männer nervös. Keiner von ihnen hatte schon einmal im Krieg gekämpft, wenn auch alle die Geschichten von der Schlacht beim Bull Run drei Monate zuvor gehört hatten, und davon, wie es den dilettantischen grau uniformierten Rebellen dort irgendwie gelungen war, lange genug die Stellung zu halten, um die größere Unionsarmee schließlich in einen panikartigen Rückzug zu treiben. Aber niemand im 20th Massachusetts glaubte, dass ihnen solch ein Schicksal bevorstand. Sie waren hervorragend ausgerüstet, gut ausgebildet, standen unter der Führung eines Berufssoldaten und glaubten zuversichtlich, jeden Rebellen auf Gottes Erdboden bezwingen zu können. Es würde gefährlich werden, das schon – sie erwarteten und wünschten sich sogar ein wenig Gefahr –, aber die Anstrengungen dieser Nacht würde ein Sieg krönen.

Eines der Boote, das von Harrison's Island zurückfuhr, brachte einen Captain vom 15th Massachusetts mit, der mit den ersten Truppen übergesetzt hatte und nun zur Berichterstattung an die Kommandooffiziere der wartenden Regimenter zurückkehrte. Der Captain rutschte aus, als er vom Bug sprang, und wäre gefallen, wenn ihm Lieutenant Holmes nicht die Hand hingestreckt hätte, um ihn zu stützen. «Alles ruhig auf dem Potomac?», fragte Holmes scherzhaft.

«Alles ruhig, Wendell.» Der Captain klang enttäuscht. «Zu ruhig. Da oben gibt es überhaupt kein gegnerisches Lager.»

«Keine Zelte?», fragte Lieutenant Holmes überrascht. «Tatsächlich?» Und er hoffte, dass seine Stimme wirklich enttäuscht klang, wie es sich gehörte für einen Krieger, dem die Gelegenheit zur Bewährung in der Schlacht genommen wurde, und ein wenig war er auch enttäuscht, weil er sich auf die Aufregung gefreut hatte, aber er war sich auch einer beschämenden Erleichterung darüber bewusst, dass auf dem jenseitigen Steilufer womöglich gar kein Feind wartete.

Der Captain zog seinen Uniformrock glatt. «Gott weiß, was diese Patrouille gestern Abend gesehen haben will, wir jedenfalls können nichts entdecken.» Er ging mit seinen Neuigkeiten weiter, während Lieutenant Holmes die Nachricht seiner Kompanie verkündete. Jenseits des Flusses wartete kein Feind, was bedeutete, dass die Truppen höchstwahrscheinlich zur Besetzung Leesburgs ziehen würden. Ein Sergeant wollte wissen, ob in Leesburg Rebellenverbände stationiert waren, und Holmes musste zugeben, dass er es nicht wusste, aber der Major, der das Gespräch mit angehört hatte, warf ein, in Leesburg seien bestenfalls eine Handvoll Milizionäre aus Virginia zu erwarten, deren Ausrüstung vermutlich aus den Waffen bestand, mit denen schon ihre Großväter gegen die Briten gekämpft hatten. Der Major führte weiter aus, dass ihre neue Aufgabe darin bestünde, die Ernte zu requirieren, die frisch in die Scheunen und Lagerhäuser von Leesburg eingebracht worden war, und dass solche Vorräte legitime Beute waren, während anderes Privateigentum respektiert werden solle. «Wir sind nicht hier, um Krieg gegen Frauen und Kinder zu führen», sagte der Major ernst. «Wir müssen den Sezessionisten zeigen, dass die Nordstaatentruppen ihre Freunde sind.»

«Amen», sagte der Sergeant. Er war ein Laienprediger, der versuchte, dem Regiment die Sünden des Kartenspiels, des Alkohols und der Frauengeschichten auszutreiben.

Die letzten Männer des 15th Massachusetts setzten auf die Insel über, und Holmes' graugekleidete Soldaten schlurften ans Ufer hinunter und warteten darauf, dass sie an der Reihe waren, in die Boote zu steigen. Unter den Männern hatte sich Enttäuschung breitgemacht. Sie hatten sich eine wilde Jagd durch den Wald erhofft, doch nun sah es so aus, als würden sie in eine Stadt marschieren, um alten Männern die Musketen abzunehmen.

In den Schatten des zu Virginia gehörenden Ufers schlug ein Fuchs zu, und ein Kaninchen starb. Der Schrei des Tieres stieg unvermittelt und schrill auf, war so plötzlich vorbei, wie er begonnen hatte, und hinterließ im Dunkel des schlafenden, arglosen Waldes nur den Geruch nach Blut und das Echo des Todes.

Captain Nathaniel Starbuck kam um drei Uhr morgens beim Lager seines Regiments an. Es war eine sternenklare, mondhelle Nacht, nur in den Niederungen zeigte sich ein Hauch Nebel. Er war zu Fuß von Leesburg gekommen und hundemüde, als er das Feld erreichte, auf dem in vier säuberlichen Reihen die Zelte und Unterstände der Legion aufgestellt worden waren. Ein Wachposten aus der Kompanie C nickte dem jungen, dunkelhaarigen Offizier kameradschaftlich zu. «Haben Sie das Kaninchen gehört, Captain?»

«Willis? Sie sind Willis, stimmt's?», fragte Starbuck.

«Bob Willis.»

«Sollten Sie nicht Ihr Gewehr heben, Bob Willis, nach dem Passwort fragen und mich erschießen, falls ich es nicht weiß?»

«Ich weiß, wer Sie sind, Captain.» Willis grinste im Mondlicht.

«So wie ich mich fühle, Willis, hätten Sie mir einen Gefallen getan, indem Sie mich erschießen. Und was hat Ihnen das Kaninchen gesagt?»

«Hat geschrien, als würde es sterben, Captain. Schätze, ein Fuchs hat es erwischt.»

Starbuck erschauerte bei dem genüsslichen Ton des Postens. «Gute Nacht, Willis, und Engelscharen singen dich zur Ruh.» Er ging weiter, vorbei an den Resten der abendlichen Lagerfeuer und zwischen den paar Sibley-Zelten hindurch, in denen einige Männer der Legion Faulconer schliefen. Die meisten Regimentszelte waren im Chaos des Schlachtfeldes von Manassas verlorengegangen, deshalb schliefen die meisten Männer jetzt unter freiem Himmel oder in Unterständen, die sie aus Zweigen und Grassoden errichtet hatten. Bei den Unterständen von Starbucks Kompanie K flackerte ein Feuer, und ein Mann sah auf, als Starbuck näher kam.

«Nüchtern?», fragte der Mann.

«Sergeant Truslow ist wach», deklamierte Starbuck. «Schlafen Sie eigentlich nie, Truslow? Ich bin vollkommen nüchtern. Nüchtern wie ein Pastor.»

«Ich habe zu meiner Zeit ein paar ziemlich besoffene Pastoren erlebt», sagte Sergeant Truslow mürrisch. «Unten in Roskill gibt es einen Baptistenschwindler, der kein Vaterunser aufsagen kann, ohne sich vorher mit Fusel zugeschüttet zu haben. Einmal ist er beinahe ersoffen, als er im Fluss hinter der Kirche eine Schar tränenseliger Weiber taufen wollte. Die haben gebetet, und er war dermaßen volltrunken, dass er nicht mehr aufrecht stehen konnte. Also, was hast du gemacht? Katzenmusik?»

Katzenmusik war der geringschätzige Ausdruck des Sergeanten für Frauengeschichten. Starbuck gab vor, sich die Antwort gründlich überlegen zu müssen, während er sich neben Truslow am Feuer niederließ, dann nickte er. «Ich habe Katzenmusik gemacht, Sergeant.»

«Und mit wem?»

«Das behält ein Gentleman für sich.»

Truslow grunzte. Er war ein kleiner, stämmiger Mann mit wettergegerbten Zügen, und in der Kompanie K herrschte unter seiner Führung eine aus schierer Angst geborene Disziplin – allerdings fürchteten sich die Männer nicht vor Truslows Gewalttätigkeit, sondern eher vor seiner Verachtung. Er gehörte zu den Männern, dessen Anerkennung andere suchten, vielleicht, weil er in seiner eigenen brutalen Welt ein solcher Meister war. In seinem früheren Leben war er ein Farmer, ein Pferdedieb, ein Soldat, ein Mörder, ein Vater und ein Ehemann gewesen. Nun war er ein Witwer und, zum zweiten Mal, ein Soldat, der in dieses Gewerbe einen reinen, unverfälschten Yankee-Hass einbrachte. Und dies machte seine Freundschaft mit Captain Nathaniel Starbuck nur umso mysteriöser, denn Starbuck war ein Yankee.

Starbuck stammte aus Boston und war der zweite Sohn Reverend Elial Starbucks, der für seine vernichtende Kritik am Süden berühmt war, ein furchterregender Gegner der Sklaverei und leidenschaftlicher Prediger, dessen gedruckte Kanzelreden schuldbewusste Sünder der gesamten Christenheit erzittern ließen. Nathaniel Starbuck war auf dem Weg zu seiner eigenen Ordination schon weit fortgeschritten gewesen, als ihn eine Frau von seinem Studium in Yales Priesterseminar weggelockt hatte. Die Frau hatte ihn in Richmond sitzenlassen, wo Starbuck, der es nicht wagte, nach Hause zurückzukehren und sich dem fürchterlichen Zorn seines Vaters auszusetzen, stattdessen in die Armee der Konföderierten Staaten von Amerika eingetreten war.

«War es diese blonde Ziege?», fragte Truslow jetzt. «Die du beim Gebetstreffen nach dem Gottesdienst kennengelernt hast?»

«Sie ist keine Ziege, Sergeant», sagte Starbuck mit gequälter Würde. Truslow reagierte, indem er ins Feuer spuckte, und Starbuck schüttelte traurig den Kopf. «Suchen Sie nie den Trost weiblicher Gesellschaft, Sergeant?»

«Meinst du, ob ich mich je wie ein liebestoller Kater benommen habe? Natürlich, aber das hatte ich hinter mir, noch bevor mir ein Bart gewachsen ist.» Truslow hielt inne, vielleicht dachte er an seine

Frau in ihrem einsamen Grab oben in den Bergen. «Und wo lässt die blonde Ziege ihren Ehemann?»

Starbuck gähnte. «Er ist in Magruders Einheit bei Yorktown. Er ist Artilleriemajor.»

Truslow schüttelte den Kopf. «Eines schönen Tages erwischt er dich und prügelt dir die Seele aus dem Leib.»

«Ist das Kaffee?»

«Das behaupten sie jedenfalls.» Truslow schenkte seinem Captain einen Becher mit der dicken, süßen Flüssigkeit voll. «Hast du überhaupt geschlafen?»

«Schlaf war nicht die Bestimmung dieses Abends.»

«Du bist genau wie alle anderen Predigersöhne, oder? Euch braucht nur der Geruch von Sünde anzuwehen, und schon suhlt ihr euch darin wie die Sau im Dreck.» In Truslows Stimme lag mehr als nur ein Hauch Missbilligung. Nicht, weil er etwas gegen Schürzenjäger hatte, sondern weil er wusste, dass seine eigene Tochter zu Starbucks Weiterbildung auf diesem Gebiet beitrug. Sally Truslow, die sich ihrem Vater entfremdet hatte, war Hure in Richmond. Das war für Truslow ein Grund zu schmerzlicher Scham, und während ihm das Wissen, dass Starbuck und Sally ein Liebespaar gewesen waren, Unbehagen bereitete, sah er doch in dieser Freundschaft die einzige Chance zur Rettung seiner Tochter. Das Leben konnte manchmal recht kompliziert werden. Sogar für einen so unkomplizierten Mann wie Thomas Truslow. «Und was ist aus deiner Bibellektüre geworden?», fragte er jetzt seinen Offizier und spielte damit auf die halbherzigen Versuche an, die Starbuck gelegentlich unternahm, um Frömmigkeit zu zeigen.

«Ich bin und bleibe eben ein Abtrünniger, Sergeant», sagte Starbuck sorglos, obwohl sein Gewissen in Wahrheit keineswegs so unbeschwert war, wie sein leichtfertiger Ton nahelegte. Manchmal, wenn ihn die Angst vor den Schrecken der Hölle plagte, fühlte er sich so verstrickt in die Sünde, dass er vermutete, Gottes Vergebung niemals mehr erlangen zu können, und in solchen Momenten litt er schreckliche Gewissensqualen, doch kaum kam der Abend, fühlte er sich wieder zu dem getrieben, was auch immer ihn in Versuchung geführt hatte.

Jetzt saß er an den Stamm eines Apfelbaums gelehnt und trank mit kleinen Schlucken seinen Kaffee. Starbuck war groß, schlank, gestählt von einem Sommer des Soldatendaseins, und er hatte langes, schwarzes Haar, das ein kantiges, glattrasiertes Gesicht einrahmte. Wenn die Legion in eine neue Stadt oder ein neues Dorf marschierte, bemerkte Truslow jedes Mal, wie die Mädchen Starbuck und immer nur Starbuck ansahen. Genau wie sich seine eigene Tochter zu dem großen Nordstaatler mit den grauen Augen und dem schnellen Grinsen hingezogen gefühlt hatte. Starbuck vom Sündigen abhalten zu wollen, war, als müsse man einen Hund aus einem Metzgerladen jagen. «Um welche Zeit ist Reveille?», fragte Starbuck jetzt.

«Jeden Augenblick.»

«Oh mein Gott», stöhnte Starbuck.

«Du hättest eben früher zurückkommen sollen», sagte Truslow. Er warf einen Holzscheit auf das heruntergebrannte Feuer. «Hast du der blonden Ziege gesagt, dass wir abziehen?»

«Ich habe beschlossen, es ihr nicht zu sagen. Trennungen sind immer so bitter.»

«Feigling», sagte Truslow.

Starbuck dachte über den Vorwurf nach, dann grinste er. «Sie haben recht. Ich bin ein Feigling. Ich hasse es, wenn sie weinen.»

«Dann gib ihnen keinen Grund dazu», sagte Truslow, aber er wusste, dass er ebenso versuchen konnte, den Wind am Wehen zu hindern. Davon abgesehen brachten Soldaten ihre Mädchen immer zum Weinen. Sie kamen, sie eroberten, und dann marschierten sie davon, und an diesem Morgen würde die Legion Faulconer von Leesburg wegmarschieren. Die letzten drei Monate hatte das Regiment zu der Brigade gehört, die nahe bei Leesburg Stellung bezogen hatte und einen zwanzig Meilen langen Abschnitt des Potomacs überwachte, doch der Feind hatte keinen Hinweis darauf gegeben, dass er über den Fluss wollte. Und jetzt, wo der Herbst langsam in den Winter überging, verdichteten sich die Gerüchte von einem letzten Yankee-Angriff auf Richmond, bevor Eis und Schnee die Armeen zur Unbeweglichkeit verdammten, und deshalb wurde die Brigade geschwächt. Die Legion würde nach Centreville gehen, wo das größte Kontingent der konföderierten Armee die wichtigste Straßenverbindung von Washington in die Rebellenhauptstadt verteidigte. Drei Monate zuvor hatte die Legion Faulconer auf ebendieser Straße bei Manassas geholfen, den Nordstaatlern bei ihrem ersten Einmarsch eine blutige Nase zu verpassen. Und jetzt, sofern die Gerüchte stimmten, könnte die Legion angefordert werden, um das Gleiche noch einmal zu tun.

«Es wird aber nicht das Gleiche sein.» Truslow nahm den unausgesprochenen Gedanken auf. «Ich habe gehört, dass in Centreville den ganzen Tag lang nur noch Erde aufgeschüttet wird. Wenn die Yankees kommen, dann stoppen wir die Bastarde von guten, massiven Wällen aus.» Er hielt inne, denn Starbuck war eingeschlafen. Sein Mund stand offen, den Kaffee hatte er verschüttet. «Verdammter Hundesohn», knurrte Truslow, jedoch mit hörbarer Zuneigung, denn Starbuck hatte sich trotz all der Katzenmusik eines Predigersohns als bemerkenswerter Offizier erwiesen. Truslow hatte die Kompanie K mit einer Mischung aus erbarmungslosem Drill und einfallsreicher Ausbildung zur besten der ganzen Legion gemacht. Aber es war Starbuck gewesen, der – nachdem man ihm das Schwarzpulver und die Kugeln verweigert hatte, die seine Männer brauchten, um ihre Treffsicherheit zu vervollkommnen – eine

Patrouille über den Fluss geführt hatte, um vor Poolesville ein Versorgungsfuhrwerk der Union zu erbeuten. Er war in dieser Nacht mit dreitausend Patronen zurückgekommen, und eine Woche später war er noch einmal losgeritten und hatte zehn Säcke guten Nordstaatenkaffee mit zurückgebracht. Truslow, der etwas vom Kriegshandwerk verstand, erkannte, dass Starbuck ein natürliches Talent dafür besaß. Er war ein findiger Kämpfer, erahnte die Absichten des Gegners, und die Männer der Kompanie K, von denen die meisten eher noch Jungen waren, schienen diese Fähigkeiten ebenfalls zu erkennen. Starbuck, das wusste Truslow, war gut.

Flügelschläge ließen Truslow aufblicken, und er sah den gedrungenen Umriss einer Eule vor dem Mond vorüberziehen. Truslow vermutete, dass der Vogel in den offenen Feldern nahe der Stadt gejagt hatte und nun zu seinem Schlafplatz im dichten Wald auf dem Ball's Bluff oberhalb des Flusses zurückkehrte.

Ein Trompeter blies einen falschen Ton, holte erneut Luft und schreckte die Nacht mit seinem Signal auf. Starbuck erwachte mit einem Ruck und fluchte, weil er sich mit dem verschütteten Kaffee das Hosenbein durchnässt hatte, dann gähnte er vor lauter Müdigkeit. Es war immer noch stockfinster, aber die Legion musste sich regen, sich zum Abmarsch von ihrer ruhigen Flusswache bereitmachen und in den Krieg ziehen.

«War das eine Trompete?», fragte Lieutenant Wendell Holmes seinen frommen Sergeant.

«Ich weiß nicht recht, Sir.» Der Sergeant stieg schwer atmend den Ball's Bluff hinauf und trug seinen neuen grauen Mantel offen, sodass man das elegante, scharlachrote Futter sah. Die Mäntel waren ein Geschenk des Gouverneurs von Massachusetts, der beschlossen hatte, dass die Bay-States-Regimenter zu den bestausgerüsteten der Unionsarmee gehören sollten. «Wahrscheinlich war es einer von unseren eigenen Trompetern», vermutete der Sergeant. «Wird vielleicht ein Vorauskommando losgeschickt?»

Holmes ging davon aus, dass der Sergeant recht hatte. Die beiden Männer kämpften sich den abschüssigen und gewundenen Pfad hinauf, der zur Kuppe des Steilufers führte, wo das 15th Massachusetts auf sie wartete. Der Hang stieg so jäh an, dass ein Mann gerade noch hinaufsteigen konnte, ohne die Hände zu Hilfe zu nehmen, allerdings machte in der Dunkelheit manch einer einen falschen Schritt, glitt aus und schlitterte abwärts, bis er schmerzhaft von einem Baumstamm aufgehalten wurde. Der Fluss unter ihnen war immer noch mit Nebel verhangen, in dem sich dunkel die lange Form von Harrison's Island abzeichnete. Auf der Insel drängten sich die Männer, die darauf warteten, von den zwei kleinen Booten über den letzten Abschnitt des Flusses gebracht zu werden. Lieutenant Holmes war von der Strömungsgeschwindigkeit überrascht gewesen, die das Boot erfasst und es flussab in Richtung des fernen Washingtons gezogen hatte. Die Ruderleute hatten gekeucht vor Anstrengung, als sie gegen die Kraft des Flusses kämpften, und hatten das kleine Boot dann hart auf das schlammige Ufer auflaufen lassen.

Colonel Lee, der Kommandooffizier des 20th Massachusetts, holte auf der Kuppe des Steilufers zu Holmes auf. «Der Sonnenaufgang steht kurz bevor», sagte er gut gelaunt. «Alles in Ordnung, Wendell?»

«Alles in Ordnung, Sir. Außer dass ich hungrig genug bin, um ein Pferd zu vertilgen.»

«Wir frühstücken in Leesburg», sagte der Colonel schwärmerisch. «Schinken, Eier, Maisbrot und Kaffee. Frische Südstaatenbutter! Das wird ein Genuss. Und zweifellos werden uns die Einwohner versichern, dass sie keine Aufständischen sind, sondern allesamt treue Bürger von Uncle Sam.» Abrupt drehte sich der Colonel um, aufgeschreckt von einem unvermittelten, bellenden Schrei, der rhythmisch und schrill durch den Wald auf dem Steilufer echote. Das Geräusch konnte einem das Blut in den Adern gefrieren lassen, und die Soldaten in der Nähe wirbelten mit erhobenen Gewehren herum. «Kein Grund zur Aufregung!», rief der Colonel. «Das ist nur eine Eule.» Er hatte den Ruf eines Streifenkauzes erkannt und vermutete, dass der Vogel mit einem Bauch voller Mäuse und Frösche von seiner nächtlichen Jagd zurückkehrte. «Sie rücken weiter vor, Wendell», Lee hatte sich wieder an Holmes gewandt, «diesen Pfad entlang, bis Sie bei der linken Flankenkompanie des 15th angekommen sind. Dort warten Sie auf mich.»

Lieutenant Holmes führte seine Kompanie hinter die Männer des 15th Massachusetts, die in die Hocke gegangen waren, um nicht entdeckt zu werden. Er blieb am mondbeschienenen Waldrand stehen. Vor ihnen lag nun ein kurzes Stück Wiese, das mit den Schatten kleiner Büsche und Robinien überzogen war. Dahinter erstreckte sich wieder dunkler Wald. Es war ungefähr diese Stelle gewesen, an der die Patrouille vom Vorabend ein gegnerisches Lager gemeldet hatte, und Holmes glaubte, dass ängstliche Männer das Muster aus Mondlichtflecken und schwarzen Schatten im Wald hinter der Wiese leicht für Zeltformen gehalten haben könnten.

«Vorwärts!» Colonel Devens vom 15th Massachusetts rief den Befehl, und seine Männer bewegten sich hinaus auf die mondhelle Wiese. Niemand feuerte auf sie, niemand rief sie an. Der Süden schlief, während der Norden ungehindert marschierte.

Die Sonne ging auf, färbte den Fluss golden und schickte scharlachrote Lichtspeere durch den nebeligen Wald. Auf den Höfen von Leesburg krähten die Hähne, während Eimer voll Wasser gepumpt wurden und die Kühe zum ersten Melken herantrotteten. Werkstätten, die am Tag des Herrn geschlossen gewesen waren, wurden aufgesperrt und die Werkzeuge aufgenommen. Vor der Stadt, in den Feldlagern der konföderierten Brigade, die den Fluss bewachte, zog der Rauch von Kochfeuern in die klare Luft des Herbstmorgens.

Die Lagerfeuer der Legion Faulconer waren schon aus, auch wenn der Abzug aus dem Lager nicht sehr drängte. Es versprach ein schöner Tag zu werden, und der Marsch nach Centreville war verhältnismäßig kurz, daher ließen sich die achthundert Mann der Legion Zeit, und Major Thaddeus Bird, der befehlshabende Offizier des Regiments, trieb sie nicht an. Stattdessen wanderte er leutselig zwischen seinen Männern umher, wie ein freundlicher Nachbar, der seinen Morgenspaziergang genießt. «Mein Gott, Starbuck.» Bird blieb beim Anblick des Captains der Kompanie K überrascht stehen. «Was ist denn mit Ihnen passiert?»

«Ich habe einfach nur schlecht geschlafen, Sir.»

«Sie sehen aus wie der wandelnde Tod!», krähte Bird, den Starbucks Unwohlsein offenkundig amüsierte. «Habe ich Ihnen je von Mordechai Moore erzählt? Er war ein Gipser aus Faulconer Court House. An einem Donnerstag ist er auf einmal gestorben, die Witwe weint sich die Augen aus dem Kopf, die Kinder schreien wie verbrühte Katzen, Beerdigung am Samstag, die halbe Stadt in Schwarz, Grab schon ausgehoben, Reverend Moss macht sich bereit, um uns mit den üblichen Albernheiten zu langweilen, da hören sie ein Kratzen am Sargdeckel. Machen ihn auf, und was sehen sie? Einen höchst verwirrten Gipser! So lebendig wie Sie und ich. Oder sagen wir eher wie ich. Aber ausgesehen hat er wie Sie im Moment. Ganz genau wie Sie, Nate. Halb verwest.»

«Vielen Dank auch», sagte Starbuck.

«Alle sind nach Hause gegangen», fuhr Bird mit seiner Erzählung fort. «Doctor Billy hat Mordechai untersucht. Hat ihm noch mindestens zehn weitere Jahre gegeben, und, nicht zu fassen, was macht Mordechai? Er geht hin und stirbt am nächsten Tag. Nur dass er dieses Mal wirklich tot war und sie das Grab noch einmal ausheben mussten. Guten Morgen, Sergeant.»

«Major», knurrte Truslow. Truslow hatte noch nie einen Offizier mit «Sir» angeredet, nicht einmal Bird, den befehlshabenden Offizier des Regiments, den Truslow mochte.

«Sie erinnern sich doch bestimmt an Mordechai Moore, oder, Truslow?»

«Kann man wohl sagen. Der Hund konnte ums Verrecken keine Wand verputzen. Mein Vater und ich haben für ihn das halbe Cotton House noch mal gemacht. Nicht, dass wir dafür je bezahlt worden wären.»

«Dann ist das Bauhandwerk jetzt ja sicher besser dran, wo er tot ist», sagte Bird unbekümmert. Pecker Bird war ein großer, struppiger Mann, dünn wie ein Skelett, und in der Stadt Faulconer Court House Schulmeister gewesen, als Colonel Washington Faulconer, der größte Landbesitzer in Faulconer County und Birds Schwager, die Legion aufgebaut hatte. Faulconer, der bei Manassas verwundet worden war, hielt sich derzeit in Richmond auf und hatte Bird den Befehl über die Legion gegeben. Der Schulmeister war vermutlich der am wenigsten soldatische Mann in ganz Faulconer County, wenn nicht in ganz Virginia, und er war nur zum Major ernannt worden, um seine Schwester zu besänftigen und damit er sich um die Schreibarbeiten des Colonels kümmerte; doch perverserweise hatte sich der struppige Schulmeister als effektiver und beliebter Offizier erwiesen. Die Männer mochten ihn, vielleicht, weil sie seine große Sympathie für alle menschlichen Fehlbarkeiten spürten. Jetzt legte Bird seine Hand auf Starbucks Arm. «Auf ein Wort», sagte er und zog den jüngeren Mann von der Kompanie K weg.

Starbuck ging mit Bird auf die Wiese hinaus, auf der die bleichen runden Formen im Gras den ehemaligen Standort der Regimentszelte verrieten. Zwischen den fahlen Kreisen befanden sich kleinere verkohlte Stellen, wo die Lagerfeuer gebrannt hatten, und jenseits dieser Spuren zeigten große, abgeweidete Kreise, wie weit der Radius der angebundenen Offizierspferde gereicht hatte. Die Legion konnte zwar von diesem Feld abziehen, überlegte Starbuck, aber es würde noch tagelang den Beweis ihrer Anwesenheit bewahren.

«Haben Sie eine Entscheidung getroffen, Nate?», fragte Bird. Er hatte Starbuck sehr gern, und diese Zuneigung spiegelte sich in seinem Ton. Er bot dem jüngeren Mann eine billige, dunkle Zigarre an, nahm selbst eine, entzündete ein Streichholz und gab Starbuck und sich Feuer.

«Ich bleibe beim Regiment, Sir», sagte Starbuck, als seine Zigarre brannte.

«Auf diese Antwort habe ich gehofft», sagte Bird. «Sogar sehr.» Er verstummte, zog an seiner Zigarre und starrte nach Leesburg hinüber, über dem hauchfeiner Rauch von morgendlichen Feuern hing. «Wird ein schöner Tag heute», sagte der Major. In der Ferne knatterten ein paar Gewehrschüsse, aber weder Bird noch Starbuck achteten darauf. Es verging kaum ein Morgen, an dem nicht gejagt wurde.

«Und wir wissen nicht, ob der Colonel den Befehl über die Legion wirklich wieder selbst übernimmt, oder, Sir?», fragte Starbuck.

«Wir wissen überhaupt nichts», sagte Bird. «Soldaten leben ebenso wie Kinder in einem natürlichen Zustand vorsätzlicher Unwissenheit. Aber es ist ein Risiko.»

«Sie gehen das gleiche Risiko ein», sagte Starbuck betont.

«Nur ist Ihre Schwester nicht mit dem Colonel verheiratet», antwortete Bird ebenso betont, «was Sie, Nate, wesentlich verwundbarer macht, als ich es bin. Erlauben Sie mir, Sie daran zu erinnern, Nate, dass Sie der Welt den großen Dienst erwiesen haben, den zukünftigen Schwiegersohn des Colonels zu ermorden, und während der Himmel und all seine Engelein über Ihre Tat frohlockt haben, bezweifle ich, dass Faulconer Ihnen schon verziehen hat.»

«Nein, Sir», sagte Starbuck tonlos. Er wurde nicht gern an Ethans Tod erinnert. Starbuck hatte Ridley im Schutz des Durcheinanders auf dem Schlachtfeld getötet und sich seither eingeredet, es sei ein Akt der Selbstverteidigung gewesen. Doch er wusste, dass er den Mord im Herzen getragen hatte, als er den Abzug durchzog, und er wusste auch, dass alle Erklärungsversuche nicht ausreichen würden, um diese Sünde aus dem großen Buch im Himmel zu tilgen, in das all seine Verfehlungen eingetragen wurden. Und Colonel Washington Faulconer würde Starbuck ganz bestimmt niemals verzeihen. «Ich möchte trotzdem lieber beim Regiment bleiben», erklärte Starbuck nun. Er war ein Fremder in einem fremden Land, ein Nordstaatler, der gegen den Norden kämpfte, und die Legion Faulconer war zu seiner neuen Heimat geworden. Die Legion ernährte ihn, kleidete ihn ein und schenkte ihm gute Freunde. Außerdem hatte er in der Legion die Tätigkeit entdeckt, die er am besten beherrschte, und mit dem Verlangen der Jugend, einen höheren Zweck im Dasein zu finden, hatte Starbuck beschlossen, dass er dazu bestimmt war, einer der Legionsoffiziere zu sein. Er gehörte hierher.

«Dann wünsche ich uns beiden viel Glück», sagte Bird, und Glück hatten sie beide nötig, wenn seine Vermutungen zutrafen und der Befehl zum Marsch auf Centreville zu Colonel Washington Faulconers Versuch gehörte, die Legion wieder unter seine Kontrolle zu bringen.

Es war immerhin Washington Faulconer, der die Legion Faulconer aufgestellt, nach sich selbst benannt und mit der besten Ausrüstung bedacht hatte, die er mit seinem beträchtlichen Vermögen kaufen konnte. Und dann hatte er sie in den Kampf am Ufer des Bull Runs geführt. Faulconer und sein Sohn, die beide Verwundungen davongetragen hatten, waren nach Richmond zurückgeritten und als Helden gefeiert worden, obwohl Washington Faulconer in Wahrheit bei dem Angriff der weit überlegenen Yankees nicht einmal in der Nähe der Legion gewesen war. Nun war es zu spät, um die Sache richtigzustellen: Virginia, und im Grunde der gesamte Süden, hielt Faulconer für einen Helden und forderte, dass er das Kommando über eine Brigade erhielt, und wenn das geschah, das wusste Bird, würde der Held erwarten, dass seine eigene Legion den Kern dieser Brigade darstellte.

«Aber es ist nicht sicher, dass dieser Hundesohn seine Brigade auch bekommt, oder?», fragte Starbuck mit einem vergeblichen Versuch, ein herzhaftes Gähnen zu unterdrücken.

«Es heißt, er bekommt stattdessen einen Posten in der Diplomatie», sagte Bird, «was wesentlich passender wäre, denn mein Schwager findet einen natürlichen Gefallen daran, Prinzen und Potentaten den Hintern abzulecken. Aber unsere Zeitungen sagen, er sollte General werden, und die Wünsche der Zeitungen werden von den Politikern normalerweise erfüllt. Das ist einfacher, als eigene Ideen zu entwickeln, verstehen Sie?»

«Ich gehe das Risiko ein», sagte Starbuck. Seine Alternative bestand darin, in General Nathan Evans' Truppenverband einzutreten und in dem Lager bei Leesburg zu bleiben, wo Evans das Kommando über die wild zusammengewürfelte konföderierte Brigade führte, die den Fluss bewachte. Starbuck mochte Evans, aber er wollte lieber bei der Legion bleiben. Die Legion war sein Zuhause, und er konnte sich im Grunde nicht vorstellen, dass das Oberkommando der konföderierten Streitkräfte Washington Faulconer zum General machen würde.

Wieder hallte Gewehrfeuer aus dem Wald etwa drei Meilen nordwestlich. Bei dem Geräusch drehte sich Bird stirnrunzelnd um. «Da ist ja jemand äußerst eifrig.» Er klang missbilligend.

«Vielleicht ein Geplänkel unter den Vorposten?», mutmaßte Starbuck. Während der vergangenen drei Monate hatten sich die Wachposten an den Flussufern gegenübergestanden, und auch wenn es die meiste Zeit friedlich geblieben war, versuchte gelegentlich ein neuer und energiegeladener Offizier, einen Kampf zu provozieren.

«Ja, vermutlich nur die Vorposten», stimmte Pecker Bird zu, dann drehte er sich wieder um, weil Sergeant Major Proctor kam, um darüber Bericht zu erstatten, dass die gebrochene Wagenachse, die den Aufbruch der Legion verzögert hatte, nun wieder instand gesetzt war. «Bedeutet das, dass wir bereit zum Abmarsch sind, Sergeant Major?», fragte Bird.

«So bereit, wie wir nur sein können, würde ich sagen.» Proctor war ein schwermütiger und argwöhnischer Mann, der überall eine Katastrophe witterte.

«Dann rücken wir ab! Rücken wir ab!», sagte Bird heiter, und während er mit langen Schritten zur Legion ging, war eine neue Salve zu hören, nur kam sie dieses Mal nicht aus dem Wald, sondern von der Straße im Osten. Bird kämmte sich mit seinen mageren Fingern durch den langen, zerzausten Bart. «Was denken Sie?», fragte er niemand im Besonderen, ohne sich die Mühe zu machen, seine Frage klarer zu formulieren. «Vielleicht?», fuhr er mit einem Hauch Aufgeregtheit fort, und dann hallte wieder Musketengeknatter von dem Steilufer im Nordwesten herüber, und Bird ruckte mit dem Kopf vor und zurück, was üblicherweise anzeigte, dass er sich amüsierte. «Ich denke, wir warten noch ein wenig, Mr. Proctor. Wir warten noch!» Bird schnippte mit den Fingern. «Es scheint so», sagte er, «als hätten uns Gott und Mr. Lincoln heute eine andere Beschäftigung zugedacht. Wir werden noch abwarten.»

Die vorrückenden Truppen aus Massachusetts entdeckten die Rebellen, als sie zufällig auf einen vier Mann starken Vorposten stießen, der in einer Geländerinne im unteren Bereich des Waldes kauerte. Die überraschten Rebellen feuerten als Erste, sodass sich die Männer aus Massachusetts hastig zwischen die Bäume zurückzogen. Der Rebellenposten floh in die entgegengesetzte Richtung, um Captain Duff zu suchen, den Kommandanten der Kompanie, der zunächst eine Nachricht an General Evans schickte und dann die vierzig Mann seiner Kompanie auf die Kuppe des Steilufers führte, wo sich nun einige Yankee-Tirailleure am Waldrand zeigten. Dann tauchten weitere Nordstaatler auf, so viele, dass Duff nicht mehr mitzählen konnte. «Ein ganzer Haufen von den Hundesöhnen», kommentierte einer seiner Männer, als Captain Duff seine Einheit hinter einem Koppelzaun Aufstellung nehmen ließ und Befehl gab draufloszufeuern. Rauchwolken verdichteten sich über der Zaunlinie, als die Kugeln den sanften Abhang hinaufpfiffen. Zwei Meilen hinter Duff in Leesburg wurden die Schüsse gehört, und irgendwem fiel es ein, zur Kirche zu laufen und nach der Miliz zu läuten.

Nicht dass sich die Miliz rechtzeitig hätte sammeln können, um Captain Duff zu unterstützen, der langsam begriff, in welch dramatischer Unterzahl seine Männer aus Mississippi kämpften. Er war gezwungen, sich den Abhang hinunter zurückzuziehen, als eine Kompanie der Nordstaatentruppen seine linke Flanke bedrohte, und dieser Rückzug wurde vom Jubel der Nordstaatler und einer Musketensalve begleitet. Duffs vierzig Mann erwiderten hartnäckig das Feuer, während sie zurückwichen. Sie waren eine zerlumpte Truppe in schäbigen walnussbraunen oder schmutziggrauen Uniformen, doch ihre Schießkünste übertrafen bei weitem die ihrer Gegner aus dem Norden, von denen die meisten mit Glattlauf-Musketen ausgerüstet waren. Massachusetts hatte zwar enorme Anstrengungen unternommen, um seine Freiwilligen auszurüsten, aber es hatte nicht genügend Rifle-Gewehre für alle gegeben, und deshalb kämpfte das 15th Massachusetts von Colonel Devens mit Musketen aus dem achtzehnten Jahrhundert. Keiner von Duffs Männern wurde getroffen, aber ihre eigenen Kugeln forderten langsam und stetig Tribut von den Nordstaaten-Tirailleuren.

Das 20th Massachusetts kam seinen Gefährten aus dem Bay State zu Hilfe. Beim 20th hatten alle Rifle-Gewehre, und ihr gezielterer Beschuss zwang Duff, sich noch weiter den langen Hang hinunter zurückzuziehen. Seine vierzig Männer stiegen über einen Koppel-zaun und kamen auf ein Stoppelfeld, auf dem Hafer-Kornpuppen standen. Dahinter gab es eine halbe Meile weit keine Deckung mehr, und Duff wollte die Yankees nicht zu viel Boden gewinnen lassen, also ließ er seine Männer mitten auf dem Feld halten und befahl ihnen, die Bastarde zu stoppen. Duffs Männer waren bei weitem in der Unterzahl, aber sie kamen aus den Countys Pike und Chickasaw, und deswegen glaubte Duff, sie müssten es mit jedem Soldaten in Amerika aufnehmen können. «Schätze, wir müssen diesem unfä-higen Gesindel eine Lektion erteilen, Jungs», sagte Duff.

«Nein, Captain! Das sind Rebellen! Sehen Sie!», rief einer sei-ner Männer warnend und deutete zum Waldrand, an dem gerade eine Kompanie grau uniformierter Soldaten aufgetaucht war. Duff starrte entsetzt dorthin. Hatte er etwa auf seine eigenen Leute geschossen? Die vorrückenden Männer hatten lange, graue Mäntel an. Der Offizier, der sie anführte, trug seinen Mantel offen und hatte sein Schwert gezogen, um im Gehen das Unkraut niederzumähen, als wäre er auf einem Spaziergang.

Duff spürte, wie sein Kampfeswille nachließ. Sein Mund war tro-cken, ihm war übel, und in seinem Oberschenkel zuckte unaufhörlich ein Muskel. Der Beschuss über den Hang war erstorben, während die Kompanie in den grauen Mänteln weiter auf das Haferfeld herunter vorrückte. Duff hob die Hand und rief die Fremden an. «Halt!»

«Freunde!», rief einer der Männer in den grauen Mänteln zurück.

Die Kompanie bestand aus sechzig bis siebzig Männern, die lange, schimmernde Bajonette auf ihre Gewehre gepflanzt hatten.

«Halt!», versuchte es Duff erneut.

«Wir sind Freunde!», rief ein Mann zurück. Duff sah die Nervosität in ihren Mienen. Im Gesicht eines Mannes zuckte ein Wangenmuskel, während ein anderer immer wieder zu einem schnurrbärtigen Sergeant hinübersah, der stur an der Flanke der vorrückenden Kompanie marschierte.

«Halt!», rief Duff noch einmal. Einer seiner Männer spuckte aus.

«Wir sind Freunde!», riefen die Nordstaatler wieder. Der Mantel ihres Kommandooffiziers war scharlachrot gefüttert, aber Duff konnte die Farbe seiner Uniform nicht erkennen, weil die Sonne hinter den Fremden stand.

«Das sind keine Freunde von uns, Cap'n!», sagte einer von Duffs Männern. Duff wünschte, er wäre da auch so sicher. Gott im Himmel, was, wenn diese Männer Verbündete waren? War er dabei, einen Befehl zum Morden zu geben? «Ich befehle Ihnen anzuhalten!», rief er, doch die vorrückenden Männer gehorchten nicht, und daher rief Duff seinen Männern zu, sie sollten anlegen.

Vierzig Gewehre wurden an vierzig Schultern gehoben.

«Freunde!», rief eine Nordstaatenstimme. Die zwei Einheiten waren nun noch etwa fünfzig Schritt voneinander entfernt, und Duff hörte die Stiefel der Nordstaatler knirschend und brechend in den Haferstoppeln.

«Das sind keine Freunde, Cap'n!», beharrte einer der Männer aus Mississippi, und im selben Moment stolperte der vorrückende Offizier, und Duff erhaschte einen klaren Blick auf die Uniform unter dem scharlachrot gefütterten grauen Mantel. Die Uniform war blau.

«Feuer!», rief Duff, und die Salve der Südstaatler knackte wie brennendes Röhricht, und ein Nordstaatler schrie auf, als ihn die Kugeln eines Rebellen trafen.

«Feuer!», rief ein Nordstaatler, und die Kugeln aus Massachusetts peitschten durch die Rauchbank.

«Weiterschießen!», rief Duff und leerte seinen Revolver in den Pulverrauch, der nun schon das Feld verhüllte. Seine Männer hatten hinter den Kornpuppen Deckung gesucht und luden immer wieder ihre Gewehre nach. Die Nordstaatler taten das Gleiche, mit Ausnahme eines Mannes, der zuckend und blutend auf dem Boden lag. Zu Duffs rechter Seite, etwas höher auf dem Hang, waren noch mehr Yankees, aber um die konnte er sich nicht kümmern. Er hatte entschieden, hier Stellung zu beziehen, genau in der Mitte des Haferfeldes, und jetzt würde er so lange gegen diese Bastarde kämpfen müssen, bis eine Seite nicht mehr länger durchhielt.

Sechs Meilen entfernt, bei Edwards Ferry, hatten noch mehr Nordstaatler über den Potomac gesetzt und die Mautstraße nach Centreville blockiert. Nathan Evans, der deshalb zwischen den beiden einmarschierenden Truppenverbänden festsaß, weigerte sich, übertriebene Aufregung zu zeigen. «Einer lenkt dich ab, und der andere kommt von hinten, so geht es doch, oder, Boston?» «Boston» war sein Spitzname für Starbuck. Sie hatten sich bei Manassas kennengelernt, wo Evans die Konföderation gerettet hatte, indem er den Angriff des Nordens aufhielt, bis sich die Kampflinie der Rebellen neu formierte. «Lügende, stehlende, Kirchenlieder singende Bastarde», sagte Evans jetzt und meinte damit offenkundig die gesamte Armee der Nordstaaten. Er war mit dem Befehl zur Legion Faulconer geritten, dass sie bleiben sollte, wo sie war, nur um festzustellen, dass Thaddeus Bird diesen Befehl bereits vorweggenommen hatte, indem er den Abmarsch der Legion widerrief. Jetzt neigte Evans sein Ohr in den Wind und versuchte an der Heftigkeit des Gewehrfeuers abzuschätzen, von welcher Seite die größere Gefahr drohte. Die Kirchenglocke in Leesburg läutete noch immer, um die Miliz zusammenzurufen. «Du bleibst also nicht bei mir, Boston?», bemerkte Evans.

«Mir gefällt es, ein Kompanieoffizier zu sein, Sir.»

Evans knurrte irgendetwas, doch Starbuck war keineswegs sicher, dass der kleine Offizier, dessen unflätige Ausdrucksweise berüchtigt war, seine Antwort überhaupt gehört hatte. Stattdessen lauschte Evans aufmerksam den konkurrierenden Geräuschen der zwei Einfälle durch die Nordstaatler. Otto, sein deutscher Ordonanzoffizier, dessen wichtigste Pflicht darin bestand, ein Fässchen Whiskey zur Erfrischung des Generals herumzutragen, lauschte ebenfalls auf das Gewehrfeuer, sodass die Köpfe der beiden Männer zeitgleich hin und her zuckten. Evans hörte als Erster damit auf und schnippte mit den Fingern nach einem Tropfen Whiskey. Er leerte den Zinnbecher, dann richtete er seinen Blick wieder auf Bird. «Sie bleiben hier, Pecker. Sie sind meine Reserveeinheit. Ich glaube nicht, dass es viele von den Bastarden sind, dafür machen sie nicht genug Lärm, also können wir genauso gut bleiben, wo wir sind, und abwarten, ob wir den Bastarden eine blutige Nase verpassen können. Yankees töten ist schließlich ein ebenso guter Start in die Woche wie jeder andere, was?» Er lachte. «Wenn ich mich irre, sind wir heute Abend natürlich allesamt tot. Komm mit, Otto!» Damit galoppierte Evans in Richtung der Grabenbefestigung, die sein Hauptquartier darstellte.

Starbuck kletterte auf ein mit gefalteten Zeltplanen beladenes Fuhrwerk und schlief, während die Sonne den Nebel über dem Fluss auflöste und den Tau auf den Feldern trocknen ließ. Weitere Truppen der Nordstaatler überquerten den Fluss, erklommen das Steilufer und sammelten sich im Wald. General Stone, der Befehlsführer über die Unionstruppen, die den Potomac bewachten, hatte entschieden, mehr Einheiten bei der Überquerung einzusetzen, und Befehl gegeben, dass die Angreifer nicht nur Leesburg besetzen, sondern zur Aufklärung in den gesamten Loudoun County ausschwärmen sollten. Falls die Rebellen abgezogen waren, lautete Stones Befehl weiter, sollten die Yankees die Region besetzen, aber wenn sich den Aufklärungseinheiten ein zu starker Konföderierten-Verband entgegenstellte, konnten sich die Unionstruppen mit den Nahrungsmitteln, die sie beschlagnahmt hatten, wieder über den Fluss zurückziehen. Stone verstärkte die Einmarschtruppe mit Artillerie, stellte aber klar, dass er die Entscheidung, ob die Einheiten in Virginia blieben, dem Mann überließ, dem er nun das Kommando über die gesamte Operation gab.

Dieser Mann war Colonel Ned Baker, ein großer, glattrasierter, weißhaariger, redegewandter Politiker. Baker war ein kalifornischer Anwalt, Senator für Oregon und einer von Präsident Lincolns engsten Freunden; so eng, dass Lincoln seinen zweiten Sohn nach dem Senator genannt hatte. Baker war impulsiv, leidenschaftlich und warmherzig, und seine Ankunft an der Stelle der Flussüberquerung wurde von den Männern des 15th Massachusetts, die immer noch mit dem Regiment der New York Tammanys am Maryland-Ufer warteten, begeistert aufgenommen. Bakers eigenes Regiment, das 1st Californian, schloss sich nun der Invasion an. Das Regiment kam aus New York, doch es waren dafür Männer rekrutiert worden, die Verbindungen nach Kalifornien hatten, und mit ihnen kamen eine Vierzehnpfünder-Kanone mit gezogenem Lauf aus Rhode Island und ein paar Haubitzen, die mit Berufsoldaten der U.S. Army bemannt waren. «Bringt alles über den Fluss!», rief Baker überschwänglich. «Jeden einzelnen Mann und jede Waffe!»

«Wir brauchen mehr Boote», drängte der Colonel der Tammanys den Senator.

«Dann suchen Sie welche! Bauen Sie welche! Klauen Sie welche! Holen Sie Gopherholz und bauen Sie eine Arche, Colonel. Suchen Sie eine schöne Helena, deren Antlitz an die tausend Schiffe zur Meerfahrt zwang, uns aber lasst zum Ruhm stürmen, Männer!» Baker ging mit langen Schritten am Ufer entlang und neigte sein Ohr in Richtung des stakkatohaften Musketenfeuers, das vom anderen

Flussufer herüberklang. «Da sterben Aufständische, Freunde! Gehen wir und töten noch ein paar mehr!»

Der Colonel der Tammanys versuchte den Senator zu fragen, was genau sein Regiment tun solle, wenn es auf dem Virginia-Ufer des Flusses angekommen war, doch Baker tat die Frage ab. Es kümmerte ihn nicht, ob es hier nur um einen Beutezug ging oder um den Anfang der Besetzung Virginias, er wusste nur, dass er drei Kanonen hatte und vier erstklassige Regimenter, unverbrauchte Truppen, und das verlieh ihm die notwendige Stärke, um Präsident Lincoln und dem ganzen Land den Sieg zu schenken, den sie so dringend brauchten. «Auf nach Richmond, Männer!», rief Baker, als er sich zwischen den Soldaten hindurch zum Ufer drängte. «Auf nach Richmond, und der Teufel soll ihren Seelen keine Gnade schenken! Auf für die Union, Männer, auf für die Union! Ich will euch jubeln hören!»

Sie jubelten laut genug, um das knackende Geräusch der Musketenschüsse zu übertönen, das von der anderen Seite des Flusses kam, wo jenseits des bewaldeten Steilufers Pulverrauch zwischen den Getreidepuppen umherzog und das lange Sterben dieses Tages begonnen hatte.

ZWEI

ajor Adam Faulconer traf kurz nach der Mittagszeit bei der Legion Faulconer ein. «Da sind Yankees auf der Mautstraße. Sie haben mir eine Verfolgungsjagd geliefert!» Er sah glücklich aus, als wäre der wilde Ritt der letzten Minuten ein vergnügtes Querfeldeinrennen gewesen und keine verzweifelte Flucht vor einem entschlossenen Feind. Sein Pferd, ein edler Rothengst aus der Zucht Faulconers, war mit weißem Schaum besprenkelt, seine Ohren hatte das Tier nervös zurückgelegt, und es machte unruhige Rückwärtsschritte, die Adam unwillkürlich korrigierte. «Onkel!», grüßte er Major Bird fröhlich, und gleich darauf drehte er sich zu Starbuck um. Die beiden waren seit drei Jahren befreundet, waren sich aber seit Wochen nicht begegnet, und Adams Freude über ihr Wiedersehen kam von Herzen. «Du siehst aus, als wärst du im Tiefschlaf, Nate.»

«Er war gestern Abend bei einem Gebetstreffen», warf Sergeant Truslow in bewusst säuerlichem Ton ein, sodass außer Starbuck niemand mitbekam, dass er einen Witz machte. «Hat bis drei Uhr morgens gebetet.»

«Gut für dich, Nate», sagte Adam herzlich, dann ließ er sein Pferd wieder zu Thaddeus Bird umdrehen. «Hast du gehört, was ich gesagt habe, Onkel? Da sind Yankees auf der Mautstraße!»

«Wir haben schon erfahren, dass sie da sind», sagte Bird lässig dahin, als wären umherziehende Yankees in dieser herbstlichen Landschaft so selbstverständlich wie Zugvögel.

«Die Schufte haben auf mich geschossen.» Adam klang erstaunt darüber, dass es in Kriegszeiten zu einer derartigen Unhöflichkeit kommen konnte. «Aber wir haben sie abgehängt, was, mein Junge?» Er klopfte seinem schwitzenden Pferd auf den Hals, dann schwang er sich aus dem Sattel und warf die Zügel Robert Decker zu, der zu Starbucks Kompanie gehörte. «Geh ein bisschen mit ihm auf und ab, machst du das, Robert?»

«Sehr gern, Mr. Adam.»

«Und lass ihn noch nichts trinken. Erst wenn er sich abgekühlt hat», instruierte Adam den jungen Robert Decker, dann erklärte er seinem Onkel, dass er bei Tagesanbruch von Centreville weggeritten war und erwartet hatte, der Legion auf der Straße zu begegnen. «Ich konnte euch nicht finden, also bin ich einfach immer weitergeritten», sagte Adam heiter. Er ging mit einem leichten Hinken, der Folge einer Kugel, die er in der Schlacht von Manassas abbekommen hatte, aber die Wunde war gut verheilt und das Hinken kaum merklich. Adam hatte, anders als sein Vater Washington Faulconer, mitten in der Schlacht von Manassas gestanden, obwohl er noch wenige Wochen davor von Zweifeln über die moralische Vertretbarkeit eines Krieges geplagt worden war und nicht einmal gewusst hatte, ob er sich an den feindlichen Auseinandersetzungen würde beteiligen können. Nach der Schlacht, während seiner Genesung in Richmond, war Adam zum Major befördert worden und hatte einen Posten im Stab General Joseph Johnstons erhalten. Der General war einer der vielen Konföderierten, die der falschen Auffassung anhingen, Washington Faulconer habe den Widerstand gegen den Überraschungsangriff der Nordstaaten bei Manassas unterstützt, und die Beförderung des Sohnes und seine Berufung in den Stab waren als Dankbarkeitsbeweis für den Vater gedacht.

«Hast du uns Befehle mitgebracht?», fragte Bird jetzt Adam.

«Ich habe nur meine Wenigkeit mitgebracht, Onkel. Der Tag schien mir viel zu schön, um ihn über Johnstons Papierkram zu verbringen, also wollte ich ein bisschen reiten. Das allerdings habe ich nicht erwartet.» Adam drehte sich um und lauschte auf das Gewehrfeuer, das aus dem nahen Wald herüberklang. Die Schüsse kamen nun beinahe ununterbrochen, waren aber nichts im Vergleich mit dem hallenden Geknatter einer Schlacht. Stattdessen hörte es sich nach methodischer, handwerklicher Routine an, und das deutete darauf hin, dass die beiden Seiten nur ihre Munition abfeuerten, weil es von ihnen erwartet wurde, und nicht, weil sie ernsthaft versuchten, sich gegenseitig niederzumachen. «Was geht da vor?», wollte Adam wissen.

Major Thaddeus Bird erklärte, dass zwei Yankee-Verbände über den Fluss gekommen waren. Adam war einer der einmarschierenden Truppen begegnet, während die andere auf dem Steilufer bei Harrison's Island war. Niemand wusste genau, was die Yankees mit diesem Doppeleinfall bezweckten. Zu Beginn hatte es so ausgesehen, als würden sie versuchen Leesburg einzunehmen, aber eine einzige Kompanie aus Mississippi hatte genügt, um den Unionsvorstoß zurückzuschlagen. «Ein Mann namens Duff», erklärte Bird an Adam gewandt, «hat die Gauner gestoppt. Hat seine Männer mitten auf einem Feld in Gefechtslinie antreten lassen und Schuss für Schuss erwidert, und der Teufel soll mich holen, wenn sie sich nicht umgekehrt und den Hügel wieder hinaufgerannt sind wie eine verschreckte Schafsherde!» Die Geschichte von Duffs tollkühnem Widerstand hatte sich schnell in Evans' Brigade verbreitet und die

Männer mit Stolz auf die Unbesiegbarkeit des Südens erfüllt. Der Rest von Duffs Bataillon war jetzt im Wald auf dem Steilufer und nagelte die Yankees dort fest. «Du solltest Johnston von Duff erzählen», sagte Bird zu Adam.

Aber Adam schien nicht am Heldenmut der Männer aus Mississippi interessiert zu sein. «Und du Onkel, was machst du?», fragte er stattdessen.

«Auf Befehle warten natürlich. Ich schätze, Evans weiß nicht, wohin er uns schicken soll, also will er vorher feststellen, welche von den Yankee-Banden gefährlicher ist. Sobald das feststeht, rücken wir ab und schlagen ein paar Männern die Köpfe ein.»

Bei dem Ton seines Onkels zuckte Adam zusammen. Bevor er zur Legion gekommen und unerwartet Adams vorgesetzter Offizier geworden war, hatte Thaddeus Bird als Schulmeister gearbeitet und sowohl das Soldatentum als auch die Kriegsführung mit Hohn und Spott übergossen, doch eine Schlacht und ein paar Monate Kommandoführung hatten Adams Onkel zu einem viel grimmigeren Mann werden lassen. Er zeigte noch immer seinen scharfen Verstand, aber auf eine unerbittliche Art. Ein Symptom dafür, dachte Adam, wie der Krieg alles zum Schlechteren veränderte, auch wenn sich Adam manchmal fragte, ob er der Einzige war, der mitbekam, wie der Krieg alles verrohen ließ und zersetzte, was mit ihm in Berührung kam. Die anderen Adjutanten im Hauptquartier genossen den Konflikt, sahen ihn als sportlichen Wettstreit, der den eifrigsten Mitspielern den Sieg bringen würde. Adam hörte sich ihre bombastischen Reden an und schwieg dazu, weil er wusste, dass er mit seinen tatsächlichen Ansichten im besten Fall Hohn und im schlechtesten eine Verurteilung als Feigling provozieren würde. Doch Adam war kein Feigling. Er glaubte einfach nur, dass jeder Krieg eine Tragödie darstellte, die aus Stolz und Dummheit geboren wurde, und deshalb tat er seine Pflicht, versteckte seine wahren Gefühle und sehnte sich nach Frieden, doch wie lange er diese Verstellung oder Doppelzüngigkeit durchhalten konnte, wusste er nicht. «Hoffen wir, dass heute niemandem der Kopf eingeschlagen werden muss», sagte er zu seinem Onkel. «Der Tag heute ist viel zu schön zum Töten.» Er drehte sich um, als die Köche der Kompanie K einen Kessel vom Feuer hoben. «Ist da drin das Mittagessen?»

Zum Mittagessen gab es Cush, einen Eintopf aus Rindfleisch, Schinkenspeck und Maisbrotwürfeln, zu dem ein Brei aus gekochten Äpfeln und Kartoffeln gegessen wurde. Die Verpflegung war reichlich in Loudoun County, wo die Äcker ertragreich und konföderierte Truppen selten waren. In Centreville und Manassas, berichtete Adam, sei die Versorgung wesentlich schwieriger. «Letzten Monat ist ihnen sogar der Kaffee ausgegangen! Ich dachte, es gibt eine Meuterei.» Dann hörte er mit geheuchelter Erheiterung zu, wie Robert Decker und Amos Tunney ihm die Geschichte von Captain Starbucks großem Kaffee-Raubzug erzählten. Sie hatten nachts den Fluss überquert und waren fünf Meilen durch Wälder und Felder marschiert, um einen Krämerladen am Rand eines Nordstaaten-Lagers zu überfallen. Acht Männer waren mit Starbuck losgezogen und acht waren mit ihm zurückgekommen, und der einzige Nordstaatler, der sie entdeckt hatte, war der Krämer selbst gewesen, der sein Geld damit verdiente, den Truppen Luxuswaren zu verkaufen. Der Mann hatte in seinem Warenlager geschlafen, Alarm gerufen und einen Revolver gezogen.

«Der arme Mann», sagte Adam.

«Der arme Mann?», protestierte Starbuck gegen das Mitleid, das sein Freund zeigte. «Er wollte uns erschießen!»

«Und was hast du getan?»

«Ihm die Kehle durchgeschnitten», sagte Starbuck. «Wollte ja nicht das ganze Lager auf uns aufmerksam machen, indem ich einen Schuss abfeuere, verstehst du?»

Adam erschauerte. «Du hast einen Mann für ein paar Kaffeebohnen getötet?»

«Und für Whiskey und getrocknete Pfirsiche», ergänzte Robert Decker begeistert. «Die Zeitungen drüben haben spekuliert, es wären Sympathisanten der Sezession gewesen. Südstaatenguerilla haben sie uns genannt. Südstaatenguerilla! Uns!»

«Und am nächsten Tag haben wir zehn Pfund Kaffee an ein paar Yankee-Wachposten auf dem anderen Flussufer zurückverkauft!», fügte Amos Tunney stolz hinzu.

Adam lächelte flüchtig, dann lehnte er einen Becher Kaffee ab und tat so, als würde er lieber Wasser trinken. Er saß auf dem Boden und zuckte leicht zusammen, als er sein Gewicht auf sein verwundetes Bein verlagerte. Er hatte das breite Gesicht seines Vaters, einen eckig geschnittenen, blonden Bart und blaue Augen. Es war ein Gesicht, so hatte Starbuck immer gedacht, von unkomplizierter Aufrichtigkeit, auch wenn es dieser Tage wirkte, als hätte Adam seinen alten Humor verloren und mit immerwährender Sorge um die Probleme der Welt ersetzt.

Nach dem Essen gingen die beiden Freunde ostwärts am Rand der Wiese entlang. Die Unterstände der Legion aus Holz und Erdsoden waren noch da und sahen aus wie grasüberwachsene Schweinekoben. Starbuck tat so, als höre er den Erzählungen seines Freundes vom Hauptquartier zu, doch eigentlich dachte er daran, wie wohl er sich in seinem erdbedeckten Unterschlupf gefühlt hatte. Wenn er sich abends hingelegt hatte, war er sich vorgekommen wie ein Tier in seinem Bau: sicher, versteckt und unbemerkt. Sein altes Schlafzimmer in Boston mit seiner Eichentäfelung und den breiten Kiefernholzdielen und Gasglühstrümpfen und ehrfurchtgebietenden Bücherregalen erschien ihm nun wie ein Traum, etwas aus einem anderen Leben. «Es ist merkwürdig, wie mir die Unbequemlichkeit gefällt», sagte er leichthin.

«Hast du nicht gehört, was ich gesagt habe?», fragte Adam.

«Entschuldige, ich war in Gedanken.»

«Ich habe über McClellan geredet», sagte Adam. «Jeder hält ihn für eine Genie. Sogar Johnston sagt, McClellan sei der klügste Mann der gesamten alten U.S. Army.» Adam redete voller Begeisterung, als wäre McClellan der neue Kommandant der Südstaatentruppen und nicht der Befehlshaber der Nordstaatenarmee vom Potomac. Adam warf einen Blick nach rechts, ein plötzliches Anschwellen des Musketengeknatters im Wald auf dem anderen Flussufer hatte ihn aufmerksam gemacht. Das Gefecht war in der letzten Stunde nur noch sporadisch zu hören gewesen, doch nun verdichtete sich der Schusswechsel zu einem ununterbrochenen Knacken, das klang, als würde trockener Zunder auflodern. Die Schüsse wüteten etwa eine halbe Minute, dann fielen sie in ein stetiges und beinahe monotones Rattern zurück. «Sie müssen über den Fluss zurück nach Maryland!», sagte Adam wütend, als würde ihn die Dickköpfigkeit beleidigen, mit der die Yankees auf dieser Seite des Flusses blieben.

«Erzähl mir lieber noch mehr über McClellan», sagte Starbuck.

«Er ist der kommende Mann», sagte Adam lebhaft. «So etwas passiert im Krieg, weißt du? Die alten Kameraden beginnen den Kampf, und dann trennen die jungen mit den neuen Ideen die Spreu vom Weizen. Es heißt, McClellan ist der neue Napoleon!» Adam hielt inne, offenkundig besorgt, dass er zu angetan von dem neuen, gegnerischen General klingen könnte. «Hast du wirklich einem Mann für Kaffee die Kehle durchgeschnitten?», fragte er unbeholfen.

«Ich war nicht so kaltblütig, wie es sich bei Decker anhört», sagte Starbuck. «Ich habe versucht, den Mann ruhig zu halten, ohne ihn zu verletzen. Ich wollte ihn nicht umbringen.» In Wahrheit war er in dem Moment zu Tode erschrocken, hatte gezittert und war in Panik geraten, und doch hatte er die ganze Zeit gewusst, dass die Sicherheit seiner Männer davon abhing, dass der Krämer ruhig blieb.

Adam verzog das Gesicht. «Ich kann mir nicht vorstellen, jemanden mit einem Messer zu töten.»

«Ich hätte mir auch nie vorgestellt, dass ich es je tun würde», bekannte Starbuck, «aber Truslow hat mich an ein paar uns zugeteilten Schweinen üben lassen, und es ist nicht so schwer, wie man denkt.»

«Gütiger Gott», sagte Adam mit schwacher Stimme. «Schweine?»

«Nur junge», sagte Starbuck, «sind aber trotzdem unheimlich schwer zu töten. Bei Truslow sieht es ganz einfach aus, aber bei ihm sieht alles einfach aus.»

Adam dachte über die Vorstellung nach, das Töten zu üben, als wäre es die Grundlage eines Handwerksberufs. Es schien entsetzlich. «Hättest du den Mann nicht einfach niederschlagen können?», fragte er.

Starbuck lachte über diese Frage. «Ich musste mir bei dem Kerl doch ganz sicher sein, oder etwa nicht? Natürlich musste ich das! Das Leben meiner Männer hing davon ab, dass er ruhig war, und man muss für seine Männer sorgen. Das ist die erste Regel im Kriegshandwerk.»

«Hast du das auch von Truslow gelernt?», fragte Adam.

«Nein.» Starbuck klang erstaunt über die Frage. «Das ist doch wohl eine offensichtliche Regel.»

Adam sagte nichts. Stattdessen dachte er, und nicht zum ersten Mal, wie unterschiedlich Starbuck und er doch waren. Sie hatten sich in Harvard kennengelernt, und jeder von ihnen hatte im jeweils anderen die Qualitäten erkannt, die ihm selbst fehlten. Starbuck war ungestüm und launenhaft, Adam dagegen nachdenklich und penibel. Starbuck war ein Sklave seiner Gefühle, während Adam verzweifelt versuchte, dem harten Diktat eines strengen Gewissens zu folgen. Doch aus diesen Unterschieden war eine Freundschaft erwachsen, die sogar die Spannungen überstanden hatte, die auf die Schlacht bei Manassas gefolgt waren. Adams Vater hatte sich bei Manassas von Starbuck abgewendet, und jetzt sprach Starbuck dieses heikle Thema an, indem er Adam fragte, ob er glaube, dass man seinem Vater eine Brigade unterstellen würde.

«Joe würde ihm gern eine Brigade geben», sagte Adam zweiferlisch. «Joe» war Joseph Johnston, der Befehlshaber der konföderierten Streitkräfte in Virginia. «Aber der Präsident hört nicht auf Joe», fuhr Adam fort, «er legt mehr Wert auf die Meinung von Granny Lee.» General Robert Lees Ansehen war zu Kriegsbeginn reichlich hochgeschraubt gewesen, dann aber hatte man ihm nach einem erfolglosen, unbedeutenden Kampfeinsatz in Westvirginia den Spitznamen «Granny» verliehen.

«Und Lee will nicht, dass dein Vater befördert wird?», fragte Starbuck.

«Das habe ich jedenfalls gehört», sagte Adam. «Lee glaubt anscheinend, dass Vater als Handelsattaché nach England gehen sollte» – Adam lächelte bei dieser Vorstellung –, «was Mutter für eine erstklassige Idee hält. Ich glaube sogar, all ihre Leiden würden verschwinden, wenn sie mit der Queen Tee trinken könnte.»

«Aber dein Vater will seine Brigade?»

Adam nickte. «Und er will die Legion zurück», sagte er, weil er genau wusste, warum sein Freund dieses Thema aufgebracht hatte. «Und wenn er sie bekommt, Nate, dann wird er deinen Abschied verlangen. Ich glaube, er ist immer noch davon überzeugt, dass du Ethan erschossen hast.» Adam bezog sich auf den Tod des Mannes, der Adams Schwester hätte heiraten sollen.

«Ethan wurde von einer Granate getötet», sagte Starbuck mit fester Stimme.

«Das wird Vater niemals glauben», gab Adam traurig zurück, «und er wird sich auch nicht davon überzeugen lassen.»

«Dann sollte ich wohl besser darauf hoffen, dass dein Vater nach

England geht und mit der Queen Tee trinkt», sagte Starbuck unbekümmert.

«Weil du wirklich bei der Legion bleiben wirst?» Adam klang überrascht.

«Ich mag die Legion. Und die Männer mögen mich.» Starbuck sprach leichthin, um sich nicht anmerken zu lassen, wie leidenschaftlich er an der Legion hing.

Adam ging ein paar Schritte schweigend weiter, während das Gewehrfeuer unterbrochen und fern zu ihnen herüberhallte wie ein kleines Scharmützel in einem Krieg, der sie nichts anging. «Dein Bruder», sagte Adam plötzlich, dann hielt er inne, als hätte er das Gefühl, sich auf schwieriges Terrain zu begeben. «Dein Bruder», fing er dann erneut an, «hofft immer noch, dass du in den Norden zurückkehrst.»

«Mein Bruder?» Starbuck konnte seine Überraschung nicht verbergen. Sein älterer Bruder James war bei Manassas in Gefangenschaft geraten und nun Häftling in Richmond. Starbuck hatte James Bücher geschickt, aber keinen Urlaub beantragt, um seinen Bruder zu besuchen. Er fand jede Auseinandersetzung mit seiner Familie zu schwierig. «Hast du ihn gesehen?»

«Nur in Erfüllung meiner Pflicht», sagte Adam und erklärte, dass eine seiner Aufgaben darin bestand, Listen mit den Namen gefangener Offiziere zusammenzustellen, die zwischen dem Norden und dem Süden ausgetauscht werden sollten. «Ich muss gelegentlich ins Gefängnis von Richmond», fuhr Adam fort, «und dort habe ich James letzte Woche gesehen.»

«Wie geht es ihm?»

«Er ist mager und sehr bleich, hofft aber, durch den Gefangenenaustausch freizukommen.»

«Der arme James.» Starbuck konnte sich seinen ängstlichen und pedantischen Bruder nicht als Soldat vorstellen. James war ein sehr guter Anwalt, aber das Ungewisse und das Abenteuer hatte er schon immer gehasst, und das waren nun einmal genau die Dinge, die einen für all die Gefahren und Unbequemlichkeiten des Soldatendaseins entschädigten.

«Er macht sich Sorgen um dich», sagte Adam.

«Und ich mir um ihn», sagte Starbuck und hoffte damit die Predigt abzuwenden, die er von seinem Freund erwartete.

«Es wird ihn bestimmt freuen zu hören, dass du an Gebetstreffen teilnimmst», sagte Adam eifrig. «Er macht sich Sorgen um deinen Glauben. Gehst du jede Woche zur Messe?»

«Sooft ich kann», sagte Starbuck und beschloss, dass er besser das Thema wechseln sollte. «Und du?», fragte er Adam. «Wie geht es dir so?»

Adam lächelte, antwortete aber nicht sofort. Stattdessen errötete er, um dann zu lachen. Ganz eindeutig platzte er beinahe vor Ungeduld, Starbuck eine Neuigkeit mitzuteilen, die er aus Verlegenheit nicht direkt aussprechen, sich aber trotzdem gern entlocken lassen wollte. «Mir geht es bestens», sagte er und ließ den Köder vor Starbucks Nase baumeln.

Starbuck konnte diesen Ton genau deuten. «Du bist verliebt.»

Adam nickte. «Ich glaube tatsächlich, dass es so sein könnte, ja.» Er klang von sich selbst überrascht. «Ja. Wirklich.»

Adams Schüchternheit erfüllte Starbuck mit liebevoller Belustigung. «Und wirst du heiraten?»

«Ich glaube schon, ja. Wir glauben es, in der Tat, aber noch nicht jetzt. Wir dachten, es ist besser zu warten, bis dieser Krieg vorbei ist.» Adams Wangen waren immer noch rot, aber unvermittelt lachte er, augenscheinlich rundum zufrieden, und knöpfte eine Tasche seines Uniformrocks auf, wohl um ein Bild seiner Geliebten herauszuziehen. «Du hast nicht einmal nach ihrem Namen gefragt.»

«Sag mir, wie sie heißt», bat Starbuck gehorsam, dann drehte er sich weg, weil der Beschuss wieder zu hektischer Intensität ange-schwollen war. Zarter Pulverrauch zeigte sich jetzt über den Bäu-men, eine hauchdünne Kriegsflagge, die sich zu undurchdring-lichem Nebel verdichten würde, wenn das Gewehrfeuer mit dieser Frequenz fortgesetzt wurde.

«Sie heißt …», begann Adam, dann unterbrach er sich, weil hinter ihnen ein herangaloppierender Reiter hörbar wurde.

«Sir! Mr. Starbuck, Sir!», rief eine Stimme, und als sich Starbuck umdrehte, sah er den jungen Robert Decker auf Adams Hengst über die Wiese galoppieren. «Sir!» Er winkte Starbuck aufgeregt zu. «Wir haben Befehle erhalten, Sir! Wir haben Befehle! Wir sollen abrücken und gegen sie kämpfen, Sir!»

«Gott sei Dank», sagte Starbuck und rannte in Richtung seiner Kompanie.

«Sie heißt Julia», sagte Adam zu niemandem und sah seinem Freund stirnrunzelnd nach. «Sie heißt Julia.»

«Sir?», fragte Robert Decker verwirrt. Er war aus dem Sattel geglitten und wollte Adam die Zügel übergeben.

«Ach nichts, Robert.» Adam nahm die Zügel. «Ganz und gar nichts. Geh zurück zur Kompanie.» Er beobachtete, wie Nate den Soldaten der Kompanie K etwas zurief, sah die Begeisterung der Männer, die von ihrer Rast zum Töten geholt wurden. Dann knöpfte er seine Rocktasche wieder zu, um die ledergebundene Fotografie seines Mädchens zu schützen, bevor er in den Sattel stieg und zur Legion seines Vaters hinüberritt. Die nun unmittelbar vor ihrem zweiten Kampf stand.

An den stillen Ufern des Potomacs.

Die beiden Stellen, an denen die Yankees den Fluss überquerten, lagen fünf Meilen auseinander, und General Nathan Evans hatte zu beurteilen versucht, welcher Einmarsch für seine Brigade die ernstere Gefahr darstellte. Der östliche hatte die Mautstraße abgeschnitten und schien so die größere taktische Bedrohung zu sein, weil er seine Verbindung mit Johnstons Hauptquartier in Centreville unterbrach, aber die Yankees schickten den wenigen Soldaten, die dort den Fluss überquert hatten, keine Verstärkung nach. Dagegen gab es mehr und mehr Berichte über Infanterienachschub, der bei Harrison's Island über den Fluss setzte und den abschüssigen Hang zu dem bewaldeten Steilufer von Ball's Bluff hinaufstieg. Es war dort, entschied Evans, wo sich die gegnerische Gefahr konzentrierte, und es war dort, wohin er nun den Rest seiner Männer aus Mississippi und seine beiden Regimenter aus Virginia schickte. Das 8th Virginian beorderte er auf die Seite von Ball's Bluff, die ihnen am nächsten lag, Bird aber sollte sich auf der entfernteren westlichen Flanke postieren. «Gehen Sie durch die Stadt», erklärte er Bird, «dort schließen Sie sich mit den restlichen Jungs aus Mississippi zusammen. Und anschließend räumen Sie mit den Yankee-Bastarden auf.»

«Mit Vergnügen, Sir.» Bird wandte sich ab und rief seine Befehle. Die Bündel und eingerollten Decken der Männer sollten mit einer Gepäckwache zurückgelassen werden. Alle anderen Mitglieder der Legion sollten westwärts abrücken, ausgerüstet mit einem Gewehr, sechzig Schuss Munition und allen anderen Waffen, die sie mitnehmen wollten. Im Sommer, als sie in den Krieg aufgebrochen waren, hatten die Männer schwer getragen an all den Tornistern und Habersäcken, Feldflaschen und Patronentaschen, Decken und Bodenplanen, Jagdmessern und Revolvern, Bajonetten und Gewehren, und zusätzlich an dem, womit die Familien die Männer ausgestattet hatten, damit sie geschützter waren und es warm und trocken hatten. Einige Männer hatten Büffelfellumhänge getragen, andere waren gar mit metallenen Brustpanzern ausgerüstet, die sie vor den Kugeln der Yankees schützen sollten, doch nun hatten nur wenige Männer mehr als Gewehr und Bajonett, eine Feldflasche, einen Habersack und eine Bodenplane sowie eine Decke, die sie zusammengerollt schräg vor ihrer Brust trugen. Alles andere behinderte sie bloß. Die meisten hatten ihre pappverstärkten Kappen ausgemustert und zogen Schlapphüte vor, die auch ihren Nacken vor der Sonne schützten. Von den hohen, steifen Stiefeln hatten sie die Schäfte abgeschnitten, damit sie wie in normalen Schuhen darin gehen konnten, und die schönen doppelreihigen Messingknöpfe von ihren langen Uniformröcken waren abgerissen, um als Zahlungsmittel für Apfelsaft oder süße Milch von den Bauernhöfen in Loudon County zu dienen, während viele der langen Mantelschöße abgeschnitten und als Flickmaterial für Löcher in den Kniehosen oder an den Ärmelellbogen verwendet worden waren. Im Juni, als die Legion bei der Stadt Faulconer Court House exerzierte, hatte das Regiment so adrett und gut ausgerüstet ausgesehen, wie es sich jeder Soldat auf der Welt nur wünschen konnte, doch nun, nach einer einzigen Schlacht und drei Monaten Postendienst an der Grenze, sahen sie aus wie ein Bettlerheer, allerdings waren sie alle wesentlich bessere Soldaten geworden. Sie waren schlank, gebräunt, fit und sehr gefährlich. «Sie haben immer noch ihre Illusionen, weißt du», sagte Thaddeus Bird zu seinem Neffen. Adam ritt seinen edlen Rothengst, während Major Bird wie immer zu Fuß ging.

«Illusionen?»

«Wir halten uns für unbesiegbar, weil wir jung sind. Nicht ich, das versteht sich, aber die Jungs. Ich hatte es mir als Schulmeister zur Aufgabe gemacht, der Jugend die größten Trugschlüsse abzuerziehen; inzwischen versuche ich, den Unsinn zu erhalten.» Bird hob seine Stimme, sodass ihn die Männer der Kompanie, die in seiner Nähe vorrückten, hören konnten. «Ihr werdet ewig leben, ihr Schlawiner, solange ihr eins nicht vergesst! Und das wäre?»

Einen Augenblick lang trat Stille ein, dann riefen ein paar Männer durcheinander: «Niedrig zielen.»

«Lauter!»

«Niedrig zielen!» Dieses Mal hatte die gesamte Kompanie die Antwort zurückgebrüllt, dann begannen die Männer zu lachen, und Bird strahlte sie an wie ein Schulmeister, der stolz auf die Fortschritte seiner Zöglinge war.

Die Legion marschierte über die staubige Hauptstraße von Leesburg, wo eine kleine Gruppe Männer vor dem Loudon County Court House stand und eine etwas größere vor Makepiece's Tavern gegenüber. «Gebt uns Gewehre!», rief ein Mann. Anscheinend waren sie die County-Miliz und hatten weder Waffen noch Munition zur Verfügung, auch wenn sich eine Handvoll Männer mit eigenen Mitteln ausgerüstet hatte und trotzdem Richtung Schlachtfeld gezogen war. Einige schlossen sich der Legion in der Hoffnung an, auf dem Feld eine weggeworfene Waffe zu finden. «Was ist denn los, Colonel?», fragten sie Adam, weil sie die scharlachroten Paspeln und die goldenen Sterne seiner Uniform irrtümlich als Hinweis darauf sahen, dass er das Regiment kommandierte.

«Es gibt keinen Grund zur Aufregung», versicherte ihnen Adam. «Das sind nur ein paar verirrte Nordstaatler.»

«Machen aber einen ganz schönen Lärm, oder?», rief eine Frau, und die Yankees waren wirklich viel lauter, nachdem es Senator Baker gelungen war, seine drei Kanonen über den Fluss und den steilen, schlüpfrigen Pfad zur Kuppe des Steilufers hinaufzuschaffen, wo die Kanoniere die Läufe ihrer Waffen mit drei Granatenschüssen durchgeblasen hatten, die krachend durch den Wald gefegt waren.

Baker, der nun das Kommando übernahm, fand die Aufstellung seiner Truppen viel zu weit verstreut. Das 20th Massachusetts war auf der Anhöhe im Wald postiert, während das 15th über das zerstampfte Feld, durch den Wald auf der anderen Seite und bis zu den offenen Hängen oberhalb von Leesburg vorgestoßen war. Baker rief das 15th zurück und bestand darauf, dass sie zur Linken des 20th eine Gefechtslinie aufstellten. «Wir beziehen hier Stellung», verkündete er, «während New York und Kalifornien zu uns stoßen!» Er zog sein Schwert und vollführte mit der ziselierten Klinge einen Hieb, um eine Brennnessel zu köpfen. Die Kugeln der Rebellen zischten über ihnen vorbei und rissen gelegentlich Blätter ab, die dann in der warmen, milden Luft zerfetzt zu Boden segelten. Hier im Wald schienen die Kugeln zu pfeifen, und irgendwie nahm ihnen dieses seltsame Geräusch ihren Schrecken. Der Senator, der als Freiwilliger im Krieg gegen Mexiko gekämpft hatte, machte sich keine Sorgen, im Gegenteil, er war von dem Hochgefühl eines Mannes erfüllt, der die Gelegenheit kommen sieht, zu wahrer Bedeutung aufzusteigen. Das würde sein Tag werden! Er drehte sich um, als Colonel Milton Cogswell, der Kommandant des Tammany-Regiments, keuchend auf der Kuppe des Steilufers ankam. «‹Ein Stoß in Euer Signalhorn wiegt tausend Männer auf!›» Baker begrüßte den schwitzenden Colonel mit einem scherzhaften Zitat.

«Ich nehme lieber die verdammten Männer, Sir, wenn Sie nichts dagegen haben», erwiderte Cogswell säuerlich und zuckte gleich darauf zusammen, als ein paar Kugeln durch das Laubwerk über seinem Kopf zischten. «Welche Absichten verfolgen wir, Sir?»

«Welche Absichten, Milton? Unsere Absichten sind der Sieg, der Ruhm, das Ansehen, der Frieden, Vergebung, Versöhnung, Großmut, Wohlstand, Zufriedenheit und das sichere Versprechen, dass wir im Himmel entlohnt werden.»

«Dürfte ich dann vorschlagen, Sir», sagte Cogswell in einem Versuch, den überschwänglichen Senator zu ernüchtern, «dass wir vorrücken und dieses Wäldchen dort besetzen?» Er deutete auf die Bäume jenseits der zertrampelten Wiese. Dass Baker das 20th Massachusetts aus diesem Wald abgezogen hatte, war gleichbedeutend mit dem Abtreten des Waldes an die Rebellen, und schon hatten sich die ersten grauuniformierten Infanteristen im Unterholz eingenistet.

«Diese Gauner sind kein Problem», sagte Baker geringschätzig. «Unsere Artillerie wird sie wegputzen. Wir sind nur einen Augenblick hier, nur so lange, bis wir uns gesammelt haben, und dann rücken wir vor. Auf zum Ruhm!»

Eine Kugel peitschte so dicht über die beiden Männern hinweg, dass Cogswell vor ärgerlicher Verblüffung einen Fluch ausstieß. Sein Ärger galt nicht dem Umstand, dass der Schuss sie nur knapp verfehlt hatte, sondern der Feststellung, dass er von einem höhergelegenen Felskopf am östlichen Ende des Steilufers gekommen war. Der Felskopf war die höchste Erhebung des Steilufers und ragte über den Wald, in dem sich die Nordstaatentruppen sammelten. «Besetzen wir denn diese Anhöhe dort nicht?», fragte Cogswell entsetzt.

«Nicht nötig! Nicht nötig», sagte Baker. «Wir rücken ohnehin bald vor! Auf zum Sieg!» Baker schlenderte davon, vollkommen unbekümmert in seinem Selbstbewusstsein. An der Innenseite seines Hutes, wo er früher vor seinen Gerichtsterminen die Rechtskommentare unters Schweißband gesteckt hatte, befanden sich nun die Befehle General Stones. «Colonel», lautete die hastig gekritzelte Order, «falls vor Harrison's Island schweres Feuer eröffnet werden sollte, rücken Sie entweder mit dem kalifornischen Regiment Ihrer Brigade vor oder ziehen die Regimenter unter den Colonels Lee und Devens von der Virginia-Seite des Flusses zurück, nachdem Sie dort angekommen sind und das Kommando übernommen haben, ganz wie Sie es für richtig halten.» All das hatte nach Bakers Einschätzung kaum etwas zu bedeuten, außer dass nun er das Kommando führte, dass es ein sonniger Tag war, der Feind vor ihm lag und der Kriegsruhm in greifbare Nähe rückte. ««Ein Stoß in Euer Signalhorn»», skandierte der Senator die Zeilen Sir Walter Scotts, während er zwischen den Nordstaatentruppen hindurchging, die sich dort unter den Bäumen sammelten, «‹wiegt tausend Männer auf!› Feuert zurück, Männer! Lasst die Gauner spüren, dass wir hier sind! Immer weiterfeuern, Jungs! Macht ihnen Feuer unterm Arsch! Sie sollen wissen, dass der Norden zum Kampf gekommen ist!»

Lieutenant Wendell Holmes streifte seinen langen, grauen Uniformmantel ab, faltete ihn sorgsam zusammen und legte ihn unter einen Baum. Er zog seinen Revolver, prüfte den korrekten Sitz der Zündhütchen über den Zapfen, und dann feuerte er auf die fernen, schattenhaften Umrisse der Rebellen. Die klare Stimme des Senators echote immer noch durch den Wald, interpunktiert durch das Krachen und Husten von Holmes' Revolver. «‹Heil dem Anführer›», deklamierte Holmes leise die Zeile aus demselben Gedicht wie Baker, «‹der im Triumph vorwärtsrückt.›»

Senator Baker holte eine kostspielige Uhr hervor, die ihm seine Anwaltskollegen und Freunde vom Gericht in Kalifornien zu seiner Berufung in den US-Senat geschenkt hatten. Der Tag verging schnell, und wenn er Leesburg vor dem Dunkelwerden einnehmen und sichern wollte, würde er sich beeilen müssen. «Vorwärts jetzt!» Baker schob die Uhr in seine Westentasche zurück. «Alle zusammen! Alle zusammen! Auf, Männer, auf! Auf nach Richmond! Auf zum Ruhm! Auf für die Union, Männer, gemeinsam für die Union!»

Die Flaggen wurden gehoben, das glorreiche Sternenbanner, und daneben die weiße Seidenflagge des Commonwealth of Massachusetts, auf deren eine Seite mit leuchtenden Farben das Wappen gestickt war und auf die andere das Motto *Fide et Constantia* – Treue und Beständigkeit. Die Seide flatterte im Sonnenschein, als die Männer jubelnd aus der Deckung brachen und angriffen.

Um zu sterben.

«Feuer!» Zwei komplette Regimenter aus Mississippi lagen nun in dem Wald, und das Mündungsfeuer der Gewehre züngelte über die Lichtung auf die Nordstaatler zu, die dort plötzlich aufgetaucht waren. Kugeln schlugen splitternd in Robinien ein und zerrissen die hellgelben Blätter der Ahorne. Ein Dutzend Nordstaatler ging in der Salve zu Boden. Einer, ein Mann, der niemals im Leben geflucht hatte, begann Verwünschungen auszustoßen. Ein Möbelschreiner aus Boston starrte verwundert auf den Blutfleck, der sich auf seiner Uniform ausbreitete, und dann, während er versuchte in Deckung zurückzukriechen, rief er nach seiner Mutter.

«Feuer!» Colonel Eps vom 8th Virgina hielt die Anhöhe und kontrollierte die östliche Flanke der Yankees. Seine Schützen ließen eine mörderische Salve auf die Nordstaatler niedergehen. So viele Kugeln prallten jaulend und heulend von den Bronzerohren der Yankee-Haubitzen ab, dass die Kanoniere den abschüssigen Hang zum Ufer hinabflüchteten, um sich vor dem Hornissengesirre der zischend dahinjagenden Rebellenkugeln in Sicherheit zu bringen.

«Feuer!» Weitere Männer aus Mississippi eröffneten das Feuer. Sie lagen bäuchlings zwischen den Bäumen oder knieten hinter den Stämmen, von wo sie durch den Schießpulverrauch spähten, um festzustellen, ob ihre Salven den Nordstaaten-Angriff zurückgeschlagen hatte. Unter den Männern aus Mississippi waren einige aus Leesburg und von den umliegenden Bauernhöfen, die Vogelflinten und Schrotgewehre auf die geschwächten Yankees abfeuerten. Ein Sergeant aus New York verfluchte seine Männer auf Gälisch, aber die Flüche nutzten nichts, und eine Kugel zerschmetterte ihm den Ellbogen. Die Nordstaatler zogen sich in den Wald zurück, suchten hinter Bäumen und umgestürzten Stämmen Deckung und luden ihre Musketen und Gewehre nach. Für zwei der Kompanien aus Massachusetts war unter deutschen Einwanderern rekrutiert worden, und ihre Offiziere brüllten in dieser Sprache, mahnten die Männer, der Welt zu zeigen, wie Deutsche kämpfen können. Andere Nordstaatenoffiziere gaben vor, der Kugelhagel, der über die Kuppe des Steilufers peitschte, würde sie kalt lassen. Sie schlenderten lässig zwischen den Bäumen umher, weil sie wussten, dass die Demonstration sorgloser Tapferkeit eine unentbehrliche Qualifikation für einen höheren Rang war. Diese Demonstration bezahlten sie mit Blut. Viele Männer des 20th Massachusetts hatten ihre schönen neuen, scharlachrot gefütterten Uniformmäntel an Äste gehängt, und die Kleidungsstücke zuckten, als die Kugeln an dem dicken grauen Stoff zupften und rissen. Die Kampfgeräusche waren nun gleichmäßig geworden. Sie klangen wie reißender Kalikostoff oder brennender Röhricht, doch in dieses knackende Knistern drängten sich das Schluchzen der Verwundeten, die Schreie der Verletzten und der rasselnde Atem der Sterbenden.

Senator Baker rief seinen Stabsoffizieren zu, sie sollten eine der aufgegebenen Haubitzen bemannen, doch keiner von ihnen wusste, wie man ein Zündloch schussbereit machte, und der Kugelhagel der Männer aus Virginia trieb die Offiziere zurück in die Deckung des Waldes. Zurück blieben ein toter Major und ein Lieutenant, der Blut hustend von der Kanone wegtaumelte. Eine Kugel riss ein Stück Holz aus einer Radspeiche der Haubitze, eine andere traf die Mündung, und eine dritte durchlöcherte den Wasserkübel.

Aus Wut darüber, dass ihr Colonel erschossen worden war, versuchte eine Gruppe Männer aus Mississippi über das Stück holprige Weide anzugreifen, doch sobald sich die Männer am Saum des Waldes zeigten, überzogen die frustrierten Nordstaatler sie mit Feuer. Nun war es an den Rebellen, sich zurückzuziehen, wobei sie drei Tote und zwei Verwundete zurückließen. Auf der rechten Flanke der Massachusetts-Linie feuerte immer noch die Vierzehnpfünder-Kanone, aber die Kanoniere aus Rhode Island hatten ihren kleinen Vorrat an Granaten verbraucht und konnten nur noch mit massiven Eisenbolzen schießen. Die Granaten, die kurz nach dem Austritt aus dem Kanonenrohr explodierten und einen verheerenden Geschosshagel aus Musketenkugeln in die Reihen der Feinde jagten, eigneten sich bestens zum Töten auf kurze Distanz, die massiven Bolzen jedoch waren für genaue Zielschüsse auf weite Entfernung ausgelegt und brachten nichts, wenn man Infanterie aus einem Waldstück verjagen wollte. Die Bolzen, eine Art langgestreckte Kanonenkugeln, flogen kreischend über die Lichtung und verschwanden entweder in der Ferne oder ließen weiße, frische Holzkeile aus Baumstämmen splittern. Der Kanonenrauch quoll als übelriechende Wolke bis zu zwanzig Schritt vor die Mündung, wo er als dichter Vorhang hängenblieb und die rechte Flanke des 20th Massachusetts verbarg. «Vorwärts, Harvard!», rief ein Offizier. Zumindest zwei Drittel der Offiziere aus dem Regiment waren aus Harvard gekommen, ebenso wie sechs seiner Sergeanten und Dutzende seiner einfachen Soldaten. «Vorwärts, Harvard!», rief der Offizier erneut, und er trat vor, um seinen Männern mit gutem Beispiel voranzugehen, aber da traf ihn eine Kugel unterm Kinn, und sein Kopf wurde heftig nach hinten gerissen. Blut sprühte um sein Gesicht, als er langsam zu Boden sackte.

Wendell Holmes beobachtete mit trockenem Mund, wie der getroffene Offizier zuerst in die Knie ging und dann nach vorn kippte. Holmes rannte los, um dem Mann zu helfen, aber zwei andere Soldaten waren näher und zogen den Verletzten zurück zwischen die Bäume. Der Offizier war bewusstlos, sein blutüberströmter Kopf zuckte, dann stieß er ein scharfes, rasselndes Geräusch aus, und Blutblasen quollen aus seiner Kehle. «Er ist tot», sagte einer der Männer, die den Verletzten in die Deckung zurückgezogen hatten. Holmes starrte auf den toten Mann hinab und spürte, wie ihm der saure Magensaft im Hals aufstieg. Irgendwie gelang es ihm, den Brechreiz zu unterdrücken, während er sich abwandte und sich zwang, mit vorgetäuschter Unbekümmertheit zwischen den Männern seiner Kompanie umherzugehen. In Wahrheit hätte er sich am liebsten auf den Boden gekauert, aber er wusste, dass er seinen Männern gegenüber Furchtlosigkeit zeigen musste, und deshalb schritt er mit gezogenem Schwert zwischen ihnen auf und ab und unterstützte sie, soweit er konnte. «Jetzt niedrig zielen. Zielt sorgfältig! Verschwendet eure Munition nicht. Achtet darauf, wo sie sind!» Seine Männer bissen Patronen auf und bekamen von dem Schießpulver einen salzigen Geschmack im Mund. Ihre Gesichter waren geschwärzt vom Pulverrauch, ihre Augen rot gerändert. Holmes, der auf einem sonnenbeschienenen Fleckchen stehen geblieben war, hörte plötzlich Rebellenstimmen genau die gleichen Ratschläge rufen. «Niedrig zielen!», rief ein Offizier der Konföderierten. «Zielt auf die Offiziere!» Holmes beeilte sich weiterzugehen und widerstand der Versuchung, hinter den von Kugeln vernarbten Baumstämmen stehen zu bleiben.

«Wendell!», rief Colonel Lee.

Lieutenant Holmes drehte sich zu seinem Kommandooffizier um. «Sir!»

«Erkunden Sie unsere rechte Seite, Wendell! Vielleicht können wir diese Gauner auf der Flanke umgehen.» Lee deutete auf den Wald jenseits der Feldkanone. «Finden Sie heraus, wie lang die Gefechtslinie der Rebellen ist. Schnell jetzt!»

Holmes, der so die Genehmigung bekommen hatte, seine einstudierte Lässigkeit aufzugeben, rannte durch den Wald zur offenen rechten Flanke der Nordstaaten-Linie. Zu seiner Rechten, unterhalb von ihm und hinter den Bäumen, glitzerte frisch und kühl der Fluss, und der Anblick des Wassers wirkte seltsam tröstlich. Er kam an seinem grauen Uniformmantel vorbei, den er so säuberlich zusammengefaltet an den Fuß eines Ahorns gelegt hatte, rannte hinter der Linie der Männer aus Rhode Island entlang, die dabei waren, ihre Kanone zu bemannen, und dann weiter zur Flanke. Und dort, als er gerade aus dem Rauch gekommen war und sehen konnte, dass in dem Wald auf der anderen Seite tatsächlich keine Rebellen waren und Colonel Lee dadurch die Gelegenheit hatte, einen Haken um die linke Flanke der Konföderierten zu schlagen, traf ihn eine Kugel in die Brust.

Er erbebte, sein gesamter Körper wurde von dem peitschenden Schlag der Kugel erschüttert. Die Luft wurde ihm aus den Lungen gepresst, sodass er einen Moment nicht atmen konnte, und doch fühlte er sich merkwürdig ruhig und losgelöst, sodass er genau mitverfolgen konnte, was er gerade erlebte. Die Kugel, denn er war sicher, dass es eine Kugel war, hatte ihn mit der Wucht eines Pferdetritts getroffen. Zuerst hatte er das Gefühl, vollkommen gelähmt zu sein, doch als er zu atmen versuchte, entdeckte er freudig überrascht, dass seine Lungen trotz allem ihren Dienst taten, und ihm wurde bewusst, dass es sich um keine echte Lähmung handelte, sondern nur um eine Unterbrechung seiner Verstandeskontrolle über seine Körperbewegungen. Außerdem wurde ihm bewusst, dass diese Sinneswahrnehmungen für seinen Vater, einen Medizinprofessor in Harvard, höchst interessant wären, und so hob er die Hand zu der Tasche, in der er sein Notizbuch und einen Stift aufbewahrte, doch dann, ohne etwas dagegen unternehmen zu können, begann er vornüber zu kippen. Er versuchte nach Hilfe zu rufen, doch kein Ton kaum aus seiner Kehle, und dann versuchte er die Hände zu heben, um seinen Fall zu bremsen, doch mit einem Mal schienen seine Arme vollkommen kraftlos. Sein Schwert, dass er zu Beginn seines Laufs gezogen hatte, fiel auf den Boden, und er sah einen Blutstropfen auf die spiegelblanke Klinge spritzen, und dann fiel er der Länge nach über den Stahl, und durch seine Brust jagte ein schrecklicher Schmerz, sodass er vor Angst und Qual laut aufschrie. Vor seinen Augen erschien ein Bild seiner Familie in Boston, und er wollte weinen.

«Lieutenant Holmes ist getroffen!», rief ein Mann.

«Holt ihn! Bringt ihn zurück!», befahl Colonel Lee, dann ging er selbst los, um nachzusehen, wie schwer Holmes verwundet war. Ein paar Sekunden wurde er von den Artilleristen aus Rhode Island aufgehalten, die den Infanteristen zuriefen, aus dem Weg zu bleiben, solange sie die Kanone abfeuerten. Die Kanone ruckte auf ihrem Sporn zurück, während sie Rauch und Flammen über die sonnige Lichtung spie. Jedes Mal, wenn sie abgefeuert wurde, sprang sie ein paar Fuß weiter zurück, sodass ihr Sporn eine grob gepflügte Furche in der blätterübersäten Erde hinterließ. Die Geschützmannschaft war zu beschäftigt, um die Kanone wieder nach vorne zu hieven, und jeder neue Schuss wurde von ein paar Fuß weiter hinten abgefeuert als der vorhergehende.

Colonel Lee erreichte Holmes, als der Lieutenant gerade auf die Trage gehoben wurde. «Es tut mir leid, Sir», brachte Holmes heraus.

«Nicht sprechen, Wendell.»

«Es tut mir leid», wiederholte Holmes. Lee blieb stehen, um das Schwert des Lieutenants aufzuheben, und fragte sich, warum so viele Männer glaubten, verwundet zu werden sei ihre eigene Schuld.

«Sie haben es gut gemacht, Wendell», sagte Lee nachdrücklich, dann brachte ihn plötzlicher Jubel dazu, sich umzudrehen. Er sah, dass eine Einheit neuer Rebellentruppen in dem Wald gegenüber ankam, und er wusste, dass er nun keine Chance mehr hatte, einen Haken um die ungeschützte Flanke des Gegners zu schlagen. In der Tat sah es sogar so aus, als könnte der Gegner seine eigene Flanke umlaufen. Er fluchte leise vor sich hin, dann legte er Holmes' Schwert neben den verwundeten Lieutenant auf die Trage. «Bringen Sie ihn vorsichtig hinunter», sagte Lee, dann zuckte er zusammen, als ein Corporal zu schreien begann, weil sich eine Kugel in seinen Bauch gebohrt hatte. Ein weiterer Mann taumelte mit einem blutgefüllten Auge zurück, und Lee fragte sich, warum in Gottes Namen Baker nicht den Rückzug befohlen hatte. Es war Zeit, sich über den Fluss zurückzuziehen, bevor sie noch alle hier starben.

Auf der anderen Seite der Lichtung hatten die Rebellen jenes dämonische Gebrüll angestimmt, von dem Nordstaaten-Veteranen aus der Schlacht von Manassas behaupteten, es sei der Auftakt zur Katastrophe gewesen. Es war ein unheimlicher, heulender, unmenschlicher Lärm, der Colonel Lee reine Schauder des Entsetzens über den Rücken jagte, ein langgezogenes Jaulen, wie von einem Tier, das seinen Triumph über einen Rivalen hinausbrüllt, und es war dieser Klang, so befürchtete Lee, der die Niederlage der Nordstaaten begleiten würde. Ein Zittern überlief ihn, dann packte er sein Schwert ein wenig fester und ging los, um den Senator zu suchen.

Die Legion Faulconer erstieg den langen Hang in Richtung des Kampfes. Es hatte länger gedauert als erwartet, durch die Stadt zu marschieren und den richtigen Weg zum Fluss zu finden, und nun war es später Nachmittag, und einige der selbstbewussteren Männer beschwerten sich, weil sie glaubten, die Yankees würden schon alle tot und ausgeplündert sein, bevor sich die Legion Faulconer ihren Anteil an der Beute sichern konnte, während die Ängstlichen anmerkten, dass der Kampflärm unvermindert weiterging. Die Legion war nun nahe genug, um den bitteren, stechenden Geruch von Schießpulver wahrzunehmen, den ein schwacher Nordwind zusammen mit den Rauchschwaden durch das grüne Laub trieb wie Winternebel. Zu Hause, dachte Starbuck, mussten sich nun schon alle Blätter gefärbt und die Hügel um Boston in ein prachtvolles Wunder aus Gold, Scharlachrot, flammendem Gelb und sattem Braun verwandelt haben, aber hier, an der nördlichen Grenze der Südstaaten-Konföderation, war nur der Ahorn golden geworden, und die anderen Bäume waren immer noch mit dichtem Grün belaubt, auch wenn der Kugelhagel, der von irgendwo tief im Wald abgefeuert wurde, an ihren Blättern zupfte und riss.

Die Legion marschierte über die wie Aussatz wirkenden Brandflecken auf dem Stoppelfeld, die noch zeigten, wo Duffs Kompanie aus den Countys Pike und Chickasaw den Yankee-Vorstoß zum Stillstand gebracht hatten. Die brennenden Schusspflaster ihrer Gewehre, die mit den Kugeln aus den Läufen geschossen wurden, hatten kleine Brandstellen verursacht, die nach einer Weile erloschen waren und Aschenarben auf dem Feld zurückgelassen hatten. Es gab auch ein paar Stellen mit Blutlachen, aber die Legion war zu stark von dem Kampf auf der Kuppe abgelenkt, um sich Sorgen über diese Zeichen einer früheren Schlacht zu machen.

Am Waldrand zeigten sich weitere Hinweise auf den Kampf. Ein Dutzend Offizierspferde war dort angepflockt, und etwa zwanzig Männer wurden von Ärzten behandelt. Ein mit frischer Munition beladenes Maultier wurde in den Wald geführt, während ein anderes mit leeren Körben herausgebracht wurde. Ein Sklave, der als Diener seines Herren mit in den Kampf gezogen war, rannte mit Feldflaschen, die er am Brunnen des nächsten Bauernhofs aufgefüllt hatte, hügelaufwärts. Wenigstens zwanzig Kinder waren von Leesburg gekommen, um die Schlacht zu beobachten, und ein Sergeant aus Mississippi versuchte, sie aus der Reichweite der Nordstaatenkugeln zu verscheuchen. Ein kleiner Junge hatte die gewaltige Schrotflinte seines Vaters auf das Feld geschleppt und bettelte darum, vor dem Schlafengehen wenigstens einen Yankee totschießen zu dürfen. Der Junge zuckte nicht einmal zusammen, als ein Vierzehnpfünder-Massivbolzen aus dem Wald geschossen kam und knapp über ihre Köpfe hinwegjagte. Das Geschoss schien fast den halben Weg zum Catoctin Mountain zurückzulegen, bevor es mit einer riesigen Fontäne in einem Wasserlauf kurz hinter der Licksville Road niederging. Die Legion war nun nur noch sechzig Schritt vom Wald entfernt, und die Offiziere, die noch ritten, stiegen ab und hämmerten Eisenpflöcke in den Boden, während Captain Hinton, der stellvertretende

Kommandooffizier der Legion, vorausrannte, um genau festzustellen, wo die linke Flanke der Männer aus Mississippi lag.

Die meisten von Starbucks Männern waren bester Stimmung. Ihre Erleichterung darüber, Manassas überlebt zu haben, hatte sich in den langen Wochen des Postenstehens am Potomac in Langeweile verwandelt. Diese Wochen hatten so gar nicht wie Kriegswochen gewirkt, sondern wie ein Sommeridyll an einem kühlen Fluss. Immer wieder einmal gab ein Mann der einen oder anderen Seite aufs Geratewohl einen Schuss übers Wasser ab, und danach lauerten ein oder zwei Tage lang Späher im Wald, doch zumeist hatten sich die beiden Seiten nach dem Prinzip ‹leben und leben lassen› verhalten. Männer waren in Sicht der Zielfernrohre ihrer Gegner schwimmen gegangen, hatten ihre Kleidung gewaschen und ihre Pferde getränkt und hatten zwangsläufig Bekanntschaft mit den Spähern der anderen Seite geschlossen und seichte Stellen entdeckt, an denen sie sich in der Mitte des Flusses treffen konnten, um Zeitungen oder Tabak aus dem Süden gegen Kaffee aus dem Norden zu tauschen. Jetzt aber, wo sie darauf bedacht waren, sich als die besten Soldaten der Welt zu beweisen, vergaßen die Männer der Legion die freundliche Stimmung des Sommers und schworen stattdessen, dem lügenden und stehlenden Yankee-Gesindel beizubringen, was es hieß, über den Fluss zu kommen, ohne sich vorher bei den Rebellen eine Genehmigung geholt zu haben.

Captain Hinton tauchte wieder am Waldrand auf und legte die Hände wie einen Trichter um den Mund. «Kompanie A zu mir!»

«Auf der linken Seite der Kompanie A Aufstellung nehmen!», rief Bird den übrigen Männern der Legion zu. «Fahneneinheit zu mir!»

Einer der Kanonenbolzen raste durch den Wald und ließ Blätter und Holzsplitter auf die vorrückenden Männer regnen. Starbuck sah, wo ein früherer Schuss einen Ast von einem Stamm gerissen und eine schockierend frische Narbe in dem hellen, sauberen Holz zurückgelassen hatte. Der Anblick schnürte ihm mit einem Mal die Kehle zusammen, und sein Puls schlug zugleich vor Angst und vor Begeisterung.

«Fahneneinheit zu mir!», rief Bird noch einmal, und die Standartenträger hoben ihre Flaggen ins Sonnenlicht und rannten zum Major. Die Flagge der Legion war nach dem Familienwappen der Faulconers gestaltet und zeigte über dem Familienmotto «Forever Ardent» – «Leidenschaft allezeit» – drei rote Halbmonde auf einem Hintergrund aus weißer Seide. Die zweite Flagge war die Nationalfahne der Konföderation, zwei waagerechte rote Streifen über und unter einem weißen Streifen sowie ein blaues Feld im oberen Quadranten an der Stangenseite, das ein Kreis aus sieben weißen Sternen schmückte. Nach Manassas war Kritik laut geworden, dass die Flagge der Nordstaatenflagge zu stark ähnele und Südstaatler versehentlich auf ihre eigenen Truppen gefeuert hätten, weil sie glaubten, Nordstaatler vor sich zu haben. Gerüchten zufolge wurde in Richmond an einer neuen Flagge gearbeitet, doch an diesem Tag würde die Legion unter der von Kugeln zerfetzten Seide ihrer alten Konföderiertenflagge kämpfen.

«Lieber Herr Jesus, erspare mir den Tod, lieber Herr Jesus, erspare mir den Tod», betete Joseph May, einer von Starbucks Männern, während er hinter Sergeant Truslow herkeuchte. «Erspare mir den Tod, o Herr, erspare mir den Tod.»

«Spar dir lieber deinen Atem, May!», knurrte Truslow.

Die Legion war in Kompanie-Kolonnen vorgerückt und scherte nun nach links aus, wobei sie die Marschkolonne in eine Kampflinie umformierte. Kompanie A erreichte als erste den Wald, und Starbucks Kompanie K würde als letzte dort ankommen. Adam Faulconer ritt neben Starbuck. «Steig von dem Pferd ab, Adam!», schrie Starbuck zu seinem Freund hinauf. «Sonst bist du sofort tot!» Er musste schreien, weil das Krachen der Musketen so laut war, doch das Geräusch erfüllte Starbuck mit einem seltsamen Hochgefühl. Er wusste genauso gut wie Adam, dass es falsch war, Kriege zu führen. Es war eine Sünde, es war grauenvoll, aber genauso wie die Sünde besaß der Krieg eine schreckliche Verführungskraft. Wenn man einen Krieg überlebte, dachte Starbuck, konnte man es mit allen Schwierigkeiten aufnehmen, die das Leben einem noch zumuten würde. Es war ein Spiel mit unglaublich hohem Einsatz, aber auch eines, bei dem Privilegien nicht für Vorteile sorgten, bis auf die Gelegenheit, bei dem ganzen Spiel nicht mitzumachen, und wer seine Privilegien dazu nutzte, war eben einfach kein Mann, sondern nichts weiter als ein speichelleckerischer Feigling. Hier, wo die Luft von stinkendem Rauch erfüllt war und der Tod durchs grüne Blattwerk heranjagte, vereinfachte sich das Dasein bis zur Absurdität. Plötzlich stieß Starbuck einen Jubelschrei aus, so sehr erfüllte ihn die schiere Freude über diesen Moment. Hinter ihm rückte die Kompanie K mit geladenen Gewehren durch den Wald vor. Die Männer hatten den Jubelschrei ihres Captains gehört, und sie hörten den Rebellenruf von den Truppen auf ihrer rechten Seite, und sie begannen ebenfalls, dieses dämonische, jaulende Kreischen auszustoßen, das von den Rechten der Südstaaten sprach und von ihrem Stolz und von den tapferen Männern des Südens, die zum Töten hierhergekommen waren.

«Macht ihnen die Hölle heiß, Männer!», rief Bird. «Macht ihnen die Hölle heiß!»

Und die Legion gehorchte.

Baker starb.

Der Senator hatte versucht, seine Männer zu beruhigen, deren Nerven von dem kreischenden Rachegeheul der Südstaaten-Teufel schwer mitgenommen waren. Baker hatte drei Versuche unternommen, aus dem Wald heraus vorzustoßen, aber jedes Mal waren die Nordstaaten blutig zurückgeschlagen worden und hatten eine weitere Flutlinie aus toten Männern auf der kleinen Weide hinterlassen, die als rauchüberzogenes Schlachtfeld zwischen den beiden Parteien lag. Einige von Bakers Männern gaben den Kampf auf und versteckten sich auf dem steilen Hang, der zum Fluss abfiel, oder suchten blindlings Deckung hinter Baumstämmen und Felsnasen auf der Kuppe des Steilufers. Baker und seine Adjutanten scheuchten diese ängstlichen Männer aus ihren Verstecken und schickten sie dorthin zurück, wo die Tapferen immer noch versuchten, die Rebellen in Schach zu halten, doch sobald die Offiziere wieder weg waren, schlichen die Ängstlichen zurück in ihre Deckung.

Dem Senator gingen die Ideen aus. All seine Klugheit, seine Beredsamkeit und sein leidenschaftlicher Eifer hatten sich zu einem kleinen Klümpchen aus angsterfüllter Hilflosigkeit zusammengezogen. Nicht, dass er auch nur eine Spur Angst gezeigt hätte. Stattdessen schlenderte er mit gezogenem Schwert vor seinen Männern her und rief ihnen zu, niedrig zu zielen und den Mut nicht zu verlieren. «Es ist Verstärkung im Anmarsch!», sagte er zu den mit Schießpulver verdreckten Männern des 15th Massachusetts. «Es dauert nicht mehr lange, Jungs!», ermutigte er seine eigenen Männer vom 1st Californian. «Geht gerade ein bisschen heiß her, Freunde, aber die anderen machen zuerst schlapp!», versprach er dem Regiment der New York Tammanys. «Wenn ich noch ein Regiment wie euch hätte», erklärte er den Harvard-Absolventen, «würden wir heute Abend in Richmond alle ein rauschendes Fest feiern.»

Colonel Lee versuchte den Senator vom Rückzug über den Fluss zu überzeugen, aber Baker hörte die Forderung nicht, und als Lee laut wurde, weil er gehört werden wollte, schenkte ihm Baker nur ein trauriges Lächeln. «Ich bin nicht sicher, dass wir genügend Boote für einen Rückzug haben, William. Ich glaube, wir müssen hier ausharren und siegen, glauben Sie nicht auch?» Eine Kugel zischte nur wenige Zoll über den Kopf des Senators hinweg, doch er verzog keine Miene. «Das ist doch nur eine Bande Rebellen. Wir werden uns von solchen Halunken nicht besiegen lassen. Die ganze Welt blickt auf uns, und wir müssen ihr unsere Überlegenheit beweisen!»

Diese Worte mochte wohl ein Vorfahre Bakers bei Yorktown gesprochen haben, dachte Lee, äußerte es jedoch wohlweislich nicht laut. Der Senator war vermutlich noch in England geboren worden, aber es gab keinen patriotischeren Amerikaner als ihn. «Lassen Sie die Verwundeten wegbringen?», fragte Lee den Senator stattdessen.

«Ich bin sicher, dass wir das tun!», sagte Baker mit fester Stimme, obwohl er in dieser Sache keineswegs sicher war, aber er konnte sich jetzt keine Gedanken um die Verwundeten machen. Stattdessen musste er unter seinen Männern die rechtschaffene Leidenschaftlichkeit für die geliebte Union anheizen. Ein Adjutant brachte ihm die Nachricht, dass das 19th Massachusetts am anderen Ufer des Flusses eingetroffen war, und er dachte, wenn er einfach nur dieses Regiment über den Potomac bringen könnte, hätte er genügend Männer, um einen Angriff gegen den Felskopf zu führen, von dem aus die Rebellen seine linke Flanke dezimierten und seine Haubitzen daran hinderten, ihr mörderisches Werk zu tun. Diese Vorstellung verlieh dem Senator sofort wieder Hoffnung und frischen Eifer. «Genau das machen wir!», rief er einem seiner Adjutanten zu.

«Genau was machen wir, Sir?»

«Kommen Sie! Wir haben zu tun!» Der Senator musste zurück zu seiner linken Flanke, und der direkteste Weg führte über das offene Feld, auf dem der Schießpulverrauch eine Nebelbank gebildet hatte, die ihm Deckung gab. «Kommen Sie!», rief er wieder und eilte dann vor seiner Gefechtslinie entlang, wobei er den Gewehrschützen zurief, das Feuer einzustellen, bis er vorbei war. «Wir bekommen Verstärkung, Männer», rief er. «Es dauert nicht mehr lange! Der Sieg ist nahe. Haltet durch, haltet durch!»

Eine Gruppe Rebellen sah den Senator und seine Adjutanten durch die Rauchschwaden hasten, und obwohl sie nicht wussten, dass Baker der Befehlsführer des Nordens war, erkannten sie, dass es nur ein hochrangiger Offizier sein konnte, der ein Schwert mit Quaste am Griff und eine so üppig mit Litzen und Glitzerzeug aufgeputzte Uniform trug. Eine goldene Uhrkette mit Anhängern wand sich über den Uniformrock des Senators und reflektierte blitzend die schrägen Sonnenstrahlen. «Da ist ihr Anführer! Anführer!», schrie ein großer, sehniger, rothaariger Mann aus Mississippi und deutete auf die Gestalt, die mit ausgreifendem Schritt so selbstbewusst vor der Frontlinie entlangging. «Der gehört mir!», rief der große Mann, während er losrannte. Ein Dutzend Kameraden drängten ihm nach, begierig, die Leichen der reichen Nordstaatenoffiziere auszuplündern.

«Sir!», rief einer der Adjutanten, um Baker zu warnen.

Der Senator drehte sich um und hob sein Schwert. Er hätte sich zwischen die Bäume zurückziehen sollen, aber er war nicht über den Fluss gekommen, um vor einer Bande Sezessionisten zu flüchten. «Komm schon, du verdammter Rebell!», schrie er und streckte das Schwert vor, als mache er sich zu einem Duell bereit.

Aber der rothaarige Mann benutzte einen Revolver, und seine vier Kugeln schlugen in die Brust des Senators ein wie Axthiebe in Weichholz. Der Senator taumelte keuchend rückwärts und tastete nach seiner Brust. Sein Schwert und sein Hut fielen zu Boden, während er versuchte, auf den Beinen zu bleiben. Eine weitere Kugel riss ihm die Kehle auf, und Blut strömte als scharlachroter Schwall über die doppelreihigen Messingknöpfe seiner Uniformjacke hinab und verklebte die Glieder seiner goldenen Uhrkette. Baker versuchte zu atmen und schüttelte den Kopf, als könne er nicht glauben, was ihm geschah. Mit einem erstaunten Ausdruck im Gesicht sah er zu dem schlaksigen Mann auf, der die tödlichen Schüsse auf ihn abgegeben hatte, dann brach er im Gras zusammen. Der rothaarige Aufständische rannte zu ihm, um seinen Anspruch auf den Toten zu behaupten.

Ein Gewehrschuss riss den rothaarigen Mann herum, dann streckte ihn eine weitere Kugel zu Boden. Eine Salve trieb die anderen Männer aus Mississippi zurück, während zwei Adjutanten des Senators ihren toten Vorgesetzten in den Wald schleppten. Einer der Männer hob den Hut des Senators auf und zog den schweißverklebten, gefalteten Bescheid heraus, der diesen wahnsinnigen Vorstoß über den Fluss ausgelöst hatte.

Die Sonne stand niedrig am westlichen Himmel. Auch wenn sich die Blätter noch nicht gefärbt hatten, wurden die Tage schon kürzer, und um halb sechs würde die Sonne untergehen. Doch auch Dunkelheit konnte die Yankees nun nicht mehr schützen. Sie brauchten Boote, aber es gab nur fünf kleine Schaluppen, und ein paar Verwundete waren schon bei dem Versuch ertrunken, zu Harrison's Island zurückzuschwimmen. Noch mehr Verwundete stiegen unbeholfen den Steilhang hinunter bis zu der schmalen Uferregion, wo sich verletzte Nordstaatler auf dem kleinen, flachen Areal drängten, das zwischen dem Steilufer und dem Fluss lag. Zwei Adjutanten trugen die Leiche des Senators durch die Masse stöhnender Männer zu einem der Boote und gaben Befehl, für den Leichnam Platz zu machen. Als der Körper des Senators die Uferböschung hinuntergehievt wurde, fiel die wertvolle Uhr aus seiner Tasche. Sie schwang an der blutigen Kette herab, wurde durch den Schlamm gezogen und schlug dann hart gegen die Bootsplanken. Durch den Aufprall zerbrach das Uhrenglas, und kleine, scharfe Glassplitter flogen in die Bilge. Der blutverschmierte Leichnam des Senators wurde auf die Scherben gerollt. «Bringt ihn zurück!», befahl ein Adjutant.

«Wir werden alle sterben!», schrie ein Mann auf der Hügelkuppe, und ein Sergeant aus Massachusetts sagte ihm, er solle seinen ver-

dammten Mund halten und sterben wie ein Mann. Eine Rebellen-
gruppe versuchte, die Lichtung zu überqueren, und wurde von einer
wütenden Musketensalve empfangen, die sie zurücktrieb und Holz-
stückchen aus den Bäumen hinter ihnen riss. Ein Fahnenträger aus
Massachusetts wurde getroffen, und die große, schöne Seidenflagge
flatterte dem Dreck entgegen, doch schon packte ein anderer Mann
ihren Quastenrand und hob die Sterne zur Sonne hinauf, noch bevor
die Streifen den Boden berührt hatten.

«Was wir jetzt tun», sagte Colonel Cogswell, der endlich festgestellt hatte, dass er der höchstrangige überlebende Offizier war
und deshalb nun das Kommando über die vier Yankee-Regimenter
hatte, die auf dem Virginia-Ufer gestrandet waren, «ist, uns flussab
bis zur Fähre durchzukämpfen.» Er wollte seine Männer aus den
mörderischen Schatten und hinaus aufs offene Feld bringen, wo
sich die Gegner nicht mehr hinter Bäumen verstecken konnten.
«Wir rücken in hohem Tempo ab. Das bedeutet, dass wir die Kanonen und die Verwundeten zurücklassen müssen.»

Diese Entscheidung gefiel niemandem, aber es hatte auch niemand einen besseren Vorschlag, und so wurde der Befehl nach
hinten zum 20th Massachusetts durchgegeben, das auf der rechten
Flanke der Yankee-Linie stand. Die Vierzehnpfünder-James-Kanone
musste ohnehin aufgegeben werden, denn sie war so weit auf ihrem
Sporn zurückgesprungen, dass sie schließlich über den Abbruch des
Steilufers gerutscht war. Bei ihrem letzten Schuss hatte der Kanonier
alarmiert aufgeschrien, dann war das ganze, schwere Geschütz über
den Rand der Böschung gekippt und mit grauenerregender Wucht
den Steilhang hinuntergepoltert, bis es an einen Baum krachte
und liegenblieb. Nun gaben die Kanoniere ihre Versuche auf, die
Kanone auf die Kuppe zurückzuschaffen, und hörten stattdessen
zu, als Colonel Lee seinen Offizieren erklärte, was das Regiment tun
sollte. Sie würden die Verwundeten der Gnade der Rebellen über-

lassen und sich an der rechten Flanke der Nordstaaten-Kampflinie sammeln. Dort würden sie einen Massensturm mitten durch die Rebelleneinheiten unternehmen und so zu den Flussauen kommen, die bis dorthin reichten, wo die zweite Einheit der Yankees den Fluss überquert hatte, um die Mautstraße abzuschneiden. Diese zweite Einheit hatte Deckung durch die Artillerie auf der Maryland-Seite des Flusses. «Wir kommen hier nicht über den Fluss nach Maryland zurück», erklärte Lee seinen Offizieren, «weil wir nicht genügend Boote haben. Also müssen wir die fünf Meilen flussabwärts marschieren und auf dem Weg die Rebellen abwehren.» Er sah auf seine Uhr. «In fünf Minuten rücken wir ab.»

Lee wusste, dass es lange dauern würde, bis die Befehle bei sämtlichen Kompanien angekommen waren und bis die Verwundeten unter einer weißen Flagge gesammelt waren, aber er wusste auch, dass es kein Mann aus seinem Regiment nach Maryland schaffen würde, wenn er die Verwundeten nicht zurückließ. «Und jetzt Beeilung», sagte er zu seinen Offizieren und versuchte, zuversichtlich zu klingen, doch nun machte sich die Anspannung bemerkbar, und sein optimistisches Wesen litt unter dem unaufhörlichen Peitschen und Pfeifen der Rebellenkugeln. «Beeilung jetzt!», rief er wieder, dann hörte er ein schreckliches, kreischendes Geräusch von der ungedeckten rechten Flanke her, und als er sich erschreckt umdrehte, wurde ihm klar, dass ihm nun keine noch so verzweifelte Eile mehr helfen konnte.

Es sah so aus, als müssten die Männer aus Harvard dort kämpfen, wo sie waren. Lee zog sein Schwert, leckte sich über die trockenen Lippen, dann überließ er Gott seine Seele und sein geliebtes Regiment seinem hoffnungslosen Ende.

DREI

Wir sind zu weit links», hatte Truslow geknurrt, sobald Starbuck mit der Kompanie K die Kampflinie erreichte. «Die Bastarde sind in dieser Richtung.» Truslow deutete über die Lichtung auf eine Stelle, an der Rauch vor den Bäumen hing. Und dieser Rauch war ein gutes Stück rechts von der Kompanie K, während direkt vor Starbucks Männern nur menschenleerer Wald und lange, dunkler werdende Schatten lagen, zwischen denen die herbstlich goldenen Ahornbäume unnatürlich hell wirkten. Einige Männer der Kompanie K hatten begonnen, auf den leeren Wald zu feuern, doch Truslow schnauzte sie an, sie sollten aufhören, Schießpulver zu vergeuden.

Dann drehten sich die Männer um, weil ein anderer Offizier durchs Unterholz auf sie zurannte. Es war Lieutenant Moxey, der sich als Kriegsheld fühlte, seit er bei Manassas eine leichte Handverletzung davongetragen hatte. «Der Major sagt, Sie sind zu weit in der Mitte.» Moxey sprühte vor Aufregung. Er fuchtelte mit seinem Revolver in die Richtung, aus der die Musketenschüsse herüberhallten. «Er sagt, Sie sollen Murphys Kompanie unterstützen.»

«Kompanie!», rief Truslow seinen Männern zu, weil er Starbucks Befehl zum Abrücken erwartete.

«Nein! Wartet!» Starbuck schaute immer noch quer über die Lichtung auf den stillen Wald. Dann richtete er seinen Blick nach rechts, wo der Beschuss der Yankees gegenwärtig abgeflaut war. Ein paar Sekunden lang fragte er sich, ob diese Feuerpause bedeutete, dass sich die Nordstaatler zurückzogen, doch dann löste ein unvermittelter Angriff durch eine kreischende Rebelleneinheit die nächsten wilden Gewehrsalven des Nordens aus. Einige Momente lang verwandelte sich das Gewehrfeuer in einen entfesselten Trommelwirbel, aber in demselben Augenblick, in dem sich die Rebellen zurückzogen, erstarben die Salven wieder. Starbuck erkannte, dass die Nordstaatler erst schossen, wenn sie ihr Ziel sehen konnten, während die Südstaatler ihren Beschuss nicht unterbrachen. Und das bedeutete, schloss Starbuck, dass sich die Yankees Sorgen um ihre Munitionsvorräte machten.

«Der Major sagt, Sie sollen augenblicklich abrücken», drängte Moxey. Er war ein dünner, blasser Jüngling, der einen Groll hegte, weil Starbuck in den Rang eines Captains aufgestiegen, er selbst aber weiterhin Lieutenant geblieben war. Zudem war er einer der wenigen Männer in der Legion, denen Starbucks Anwesenheit missfiel, denn er war der Ansicht, dass ein Regiment aus Virginia keinen abtrünnigen Bostoner brauchen konnte. Diese Meinung behielt Moxey allerdings für sich, denn er kannte Starbucks Temperament und wusste, dass der Nordstaatler nur allzu bereit war, seine Fäuste zu gebrauchen. «Haben Sie gehört, was ich gesagt habe, Starbuck?», fragte Moxey jetzt.

«Ich habe es gehört», sagte Starbuck, doch er rührte sich immer noch nicht. Er dachte darüber nach, dass die Yankees beinahe den ganzen Tag in diesen Wäldern gekämpft und vermutlich nahezu sämtliche Munition aus ihren Patronentaschen aufgebraucht hatten, und das hieß, dass sie nun von dem geringen Nachschub abhingen, der über den Fluss gebracht werden konnte. Außerdem dachte er, dass Truppen, die sich Sorgen über ausreichende Munition machten, Truppen waren, in denen leicht eine Panik ausbrechen konnte. Er hatte bei Manassas eine Panik erlebt und vermutete, dass sie auch hier für einen schnellen Sieg sorgen könnte.

«Starbuck!», versuchte sich Moxey wieder Gehör zu verschaffen. «Der Major sagt, Sie sollen Captain Murphy unterstützen.»

«Ich habe Sie gehört, Mox», sagte Starbuck erneut und unternahm immer noch nichts.

Moxey tat so, als könne man Starbuck nur für außergewöhnlich begriffsstutzig halten. Er klopfte ihm auf den Arm und deutete zu den Bäumen auf der rechten Seite. «Dort entlang, Starbuck.»

«Gehen Sie weg, Mox», sagte Starbuck und schaute wieder über die Lichtung. «Und unterwegs richten Sie dem Major aus, dass wir das Gelände hier überqueren und die Einheiten der Bastarde von der linken Flanke her aufrollen. Von unserer linken Flanke, haben Sie das kapiert?»

«Sie wollen *was* tun?» Moxey glotzte Starbuck an, dann sah er zu Adam auf, der ein paar Schritte hinter Starbuck auf dem Pferd saß. «Sagen Sie es ihm, Adam», wandte sich Moxey an die höhere Autorität. «Sagen Sie ihm, dass er die Befehle befolgen muss!»

«Wir überqueren das Feld, Moxey», sagte Starbuck langsam und freundlich, als hätte er es mit einem besonders einfältigen Kind zu tun, «und dann greifen wir die bösen Yankees dort drüben aus dem Wald heraus an. Und jetzt gehen Sie und melden Sie es Pecker!»

Das Manöver schien die naheliegendste Entscheidung. Für den Moment feuerten die beiden Parteien blindlings von beiden Seiten der Lichtung, und auch wenn die Rebellen klar im Vorteil waren, hinderte das konzentrierte Gewehrfeuer beide Parteien am Vorrücken. Indem er die Lichtung auf der offenen Flanke überquerte, konnte Starbuck seine Männer sicher in den Wald auf der Nordstaatenseite der Kampflinie bringen, um dann gegen ihren ungedeckten Flügel vorzustoßen. «Überprüft, dass eure Gewehre geladen sind!», rief Starbuck seinen Männern zu.

«Das können Sie nicht machen, Starbuck», sagte Moxey. Starbuck achtete nicht auf ihn. «Soll ich dem Major sagen, dass Sie seine Befehle missachten?», fragte Moxey gehässig.

«Ja», sagte Starbuck, «genau das sollen Sie ihm sagen. Und dass wir ihre Flanke angreifen. Und jetzt gehen Sie endlich!»

Adam, der immer noch im Sattel saß, sah stirnrunzelnd zu seinem Freund hinunter. «Weißt du wirklich, was du da tust, Nate?»

«Ich weiß es, Adam, ich weiß es ganz genau», sagte Starbuck. Und tatsächlich war die Gelegenheit, in die Flanke der Yankees einzubrechen, so offensichtlich, dass sie auch der stumpfsinnigste Narr erkennen musste, allerdings hätte ein kluger Mann wohl zuvor die Genehmigung für das Manöver eingeholt. Aber Starbuck war so sicher, recht zu haben, und so davon überzeugt, dass die Verteidigung der Yankees unter diesem Flankenangriff zusammenbrechen würde, dass er die Einholung einer Genehmigung für reine Zeitverschwendung hielt. «Sergeant!» Damit rief er Truslow zu sich.

Und wieder sah Truslow den Befehl Starbucks voraus. «Bajonette aufpflanzen!», rief er der Kompanie zu. «Prüft genau, dass sie auch fest sitzen! Denkt daran, die Klinge zu drehen, wenn ihr zugestochen habt!» Truslows Stimme war so gelassen, als wäre es nur einer der vielen Tage auf dem Exerzierfeld. «Lasst euch Zeit, Jungs! Wer zappelig wird, macht Fehler.» Der letzte Satz galt einem Mann, der vor Aufregung das Bajonett hatte fallen lassen. Dann überprüfte Truslow, ob das Bajonett eines anderen Mannes auch fest genug über der Mündung seines Gewehrs saß. Hutton und Mallory, die beiden anderen Sergeanten der Kompanie, überprüften ihre Abteilungen auf die gleiche Weise.

«Captain!», rief einer von Huttons Männern. Es war Corporal Peter Waggoner, dessen Zwillingsbruder ebenfalls Corporal in der Kompanie war. «Bleiben Sie oder gehen Sie, Captain?» Peter Waggoner war ein großer, schwerfälliger Mann von tiefer Frömmigkeit und glühenden Überzeugungen.

«Ich gehe dort hinüber», sagte Starbuck und deutete über die Lichtung. Er hatte Waggoners Frage absichtlich missverstanden.

«Sie wissen, was ich meine», sagte Waggoner, und die meisten anderen Männer in der Kompanie wussten es auch, denn sie schauten ihren Captain erwartungsvoll an. Sie wussten, dass Nathan Evans ihm einen Posten angeboten hatte, und viele befürchteten, dass eine Stabsstelle für einen vielversprechenden jungen Yankee wie Starbuck sehr verlockend sein könnte.

«Glauben Sie immer noch, dass Leute, die Whiskey trinken, zur Hölle fahren, Peter?», fragte Starbuck den Corporal.

«Das ist nun einmal die Wahrheit, oder?», sagte Waggoner ernst. «Gottes Wahrheit, Mr. Starbuck. Wisset, dass eure Sünde euch finden wird.»

«Ich habe beschlossen, so lange hierzubleiben, bis Sie und Ihr Bruder sich mit mir betrinken, Peter», gab Starbuck zurück. Es dauerte eine Sekunde, dann hatten die Männer den Satz begriffen und brachen in Jubel aus.

«Ruhe!», blaffte Truslow.

Starbuck blickte wieder zur gegnerischen Seite der Lichtung hinüber. Er wusste nicht, warum ihn seine Männer mochten, aber ihre Zuneigung rührte ihn tief, so sehr, dass er lieber den Blick abwandte, als seine Gefühle zu zeigen. Bei seiner Beförderung zu ihrem Captain hatte er gewusst, dass die Männer ihn akzeptierten, weil er Truslows Anerkennung besaß, doch seitdem hatten sie auch festgestellt, dass ihr Yankee-Offizier ein findiger, leidenschaftlicher und kämpferischer Mann war. Er war nicht immer freundlich, nicht wie einige der anderen Offiziere, die sich genauso benahmen wie die Männer unter ihrem Kommando, aber die Kompanie K sah Starbucks verschlossene und kühle Art als typischen Wesenszug eines Nordstaatlers. Jeder wusste schließlich, dass die Yankees verschroben und kalt wie die Fische waren, und am seltsamsten und frostigsten von ihnen waren die Bostoner. Aber sie hatten auch erlebt, dass Starbuck seine Männer mit glühendem Einsatz schützte und bereit war, sämtlichen Instanzen der Konföderation die Stirn zu bieten, wenn es darum ging, einem Mann aus seiner Kompanie Ärger zu ersparen. Sie hatten außerdem das Gefühl, Starbuck sei ein Spitzbube, und das ließ sie glauben, er sei vom Glück begünstigt, und wie allen Soldaten war ihnen ein vom Glück begünstigter Kommandeur lieber als jeder andere. «Bleiben Sie wirklich, Sir?», fragte Robert Decker.

«Ich bleibe wirklich, Robert. Und jetzt mach dich bereit.»

«Ich bin bereit», sagte Decker und grinste vor Freude. Er war der jüngste unter den siebenundfünfzig Männern der Kompanie, die nahezu alle aus Faulconer County stammten, wo sie bei Thaddeus Bird die Schulbank gedrückt hatten, von Doctor Danson behandelt wurden, bei Reverend Moss die Predigt hörten und wahrscheinlich von Washington Faulconer angestellt worden waren. Eine Handvoll war in ihren Vierzigern, einige in den Zwanzigern oder Dreißigern, aber die meisten waren siebzehn, achtzehn oder neunzehn Jahre alt. Sie waren Brüder, Cousins, verschwägert, Freunde und Gegner, es gab niemanden unter ihnen, der nicht alle anderen kannte, und alle kannten die Häuser der anderen und ihre Schwestern und Mütter und Hunde und Hoffnungen und Schwächen. Für einen Fremden mochten sie so wild und ungepflegt wirken wie ein Rudel Jagdhunde nach einem Regentag, doch Starbuck kannte sie besser. Einige, wie die Waggoner-Zwillinge, waren tiefgläubig, lasen allabendlich mit anderen Soldaten das Evangelium und beteten für das Seelenheil ihres Captains, während andere, wie Edward Hunt und Abram

Statham, Gauner waren, denen man keinen Millimeter weit trauen durfte. Robert Decker, der aus dem gleichen hochgelegenen Blue Ridge Valley stammte wie Sergeant Truslow, war ein liebenswürdiger, schwerarbeitender, vertrauensseliger Mann, die Cobb-Zwillinge dagegen waren träger als Katzen.

«Sie sollen Murphys Kompanie unterstützen!» Noch immer hielt sich Lieutenant Moxey dicht bei Starbuck.

Starbuck drehte sich zu ihm um. «Gehen Sie und überbringen Sie Pecker meine Nachricht! Himmel noch mal, Mox, wenn Sie schon Laufbursche sein wollen, dann seien Sie wenigstens ein guter. Und jetzt beeilen Sie sich!» Moxey wich zurück, und Starbuck sah zu Adam hinauf. «Würdest du bitte zu Pecker reiten und ihm erklären, was wir machen? Ich vertraue Moxey nicht.»

Adam galoppierte davon, und Starbuck drehte sich wieder zu seinen Männern um. Er hob die Stimme über den Lärm der Musketenschüsse und sagte der Kompanie, was er von ihr erwartete. Sie würden die Lichtung im Sturmlauf überqueren und würden, auf der anderen Seite angekommen, nach rechts abschwenken und eine Angriffslinie bilden, die wie ein Kamm durch den Wald ziehen würde, bis sie die offene Flanke der Yankee-Linie erreicht hatten. «Feuert erst, wenn ihr es nicht mehr vermeiden könnt», sagte Starbuck, «schreit einfach, so laut ihr könnt, und lasst sie eure Bajonette sehen. Die werden abhauen, das verspreche ich euch!» Er wusste instinktiv, dass die Yankees flüchten würden, wenn plötzlich eine Horde kreischender Rebellen auftauchte. Die Männer grinsten nervös. Einer von ihnen, Joseph May, der beim Ersteigen des Hügels gebetet hatte, starrte angestrengt auf sein Bajonett, um festzustellen, ob es auch richtig aufgepflanzt war. Starbuck sah ihn blinzeln. «Wo ist Ihre Brille, Joe?»

«Hab ich verloren, Captain.» May schniefte unglücklich. «Ist mir kaputtgegangen», gestand er dann.

«Wenn einer von euch einen toten Yankee mit Brille sieht, dann gebt sie Joseph», instruierte Starbuck seine Männer und steckte sein eigenes Bajonett über den Gewehrlauf. Bei Manassas hatte Washington Faulconer darauf bestanden, dass die Offiziere der Legion mit Schwertern in die Schlacht zogen, aber diejenigen Offiziere, die überlebt hatten, wussten nun, dass gegnerische Scharfschützen nichts mehr liebten als ein schwerttragendes Ziel, und so hatten sie ihre eleganten Klingen gegen kampfgerechte Gewehre und ihre litzenbestickten Ärmel und Kragen gegen einfache Uniformen getauscht. Starbuck hatte außerdem einen fünfschüssigen Revolver mit Elfenbeingriff dabei, den er bei der Schlacht von Manassas erbeutet hatte, doch für den Moment würde er den wertvollen englischen Revolver im Halfter lassen und sich auf sein robustes Mississippi-Gewehr mit seinem langen, stachelartigen Bajonett verlassen. «Seid ihr bereit?», rief Starbuck.

«Bereit!», kam es von der Kompanie zurück, deren Männer den Kampf hinter sich bringen wollten.

«Keine Kampfrufe, während wir hinübergehen!», mahnte Starbuck. «Wir wollen die Yankees nicht wissen lassen, dass wir kommen. Geht schnell und so leise wie möglich!» Er ließ seinen Blick über ihre Gesichter schweifen und sah eine Mischung aus Aufregung und nervöser Vorfreude. Er blickte kurz zu Truslow hinüber, der ihm zunickte, als wolle er zeigen, dass er Starbucks Entscheidung billigte. «Also los!», rief Starbuck und schritt voraus in das grüngoldene Sonnenlicht, das schräg über die Lichtung fiel und durch den perlweißen Schießpulverrauch schimmerte, der wie Nebelschwaden zwischen den Bäumen hing. Es war ein wundervoller später Herbstnachmittag, und mit einem Mal überkam Starbuck die schreckliche Angst, dass er in diesem lieblichen Sonnenschein sterben könnte, und er rannte schneller, fürchtete das Krachen eines Granatenschusses aus einer Kanone oder den grässlichen Maultiertritt einer

Kugel, die in seine Brust einschlug. Doch kein einziger Nordstaatler feuerte auf die Kompanie, als die Männer zu dem dichten Wald hinüberhasteten.

Sie bahnten sich ihren Weg in das Unterholz auf der Yankee-Seite der Lichtung. Sobald Starbuck sicher zwischen den Bäumen angekommen war, sah er Wasser glitzern, wo der Fluss vom Steilufer abbog, und jenseits dieser glitzernden Biegung sah er die weiten, grünen Felder Marylands in den langgezogenen Schatten des Spätnachmittags. Der Anblick versetzte ihm einen Stich, dann rief er seinen Männern zu, sie sollten rechts abschwenken und eine Linie bilden, und er beschrieb einen Kreis mit seinem linken Arm, um ihnen zu zeigen, wie sie die neue Gefechtslinie aufstellen sollten. Doch die Männer warteten keine Befehle mehr ab; stattdessen hasteten sie schon durch den Wald auf den Gegner zu. Starbuck hatte gewollt, dass sie in einer gleichmäßigen Linie auf die Flanke der Yankees vorrückten, aber die Männer hatten beschlossen, in kleinen, beweglichen Gruppen zu stürmen, und ihre Begeisterung wog die Ungeordnetheit ihres Einsatzes auf. Starbuck stürmte mit ihnen, ohne sich bewusst zu machen, dass er den hohen, schrillen Kampfschrei der Rebellen angestimmt hatte. Thomas Truslow war links von ihm, er hielt sein Jagdmesser mit der Neunzehn-Zoll-Klinge in der Hand. Die meisten Männer der Legion hatten zuvor ebenfalls solche gefährlich aussehenden Klingen mit sich geführt, aber das Gewicht der klobigen Messer hatte so gut wie alle Soldaten dazu gebracht, sie zurückzulassen. Truslow aber hatte seines aus Perversität behalten, und es war zu seiner bevorzugten Waffe geworden. Als Einziger in der Kompanie rückte er schweigend vor, als sei die Aufgabe, die vor ihnen lag, viel zu ernst, um laut herumzubrüllen. Starbuck sah die ersten Yankees. Zwei Männer nutzten einen umgestürzten Baum als Feuerstellung. Der eine lud nach, rammte den langen Ladestock in den Gewehrlauf, während sein Kamerad über den Stamm hinweg anlegte. Der Mann feuerte, und Starbuck sah, wie der Rückstoß die Schulter des Mannes erbeben ließ, und er sah die funkensprühende Rauchwolke, als das Zündhütchen explodierte. Im Wald hinter den beiden Männern schien es mit einem Mal von blauen Uniformen zu wimmeln, und merkwürdigerweise hingen da auch graue Uniformmäntel von den Ästen der Bäume herab und zuckten, wenn sie von Rebellenkugeln getroffen wurden. «Tötet sie!», schrie Starbuck, und die beiden Männer hinter dem umgestürzten Baum starrten entsetzt auf die angreifenden Rebellen. Der Mann, der sein Gewehr nachgeladen hatte, wandte sich Starbuck zu, zielte und drückte den Abzug durch, doch in seiner Panik hatte er vergessen, das Gewehr schussbereit zu machen. Der Hahn fiel mit einem Klicken auf den nackten Stahl. Der Mann rappelte sich auf und rannte an einem Offizier vorbei, der mit gezogenem Schwert und fassungsloser Bestürzung auf dem schnurrbärtigen Gesicht im Wald stand. Als Starbuck die Miene des Offiziers sah, wusste er, dass er das Richtige getan hatte. «Tötet sie!», schrie er wieder, ohne darüber nachzudenken, was für blutrünstige Worte er da ausstieß. Er war einfach nur von dem Hochgefühl eines Mannes erfüllt, der den Gegner überlistet und damit seinen Willen auf dem Schlachtfeld durchgesetzt hat. Dieses Gefühl war berauschend, es erfüllte ihn mit fieberhafter Erregung. «Tötet sie!», schrie er noch einmal, und dieses Mal schienen seine Worte die gesamte Flanke der Yankees in die Auflösung zu treiben.

Die Nordstaatler flohen. Einige sprangen über den Rand des Steilufers und schlitterten den Hang hinunter, die meisten aber rannten an der Gefechtslinie zurück zur Hügelkuppe, und ihre Flucht trieb noch mehr Männer zum Davonlaufen an, und ihr Rückzug wurde immer beengter und ungeordneter. Starbuck stolperte über einen Verwundeten, der grauenvoll schrie, und lief dann auf die Lichtung, auf der die Kanone aus Rhode Island ihre gezackte Furche bis über den Rand des Steilufers gepflügt hatte. Er sprang auf eine Munitionskiste und brüllte den Männern, die vor ihm flüchteten, weiter seine Herausforderungen nach.

Nicht alle Nordstaatler liefen weg. Viele Offiziere hielten ihre Pflicht für wichtiger als ihre Sicherheit und blieben mit einer Tapferkeit, die an Selbstmord grenzte, um dem Flankenangriff der Rebellen Widerstand zu leisten. Ein Lieutenant hob ganz ruhig seinen Revolver, zielte und feuerte ein einziges Mal, dann ging er unter den Stichen zweier Bajonette zu Boden. Noch im Sterben versuchte er den Revolver erneut abzufeuern, dann schoss ihm ein dritter Rebell eine Kugel in den Kopf, dass das Blut spritzte. Der Lieutenant starb, doch die beiden Männer mit den Bajonetten zerfleischten seine Leiche weiter mit der Wildheit von Jagdhunden, die über einen gestürzten Bock herfallen. Starbuck rief seinen Männern zu, sie sollten von dem Toten ablassen und weiterstürmen. Er wollte den Yankees keine Zeit lassen, um sich zu sammeln.

Adam Faulconer ritt auf die sonnenbeschienene Lichtung und befahl den übrigen Männern der Legion, die Lichtung zu überqueren und sich Starbucks Kompanie anzuschließen. Major Bird führte die Fahneneinheit in den Wald hinüber, in dem die schrillen Rebellenschreie, die Gewehrschüsse und die gebrüllten Befehle der Nordstaaten-Offiziere widerhallten. In der allgemeinen Panik bestand jedoch keinerlei Aussicht darauf, dass diese Befehle ausgeführt würden.

Truslow hieß einen Nordstaatler sein Gewehr fallen lassen, doch der Mann hörte ihn entweder nicht oder hatte beschlossen, die Aufforderung nicht zu befolgen, und so fuhr das Jagdmesser ein einziges Mal mit grauenvoller Effizienz herab. Eine Gruppe Yankees, denen der Rückzug abgeschnitten war, drehte sich um und rannte blindlings auf ihre Angreifer zu. Die meisten blieben stehen, als sie ihren Irrtum erkannten, und hoben die Hände, um sich zu ergeben, einer allerdings, ein Offizier, hieb mit seinem Schwert wild nach Starbucks Gesicht. Starbuck wich aus, ließ die Klinge vorbeizischen, und dann rammte er sein Bajonett schräg abwärts nach vorn. Er fühlte, wie der Stahl die Rippen des Yankees traf, und fluchte, weil er den Stich abwärts statt aufwärts geführt hatte.

«Nate!», keuchte der Offizier. «Nein! Bitte!»

«Gottverdammt!» Die Blasphemie rutschte Starbuck unwillkürlich heraus. Der Mann, den er da angriff, war ein Gemeindemitglied seines Vaters, ein alter Bekannter, mit dem Starbuck ewig lange Stunden in der Sonntagsschule abgesessen hatte. Als Letztes hatte Starbuck über William Lewis gehört, dass er in Harvard studierte, aber jetzt stand er japsend vor ihm, während Starbucks Bajonettklinge an seinen Rippen hinabfuhr.

«Nate!», fragte Lewis. «Bist du das?»

«Lass dein Schwert fallen, Will!»

William Lewis schüttelte den Kopf; nicht aus sturköpfiger Weigerung, sondern weil er es nicht fassen konnte, dass sein alter Freund in der Gestalt eines Südstaatenrebells vor ihm aufgetaucht war. Aber dann, als er Starbucks wilden Gesichtsausdruck bemerkte, ließ er das Schwert fallen. «Ich ergebe mich, Nate!»

Starbuck ließ ihn bei dem fallen gelassenen Schwert stehen und rannte, um zu seinen Männern aufzuholen. Diese Begegnung mit einem alten Freund hatte ihn verunsichert. Kämpfte er gegen ein Bataillon aus Boston? Wenn ja, wie viele seiner besiegten Feinde würden ihn erkennen? Welche vertrauten Haushalte würde er mit seinen Taten auf diesem Hügel Virginias in Trauer stürzen? Dann vergaß er seine Bedenken, denn er sah einen riesenhaften, bärtigen Mann, der sich den Rebellen brüllend entgegenstellte. Der Mann, in Hemdsärmeln und Hosenträgern, schwang in einer Hand einen Geschützladestock wie eine Keule, während er in der anderen ein Kurzschwert hielt, das zur Standardausrüstung der Kanoniere gehörte. Sein Rückzug war abgeschnitten, aber er wollte sich nicht ergeben, wollte lieber als Held sterben statt klein beizugeben wie ein Feigling. Einen von Starbucks Männern hatte er schon niedergemacht; nun forderte er die anderen zum Kampf heraus. Sergeant Mallory, Truslows Schwager, feuerte auf den riesenhaften Mann, aber die Kugel ging fehl, und der bärtige Kanonier drehte sich wie wild zu dem drahtigen Mallory um.

«Er gehört mir!», rief Starbuck, schob Mallory zur Seite, stürmte vorwärts und zuckte dann zurück, als der große Mann den Ladestock herumwirbeln ließ. Das hier, fand Starbuck, war seine Pflicht als Offizier. Die Kompanie musste sehen, dass er von allen am wenigsten Furcht empfand und die größte Kampfbereitschaft mitbrachte. Davon abgesehen fühlte er sich an diesem Tag unbesiegbar. Der Kampfschrei rollte durch seine Venen wie ein Feuerball. Er lachte, als er mit dem Bajonett vorstieß, doch die Klinge wurde mit dem Kurzschwert heftig beiseite geschlagen.

«Bastard!», knurrte der Kanonier Starbuck an, dann ließ er das Kurzschwert immer wieder in schnellen, gefährlichen Stichen vorschnellen, um Starbucks Aufmerksamkeit auf die Klinge zu lenken, während er mit dem Ladestock ausholte. Er glaubte, er hätte den Rebellenoffizier überlistet, und brüllte freudig bei dem Gedanken, seinem Gegner mit dem keulenartigen, hölzernen Kopf des Ladestocks den Schädel zu zerschmettern, aber Starbuck duckte sich hastig, sodass der Hieb über seinen Schlapphut hinwegzischte. Der Schwung des enormen Hiebes brachte den großen Mann aus dem Gleichgewicht. Und nun war es an Starbuck, triumphierend zu brüllen, als er das Bajonett aufwärts rammte, es mit aller Kraft aufwärts durch den erstaunlich kräftigen Widerstand von Haut und Fleisch rammte, und er brüllte immer noch, als der große Mann einknickte und zu Boden stürzte, wo er an der langen Klinge zuckte wie ein sterbender Fisch am Angelhaken.

Starbuck versuchte keuchend, sein Bajonett freizuziehen, aber das Fleisch des Kanoniers hatte sich dicht um den Stahl geschlossen, und die Klinge wollte sich nicht bewegen. Der Mann hatte seine eigenen Waffen fallen lassen und tastete mit schwachen Fingern nach dem Bajonett in seinen Eingeweiden. Starbuck versuchte, den Stahl mit einer Drehung zu lösen, aber die Saugkraft des Fleisches hielt felsenfest. Er zog den Abzug des Gewehrs durch, weil er hoffte, der Rückstoß würde das Bajonett freiziehen, aber es bewegte sich noch immer nicht. Der Kanonier schrie grässlich auf, als die Kugel in seinen Körper fuhr, und Starbuck gab die Waffe verloren und ließ den sterbenden Kanonier im Wald liegen. Stattdessen zog er seinen schönen Revolver mit dem Elfenbeingriff aus dem Halfter und hastete seiner Kompanie nach, nur um festzustellen, dass die Kompanie K nicht mehr allein im Wald war, sondern nur noch einen kleinen Teil einer grau und braun uniformierten Welle bildete, die gegen die Nordstaatenverteidiger anlief und die Überlebenden zu einer schrecklichen Massenflucht von der Hügelkuppe hinunter auf das schmale, schlammige Ufer des Flusses trieb. Ein Sergeant aus New York schrie, als er seinen unsicheren Halt verlor, das Steilufer hinabstürzte und sich auf einem Felsen das Bein brach.

«Nate!» Adam war in den Wald galoppiert. «Ruf sie zurück!»

Starbuck sah seinen Freund verständnislos an.

«Es ist vorbei! Du hast gewonnen!» Adam deutete auf die Massen von Rebellen, die angefangen hatten, den Steilhang hinunter auf die Yankees zu schießen, die dort unten in der Falle saßen. «Befiehl ihnen aufzuhören!», verlangte er, als gäbe er Starbuck die Schuld an dieser Vorführung eines hämischen, rachsüchtigen Triumphes, dann ließ er unwillig sein Pferd umdrehen, um nach jemandem zu suchen, der genügend Autorität besaß, um dieses erbarmungslose Töten zu beenden.

Nur dass niemand das Töten beenden wollte. Die Nordstaatler saßen unterhalb des Steilhanges in der Falle, und die Südstaatler feuerten erbarmungslos auf die sich windende, kriechende, blutende Menschenmasse dort unten. Einige Yankees versuchten zu entkommen, indem sie über die Verwundeten trampelten, um in ein frisch eingetroffenes Boot zu steigen, doch das Gewicht der Flüchtenden ließ das kleine Gefährt umkippen. Ein Mann schrie um Hilfe, als ihn die Strömung wegzog. Andere versuchten, ans gegenüberliegende Ufer zu schwimmen, aber das Wasser wurde vom Kugelhagel aufgepeitscht. Blut trübte den Fluss und wurde Richtung Meer geschwemmt. Männer ertranken, Männer starben, Männer bluteten, und immer noch wütete die unbarmherzige Schlacht, und die Rebellen luden und feuerten, luden und feuerten, luden und feuerten, und die ganze Zeit über brüllten sie ihren Triumph zu ihren besiegten, verängstigten, unterworfenen Gegnern hinunter.

Starbuck schob sich bis zum Rand des Steilhangs vor und starrte auf die infernalische Szene hinab. Der Fuß des Steilhangs wirkte wie eine einzige sich krümmende Masse; ein enormes Tier, das sterbend in der langsam heraufziehenden Dämmerung lag, allerdings hatte dieses Tier noch nicht alle Reißzähne verloren, denn noch immer wurde von unten geschossen. Starbuck schob den Revolver unter seinen Gürtel, legte die Hände um den Mund und rief zu den Yankees hinunter, sie sollten das Feuer einstellen. «Ihr seid Gefangene!», rief er, doch die einzige Antwort war das Aufzucken von Mündungsfeuer aus Gewehrläufen und das Pfeifen einer Salve über seinem Kopf. Starbuck zog seinen Revolver und leerte die Trommel hügelabwärts. Truslow war neben ihm, nahm geladene Gewehre, die ihm von hinten gereicht wurden, und schoss auf die Köpfe von Männern, die sich schwimmend in Sicherheit bringen wollten. Der Fluss schäumte, es sah aus, als würde ein Schwarm Fische wild kämpfen, um einer Gezeitenuntiefe zu entkommen. Leichen trieben flussabwärts, andere verfingen sich in Ästen oder blieben auf Sandbänken liegen. Der Potomac war ein Fluss des Todes geworden, blutdurchströmt, von Kugeln gepeitscht und angeschwollen vor Leichen. Major Bird verzog das Gesicht bei dem Anblick, tat aber nichts, um seine Männer zur Einstellung des Feuers zu bewegen.

«Onkel!», protestierte Adam. «Gib Befehl, dass sie aufhören!»

Doch statt das Gemetzel zu beenden, schaute Bird darauf hinab wie ein Entdecker, der gerade auf eine seltsame Naturerscheinung gestoßen ist. Es war Birds Überzeugung, dass der Krieg Blutbäder mit sich brachte, und sich an einem Krieg zu beteiligen und dann gegen Blutbäder zu protestieren, hielt er für folgewidrig. Davon abgesehen ergaben sich die Yankees ja nicht, sondern erwiderten immer noch das Feuer, und Bird antwortete Adam, indem er seinen eigenen Revolver hob und einen Schuss in den Tumult abgab.

«Onkel!», schrie Adam empört.

«Unsere Aufgabe ist es, Yankees zu töten», sagte Bird und schaute seinem Neffen nach, der von ihm weggaloppierte. «Und ihre Aufgabe ist es, uns zu töten», fuhr Bird fort, obwohl Adam schon längst außer Hörweite war, «und wenn wir sie heute am Leben lassen, könnten sie morgen die Oberhand gewinnen.» Er wandte sich wieder zu dem Gräuel um und entleerte seinen Revolver harmlos in den Fluss. Überall um ihn herum feuerten Männer mit verzerrten Gesichtern, und Bird beobachtete sie, sah die Blutgier wüten, doch als die Schatten länger wurden und das Gegenfeuer schwächer wurde und schließlich erstarb, und als die Angst und die Leidenschaft abebbten, stellten auch seine Männer das Feuer ein und wendeten sich von dem zuckenden, blutigen Fluss ab.

Bird begegnete Starbuck, der gerade einem Toten die Brille vom Gesicht nahm. Die Gläser waren mit geronnenem Blut verklebt, das Starbuck an seinem Rocksaum abwischte. «Ist Ihnen Ihre Sehkraft abhandengekommen, Nate?», fragte Bird.

«Joe May hat seine Brille verloren. Wir versuchen, ihm eine zu beschaffen, mit der er wieder sehen kann.»

«Ich wünschte, Sie würden ihm ein neues Hirn beschaffen. Er

ist eines der begriffsstutzigsten Geschöpfe, die mir je begegnet sind», sagte Bird und steckte seinen Revolver ins Halfter. «Ich muss Ihnen danken, dass Sie meinen Befehl missachtet haben. Gut gemacht.» Starbuck grinste bei dem Kompliment, und Bird sah die wilde Freude auf dem Gesicht des Nordstaatlers, und es wunderte ihn, dass eine Schlacht einem Menschen solches Vergnügen bereiten konnte. Bird vermutete, dass einige Männer geborene Soldaten waren, ebenso wie andere geborene Heiler waren oder Lehrer oder Bauern, und Starbuck, dachte Bird, war für das düstere Soldatenhandwerk geboren. «Moxey hat sich über Sie beschwert», sagte Bird zu Starbuck, «was sollen wir also wegen Moxey unternehmen?»

«Liefern Sie den Hundesohn den Yankees aus», sagte Starbuck, dann ging er mit Bird von der Kuppe des Steilufers weg und zurück in den Wald, wo eine Kompanie aus Mississippi Gefangene sammelte. Starbuck wich den finsteren Blicken der Nordstaatler aus, denn er wollte nicht, dass ihn ein Bostoner von zu Hause erkannte. Ein Soldat aus Mississippi hatte ein heruntergefallenes weißes Banner aufgehoben, mit dem er nun durchs abnehmende Tageslicht paradierte, und Starbuck sah, dass das schöne Wappen des Commonwealth of Massachusetts auf die blutbefleckte Seide gestickt war. Er fragte sich, ob Will Lewis immer noch auf der Kuppe des Steilufers stand oder ob der Lieutenant es im Chaos der Niederlage zum Fluss hinunter geschafft und dann versucht hatte, zum anderen Ufer zu kommen. Und was würden sie in Boston sagen, überlegte Starbuck, wenn sie hörten, dass Reverend Elials Sohn den Rebellenschrei ausgestoßen und die lumpengraue Uniform getragen und auf Männer geschossen hatte, die in der Kirche des Reverends zum Gottesdienst gingen? Zur Hölle mit dem, was sie sagten. Er war ein Rebell, er hatte sein Schicksal mit dem des aufständischen Südens verknüpft und nicht mit den adretten, gutausgerüsteten Nordstaatensoldaten, die im Vergleich mit den grinsenden, langhaarigen Südstaatlern wirkten wie von einer anderen Spezies.

Er ließ Bird bei der Fahneneinheit der Legion und machte sich wieder auf die Jagd durch den Wald. Er suchte Brillen und andere nützliche Beute, die er den Leichen abnehmen konnte. Einige der Toten sahen sehr friedlich aus, die meisten hatten einen erstaunten Ausdruck im Gesicht. Sie lagen mit zurückgeworfenen Köpfen auf der Erde, den Mund geöffnet und die Hände mit zu Klauen gekrümmten Fingern von sich gestreckt. Fliegen summten um Nasenlöcher und gebrochene Augen. Über den Toten hingen die von Kugeln zerfetzten grauen Uniformmäntel der Nordstaatler immer noch an den Ästen der Bäume und sahen im langsam schwindenden Licht aus wie gehenkte Männer. Starbuck entdeckte einen säuberlich gefalteten Mantel am Fuße eines Baumstammes, und weil er dachte, er könnte den Mantel im bevorstehenden Winter brauchen, nahm er ihn und schüttelte ihn auf, um festzustellen, ob er durch Kugeln oder Bajonettstiche beschädigt war. Ein Namensschild war mit akkuratem Stich in den Kragen genäht worden, und Starbuck sah genau hin, um die Tintenbuchstaben lesen zu können, die so sorgfältig auf das schmale, weiße Band geschrieben worden waren. «Oliver Wendell Holmes Jr.», stand auf dem Schildchen, «20th Mass.» Der Name rief in Starbuck sofort die klare Erinnerung an eine tüchtige Bostoner Familie wach und an Professor Oliver Wendell Holmes' Studierzimmer mit den Präparategläsern auf hohen Regalen. In einem dieser Gläser hatte sich ein zerfurchtes, fahles Menschengehirn befunden, fiel Starbuck nun ein, während in anderen seltsame Homunkuli mit riesenhaften Köpfen in einer trüben Flüssigkeit schwebten. Die Familie gehörte nicht zu Starbucks Gemeinde, doch Reverend Elial schätzte Professor Holmes, und so hatte Starbuck die Erlaubnis gehabt, sich im Hause des Arztes aufzuhalten, wo er sich mit Oliver Wendell Junior anfreundete, einem aufmerksamen, schlanken und freundlichen jungen Mann, der lebhaft diskutierte und ein groß-zügiges Naturell besaß. Starbuck hoffte, dass sein alter Freund den Kampf überlebt hatte. Dann legte er sich Holmes' schweren Uniformmantel um die Schultern und ging wieder los, um sein Gewehr zu suchen und festzustellen, wie es seinen Männern in der Schlacht ergangen war.

Es war dunkel, und Adam Faulconer übergab sich.

Er kniete in dem weichen Laub unter einem Ahorn und würgte, bis sein Magen nichts mehr hergab und seine Kehle brannte, und dann schloss er die Augen und betete, als hinge die gesamte Zukunft der Menschheit von der Inbrünstigkeit seines Flehens ab.

Adam wusste, dass man ihn belogen hatte, und schlimmer, er wusste, dass er diese Lügen nur allzu gern hatte glauben wollen. Er hatte glauben wollen, dass der Aderlass einer einzigen erbitterten Schlacht genügen würde, um die Krankheit zu bekämpfen, die Amerika heimsuchte, doch stattdessen hatte die erste Schlacht das Fieber nur ansteigen lassen, und heute hatte er Männer wie Tiere töten sehen. Er hatte seine besten Freunde gesehen, seine Nachbarn und den Bruder seiner Mutter, wie sie viehisch getötet hatten. Er hatte Männer in die Hölle hinabsteigen und ihre Opfer wie Ungeziefer sterben sehen.

Es war inzwischen ganz dunkel geworden, doch noch immer stieg vielfaches Stöhnen vom Fuß des Steilufers auf, wo Dutzende blutender und sterbender Nordstaatler lagen. Adam hatte versucht, hinunterzusteigen und seine Hilfe anzubieten, aber eine Stimme hatte ihn angebrüllt, er solle sich zum Teufel scheren, und ein Gewehr war blindlings den Hang hinauf abgefeuert worden, und dieser einzelne trotzige Schuss hatte ausgereicht, um eine weitere Rebellensalve von der Kuppe des Steilufers auszulösen. Und danach hatten noch mehr Männer in der Dunkelheit geschrien und geschluchzt.

In Adams Nähe brannten ein paar Lagerfeuer, und um diese Feuer saßen die siegreichen Rebellen mit einem teuflischen Grinsen im Gesicht. Sie hatten die Toten ausgeplündert und die Taschen der Gefangenen durchsucht. Colonel Lee vom 20th Massachusetts war gezwungen worden, seinen feinen, bestickten Uniformrock an einen Maultiertreiber aus Mississippi abzugeben, der nun damit angetan vor einem Feuer saß und sich die fettigen Finger an den Rockschößen abwischte. In der Abendluft hing scharfer Whiskeygeruch und der säuerliche Gestank von Blut und die süßliche Fäulnis der Verwesung. Ein paar tote Südstaatler waren auf der schräg zum Catoctin Mountain hin abfallenden Wiese beerdigt worden, aber die Toten der Nordstaaten waren noch nicht begraben. Die meisten waren eingesammelt und wie Klafterholz aufgestapelt worden, doch einige Leichen waren unentdeckt im Unterholz liegen geblieben. Am nächsten Morgen sollte ein Trupp Sklaven von den umliegenden Bauernhöfen geholt werden, damit sie einen Graben aushoben, der groß genug war, um die Toten der Yankees aufzunehmen. In der Nähe des blutigen Leichenstapels spielte ein Mann neben einem Lagerfeuer die Fiedel, und ein paar Männer sangen zu seiner schwermütigen Melodie.

Gott, entschied Adam, hatte diese Männer aufgegeben, genauso, wie die Männer Gott aufgegeben hatten. Heute hatten sie sich am Ufer eines Flusses Gottes Entscheidung über Leben und Tod angemaßt. Sie hatten sich, so dachte Adam in seiner überreizten Stimmung, dem Bösen ausgeliefert. Es spielte keine Rolle, dass einige der siegreichen Rebellen in der Abenddämmerung gebetet und versucht hatten, ihren geschlagenen Gegnern zu helfen; in Adams Augen waren sie trotzdem allesamt vom Atem des Teufels versengt worden.

Denn der Teufel hatte Amerika gepackt und zerrte das ehrenhafteste Land der Welt hinab in seinen verderbten Pfuhl, und Adam, der sich davon hatte überzeugen lassen, dass der Süden seinen Augenblick des Kriegsruhms brauchte, wusste, dass er an seinem eigenen Scheideweg angekommen war. Er wusste, dass er eine Entscheidung treffen musste und dass er mit dieser Entscheidung riskierte, sich mit seiner Familie, seinen Nachbarn, seinen Freunden und sogar mit dem Mädchen, das er liebte, zu entzweien, aber, so sagte er sich, als er in der von Tod und Erbrochenem geschwängerten Luft der Kuppe kniete, es war besser, Julia zu verlieren als seine Seele.

Der Krieg musste beendet werden. Das war Adams Überzeugung. Er hatte versucht, den Konflikt abzuwenden, bevor es überhaupt zu Kämpfen gekommen war. Er hatte mit der Christian Peace Commission gearbeitet, und er hatte erlebt, wie diese Schar frommer Biedermänner von den glühenden Befürwortern des Krieges überrollt worden war, also würde er nun selbst den Krieg benutzen, um den Krieg zu beenden. Er würde den Süden verraten, denn nur durch Verrat konnte er sein Land retten. Der Norden brauchte alle Unterstützung, die er ihm geben konnte, und als Adjutant des Kommandogenerals der Südstaaten wusste Adam, dass er dem Norden mehr Unterstützung bieten konnte als die meisten anderen Männer.

Er betete im Dunkeln, und sein Gebet schien erhört zu werden, denn ein großer Friede stieg in Adam auf. Dieser Friede sagte Adam, dass seine Entscheidung gut war. Er würde im Namen Gottes und Amerikas zum Verräter werden und sein Land dem Gegner ausliefern.

Leichen trieben den dunklen Fluss hinab Richtung Chesapeake Bay und auf den fernen Ozean zu. Einige der Toten wurden in die Staubecken bei Great Falls gezogen, wo der Fluss eine Biegung Richtung Washington beschrieb, doch die meisten wurden vom Wasser über die Stromschnellen getragen und schwammen durch die Nacht und stauten sich an den Pfeilern der Long Bridge, dem Ausgangspunkt der Straße von Washington Richtung Süden nach Virginia. Der Fluss wusch die Leichen rein, und als die Bürger Washingtons bei Tagesanbruch am Ufer entlanggingen und ihr Blick auf die Sandbänke vor der Böschung fiel, sahen sie ihre Söhne ganz sauber und weiß vor sich, die tote Haut glänzend vor Nässe, auch wenn die Körper nun derart von Leichengasen aufgetrieben waren, dass die Knöpfe und Nähte ihrer edlen, neuen Uniformen spannten.

Und im Weißen Haus weinte ein Präsident über den Tod Senator Bakers, seines teuren Freundes, während der aufständische Süden, der in seinem Sieg am Fluss die Hand Gottes wirken sah, dem Herrn Dank sagte.

Die Blätter färbten sich und fielen ab, trieben scharlachrot und golden über die frischen Gräber bei Ball's Bluff. Im November zogen die Rebelleneinheiten vom Fluss weg in die Winterquartiere näher bei Richmond, wo in den Zeitungen vor Truppenaufstockungen der Nordstaaten gewarnt wurde. Angeblich ließ Major General McClellan, der neue Napoleon, seine wachsende Armee bis zum Gipfel militärischer Perfektion exerzieren. Die kleine Schlacht bei Ball's Bluff mochte die Kirchen der Nordstaaten mit Trauernden gefüllt haben, doch der Norden tröstete sich damit, dass die Rache in den Händen von McClellans superb ausgerüsteter Armee lag, die im Frühling wie ein wahrer Donnerkeil in den Süden vorstoßen würde.

Die Marine des Nordens wartete nicht auf den Frühling. In South Carolina, vor Hilton Head, schossen sich die Kriegsschiffe ihren Weg in den Port Royal Sound frei, und Landtruppen stürmten das Fort, das Beaufort Harbor schützen sollte. Die Marine des Nordens blockierte und dominierte die Küste der Südstaaten, und auch wenn die Zeitungen des Südens versuchten, die Niederlage bei Port Royal kleinzureden, sorgten die Neuigkeiten für Jubelgesänge in den Sklavenvierteln. Und als Charleston beinahe vollständig von einem Brand zerstört wurde – die Heimsuchung durch den Racheengel, nannten es die Pfarrer der Nordstaaten in ihren Predigten –, wurde noch mehr gefeiert. Und dieselben Pfarrer jubelten, als sie erfuhren, dass ein Yankee-Kriegsschiff gegen das Seerecht ein britisches Postschiff aufgehalten und zwei Gesandte der Konföderierten von Bord geholt hatte, die von Richmond geschickt worden waren, um mit den europäischen Mächten zu verhandeln. Einige Südstaatler bejubelten diese Nachricht ebenfalls, denn sie glaubten, dass diese Brüskierung Großbritanniens die englische Flotte an die amerikanische Küste bringen würde, und im Dezember berichteten triumphierende Zeitungen aus Richmond, dass bataillonsweise Rotröcke in Kanada landeten, um die Garnisonsbesatzung zu verstärken, falls die Unionsstaaten beschließen sollten, lieber gegen Großbritannien zu kämpfen, als die beiden entführten Gesandten freizulassen.

In den Blue Ridge Mountains fiel der Schnee. Er legte eine Decke über das Grab von Truslows Frau und schnitt die Straßen in den westlichen Teil Virginias ab, der Richmond getrotzt hatte, indem er sich vom Staat Virgina abgespalten und der Union angeschlossen hatte. Washington feierte diesen Treuebruch und erklärte ihn zum Anfang vom Ende der Konföderation. Noch mehr Truppen marschierten die Pennsylvania Avenue hinunter und bezogen die Ausbildungslager des besetzten Nordvirginias, wo der neue Napoleon ihre Fähigkeiten perfektionierte. Jeden Tag trafen auf dem Schienenweg neue Kanonen aus den Gießereien des Nordens ein und wurden in gewaltigen Reihen auf den Feldern nahe des Capitol Buildings abgestellt, das unter dem spinnenartigen Gerüst seiner unvollendeten Kuppel in der Wintersonne weiß erstrahlte. Ein einziger entschlossen geführter Vorstoß, so wurde in den Zeitungen des Nordens behauptet, und die Konföderation würde in sich zusammenbrechen wie ein toter, verrotteter Baum.

In der Hauptstadt der Rebellen war man weit entfernt von solcher Zuversicht. Der Winter hatte nichts als schlechte Nachrichten und noch schlechteres Wetter gebracht. Es hatte früh zu schneien begonnen, es war bitterkalt, und die Schlinge der Yankees schien sich immer enger zuzuziehen. Die Aussicht auf den bald bevorstehenden Sieg des Nordens erfreute jedoch zumindest Adam Faulconer, der zwei Wochen vor Weihnachten von der Stadt hinunter zum gemauerten Kai bei Rocketts Landing ritt. Der Wind peitschte kurze, raue Wellen in den grauen Fluss und pfiff in der geteerten Takelage des Parlamentärsschiffes, das einmal wöchentlich von der Hauptstadt der Konföderation absegelte. Das Schiff fuhr den James River hinunter und unter den Kanonen des Rebellenforts auf Drewry's Bluff vorbei durch die tiefliegenden, von Salzmarschen gesäumten Schleifen des James Rivers bis zu seinem Zusammenfluss mit dem Appomattox und von dort aus ostwärts in einer breiten, seichten Fahrrinne, bis das Schiff, siebzig Meilen von Richmond entfernt, auf die Hampton Roads traf und nordwärts zu den Kais bei Fort Monroe abbog. Das Fort lag zwar auf dem Gebiet Virginias, war aber schon vor Kriegsbeginn von Unionstruppen besetzt worden, und dort, unter seiner Parlamentärsflagge, entließ das Schiff gefangene Nordstaatler, die vom Norden gegen Rebellenhäftlinge ausgetauscht wurden.

Der kalte Winterwind fuhr schneidend über Rocketts Landing, trieb feine Regenschwaden vor sich her und hüllte den Kai in den bitteren Gestank der Eisengießereien am Fluss, von denen schwefelhaltige Kohlerauchwolken aufstiegen. Der Regen und der Rauch ließen alles schmierig werden; die Kaimauern, die Metallpoller, die Landetaue des Schiffes, selbst die dünnen, schlechtsitzenden Uniformen der dreißig Männer, die neben dem Landungssteg warteten. Die wartenden Männer waren Nordstaatenoffiziere, die bei Manassas in Gefangenschaft geraten waren und die nun, nach beinahe fünfmonatiger Inhaftierung, gegen Rebellenoffiziere ausgetauscht wurden, die während des Feldzugs von General McClellan in jenem Gebiet gefangen worden waren, das sich nun als Staat Westvirginia bezeichnete. Die Gesichter der Gefangenen waren bleich nach ihrer

Haft im Castle Lightning, einem Fabrikgebäude an der Cary Street neben den beiden großen Vorratstanks, in denen das Gas für die Straßenbeleuchtung der Stadt gelagert wurde. Die Kleidung der Gefangenen hing lose an ihren Körpern und zeigte ihren Gewichtsverlust während der Inhaftierung in der requirierten Fabrik.

Zitternd warteten die Männer auf die Genehmigung, an Bord des Parlamentärsschiffes zu gehen. Die meisten hatten kleine Beutel dabei, die das Wenige enthielten, was sie an Besitz über ihre Haft hatten retten können: einen Kamm, ein paar Münzen, eine Bibel, ein paar Briefe von zu Hause. Sie froren, doch der Gedanke an ihre baldige Freilassung heiterte sie auf, und sie scherzten miteinander über ihren Empfang in Fort Monroe und erfanden immer üppigere Mahlzeiten, die man ihnen in den Offiziersquartieren servieren würde. Sie träumten von Hummer und Beefsteak, von Schildkröten- und Austernsuppe, von Eiscreme und Apfelkraut, von Hirschsteak mit Preiselbeeren, von Ente mit Orangensauce, von Gläsern voller Madeira und Kannen voller Wein, doch vor allem anderen träumten sie von Kaffee, von echtem, gutem, starkem Kaffee.

Ein Gefangener aber träumte von nichts dergleichen. Stattdessen schritt er mit Adam Faulconer am Kai auf und ab. Major James Starbuck war ein großgewachsener Mann, dessen Gesicht einst füllig gewesen war, nun aber schlaff wirkte. Er war immer noch jung, aber sein Gebaren, sein ständiges Stirnrunzeln und sein lichter werdendes Haar ließen ihn um Jahre älter erscheinen, als er war. Früher hatte ihn sein schöner, dichter Bart mit Stolz erfüllt, doch selbst der Bart hatte in den feuchten Räumen von Castle Lightning seinen Glanz verloren. Vor dem Krieg war James ein aufstrebender Bostoner Anwalt gewesen, anschließend ein geschätzter Adjutant im Stab von Irvin McDowell, dem General, der die Schlacht bei Manassas verloren hatte; doch nun, auf seinem Weg zurück in den Norden, wusste James nicht, was aus ihm werden sollte.

Adams Pflicht an diesem Tag war es, dafür zu sorgen, dass nur diejenigen Gefangenen freigelassen wurden, auf deren Namen sich die beiden Kriegsparteien geeinigt hatten, doch diese Pflicht war mit einem Namensaufruf und einem Zählappell schnell erfüllt, und danach hatte Adam nach James Starbuck gesucht und ihn um ein Gespräch unter vier Augen gebeten. James nahm wie zu erwarten an, dass Adam über seinen Bruder sprechen wollte. «Sie glauben wohl nicht, dass Nate noch die Seiten wechseln könnte?», fragte er schwermütig.

Diese Frage wollte Adam nicht offen beantworten. In Wahrheit war er bitter enttäuscht von seinem Freund Nathaniel Starbuck, der, so fand Adam, den Krieg wie eine Geliebte mit offenen Armen empfing. Nate, glaubte Adam, hatte Gott aufgegeben, und das Beste, was er erhoffen konnte, war, dass Gott Nate Starbuck nicht ebenfalls aufgegeben hatte. Aber dieses harte Urteil wollte Adam nicht aussprechen, und deshalb suchte er nach einem Beweis ausgleichender Tugend, der James' Hoffnungen für seinen jüngeren Bruder aufrechterhalten konnte. «Er hat mir erzählt, dass er regelmäßig zum Gebetstreffen geht», sagte er lahm.

«Das ist gut! Das ist sehr gut!» James klang ungewöhnlich lebhaft, dann runzelte er die Stirn und kratzte sich am Bauch. Wie alle anderen Gefangenen, die im Castle Lightning einsaßen, hatte er sich Läuse geholt. Zuerst hatte er sich dafür schrecklich geschämt, aber mit der Zeit war eine gewisse Gewöhnung eingetreten.

«Aber was wird Nate in Zukunft machen?», fragte Adam und beantwortete dann kopfschüttelnd seine eigene Frage. «Ich weiß es nicht. Wenn mein Vater das Kommando über die Legion wieder übernimmt, wird Nate wohl gezwungen sein, sich eine andere Beschäftigung zu suchen. Mein Vater, verstehen Sie, ist Nate nicht sehr zugetan.»

James fuhr vor Schreck zusammen, als eine Lok auf der nahe

gelegenen New York River Railroad mit einem unvermittelten lauten Zischen Dampf abließ. Die Lok stieß noch eine weitere Dampfwolke aus, dann kreischten schrill ihre enormen Antriebsräder, als sie Haftung auf den feuchten, schimmernden Stahlschienen suchten. Ein Aufseher bellte ein paar Sklaven Befehle zu, die daraufhin losrannten, um händeweise Sand unter die durchdrehenden Räder zu streuen. Endlich fanden die Räder der Lokomotive Halt, und sie ruckte vorwärts, sodass die lange Reihe der Güterwaggons rumpelnd und rasselnd in Bewegung kam. Ein gewaltiger Schwall beißender, bitterer Rauch zog über Adam und James hinweg. Der Brennstoff der Lokomotive bestand aus harzigem Kiefernholz, das eine dicke Teerschicht auf dem Rand des bauchigen Schornsteins hinterließ.

«Ich wollte Sie heute aus einem bestimmten Grund sprechen», sagte Adam unbeholfen, als der Lärm der Lokomotive nachließ.

«Um mir Auf Wiedersehen zu sagen?», fragte James in einem peinlichen Missverständnis. Eine seiner Schuhsohlen hatte sich gelöst, schleifte beim Gehen hinterher und brachte ihn gelegentlich zum Stolpern.

«Ich muss offen reden», sagte Adam nervös und verfiel wieder in Schweigen, während sie um einen Haufen rostiger Ankerketten herumgingen. «Der Krieg», erklärte sich Adam schließlich, «muss beendet werden.»

«Oh, ganz gewiss», sagte James leidenschaftlich. «Ganz gewiss, ja. Das ist die Hoffnung all meiner Gebete.»

«Ich kann Ihnen nicht beschreiben», sagte Adam ebenso leidenschaftlich, «welches Elend der Krieg schon jetzt im Süden verursacht. Ich wage mir nicht vorzustellen, dass solches Unrecht auch den Norden heimsucht.»

«Amen», sagte James, auch wenn er nicht so recht wusste, wovon Adam sprach. Im Gefängnis hatte es manchmal so ausgesehen, als würde die Konföderation den Krieg gewinnen, ein Eindruck, der sich noch verstärkt hatte, als die verzagten Gefangenen von Ball's Bluff eingetroffen waren.

«Wenn der Krieg weitergeht», sagte Adam, «wird er uns alle entwürdigen. Wir werden zum Gespött Europas; wir verlieren jedes moralische Ansehen, das wir in der Welt besitzen.» Er schüttelte den Kopf, als sei es ihm nicht gelungen, sich richtig auszudrücken. Hinter dem Kai nahm der Zug Geschwindigkeit auf, die Räder der Güterwaggons ratterten über die Schienenverbindungen, und der Rauch der Lokomotive hob sich weiß vor den grauen Wolken ab. Ein Schaffner sprang auf die Plattform des fahrenden Dienstwagens und ging dann hinein, um dem kalten Wind zu entkommen. «Der Krieg ist falsch!», brach es schließlich aus Adam heraus. «Er ist gegen Gottes Bestimmung. Ich habe viel für den Frieden gebetet, und ich bitte Sie, mich zu verstehen.»

«Ich verstehe Sie», sagte James, aber mehr konnte er nicht sagen, denn er wollte seinen neuen Freund nicht mit den Worten verletzen, dass der einzige Weg, auf dem Gottes Bestimmung erfüllt werden konnte, die Niederlage der Konföderation sei. Und auch wenn Adam Gefühle äußerte, die denen von James sehr nahe kamen, trug er immer noch die graue Rebellenuniform. Es war alles sehr verwirrend, dachte James. Einige der Nordstaaten-Gefangenen im Castle Lightning hatten unverhohlen damit geprahlt, dass sie Ehebrecher waren, es hatte dort Frevler und Gotteslästerer gegeben, Anhänger des Alkohols und des Spiels, Sabbatbrecher und Libertins; Männer, denen James jederzeit den ungehobeltsten Umgang und den verachtenswertesten Charakter bescheinigen würde, und doch waren sie Soldaten, die für den Norden kämpften, während dieser gequälte und gottesfürchtige Mann Adam ein Rebell war.

Dann aber, zu James' großem Erstaunen, widerlegte Adam diese Annahme. «Was notwendig ist», sagte Adam, «und ich bitte in dieser Sache um Ihr Vertrauen, ist ein schneller und überragender Sieg des

Nordens. Nur dadurch kann dieser Krieg beendet werden. Sind Sie nicht auch dieser Meinung?»

«Allerdings. Allerdings. Natürlich.» James war überwältigt von Adams Gefühlen. Er blieb stehen und sah in das Gesicht des jüngeren Mannes hinunter, ohne zu hören, dass eine Glocke zu läuten begann, um die Gefangenen an Bord des Parlamentärsschiffes zu rufen. «Und ich schließe mich Ihren Gebeten an», sagte James frömmlerisch.

«Inzwischen ist allerdings mehr notwendig als Gebete», sagte Adam, und er zog eine Dünndruckbibel aus seiner Tasche, die er James gab. «Ich bitte Sie, das hier in den Norden mitzunehmen. Versteckt hinter den Vorsatzblättern befindet sich eine vollständige Liste mit unseren Armeeeinheiten, ihrer Truppenstärke von dieser Woche und ihren derzeitigen Stellungen in Virginia.» Adam war bescheiden. In der notdürftigen Hülle unter dem Ledereinband der Bibel fand sich eine Schilderung jeglichen Details, das er über die Verteidigung der Konföderation in Nordvirginia in Erfahrung hatte bringen können. Er hatte aufgelistet, wie viele Essensrationen in den Brigaden ausgegeben wurden, und berichtet, dass die Richmonder Regierung erwog, im Frühling die Wehrpflicht einzuführen. Sein Stabsposten hatte es Adam ermöglicht herauszufinden, wie viele neue Artilleriegeschütze wöchentlich von den Gießereien in Richmond an die Armee ausgeliefert wurden, und zu verraten, wie viele Attrappen sich unter den Kanonen befanden, die von den Redouten der Rebellen um Centreville und Manassas auf die Vorposten der Nordstaatler gerichtet waren. Er hatte die Verteidigungsanlage Richmonds skizziert und darauf hingewiesen, dass der Ring aus Erdwällen und Gräben weiter ausgebaut wurde, sodass dieses Hindernis in jedem weiteren Monat schwerer zu überwinden sein würde. Er berichtete dem Norden von dem neuen Panzerschiff, das im Geheimen auf der Werft von Norfolk gebaut wurde, und von den Festungen, die über die Wasserwege nach Richmond wachten. Adam hatte alles erwähnt, was er nur wusste, hatte die Stärken und die Schwächen des Südens beschrieben und immer wieder betont, dass ein entschlossener Angriff des Nordens die Sezession zusammenfallen lassen würde wie ein Kartenhaus.

Adam hoffte verzweifelt, dass dieser eine, umfassende Verrat ausreichen würde, um den Krieg zu beenden, doch er war klug genug, um zu wissen, dass, wer immer dieses Schreiben erhielt, möglicherweise weitere Informationen verlangen würde. Nun, als er im kalten Regen den schmierigen Kai entlangschritt, erklärte Adam genau, wie ihn eine Nachricht aus dem Norden erreichen konnte. Adam hatte lange darüber nachgedacht, hatte sich bemüht, jede Eventualität vorherzusehen, die der Obrigkeit des Südens seine Identität verraten konnte, und es war ihm klar, dass die größte Gefahr von Nachrichten aus dem Norden drohte, die zu ihm in den Süden geschickt wurden. «Deshalb wäre es mir lieb, wenn Sie niemals Kontakt zu mir aufnehmen», ermahnte er James, «falls es aber sein muss, bitte ich Sie, in Ihren Schreiben niemals meinen Namen zu erwähnen.»

«Gewiss.» James schloss seine kalten Hände um den Ledereinband der Bibel und wurde sich mit Unbehagen seiner unpassenden Freude bewusst. Es war recht und billig, sich über Adams Eintreten für die Sache des Nordens zu freuen, doch es erfüllte ihn mit Scham, dass er in diesem Eintreten einen Vorteil für sich selbst erkannte, denn von Schuldgefühlen erfüllt wurde ihm klar, wie sehr das in der Bibel versteckte Schreiben seine militärische Karriere befördern würde. Statt als gedemütigter Adjutant eines gescheiterten Generals in den Norden zurückzukehren, war er plötzlich der Beförderer des Nordstaaten-Sieges. Seine Gebete waren hundertfach erhört worden.

«Wenn es notwendig wird, kann ich Ihnen weitere Informationen schicken», fuhr Adam fort, «aber nur Ihnen. Keinem anderen.

Ich kann niemand anderem vertrauen.» Beide Kriegsparteien hatten unzählige Informanten, die jeden Menschen für den Gegenwert einer Flasche Whiskey verraten würden, doch Adam war sicher, dass er diesem Bostoner Anwalt trauen konnte, der ein so frommer und gottesfürchtiger Mann war, wie man sie in beiden Armeen lange suchen musste. «Geben Sie mir Ihr christliches Wort, dass Sie meine Identität geheim halten?»

«Selbstverständlich», sagte James, noch immer leicht benommen von der glücklichen Wendung, die das Schicksal für ihn genommen hatte.

«Damit meine ich Geheimhaltung vor jedermann», beharrte Adam. «Wenn Sie General McClellan meine Identität enthüllen, vertraue ich nicht darauf, dass er mit keinem anderen darüber spricht, und dieser andere könnte mein Untergang sein. Versprechen Sie mir das: Niemand außer Ihnen und mir darf je davon erfahren.»

James nickte erneut. «Ich verspreche es.» Er drehte sich um, weil die Schiffsglocke wieder geläutet wurde. Seine Mitgefangenen gingen über das Fallreep an Bord, doch James machte noch immer keine Anstalten, sich ihnen anzuschließen. Stattdessen griff er in die tiefe Tasche seines verschlissenen, schmutzigen Uniformrocks und förderte ein in Wachstuch gewickeltes Päckchen zutage. In das Wachstuch war ein Gegenstand lose eingeschlagen, und als James es auseinanderfaltete, zeigte sich eine zerlesene Bibel mit abgegriffenem Einband. «Würden Sie das Nate geben? Ihn bitten, darin zu lesen?»

«Sehr gern.» Adam nahm die dicke Bibel und sah zu, wie James seine neue Bibel in das Wachstuch wickelte.

«Und sagen Sie Nate», fügte James nachdrücklich hinzu, «dass ich alles tun werde, um ihn mit Vater und Mutter zu versöhnen, wenn er in den Norden zurückkehrt.»

«Gewiss», sagte Adam, obwohl er sich nicht vorstellen konnte, dass Starbuck auf die Großzügigkeit seines Bruders einging.

«Wollen Sie hierbleiben, Mister?», rief ein Seemann James vom Schiff aus zu.

«Denken Sie an Ihr Versprechen», sagte Adam. «Erzählen Sie niemandem, wer Ihnen diesen Brief gegeben hat.»

«Sie können mir vertrauen», versicherte James Adam. «Ich werde es niemandem erzählen.»

«Gott segne Sie.» Mit einem Mal erfüllten Adam überaus herzliche Gefühle für diesen guten, plumpen Mann, der so offenkundig ein Bruder in Christus war. «Und Gott segne die Vereinigten Staaten.»

«Amen», gab James zurück, dann streckte er Adam die Hand entgegen. «Ich werde für Sie beten.»

«Danke», sagte Adam und schüttelte James die Hand, bevor er ihn zu dem wartenden Schiff begleitete.

Der Landungssteg wurde eingezogen, und die Haltetaue wurden losgemacht. James stand an der Reling, die neue Bibel fest in den Händen. Als das letzte Landungstau fiel und das Schiff in die Flussströmung drehte, begannen die freigelassenen Gefangenen zu jubeln. Die Seitenräder fingen an, sich zu drehen, und ihre großen Schaufelblätter ließen das ölige Wasser weiß aufschäumen. Die Bewegung der Schaufelräder brachte die Gefangenen erneut zum Jubeln, alle außer James, der schweigend und für sich allein auf dem Schiff stand. Eine schmutzige Rauchwolke zog aus dem hohen Schornstein des Schiffes und wurde über den Fluss getrieben.

Adam sah zu, als das Schiff an der Marinewerft vorbeiglitt und unterstützt von der kalten, windgepeitschten Flussströmung mehr Fahrt aufnahm. Er winkte James ein letztes Mal zu, dann betrachtete er die Taschenbibel und stellte fest, dass die Seitenränder mit Kommentaren übersät waren. Es war die Bibel eines Mannes, der mit Gottes Willen rang, die Bibel eines guten Mannes. Adam schlug sie zu und hielt das Buch ganz fest, als könne er aus der Kraft von Gottes Wort eigene Stärke beziehen, und dann drehte er sich um und hinkte zurück zu seinem angebundenen Pferd. Der Wind blies frisch und böig, doch Adam spürte eine unendliche Ruhe in sich, weil er das Richtige getan hatte. Er hatte den Weg des Friedens gewählt, und damit würde er seinem Land nichts als Segen bringen; sie würden wieder ein Land werden, der Norden und der Süden, vereint in Gottes Bestimmung.

Adam ritt in die Stadt. Hinter ihm fuhr das Parlamentärsschiff spritzend und dampfend um die Flussbiegung und nach Süden, an Bord seine Ladung von Verrat und Frieden.

ZWEITER TEIL

VIER

Die offizielle Amtseinführung von Jefferson Davis als Präsident der Konföderierten Staaten von Amerika wurde auf den Geburtstag George Washingtons gelegt. Davis war schon einmal inauguriert worden, in Montgomery, Alabama, aber diese Zeremonie hatte ihn nur zum Präsidenten einer provisorischen Regierung gemacht. Nun aber, geadelt durch die Wahl und ordentlich installiert in der neuen Hauptstadt der Konföderation, würde er ein zweites Mal ins Amt eingeführt werden. Die Wahl von Washingtons Geburtstag als Datum für diese zweite Zeremonie sollte dem Ereignis Symbolkraft und Würde verleihen, doch der verheißungsvolle Tag brachte nichts als elende, unaufhörliche Regenfälle, sodass die große Menschenmenge, die sich auf dem Capitol Square von Richmond drängte, Zuflucht unter einer Unmenge Schirme suchte, die so dicht an dicht gehalten wurden, dass es aussah, als würden die Redner ihre Worte an ein glitzerndes, schwarzes Buckelfeld richten. Das Trommeln der Regentropfen auf Kutschendächern und straff aufgespannten Schirmen war so laut, dass außer denjenigen, die auf dem Podium saßen, niemand irgendetwas von den Ansprachen und Gebeten und nicht einmal von dem feierlichen Amtseid des Präsidenten verstand. Nachdem er den Eid gesprochen hatte, erbat Präsident Davis Gottes Hilfe für die Sache des Südens, während die Würdenträger, die ihn umgaben, sein Gebet mit Niesen und Husten begleiteten. Graue Februarwolken zogen niedrig über die Stadt und verdüsterten alles bis auf die neue Kriegsflagge der konföderierten Armee. Die Flagge, die hinter dem Podium an Stangen und von jedem Dach in Sichtweite des Capitol Squares hing, war ein schönes rotes Banner, das von einem blauen Andreaskreuz durchzogen wurde. Darauf waren dreizehn weiße Sterne gestickt, um die elf Rebellenstaaten zu repräsentieren, sowie auch Kansas und Missouri, deren Loyalität beide Seiten für sich reklamierten. Südstaatlern, die nach Omen suchten, gefiel es, dass dreizehn Staaten dieses neue Land bildeten, weil es auch dreizehn gewesen waren, die vor sechsundachtzig Jahren ein anderes Land gebildet hatten. Einige in der Menge sahen in der Dreizehn dagegen eine Unglückszahl, genau wie sie in dem unaufhörlichen Regen ein böses Omen für den neu installierten Präsidenten sahen.

Nach der Zeremonie hastete eine Prozession tropfnasser Honoratioren durch die Twelfth Street, um an dem Empfang im Brockenborough House in der Clay Street teilzunehmen, das von der Regierung als Präsidentensitz gemietet worden war. Das Haus war bald mit tropfenden Menschen überfüllt, die nasse Mäntel über die Zwillingsstatuen der Komödie und der Tragödie in der großen Eingangshalle drapierten und sich dann von einem Raum in den anderen schoben, um den Möbel- und Bildergeschmack des neuen Präsidenten zu loben oder zu kritisieren. Die Sklaven des Präsidenten hatten zum Schutz Abdeckungen über die wertvollen Teppiche in den Empfangsräumen gelegt, aber die Besucher wollten die Muster sehen und zogen die Baumwolltücher weg, und bald waren die wundervoll gemusterten Teppiche mit schlammigen Stiefelabdrücken übersät, während der Doppelfächer aus Pfauenfedern auf dem Kaminsims des Damensalons von Souvenirjägern geplündert wurde. Der Präsident selbst stand stirnrunzelnd neben dem weißen Marmorkamin im offiziellen Speisezimmer und versicherte jedem, der ihn beglückwünschte, dass er die Feierlichkeiten des Tages als überaus ernstes Ereignis und seine Präsidentschaft als äußerst schwere Pflicht empfand. Einige Militärmusiker sollten die Gäste unterhalten, aber die Menge war so dicht gedrängt, dass der Violinist nicht genügend Platz hatte, um den Bogen über die Saiten zu streichen, daher zogen sich die Soldaten in die Küche zurück, wo die Köche sie mit gutem Madeira und kaltem Huhn in Aspik bewirteten.

Colonel Washington Faulconer, großartig anzusehen in einer eleganten Konföderierten-Uniform, die durch die schwarze Schlinge, in der er seinen rechten Arm trug, noch schneidiger wirkte, gratulierte dem Präsidenten, machte ein bisschen Getue darum, den verwundeten rechten Arm nicht benutzen zu können, und streckte ihm stattdessen die linke Hand entgegen.

Präsident Davis brachte ein schwaches, ungeschicktes Händeschütteln zustande, dann murmelte er, wie sehr ihn Faulconers Gegenwart bei diesem ernsten Ereignis ehre, dem Zeiten schwerer Pflichten folgen würden.

«Schwere Pflichten verlangen große Männer, Mr. President», gab Washington Faulconer zurück, «was bedeutet, dass wir uns glücklich schätzen können, Sie zu haben.»

Davis' schmaler Mund zuckte in Anerkennung des Kompliments. Er hatte stechende Kopfschmerzen, die ihn noch reservierter wirken ließen, als er es normalerweise schon war. «Ich bedaure es», sagte er steif, «dass Sie sich nicht imstande gefühlt haben, die Pflicht eines Gesandten zu übernehmen.»

«Allerdings habe ich mir damit einige Unbequemlichkeiten erspart, Mr. President», gab Faulconer leichthin zurück, bevor ihm aufging, dass im Krieg von allen Männern erwartet wurde, jegliche Unbequemlichkeit nur allzu gerne auf sich zu nehmen, selbst wenn diese Unbequemlichkeit bedeutete, von der U.S. Navy aus den komfortablen Gästekabinen eines britischen Postschiffs entführt zu werden. Die beiden Gesandten waren inzwischen wieder freigelassen worden, sodass der Norden nicht gleichzeitig gegen die Briten und die Konföderation kämpfen musste, aber die Verhandlungen der Gesandten in Europa hatten keine guten Nachrichten gebracht. Frankreich wollte den Süden nicht unterstützen, bevor die Briten nicht den ersten Schritt gemacht hatten, und die Briten wollten nicht eingreifen, wenn der Süden nicht klar signalisierte, dass er den Krieg auch ohne Unterstützung von außen gewinnen konnte, was zusammengenommen einen heillosen Unsinn ergab. Als der Präsident über diese diplomatische Schlappe nachgedacht hatte, war er zu dem Schluss gekommen, dass sie die falschen Männer als Gesandte ausgesucht hatten. Slidell und Mason waren ungehobelte und schroffe Charaktere, die an die groben Dielen amerikanischer Politik gewöhnt, aber wohl kaum geeignet waren, um sich auf dem glatten Parkett des misstrauischen Europas mit seinen hinterhältigen Wortfechtereien zu bewähren. Ein eleganterer Gesandter, so glaubte der Präsident nun, hätte wohl größeren Erfolg gehabt.

Und Washington Faulconer war unbestreitbar eine beeindruckende Erscheinung. Er hatte flachsblondes Haar und ein offenes, ehrliches, überaus attraktives Gesicht. Er besaß breite Schultern, eine schlanke Taille und eines der größten Vermögen in ganz Virginia. Ein Vermögen, das so groß war, dass er mit seinem eigenen Geld ein Regiment aufgestellt und es mit einer der besten Ausrüstungen in beiden Armeen ausgestattet hatte, und man erzählte sich, dass er diese Großzügigkeit noch ein Dutzend Mal wiederholen könnte, ohne dass ihn die Ausgabe sonderlich schmerzen würde. Er war in jeder Hinsicht ein erfolgreicher und eindrucksvoller Mann, und Präsident Davis ärgerte sich erneut darüber, dass Faulconer ein diplomatisches Amt abgelehnt hatte, weil er seinen Traum verwirklichen wollte, an der Spitze einer Brigade in die Schlacht zu ziehen. «Es tut mir leid, dass ich Sie noch nicht wiederhergestellt sehe, Faulconer.» Der Präsident deutete auf die schwarze Armschlinge.

«Eine kleine Einschränkung der rechten Hand, Mr. President, die mich aber nicht daran hindern wird, zur Verteidigung meines Landes das Schwert zu schwingen», sagte Faulconer bescheiden, obwohl sein Arm in Wahrheit längst vollständig verheilt war und er die Schlinge nur trug, um einen heldenhaften Eindruck hervorzurufen. Die schwarze Schlinge beeindruckte vor allem Frauen, eine Wirkung, die noch angenehmer dadurch wurde, dass sich Faulconers Frau nicht in Richmond aufhielt, denn sie führte auf dem Landsitz der Familie das Leben einer von nervösen Leiden geplagten Invaliden. «Und ich gehe davon aus, dass mein Schwert bald eingesetzt wird», fügte Faulconer hinzu. Dieser Wink mit dem Zaunpfahl sollte den Präsidenten dazu bewegen, Faulconers Berufung zum Brigadier zu unterstützen.

«Ich denke, wir alle werden bald vollkommen von unseren unterschiedlichen Pflichten in Anspruch genommen werden», antwortete der leichenblasse Präsident vage. Er wünschte sich seine Frau herbei, damit sie ihm im Umgang mit diesen eifrigen Leuten half, die mehr Leidenschaftlichkeit von ihm verlangten, als er zu geben hatte. Varina war so begabt im Plaudern, der Präsident dagegen hatte das Gefühl, ihm würden bei gesellschaftlichen Ereignissen die Worte im Mund vertrocknen. Wurde Lincoln genauso von Postenjägern bedrängt?, fragte sich Davis. Oder besaß sein Präsidentenkollege einen leichteren Umgang mit zudringlichen Fremden? Da tauchte neben Faulconer ein bekanntes Gesicht auf, ein Mann, der dem Präsidenten lächelnd zunickte und erwartete, begrüßt zu werden. Davis überlegte, wie der Mann hieß, und glücklicherweise fiel es ihm im letzten Augenblick noch ein. «Mr. Delaney», sagte der Präsident nicht gerade begeistert zu dem Neuankömmling. Belvedere Delaney war ein Anwalt und ein Klatschmaul, das sich Davis nicht erinnerte zu diesem Empfang eingeladen zu haben, aber Delaney war trotzdem gekommen, und das war typisch für ihn.

«Mr. President.» Delaney neigte den Kopf in Anerkennung von Davis' hohem Amt. Der Richmonder Anwalt war eine kleine, gedrungene, immerzu lächelnde Erscheinung, deren nichtssagendes Äußeres einen Verstand verbarg, der so scharf war wie der Zahn einer Giftschlange. «Erlauben Sie mir, Ihnen meinen tiefempfundenen Glückwunsch zu Ihrer Amtseinführung auszusprechen.»

«Ein ernstes Ereignis, Delaney, dem schwere Pflichten folgen werden.»

«Ganz wie es das Wetter anzukündigen scheint, Mr. President», sagte Delaney, der an dem verregneten Tag offenkundig ein infames Vergnügen hatte. «Und jetzt, Sir, wenn Sie gestatten, erbitte ich mir Colonel Faulconers Aufmerksamkeit. Sie können die Gesellschaft unserer Helden der Konföderation nicht den ganzen Tag allein für sich in Anspruch nehmen, Sir.»

Davis nickte erleichtert und erteilte damit seine Zustimmung, dass Delaney sich mit Faulconer entfernte, doch das gab sogleich einem dicklichen Kongressabgeordneten die Gelegenheit, seinem Landsmann aus Mississippi lebhaft zur Amtseinführung als erstem Präsidenten der Konföderation zu gratulieren.

«Es ist eine schwere Pflicht und eine ernste Verantwortung», murmelte der Präsident.

Der Kongressabgeordnete aus Mississippi schlug Jefferson Davis kräftig auf die Schulter. «Vergessen Sie die schwere Pflicht, Jeff», brüllte er dem Präsidenten ins Ohr. «Schicken Sie einfach unsere Jungs rauf in den Norden, damit sie dem alten Abe Lincoln die Eier abschneiden.»

«Die strategischen Entscheidungen überlasse ich den Generälen.» Der Präsident versuchte sich von dem Kongressabgeordneten abzuwenden, um die friedlicheren Glückwünsche eines Vertreters der Episkopalkirche entgegenzunehmen.

«Zum Teufel, Jeff, Sie verstehen genauso viel vom Krieg wie jeder von unseren famosen Jungs in der Truppe.» Der Kongressabgeordnete räusperte sich und spie einen Strahl Tabaksaft in Richtung eines Spucknapfs. Doch die braune Flüssigkeit verfehlte ihr Ziel und befleckte stattdessen den regennassen Reifrock der Ehefrau des Geistlichen. «Wird Zeit, dass wir mit diesen feigen Yankees ein für alle Mal aufräumen», verkündete der Kongressabgeordnete gut gelaunt, dann bot er dem neuen Präsidenten einen Zug aus seinem Flachmann an. «Der beste Whiskey diesseits des Tennessee River, Jeff. Ein Schluck, und Sie sind von allen Leiden kuriert!»

«Sie möchten mich sprechen, Delaney?» Faulconer ärgerte sich darüber, dass ihn der kleine, durchtriebene Anwalt aus der Gesellschaft des Präsidenten weggebracht hatte.

«Nicht ich will Sie sprechen, Faulconer, sondern Daniels, und wenn Daniels ruft, tut man gut daran, zu ihm zu gehen», sagte Delaney.

«Daniels!», sagte Faulconer erstaunt, denn John Daniels war einer der mächtigsten und einsiedlerischsten Männer in Richmond. Außerdem war er für seine Hässlichkeit und seine beleidigende Ausdrucksweise berühmt, aber wichtig wurde Daniels dadurch, dass er es war, der darüber entschied, welche Anliegen und welche Männer der einflussreiche Richmonder *Examiner* unterstützte. Daniels lebte allein mit zwei wilden Hunden, die er zu seinem Vergnügen gegeneinander kämpfen ließ, während er von einem hohen Barbierstuhl aus kichernd zusah. Er war auch selbst kein schlechter Kämpfer; zwei Mal hatte er sich seinen Gegnern auf dem Richmonder Duellgelände in Bloody Run entgegengestellt, beide Kämpfe überlebt und seinen Ruf als heimtückischer Gegner gestärkt. Zudem wurde er von vielen Südstaatlern als erstklassiger Politiktheoretiker angesehen, und sein Pamphlet «Die Niggerfrage» wurde in weiten Kreisen von denen bewundert, die keine Notwendigkeit sahen, etwas an der Sklaverei zu ändern. Und nun erwartete der respekteinflößende John Daniels Faulconer anscheinend auf der erhöhten, rückwärtigen Veranda des neuen Regierungssitzes, wo er, die Pferdepeitsche in der Hand, missmutig in den Regen starrte.

Er warf Faulconer einen flüchtigen Blick zu und ließ seine Peitschenschnur dann zu den kahlen, tropfenden Bäumen schnalzen. «Ist dieses Wetter ein Vorzeichen für unseren neuen Präsidenten, Faulconer?», fragte Daniels mit seiner rauen, durchdringenden Stimme, ohne sich um eine formale Begrüßung zu scheren.

«Das will ich nicht hoffen, Daniels. Sie selbst befinden sich wohl?»

«Und was halten Sie von unserem neuen Präsidenten, Faulconer?» Daniels ging über Faulconers höfliche Frage einfach hinweg.

«Ich glaube, wir können uns mit diesem Mann glücklich schätzen.»

«Sie hören sich an wie ein Leitartikler vom *Sentinel*. Glücklich schätzen! Bei Gott, Faulconer, der alte US-Kongress war voll mit Versagern wie Davis. Da hab ich ja schon bessere Männer aus dem Arsch einer Sau kommen sehen. Er beeindruckt Sie mit seiner Ernsthaftigkeit und seiner Ruhe, stimmt's? O ja, er ist ruhig und ernst, das gestehe ich Ihnen zu, aber das liegt daran, dass er kein Leben im Leib hat, er hat nämlich nichts im Leib außer seinen Vorstellungen von Würde und Ehre und staatsmännischem Verhalten. Aber wir brauchen keine Vorstellungen, Faulconer, wir brauchen Taten. Wir brauchen Männer, die losziehen und Yankees töten. Wir müssen den Norden mit Yankee-Blut tränken, schöne Podiumsreden nützen uns nichts. Wenn man mit Reden eine Schlacht gewinnen könnte, würden wir jetzt auf unserem Weg zur Eroberung Kanadas durch Maine marschieren. Wussten Sie, dass Joe Johnston vor zwei Tagen in Richmond war?»

«Nein, das wusste ich nicht.»

«Wissen Sie, wie Johnston Sie nennt, Faulconer?», fragte Daniels mit seiner unangenehmen Stimme. Es spielte für Daniels keine Rolle, dass Faulconer einer der reichsten Männer im Süden war, so reich, dass er den *Examiner* ein Dutzend Mal hätte aufkaufen können; Daniels nämlich war sich seiner eigenen Macht bewusst, und diese Macht bestand darin, im Süden die öffentliche Meinung beeinflussen zu können. Und diese Macht gab ihm das Recht, es sich im Korbschaukelstuhl des Präsidenten bequem zu machen und seine schäbigen Stiefel auf das Verandageländer des Präsidenten zu legen, während Faulconer in seiner herausgeputzten Colonelsuniform wie ein Bittsteller neben ihm stand. «Er nennt Sie den Helden von Manassas», erklärte Daniels säuerlich. «Was sagen Sie dazu?»

«Ich fühle mich überaus geehrt», sagte Faulconer. In Wahrheit war diese Bezeichnung ein Irrtum, denn General Johnston hatte nie herausgefunden, dass es nicht Faulconer gewesen war, der die Legion gegen den überraschenden Flankenangriff der Yankees bei Manassas geführt hatte, sondern der ungerühmte Thaddeus Bird, und er hatte auch nie erfahren, dass Bird diese Entscheidung in vorsätzlicher Missachtung von Faulconers Befehlen getroffen hatte. Stattdessen war Johnston, wie so viele andere in der Konföderation, davon überzeugt, dass der Süden in Washington Faulconer einen brillanten und talentierten Kriegshelden besaß.

Diese Überzeugung hatte Washington Faulconer selbst behutsam genährt. Der Colonel hatte die Monate seit Manassas mit Vortragsreihen über die Schlacht in den Sälen und Theatern zwischen Fredericksburg und Charleston verbracht. Er unterbreitete seiner Zuhörerschaft die Erzählung von einer abgewendeten Katastrophe und einem Sieg, der im Angesicht einer sicher scheinenden Niederlage errungen worden war, und sein Bericht wurde dramatisiert und untermalt von einer kleinen Gruppe verwundeter Musiker, die patriotische Lieder spielten und, an den aufregenderen Stellen der Erzählung, das Signalhorn bliesen, sodass die Zuhörer den Eindruck hatten, vor den dunklen Fenstern der Vortragssäle zögen Geisterarmeen vorbei. Dann, wenn die Geschichte ihren Höhepunkt erreichte und das gesamte Schicksal der Konföderierten am seidenen Faden hing, legte Faulconer eine Pause ein, in der eine kleine Trommel Musketenfeuer und eine große Trommel die hallenden Echos ferner Kanonenschüsse imitierte, und dann berichtete Faulconer von dem Heldenmut, der jenen Tag gerettet hatte. Anschließend brandete Beifall auf und übertönte die nachgeahmten Kanonenschüsse der Trommler. Das Heldentum der Südstaatler hatte über die stumpfsinnige militärische Überlegenheit der Yankees triumphiert, und Faulconer lächelte bescheiden, während die Zuhörer jubelten.

Nicht dass Faulconer je behauptet hätte, der Held von Manassas zu sein, doch sein Kampfbericht stand auch nicht unbedingt im Widerspruch zu dieser Annahme. Wenn er gefragt wurde, was er persönlich getan hatte, verweigerte Faulconer eine Antwort und sagte stattdessen, dass einem Soldaten Bescheidenheit wohl anstehe, doch dann berührte er seinen rechten Arm in der schwarzen Schlinge, und er registrierte, wie die Männer respektvoll den Rücken strafften und die Frauen ihn mit schmelzenden Blicken ansahen. Er hatte sich an diese Bewunderung gewöhnt; und wahrhaftig, er hatte seinen Vortrag nun schon so oft gehalten, dass er inzwischen selbst an sein Heldentum glaubte, und dieser Glaube machte die Erinnerung daran, wie ihn die Legion in der Nacht von Manassas abgelehnt hatte, schwer erträglich.

«Waren Sie ein Held?», fragte Daniels Faulconer jetzt unumwunden.

«Jeder Mann bei Manassas war ein Held», gab Faulconer hochtrabend zurück.

Daniels kicherte über Faulconers Antwort. «Er hätte Anwalt werden sollen wie Sie, Delaney, was? Er weiß, wie man Worte macht, ohne etwas zu sagen.»

Belvedere Delaney war damit beschäftigt gewesen, sich die Fingernägel zu säubern, doch nun bedachte er den Zeitungsherausgeber mit einem knappen, humorlosen Lächeln. Delaney war ein anspruchsvoller, geistreicher und kluger Mann, dem Faulconer nicht ganz traute. Der Anwalt trug eine Konföderiertenuniform, doch worin seine Pflichten im Krieg bestanden, konnte sich Faulconer nicht vorstellen. Zudem ging das Gerücht, Delaney sei der Besitzer von Mrs. Richardsons berühmtem Bordell in der Marshall Street und von dem noch exklusiveren Freudenhaus in der Franklin Street. Wenn das stimmte, wurde Delaney durch den gesammelten Klatsch aus beiden Bordellen mit gefährlichem Wissen über eine beträchtliche Anzahl hochrangigster Vertreter der Konföderation versorgt, und zweifellos gab der gerissene Anwalt all dieses Bettgeflüster an den mürrischen, abartigen Daniels mit dem boshaften Blick weiter.

«Wir brauchen Helden, Faulconer», sagte Daniels jetzt. Er starrte säuerlich auf die überfluteten Pfade und schlammigen Gemüsebeete des triefend nassen Gartens. Ein Rauchfaden stieg vom Räucherhaus des Präsidenten empor, wo ein Dutzend Virginia-Schinken geräuchert wurden. «Haben Sie das von Henry und Donelson gehört?»

«Allerdings», sagte Faulconer. In Tennessee waren Fort Henry und Fort Donelson eingenommen worden, und nun sah es so aus, als würde Nashville fallen, während im Osten von der Seeseite aus die Flotte der Yankees erneut zugeschlagen hatte; dieses Mal, um Roanoke Island in North Carolina zu erobern.

«Und was würden Sie sagen, Faulconer» – Daniels warf dem gutaussehenden Virginier einen unfreundlichen Blick zu – «wenn ich Ihnen erzähle, dass Johnston dabei ist, Centreville und Manassas aufzugeben?»

«Das kann er nicht machen!» Faulconer war entsetzt von dieser Neuigkeit. Viel zu viele Morgen Land in Nordvirginia standen schon unter gegnerischer Besatzung, und es erschütterte Faulconer, dass noch mehr von der heiligen Erde des Staates kampflos abgetreten werden sollte.

«Aber er tut es.» Daniels hielt inne, um sich eine lange, schwarze Cheroot-Zigarre anzuzünden. Er spuckte die Spitze der Cheroot übers Geländer und blies dann eine Rauchwolke in den Regen. «Er hat beschlossen, sich hinter den Rappahannock zurückzuziehen. Er behauptet, wir könnten uns dort besser verteidigen als in Centreville. Die Entscheidung ist noch nicht offiziell bekannt gegeben worden, angeblich ist sie geheim, und das heißt, dass Johnston davon weiß, Davis davon weiß, Sie und ich davon wissen, und die Hälfte der verfluchten Yankees vermutlich genauso. Und können Sie sich denken, was Davis in dieser Sache unternehmen will, Faulconer?»

«Ich gehe davon aus, dass er der Entscheidung widersprechen wird», sagte Faulconer.

«Widersprechen?», rief Daniels spöttisch. «Jeff Davis weiß doch nicht mal, was dieses Wort überhaupt bedeutet. Er hört nur auf Granny Lee. Vorsicht! Vorsicht! Vorsicht! Statt zu kämpfen, Faulconer, schlägt Davis vor, dass wir morgen in einer Woche alle einen Gebets- und Fastentag einlegen. Können Sie sich das vorstellen? Wir sollen hungern, damit der Allmächtige unsere Misere zur Kenntnis nimmt. Nun, Jeff Davis kann seinen Gürtel von mir aus enger schnallen, aber ich will verdammt sein, wenn ich das tue. Ich werde an diesem Tag ein Festmahl geben. Kommen Sie auch, Delaney?»

«Mit dem größten Vergnügen, John», sagte Delaney und wandte seinen Blick zum Ende der Veranda, wo eine Tür geöffnet wurde.

Ein kleiner Junge, vielleicht vier oder fünf Jahre alt, kam mit einem Reifen auf die Veranda heraus. Der Junge lächelte die fremden Männer an.

«Die Kinderfrau hat gesagt, ich kann hier spielen», erklärte der Junge, den Washington Faulconer für den ältesten Sohn des Präsidenten hielt.

Daniels blitzte das Kind böse an. «Soll ich dir eins mit der Peitsche überziehen, Junge? Wenn nicht, dann verschwinde hier, und zwar ein bisschen plötzlich!»

Der Junge flüchtete weinend, während sich der Herausgeber wieder zu Faulconer umdrehte. «Und nicht nur, dass wir uns aus Centreville zurückziehen, Faulconer. Weil wir nicht genügend Zeit haben, die Lagerbestände der Armee von dem Kopfbahnhof in Manassas zurückzuholen, verbrennen wir sie! Ist das noch zu fassen? Wir verbringen Monate damit, die Lager der Armee mit Proviant und Munition zu füllen, und beim ersten Anzeichen des Frühlings beschließen wir, jeden Fetzen Material zu verbrennen und dann wie ängstliche Weiber hinter den nächsten Fluss zu fliehen. Was wir brauchen, Faulconer, sind Generäle mit Schneid. Generäle mit Charakter. Generäle, die keine Angst vorm Kampf haben. Lesen Sie das.» Er zog ein gefaltetes Papier aus seiner Westentasche und warf es Faulconer hin. Der Colonel musste sich zu den Schilfmatten der Veranda hinunterbücken, um das gefaltete Papier aufzuheben, das sich als die Druckfahne eines geplanten Leitartikels im Richmonder *Examiner* herausstellte.

Der Leitartikel war pures Balsam für Faulconers Seele. Er erklärte, die Zeit zum Handeln sei gekommen. Der Frühling werde sicher einen gegnerischen Vorstoß von ungekannter Stärke bringen, und die Konföderation könne nur überleben, wenn sie sich diesem Vorstoß tapfer und mit neuen Ideen entgegenstelle. Der Süden werde niemals siegen, wenn er Angst zeigte, und ganz bestimmt auch nicht, indem er Gräben aushob, wie jene, die General Robert Lee anscheinend rund um Richmond anlegen lassen wollte. Die Konföderation, so verkündete der Leitartikel, werde nur unter draufgängerischen und weitblickenden Männern Bestand haben, nicht durch die Anstrengungen von Drainage-Experten. Der Autor räumte widerwillig ein, dass die derzeitigen Anführer der Konföderation alle gutwillige Männer waren, die jedoch in ihren engstirnigen Ideen gefangen seien, und dass nun die Zeit gekommen wäre, um neue Offiziere in hohe Ränge einzusetzen. Ein solcher Mann sei Colonel Washington Faulconer, der seit Manassas keinen Armeeposten habe. Wenn ein solcher Mann auf den Norden losgelassen würde, schloss der Artikel, wäre der Krieg im Sommer vorbei. Faulconer las den Text ein zweites Mal und überlegte, ob er noch am Nachmittag zu Shaffers gehen und die Extra-Litze für die Ärmel und die vergoldeten Schnüre bestellen sollte, die um die Sterne auf seinem Kragenaufschlag genäht würden. Brigadegeneral Faulconer! Dieser Rang, so fand er, stünde ihm gut.

Daniels nahm den Leitartikel wieder an sich. «Die Frage ist, Faulconer, ob wir das veröffentlichen sollen.»

«Das ist Ihre Entscheidung, Daniels, nicht meine», sagte Faulconer bescheiden und versteckte seine Begeisterung, indem er hinter vorgehaltenen Händen eine Zigarre vor dem Wind schützte und ein Streichholz anstrich. Er überlegte, ob die Veröffentlichung zu viele höherrangige Offiziere beleidigen würde, dann aber wurde ihm klar, dass er es nicht wagte, vor Daniels so ängstliche Bedenken zu äußern, denn dann würde der Leitartikel geändert und ein anderer Mann als Brigadier vorgeschlagen werden.

«Aber sind Sie unser Mann?», knurrte Daniels.

«Wenn Sie meinen, ob ich angreifen und wieder angreifen und noch einmal angreifen würde? Ja. Wenn Sie meinen, ob ich Manassas aufgeben würde? Nein. Wenn Sie meinen, ob ich gute Männer dazu anstellen würde, Entwässerungsgräben rund um Richmond anzulegen? Niemals!»

Daniels schwieg nach Faulconers vollmundiger Erklärung. Tatsächlich schwieg er so lange, dass sich Washington Faulconer wie ein Narr zu fühlen begann. Dann aber ergriff der kleine Herausgeber mit dem schwarzen Bart wieder das Wort. «Wissen Sie, wie groß McClellans Armee ist?» Er stellte diese Frage, ohne Faulconer anzusehen.

«Nicht genau, nein.»

«Wir wissen es, aber wir drucken die Zahl nicht in der Zeitung, damit würden wir die Leute nämlich bloß in die Verzweiflung treiben.» Daniels ließ wieder die Peitsche schnalzen, und seine knarrende Stimme war gerade laut genug, um sich über den unaufhörlichen strömenden Regen zu erheben. «Der neue Napoleon, Faulconer, hat über hundertfünfzigtausend Mann. Er hat fünfzehntausend Pferde und mehr als zweihundertfünfzig Kanonen. Große Kanonen, Faulconer, mörderische Kanonen, die besten Kanonen, die in den Eisengießereien des Nordens produziert werden können, und sie stehen Rad an Rad aufgereiht, um unsere armen Südstaatenjungs zu zerfetzen. Und wie viele arme Südstaatenjungs haben wir? Siebzigtausend? Achtzigtausend? Und wann läuft ihre Dienstzeit in der Armee aus? Im Juni? Im Juli?» Die meisten Soldaten der Südstaaten waren Freiwillige, die sich für ein Jahr gemeldet hatten, und wenn dieses Jahr vorbei war, erwarteten die Überlebenden, nach Hause zurückkehren zu können. «Wir müssen die Wehrpflicht durchsetzen, Faulconer», fuhr Daniels fort, «bis wir im Frühling dieses angebliche Genie McClellan geschlagen haben.»

«Dieses Land wird die Wehrpflicht niemals akzeptieren», sagte Faulconer ernst.

«Dieses Land, Colonel, wird verdammt noch mal alles akzeptieren, was uns den Sieg bringt», sagte Daniels schroff, «aber werden

Sie diese wehrpflichtigen Männer anführen, Faulconer? Das ist nun die eigentliche Frage. Sind Sie mein Mann? Soll der *Examiner* Sie unterstützen? Immerhin sind Sie nicht gerade der erfahrenste Soldat, oder?»

«Ich kann neue Ideen einbringen», gab Faulconer bescheiden zu bedenken. «Frisches Blut.»

«Aber ein neuer und unerfahrener Brigadier braucht einen guten und erfahrenen Stellvertreter. So ist es doch, nicht wahr, Colonel?» Daniels sah mit boshaftem Blick zu Faulconer auf.

Faulconer lächelte freudig. «Ich würde meinen, dass mein Sohn Adam mit mir in den Dienst geht. Er ist zurzeit in Johnstons Stab, also hat er Erfahrung, und es gibt keinen fähigeren und ehrenhafteren Mann in ganz Virginia.» Faulconers plötzliche Aufrichtigkeit und Herzlichkeit war mit Händen zu greifen. Er war seinem Sohn unendlich zugetan, nicht nur mit der Liebe eines Vaters, sondern auch aus befriedigtem Stolz auf die unbestrittenen Tugenden Adams. Wahrhaftig, zuweilen erschien es Faulconer, als sei Adam sein einziger unanfechtbarer Erfolg, der Triumph, der sein ganzes übriges Leben rechtfertigte. Nun wandte er sich lächelnd an den Anwalt. «Sie können doch für Adams Charakter bürgen, oder, Delaney?»

Doch Belvedere Delaney schwieg. Er starrte einfach hinaus in den durchweichten Garten.

Daniels atmete mit hörbarer Skepsis ein, dann schüttelte er bedenklich seinen hässlichen Kopf. «Das gefällt mir nicht Faulconer. Das gefällt mir kein verdammtes bisschen. Riecht für mich nach Vorteilsnahme. Nach Nepotismus! Das ist doch das richtige Wort, oder Delaney?»

«Nepotismus ist genau das richtige Wort, Daniels», bestätigte Delaney, ohne Faulconer anzusehen, dessen Gesicht wirkte wie das eines kleinen Jungen, der eine schallende Ohrfeige erhalten hat.

«Der *Examiner* könnte sich niemals für Nepotismus hergeben, Faulconer», sagte Daniels, dann hob er in einer knappen Geste die Hand zu Delaney, der daraufhin die mittlere Tür der Veranda öffnete, um eine magere und struppige Erscheinung herauszubitten, die in eine regennasse, fadenscheinige Uniform gekleidet war, sodass der Neuankömmling draußen sogleich vor Kälte zitterte. Der Mann war mittleren Alters und machte den Eindruck, als hätte ihm das Leben übel mitgespielt. Er trug einen ungepflegten schwarzen Bart mit ersten grauen Haaren, seine Augen lagen tief in den Höhlen, und ein Tic ließ seine vernarbte Wange zucken. Er litt sichtlich unter einer Erkältung, denn er fuhr sich mit der Manschette unter der triefenden Nase entlang und wischte den Ärmel dann an seinem struppigen Bart ab, in dem getrockneter Tabaksaft klebte. «Johnny!», begrüßte die unansehnliche Erscheinung Daniels vertraut.

«Faulconer?» Daniels sah zu dem Colonel auf. «Das ist Major Griffin Swynyard.»

Swynyard nickte Faulconer kurz zu und streckte die linke Hand aus, an der, wie Faulconer sah, die mittleren drei Finger fehlten. Die beiden Männer schüttelten sich ungeschickt die Hände. Das Zucken in Swynyards rechter Wange verlieh ihm einen merkwürdig empörten Gesichtsausdruck.

«Swynyard», sagte Daniels zu Faulconer, «hat in der alten U.S. Army gedient. Er hat seinen Abschluss an der Militärakademie von West Point gemacht. Wann war das noch?»

«Abschlussjahrgang neunundzwanzig, Johnny.» Swynyard ließ die Hacken knallen.

«Dann hat er im mexikanischen Krieg und in den Seminolenkriegen gekämpft, stimmt's?»

«Hab mehr Skalps genommen als jeder andere weiße Mann, Colonel», sagte Swynyard, grinste Faulconer an und zeigte dabei seine verfaulten, gelben Zähne. «An einem Tag habe ich es bis auf achtunddreißig gebracht!», prahlte Swynyard. «Und alle mit meinen eigenen Händen, Colonel. Von Squaws, kleinen Hosenscheißern und Kriegern! Meine Arme waren bis zu den Ellbogen rot! Das Blut ist bis zu meinen Achseln gespritzt! Hatten Sie je das Vergnügen, einen Skalp zu nehmen, Colonel?», fragte Swynyard mit leidenschaftlicher Eindringlichkeit.

«Nein», brachte Faulconer heraus. «Nein, hatte ich nicht.» Er erholte sich langsam davon, dass Daniels die Berufung Adams abgelehnt hatte, und begriff, dass seine Beförderung einen Preis haben würde.

«Es gibt einen Dreh dabei», fuhr Swynyard fort. «Wie bei jeder anderen Kunst gibt es einen Dreh dabei! Junge Soldaten versuchen immer, sie abzuschneiden, aber das klappt natürlich nicht. Am Schluss stehen sie mit etwas da, das aussieht wie eine tote Maus.» Swynyard hielt das offenkundig für amüsant, denn er öffnete seinen zahnlückigen Mund und lachte Faulconer mit einem kehligen Pfeifen an. «Abschneiden geht bei einem Skalp nicht, Colonel. Nein, man muss den Skalp abschälen, wie die Schale von einer Orange!» Er redete liebevoll und führte die Bewegung mit seiner verstümmelten, klauenartigen Hand vor. «Wenn Sie je nach Tidewater kommen, zeige ich Ihnen meine Sammlung. Ich habe drei Überseekoffer voll mit erstklassigen Skalps, und alle sind geräuchert und gegerbt, wie es sich gehört.» Offenbar hatte Swynyard das Gefühl, auf Faulconer einen guten Eindruck gemacht zu haben, denn er lächelte liebenswürdig, während der Tic seine rechte Wange zittern ließ. «Möchten Sie vielleicht jetzt einen Skalp sehen, Colonel?», fragte Swynyard plötzlich und tastete nach dem Knopf seiner obersten Rocktasche. «Ich hab immer einen dabei. Als Glücksbringer, verstehen Sie? Der hier ist von einer Seminolen-Squaw. Das Luder hat vielleicht einen Lärm veranstaltet. Die Wilden können so richtig kreischen, das sage ich Ihnen, die können unglaublich kreischen!»

«Nein, danke», presste Faulconer heraus, um zu verhindern, dass die Trophäe aus der Tasche gezogen wurde. «Sie stammen also aus Virginia, Major?», fragte er, um das Thema zu wechseln, und verbarg seinen Widerwillen gegen den jämmerlich aussehenden Swynyard. «Aus Tidewater, sagen Sie?»

«Von den Swynyards aus Charles City Court House», gab Swynyard mit sichtlichem Stolz zurück. «Dieser Name war früher einmal berühmt! Stimmt doch, Johnny, oder?»

«Swynyards and Sons», sagte der Herausgeber und starrte in den Regen, «die Sklavenhändler der Grundstücksbarone Virginias.»

«Aber mein Dad hat das Geschäft verspielt, Colonel», gestand Swynyard. «Es gab Zeiten, da war der Name Swynyard gleichbedeutend mit Niggerhandel, aber Dad hat das Geschäft durch die Sünde der Spielsucht verloren. Seitdem sind wir arme Leute!» Er sagte es mit Stolz, aber die Prahlerei deutete Washington Faulconer an, welches Angebot genau ihm hier gemacht wurde.

Der Herausgeber zog an seiner Zigarre. «Swynyard ist ein Cousin von mir, Faulconer. Er gehört zu meiner Sippe.»

«Und er hat bei Ihnen um eine Anstellung nachgefragt?», riet Faulconer scharfsinnig.

«Nicht als Zeitungsmann!», warf Major Swynyard ein. «Ich hab keine Begabung für Worte, Colonel. Das überlasse ich schlaueren Männern wie meinem Cousin Johnny. Nein, ich bin Soldat, durch und durch. Ich bin an der Gewehrmündung abgestillt worden, könnte man sagen. Ich bin ein Kämpfer, Colonel, und ich habe drei Überseekoffer vollgestopft mit Heidenskalps, um es zu beweisen.»

«Aber im Augenblick hast du keine Beschäftigung?», soufflierte Daniels.

«Ich suche in der Tat nach der Stelle, die am besten geeignet ist, um meine Kampftalente einzusetzen», bestätigte Swynyard an Faulconer gewandt.

Es entstand eine Gesprächspause. Daniels zog den Leitartikel aus der Tasche und gab vor, ihn noch einmal kritisch zu überfliegen. Faulconer verstand den Wink. «Wenn ich eine Beschäftigung für mich selbst finde, Major», erklärte er Swynyard hastig, «würde ich es als große Ehre und Privileg ansehen, wenn Sie sozusagen als meine rechte Hand fungieren würden.»

«Sie meinen als Ihr Stellvertreter, nicht wahr?», bemerkte John Daniels vom Schaukelstuhl des Präsidenten aus.

«Mein Stellvertreter, gewiss», bestätigte Faulconer eilig.

Swynyard ließ erneut die Hacken knallen. «Ich werde Sie nicht enttäuschen, Colonel. Mir fehlen vielleicht die feinen Manieren, bei Gott, aber Leidenschaft fehlt mir bestimmt nicht! Ich bin kein sanfter Mann, ganz bestimmt nicht. Ich glaube daran, dass man Soldaten genauso antreiben muss wie Nigger! Schnell und unbarmherzig. Blutig und brutal, nur so geht es, oder stimmt das etwa nicht, Johnny?»

«Das stimmt ganz genau, Griffin.» Daniels faltete den Leitartikel zusammen, steckte ihn aber nicht in seine Westentasche zurück. «Unglücklicherweise, Faulconer», fuhr Daniels fort, «hat sich mein Cousin im Dienst für sein Land vollkommen verausgabt. Für sein altes Land, meine ich, unsere neuen Gegner. Und das bedeutet, dass er mit einer Menge Schulden in unser neues Land gekommen ist. Ist es nicht so, Griffin?»

«Ich bin vollkommen vom Glück verlassen, Colonel», bekannte Swynyard schroff. «Hab alles, was ich hatte, der alten Armee geopfert. Hab ihr sogar meine Finger geopfert! Und was habe ich dafür bekommen, Colonel? Nichts, überhaupt nichts. Aber ich bitte auch nicht um viel, nur um eine Gelegenheit, in der Armee zu dienen und zu kämpfen, und um ein Grab in guter, konföderierter Erde, wenn meine ehrliche Arbeit getan ist.»

«Und du bittest auch darum, dass deine Schulden beglichen werden», sagte John Daniels betont, «ganz besonders der Teil, den ich zu bekommen habe.»

«Es wäre mir eine große Freude, Ihnen dabei auszuhelfen», sagte Faulconer und fragte sich, wie teuer ihn diese Freude zu stehen kommen würde.

«Sie sind ein Gentleman, Colonel», sagte Swynyard, «ein Christ und ein Gentleman. Das ist ganz offenkundig, Colonel, ganz offenkundig. Ich bin gerührt. Tief gerührt, Sir, sehr tief.» Und Swynyard wischte sich eine Träne aus dem Augenwinkel, dann straffte er sich zum Zeichen des Respekts für seinen Retter. «Ich werde Sie nicht enttäuschen. Ich enttäusche nie jemanden, Colonel. Das liegt bei uns Swynyards nicht in der Familie.»

Faulconer bezweifelte, dass diese Beteuerung der Wahrheit entsprach, aber er ging davon aus, dass er mit Daniels' Unterstützung die besten Aussichten hatte, zum General ernannt zu werden, und wenn Daniels' Preis dafür Swynyard war, würde er sich wohl oder übel damit arrangieren müssen. «Dann wären wir uns also einig, Major», sagte Faulconer und streckte seine linke Hand aus.

«Wir sind uns einig, Sir, vollkommen einig.» Swynyard schüttelte Faulconer die Hand. «Sie steigen einen Rang auf, Sir, und ich ebenso.» Er lächelte und zeigte dabei wieder seine faulen Zähne.

«Famos!», sagte Daniels laut, dann schob er den gefalteten Leitartikel langsam und bedeutsam wieder in seine Westentasche. «Und wenn die beiden Gentlemen jetzt ihre Bekanntschaft vertiefen wollen, Mr. Delaney und ich haben noch etwas Geschäftliches zu besprechen.»

Auf diese Weise entlassen, gingen Faulconer und Swynyard ins Haus, um sich der Menge anzuschließen, die sich immer noch dort drängte. Daniels ließ seine Peitschenschnur in den Regen vor der Veranda schnellen. «Sind Sie sicher, dass Faulconer unser Mann ist?»

«Sie haben gehört, was Johnston gesagt hat», erwiderte Delaney heiter. «Faulconer war der Held von Manassas!»

Daniels blickte finster vor sich hin. «Ich habe allerdings auch das Gerücht gehört, dass Faulconer mit heruntergelassenen Hosen erwischt wurde. Dass er nicht einmal bei der Legion war, als sie gekämpft hat.»

«Solche Geschichten werden aus purem Neid verbreitet, mein lieber Daniels, aus purem Neid.» Delaney, der im Umgang mit dem mächtigen Herausgeber vollkommen entspannt war, zog an einer Zigarre. Sein Vorrat an edlen französischen Zigaretten war inzwischen aufgebraucht, und dieser Mangel war vermutlich der drängendste Grund, aus dem er diesen Krieg schnell beendet sehen wollte. Zu diesem Zweck unterstützte Delaney, genau wie Adam Faulconer, heimlich den Norden und arbeitete für seinen Sieg, indem er in der Hauptstadt des Südens Unheil stiftete, und mit dem, was er an diesem Tag erreicht hatte, so dachte er, war er in dieser Hinsicht ein schönes Stück weitergekommen. Soeben war es ihm nämlich gelungen, den mächtigsten Zeitungsmann des Südens davon zu überzeugen, den enormen Einfluss seines Blattes für den geckenhaftesten und erfolglosesten Soldaten der Konföderation geltend zu machen. Faulconer war, nach Delaneys sarkastischer Einschätzung, niemals richtig erwachsen geworden, und ohne seinen Reichtum wäre er nichts als ein hohlköpfiger Narr. «Er ist unser Mann, John, da bin ich sicher.»

«Und warum hat er dann seit Manassas keinen Posten in der Armee bekommen?», fragte Daniels.

«Seine Armverletzung hat lange zur Heilung gebraucht», sagte Delaney vage. In Wahrheit, so vermutete er, verhinderte Faulconers übertriebener Stolz, dass er unter dem unflätigen und aus einfachen Verhältnissen stammenden Nathan Evans diente, aber das musste Daniels nicht wissen.

«Und hat er nicht seine Nigger freigelassen?», fragte Daniels drohend.

«Das hat er, John, aber dafür gelten bei ihm mildernde Umstände.»

«Der einzige mildernde Umstand dafür, einen Nigger freizulassen, ist der, dass der Bastard tot ist», verkündete Daniels.

«Ich glaube, Faulconer hat seine Sklaven freigelassen, um den letzten Wunsch seines Vaters auf dem Totenbett zu erfüllen», log Delaney. Tatsächlich aber hatte Faulconer seine Leute wegen einer Frau aus dem Norden freigelassen, einer glühenden Abolitionistin, von deren Schönheit der Großgrundbesitzer aus Virginia vorübergehend bezaubert gewesen war.

«Nun ja, zumindest hat er mir Swynyard vom Hals geschafft», sagte Daniels widerwillig, dann hielt er inne, weil Jubelrufe aus dem Haus drangen. Offenbar hielt jemand eine Rede, und die Menge unterbrach die Ansprache mit Gelächter und Applaus. Daniels starrte mürrisch in den immer noch strömenden Regen. «Wir brauchen keine Worte, Delaney, wir brauchen ein verdammtes Wunder.»

Die Konföderation brauchte ein Wunder, weil der neue Napoleon inzwischen zum Kampf bereit und seine Armee den Südstaatentruppen in Virginia zwei zu eins überlegen war, und weil der Frühling vor der Tür stand, was bedeutete, dass auf den Straßen wieder Kanonen herangeschafft werden konnten, und weil der Norden seinen Leuten versprach, dass Richmond eingenommen und die Rebellion beendet würde. Die Felder Virginias würden mit den Toten aus Virginia gedüngt, und das Einzige, was den Süden vor einer unehrenhaften und vernichtenden Niederlage retten konnte, war ein Wunder. Und anstelle dieses Wunders, überlegte Delaney, hatte er dem Süden Faulconer gegeben. Das, so dachte er, würde sogar ein krankes Pferd zum Lachen bringen.

Denn der Süden war dem Untergang geweiht.

Kurz nach der Morgendämmerung galoppierte die Kavallerie über die Felder zurück, die Hufe der Pferde schleuderten helle Silbertropfen von den überfluteten Wiesen empor. «In Centreville sind Yankees! Beeilung!» Die Reiter trabten an dem Erdwall vorbei, in den Aussparungen für Geschütze gegraben worden waren, nur dass sich in diesen Aussparungen statt Kanonen lediglich Quäker-Geschütze befanden. Quäker-Geschütze waren schwarz angestrichene Baumstämme, die schräg aufgerichtet in die Schießscharten gelegt wurden, damit sie von der gegnerischen Seite wie Kanonenmündungen erschienen.

Die Legion Faulconer war das letzte Infanterieregiment, das die Stellung bei Manassas räumen sollte, und voraussichtlich das letzte, das sich hinter die neue Festungsanlage zurückziehen würde, die hinter dem Rappahannock River gegraben wurde. Dieser Rückzug bedeutete, dass dem Norden in Virginia noch mehr Land überlassen wurde, und schon seit Tagen waren die Straßen von Manassas Richtung Süden mit Flüchtlingen überfüllt, die nach Richmond zogen.

Die einzigen Verteidigungsmittel, die in Manassas und Centreville zurückgelassen wurden, waren die Quäker-Geschütze, die Attrappen, die den ganzen Winter drohend übers Land gerichtet worden waren, um die Patrouillen der Yankees von Johnstons Armee fernzuhalten. Diese Armee war erstaunlicherweise gut mit Proviant versorgt worden, der über den ganzen Winter hinweg umständlich und mühsam von Zügen in das Eisenbahndepot von Manassas geschafft worden war, doch nun fehlte die Zeit, um das Depot auszuräumen, und deshalb wurden die wertvollen Vorräte verbrannt. Der Märzhimmel war schon schwarz vor Rauch, und die Luft roch nach geröstetem Pökelfleisch, als Starbucks Kompanie Feuer an die letzten Reihen der Gepäckwaggons legte, die an dem Eisenbahnknotenpunkt zurückgeblieben waren. Die Waggons waren schon mit aufgehäuftem Zunderholz, Pech und Schwarzpulver vorbereitet, und als die brennenden

Fackeln in die Zündhaufen gesteckt wurden, loderten die Flammen knisternd und fauchend empor. Uniformen, Zaumzeug, Patronen, Kummets und Zelte gingen in Rauch auf, dann fingen die Gepäckwaggons selbst Feuer, und die windgepeitschten Flammenzungen schickten schwarzen Rauch himmelwärts. Eine Scheune voller Heu wurde abgefackelt, dann ein Backsteinmagazin mit Mehl, Salzfleisch und Zwieback. Ratten flüchteten aus den brennenden Lagerhäusern und wurden von den aufgeregten Hunden der Legion gejagt. Jede Kompanie hatte wenigstens ein halbes Dutzend herrenlose Köter adoptiert, die von den Soldaten liebevoll umsorgt wurden. Jetzt verbissen sich die Hunde in die Nacken der Ratten und schüttelten sie unter den Anfeuerungsrufen ihrer Besitzer blutspritzend tot.

Die Gepäckwaggons würden verbrennen, bis nichts mehr übrig war außer ein paar geschwärzten Rädern, Holzkohle und Asche. Sergeant Truslow ließ einen Arbeitstrupp Schienen herausreißen und sie auf brennende Eisenbahnschwellen stapeln, die mit Pech getränkt worden waren. Die brennenden Haufen erzeugten eine derartig starke Hitze, dass sich die Stahlschienen verbogen und unbrauchbar wurden. Rund um das Regiment loderten weitere Feuer auf, als die Nachhut Proviant für zwei Monate und die eingelagerte Ausrüstung für einen ganzen Winter zerstörte.

«Rücken wir ab, Nate!» Major Bird schritt an dem brennenden Depot vorbei und machte vor Schreck einen Sprung, als eine Munitionskiste in einem der Gepäckwaggons Feuer fing. Die Patronen krachten wie Feuerwerkskörper und trieben weißglühende Lohe durch eine Ecke des brennenden Waggons. «Nach Süden!», schrie Bird theatralisch und deutete in die entsprechende Richtung. «Haben Sie schon das Neueste gehört, Nate?»

«Das Neueste, Sir?»

«Unser Behemoth ist ihrem Leviathan begegnet. Die Wissenschaft hat sich einen Wettstreit mit der Wissenschaft geliefert, und ich vermute, dass sie sich gegenseitig lahmgelegt haben. Zu schade.» Unvermittelt blieb Bird stehen und runzelte die Stirn. «Wirklich zu schade.»

«Die Yankees haben auch ein Metallschiff, Sir?», fragte Starbuck.

«Es ist am Tag nach dem Sieg der *Virginia* eingetroffen, Nate. Schon ist unsere unerwartete Überlegenheit als Seemacht wieder hin. Sergeant! Lassen Sie diese Schienen, es ist Zeit, dass wir abmarschieren, sofern Sie heute Abend nicht bei den Yankees zu Gast sein wollen!»

«Wir haben unser Schiff verloren?», fragte Starbuck ungläubig.

«In der Zeitung steht, es ist noch flott, aber das gilt für ihr monströses Metallschiff ebenso. Ihre Königin ist unserer ebenbürtig, also haben wir ein Patt. Beeilung, Lieutenant!» Diese Aufforderung galt Moxey, der dabei war, mit einem stumpfen Messer das Hanfseil eines Brunnenkübels durchzuschneiden.

Starbucks Stimmung sank. Es war schlimm genug, dass die Armee den Yankees Manassas Junction überließ, aber alle waren von der unverhofften Nachricht begeistert gewesen, dass eine Geheimwaffe des Südens – ein eisenummanteltes Schiff, dem Kanonenbeschuss nichts anhaben konnte – in die Hampton Roads gefahren war und das Blockadegeschwader des Nordens aus hölzernen Kriegsschiffen stark geschwächt hatte. Die Schiffe der U.S. Navy waren umgedreht und geflohen, einige waren auf Grund gelaufen, andere gesunken, und die übrigen hatten verzweifelt versucht, so viel Geschwindigkeit wie möglich aufzunehmen, um der stampfenden, rauchumhüllten, schwerfälligen, aber rachsüchtigen *Virginia* zu entkommen, deren Eisenhülle aus dem Rumpf eines aufgegebenen U.S.-Navy-Schiffs hergestellt worden war, der *Merrimack*. Dieser Sieg war als Ausgleich für die Aufgabe von Manassas erschienen und hatte das Ende der Blockade durch die U.S. Navy in Aussicht gestellt, doch nun sah es so aus, als hätte der Norden ein ebensolches Monster, dem es gelungen war, die CSS *Virginia* zum Stillstand zu bringen.

«Halb so wild, Nate. Wir müssen den Krieg eben einfach an Land ausfechten», sagte Bird, dann klatschte er in die Hände, damit die letzten Männer das brennende Depot verließen und auf der Straße Richtung Süden Aufstellung nahmen.

«Aber wie in Gottes Namen haben sie denn erfahren, dass wir über ein Eisenschiff verfügen?», fragte Starbuck.

«Weil sie Spione haben, natürlich. Vermutlich Hunderte. Glauben Sie denn, dass jedermann südlich von Washington plötzlich seine patriotischen Überzeugungen gewechselt hat?», fragte Bird. «Natürlich nicht. Und manche denken zweifellos, dass jede Übereinkunft mit den Yankees noch besser ist als dieses Elend hier.» Er deutete auf eine weitere Gruppe bemitleidenswerter Flüchtlinge, und auf einmal bestürmte ihn die Vorstellung, wie seine eigene liebe Frau von den einmarschierenden Yankees aus ihrem Haus getrieben wurde. Das war zwar sehr unwahrscheinlich, denn Faulconer County lag tief im Herzen Virginias, aber Bird berührte trotzdem die Tasche, in der er sorgfältig eingewickelt, damit ihm Regen und Feuchtigkeit nichts anhaben konnten, Priscillas Bild aufbewahrte. Er versuchte sich vorzustellen, wie ihr kleines Haus mit den unordentlichen Stapeln seiner Notenblätter und den herumliegenden Violinen und Flöten von johlenden Yankee-Truppen verbrannt wurde.

«Alles in Ordnung?» Starbuck hatte bemerkt, wie Bird plötzlich das Gesicht verzog.

«Gegnerische Reiter! Bewegung!», schrie Sergeant Truslow seiner Kompanie zu, aber er wollte mit dem Gebrüll auch Major Bird aus seiner Versunkenheit wecken. «Yankees, Sir.» Truslow deutete nach Norden, wo sich eine Reitergruppe gegen die fahlen Stämme eines fernen Waldes abhob.

«Abmarsch!», rief Bird zur Spitze der Legionskolonne, dann drehte er sich wieder zu Starbuck um. «Ich habe an Priscilla gedacht.»

«Wie geht es ihr?», fragte Starbuck.

«Sie sagt, es geht ihr sehr gut, aber etwas anderes würde sie auch nicht sagen, nicht wahr? Das liebe Mädchen würde mich nicht mit Klagen belasten.» Bird hatte eine Frau geheiratet, die halb so alt war wie er, und in der Art eines eingefleischten Junggesellen, der schließlich doch vor dem Feind kapituliert hat, betrachtete er seine Frischangetraute mit einer Bewunderung, die an Anbetung grenzte. «Sie schreibt, sie hätte Zwiebeln gepflanzt. Ist es nicht zu früh, um Zwiebeln zu pflanzen? Oder hat sie gemeint, sie hätte sie letztes Jahr gepflanzt? Ich weiß es nicht, aber ich bin wirklich beeindruckt, dass sich das liebe Ding mit Zwiebeln auskennt.» Er schniefte, dann richtete er seinen Blick auf die Reiter in der Ferne, die beim Anblick der vielen Holzkanonen, die ihr Vorrücken bedrohten, höchst wachsam geworden schienen. «Vorwärts, Nate, oder besser gesagt, rückwärts. Überlassen wir dieses Aschefeld dem Gegner.»

Die Legion marschierte an den brennenden Lagerhäusern vorbei, dann durch die kleine Stadt. Nur wenige Häuser waren verlassen, die meisten Einwohner blieben. «Verstecken Sie Ihre Flagge, Mann!», rief Bird einem Schreiner zu, der die neue Konföderiertenflagge herausfordernd an seinem Laden flattern ließ. «Falten Sie die Flagge zusammen! Verstecken Sie das Ding! Wir kommen zurück!»

«Ist noch jemand hinter Ihnen, Colonel?» Der Schreiner hatte Bird unbewusst befördert.

«Eine Kavallerieeinheit. Danach kommen nur noch Yankees!»

«Verpassen Sie den Bastarden eine ordentliche Abreibung, Colonel!», sagte der Schreiner, während er sich zu seiner Flagge hochreckte.

«Wir tun, was wir können. Ihnen viel Glück!»

Die Legion ließ die kleine Stadt hinter sich und marschierte unerschütterlich auf einer nassen und schlammigen Straße, die von den Fuhrwerken der Flüchtlinge zerfurcht worden war. Die Straße führte nach Fredericksburg, wo die Legion den Fluss überqueren und die Brücke zerstören würde, um sich dann dem Hauptverband der Südstaatenarmee anzuschließen. Das Gros der Armee zog sich auf einer Straße weiter westlich zurück, die direkt nach Culpeper Court House führte, wo General Johnston sein neues Hauptquartier eingerichtet hatte. Johnston vermutete, dass die Yankees einen weiten Bogen schlagen würden, um den Flusslauf zu kreuzen, und dass es somit zu einer großen Schlacht in Culpeper County kommen würde; einer Schlacht, bemerkte Bird gegenüber Starbuck, die den Kampf bei Manassas wie ein kleines Geplänkel erscheinen lassen würde.

Der Rückzug führte die Legion über dieses alte Schlachtfeld. Zu ihrer Rechten erstreckte sich der langgezogene Hügel, von dem sie ungeordnet geflüchtet waren, nachdem sie den Überraschungsangriff der Yankees gestoppt hatten, und zu ihrer Linken war der steilere Hügel, auf dem Stonewall Jackson schließlich die Nordstaatenarmee aufgehalten, zum Umkehren gezwungen und zurückgeschlagen hatte. Diese Schlacht war nun schon acht Monate vergangen, und doch zeigte der steile Hügel noch die Narben des Artilleriebeschusses. Dicht bei der Straße stand ein Steinhaus, in dem Starbuck die Ärzte beobachtet hatte, die ins Fleisch der Verwundeten schnitten und sägten, und im Hof dieses Hauses befand sich ein langes, flaches, mit Sand bedecktes Massengrab, das vom Winterregen ausgewaschen war, sodass die rundlichen Endstücke von Knochen weiß aus der roten Erde ragten. In dem Hof gab es auch einen Brunnen, und Starbuck erinnerte sich, dort an diesem schrecklich heißen, von Schießpulverqualm geschwängerten Tag seinen Durst gestillt zu haben. Nun hockte bei dem Brunnen eine Gruppe mürrischer, trotziger Versprengter.

Die versprengten Soldaten, die alle zu Regimentern gehörten, die vor der Legion marschierten, waren Truslow ein Dorn im Auge. «Sind das Männer oder Weiber?» Die Legion kam an mehr und mehr solcher Nachzügler vorbei. Einigen ging es so schlecht, dass sie nicht anders konnten, doch die meisten waren einfach nur müde oder litten an den Blasen, die sie sich gelaufen hatten. Truslow schnauzte sie an, aber nicht einmal Truslows wilder Zorn konnte die Versprengten dazu bringen, das Blut in ihren Stiefeln zu vergessen und weiterzumarschieren. Bald begannen einige Männer aus den vorderen Kompanien der Legion zurückzufallen. «So geht das nicht», beschwerte sich Truslow bei Starbuck. «Wenn wir so weitermachen, verlieren wir die Hälfte der Armee.» Er entdeckte drei Männer aus der Kompanie A der Legion, stürmte zu ihnen und brüllte, die feigen Bastarde sollten sich gefälligst vorwärtsbewegen. Die drei Männer reagierten nicht, also versetzte Truslow dem Größten von ihnen einen Hieb, und der Mann ging zu Boden. «Steh auf, du Hundesohn!», schrie Truslow. Der Mann schüttelte den Kopf, dann krümmte er sich im Schlamm, als ihn Truslow in den Bauch trat. «Steh auf, du Schmarotzerbastard! Auf!»

«Ich kann nicht!»

«Hören Sie auf!», rief Starbuck, und Truslow drehte sich bei diesem direkten Tadel durch seinen Offizier erstaunt um.

«Ich lasse nicht zu, dass wir wegen dieser Hundesöhne den Krieg verlieren, nur weil sie feige Jammerlappen sind», protestierte Truslow.

«Ich habe genauso wenig vor, das zuzulassen», sagte Starbuck. Er ging zu dem Mann aus der Kompanie A hinüber, unter den neugierigen Augen von zwei Dutzend anderer Nachzügler, die sehen wollten, wie sich der große, dunkelhaarige Offizier dort durchsetzen wollte, wo der gedrungene, wutsprühende Sergeant versagt hatte.

Truslow spuckte in den Schlamm, als Starbuck näher kam. «Hast du etwa vor, mit diesem Scheißkerl vernünftig zu reden?»

«Ja», sagte Starbuck, «genau das mache ich.» Er stand neben dem am Boden liegenden Mann, und die gesamte Kompanie K war stehen geblieben, um die Auseinandersetzung mitzuerleben. «Wie heißt du?», fragte Starbuck den Nachzügler.

«Ives», sagte der Mann mit schwacher Stimme.

«Und du kannst nicht mehr weiter, Ives?»

«Glaub nicht.»

«Er war schon immer ein Mistkerl und zu nichts zu gebrauchen», sagte Truslow. «Genau wie sein Pa. Ich sag dir, wenn die Ives-Familie Maultiere wären, hätte man das ganze verdammte Pack gleich nach der Geburt erschossen.»

«Schon gut, Sergeant!», sagte Starbuck vorwurfsvoll, dann lächelte er auf den durchnässten, jämmerlichen Ives hinunter. «Du weißt, wer hinter uns kommt, oder?»

«Ein paar von unseren Kavalleristen», sagte Ives.

«Und nach der Kavallerie?», fragte Starbuck freundlich.

«Yankees.»

«Verpass dem nichtsnutzigen Bastard einfach ein paar Schläge», knurrte Truslow.

«Mischen Sie sich nicht ein!», brüllte Ives den Sergeant an. Starbucks freundliche und besonnene Art und die Unterstützung der anderen Nachzügler, die durch ihr Gemurmel ihre Kritik an Truslows Brutalität und ihre Wertschätzung von Starbucks vernünftigem Ton äußerten, hatten ihm Mut gemacht.

«Und weißt du, was die Yankees mit dir machen werden?», fragte Starbuck.

«Schätze, schlimmer als das hier kann es auch nicht sein, Captain», sagte Ives.

Starbuck nickte. «Du kannst also nicht weiter?»

«Schätze nicht.»

Die anderen Nachzügler murmelten ihre Zustimmung. Sie waren alle zu müde, zu sehr von Schmerzen gequält, zu verzweifelt und zu unglücklich, um auch nur daran zu denken, den Marsch fortzusetzen. Alles, was sie wollten, war, sich neben der Straße fallen zu lassen, und über diesen Gedanken an sofortige Erholung hinaus hatten sie keine Sorgen oder Ängste.

«Dann kannst du hierbleiben», sagte Starbuck zu Ives.

Truslow knurrte einen Widerspruch. Die anderen Nachzügler grinsten erfreut, als sich Ives, der seine Schlacht offenbar gewonnen hatte, auf die Füße kämpfte.

«Da wäre nur noch eins», sagte Starbuck liebenswürdig.

«Captain?» Ives war nun eifrig darauf bedacht, einen guten Eindruck zu machen.

«Du kannst hierbleiben, Ives, aber ich kann dich keine Ausrüstung behalten lassen, die der Regierung gehört. Das wäre nicht fair, oder? Wir wollen den Yankees schließlich nicht unsere teuren Waffen und Uniformen schenken, nicht wahr?» Er lächelte.

Mit einem Schlag war Ives misstrauisch geworden. Er schüttelte zögernd den Kopf, aber er verstand eindeutig nicht, was Starbuck da sagte.

Starbuck drehte sich zu seiner Kompanie um. «Amos, Ward, Decker, hierher!» Die drei Männer rannten zu Starbuck, der zu Ives hinübernickte. «Zieht den feigen Bastard aus. Und zwar bis auf die Haut!»

«Das können Sie nicht ...», setzte Ives an, aber Starbuck trat einen Schritt auf ihn zu und rammte ihm die Faust in den Magen, dann verpasste er ihm mit der anderen Hand einen Aufwärtshaken ans Kinn. Wieder fiel Ives in den Schlamm.

«Ausziehen!», sagte Starbuck. «Schneidet ihm einfach die Kleider vom Leib.»

«Gottverdammt», fluchte einer der Nachzügler blasphemisch, als Starbucks Männer Ives die Kleider vom Körper rissen und zerrten. Truslow, der inzwischen breit grinste, hatte dem Mann Gewehr und Munition abgenommen. Ives schrie, dass er bei der Legion bleiben wolle, doch Starbuck wusste, dass er ein Exempel statuieren musste, und es war Ives' Pech, der Mann für dieses Exempel zu sein. Er schlug und trat um sich, aber er war kein Gegner für Starbucks Männer, die ihm die Stiefel auszogen, ihm sein Bündel und seine Decke wegrissen, ihm die Hosen herunterzerrten und ihm den Uniformrock und das Hemd vom Körper schnitten. Schließlich hatte Ives nichts mehr am Leib außer einer schmutzigen Unterhose. Er kam taumelnd auf die Füße, und von dem Hieb, den ihm Starbuck versetzt hatte, tropfte Blut aus seiner Nase.

«Ich gehe weiter, Captain!», flehte Ives. «Wirklich, das mache ich!»

«Zieh deine Unterhose aus», sagte Starbuck grob.

«Das können Sie nicht verlangen!» Ives wich zurück, aber Robert Decker stellte ihm ein Bein, dann beugte er sich über ihn und riss Ives die ausgefranste Unterhose weg, sodass er splitternackt in Schlamm und Regen lag.

Starbuck sah die anderen Nachzügler an. «Wenn irgendeiner von euch hierbleiben und Bekanntschaft mit den Yankees machen will, dann soll er sich jetzt ausziehen! Wer das nicht will, marschiert weiter.»

Sie marschierten alle weiter. Einige mit übertriebenem Hinken, um zu zeigen, dass sie aus einem ernsthaften Grund zu den Nachzüglern gehörten, aber Starbuck schrie, er könne einen Krüppel noch viel schneller ausziehen als einen gesunden Mann, und das brachte die Nachzügler dazu, merklich schneller zu gehen. Einige rannten sogar, als wollten sie so bald wie möglich aus Starbucks und Truslows Reichweite kommen, und sie verbreiteten die Nachricht, dass in der Nachhut der Legion kein Mitleid zu erwarten war.

Ives bettelte um seine Kleidung. Aber Starbuck zog nur seine Pistole. «Mach, dass du wegkommst, zum Teufel!»

«Das können Sie nicht verlangen!»

Starbuck schoss. Die Kugel schlug in den Schlamm vor Ives' kreideweißen Beinen ein. «Lauf!», rief Starbuck. «Geh zu den Yankees, du Hundesohn!»

«Ich bring dich um!», brüllte Ives. Er rannte inzwischen, lief splitterfasernackt die Straße nach Manassas hinunter. «Ich bring dich um, du Yankee-Bastard!»

Starbuck schob den Revolver ins Halfter und grinste Truslow an. «Sehen Sie, Sergeant? Ein vernünftiges Wort wirkt doch immer wahre Wunder.»

«Du bist ein richtig schlauer Hund, was?»

«Ja, Sergeant, das bin ich. Und jetzt vorwärts!», rief Starbuck der Kompanie zu, und sie marschierten grinsend weiter, während Truslow Ives' Munition verteilte. Die Zahl der Nachzügler reduzierte sich auf eine Handvoll, und diese Handvoll bestand offenkundig aus Männern, die ernsthaft verwundet waren. Starbuck befahl seinen Männern, ihre Waffen und Patronen einzusammeln, aber abgesehen davon ließ er sie in Ruhe. Weitere Simulanten gab es nicht.

Am frühen Nachmittag stapfte die Legion an dem vorbei, was einst die größte Räucherfabrik in der Konföderation gewesen war, nun aber nur noch ein Inferno aus gelben und blauen Flammen. Fett zischte und knisterte und floss in Schmelzströmen zwischen den Hütten hindurch, in denen die Sklavenarbeiter der Fabrik wohnten. Die Schwarzen beobachteten den Vorbeimarsch der Soldaten und verrieten ihre Gefühle mit keiner Miene. Bald, das wussten sie, würden die Nordstaatler kommen, aber sie wagten nicht, bei dieser Aussicht Freude zu zeigen. Kinder hingen an den Schürzen ihrer Mütter, und die Männer blickten aus den Schatten der Hütten auf die Soldaten, während hinter ihnen das brennende Fleisch röstete und briet und einen durchdringenden Geruch nach Rindfleisch und Schinken weit über die regennasse Landschaft ziehen ließ.

Der Geruch nach Schinken begleitete die Legion bis in den Nachmittag, als die Kavallerie-Nachhut schließlich zu der Infanterie auf dem Rückzug aufschloss. Die Reiter stiegen ab und führten ihre erschöpften, mit weißen Schweißflocken bedeckten Pferde an den Zügeln weiter. Einige der Kavalleristen hatten keinen Sattel und benutzten stattdessen schwere Decken, andere wiederum behalfen sich mit geknoteten Stricken als Zaumzeug. Die Männer behielten bei ihrem Zug nach Süden die Straßenränder im Blick, hielten Ausschau nach etwas Nützlichem unter all den Ausrüstungsgegenständen, die von den Infanteriebataillonen vor ihnen weggeworfen worden waren. Mäntel, Zelte, Decken und Waffen lagen neben der Straße. Die Männer hatten sie aus den aufgegebenen Lagern bei Manassas mitgenommen, doch inzwischen waren sie ihnen zu schwer, und sie hatten die Sachen einfach fortgeworfen. Die Hunde der Legion fraßen sich mit Nahrungsmitteln voll, die aus den brennenden Depots entwendet worden waren, mit der größer werdenden Müdigkeit der Männer nun aber zurückgelassen wurden. «Das alles hier fühlt sich mehr nach einer Niederlage an», sagte Starbuck murrend zu Thaddeus Bird.

«Ich glaube, in den Strategiebüchern heißt so etwas taktischer Rückzug», sagte Bird genüsslich. Er schwelgte geradezu in diesem Tag. Der Anblick so vieler brennender Güter war ein Beweis für die wesenhafte Idiotie der Menschheit, ganz besonders jenes Teils, der die Regierungsverantwortung trug, und Bird erfreute sich jedes Mal an solchen Beweisen allgemeiner Dummheit. Tatsächlich war sein Vergnügen so groß, dass es ihm zuweilen Schuldgefühle bereitete. «Sie haben gewiss niemals Schuldgefühle, Starbuck, nehme ich an?»

«Ich?» Starbuck fuhr auf. «Ich habe ständig Schuldgefühle.»

«Weil Sie den Krieg genießen?»

«Weil ich ein Sünder bin.»

«Ha!» Dieses Eingeständnis gefiel Bird. «Spielen Sie auf die Frau dieses Schmieds in Manassas an? Was sind Sie bloß für ein Narr! Sie haben Schuldgefühle, weil Sie das getan haben, was die Natur verlangt? Hat ein Baum Schuldgefühle, weil er wächst? Oder ein Vogel, weil er fliegt? Ihre Schwäche ist nicht, dass Sie Sünden begehen, Starbuck, sondern Ihre Angst vor der Einsamkeit.»

Das kam der Wahrheit nahe, so nahe, dass Starbuck lieber überhaupt nichts zu dieser Bemerkung sagte. «Und Ihr Gewissen regt sich niemals?», fragte er Bird stattdessen.

«Ich habe einfach nie zugelassen, dass mein Gewissen von dem Geblöke der Geistlichen verwirrt wird», sagte Bird. «Dazu habe ich noch nie lange genug zugehört, verstehen Sie? Gütiger Gott, Starbuck, wenn es nicht zu diesem Krieg gekommen wäre, könnten Sie inzwischen ein ordinierter Gottesmann sein! Sie würden Leute verheiraten, statt sie umzubringen!» Bird lachte, und sein Kopf ruckte dabei vor und zurück, dann aber wandte er den Blick unvermittelt um, weil hinter der Legion ein Gewehrschuss ertönt war. Eine Kugel jagte durch den Wald, und die abgesessenen Rebellenkavalleristen drehten sich sofort nach der Bedrohung um. In der Ferne war ein Trupp Yankee-Reiter aufgetaucht. Durch den Regen sah man die Männer nur schlecht, doch immer wieder verriet eine weiße Rauchwolke, wo ein Karabiner abgefeuert worden war. Das Geräusch des Schusses war als matter Knall erst ein paar Sekunden später zu hören; kurz nachdem die Kugel in die feuchte Straße eingeschlagen oder harmlos zwischen den Kiefernnadeln hindurchgejagt war. Die Nordstaatenkavallerie feuerte aus sehr großer Distanz und verließ sich eher auf Glück als auf Treffsicherheit.

«Das verlangt nach Ihren Männern, Nate», sagte Major Bird mit sündiger Freude. Bird vertrat feste Überzeugungen, was den Musketeneinsatz betraf. Er hielt die Salven seines Regiments gern bis zum letzten Moment zurück, und er glaubte, dass Tirailleur-Einheiten aus Scharfschützen bestehen sollten, und Starbucks Beharren auf ständiger Übung hatte die Männer der Kompanie K zu den tödlichsten Schützen der Legion werden lassen. Einige, wie Esau Washbrook und William Tolby, waren geborene Meisterschützen, doch sogar die ungeschicktesten Mitglieder der Kompanie hatten ihre Fähigkeiten durch die monatelangen Schießübungen erheblich verbessert. Joseph May hatte zu diesen Ungeschickten gehört, doch in seinem Fall war die Verbesserung seiner Treffsicherheit einer Brille mit Goldgestell geschuldet, die man einem toten Yankee-Captain auf dem Ball's Bluff abgenommen hatte.

Jetzt starrte Major Bird die lange Straße hinunter, die schnurgerade zwischen den dunklen Nadelbäumen hindurchführte. «Eine gut gezielte Salve, Nate. Die Gauner riskieren es bestimmt nicht, uns zu nahe zu kommen, und wenn sie erst einmal wissen, dass wir das Feuer erwidern können, werden sie sich noch weiter zurückfallen lassen, also schenkt uns der allmächtige, allwissende Gott nur eine einzige Gelegenheit, ihre elenden Seelen zur Hölle fahren zu lassen.» Er rieb sich die Hände. «Würde es Sie kränken, wenn ich die Befehle gebe, Nate?»

Starbuck, den Birds blutdurstiger Eifer belustigte, versicherte seinem Kommandooffizier, dass er keineswegs gekränkt wäre, und befahl seiner Kompanie anschließend, sich Schusspositionen zu suchen und die Gewehre zu laden. Es waren etwa ein Dutzend Kavalleristen zu sehen, aber weitere wurden vermutlich von der Ruine eines Gasthofs mit Schindelwänden verdeckt, die an der Straßenkurve stand, wo der Gegner aufgetaucht war. Die Nordstaatler feuerten ihre Karabiner in der offenkundigen Überzeugung ab, dass sie zu weit von der Nachhut der Rebellen entfernt waren, um in wirklicher Gefahr zu sein. Ihre Schüsse waren weniger eine Bedrohung als Spott, ein höhnischer Abschiedsgruß, den sie den Rebellen auf ihrem Rückzug nachsandten. Die Kavallerie der Konföderierten erwiderte das Feuer, aber ihre zusammengewürfelte Sammlung aus

Revolvern, Jagdgewehren und erbeuteten Karabinern erwies sich als noch ungenauer als der Beschuss durch die Nordstaatler.

«Eine Viertelmeile!», rief Truslow. Das war eine sehr große Entfernung für die Gewehre der Legion. Starbucks Faustregel war, dass ein Schuss aus mehr als zweihundert Schritt Entfernung meist vergeudet war, falls er nicht von einem der besten Schützen der Kompanie abgegeben wurde; dennoch war eine Viertelmeile keine unmögliche Entfernung. Er lud sein eigenes Gewehr, biss zuerst die Kugel aus der Papierpatrone und schüttete dann das Schwarzpulver aus der Papierhülse in den Gewehrlauf. Das leere Papier stopfte er als Schusspflaster ebenfalls in den Lauf, und anschließend spuckte er die Kugel in die Mündung. Er hatte den bitteren, salzigen Geschmack des Schwarzpulvers im Mund, während er den stählernen Ladestock aus der Halterung zog. Er drückte die zapfenförmige Kugel im Lauf kräftig auf das Schusspflaster und das Schießpulver hinunter, dann schob er den Ladestock zurück in die Halterung. Schließlich fischte er ein kleines kupfernes Zündhütchen heraus und platzierte es über dem Zündpiston des Gewehrs. Das Zündhütchen war mit einer Prise Knallquecksilber gefüllt, dessen chemische Struktur instabil genug war, um bei einem scharfen Schlag zu explodieren. Wenn der Hahn des Gewehrs auf das Zündhütchen schlug, explodierte das Knallquecksilber und schoss einen dünnen Feuerstrahl durch die Bohrung des Pistons in das Schwarzpulver, das Starbuck tief in den Lauf des Gewehrs gerammt hatte.

Eine gegnerische Kugel raste dreißig Schritt vor der Kompanie in eine Pfütze und ließ schmutziges Wasser aufspritzen. Ned Hunt, schon von Beginn an der Clown der Kompanie, jubelte der fernen Kavallerie zu, bis Truslow ihm erklärte, er solle seine verdammte Zunge im Zaum halten. Starbuck kniete neben einem Baum, an dem er beim Zielen sein Gewehr stabilisieren konnte. Er richtete das Klappenvisier für vierhundert Schritt auf, und, weil kalte

Gewehre nicht so weit schießen, fügte er noch einmal hundert Schritt hinzu.

«Lasst uns Platz, Jungs!», rief Bird der Rebellen-Kavallerie zu, und die langhaarigen Reiter in ihren grauen Mänteln lenkten ihre Pferde hinter Starbucks Kompanie.

«Ihr trefft bestimmt nichts, Leute!», rief einer der Reiter gut gelaunt. «Da könntet ihr genauso gut mit Steinen auf die Bastarde werfen.»

Inzwischen waren weitere Yankees an der Kurve aufgetaucht, es mochten nun etwa zwanzig sein. Einige waren vom Pferd gestiegen, um sich zum Zielen neben das Gasthaus zu knien, während andere immer noch aus dem Sattel zielten und schossen. «Wir nehmen die Gruppe rechts ins Visier!», rief Bird. «Denkt beim Zielen an die Ablenkung durch den Wind und wartet meinen Befehl ab!»

Starbuck richtete seinen Lauf etwas nach links, um den böigen Ostwind auszugleichen. Regentropfen hingen an seinem Gewehrlauf, als er das Korn auf einen Reiter in der Mitte der Yankee-Gruppe ausrichtete. «Ich zähle bis drei, dann gebe ich den Befehl», verkündete Major Bird. Er stand mitten auf der Straße und beobachtete den Gegner durch die intakte Seite eines Feldstechers, den er einem Toten bei Manassas abgenommen hatte. «Eins», kam es im Singsang von ihm, und Starbuck versuchte das Beben der Gewehrmündung zu kontrollieren. «Zwei!», rief Major Bird, und der Regen kitzelte Starbuck in den Augen, sodass er blinzeln musste, als er den Lauf so anhob, dass die Kimme des Klappenvisiers das Korn einrahmte. «Drei!», rief Major Bird, und die Männer der Kompanie hielten gemeinsam den Atem an und versuchten, ihre Muskeln in vollkommene Erstarrung zu versetzen. Starbuck richtete das Korn genau über die verschwommene Gestalt eines berittenen Mannes eine Viertelmeile vor ihm und hielt es dort, bis Bird endlich den Befehl schrie. «Feuer!»

Fünfzig Gewehre knallten nahezu gleichzeitig und schickten eine zerfasernde Wolke aus weißem Schießpulverrauch über die nasse Straße. Starbucks Gewehrkolben fuhr ihm im Rückstoß heftig an die Schulter, während ein bitterer Strahl Knallquecksilber seine Nasenlöcher versengte. Major Bird rannte aus der Rauchwolke und richtete seinen zerbrochenen Feldstecher auf die ferne Straßenkurve. Ein Pferd galoppierte dort aufgeregt umher, ein Mann lag auf der Straße, ein zweiter hinkte zum Wald, während ein dritter im Schlamm herumkroch. Ein anderes Pferd lag auf der Erde, wand sich und trat aus, und hinter dem sterbenden Tier stoben zwanzig Yankees auseinander wie Spreu im Wind. «Gut gemacht!», rief Bird. «Und jetzt Aufstellung nehmen und weitermarschieren!»

«Wie viele haben wir erwischt?», fragte Starbuck.

«Drei Männer und ein Pferd», sagte Bird. «Vielleicht ist einer der drei Männer auch tot.»

«Das ist alles? Bei fünfzig Schuss?»

«Ich habe irgendwo gelesen», sagte Bird heiter, «dass in den napoleonischen Kriegen pro Todesopfer zweihundert Musketenschüsse notwendig waren, also scheinen mir drei Männer und ein Pferd bei fünfzig Schuss kein schlechter Schnitt.» Er stieß ein kurzes, bellendes Lachen aus und ruckte dabei wieder auf die typische Art mit dem Kopf vor und zurück, die ihm seinen Spitznamen eingetragen hatte. Er erklärte seine Belustigung, während er den halb kaputten Feldstecher wegsteckte. «Noch vor sechs Monaten, Nate, hatte ich enorme Skrupel, was das Töten angeht. Aber jetzt, meiner Treu, scheine ich es als Messlatte des Erfolges anzusehen. Adam hat recht, der Krieg verändert uns.»

«Hat er dieses Thema auch mit Ihnen besprochen?»

«Er hat seine sämtlichen Gewissensbisse vor mir ausgebreitet, wenn es das ist, was Sie meinen. Ein Gespräch konnte man es kaum nennen, denn er hat jeden Beitrag von mir als unerheblich abgetan.

Stattdessen hat er herumgejammert, und dann wollte er mit mir beten.» Bird schüttelte den Kopf. «Der arme Adam, er sollte wirklich keine Uniform tragen.»

«Genauso wenig wie sein Vater», sagte Starbuck grimmig.

«Stimmt.» Bird ging ein paar Schritte schweigend weiter. Ein kleiner Bauernhof war dem Wald neben der Straße abgerungen worden, und der Bauer, ein Mann mit weißem Bart, einem hohen, ramponierten Hut und Haaren, die ihm bis über die Schultern fielen, stand an seiner Tür und beobachtete die marschierenden Soldaten. «Ich befürchte immer noch, dass Faulconer wieder bei uns auftaucht», sagte Bird, «große Töne spuckt und den Erhabenen spielt. An jedem Tag, an dem er nicht kommt oder, Gott steh uns bei, das Kommando über eine Brigade erhält, frage ich mich, ob bei unserem Oberkommando vielleicht doch ein gewisses Maß an Vernunft vorhanden ist.»

«Aber nicht bei unseren Zeitungen», stellte Starbuck fest.

«Erinnern Sie mich bitte nicht daran.» Bird erschauerte bei dem Gedanken an den Leitartikel des Richmonder *Examiners*, der zu Faulconers Beförderung aufgerufen hatte. Bird fragte sich, wie die Zeitungsschreiber alles derart falsch verstehen konnten, dann dachte er darüber nach, wie viele seiner eigenen Vorurteile und Vorstellungen von ähnlich verfehltem Journalismus geprägt worden waren. Doch wenigstens schien niemand in Richmond den Leitartikel weiter beachtet zu haben. «Ich habe nachgedacht», sagte Bird und schwieg dann plötzlich.

«Und?», forderte Starbuck den Major zum Weitersprechen auf.

«Ich habe mich gefragt, warum wir uns Legion Faulconer nennen», sagte Bird. «Immerhin stehen wir nicht mehr im Sold ihrer Lordschaft. Wir werden vom Commonwealth of Virginia bezahlt, und ich finde, wir sollten uns einen neuen Namen geben.»

«Das 45th? Das 60th? Das 121st?», schlug Starbuck missmutig vor. Die Staatsregimenter erhielten Nummern, die der Dauer ihrer Zugehörigkeit folgten, und irgendwie war es nicht dasselbe, das 50th Virginia oder das 101th Virginia zu sein, wie der Legion anzugehören.

«Die Virginia Scharfschützen», schlug Bird stolz vor.

Starbuck dachte über den Namen nach, und je länger er darüber nachdachte, desto besser gefiel er ihm. «Und was ist mit den Flaggen?», fragte er. «Möchten Sie, dass die Virginia Scharfschützen unter dem Wappen der Faulconers in die Schlacht ziehen?»

«Es wäre eine neue Flagge nötig, denke ich», sagte Bird. «Etwas Verwegenes, Blutiges und Entschlossenes. Vielleicht mit dem Wappenspruch des Staates? *Sic semper tyrannis!*», deklamierte Bird theatralisch, dann lachte er. Starbuck lachte auch. Das Motto bedeutete, dass jeder, der versuchte, den Commonwealth of Virginia zu unterdrücken, die gleiche schmähliche Niederlage erleiden würde wie der englische König George III. im amerikanischen Unabhängigkeitskrieg, doch die Drohung konnte sich ebenso gut auf den Colonel beziehen, der seine eigene Legion alleingelassen hatte, als sie bei Manassas gegen den Feind marschiert war. «Die Idee gefällt mir», sagte Starbuck. «Sogar sehr.»

Als die Kompanie einen leichten Anstieg der Straße genommen hatte, sahen die Männer etwa eine halbe Meile voraus Rauch von einem Feldlager auf einem Bergrücken aufsteigen. Regen und Wolken verdeckten die untergehende Sonne und sorgten für eine frühe Dämmerung, in der die Lagerfeuer auf dem Bergrücken besonders hell zu leuchten schienen. Auf dem Hügelkamm würde die Nachhut der Division die Nacht verbringen, geschützt von einem Fluss und zwei Batterien Artillerie, deren Silhouetten sich schwarz vor dem Himmel abzeichneten. Der größte Teil der Legion hatte das Lager schon erreicht, weit vor Starbucks Kompanie, die von ihrer Auseinandersetzung mit den Nachzüglern und dem Zusammentreffen mit der Yankee-Kavallerie aufgehalten worden war. «Die Annehmlichkeiten des trauten Heims kommen in Sicht», sagte Bird freudig.

«Gott sei Dank», sagte Starbuck. Der Riemen seines Gewehrs scheuerte durch die tropfnasse Uniform, in seinen Stiefeln schmatzte die Feuchtigkeit, und die Aussicht darauf, sich an einem Feuer ausruhen zu können, war wie ein Vorgeschmack aufs Paradies.

«Ist das Murphy?» Bird blinzelte durch den Regen zu einem Reiter, der den Hügel herunter zur Straße galoppierte. «Er sucht nach mir, wage ich zu behaupten», sagte Bird und winkte, um die Aufmerksamkeit des Iren auf sich zu lenken. Murphy, ein guter Reiter, trieb sein Pferd durch eine seichte Furt, galoppierte zur Kompanie K und ließ sein Pferd in einem Wirbel aus Hufen und spritzendem Schlamm wenden, um neben Bird zum Stehen zu kommen. «Oben im Lager wartet ein Mann auf Sie, Pecker. Er hat es ziemlich eilig damit, dass Sie bei ihm erscheinen.»

«Bedeutet sein Rang, dass ich seine Bitte ernst nehmen muss?»

«Ich schätze schon, Pecker.» Murphy zügelte sein aufgeregtes Pferd. Schlamm spritzte von den Hufen des Tieres auf Birds Hosen. «Sein Name ist Swynyard. Colonel Griffin Swynyard.»

«Nie von ihm gehört», sagte Bird gut gelaunt. «Es sei denn, er ist ein Swynyard aus der alten Sklavenhalterfamilie? Das wäre eine üble Sache. Mein Vater hat immer gesagt, dass man sich auf der windabgewandten Seite eines Swynyards halten solle. Stinkt dieser Knabe, Murphy?»

«Nicht ärger als Sie oder ich, Pecker», sagte Murphy. «Aber er sagt, Sie sollen hopp hopp machen.»

«Könnten Sie ihm vielleicht ausrichten, dass er mich stattdessen mal am Abend besuchen kann?», schlug Bird fröhlich vor.

«Eher nicht, Pecker», sagte Murphy bedauernd. «Eher nicht. Er hat neue Befehle für uns, wissen Sie. Wir wechseln das Korps.»

«O Gott, nein», sagte Bird, der die schreckliche Wahrheit erraten hatte. «Faulconer?»

Murphy nickte. «Ich fürchte ja, Pecker. Faulconer selbst ist nicht hier, aber Swynyard ist sein neuer Stellvertreter.» Murphy hielt inne, dann sah er Starbuck an. «Sie sollen auch zu ihm kommen, Nate.»

Starbuck fluchte. Aber Flüche würden ihm auch nicht helfen. Washington Faulconer hatte sich seine Brigade gesichert, und damit hatte er sich auch seine Legion zurückgeholt.

Und plötzlich schien es tatsächlich ein Tag der Niederlage zu sein.

Eine Gruppe Männer, Zivilisten und Uniformierte, ging langsam an der aufgegebenen Befestigungsanlage nördlich des Eisenbahndepots von Manassas entlang. Der Tag neigte sich dem Ende zu, und das letzte trübe Licht, das sein Elend beschienen hatte, verblasste. Der Regen verwandelte die Feuer, die von den Konföderierten beim Rückzug gelegt worden waren, in feuchte, qualmende Haufen übelriechender Asche, in denen die eben eingetroffenen Nordstaatler auf der Suche nach Erinnerungsstücken herumstocherten. Die Stadtbewohner bedachten die einmarschierenden Yankees, die ersten Nordstaatler seit Kriegsbeginn, die in Manassas auftauchten, mit finsteren Blicken. Ein paar freie Schwarze bereiteten den Unionstruppen einen besseren Empfang, indem sie Platten mit Blechkuchen und Keksen herausbrachten, doch selbst diese Großzügigkeit war von Vorsicht begleitet, denn die Nordstaaten-Sympathisanten der Stadt konnten nicht sicher sein, dass das Kriegsglück nicht wieder den Süden begünstigen und die konföderierte Armee zurückbringen würde.

Doch für den Moment kontrollierten die Nordstaaten den Eisenbahnknotenpunkt, und der Kommandant der Einheit inspizierte die Erdwälle, die von den zurückweichenden Konföderierten aufgegeben worden waren. Major General George Brinton McClellan war ein kleiner, kräftig gebauter Mann mit einem rundlichen, frischen und jungenhaft wirkenden Gesicht. Er war erst fünfunddreißig Jahre alt, machte aber seine Jugend mit steifer Würde wett, und sein ständig mürrischer Blick sollte dabei helfen, seine geringe Körpergröße auszugleichen. Zudem ließ er sich einen Schnurrbart stehen, der ihm seiner irrigen Annahme zufolge größere Autorität verlieh, in Wirklichkeit jedoch erst recht betonte, wie jung er war. Nun blieb er in der qualmerfüllten Luft des Eisenbahnknotenpunkts stehen, um einen der Holzkloben zu begutachten, die wie die Mündungen von Kanonenrohren über die durchnässten Schießscharten hinausragten.

Ein Dutzend Stabsoffiziere blieb hinter dem Major General stehen und starrte mit ihm den triefenden, schwarz gestrichenen Kloben an. Keiner sprach ein Wort, bis schließlich ein beleibter Zivilist die lastende Stille brach. «Das ist ein Holzkloben, General», sagte der Zivilist mit ätzendem Spott. «Bei uns daheim in Illinois nennen wir das einen Baumstamm.»

Major General George Brinton McClellan würdigte diese Bemerkung keiner Antwort. Stattdessen ging er zur nächsten Schießscharte, wobei er sorgfältig darauf achtete, mit seinen blankgewichsten Stiefeln nicht in tiefere Pfützen zu treten, und widmete einem von dem ersten nahezu ununterscheidbaren Holzkloben eine ebenso ernste Betrachtung. Ein Rebell hatte mit Kreide zwei kurze Worte auf die Mündung der Kanonenattrappe geschrieben. «Ho Ho.»

«Ho ho», sagte der Mann aus Illinois. Er war mittleren Alters, rotgesichtig, Kongressabgeordneter und stand Präsident Lincoln nahe. Solch eine Beziehung hätte die meisten Offiziere davon abgehalten, den Politiker zu brüskieren, aber McClellan hielt den Kongressabgeordneten für einen der verabscheuungswürdigen republikanischen Proleten, die den Winter damit verbracht hatten, die Potomac-Armee für ihre Untätigkeit zu verhöhnen. «Alles ruhig am Potomac», gingen die Spottlieder, und es wurde gefragt, warum die kostspieligste Armee in der amerikanischen Geschichte Winterschlaf gehalten hatte, bevor sie gegen den Feind vorrückte. Es waren Männer wie dieser Kongressabgeordnete, die den Präsidenten damit bedrängten, für die Armee der Nordstaaten einen Anführer mit mehr Kampfgeist zu suchen, und McClellan hatte die ständige Kritik dieser Leute satt. Er demonstrierte seine Verachtung, indem er dem Kongressabgeordneten betont den Rücken zuwandte und stattdessen einen seiner Offiziere anfunkelte. «Die Quäker sind doch heute morgen hier aufgestellt worden, meinen Sie nicht auch?»

Der Stabsoffizier, ein Colonel der Pioniereinheit, hatte die Quä-ker-Geschütze in Augenschein genommen und aus dem verfaulten Zustand ihrer kolbenförmigen Enden geschlossen, dass die Kloben wenigstens seit dem vergangenen Sommer an Ort und Stelle sein mussten, was bedeutete, dass sich die Unionsarmee der Nordstaa-ten, der größte Truppenverband, der in Amerika jemals aufgestellt worden war, in den letzten Monaten von ein paar gefällten und mit Pech angestrichenen Bäumen hatte abschrecken lassen. Der Colonel allerdings wusste es besser, als General McClellan seine Ansichten kundzutun. «Vielleicht liegen sie auch schon seit gestern hier, Sir», sagte er taktvoll.

«Aber letzte Woche standen hier noch richtige Kanonen, oder?», wollte McClellan erbittert wissen.

«Oh, zweifellos», log der Colonel.

«Ganz bestimmt», fiel ein anderer Offizier mit wissendem Nicken ein.

«Wir haben sie gesehen!», behauptete ein dritter Nordstaaten-offizier, doch in Wahrheit fragte er sich, ob seine Kavalleriepatrouil-len durch diese angemalten Holzkloben, die echten Kanonen aus der Entfernung verblüffend ähnelten, getäuscht worden waren.

«Diese Baumstämme», kam es höhnisch von dem Kongressabge-ordneten aus Illinois, «wirken auf mich ziemlich alteingesessen.» Er stieg auf die schlammige Schießscharte, machte sich dabei die Kleidung schmutzig und rutschte auf der Seite des Quäker-Geschützes schwerfällig wieder hinunter. Irgendwann mussten in den Schießscharten echte Kanonen gestanden haben, denn die Attrappen lagen auf sanft ansteigenden Erdrampen, die mit Holzplanken verkleidet worden waren, damit diese den Rückstoß einer abgefeuerten Kanone abfangen konnten, bevor das Geschütz wieder in seine Stellung zurückrollte. Der Kongressabgeordnete rutschte beinahe aus auf den alten Holzplanken, die mit einem schmierigen, feuchten Schimmel überzogen waren. Er hielt das Gleichgewicht, indem er sich auf das Rohr des Quäker-Geschützes stützte, und dann rammte er seinen rechten Fuß nach unten. Sein Absatz brach glatt durch die verrottete Plattform und scheuchte eine Kolonie Asseln auf, die verzweifelt vom Tageslicht wegkrabbelten. Der Kongressabgeordnete nahm einen weichgekauten Zigarrenstumpen aus dem Mund. «Kann mir nicht vorstellen, wie hier in den letzten Monaten eine echte Kanone hätte stehen können, General. Ich schätze, sie haben sich wegen ein paar gefällter Bäume in die Hosen gemacht.»

«Was Sie hier miterleben», McClellan wirbelte leidenschaftlich zu dem Politiker herum, «ist ein Sieg! Vielleicht sogar der einmaligste Sieg in den Annalen unseres Landes! Ein glorreicher Sieg. Ein Triumph wissenschaftlich eingesetzter Kriegskunst!» Mit dramatischer Geste deutete der General auf die qualmenden Holzhaufen und die geschwärzten Räderpaare der Gepäckwaggons und die hohen Backsteinschornsteine, die karg über der schwelenden Glut emporragten. «Schauen Sie sich das an, Sir», sagte McClellan und wedelte mit dem Arm über den trostlosen Anblick, «das ist eine geschlagene Armee. Eine Armee, die vor unserem siegreichen Vormarsch zurückgewichen ist wie Gras vor dem Schwung der Sense.»

Gehorsam beäugte der Kongressabgeordnete die Szenerie. «Erstaunlich wenige Leichen, General.»

«Ein Krieg, der durch List gewonnen wird, Sir, ist ein gnädiger

Krieg. Dafür sollten Sie Gott dem Allmächtigen auf Knien danken.»
Mit dieser letzten, spitzen Bemerkung drehte sich McClellan um
und schritt entschlossen Richtung Stadt.

Der Kongressabgeordnete schüttelte den Kopf, sagte aber nichts
weiter. Stattdessen sah er bloß zu, wie ein schlanker Mann in einer
alten, abgetragenen französischen Kavallerieuniform über die
Schießscharte stieg, um sich das Quäker-Geschütz anzusehen. Der
Franzose führte ein monströses Langschwert an der Seite, trug eine
Augenklappe im Gesicht und wirkte sehr gut aufgelegt. Sein Name
war Colonel Lassan, und er war ein französischer Militärbeobachter,
der die Nordstaatenarmee seit der Schlacht beim Bull Run im Sommer zuvor begleitete. Nun trat er mit der Fußspitze auf die Planken
der Geschützstellung. Seine Sporen klirrten, als das verrottete Holz
unter seinem halbherzigen Tritt einbrach. «Nun, Lassan?», fragte
der Kongressabgeordnete. «Was halten Sie davon?»

«Ich bin nur ein bescheidener Gast in Ihrem Lande», sagte Lassan
taktvoll, «ein Fremder und ein Zuschauer, und daher ist meine Meinung vollkommen unbedeutend.»

«Sie haben doch Augen im Kopf, oder? Nun ja, eines jedenfalls»,
fügte der Kongressabgeordnete hastig hinzu. «Sie müssen kein
Amerikaner sein, um zu beurteilen, ob dieser Kloben erst gestern
hierhin gelegt wurde oder nicht.»

Lassan lächelte. Sein Gesicht war stark vernarbt, doch in seiner
Miene lag etwas Unbezähmbares und Verschmitztes. Er war ein
geselliger Mensch, der ein perfektes Englisch mit britischem Akzent
sprach. «Eines habe ich über Ihr wundervolles Land gelernt», sagte
er zu dem Kongressabgeordneten, «und zwar, dass wir simplen
Europäer unsere Kritik für uns behalten sollten.»

«Sie arroganter Hurensohn von einem Froschfresser», sagte
der Kongressabgeordnete. Er mochte den Franzosen, obwohl ihm
der einäugige Bastard am Abend zuvor beim Pokern zwei Monats-

gehälter abgenommen hatte. «Also sagen Sie mir, Lassan. Sind diese Kloben gestern hierhin gelegt worden?»

«Ich glaube, die liegen schon etwas länger hier als General McClellan annimmt», sagte Lassan taktvoll.

Der Kongressabgeordnete starrte der Abteilung des Generals, die nun etwa hundert Schritt entfernt war, wütend nach. «Ich denke, er will sich seine schöne, adrette Armee nicht schmutzig machen lassen, indem er sich in einen Kampf mit ein paar garstigen, schlechterzogenen Jungs aus dem Süden verwickeln lässt. Denken Sie das auch, Lassan?»

Lassan dachte, dass der Krieg innerhalb eines Monats beendet sein könnte, wenn die Nordstaatenarmee einfach geradeaus vorrückte, ein paar Verluste in Kauf nahm und immer weitermarschierte, aber er war viel zu diplomatisch, um bei den Meinungsverschiedenheiten, über die in den Amtssitzen und an den gutbestückten Dinnertafeln der Hauptstadt so leidenschaftlich gestritten wurde, Partei zu ergreifen. Also quittierte Lassan die Frage nur mit einem Schulterzucken und wurde vor dem weiteren Verhör durch das Eintreffen des Skizzenmalers einer Zeitung gerettet, der anfing, die verfaulten Planken und den zerfallenden Holzkloben ins Bild zu setzen.

«Sie haben einen Sieg vor Augen, mein Sohn», sagte der Kongressabgeordnete höhnisch und schälte die feuchteren Blätter von seiner Zigarre, bevor er sie wieder in den Mund schob.

«Eine Niederlage ist es jedenfalls bestimmt nicht», sagte der Skizzenmaler loyal.

«Sie halten das hier für einen Sieg? Mein Sohn, wir haben die Rebellen nicht hier weggejagt, sie sind einfach wegspaziert, als es ihnen gepasst hat! Inzwischen haben sie ihre Holzkanonen schon woanders in Stellung gebracht. Wir haben erst wirklich gesiegt, wenn wir Jeff Davis an seinen mageren Fersen aufknüpfen. Ich sage Ihnen, mein Sohn, diese Kanonen verrotten hier schon seit letztem Jahr. Ich schätze, unser neuer Napoleon ist einfach mal wieder reingelegt worden. Holzkanonen für einen Holzkopf.» Der Kongressabgeordnete spuckte in den Schlamm. «Machen Sie ruhig eine Zeichnung von diesen Holzkanonen, mein Sohn, und achten Sie darauf, dass man die Spurrillen sieht, wo die echten Kanonen weggezogen worden sind.»

Der Skizzenmaler betrachtete stirnrunzelnd den Schlamm hinter den verrottenden Geschützstellungen. «Da sind doch gar keine Spurrillen.»

«Jetzt haben Sie es begriffen, mein Sohn. Und das bedeutet, dass Sie unserem neuen Napoleon um Längen voraus sind.» Der Kongressabgeordnete stapfte davon, begleitet von dem französischen Beobachter.

Hundert Schritt weiter stand ein anderer Zivilist stirnrunzelnd vor einem Quäker-Geschütz. Der Mann hatte einen dichten, eckig gestutzten Bart, aus dem kampflustig eine schwärzliche Pfeife ragte. Er trug einen schäbigen Reitmantel, hohe Stiefel und einen runden Hut mit schmaler Krempe. In der Hand hielt er eine kurze Reitpeitsche, mit der er unvermittelt der Mündung der Holzkanone eins überzog, bevor er sich umdrehte und einem Untergebenen zurief, ihm sein Pferd zu bringen.

Später an diesem Abend empfing der bärtige Mann einen Besucher im Salon des Hauses, in dem er Quartier bezogen hatte. Häuser waren rar in Manassas, so rar, dass die meisten Männer unter dem Rang eines Lieutenant Generals gezwungen waren, in Zelten zu wohnen, daher bewies die Tatsache, dass dieser Zivilist ein ganzes Haus für sich allein hatte, seine bedeutende Stellung. An die Haustür war mit Kreide «Major E. J. Allan» geschrieben worden, doch der Mann war weder Soldat, noch trug er den Familiennamen Allan, vielmehr war er ein Zivilist, der gern Pseudonyme und Verkleidungen benutzte. Sein echter Name lautete Allan Pinkerton, und er war

Detective bei der Polizei von Chicago gewesen, bevor ihn General McClellan zum Leiter des militärischen Geheimdienstes der Potomac-Armee ernannt hatte. Nun, im flackernden Licht der Kerzen, sah Pinkerton zu einem großen, nervösen Offizier auf, der aus der Nachhut der Armee zu ihm gebracht worden war. «Sie sind Major James Starbuck?»

«Ja Sir», gab James Starbuck mit der vorsichtigen Art eines Mannes zurück, der in jeder Vorladung ein Zeichen für Probleme sieht. Von seinem Rang als hoher Stabsoffizier, dem der Armeeführer seine Geheimnisse anvertraut hatte, war er zu einer Tätigkeit bei der Proviantabteilung des 1st Corps abgestiegen. Seine neuen Pflichten bestanden darin, für die Versorgung mit Trockengemüse, Mehl, getrocknetem Rindfleisch und gepökeltem Schweinefleisch, Hartkeksen, Kaffe und Bohnen zu sorgen, Pflichten, die er gewissenhaft erfüllte, doch so viele Nahrungsmittel er auch beschaffte, sie schienen niemals zu genügen, sodass sich die Offiziere sämtlicher Regimenter und Batterien und Truppen berechtigt fühlten, ihn als unfähigen, verblödeten Sohn einer frömmlerischen Kuh zu beschimpfen. James wusste, dass er solche Beleidigungen nicht beachten sollte, doch sie trafen und beschämten ihn. Er hatte sich selten im Leben so elend gefühlt.

Nun sah James zu seinem Erstaunen, dass der Mann, der Allan genannt wurde, Adams langen Brief musterte, den James im Jahr zuvor an Major General McClellans Hauptquartier geschickt hatte. Soweit James wusste, war der Brief vom Oberkommando der Armee nicht weiter beachtet worden, und weil James weder die Stellung noch den Charakter hatte, um irgendwen von der Wichtigkeit des Briefes zu überzeugen, hatte er angenommen, das Schreiben sei längst vergessen. Doch nun hatte dieser unscheinbare Major Allan endlich seine Bedeutung erkannt. «Und wer hat Ihnen diesen Brief gegeben?», wollte Pinkerton wissen.

«Ich habe versprochen, es nicht zu sagen, Sir.» James fragte sich, warum er diesen schäbigen kleinen Mann «Sir» nannte. Allan stand im Rang nicht über James, doch irgendetwas an der streitlustigen Haltung des Mannes brachte James' natürliche Untertänigkeit zum Vorschein, wenn er auch zugleich ein winziges bisschen Eigensinn bewies, indem er sich vornahm, die respektvolle Anrede nicht mehr zu benutzen.

Pinkerton drückte mit einem schwieligen Finger den Tabak in seiner Pfeife fest, dann hielt er den Pfeifenkopf an eine Kerzenflamme und rauchte sie an. «Sie haben einen Bruder bei den Rebellen?»

James errötete, und das war kein Wunder, denn Nates Verrat machte der gesamten Familie Starbuck unglaubliche Schande. «Ja, Si– … Major. Das stimmt, leider.»

«Hat er diesen Brief geschrieben?»

«Nein, Si– … Major. Nein, das hat er nicht. Ich wünschte, er hätte es getan.»

Pinkertons Pfeife blubberte, als er an dem kurzen Stiel sog. Windböen fuhren gegen das Fenster, heulten im Kamin und trieben eine dicke Rauchschwade in das Zimmer zurück. «Wenn ich Ihnen versichere, dass man mir vertrauen kann, Major», sagte Pinkerton, dessen Stimme bei diesen Worten die weiche Aussprache seines Geburtslandes Schottland annahm, «und wenn ich die Hand aufs Herz lege und mein Ehrenwort gebe, und wenn ich bei meiner verstorbenen Mutter schwöre und auf alle Bibeln in ganz Nordamerika, und wenn ich Ihnen durch diesen Schwur versichere, dass ich nie, niemals und vor niemandem den Namen Ihres Informanten preisgeben würde, werden Sie es mir dann sagen?»

James geriet in Versuchung. Wenn er Adams Namen verriet, würde er vielleicht von diesem schrecklichen Posten in der Verpflegungseinheit abgezogen. Aber er hatte sein Wort gegeben, und er würde es nicht brechen, und deshalb schüttelte er einfach nur den Kopf. «Nein, Major, ich würde es Ihnen nicht sagen. Ich würde Ihnen vertrauen, aber ich könnte mein Wort nicht brechen.»

«Gut für Sie, Starbuck. Gut für Sie.» Pinkerton verbarg seine Enttäuschung und senkte seinen Blick stirnrunzelnd wieder auf Adams Brief.

«Ihr Mann hat recht gehabt», fuhr er fort, «und alle anderen haben sich geirrt. Ihr Mann hat uns die Wahrheit geschrieben, oder etwas, was der Wahrheit sehr nahekommt. Er hat bei Johnstons Truppenstärke falsch gelegen, wir wissen definitiv, dass die Rebellenarmee mindestens zwei Mal so groß ist, wie er angibt, aber alles andere trifft es ganz genau, auf den Punkt, und das ist Gold wert!» Was Pinkerton beeindruckt hatte, war Adams Beschreibung der hölzernen Quäker-Geschütze. Er hatte ihre genaue Zahl und Position angegeben, und als Pinkerton in der regnerischen Dämmerung auf die Attrappen gestoßen war, war ihm der Brief wieder eingefallen, und er hatte befohlen, ihn aus der Ablage herauszusuchen. Es gab Hunderte solcher abgelegten Berichte, viele die Erzeugnisse phantasiebegabter Patrioten, einige reine Vermutungen, die auf Zeitungsberichten basierten, und andere waren zweifellos von Südstaatlern geschickt worden, die den Norden in die Irre führen wollten. «Hat Ihr Mann Ihnen noch weitere Briefe geschickt?»

«Nein, Major.»

Pinkerton lehnte sich in seinem Stuhl zurück, sodass die Stuhlbeine bedrohlich knarrten. «Glauben Sie, er wäre bereit, uns mit weiteren Informationen zu versorgen?»

«Ich bin sicher, dass er das tun würde, ja.» Von James' Uniformmantel tropfte es auf den Boden des Salons. Er zitterte vor Kälte, trotz des kleinen Kaminfeuers, das wütend fauchte, den schäbigen Raum jedoch nur mit wenig Wärme versorgte. Ein helles Rechteck auf dem Verputz über dem Kamin zeigte, wo vor der Ankunft der Nordstaatenarmee hastig ein Bild abgehängt worden war; möglicherweise ein Portrait von Jefferson Davis oder vielleicht von Beauregard, dem Sieger von Manassas und Lieblingsgeneral des Südens.

Wieder betrachtete Pinkerton den Brief und fragte sich, warum er ihn früher nicht ernst genommen hatte. Die gute Qualität des Papiers war ihm aufgefallen, offenkundig stammte es aus einem Vorrat aus der Vorkriegszeit, es war viel sorgfältiger hergestellt worden als das verfärbte, faserige und schäbige Zeug, das jetzt im Süden produziert wurde. Der Schreiber hatte Großbuchstaben verwendet, um seine Handschrift zu verbergen, doch Grammatik und Wortschatz verrieten einen hochgebildeten Mann, und die Informationen verrieten ihn als einen Mann, der sich im Zentrum der Rebellenarmee bewegte. Pinkerton wusste, dass er mit der anfänglichen Nichtbeachtung des Briefes einen Fehler begangen hatte, doch er tröstete sich damit, dass der Verlust einiger Perlen im allgemeinen Chaos des Krieges unausweichlich war. «Würden Sie mir noch einmal ins Gedächtnis rufen, wie Sie an diesen Brief gekommen sind?», fragte Pinkerton.

James hatte die Umstände in einem Begleitschreiben zu Adams Bericht erläutert, das schon lange verlorengegangen war. «Er hat mir den Brief in Richmond gegeben, Major, als ich ausgetauscht wurde.»

«Und wie sollen Sie mit ihm Verbindung aufnehmen?»

«Er sagte, Briefe sollen im Vestibül der St. Paul's Church in Richmond hinterlassen werden. Dort gibt es ein Anschlagbrett, das mit einem Gitter aus Bändern bespannt ist, und wenn ein Brief, der an den Ehrenamtlichen Sekretär des Konföderierten Armee-Bibelversorgungsvereins adressiert ist, unter eines dieser Bänder geschoben wird, dann wird er ihn finden. Ich glaube nicht, dass es solch einen Verein gibt», sagte James und hielt inne. «Und ich muss zugeben, dass ich nicht wüsste, wie man einen Brief nach Richmond schaffen kann», setzte er bescheiden hinzu.

«Da ist gar nichts dabei, Mann. Das machen wir fast jeden Tag», sagte Pinkerton lebhaft, dann klappte er eine lederne Reisetasche auf und nahm eine Schreibmappe heraus. «Wir werden in den kommenden Wochen die Hilfe Ihres Freundes benötigen, Major.» Er zog einen Bogen Papier aus der Mappe, nahm dazu ein Tintenfässchen und eine Feder und schob alles zusammen über den Tisch. «Setzen Sie sich.»

«Sie wollen, dass ich ihm hier und jetzt schreibe, Major?», fragte James erstaunt.

«Was du heute kannst besorgen, das verschiebe nicht auf morgen, Starbuck. Man soll das Eisen schmieden, solange es heiß ist, so geht doch der Spruch, oder? Säume nicht! Erklären Sie Ihrem Freund, dass seine Informationen von höchstem Wert sind und dass sie in den allerhöchsten Ebenen der Unionsarmee außerordentlich geschätzt werden.» Pinkerton hatte festgestellt, dass man bei Geheimagenten mit ein wenig Schmeichelei sehr weit kam. Er hielt inne, während James eine Kerze zu seinem Blatt zog und mit schneller, geübter Hand zu schreiben begann. Die Spitze der Feder war gespalten und versprühte winzige Tintentröpfchen, als sie schnell über das Papier kratzte. «Schreiben Sie etwas Persönliches», fuhr Pinkerton fort, «damit er weiß, dass Sie es sind.»

«Das habe ich schon getan», sagte James. Er hatte der Hoffnung Ausdruck verliehen, dass Adam eine Gelegenheit gefunden hatte, Nate die Bibel zu geben.

«Und jetzt schreiben Sie, dass wir Ihrem Freund sehr dankbar wären, wenn er uns bei dem angeschlossenen Ersuchen helfen könnte.»

«Angeschlossenen Ersuchen?», fragte James verwundert.

«Sie wollen mir nicht sagen, wer er ist», sagte Pinkerton, «also werde ich Ihnen wohl kaum erzählen, was wir von ihm wollen.»

James legte die Feder an der Tischkante ab. Er runzelte die Stirn. «Wird er in Gefahr kommen, Sir?»

«Gefahr? Selbstverständlich wird er in Gefahr kommen! Wir sind im Krieg! Gefahr ist schon die Luft, die wir atmen!» Pinkerton blickte mürrisch vor sich hin und zündete seine erloschene Pfeife wieder an der Kerze an. «Tut Ihr Mann das für Geld?»

James versteifte sich bei dieser Andeutung. «Er ist ein Patriot, Major. Und ein Christ.»

«Dann ist doch wohl der Lohn des Himmels noch ein Grund mehr für ihn, ein Risiko einzugehen, oder?», wollte Pinkerton wissen. «Glauben Sie vielleicht, wir wollen Ihren Mann verlieren? Natürlich nicht! Ich verspreche Ihnen, ihn um nichts zu bitten, das ich nicht von meinem eigenen Sohn erwarten würde, da können Sie sicher sein, Major. Aber lassen Sie sich etwas anderes von mir sagen.» Pinkerton nahm die Pfeife aus dem Mund und wischte sich mit dem Ärmel die feuchten Lippen ab, um die Bedeutung seiner nächsten Worte zu betonen. «Was ich von Ihrem Mann erbitte, könnte uns den Kriegsgewinn bringen. Jetzt wissen Sie, wie wichtig es ist, Major.»

Pflichtbewusst nahm James die Feder wieder auf. «Sie wollen einfach, dass ich ihn bitte, die beigefügte Liste mit Fragen zu beantworten.»

«Aye, Major, genau das. Außerdem behellige ich Sie noch damit, den Umschlag für mich zu adressieren.» Pinkerton lehnte sich zurück und zog an seiner Pfeife. Er würde Adam um Informationen zu den Verteidigungsstellungen der Rebellen östlich von Richmond befragen, denn es war in dieser feuchten, menschenleeren Landschaft, in der General McClellan jetzt jederzeit seinen Überraschungsangriff auf die Hauptstadt der Rebellen starten wollte. Der gegenwärtige langsame Vormarsch auf die Ruinen von Manassas hatte lediglich den Zweck erfüllen sollen, die konföderierte Armee nördlich der Hauptstadt festzuhalten, während McClellan heimlich die größte Flotte der Geschichte zu Wasser ließ, um seine eigentlichen Angriffseinheiten um die östliche Flanke der Rebellen zu bringen. Richmond im Mai, sagte sich Pinkerton, Frieden im Juli, und der Lohn des Sieges für den Rest seines Lebens.

Er nahm den Brief und den Umschlag von James entgegen. Der Umschlag war aus grobem, braunem Papier, das einer von Pinkertons Agenten von einem geheimen Besuch in der Konföderation mitgebracht hatte, und James hatte ihn an den Ehrenamtlichen Sekretär des Konföderierten Armee-Bibelversorgungsvereins, St. Paul's, Grace Street, Richmond adressiert. Pinkerton förderte eine der billig aussehenden grünen Fünf-Cent-Briefmarken zutage, die Jefferson Davis' eingesunkenes Gesicht zeigten, und klebte sie auf den Umschlag. «Ich gehe davon aus, dass dieser Informant ausschließlich Ihnen vertrauen wird, oder?», fragte Pinkerton.

«So ist es», bestätigte James.

Pinkerton nickte. Wenn dieser merkwürdige Spion nur James vertraute, wollte Pinkerton sicher sein, dass er James immer in der Nähe hatte. «Und vor dem Krieg, Major», fragte er, «was für ein Handwerk haben Sie da ausgeübt?»

«Ich hatte einen Beruf», korrigierte James Pinkerton ernst, «ich war Anwalt in Boston.»

«Ein Anwalt, was?» Pinkerton stand auf und ging hinüber zu dem schwächlichen Kaminfeuer. «Es war der Wunsch meiner lieben Mutter, dass ich Anwalt werde, was in Schottland Siegelschreiber genannt wird, aber leider hat das Geld für die Ausbildung nie gereicht. Trotzdem denke ich gern, dass ich ein guter Anwalt geworden wäre, wenn ich die Gelegenheit gehabt hätte.»

«Da bin ich ganz sicher», sagte James, obwohl er in dieser Sache keineswegs sicher war.

«Und als Anwalt, Major, sind Sie doch daran gewöhnt, Beweise zu sieben, nicht wahr? Die Spreu der Lüge vom Weizen der Wahrheit zu trennen.»

«Allerdings», sagte James.

«Ich frage Sie», erklärte Pinkerton, «weil es diesem Büro in jüngster Zeit etwas an Ordnung fehlt. Wir waren zu beschäftigt, um die Akten so zu führen, wie ich es gerne sehe, und ich brauche einen Stabschef, Major, jemanden, der zu Beurteilungen imstande ist und Beweise ordnen kann. Ich versichere Ihnen, dass General McClellan diese Umbesetzung sofort genehmigen wird, also würde es keine Schwierigkeiten mit Ihrem derzeitigen Kommandooffizier geben. Ist es anmaßend von mir, Ihnen diesen Posten anzubieten?»

«Es ist überaus großzügig, Sir, überaus großzügig», sagte James und vergaß ganz seinen unbeugsamen Entschluss, diesen Mann nicht «Sir» zu nennen. «Es wäre mir eine Ehre, für Sie zu arbeiten», fuhr er hastig fort, weil er kaum glauben konnte, dass er wirklich aus den hallenden, feuchten Lagerschuppen der Verpflegungseinheit gerettet wurde.

«In diesem Fall: Willkommen an Bord, Major.» Pinkerton streckte James die Hand entgegen. «Wir legen hier nicht so viel Wert aufs Zeremoniell», sagte er, als er James' Hand fest gepackt hatte und sie energisch auf und nieder schwang, «also können Sie mich von jetzt an Bulldogge nennen.»

«Bulldogge?», stotterte James.

«Das ist nur ein Spitzname», sagte Pinkerton beruhigend.

«Sehr gut», James zögerte, «Bulldogge. Und ich würde mich geehrt fühlen, wenn Sie mich mit James ansprechen.»

«Ich habe mehr an Jimmy gedacht! Wir fangen also morgen früh mit der Arbeit an, nicht wahr. Möchten Sie noch heute Abend ihre Siebensachen holen? Sie können in der Spülküche schlafen, wenn sie nichts gegen eine oder zwei Ratten einzuwenden haben.»

«Ich habe mich im Gefängnis an Ratten gewöhnt», sagte James, «und Schlimmeres.»

«Dann machen Sie sich auf den Weg, Major! Wir müssen morgen früh sehr zeitig mit der Arbeit anfangen», sagte Pinkerton. Und dann, als James gegangen war, setzte sich der Leiter des militärischen Geheimdienstes an den Schreibtisch und schrieb einen kurzen Brief, der zusammen mit James' Verschleierungsmitteilung in den Süden geschickt werden sollte. In dem Brief bat er um detaillierte Informationen über die Verteidigungsstellungen der Rebellen im Osten Richmonds und erkundigte sich besonders danach, wie viele Truppen diese Stellungen bemannten. Dann ersuchte Pinkerton darum, dass die Informationen an einen Mr. Timothy Webster gegeben werden sollten, wohnhaft im Ballard House Hotel in der Richmonder Franklin Street.

Timothy Webster war Pinkertons fähigster Spion, ein Mann, der schon drei Ausflüge in die Konföderation hinter sich gebracht hatte und nun bei seinem vierten war. Dieses Mal gab sich Webster als blockadebrechender Händler aus, der in Richmond Geschäfte machen wollte, während er in Wahrheit Geheimdienstgelder einsetzte, um sich bei indiskreten Rebellenoffizieren und Politikern einzuschmeicheln. Websters Auftrag bestand darin, die Verteidigung Richmonds zu erkunden und an den Norden zu verraten, es war ein unglaublich riskanter Einsatz, doch nun, mit dem Hinzukommen von James Starbucks' Informanten, war Pinkerton sicher, dass Webster Erfolg haben würde. Er siegelte die beiden Papierbögen in den Umschlag ein, entkorkte eine Flasche seines kostbaren schottischen Whiskys und brachte für sich allein einen Toast aus. Auf den Sieg.

FÜNF

olonel Griffin Swynyard schlang gierig einen Teller voll gebratenem Kohl und Kartoffeln hinunter, als Bird und Starbuck bei seinem Zelt ankamen. Es hatte angefangen zu regnen, und die schweren Wolken brachten eine verfrühte Dämmerung, sodass im Zelt des Colonels zwei Laternen angezündet worden waren, die an der Firststange hingen. Der frisch beförderte Colonel saß zwischen den beiden Laternen in einem enormen Hausmantel aus grauer Wolle über Uniformhosen und einem schmutzigen Hemd. Er zuckte immer wieder zusammen, wenn ein Bissen ihm einen stechenden Schmerz an einem seiner gelben, fauligen Zähne bescherte. Sein Diener, ein verängstigter Sklave, hatte Major Bird und Captain Starbuck angekündigt und war dann augenblicklich wieder in die Dunkelheit hinausgehuscht, wo die Lagerfeuer der Nachhut gegen Wind und Regen kämpften. «Sie sind also Bird», sagte Swynyard und ignorierte Starbuck absichtlich.

«Und Sie sind Swynyard», gab Bird mit ebensolcher Knappheit zurück.

«Colonel Swynyard. West Point, Jahrgang neunundzwanzig,

alte U.S. Army, 4th Infantery.» Swynyards blutunterlaufene Augen wirkten in dem Lampenlicht kränklich gelb verfärbt. Er kaute einen Löffel voll von seinem Abendessen, dann spülte er es mit einem Schluck Whiskey hinunter. «Und jetzt zum stellvertretenden Kommandanten der Brigade Faulconer ernannt.» Er deutete mit seinem Löffel auf Bird. «Was mich zu Ihrem vorgesetzten Offizier macht.»

Bird nahm dieses Verhältnis mit einem kurzen Nicken zur Kenntnis, nannte Swynyard jedoch nicht «Sir», was der Colonel vermutlich gewollt hatte. Swynyard bestand nicht darauf; stattdessen schabte er mit einem scharfen Messer über seinen Teller und löffelte sich dann den nächsten Mundvoll der unappetitlichen Mischung hinein. Sein Zelt hatte einen neuen Boden aus Kiefernbohlen, und ein Sägebock diente als Gestell für seinen Sattel. Die Einrichtung war, ebenso wie der Sattel und das Zelt, nagelneu. Vor dem Krieg wäre sie teuer gewesen, was aber eine solche Ausrüstung in dieser Zeit des Mangels gekostet haben musste, wollte sich Bird gar nicht erst vorstellen. Vor dem Zelt war ein Fuhrwagen abgestellt, in dem nach Birds Vermutung die Annehmlichkeiten transportiert wurden, die Swynyard hier genoss, und der noch ein größerer Hinweis auf all das Geld war, das für die Ausstattung des Colonels aufgewendet worden war.

Swynyard schlang seinen Mundvoll Essen hinunter, dann ließ er einen weiteren Schluck Whiskey folgen. Regen trommelte auf die straff gespannte Zeltwand, während draußen im Dunklen ein Pferd wieherte und ein Hund bellte. «Sie gehören jetzt zur Brigade Faulconer», verkündete Swynyard förmlich, «die aus dieser Legion, dem Freiwilligenbataillon Izard County aus Arkansas, den Regimenten 12th und 13th Florida und dem 65th aus Virginia besteht. Das Oberkommando führt Brigadegeneral Washington Faulconer, Gott segne ihn, der morgen unsere Ankunft beim Rappahannock erwartet. Fragen?»

«Wie geht es meinem Schwager?», erkundigte sich Bird höflich.

«Militärische Fragen, Bird. Militärische.»

«Hat sich mein Schwager so weit von seiner Verwundung erholt, dass er endlich wieder seine militärischen Pflichten erfüllen kann?», fragte Bird unschuldig.

Swynyard überging die spöttische Frage. Ein Tic ließ seine rechte Wange zucken, als er seine verstümmelte linke Hand hob, um sich durch den von grauem Haar durchsetzten Bart zu streichen, in dem sich einige Kohlstückchen verfangen hatten. Der Colonel hatte einen Batzen feuchten Kautabak neben seinem Teller abgelegt, den er nun wieder in den Mund steckte und heftig ablutschte, während er aufstand und um den Tisch herum zu dem Sägebock ging, den er als Sattelgestell verwendete. «Je einen Skalp genommen?», fragte er Bird herausfordernd.

«Nicht dass ich wüsste, nein.» Es gelang Bird, seine Überraschung und seine Abscheu bei dieser unerwarteten Frage zu unterdrücken.

«Es gibt einen Dreh dabei! Wie bei jeder anderen Kunst, Bird, gibt es einen Dreh dabei! Das Problem bei jungen Soldaten, ist, dass sie immer versuchen, ihn abzuschneiden, aber das geht nicht. Nein, man muss sie abschälen, abschälen! Dabei kann man ein Messer zu Hilfe nehmen, wenn es sein muss, aber nur, um die Ränder sauber abzuschneiden. Auf diese Art bekommt man etwas Schönes, Pelziges! Etwas wie das hier!» Swynyard hatte einen Strang schwarzer Haare aus der Tasche seines Hausmantels genommen und wedelte damit vor Birds Gesicht herum. «Ich habe bei den Wilden mehr Skalps genommen als irgendein anderer weißer Mann», fuhr Swynyard fort, «und ich bin stolz darauf, stolz darauf. Ich habe meinem Land gut gedient, Bird, keiner hat ihm besser gedient, wage ich zu sagen, doch mein Lohn war, dass ich mit ansehen musste, wie dieser unfähige Affe Lincoln gewählt wurde, und deshalb müssen wir jetzt für ein neues Land kämpfen.» Swynyard hielt diese Ansprache voller Leidenschaft und beugte sich dabei so dicht zu Bird, dass dieser die

Mischung aus Kohl, Tabak und Whiskey im Atem des Colonels riechen konnte. «Wir werden weiterkämpfen, Bird, Sie und ich. Mann gegen Mann, was? Wie ist das Regiment? Erzählen Sie mir das.»

«Es ist in guter Verfassung», antwortete Bird knapp.

«Das wollen wir hoffen, Bird. Fähig und in guter Verfassung! Der General ist nicht sicher, ob es von einem Major kommandiert werden sollte, verstehen Sie?» Swynyard war mit seinem Gesicht nun bis dicht vor Birds Nase gekommen. «Also sollten Sie und ich besser gut miteinander auskommen, Bird, wenn Sie wollen, dass ich meinen Einfluss beim General für Sie geltend mache.»

«Was schlagen Sie vor?», fragte Bird ruhig.

«Ich mache keine Vorschläge, Major. Dafür bin ich nicht schlau genug. Ich bin nur ein einfacher Soldat, der an der schwarzen Mündung eines Gewehrs abgestillt worden ist.» Swynyard blies Bird ein heiseres Lachen ins Gesicht, dann zog er den wollenen Hausmantel eng vor seinem Kinn zusammen, bevor er mit unsicheren Schritten zu seinem Stuhl zurückkehrte. «Mir kommt es einzig und allein darauf an», fuhr Swynyard fort, als er sich wieder gesetzt hatte, «dass die Legion zum Kampf bereit ist und genau weiß, was kämpfen bedeutet. Wissen die Männer das, Bird?»

«Da bin ich sicher.»

«So sicher klingen Sie aber nicht, Bird. Sie klingen ganz und gar nicht sicher.» Swynyard hielt inne, um noch etwas Whiskey zu trinken. «Soldaten sind einfach Leute», fuhr er fort. «An einem Soldaten gibt es überhaupt nichts Kompliziertes, Bird. Drehen Sie einen Soldaten in die richtige Richtung, verpassen Sie ihm einen Tritt und sagen Sie ihm, dass er töten soll, das ist alles, was ein Soldat braucht, Bird! Soldaten sind nichts weiter als weiße Nigger, sage ich Ihnen, aber sogar ein Nigger arbeitet besser, wenn er weiß, warum er etwas tut. Und deshalb will ich, dass Sie heute Abend diese Broschüren an die Männer verteilen. Ich will, dass sie wissen, für welch noble Sache sie kämpfen.» Swynyard versuchte eine mit Pamphleten gefüllte Holzkiste auf den Tisch zu heben, aber das Gewicht der Kiste überforderte ihn, und so schob er sie Bird stattdessen mit dem Fuß zu.

Bird bückte sich nach einer der Broschüren, dann las er den Titel laut vor. «‹Die Niggerfrage›, von John Daniels.» Birds Stimme verriet seinen Widerwillen gegen John Daniels' bösartige Ansichten. «Wollen Sie wirklich, dass ich den Männern das hier gebe?», fragte er.

«Das müssen Sie!», erklärte Swynyard. «Johnny ist mein Cousin, verstehen Sie, und er hat General Faulconer diese Pamphlete verkauft, damit die Männer sie lesen.»

«Wie großzügig von meinem Schwager», sagte Bird ätzend.

«Und wie nützlich diese Pamphlete sein werden.» Starbuck hatte zum ersten Mal etwas gesagt, seit sie das Zelt betreten hatten.

Swynyard starrte ihn misstrauisch an. «Nützlich?», fragte er nach langem Schweigen mit drohender Stimme.

«Die Lagerfeuer sind bei diesem feuchten Wetter unglaublich schwer anzuzünden», sagte Starbuck ausdruckslos.

Der Tic brachte Swynyards Wange zum Zucken. Er sagte eine ganze Weile gar nichts, sondern spielte nur mit seinem Messer mit dem beinernen Griff herum, während er den jungen Offizier musterte.

«Daniels ist Ihr Cousin?», brach Bird mit einem Mal das Schweigen.

«Ja.» Swynyard löste den Blick von Starbuck und legte das Messer auf den Tisch zurück.

«Und Ihr Cousin, so vermute ich», sagte Bird langsam, als ihm die Erkenntnis dämmerte, «hat den Leitartikel geschrieben, der die Armeeführung dazu aufgefordert hat, Washington Faulconer zu befördern.»

«Und was gibt es daran auszusetzen?», fragte Swynyard.

«Nichts, gar nichts», sagte Bird, obwohl er seine Belustigung kaum verbergen konnte, als ihm klarwurde, welchen Preis sein Schwager für Daniels' Unterstützung bezahlt hatte.

«Finden Sie irgendetwas komisch?», erkundigte sich Swynyard tückisch.

Bird seufzte. «Colonel», sagte er, «wir sind heute sehr weit marschiert, und ich habe weder die Kraft noch den Wunsch, hier zu erklären, welche Dinge ich komisch finde. Haben Sie noch weitere Fragen an mich? Oder könnten Captain Starbuck und ich bald schlafen gehen?»

Swynyard starrte Bird ein paar Sekunden lang an, dann deutete er mit seiner verstümmelten Hand auf die Zeltklappe. «Gehen Sie, Major. Schicken Sie mir einen Mann für die Pamphlete. Sie bleiben hier.» Die letzten drei Worte waren an Starbuck gerichtet.

Bird rührte sich nicht. «Wenn Sie etwas mit einem meiner Offiziere zu regeln haben, Colonel», sagte er zu Swynyard, «dann haben Sie auch mit mir etwas zu regeln. Ich bleibe.»

Swynyard zuckte mit den Schultern, um zu zeigen, dass es ihn nicht kümmerte, ob Bird blieb oder ging. Dann sah er wieder Starbuck an. «Wie geht es Ihrem Vater, Starbuck?», fragte Swynyard plötzlich. «Predigt immer noch brüderliche Liebe für die Nigger, was? Erwartet er immer noch, dass wir unsere Töchter mit den Söhnen Afrikas verheiraten?» Er hielt inne und wartete auf Starbucks Reaktion. Eine der Laternen begann zu flackern, dann richtete sich die Flamme wieder auf. Aus der regnerischen Dunkelheit klang der Gesang von Männern herein. «Nun, Starbuck?», drängte Swynyard. «Will Ihr Vater immer noch, dass wir unsere Töchter den Niggern geben?»

«Mein Vater hat nie die Ehe zwischen den Rassen gepredigt», sagte Starbuck milde. Er mochte seinen Vater nicht, aber angesichts von Swynyards Spott fühlte er sich aufgefordert, Reverend Elial zu verteidigen.

Wieder ließ der Tic Swynyards Wange zucken, dann schnellte seine verwundete linke Hand vor, um auf die beiden Sterne auf dem Kragen seiner nagelneuen Uniformjacke zu deuten, die an einem Nagel in einem der Zeltpfosten hing. «Was bedeutet dieses Rangabzeichen, Starbuck?»

«Ich glaube, es bedeutet, dass die Jacke einem Lieutenant Colonel gehört», sagte Starbuck.

«Sie gehört mir!» Swynyard hatte die Stimme gehoben.

Starbuck zuckte mit den Schultern, als sei es nicht erheblich, wem die Jacke gehörte.

«Und ich habe einen höheren Rang als Sie!», brüllte Swynyard und sprühte einen Nebel aus Spucke und Tabakssaft über die Reste seiner Kohlkartoffeln. «Also nennen Sie mich Sir! Auf der Stelle!»

Starbuck schwieg. Der Colonel sah ihn böse an, seine verstümmelte Hand fuhr über die Tischkante. Die Stille dehnte sich aus. Der Gesang aus der Dunkelheit hatte aufgehört, als die Männer gehört hatten, dass der Colonel Starbuck anbrüllte, und Major Bird schätzte, dass die halbe Legion den Streit belauschte, der sich in dem gelblich erhellten Zelt abspielte.

Colonel Swynyard war sich dieses schweigenden, unsichtbaren Publikums nicht bewusst. Er verlor die Beherrschung, ließ sich dazu von dem amüsierten Ausdruck auf Starbucks gutaussehendem Gesicht provozieren. Unvermittelt schnappte sich der Colonel eine Reitpeitsche mit kurzem Griff, die auf seinem Feldbett gelegen hatte, und ließ die geflochtene Schnur in Richtung des Bostoners schnalzen. «Sie sind ein Nordstaatenbastard, Starbuck, ein Niggerfreund und ein dreckiges Stück Republikanerabschaum, und in dieser Brigade ist kein Platz für Sie.» Der Colonel sprang auf und ließ die Peitsche noch einmal knallen, dieses Mal zischte die Schnur nur ein paar Fingerbreit an Starbucks Wange vorbei. «Sie sind hiermit aus dem Regiment entlassen, jetzt und für immer, haben Sie gehört?

Das sind die Befehle des Brigadegenerals, mit Brief und Siegel, und mir zur Ausführung übergeben.» Swynyard wühlte mit der Linken in den Papieren auf seinem Klapptisch, doch er fand den Entlassungsbefehl nicht und gab die Suche auf. «Sie werden sich jetzt entfernen, augenblicklich!» Zum dritten Mal ließ Swynyard die Peitsche in Starbucks Richtung knallen. «Raus!»

Starbuck fing die Peitschenschnur. Er hatte nur vorgehabt, den Schlag abzuwehren, doch als sich die Peitschenschnur um seine Hand wickelte, bot sich eine boshaftere Reaktion an. Er lächelte schief, dann zog er, und damit brachte er Swynyard aus dem Gleichgewicht. Der Colonel klammerte sich hilfesuchend an den Tisch, da zog Starbuck fester, und der Klapptisch brach unter Swynyards Gewicht zusammen. Der Colonel fiel der Länge nach in ein Durcheinander aus splitterndem Holz und verschüttetem Kohl auf den Boden. «Wache!», schrie Swynyard beim Fallen. «Wache!»

Ein verwirrter Sergeant Tolliver aus der Kompanie A streckte seinen Kopf zwischen den Zeltklappen herein. «Sir?» Er sah auf den Colonel hinunter, der mitten in den Überresten des zerbrochenen Feldtisches lag, dann warf er Bird einen verzweifelten Blick zu. «Was soll ich machen, Sir?», erkundigte sich Tolliver bei Bird.

Swynyard kämpfte sich auf die Füße. «Sie werden dieses Stück Nordstaatendreck verhaften», brüllte er Tolliver an, «und Sie werden ihn an die Militärpolizei ausliefern, mit dem Befehl, dass er nach Richmond gebracht und dort als Staatsfeind eingesperrt wird. Haben Sie verstanden?»

Tolliver zögerte.

«Haben Sie mich verstanden?», schrie Swynyard den unglückseligen Sergeant an.

«Er versteht Sie», schaltete sich Bird ein.

«Sie sind aus der Armee entlassen», brüllte Swynyard Starbuck ins Gesicht. «Ihr Dienst ist beendet, es ist vorbei mit Ihnen, Sie sind entlassen!» Speichel landete auf Starbucks Wange. Die Selbstbeherrschung des Colonels war nun vollends dahin, aufgelöst vom Alkohol und von Starbucks raffinierter Anstachelung. Swynyard sah aus, als wolle er sich auf Starbuck stürzen, dann fummelte er plötzlich an dem Riemen seines Pistolenhalfters, das zusammen mit seiner Jacke an dem Zeltpfosten hing. «Sie stehen unter Arrest!», keuchte Swynyard und versuchte weiter, den Revolver freizubekommen.

Bird nahm Starbuck am Ellbogen und schob ihn aus dem Zelt, bevor noch ein Mord geschah. «Ich glaube, er ist verrückt», sagte Bird, als er Starbuck eilig aus dem Umkreis von Swynyards Zelt wegzog. «Komplett verrückt. Nicht bei Trost. Geistesgestört. Wahnsinnig.» In sicherer Entfernung von dem Zelt blieb Bird stehen und starrte zurück, als könne er nicht glauben, was er gerade erlebt hatte. «Er ist natürlich betrunken. Aber seinen Verstand hat er schon lange verloren, bevor er seine Polypen in Fusel ersäuft hat. Mein Gott, Nate, und das soll unser neuer stellvertretender Kommandant sein?»

«Sir?» Sergeant Tolliver war den beiden Offizieren aus dem Zelt des Colonels gefolgt. «Soll ich jetzt Mr. Starbuck verhaften, Sir?»

«Machen Sie sich nicht lächerlich, Dan. Ich kümmere mich um Starbuck. Und Sie vergessen das Ganze einfach.» Bird schüttelte den Kopf. «Irrsinnig!», sagte er ungläubig. Im Zelt des Colonels rührte sich inzwischen nichts mehr, nur die vom Laternenlicht erhellte Zeltwand schimmerte durch den Regen. «Es tut mir leid, Nate», sagte Bird. Er hielt immer noch Daniels' Pamphlet in der Hand, und nun riss er es in Fetzen.

Starbuck fluchte erbittert. Er hatte Faulconers Rache erwartet, aber irgendwie immer noch gehofft, bei der Kompanie K bleiben zu können. Sie war jetzt sein Zuhause, der Ort, an dem er Freunde und eine sinnvolle Aufgabe hatte. Ohne die Kompanie K war er eine verlorene Seele. «Ich hätte bei Shanks bleiben sollen», sagte Starbuck.

«Shanks» war Nathan Evans, dessen dezimierte Brigade schon lange Richtung Süden marschiert war.

Bird gab Starbuck eine Zigarre, dann holte er ein glimmendes Holz aus einem Lagerfeuer in der Nähe, um sie zu entzünden. «Wir müssen Sie hier wegschaffen, Nate, bevor dieser Geisteskranke beschließt, Sie tatsächlich inhaftieren zu lassen.»

«Und wofür?», fragte Starbuck verbittert.

«Dafür, ein Staatsfeind zu sein», sagte Bird sanft. «Sie haben den besoffenen Schwachkopf doch gehört. Ich glaube, diese Idee hat ihm Faulconer eingepflanzt.»

Starbuck starrte wütend zum Zelt des Colonels. «Wo zum Teufel hat Faulconer diesen Hundesohn aufgetrieben?»

«Bei John Daniels natürlich», sagte Bird. «Mein Schwager hat sich einfach eine Brigade gekauft, und der Preis dafür war, was immer Daniels verlangt hat. Und das hat offensichtlich einen Posten für diesen betrunkenen Irren eingeschlossen.»

«Es tut mir leid, Pecker», sagte Starbuck, der sich für sein Selbstmitleid schämte. «Der Bastard hat auch Ihnen gedroht.»

«Das überstehe ich», sagte Bird selbstbewusst. Er wusste genau, dass Washington Faulconer ihn hasste und ihn degradieren wollte, aber Thaddeus Bird wusste auch, dass er den Respekt und die Zuneigung der Legion besaß und es seinem Schwager äußerst schwerfallen würde, diese Anhänglichkeit zu zerstören. Starbuck dagegen war für Faulconer ein viel leichteres Angriffsziel. «Es ist wichtiger, Nate», fuhr Bird fort, «dass Sie sicher von hier wegkommen. Was wollen Sie anschließend machen?»

«Machen?», echote Starbuck. «Was könnte ich denn schon machen?»

«Möchten Sie in den Norden zurück?»

«O Gott, nein.» In den Norden zurückzugehen, bedeutete, sich dem grimmigen Zorn seines Vaters zu stellen. Es bedeutete, seine

Freunde in der Legion zu verraten. Es bedeutete, als reuiger Versager nach Hause zurückzukriechen, und das würde sein Stolz nicht zulassen.

«Dann gehen Sie nach Richmond», sagte Bird. «Suchen Sie Adam. Er wird Ihnen helfen.»

«Das wird ihm sein Vater nicht erlauben.» Wieder klang Starbuck bitter. Er hatte den ganzen Winter nichts von Adam gehört, und er glaubte, sein früherer Freund habe ihn fallenlassen.

«Adam kann seine eigenen Entscheidungen treffen», sagte Bird. «Gehen Sie noch heute Abend, Nate. Murphy begleitet Sie bis nach Fredericksburg, von dort aus können Sie den Zug nehmen. Ich gebe Ihnen einen Urlaubsschein, damit sie nach Richmond durchkommen.» Niemand konnte ohne offiziell ausgestellten Passierschein in der Konföderation umherreisen, nur Soldaten hatten die Genehmigung, sich mit Urlaubsscheinen ihrer Regimenter von der Truppe zu entfernen.

Die Neuigkeit von Starbucks Entlassung hatte sich wie Kanonenrauch in der Legion verbreitet. Kompanie K wollte Protest einlegen, doch Bird überzeugte die Männer davon, dass diese Auseinandersetzung nicht durch einen Appell an Swynyards Gerechtigkeitsempfinden gewonnen werden könne. Ned Hunt, der sich als Witzbold der Truppe ansah, wollte die Radspeichen von Swynyards Fuhrwagen zersägen oder das Zelt des Colonels niederbrennen, doch Bird wollte keinen derartigen Unsinn zulassen und stellte deshalb sogar eine Wache am Zelt des Colonels auf. Das Wichtigste war nun, betonte Bird, Starbuck so weit wegzubringen, dass er vor Swynyards Niedertracht sicher war.

«Was hast du jetzt vor?», erkundigte sich Truslow bei Starbuck, während Captain Murphy zwei Pferde sattelte.

«Feststellen, ob mir Adam helfen kann.»

«In Richmond? Dann siehst du meine Sally, oder?», fragte Truslow.

«Ich hoffe es.» Trotz der Katastrophe keimte Vorfreude in Starbuck auf.

«Erzähl ihr, dass ich an sie denke», sagte Truslow schroff. Das war wohl das größte Eingeständnis von Liebe und Vergebung, dessen er fähig war. «Wenn sie irgendetwas braucht», fuhr Truslow fort, dann zuckte er mit den Schultern, denn er konnte sich nicht vorstellen, dass es seiner Tochter an Geld fehlte. «Ich wünschte», fing Truslow an, verfiel aber gleich wieder in Schweigen, und Starbuck ging davon aus, dass der Sergeant wünschte, sein einziges Kind würde sein Geld nicht als Hure verdienen, aber dann überraschte ihn Truslow. «Du und sie», erklärte er, «das würde ich gerne sehen.»

Starbuck errötete im Dunkeln. «Ihre Sally braucht jemanden mit besseren Zukunftsaussichten, als ich sie habe», sagte er.

«Sie könnte es viel schlechter treffen», sagte Truslow loyal.

«Ich wüsste nicht wie.» Starbuck ließ sich wieder von seinem Selbstmitleid überwältigen. «Ich habe keine Heimat, kein Geld und keine Arbeit.»

«Aber nicht für lange», sagte Truslow. «Du lässt dich doch nicht von diesem Hundesohn Faulconer unterkriegen, oder?»

«Nein», sagte Starbuck, obwohl er in Wahrheit glaubte, dass er schon längst am Ende war. Er war ein Fremder in einem fremden Land, und seine Gegner waren vermögend, einflussreich und unversöhnlich.

«Also kommst du zurück», sagte Truslow. «Und bis dahin sorge ich selbst dafür, dass die Kompanie in Form bleibt.»

«Sie brauchen mich doch gar nicht bei der Kompanie», sagte Starbuck. «Sie haben mich noch nie gebraucht.»

«Du bist ein Narr, Junge», knurrte Truslow. «Ich hab nicht deinen scharfen Verstand, und du bist ein Narr, wenn du das nicht siehst.» Die Kinnkette einer Kandare klirrte, als Captain Murphy zwei gesattelte Pferde durch den Regen heranführte. «Verabschiede dich», befahl Truslow an Starbuck gewandt. «Und versprich den Jungs, dass du zurückkommst. Sie brauchen dieses Versprechen.»

Starbuck verabschiedete sich. Die Männer der Kompanie besaßen nur das, was sie tragen konnten, und trotzdem versuchten sie, Starbuck Geschenke aufzudrängen. George Finney hatte bei Ball's Bluff einen silbernen Phi-Beta-Kappa-Schlüssel von der Uhrkette eines toten Offiziers erbeutet und wollte Starbuck den Anhänger geben. Starbuck lehnte ab, genau wie er kein Geld von Sergeant Huttons Abteilung annehmen wollte. Er nahm nur seinen Urlaubsschein, und dann schnallte er seine Decke hinter dem Sattel seines geliehenen Pferdes fest. Er legte sich Oliver Wendell Holmes' scharlachrot gefütterten Uniformmantel um die Schultern und zog sich aufs Pferd. «Wir sehen uns bald wieder», sagte er, als würde er es glauben, und dann drückte er dem Pferd die Fersen in die Flanken, damit niemand aus der Legion sah, dass er kurz vorm Verzweifeln war.

Starbuck und Murphy ritten in die Nacht. Sie kamen an Colonel Swynyards dunklem Zelt vorbei, in dem sich nichts rührte. Die drei Sklaven des Colonels kauerten unter dem Fuhrwerk und beobachteten, wie die beiden Reiter im schwarzen Regen verschwanden. Dann verloren sich auch die Hufschläge in der Dunkelheit.

Als es hell wurde, regnete es immer noch. Bird hatte schlecht geschlafen und fühlte sich alt, als er aus seinem mit Grassoden bedeckten Unterschlupf kroch und versuchte, sich die Knochen an einem schwächlichen Feuer aufzuwärmen. Wie er bemerkte, war das Zelt Colonel Swynyards schon abgeschlagen worden, und die drei Sklaven verzurrten die Ladung auf dem Fuhrwerk des Colonels, das zur Abfahrt nach Fredericksburg bereit war. Eine halbe Meile weiter nördlich, auf dem Bergrücken, beobachteten zwei Yankee-Reiter das Rebellenlager durch den Regen. Hiram Ketley, Birds schwachsinnige, aber gutwillige Ordonnanz, brachte dem Major einen Becher Kaffee, gestreckt mit Süßkartoffelpulver, und mühte sich dann, das Feuer stärker anzufachen. Eine Handvoll Offiziere drängte sich zitternd um die armseligen Flammen, und als diese Offiziere mit aufgeschrecktem Blick an Bird vorbeisahen, wurde ihm klar, dass hinter ihm jemand herankam. Er drehte sich um und hatte den zerzausten Bart und die blutunterlaufenen Augen Colonel Swynyards vor sich, der seine gelblichen Zähne erstaunlicherweise zu einem Lächeln entblößte und Bird die Hand zum Gruß entgegenstreckte. «Morgen! Sie sind Bird, stimmt's?», fragte Swynyard lebhaft.

Bird nickte misstrauisch, schüttelte Swynyard aber nicht die Hand.

«Swynyard.» Der Colonel schien Bird nicht wiederzuerkennen. «Wollte schon gestern Abend mit Ihnen reden, tut mir leid, ich war nicht auf der Höhe.» Linkisch zog er seine Hand zurück.

«Wir haben geredet», sagte Bird.

«Wir haben geredet?» Swynyard runzelte die Stirn.

«Gestern Abend. In Ihrem Zelt.»

«Malaria, das ist das Problem», erklärte Swynyard. Der Tic zuckte in seiner Wange, sodass es aussah, als würde er ständig mit dem rechten Auge zwinkern. Der Bart des Colonels war noch feucht von seiner Morgentoilette, seine Uniform war abgebürstet, und sein Haar war mit Öl glatt gestrichen. Er hatte sich seine Peitsche zurückgeholt und hielt sie in der verstümmelten Hand. «Das Fieber kommt und geht, Bird», erklärte er. «Aber normalerweise schlägt es nachts zu. Setzt mich komplett außer Gefecht, verstehen Sie? Wenn wir also gestern Abend geredet haben, dann weiß ich nichts mehr davon. Das Fieber, verstehen Sie?»

«Sie haben fiebrig gewirkt, das stimmt», sagte Bird schwach.

«Aber jetzt geht es mir gut. Es gibt nichts Besseres als Schlaf, um das Fieber loszuwerden. Ich bin Washington Faulconers stellvertretender Kommandooffizier.»

«Ich weiß», sagte Bird.

«Und Sie gehören jetzt zu seiner Brigade», fuhr Swynyard unbekümmert fort. «Da sind Sie, ein paar Lumpenkerle aus Arkansas, das 12th und 13th Florida und das 65th aus Virginia. General Faulconer hat mich geschickt, damit ich mich vorstelle und die neuen Befehle ausgebe. Sie werden nicht die Verteidigungsstellung von Fredericksburg bemannen, sondern sich weiter westlich dem Rest der Brigade anschließen. Hier ist das Ganze schriftlich.» Er gab Bird ein gefaltetes Blatt Papier, das mit einem Klecks Siegellack verschlossen war, auf dem Bird den Abdruck von Washington Faulconers Siegelring erkannte.

Bird öffnete das Schreiben und stellte fest, dass es sich um einen einfachen Marschbefehl handelte, mit dem die Legion von Fredericksburg nach Locust Grove beordert wurde.

«Wir bilden dort die Reserve», sagte Swynyard. «Mit etwas Glück haben wir ein paar Tage, um uns in Form zu bringen, aber vorher müssen wir uns noch mit einer heiklen Angelegenheit beschäftigen.» Er nahm Birds Ellbogen und zog den erstaunten Major von den neugierigen Ohren und Augen der anderen Offiziere weg. «Es handelt sich um eine sehr delikate Sache», sagte Swynyard.

«Starbuck?», wagte sich Bird vor.

«Wie haben Sie das erraten?» Swynyard klang erstaunt, aber auch beeindruckt von Birds scharfem Verstand. «Es geht um Starbuck, in der Tat. Eine üble Sache. Ich hasse es, einen Mann zu enttäuschen, Bird, das ist nicht meine Art. Wir Swynyards waren immer geradeheraus, manchmal auch allzu sehr, denke ich, aber jetzt bin ich zu alt, um mich noch zu ändern. Also Starbuck. Der General kann ihn nicht ausstehen, wissen Sie, und wir müssen ihn loswerden. Ich habe versprochen, es taktvoll zu machen, und dachte, Sie wüssten vielleicht am besten, wie das vonstattengehen kann.»

«Wir haben es schon gemacht», sagte Bird verbittert. «Er ist gestern Abend gegangen.»

«Wirklich?» Swynyard blinzelte Bird an. «Wirklich? Gut! Erstklassig! Dafür kann ich mich bei Ihnen bedanken, schätze ich. Gut gemacht! Dann gibt es nichts weiter zu sagen, oder? Schön, Sie kennengelernt zu haben, Bird.» Er hob die Reitpeitsche, um sich zu verabschieden, doch dann drehte er sich unvermittelt noch einmal um. «Da ist noch eine Sache, Bird.»

«Colonel?»

«Ich habe etwas Lesestoff für Ihre Männer. Etwas, um Sie aufzuheitern.» Wieder zeigte Swynyard beim Grinsen seine gelben Zähne. «Sie wirken etwas missmutig, als bräuchten sie etwas, das sie in Begeisterung versetzt. Schicken Sie mir einen Mann, der die Broschüren holt, bitte. Und befehlen Sie jedem Mann, der nicht lesen kann, sich die Broschüre von einem Freund vorlesen zu lassen. Gut! Gut gemacht! Weiter geht's!»

Bird sah dem Colonel nach, dann schloss er die Augen und schüttelte den Kopf, als müsse er sich versichern, dass dieser feuchte Morgen kein Albtraum war. Anscheinend war er kein Albtraum und die Welt tatsächlich unwiderruflich verrückt geworden. «Vielleicht», sagte Bird zu niemand im Besonderen, «haben die Yankees ja auch einen wie ihn. Hoffen wir es.»

Auf der anderen Seite des Tals drehten die berittenen Yankee-Posten ab und verschwanden in dem regennassen Wald. Die Artillerie der Südstaaten protzte die Kanonen auf und folgte Colonel Swynyards Fuhrwerk nach Süden, während die Männer der Legion die klammen Stiefel anzogen und die Lagerfeuer löschten.

Der Rückzug ging weiter, und er erschien wie eine Niederlage.

Der größte Teil der Potomac-Armee rückte nicht über Manassas hinaus vor. Stattdessen kehrten die Truppen in einem Manöver, das die Rebellen verwirren sollte, zurück nach Alexandria, das Washington auf der anderen Flussseite gegenüberlag. Dort wartete eine Flotte auf die Nordstaaten-Einheiten, die sie den Potomac hinunter- und in die Chesapeake Bay bringen sollte, und damit nach Fort Monroe, der Nordstaatenfestung an der Küste. Die Flotte war von der Regierung der Nordstaaten gemietet worden, und die Masten der wartenden Schiffe bildeten einen Wald über dem Fluss. Es waren Schaufelraddampfer dabei, die aus so weit nördlich gelegenen Städten wie Boston kamen, Fähren aus Delaware, Schoner von einem Dutzend Häfen der Atlantikküste, und sogar Transatlantik-Passagierschiffe mit spitz zulaufendem Bug und elegant vergoldeten Schnörkeln am Heck. Der Dampf Hunderter Maschinen stieg in die Luft und die schrillen Töne Hunderter Pfeifen erschreckten die Pferde, die darauf warteten, in die Laderäume der Schiffe gebracht zu werden. Dampfkräne hoben Netze mit Ladung an Bord, während Kolonnen von Soldaten über die durchhängenden Landungsstege liefen. Kanonen und Munitionskisten, Protzen und Feldschmieden wurden auf den Decks der Dampfer vertäut. McClellans Stab ging davon aus, dass es zwanzig Tage dauern würde, bis der gesamte Transport erledigt war, der Transport aller einhundertundeinundzwanzigtausend Männer mit ihren dreihundert Kanonen und elfhundert Fuhrwerken und fünfzehntausend Pferden und zehntausend Rindern und die endlosen Ballen mit Viehfutter und die Ponton-Elemente und Rollen mit Telegraphendraht und Fässer mit Schwarzpulver, und all das musste während der Fahrt von den Kriegsschiffen und Fregatten und Kanonenbooten der U.S. Navy geschützt werden. Die Flotte der Potomac-Armee war die größte, die jemals zusammengezogen worden war, und damit ein Beweis für die Entschlossenheit der Union, den Aufstand mit einem einzigen heftigen Schlag zu beenden. Jetzt würden die ahnungslosen Proleten, die sich über McClellans Trägheit beschwert hatten, schon sehen, wie der neue Napoleon kämpfen konnte! Er würde seine Armee zu der kaum bewachten Landzunge bringen, die sich siebzig Meilen südöstlich von Richmond erstreckte, und wie ein Blitzschlag nach Westen vorstoßen, um die Hauptstadt der Rebellen einzunehmen und ihre Entschlossenheit ins Wanken zu bringen.

«Ich habe euch zurückgehalten, damit ihr der Rebellion, die unser früher so glückliches Land gespalten hat, den Todesstoß versetzen könnt», erklärte die gedruckte Proklamation McClellans den Truppen, zudem versprach sie, dass ihr General über seine Soldaten wachen würde wie «ein Vater über seine Kinder, und ihr wisst, dass euer General euch aus tiefstem Herzen liebt». Die Proklamation warnte die Truppen vor den erbitterten Gefechten, die es zweifellos geben würde, versicherte ihnen aber auch, dass sie, wenn sie den Sieg nach Hause trugen, ihre Zugehörigkeit zur Potomac-Armee als größte Ehre ihres Lebens ansehen würden.

«Eine edle Gesinnung», sagte James Starbuck, als er die Proklamation gelesen hatte, die auf der hauseigenen Druckerpresse des Armee-Hauptquartiers vervielfältigt worden war, und er war nicht der Einzige, der diese schönen Worte und noblen Gefühle bewunderte. Die Zeitungen des Nordens mochten McClellan den neuen Napoleon nennen, die Soldaten der Potomac-Armee aber bezeichneten den General als «Little Mac» und erklärten, es gäbe keinen besseren Soldaten auf der ganzen Welt. Wenn irgendein Mann für einen schnellen Sieg sorgen konnte, dann war es Little Mac, der die Männer der Potomac-Armee davon überzeugt hatte, dass sie die bestausgerüstetsten, bestausgebildetsten und bestgeschultesten Soldaten in der Geschichte der Republik, wenn nicht gar in der gesamten Geschichte der Menschheit waren, und auch wenn sich die politischen Gegner Little Macs über seine übergroße Vorsicht beschwerten und sarkastische Lieder darüber sangen, dass am Potomac alles ruhig sei, wussten die Soldaten, dass ihr General einfach nur auf den perfekten Augenblick zum Vorstoß gewartet hatte. Und dieser Augenblick war nun gekommen, als Hunderte von Schaufelrädern und Schiffsschrauben den Potomac weiß schäumen ließen und Hunderte von Schornsteinen den Kohlenrauch in einen blauen Frühlingshimmel hinaufschickten. Kapellen spielten, die ersten Schiffe glitten flussabwärts, und sie senkten die Flaggen, als sie an George Washingtons Gut Mount Vernon vorbeidampften.

«Sie brauchen mehr als eine edle Gesinnung», sagte Allan Pinkerton düster zu James. Die Mitarbeiter von General McClellans Geheimdienstbüro warteten in einem requirierten Haus in der Nähe des Alexandria-Kais, bis der General selbst zum Absegeln bereit war, und an diesem Vormittag, an dem James und sein Vorgesetzter über die Eisenbahnlinie hinweg auf die belebten Kais schauten, erwartete Pinkerton Besuch. Die anderen Mitarbeiter des Büros waren damit beschäftigt, die jüngsten Informationsbruchstücke zu sortieren, die aus dem Süden eingetroffen waren. Jeder Tag brachte eine vollkommen unverdauliche Masse solcher Informationen von Deserteuren oder entlaufenen Sklaven oder Sympathisanten des Nordens, deren Briefe über den Rappahannock geschmuggelt wurden. Doch Pinkerton vertraute keiner dieser Nachrichten. Er wollte etwas von seinem besten Agenten hören, von Timothy Webster, und durch Webster von James' mysteriösem Freund, doch nun herrschte in Richmond schon seit Wochen unheilvolle Stille. Das Gute an dieser Stille war, dass in den Richmonder Zeitungen auch nicht über irgendwelche Verhaftungen berichtet wurde und keine Gerüchte über hochrangige Südstaaten-Offiziere, die des Verrats angeklagt wurden, nach Norden gedrungen waren. Dennoch beunruhigte Pinkerton Websters Schweigen. «Wir müssen dem General die bestmöglichen Geheimdienstinformationen verschaffen», erklärte er James wiederholt. Pinkerton bezeichnete General McClellan niemals als Little Mac und nicht einmal als neuer Napoleon, sondern immer nur als den General.

«Wir können den General doch sicher dahingehend beruhigen,

dass die Halbinsel nur eine schwache Verteidigung besitzt, oder?», bemerkte James. Er arbeitete an einem kleinen Klapptisch, den er auf die Veranda gestellt hatte.

«Ah! Aber das ist genau das, was der Süden uns weismachen will», sagte Pinkerton und wandte sich lebhaft um, weil er feststellen wollte, ob das gerade lauter werdende Hufgeklapper seinen Besuch ankündigte. Doch nur ein einzelner Reiter passierte das Haus, und Pinkerton entspannte sich. «Bevor ich keine weiteren Nachrichten von Ihrem Freund habe, glaube ich gar nichts!»

Adam hatte durch die Vermittlung Timothy Websters schon eine Antwort geschickt, und diese eine Antwort war erstaunlich detailliert gewesen. Bis auf die Kanonen, hatte Adam geschrieben, waren die Verteidigungsstellungen, die Fort Monroe gegenüberlagen, sehr schwach bestückt. Major General Magruder bewachte das Fort mit vier schwachen Brigaden, die lediglich aus zwanzig unterbesetzten Bataillonen bestanden. Bei der letzten Infanteriezählung war man bei diesen Bataillonen auf gerade zehntausend Mann gekommen, von denen Magruder die meisten in den Wallfestungen auf Mulberry Island auf der südlichen Seite der Halbinsel und in ähnlichen Stellungen bei Yorktown auf der nördlichen Seite konzentriert hatte. Einige der Verteidigungsanlagen von Yorktown, hatte Adam pedantisch hinzugefügt, waren Überbleibsel der gescheiterten britischen Verteidigung von 1783. Die vierzehn Meilen zwischen Yorktown und Mulberry Island wurden von kaum viertausend Mann und ein paar Wallfestungen bewacht. Magruders Truppenschwäche wurde teilweise von der Bestückung mit Artillerie ausgeglichen, und Adam berichtete unheilverkündend, dass nicht weniger als fünfundachtzig schwere Artilleriegeschütze und fünfundfünfzig leichtere Feldkanonen zur Verteidigung der Rebellen bereitstanden. Dennoch, betonte Adam, konnten selbst all diese Kanonen nicht jeden Pfad oder Weg der Halbinsel abdecken.

Zehn Meilen hinter der Verteidigungslinie von Yorktown, berichtete Adam weiter, in der Nähe der kleinen College-Stadt Williamsburg, hatte Magruder weitere Erdfestungen anlegen lassen, die derzeit jedoch unbemannt waren. Davon abgesehen, sagte Adam, gab es keine Verteidigungsstellungen zwischen Fort Monroe und den neuen Schützengräben und Redouten, die von General Robert E. Lee um Richmond angelegt wurden. Adam hatte entschuldigend hinzugefügt, diese Informationen seien schon etwa eine Woche alt und er habe gehört, dass bald noch mehr Verstärkung zu General Magruder geschickt würde, über die er weitere Einzelheiten zu berichten versprach, sobald er etwas in Erfahrung gebracht habe.

Diese weiteren Einzelheiten waren jedoch nie gekommen; im Gegenteil, es waren keine Neuigkeiten irgendwelcher Art von Adam oder Timothy Webster eingetroffen. Ihr unvermitteltes Schweigen war besorgniserregend, auch wenn James nicht glaubte, dass es militärische Bedeutung hatte, denn jede einzelne Meldung, die aus dem aufständischen Virginia eintraf, bestätigte nur die Genauigkeit von Adams erstem detaillierten Bericht über die Verteidigung der Halbinsel. Die Berichte stimmten alle darin überein, dass Magruders Linien sehr dünn besetzt waren und dass das Letzte, womit die Rebellen rechneten, ein Großangriff von der Seeseite aus wäre, und deshalb verstand James nicht, warum sich Pinkerton von solchen Berichten nicht beruhigen ließ. Jetzt, als sie auf der Veranda des Hauses in Alexandria warteten, versuchte James seinen Vorgesetzten von der Glaubwürdigkeit der Berichte zu überzeugen, die durch die Rebellenfront kamen. «Magruder kann selbst mit dieser Verstärkung nicht mehr als vierzehntausend Mann haben», sagte James entschieden. Er hatte restlos alle Berichte gelesen, die aus dem Süden gekommen waren, und nur eine Handvoll der Meldungen widersprachen Adams Zahlen, und diese Handvoll, so vermutete James, war absichtlich lanciert worden, um das Oberkommando der

Union in die Irre zu führen. All seine Instinkte sagten James, dass der neue Napoleon den Gegner mit verächtlicher Leichtigkeit beiseitefegen würde. Die hundertzehntausend Mann, die von den Kais Alexandrias ablegten, würden auf gerade mal vierzehntausend oder fünfzehntausend Rebellen treffen, und James verstand die Bedenken Pinkertons beim besten Willen nicht.

«Sie wollen uns einfach glauben lassen, dass sie schwach sind, Jimmy!», erklärte Pinkerton nun seine Zweifel. «Sie wollen uns tief auf ihr Gebiet locken, bevor sie zuschlagen!» Er ahmte ein paar Boxhiebe nach. «Denken Sie an Ihre Zahlen!»

James hatte in den vergangenen beiden Wochen an kaum etwas anderes gedacht, doch er hielt den kleinen Schotten weiter bei Laune. «Wissen Sie etwas, das ich nicht weiß, Major?»

«Im Krieg, James, kämpfen nicht alle Männer.» Pinkerton hatte an einem anderen Tisch auf der Veranda Papiere durchgesehen, doch jetzt, nachdem er einen Briefbeschwerer auf die Papiere gelegt hatte, damit sie nicht vom Wind durcheinandergeweht wurden, begann er auf den Dielen auf und ab zu gehen. Auf dem Fluss manövrierte im fahlen Sonnenlicht ein großer Transatlantikdampfer zu dem Landeplatz, an dem sich drei Regimenter aus New Jersey bereithielten. Die enormen Schaufelräder des Schiffes wühlten gewaltig im Wasser, und ein kleiner Schlepper stieß wütende schwarze Rauchwolken aus, als er mit seinem gepolsterten Bug an den eleganten Bug des Dampfers stieß. Eine der Regimentskapellen spielte «Rally Round the Flag, Boys!», und Pinkerton schlug den Takt dazu, während er über die Veranda schritt. «Im Krieg, Jimmy, führen nur die wenigsten Männer wirklich ein Gewehr oder ein Bajonett gegen den Feind, obwohl Tausende mehr ihren Dienst leisten, und zwar sehr anständig! Sie und ich kämpfen für die Union, aber wir marschieren nicht durch den Schlamm wie einfache Soldaten. Stimmen Sie mir da zu?»

«Gewiss», sagte James zögernd. Er konnte sich nicht überwinden,

Pinkerton mit «Bulldogge» anzusprechen, auch wenn andere Mitglieder der Abteilung den Spitznamen des kleinen Schotten fröhlich anwendeten.

«So!» Pinkerton drehte am Ende der Veranda um. «Wir sind uns also einig, dass nicht jeder Mann im Glied mitgezählt wird, sondern nur diejenigen, die tatsächlich ein Gewehr tragen, verstehen Sie, worauf ich hinauswill? Hinter diesen waffentragenden Helden, Jimmy, stehen eine Menge Köche und Schreiber, Signalgeber und Fuhrmänner, Stabsmitglieder und Generäle, Militärmusiker und Ärzte, Ordonnanzen und Militärpolizisten, Pioniere und Proviantverwalter.» Pinkerton begleitete diesen Katalog von Männern mit weit ausholenden Gesten, die eine imaginäre Menschenmenge in die Luft zeichneten. «Was ich sagen will, Jimmy, ist, dass hinter der kämpfenden Truppe Tausende weitere Männer stehen, die sich um das Essen, den Proviant, den Transport und die Organisation kümmern und alles am Laufen halten, sodass der Kampf überhaupt erst möglich wird. Verstehen Sie, was ich meine?»

«Bis zu einem gewissen Punkt, ja», sagte James misstrauisch und legte mit seinem Ton nahe, dass er zwar verstand, was sein Vorgesetzter meinte, aber noch nicht ganz davon überzeugt war.

«Ihr Freund selbst hat gesagt, dass Verstärkung zu Magruders Stellung geschickt wird», erklärte Pinkerton energisch. «Aber wie viele Männer? Wir wissen es nicht! Wo sind sie jetzt? Wir wissen es nicht!» Pinkerton blieb bei James' Tisch stehen und zog sich einen Stift und ein Blatt Papier heran. «Wir wissen es nicht, James, aber lassen Sie uns ein paar wohlbegründete Schätzungen vornehmen. Sie gehen davon aus, dass Magruder vierzehntausend Mann hat? Sehr gut, fangen wir also mit dieser Zahl an.» Er kritzelte die Zahl oben auf das Blatt. «Das sind natürlich nur die Männer, die beim Zählappell dabei waren, also müssen wir die dazurechnen, die gerade krank waren oder Urlaub hatten, und Sie können sicher sein, dass sich diese Knaben ebenfalls unter ihrer dreckigen Flagge sammeln, sobald die Kämpfe anfangen. Wie viele sind das wohl? Sechstausend? Siebentausend? Sagen wir sieben.» Er kritzelte die neue Zahl unter die erste. «Nun haben wir also abgeleitet, dass General Magruder mindestens einundzwanzigtausend Mann hat, und diese einundzwanzigtausend müssen ernährt und versorgt werden, und diese Pflichten werden von wenigstens zehntausend weiteren Truppenangehörigen erfüllt, und nicht vergessen sollten wir auch die Musiker und die Männer im Sanitätsdienst und all die ganzen Hilfskräfte, die man für eine funktionierende Armee braucht, und das sind zusammen bestimmt noch einmal zehntausend Mann.» Pinkerton fügte diese Zahl seiner Reihe hinzu. «Und dann müssen wir davon ausgehen, dass uns der Gegner mit Sicherheit täuschen will, indem er eine zu geringe Truppenstärke verkündet, daher würde ein vernünftiger Mann noch einmal fünfzig Prozent zu unserer Summe hinzurechnen, um ihr Täuschungsmanöver auszugleichen, und worauf kommen wir dann?» Er rechnete ein paar Sekunden. «Da! Einundsechzigtausendfünfhundert Mann! Ein paar der Spione haben eine ähnliche Truppenstärke gemeldet, nicht wahr?» Pinkerton blätterte durch die Papierstapel auf dem Tisch, auf der Suche nach einem der Berichte, die James als übervorsichtig aussortiert hatte. «Hier haben Sie's!» Er schwenkte eines der entsprechenden Schreiben. «Und das ist nur Yorktown, James! Wer weiß, wie viele in den Städten hinter Yorktown stationiert sind?»

James glaubte, dass sich diese Anzahl auf null belief, aber er wollte dem kleinen Schotten, der eine so lebhafte Selbstsicherheit an den Tag legte, nicht widersprechen.

«In meinem Bericht an den General», verkündete Pinkerton, «werde ich schreiben, dass er damit rechnen muss, bei den Schanzen von Yorktown gegen mindestens sechzigtausend Mann zu kämpfen. Wo es, wenn Sie sich erinnern, sogar der große General

Washington vorgezogen hat, seine Gegner auszuhungern, statt sie anzugreifen, obwohl er ihnen zwei zu eins überlegen war. Und wir haben es zumindest mit dem gleichen Kräfteverhältnis zu tun, Jimmy, und wer weiß, wie viele Rebellen von Richmond ausschwärmen, um Magruders Kampflinie zu verstärken? Es ist ein verzweifeltes Unternehmen, verzweifelt! Verstehen Sie jetzt, warum wir einen weiteren Bericht Ihres Freundes brauchen?» Pinkerton kannte Adams Identität immer noch nicht und hatte seine Versuche aufgegeben, den Namen aus James herauszuholen. Nicht dass James' Verschwiegenheit Pinkerton in irgendeiner Weise enttäuschte, denn er betrachtete James' Anwerbung als großartigen Erfolg, weil der Anwalt im Büro des militärischen Geheimdienstes für die dringend notwendige Ordnung gesorgt hatte.

James saß unglücklich an seinem Tisch. Pinkertons Berechnungen überzeugten ihn nicht, und wäre dies ein Gerichtssaal in Massachusetts gewesen und Pinkerton ein Zeuge der Gegenseite, hätte er diesen Mischmasch aus zweifelhaften Annahmen und unwahrscheinlichen Zahlen nur allzu gern zerpflückt, nun aber zwang er sich dazu, seine Zweifel zu unterdrücken. Der Krieg veränderte alles, und Pinkerton war immerhin Major General McClellans persönliche Wahl als Leiter des Geheimdienstes und kannte sich in diesen Angelegenheiten vermutlich auf eine Art aus, in die James keinen Einblick hatte. James fühlte sich immer noch als militärischer Amateur, und deshalb schob er patriotisch seine Bedenken zur Seite.

Pinkerton drehte sich um, als ein Pferdewagen über die Gleise ratterte, die zwischen dem Haus und den Alexandria-Kais verliefen. Die Pferde stellten die Ohren auf und zeigten das Weiße in ihren Augen, als eine Lokomotive plötzlich zischend eine Rauchwolke ausstieß, doch der Mann auf dem Kutschbock beruhigte die Tiere und nahm die Zügel kürzer. Pinkerton erkannte den Kutscher und den Insassen des Gespanns und winkte ihnen grüßend zu. «Die Zeit für verzweifelte Maßnahmen ist gekommen», erklärte er James geheimnisvoll.

Die beiden Männer stiegen von dem Pferdewagen. Sie waren jung, beide glatt rasiert, und beide trugen Zivil, aber davon abgesehen waren sie so unterschiedlich wie Kalk und Käse. Einer war groß, mit glattem, blondem Haar, das ihm in ein mageres und recht melancholisches Antlitz fiel, während der andere klein war und ein rötliches Gesicht hatte, dichtgelocktes schwarzes Haar und eine fröhliche Miene. «Bulldogge!», rief der kleinere Mann aus, als er die Verandatreppe hinaufeilte. «Es ist prachtvoll, Sie wiederzusehen, ganz prachtvoll!»

«Mr. Scully!» Pinkerton war genauso entzückt, seine Besucher begrüßen zu können. Er umarmte Scully, dann schüttelte er dem anderen Mann die Hand, bevor er James mit den beiden bekannt machte. «Darf ich vorstellen? John Scully, Major, und Price Lewis. Das ist Major Starbuck, mein Stabschef.»

«Ein prachtvoller Tag, Major!», sagte John Scully. Er sprach mit irischem Akzent und lächelte viel. Sein Begleiter war wesentlich zurückhaltender und begrüßte James mit einem schlaffen Händedruck und einem distanzierten, beinahe misstrauischen Nicken.

«Mr. Scully und Mr. Lewis», erklärte Pinkerton mit sichtlichem Stolz, «haben sich freiwillig für eine Erkundungsfahrt in den Süden gemeldet.»

«Nach Richmond!», fügte Scully gut gelaunt hinzu. «Wie ich höre, ist es ein prachtvolles kleines Städtchen.»

«Es riecht dort überall nach Tabak», sagte James, dem nichts einfiel, was er sonst hätte sagen können.

«Genau wie ich, was, Bulldogge?» Scully lachte. «Ich bin ein richtiger kleiner Tabakstinker, Major. Die letzte Frau, mit der ich im Bett war, meinte, sie wüsste nicht, ob sie mit mir schlafen oder mich rauchen solle!» Scully lachte bei dieser Vorführung seines ihm eigenen Witzes, Lewis blickte gelangweilt, Pinkerton strahlte vor Vergnügen, und James bemühte sich, seine schockierte Missbilligung zu verbergen. Diese Männer standen immerhin kurz davor, etwas außerordentlich Tapferes zu unternehmen, und er hatte den Eindruck, ihre Derbheit ertragen zu müssen.

«Major Starbuck ist ein gottesfürchtiger Kirchengänger.» Pinkerton hatte James' Betretenheit erkannt und wollte sie John Scully erklären.

«Genau wie ich selbst, Major», versicherte Scully hastig und unterstrich die Worte, indem er sich bekreuzigte. «Und wenn ich zur Beichte ginge, würde ich bestimmt hören, was für ein böser Junge ich doch war, aber was soll's, zum Teufel? Man muss sich den einen oder anderen Spaß gönnen, oder? Sonst bekommt man genauso ein belämmertes Gesicht wie dieser Engländer hier.» Er grinste Price Lewis gutmütig an, der die Stichelei demonstrativ ignorierte und stattdessen den Soldaten aus New Jersey zusah, die an Bord des Transatlantikdampfers gingen.

«Europäer», erklärte Pinkerton an James gewandt, «können sich in der Konföderation leichter bewegen als Yankees. Mr. Lewis und Mr. Scully werden sich als Blockadebrecher auf der Suche nach Geschäften ausgeben.»

«Und alles wird prima laufen, solange uns niemand erkennt», sagte Scully heiter.

«Wäre das denn möglich?», fragte James besorgt.

«Es besteht eine winzige Möglichkeit, aber kaum eine, über die man sich Sorgen machen müsste», sagte Scully. «Price und ich haben eine Zeitlang Jagd auf Südstaatensympathisanten in Washington gemacht und die Halunken über die Grenze zurückgeschafft, aber wir sind so gut wie sicher, dass keiner von den Bastarden in Richmond ist. Price?»

Price neigte in ernster Zustimmung den Kopf.

«Es scheint dennoch, als würden Sie sich in große Gefahr bringen», sagte James in leidenschaftlicher Anerkennung für die beiden Männer.

«Bulldogge bezahlt uns dafür, dass wir uns in Gefahr bringen, wissen Sie das nicht?», gab Scully gut gelaunt zurück. «Und wie ich höre, sind die Frauen von Richmond ebenso schön wie verzweifelt auf echtes Yankee-Geld aus. Und Price und ich tun den Ladys nur allzu gern einen Gefallen, ist das nicht die reine Wahrheit, Price?»

«Wenn du es sagst, John, wenn du es sagst», sagte Lewis leichthin, der noch immer die Umtriebe auf dem Kai beobachtete.

«Ich kann es kaum erwarten, eins von diesen Südstaatenmädchen zwischen die Finger zu bekommen», sagte Scully lüstern. «Ganz Hochmut und Dünkel, was? Ganz Rüschen und Firlefanz. Zu gut für unsereiner, bis wir mit ein paar guten Yankee-Münzen klimpern, dann sehen wir gleich die Reifen aus den Röcken rollen, was, Price?»

«Wenn du es sagst, John, wenn du es sagst», sagte Price Lewis, und dann legte er die Hand vor den Mund, als müsse er ein Gähnen unterdrücken.

Pinkerton machte dem Geplauder ein Ende, indem er James erklärte, dass Lewis und Scully in den Süden führen, um herauszubekommen, was mit Timothy Webster passiert war. «Er war nie sehr gesund», sagte Pinkerton, «und es besteht immer das Risiko, dass er krank im Bett liegt oder Schlimmeres, und in diesem Fall müssen Mr. Lewis und Mr. Scully die Informationen von Ihrem Freund holen. Was bedeutet, Jimmy, dass sie einen Brief von Ihnen brauchen, in dem Sie ihre Vertrauenswürdigkeit bestätigen.»

«Und wir sind auch vertrauenswürdig, Major», sagte John Scully heiter. «Außer, wenn es um die Damenwelt geht, stimmt das etwa nicht, Price?»

«Wenn du es sagst, John, wenn du es sagst.»

James setzte sich an den Tisch und schrieb den erforderlichen

Brief. Er würde nur eingesetzt werden, so versicherte man ihm, wenn Timothy Webster unauffindbar war, andernfalls würde der Brief sicher versteckt in John Scullys Kleiderfutter bleiben. James ließ sich von Pinkerton diktieren. Er versicherte Adam, dass die Informationen über die Verteidigungsstellungen auf der Halbinsel hinter Fort Monroe dringend gebraucht würden und dass er die Anweisungen befolgen sollte, die ihn mit diesem Verschleierungsschreiben erreichten, das er mit dem Wunsch um Gottes Segen für seinen Bruder in Christus abschloss. Dann adressierte James das Schreiben an den Ehrenamtlichen Sekretär des Konföderierten Armee-Bibelversorgungsvereins, und Pinkerton versiegelte den Umschlag mit einem gewöhnlichen Klebsiegel, bevor er ihn mit schwungvoller Geste an Scully weitergab. «Im Vestibül der St. Paul's Church gibt es ein Anschlagsbrett, dort platzieren Sie den Brief.»

«St. Paul's, ist das eine auffällige Kirche?», fragte Scully.

«Mitten in der Stadt», versicherte ihm Pinkerton.

Scully küsste den Umschlag, dann steckte er ihn in eine Rocktasche. «Wir besorgen Ihre Neuigkeiten innerhalb einer Woche, Bulldogge!»

«Setzen Sie noch heute Nacht über?»

«Warum nicht?» Der Ire grinste. «Das Wetter sieht gut aus, und es weht ein hübscher kleiner Wind für uns.»

James war inzwischen lange genug beim Geheimdienst, um zu wissen, dass Pinkertons bevorzugte Methode, um Leute in die Konföderation einzuschleusen, eine nächtliche Fahrt über die weite Mündung des Potomacs war, bei der von einer der menschenleeren, einsamen Buchten Marylands abgelegt und leise unter einem schwarzen Segel zur Küste Virginias übergesetzt wurde. Dort, irgendwo im King George County, versorgte ein Nordstaaten-Sympathisant die Agenten mit Pferden und Papieren. «Erlauben Sie mir, Ihnen alles Gute zu wünschen», sagte James förmlich.

«Beten Sie einfach, dass die Frauen sich über unseren Anblick freuen, Major!», sagte Scully fröhlich.

«Und schicken Sie uns so bald wie möglich Nachricht!», fügte Pinkerton ernst hinzu. «Wir brauchen Zahlen, John, Zahlen! Wie viel tausend Soldaten sind auf der Halbinsel stationiert? Wie viele Kanonen? Wie viel Mann stehen in Richmond bereit, um Magruder zu unterstützen?»

«Keine Sorge, Major, Sie bekommen Ihre Zahlen», gab John Scully frohgemut zurück, während die beiden Agenten zu ihrem Pferdegespann zurückgingen. «Zwei Tage bis Richmond!», rief John Scully. «Vielleicht warten wir dort auf Sie, Bulldogge! Feiern den Sieg in Jeff Davis' Weinkeller, was?» Er lachte. Price Lewis hob die Hand zum Gruß, dann schnalzte er mit der Zunge, und der Pferdewagen ratterte über die Schienen zurück.

«Tapfere Männer», sagte Pinkerton mit der Andeutung eines Schniefens. «Sehr tapfere Männer, Jimmy.»

«O ja, in der Tat», sagte James.

Auf den Kais hoben die Dampfkräne Kisten und Ballen mit Artilleriemunition, Kanonenkugeln und Bolzen, Büchsen- und Beutelkartätschen, Granaten und Traubenkartätschen. Ein weiteres großes Schiff wendete im Fluss, seine Schaufelräder ließen das Wasser weiß schäumen, als es gegen die starke Strömung des Potomac kämpfte. Noch mehr Männer kamen auf dem Kai an, strömten aus einem eben eingetroffenen Zug, stellten sich in Reihen auf und warteten, bis sie auf ein Schiff konnten. Ihre Regimentskapelle begann zu spielen, während das Sternenbanner, das als Gösch an einem Dutzend Bugflaggenstöcken hing, laut wie Peitschenknall im frischen Frühlingswind schlug. Die Armee des Nordens, die größte Armee in der gesamten amerikanischen Geschichte, machte sich auf den Weg.

Dorthin, wo kaum zehntausend Aufständische eine Halbinsel bewachten.

Belvedere Delaney organisierte für Nate Starbuck eine Stelle beim Passamt der Konföderation. Starbucks erste Reaktion war Widerwille gewesen. «Ich bin Soldat», erklärte er dem Anwalt, «kein Bürokrat.»

«Sie sind ein Almosenempfänger», hatte Delaney eisig zurückgegeben, «und die Leute zahlen sehr hohe Schmiergelder für einen Passierschein.»

Die Passierscheine waren nicht nur erforderlich, um Richmond verlassen zu dürfen, sondern auch, um sich nach Einbruch der Dunkelheit in der Stadt zu bewegen. Sowohl die Zivilisten als auch die Soldaten mussten ihre Anträge auf die Passierscheine in dem verdreckten, überfüllten Büro stellen, das sich in einem Haus Ecke Ninth und Broad Street befand. Starbuck, der unter Delaneys Protektion stand, hatte einen eigenen Raum im dritten Stock bekommen, aber seine Anwesenheit war so überflüssig wie langweilig. Ein Sergeant Crow erledigte all die eigentliche Arbeit, sodass Starbuck aus dem Fenster starren oder einen Roman von Anthony Trollope lesen konnte, den ein früherer Mitarbeiter in dem staubigen Büro benutzt hatte, um ein Tischbein zu stabilisieren. Starbuck schrieb Briefe an Adam Faulconer beim Hauptquartier der Armee in Culpeper Court House, in denen er seinen Freund bat, dass dieser seinen Einfluss geltend mache, damit Starbuck wieder zur Kompanie K der Legion Faulconer zurückkehren konnte. Starbuck wusste, dass Washington Faulconer den Bitten seines Sohnes noch nie hatte widerstehen können, und ein paar Tage lang hatte er große Hoffnungen, doch von Adam kam keine Antwort, und nach zwei weiteren zudringlichen Appellen gab Starbuck seine Versuche auf.

Es dauerte volle drei Wochen, bis Starbuck klarwurde, dass niemand seine Anwesenheit im Büro erwartete und er, solange er Sergeant Crow ein- bis zweimal wöchentlich seine Aufwartung machte, die Vergnügungen genießen konnte, die Richmond zu bieten hatte.

Diese Vergnügungen waren durch die stetige Ankunft neuer Nord-staatentruppen in Fort Monroe von Gefahr überschattet. Bei der ersten Meldung dieser Landungen hatte sich leichte Panik in der Stadt ausgebreitet, doch als die Yankees keinen Versuch unternah-men, aus ihrer Befestigung heraus vorzustoßen, wurde allgemein angenommen, dass die Nordstaatler in Fort Monroe nur einen Zwischenstopp auf ihrem Weg zur Verstärkung der Unionsfestung bei Roanoke einlegten. Belvedere Delaney, mit dem Starbuck häufig zu Mittag aß, hielt überhaupt nichts von dieser Erklärung. «Warum sollten sie in Fort Monroe zwischenlanden?», fragte Delaney bei einem dieser Mittagessen. «Nein, mein lieber Starbuck, bald rücken sie gegen Richmond vor. Eine Schlacht, und die ganze Aufregung ist vorbei. Wir werden allesamt Kriegsgefangene!» Er klang recht erfreut bei dieser Vorstellung. «Zumindest das Essen kann nicht mehr schlechter werden. Ich stelle gerade fest, dass das Schlimmste am Krieg seine Auswirkungen auf den Luxus sind. Die Hälfte der Dinge, die das Leben lebenswert machen, sind nicht erhältlich, und die Preise der anderen Hälfte sind ruinös. Ist dieses Rindfleisch nicht grauenvoll?»

«Es schmeckt besser als gepökeltes Schwein.»

«Ich vergesse immer wieder, dass Sie im Feld gedient haben. Viel-leicht sollte ich doch noch das Geräusch einer Kugel hören, bevor der Krieg endet. Das wird meine Kriegserinnerungen wesentlich über-zeugender machen, meinen Sie nicht auch?» Delaney lächelte und zeigte dabei seine Zähne. Er war ein eitler Mann und stolz auf seine Zähne, die alle seine eigenen waren, in bestem Zustand und sauber, sogar beinahe unnatürlich weiß. Starbuck hatte Delaney im Jahr zuvor kennengelernt, als er in Richmond gestrandet war, und die beiden hatten eine Art zurückhaltender Freundschaft geschlossen. Es belustigte Delaney, Reverend Elials verlorenen Sohn in Richmond zu sehen, allerdings beruhte sein Gefallen an Starbuck auf mehr als

reiner Schaulust, während Starbucks Zuneigung zu Delaney eines-
teils daher rührte, dass der Anwalt so hilfsbereit war, und anderen-
teils daher, dass Starbuck die Freundschaft von Männern wie Delaney und Bird brauchte, weil sie sein Verhalten nicht wie Starbucks
Vater nach den Maßgaben eines unversöhnlichen Glaubens beur-
teilten. Männer wie sie, dachte Starbuck, hatten eine geistige Entwicklung durchgemacht, die er ebenfalls anstrebte, obwohl er sich
in Delaneys Gesellschaft manchmal fragte, ob er selbst denn auch
klug genug war, um sich von seinen Schuldgefühlen befreien zu
können. Starbuck wusste, dass Delaney trotz seines Auftretens, bei
dem er sorgfältig den Anschein harmloser Umgänglichkeit pflegte,
sowohl gerissen als auch skrupellos war; Eigenschaften, die der
Anwalt gegenwärtig nutzte, um ein Vermögen beim Verkauf dessen
anzuhäufen, was Delaney gern als die beiden Grundbedürfnisse von
Kriegern bezeichnete: Frauen und Waffen. Nun nahm der Anwalt
seine Brille ab und putzte die Gläser mit seiner Serviette. «Die Leute
sagen, Kugeln würden pfeifen, stimmt das?»

«Ja.»

«In welcher Tonart?»

«Darauf habe ich nie geachtet.»

«Vielleicht klingen unterschiedliche Kugeln ja wie unterschiedliche Noten? Ein begabter Scharfschütze wäre womöglich imstande,
eine Melodie zu spielen», spekulierte Delaney und sang dann gut
gelaunt den Anfang eines Liedes, das in Richmond den ganzen Winter über sehr beliebt gewesen war. «‹Auf was wartest du denn, langsamer George?› – jetzt wartet McClellan allerdings nicht mehr, oder?
Glauben Sie, dass der Krieg auf der Halbinsel entschieden wird?»

«Wenn es so ist», sagte Starbuck, «will ich dort sein.»

«Sie sind ja absurd blutdürstig, Nate.» Delaney zog ein Gesicht,
dann hielt er Starbuck auf der Gabel ein grauenhaftes Stück Knorpel
zur Inspektion entgegen. «Ist das etwa Essen, was meinen Sie? Oder

etwas, das in der Küche gestorben ist? Aber ganz gleich, ich werde lieber zu Hause speisen.» Er schob seinen Teller weg. Sie aßen im Spotswood House Hotel zu Mittag, und als er selbst mit dem Essen fertig war, zog Starbuck einen Stapel Blanko-Passierscheine aus der Tasche und legte sie für Delaney auf den Tisch. «Gut gemacht», sagte Delaney und steckte die Passierscheine ein. «Ich schulde Ihnen vierhundert Dollar.»

«Wie viel?» Starbuck war schockiert.

«Passierscheine sind wertvoll, mein guter Starbuck!», sagte der kleine, verschlagene Anwalt hingerissen. «Die Spione aus dem Norden zahlen ein Vermögen für diese Zettel.» Delaney lachte, um klarzumachen, dass er einen Scherz gemacht hatte. «Und es ist nur recht und billig, dass Sie einen Anteil an meinen illegalen Profiten erhalten. Glauben Sie mir, ich verkaufe diese Scheine für sehr viel Geld. Ich gehe davon aus, dass Sie lieber in Nordstaaten-Währung bezahlt werden.»

«Das ist mir gleich.»

«Es ist Ihnen nicht gleich, das dürfen Sie mir wirklich glauben. Ein Dollar aus dem Norden entspricht mindestens drei Südstaatendollars.» Delaney störte sich nicht an den Blicken der anderen Gäste und zählte ein Bündel der neuen Dollarscheine auf den Tisch, die einen Großteil der Münzen im Norden ersetzten. Das Geld im Süden sollte den gleichen Wert haben, aber das gesamte Wert- und Preisgefüge schien verrücktzuspielen. Ein Pfund Butter kostete in Richmond fünfzig Cent, Feuerholz acht Dollar das Klafter, Kaffee war zu keinem Preis erhältlich, während sogar Baumwolle, die angebliche Grundlage des Wohlstands im Süden, doppelt so teuer geworden war. Ein Zimmer, das vor einem Jahr noch nicht für fünfzig Cent die Woche hätte vermietet werden können, brachte nun zehn Dollar wöchentlich ein.

Das brauchte Starbuck jedoch nicht zu kümmern. Er hatte ein

Zimmer im Stallgebäude jenes großen Hauses in der Franklin Street, in dem Sally Truslow und ihre beiden Mitstreiterinnen jetzt mit ihren Dienern, Köchen und Schneiderinnen wohnten. Das Haus war eine der nobelsten Adressen der Stadt und hatte einem Tabakhändler gehört, dessen Geschäfte schwer unter der Blockade der Nordstaaten gelitten hatten. Der Mann hatte verkaufen müssen, und Belvedere Delaney hatte das Haus in Richmonds exklusivstes und teuerstes Freudenhaus verwandelt. Die Möbel, die Bilder und der Zierrat waren, wenn nicht ohnehin von allerhöchster Qualität, zumindest gut genug, um einer Betrachtung im Kerzenlicht problemlos standzuhalten, während das Essen, der Alkohol und die Unterhaltung so aufwendig und erlesen waren, wie es die Mangelwirtschaft der Kriegszeit erlaubte. Abends gaben die Damen Empfänge, und tagsüber hielten sie sich für Besucher zur Verfügung, allerdings wurden nur solche Besucher an dem beschnitzten Treppenpfosten am Fuße der großen Treppe vorbeigelassen, die zuvor eine entsprechende Übereinkunft getroffen hatten. Geld wechselte den Besitzer, jedoch so diskret, dass der Pfarrer von St. James das Haus schon drei Mal besucht hatte, bevor er seinen Zweck entdeckte, wonach er niemals wiederkam. Drei seiner geistlichen Kollegen hingegen schreckte selbige Erkenntnis nicht ab. Delaneys Regel war es, keinen Offizier unter dem Rang eines Majors einzulassen und keinen Zivilisten, dessen Kleidung schlechten Geschmack verriet. Das Klientel war infolgedessen wohlhabend und im Allgemeinen recht gesittet, allerdings senkte die unumgängliche Zulassung von Kongressabgeordneten der Konföderation die Raffinesse des Etablissements weit unter Delaneys extravagante Hoffnungen.

Starbuck hatte ein kleines, klammes Zimmer im Stallgebäude, das am Ende eines feuchten und ungepflegten Gartens lag. Statt eine Miete zu zahlen, versorgte er Delaney mit Passierscheinen, während die Frauen seine Anwesenheit als wirksame Abschreckung für all die

Verbrecher betrachteten, die Richmond im Griff hatten. Einbrüche waren so häufig geworden, dass sie kaum noch erwähnt wurden, und schamloser Straßenraub war an der Tagesordnung. Das machte Starbuck zu einem noch willkommeneren Gast im Haus, denn er war immer bereit, eine der Damen zu Ducquesne, dem Pariser Friseur in der Main Street, oder zu einem der Bekleidungsgeschäfte zu begleiten, die auf irgendeine Weise an genügend Stoff kamen, um weiter Luxusroben herstellen zu können.

Eines Vormittags las er, während er vor Ducquesne's auf Sally wartete, die üblichen Forderungen des *Examiners*, die Konföderation solle ihre träge Haltung aufgeben und den Krieg mit einem Einmarsch in den Norden beenden. Es war ein sonniger Morgen, der erste seit fast drei Wochen, und ein Hauch Frühling verlieh der Stadt eine fröhliche Atmosphäre. Die beiden Veteranen von Bull Run, die Ducquesnes Salon bewachten, neckten Starbuck wegen seiner ramponierten Uniform. «Mit so einem Mädchen, Captain, sollten Sie nicht in Lumpen gehen», sagte einer der beiden.

«Wer braucht denn bei so einem Mädchen Kleidung?», fragte Starbuck.

Die Männer lachten. Einer hatte ein Bein verloren, der andere einen Arm. Jetzt hielten sie mit einer Schrotflinte vor einem Friseursalon Wache. «Steht irgendwas über den neuen Napoleon in der Zeitung?», fragte der Einarmige.

«Kein Wort, Jimmy.»

«Also ist er nicht in Fort Monroe?»

«Wenn er dort ist, hat der *Examiner* nichts davon gehört», sagte Starbuck.

Jimmy spuckte einen langen Strahl Tabaksaft in die Gosse. «Wenn er nicht dort ist, kommen sie nicht hierher, und wir wissen, dass sie herkommen, wenn er dort auftaucht.» Er klang bedrückt. Die Zeitungen Virginias mochten über McClellans Überheblichkeit spotten, aber es herrschte dennoch das Gefühl, dass der Norden sein militärisches Genie gefunden hatte und der Süden über niemand Vergleichbaren verfügte. Zu Beginn des Krieges hatte der Name Robert Lee in Virginia für Optimismus gesorgt, doch er hatte während der ersten Kämpfe in Westvirginia einiges von seinem vielversprechenden Ruf eingebüßt, und nun verbrachte er seine Zeit damit, endlose Gräben um Richmond auszuheben, was ihm schon den Spitznamen «König der Spaten» eingetragen hatte. Er hatte immer noch Unterstützer, vor allem Sally Truslow, die Lee für den größten General seit Alexander hielt, aber diese Ansicht gründete sich allein auf der Tatsache, dass der höfliche Lee auf der Straße einmal den Hut vor ihr gezogen hatte.

Starbuck gab Jimmy die Zeitung, dann warf er einen Blick auf eine Uhr in einem Schaufenster, um abzuschätzen, wie lange das Getue noch dauern würde, das Sally um ihr Haar machte. Er ging von wenigstens einer weiteren Viertelstunde aus, also schob er seinen Hut zurück, zündete sich eine Zigarre an und lehnte sich an einen der mit Goldfarbe angestrichenen Pfeiler, die Ducquesnes Eingang einrahmten. Da rief ihm jemand einen freudigen Gruß zu.

«Nate!» Der Gruß kam von der anderen Straßenseite, und eine Sekunde lang sah Starbuck nicht, wer gerufen hatte, weil ein Fuhrwerk mit einer Ladung Balken vorbeirollte, und danach ratterte noch eine elegante Kutsche mit lackierten Radspeichen und fransenbesetzter Polsterung vorüber, aber dann sah Starbuck, dass es Adam war, der nun mit ausgestreckter Hand durch den Verkehr auf ihn zukam. «Nate! Es tut mir leid, ich hätte schreiben sollen. Wie geht es dir?»

Starbuck war von seinem Freund bitter enttäuscht gewesen, aber jetzt lag so viel Zuneigung und Zerknirschtheit in Adams Stimme, dass sich die Bitterkeit sofort auflöste. «Mir geht es gut», sagte er lahm. «Und dir?»

«Viel zu tun, schrecklich viel zu tun. Ich verbringe die Hälfte meiner Zeit hier und die andere Hälfte im Hauptquartier. Ich bin der Verbindungsmann zur Regierung, und das ist nicht gerade einfach. Johnston mag den Präsidenten nicht übermäßig, und Davis ist nicht der größte Bewunderer des Generals, also kriege ich den Ärger von beiden Seiten ab.»

«Wogegen ich nur den Ärger deines Vaters abkriege», sagte Starbuck, in dem nun doch wieder die Verbitterung aufstieg.

Adam runzelte die Stirn. «Es tut mir leid, Nate, ehrlich.» Er hielt inne, offenkundig verlegen, dann schüttelte er den Kopf. «Ich kann dir nicht helfen, Nate. Ich wünschte, ich könnte es, aber Vater ist gegen dich und würde nicht auf mich hören.»

«Hast du ihn denn gefragt?», erkundigte sich Starbuck.

Adam zögerte, dann siegte seine angeborene Ehrlichkeit über die Versuchung, Ausflüchte zu machen. «Nein, habe ich nicht. Ich habe ihn seit einem Monat nicht gesehen, und ich weiß, dass es nichts nützen würde, ihm zu schreiben. Vielleicht ist er ja nachgiebiger, wenn ich ihn direkt frage. Im Gespräch. Kannst du so lange warten?»

Starbuck zuckte mit den Schultern. «Ich warte», sagte er und wusste, dass er in dieser Angelegenheit schließlich kaum eine andere Wahl hatte. Wenn Adam seinen Vater nicht umstimmen konnte, dann konnte es niemand. «Du siehst gut aus», sagte er zu Adam, um das Thema zu wechseln. Das letzte Mal hatte Starbuck seinen Freund bei Ball's Bluff gesehen, als er nach dem Grauen der Schlacht von Albträumen heimgesucht worden war, doch jetzt hatte er sein gutes Aussehen und seine Lebhaftigkeit wiedergewonnen. Seine Uniform war sauber, seine Säbelscheide blitzte in der Sonne, und seine Stiefel mit den Sporen glänzten.

«Mir geht es auch gut», sagte Adam sehr nachdrücklich. «Ich bin mit Julia hier.»

«Der Verlobten?», fragte Starbuck neckend.

«Meiner inoffiziellen Verlobten», korrigierte ihn Adam. «Ich wünschte, es wäre offiziell.» Er lächelte schüchtern. «Aber wir stimmen alle darin überein, dass es besser ist zu warten, bis die Kampfhandlungen beendet sind. Der Krieg ist keine Zeit zum Heiraten.» Er deutete über die Straße. «Kommst du mit, um sie kennenzulernen? Sie ist mit ihrer Mutter bei Sewell's.»

«Sewell's?» Starbuck hatte geglaubt, sämtliche Bekleidungsgeschäfte und Modisten in Richmond zu kennen, aber von Sewell's hatte er noch nie gehört.

«Der Bibelladen, Nate!», rügte Adam seinen Freund, dann erklärte er, dass Julias Mutter, Mrs. Gordon, eine Bibelgruppe für freie Schwarze eröffnet hatte, die nach Richmond gekommen waren, um in der Kriegswirtschaft Arbeit zu suchen. «Sie suchen nach ganz einfachen Ausgaben», erklärte Adam, «vielleicht eine Kinderfassung des Lukasevangeliums. Was mich daran erinnert, dass ich eine Bibel für dich habe.»

«Eine Bibel?»

«Dein Bruder hat sie für dich hiergelassen. Ich wollte sie dir schon seit Monaten schicken. Jetzt komm und lerne Mrs. Gordon und Julia kennen.»

Starbuck zögerte. «Ich bin mit einer Bekannten hier», erklärte er und deutete zu Ducquesnes Schaufenster mit seinem kunstvollen Arrangement aus Lotionen und Schildpattkämmen und bändergeschmückten Perücken, und noch während er auf das Fenster deutete, öffnete sich die Tür und Sally kam heraus. Sie hakte sich bei Starbuck ein und schenkte Adam ein süßes Lächeln. Sie kannte Adam aus Faulconer County, aber es war offensichtlich, dass Adam sie nicht erkannte. Als er sie das letzte Mal gesehen hatte, war sie ein ungekämmtes Mädchen in einem einfachen, ausgewaschenen Baumwollkleid gewesen, hatte Wasser geschleppt und auf dem kleinen väterlichen Bauernhof die Tiere gehütet. Nun aber trug Sally einen seidenen Reifrock, und ihr Haar wellte und lockte sich unter einer Haube mit Bändern.

«Ma'am», Adam begrüßte sie mit einer Verbeugung.

«Adam, du kennst doch ...», fing Starbuck an.

Sally fiel ihm ins Wort. «Ich heiße Victoria Royall, Sir.» Das war ihr Name im Gewerbe, den man Sally in dem Bordell in der Marshall Street gegeben hatte.

«Miss Royall», sagte Adam.

«Major Adam Faulconer», vervollständigte Starbuck die Vorstellung. Er sah, wie sehr sich Sally daran freute, dass Adam sie nicht erkannte, und schickte sich darein, ihren Unfug zu ertragen. «Major Faulconer ist ein sehr alter Freund von mir», erklärte er Sally, als wüsste sie es nicht.

«Mr. Starbuck hat mir schon von Ihnen erzählt, Major Faulconer», sagte Sally und legte ihre sittsamste Art an den Tag. Sie sah auch sittsam aus, denn ihr Kleid war aus dunkelgrauem Stoff, und die roten, weißen und blauen Bänder an ihrer Haube waren mehr ein Zeichen des Patriotismus als ein Luxus. Niemand trug auf den Straßen von Richmond Juwelen oder Putz zur Schau, nicht, wenn es dermaßen viele Banditen gab.

«Und Sie, Miss Royall, stammen Sie aus Richmond?», fragte Adam, doch bevor Sally antworten konnte, sah Adam auf der anderen Straßenseite Julia und ihre Mutter aus dem Bibelladen kommen, und er bestand darauf, ihnen Starbuck und Sally vorzustellen.

Sally ging bei Starbuck eingehängt. Sie kicherte, als sie Adam über die Straße folgten. «Er hat mich nicht erkannt!», flüsterte sie.

«Wie könnte er auch? Jetzt sei um Himmels willen vorsichtig. Das sind gottesfürchtige Leute.» Nachdem Starbuck diese Ermahnung ausgesprochen hatte, setzte er eine ernste, respektable Miene auf. Er half Sally den Bordstein hinauf, warf höflich den Rest seiner Zigarre weg und wandte sich Mrs. Gordon und ihrer Tochter zu.

Adam übernahm die Vorstellungen, und Starbuck berührte leicht die behandschuhten Finger, die ihm die Ladys entgegenstreckten. Mrs. Gordon erwies sich als magere, zänkische Frau mit einer schmalen Nase und Augen wie ein ausgehungerter Habicht, doch ihre Tochter war eine vollkommene Überraschung. Starbuck hatte mit einer verhuschten Betschwester gerechnet, ängstlich und fromm, doch Julia Gordon hatte ein offenes Wesen, das diese Vorstellung sofort zunichte machte. Sie war schwarzhaarig mit dunkelbraunen Augen, und ihre kräftigen Gesichtszüge wirkten beinahe kämpferisch. Sie war keine Schönheit, dachte Starbuck, aber sehr hübsch. Aus ihrer Miene sprachen Charakter, Willensstärke und Intelligenz, und als Starbuck ihrem Blick begegnete, stellte er fest, dass er merkwürdig eifersüchtig auf Adam war.

Sally wurde vorgestellt, aber Mrs. Gordon wandte sich sofort wieder an Starbuck und wollte wissen, ob er mit dem berühmten Reverend Elial Starbuck in Boston verwandt sei. Starbuck gestand, dass der bekannte Abolitionist sein Vater war.

«Wir kennen ihn», sagte Mrs. Gordon missbilligend.

«Wirklich, Ma'am?», fragte Starbuck.

«Gordon» – Mrs. Gordon sprach von ihrem Ehemann – «ist ein Missionar der ASPGP.»

«Tatsächlich, Ma'am?», sagte Starbuck respektvoll. Starbucks Vater war einer der Treuhänder der American Society for the Propagation of the Gospel to the Poor, der Amerikanischen Gesellschaft zur Verkündigung des Evangeliums unter den Armen, einem Missionsverein, der die göttliche Heilsbotschaft in die finstersten Ecken der Städte Amerikas trug.

Mrs. Gordon streifte Starbucks armselige Uniform mit einem Blick. «Ihr Vater ist wohl kaum erfreut darüber, dass Sie eine Konföderiertenuniform tragen, Mr. Starbuck.»

«Das ist er ganz bestimmt nicht, Ma'am», sagte Starbuck.

«Mutter verurteilt Sie, bevor sie die Umstände kennt», schaltete sich Julia mit einer Unbekümmertheit ein, die Starbuck zum Lächeln brachte, «aber Sie sollen die Gelegenheit bekommen, auf Strafmilderung zu plädieren, bevor ihr Richterspruch verkündet wird.»

«Das ist eine sehr lange Geschichte, Ma'am», sagte Starbuck zurückhaltend, denn er wusste, dass er es nicht wagen würde, zu beschreiben, wie er sich hoffnungslos und einseitig in eine Schauspielerin verliebt hatte, für die er den Norden, seine Familie, sein Studium und sein Ansehen aufgegeben hatte.

«Zu lang, um sie sich jetzt anzuhören, nehme ich doch an», sagte Mrs. Gordon in einem Ton, den sie sich wohl in all den Jahren angewöhnt hatte, während sie unwillige Kirchgänger zur Messe trieb. «Dennoch erfreut es mich, Sie die Rechte unseres Staates verteidigen zu sehen, Mr. Starbuck. Unsere Sache ist edel und gerecht. Und Sie, Miss Royall» – sie wandte sich an Sally –, «sind Sie aus Richmond?»

«Aus Greenbrier County, Ma'am», log Sally, die einen County im fernen Westen des Staates genannt hatte. «Mein Vater wollte mich wegen all der Kämpfe nicht dort lassen, also hat er mich hierher zu einer Verwandten geschickt.» Sie tat ihr Bestes, um ihre derbe, provinzielle Aussprache zu glätten, aber ein Anklang davon war immer noch zu hören. «Eine Tante», erklärte sie, «in der Franklin Street.»

«Kennen wir sie vielleicht?» Mrs. Gordon taxierte die Qualität von Sallys Kleid, ihrem kostspieligen Sonnenschirm und ihrem zarten Spitzenkragen, die einen starken Kontrast zu der ausgebesserten, einfachen Kleidung bildeten, die Mutter und Tochter trugen. Mrs. Gordon musste zudem bemerkt haben, dass Sallys Wangen gepudert und mit Rouge geschminkt waren, eine Aufmachung, wie sie in Mrs. Gordons Haus niemals gestattet worden wäre, doch Sallys Jugend hatte etwas so Unschuldiges an sich, dass es Mrs. Gordons Missbilligung möglicherweise etwas dämpfte.

«Sie ist sehr krank.» Sally versuchte, weitere Fragen nach ihrer erfundenen Tante abzuwenden.

«Dann würde sie sich doch bestimmt über einen Besuch freuen.» Mrs. Gordon reagierte auf die Erwähnung eines Krankenbettes wie ein kraftstrotzendes Schlachtross auf das Trompetensignal zum Angriff. «Und wo geht Ihre Tante zum Gottesdienst, Miss Royall?»

Starbuck spürte, dass Sally die Ideen ausgegangen waren. «Ich wurde Miss Royal bei der Baptistengemeinde in der Grace Street vorgestellt», sagte er und benannte damit irgendeine der weniger bekannten Gemeinden in der Stadt. Starbuck war sich bewusst, welch ernsten Blick Julia auf ihm ruhen ließ, und ebenso bewusst war er sich, dass er versuchte, einen guten Eindruck bei ihr zu machen.

«Dann bin ich überzeugt, dass wir Ihre Tante kennen müssen», drang Mrs. Gordon weiter in Sally. «Ich glaube, Gordon und ich kennen sämtliche evangelikalen Familien in Richmond, nicht wahr, Julia?»

«Da bin ich ganz sicher, Mutter», sagte Julia.

«Und wie heißt Ihre Tante, Miss Royal?» Mrs. Gordon bestand auf einer Antwort.

«Miss Ginny Richardson, Ma'am», sagte Sally und benutzte damit den Namen der Madame, die das Bordell in der Marshall Street führte.

«Ich weiß nicht recht, ob wir eine Virginia Richardson kennen.» Stirnrunzelnd versuchte Mrs. Gordon, den Namen einzuordnen. «Von der Baptistengemeinde in der Grace Street, sagen Sie? Nicht dass wir Baptisten wären, Miss Royall.» Mrs. Gordon gab diese Erklärung in einem Ton ab, als würde sie Sally versichern, dass sie keine Kannibalin oder Katholikin war. «Aber selbstverständlich kennen wir die Kirche. Möchten Sie vielleicht einmal meinen Mann predigen hören?» Diese Einladung galt sowohl Sally als auch Starbuck.

«Ganz bestimmt», sagte Sally mit einer Inbrunst, die von ihrer

Erleichterung herrührte, keine weiteren Einzelheiten zu ihrer ausgedachten Tante erfinden zu müssen.

«Möchten Sie zum Tee zu uns kommen?», schlug Mrs. Gordon vor. «Kommen Sie an einem Freitag. Freitags bieten wir den Verwundeten im Chimborazo Hospital einen Gottesdienst an.» Das Hospital war das größte Armeekrankenhaus in Richmond.

«Das würde mir sehr gefallen», sagte Sally so lieb und eifrig, als wäre Mrs. Gordons Angebot die langersehnte Aufheiterung ihrer eintönigen Abende.

«Und was Sie angeht, Mr. Starbuck», sagte Mrs. Gordon. «Wir brauchen immer kräftige Hände, die uns auf den Stationen helfen. Einige der Männer können ihre Bibel nicht halten.»

«Gewiss, Ma'am. Es wäre mir eine Ehre.»

«Adam wird es arrangieren. Aber keine Krinolinen, Miss Royall, für solche Extravaganzen ist zwischen den Pritschen nicht genügend Platz. Und jetzt komm, Julia.» Nachdem Mrs. Gordon Sally auf diese Art noch für ihren Aufzug gerügt hatte, ließ sie ihr ein Lächeln zuteil werden und Starbuck ein Nicken, dann rauschte sie die Straße hinunter davon. Adam versprach hastig, dass er Starbuck eine Nachricht ins Passamt schicken würde, tippte sich zum Abschied von Sally an die Hutkrempe und rannte los, um zu den Gordons aufzuholen.

Sally lachte. «Ich habe dich genau beobachtet, Nate Starbuck. Dieses Bibelmädchen gefällt dir, stimmt's?»

«Unsinn», sagte Starbuck, aber in Wahrheit hatte er sich gefragt, was es war, das ihm an der einfach gekleideten Julia Gordon so gefallen hatte. Lag es daran, fragte er sich, dass die Missionarstochter eine Welt der Frömmigkeit, Intelligenz und Unschuld repräsentierte, die er durch seine Abkehr für immer verloren hatte?

«Ich finde, sie hat ein bisschen wie eine Lehrerin ausgesehen», sagte Sally und hängte sich bei Starbuck ein.

«Und genau das braucht Adam vermutlich», sagte Starbuck.

«Auf keinen Fall. Sie ist viel zu stark für ihn», sagte Sally vernichtend. «Adam war schon immer ein Zauderer. Konnte sich nie entscheiden, ob er rechts oder links entlang wollte. Aber er hat mich immer noch nicht erkannt, oder?»

Starbuck lächelte über das Vergnügen, das Sally daran hatte. «Nein, hat er nicht.»

«Er hat mich sehr seltsam angesehen, als würde er denken, dass er mich kennen müsste, aber er konnte mich nicht einordnen!» Sally war begeistert. «Glaubst du, sie laden uns wirklich zum Tee ein?»

«Vermutlich, aber wir werden nicht hingehen.»

«Aber warum denn nicht?», fragte Sally, während sie in Richtung Franklin Street gingen.

«Weil ich mein ganzes Leben in verdammten, ehrenwerten Haushalten von Evangelikalen zugebracht habe und versuche, sie endlich loszuwerden.»

Sally lachte. «Nicht einmal für dein Bibelmädchen würdest du hingehen?», neckte sie Starbuck. «Aber ich möchte hin.»

«Möchtest du ganz bestimmt nicht.»

«Möchte ich doch. Ich möchte sehen, wie die Leute leben und wie sie sich verhalten. Ich war noch nie bei respektablen Leuten eingeladen. Oder schämst du dich für mich?»

«Natürlich nicht!»

Sally blieb stehen und brachte Starbuck dazu, ihr ins Gesicht zu sehen. In ihren Augen standen Tränen. «Nate Starbuck! Schämst du dich etwa dafür, mich in ein anständiges Haus mitzunehmen?»

«Nein!»

«Weil ich meinen Unterhalt auf dem Rücken liegend verdiene? Ist das der Grund?»

Er nahm ihre Hand und küsste sie. «Ich schäme mich nicht für dich, Sally Truslow. Ich glaube einfach, du würdest dich langweilen. Das ist eine stumpfsinnige Welt. Eine Welt ohne Krinolinen.»

«Ich will es sehen. Ich will sehen, wie man respektabel ist.» Aus ihrer Stimme klang herzergreifende Bockigkeit.

Starbuck vermutete, dass dieser perverse Wunsch Sallys wohl eine vorübergehende Laune bleiben würde und er deshalb besser keine Einwände erhob. «Sicher», sagte er, «wenn sie uns einladen, gehen wir hin. Ich verspreche es dir.»

«Ich werde nie irgendwohin eingeladen», sagte Sally, immer noch den Tränen nah, als sie weitergingen. «Ich möchte irgendwohin eingeladen werden. Ich kann mir einen Abend frei nehmen.»

«Dann gehen wir», sagte Starbuck beschwichtigend, und er fragte sich, was wohl passieren würde, wenn der Missionar mitbekam, dass seine Frau eine Hure zum Tee eingeladen hatte, und dieser Gedanke ließ ihn laut auflachen. «Wir gehen ganz bestimmt hin», versprach er. «Ganz bestimmt.»

Julia neckte Adam wegen Sally. «War sie nicht etwas zu sehr herausgeputzt?»

«Da hast du entschieden recht.»

«Aber sie hat dich bezaubert.»

Adam war ein zu offener Charakter, um Julias Neckerei zu erkennen. Stattdessen errötete er. «Ich versichere dir ...»

«Adam!», fiel ihm Julia ins Wort. «Ich halte Miss Royall für eine bemerkenswerte Schönheit! Der Mann, dem das nicht auffällt, müsste aus Stein sein.»

«Daran lag es nicht», sagte Adam ehrlich, «aber ich hatte das Gefühl, sie schon einmal irgendwo gesehen zu haben.» Er stand im Wohnzimmer des kleinen Hauses Reverend Gordons in der Baker Street. Es war ein düsterer Raum, in dem es stark nach Möbelwachs roch. Die verglasten Bücherregale enthielten Kommentare zur Bibel und Berichte vom Missionsleben in heidnischen Ländern, und das einzige Fenster ging auf die Grabsteine des Shockoe-Friedhofs hinaus. Das Gebäude stand in einem sehr bescheidenen Viertel Richmonds, ganz in der Nähe des Armenhauses, des Bedürftigenspitals, des städtischen Obdachlosenheims und eben des Friedhofs. Und Reverend Gordon konnte sich auch kein besseres Haus leisten, denn in der Amerikanischen Gesellschaft zur Verkündigung des Evangeliums unter den Armen galt die Regel, dass die Missionare inmitten ihrer Schäfchen leben sollten, und um dies sicherzustellen, hielten die Treuhänder die Besoldungen ihrer Missionare auf einem kläglich niedrigem Niveau. Die Treuhänder waren allesamt Nordstaatler, und es war ihr Geiz, der Mrs. Gordons eifriges Festhalten an der Sache der Südstaaten erklärte. «Ich bin sicher, ich kenne Miss Royall.» Adam runzelte die Stirn. «Aber ich kann sie beim besten Willen nicht unterbringen!» Er ärgerte sich über sich selbst.

«Jeder Mann, der eine Schönheit wie Miss Royall nicht unterbringen kann, muss vollkommen gefühllos sein», sagte Julia, und dann lachte sie über Adams Verwirrung. «Mein lieber Adam, ich weiß, dass du nicht gefühllos bist. Erzähl mir von deinem Freund Starbuck. Er wirkt interessant.»

«Interessant genug, um unsere Gebete notwendig zu haben», sagte Adam und erklärte, so gut es ging, dass Starbuck studiert hatte, um Geistlicher zu werden, dann aber von einem anderen Leben verlockt worden war. Welcher Natur diese Verlockung war, beschrieb Adam nicht, und Julia war zu klug, um nachzufragen. «Er hat hier im Süden Zuflucht gefunden», erklärte Adam, «und ich fürchte, dass sich nicht nur in politischer Hinsicht sein Standpunkt geändert hat.»

«Du meinst, er ist vom Glauben abgefallen?», fragte Julia ernst.

«Ich fürchte es.»

«Dann sollten wir ganz sicher für ihn beten», sagte Julia. «Hat er sich so weit vom Glauben entfernt, dass wir ihn besser nicht zum Tee einladen sollten?»

«Ich hoffe nicht», sagte Adam stirnrunzelnd.

«Sollen wir ihn also einladen oder nicht?»

Adam war nicht sicher, dann fiel ihm ein, dass sein Freund Gebetstreffen in Leesburg besucht hatte, und er kam zu dem Schluss, dass Starbuck noch genügend Respektabilität besaß, um von der Missionarsfamilie eingeladen zu werden. «Ich glaube, du kannst es machen», sagte Adam gemessen.

«Dann schreib du ihm und lade sie beide für diesen Freitag ein. Ich habe das Gefühl, dass Miss Royall eine Freundin braucht. Und? Bleibst du zum Mittagessen? Ich fürchte, es gibt nur eine dünne Suppe, aber du bist willkommen. Vater gefällt es bestimmt, wenn du bleibst.»

«Ich habe zu tun. Aber danke.»

Adam ging in die Stadt zurück. Immer noch nagte die Frage nach Miss Royalls Identität an seinen Gedanken, doch je länger er überlegte, in desto weitere Ferne schien die Antwort zu rücken. Als er die Treppen zum Kriegsministerium hinaufschritt, gelang es ihm schließlich, das Rätsel aus seinem Kopf zu verbannen.

Seine Pflichten hatten zur Folge, dass Adam wöchentlich einen oder zwei Tage in Richmond verbrachte, von wo aus er General Johnston über die politische Stimmung und den Tratsch in der Abteilung auf dem Laufenden hielt. Außerdem fungierte er als Johnstons Verbindungsoffizier zum Hauptquartier der Konföderierten Verpflegungsabteilung, die Nachschub bestellte und angab, wohin er geschickt werden sollte.

Es war dieser Teil seiner Pflichten, der Adam eine intime Kenntnis darüber verschaffte, wo die Brigaden und Bataillone der Armee stationiert waren, und er hatte sein Wissen an Timothy Webster weitergeleitet. Adam vermutete, dass seine beiden letzten Schreiben schon längst an McClellans Hauptquartier gesandt worden waren, und er fragte sich häufig, weshalb sich die Nordstaatentruppen so lange Zeit damit ließen, den Vorteil auszunutzen, den ihnen die schwache Verteidigung der Halbinsel bot. Der Norden pumpte Fort Monroe mit Männern voll, denen nur eine Handvoll Rebellen gegenüberstanden, und dennoch unternahm der Norden nichts, um diese Handvoll auszuschalten. Manchmal überlegte Adam, ob Webster seine Schreiben überhaupt weitergegeben hatte, dann wieder erlitt er einen Panikanfall bei dem Gedanken, dass Webster vielleicht heimlich verhaftet worden war, und Adam gewann seine Ruhe nur zurück, indem er sich sagte, dass Webster die Identität seines geheimnisvollen Briefpartners weder kannte noch hätte entdecken können.

Nun setzte sich Adam in sein Büro und schrieb seinen täglichen Bericht an Johnston. Es war ein langweiliges Dokument, das auflistete, wie viele Männer aus den Fieberstationen des Krankenhauses in Richmond entlassen worden waren und welcher Nachschub neu in den Waffenkammern und Lagerhäusern der Hauptstadt erhältlich war. Er schloss mit einer Zusammenfassung der letzten Geheimdienstinformationen, die berichteten, dass sich Major General McClellan immer noch in Alexandria aufhielt und die Truppen in Fort Monroe keinerlei Angriffslust zeigten, dann bündelte er die neuesten Zeitungen und band alles zu einem großen Paket zusammen, das ein Depeschenreiter nach Culpeper Court House bringen würde. Adam ließ das Paket nach unten bringen, und anschließend öffnete er den Brief seines Vaters, der auf seinem Schreibtisch gelegen hatte. Der Brief enthielt, ganz wie es Adam erwartet hatte, eine weitere Bitte an Adam, Johnstons Stab zu verlassen und sich der Brigade Faulconer anzuschließen. «Ich denke, du solltest das Kommando der Legion von Pecker übernehmen», hatte Washington Faulconer geschrieben, «oder, wenn du das vorziehst, könntest du mein Stabschef werden. Swynyard ist ein schwieriger Mann, bestimmt zeigt er sein Können in der Schlacht, aber bis dahin ist er der Flasche viel zu sehr zugeneigt. Ich brauche deine Unterstützung.» Adam zerknüllte den Brief, dann ging er ans Fenster und starrte den Hügel hinauf, wo die schönen weißen Säulen des prächtigen Capitol Buildings von der Nachmittagssonne angestrahlt wurden. Dann wurde unvermittelt seine Bürotür geöffnet, und er drehte sich um. «Sie müssen vermutlich noch einige Neuigkeiten in ihren Bericht einfügen, Faulconer», rief ein Offizier in Hemdsärmeln Adam zu.

Adam musste seine plötzlich aufflammende Begeisterung verstecken. «Rücken sie aus Fort Monroe aus?», fragte er.

«O Gott, nein. Die verdammten Yankees haben anscheinend vor, dort zu verfaulen. Vielleicht wollen sie nie angreifen, wer weiß. Möchten Sie Kaffee? Es ist echter Kaffee, aus Liverpool, von einem Blockadebrecher.»

«Bitte.»

Der Offizier, ein Captain namens Meredith von der Nachrichtenabteilung, rief seiner Ordonnanz zu, sie solle Kaffee bringen, dann kam er in den Raum. «Die Yankees sind Idioten, Faulconer. Vollkommen verrückt! Irre!»

«Was haben sie getan?»

«Sie sind Trottel! Esel, Hohlköpfe!» Meredith setzte sich auf Adams hölzernen Drehstuhl und legte seine schlammverdreckten Stiefel auf die lederbezogene Schreibtischplatte. Er zündete sich eine Zigarre an und warf das Streichholz in einen Spucknapf. «Sie sind Einfaltspinsel, schwachsinnige Trampel. Kurz gesagt, sie sind Nordstaatler. Wissen Sie, wer Allan Pinkerton ist?»

«Natürlich weiß ich das.»

«Dann aufgemerkt, und ich erzähle Ihnen etwas Lustiges. Hier rüber!» Der letzte Satz galt der Ordonnanz, die sich mit zwei Bechern Kaffee in den Raum geschoben hatte. Meredith wartete, bis die Ordonnanz wieder draußen war, dann begann er mit seiner Geschichte. «Anscheinend hatte Pinkerton beschlossen, uns ein paar Geheimagenten zu schicken, um uns auszuspionieren. Sie sollten unsere dunkelsten Begierden und verborgensten Geheimnisse entdecken, und wen schickt er? Schickt er einen verschwiegenen Mann, den keiner kennt? Nein! Er schickt zwei Stümper, die vor nicht einmal sechs Monaten als Schläger angeheuert waren, um Südstaatensympathisanten aus Washington zu vertreiben! Und siehe da, einer der Männer, die sie vertrieben haben, läuft auf der Broad Street in sie hinein. ‹Hallo›, sagte er, ‹euch zwei Hübschen kenne ich doch. Ihr seid Scully und Lewis!› Unsere Helden leugnen, aber die Narren haben Papiere mit ihren echten Namen bei sich. Price Lewis und John Scully höchstpersönlich! Wie dumm kann man eigentlich sein? Also liegen die beiden besten Spione des Nordens jetzt im Henrico-Knast in Eisen. Ist das nicht brillant?»

«Es ist auf jeden Fall unglaublich dumm von ihnen gewesen», sagte Adam. Der Schreck ließ sein Herz rasen. Scully und Lewis? Hatte Webster einen dieser Namen zur Tarnung benutzt? Wurde in diesem Moment die Wahrheit aus den beiden Männern herausgeprügelt? Es waren schreckliche Gerüchte über die Strafen im Umlauf, die Verräter in den Gefängnissen der Konföderierten erwarteten, und Adam hätte beinahe ein Wimmern ausgestoßen, als ihm vor Angst fast schlecht wurde. Er zwang sich, keine Miene zu verziehen, und trank einen Schluck heißen Kaffee, während er sich die ganze Zeit vorbetete, dass er die beiden langen Dokumente, die Webster von ihm zugegangen waren, nicht unterschrieben hatte und dass er in den beiden detaillierten Berichten viel Mühe darauf verwandt hatte, seine Handschrift unkenntlich zu machen. Doch auch so schien der Schatten der Henkersschlinge bedrohlich nahe über ihm zu schweben. «Sie werden hängen, nehme ich an?», fragte er beiläufig.

«Das verdienen diese Bastarde jedenfalls, aber Lewis ist Engländer, und der elende Scully ist Ire, und wir haben das Wohlwollen Londons nötiger, als wir es nötig haben, zwei Untertanen der Queen am Ende des Strangs zappeln zu sehen.» Meredith klang angewidert von dieser Milde. «Die Bastarde kriegen nicht mal eine Abreibung verpasst, weil die britische Regierung was dagegen haben könnte. Und das wissen die beiden auch, deswegen geben die Bastarde überhaupt nichts zu.»

«Vielleicht haben sie ja gar nichts zu gestehen», sagte Adam leichthin.

«Natürlich haben sie. Ich würde die Vögel schon zum Singen bringen», sagte Meredith finster.

«Ich werde Johnston zunächst nicht mit dieser Nachricht beunruhigen», sagte Adam. «Ich warte, bis sie etwas ausgesagt haben.»

«Ich dachte nur, Sie wüssten wahrscheinlich gern davon», sagte Meredith. Er hatte eindeutig das Gefühl, dass Adams Reaktion zu verhalten ausgefallen war, aber Major Faulconer hatte im Hauptquartier den Ruf, ein recht seltsamer Patron zu sein. «Kann ich Sie nicht heute Abend mit nach Screamersville locken?», fragte Meredith. Screamersville war das Schwarzenviertel Richmonds. Dort gab es die wildesten Bordelle, Glücksspielhäuser und Spelunken, in denen Alkohol verkauft wurde. Alkohol war in Richmond offiziell verboten, um die Verbrechensrate zu senken, aber keine Patrouille der Militärpolizei wagte es, nach Screamersville zu gehen, um die Bestimmungen durchzusetzen, genauso wenig wie sie versuchten, den Champagner in den luxuriösen Freudenhäusern der Stadt zu konfiszieren.

«Ich habe heute Abend andere Verpflichtungen», sagte Adam steif.

«Wieder eine Betversammlung?», fragte Meredith spöttisch.

«Ganz recht.»

«Dann sprechen Sie ein Gebet für mich, Faulconer. Ich habe vor, heute Abend ein oder zwei Gebete nötig zu haben.» Meredith schwang seine Stiefel vom Schreibtisch herunter. «Lassen Sie sich

Zeit mit Ihrem Kaffee. Stellen Sie einfach den Becher in unser Büro zurück, wenn Sie fertig sind.»

«Gewiss. Und danke.»

Adam trank den Kaffee und beobachtete, wie die Schatten auf dem Capitol Square länger wurden. Schreiber mit zusammengeschnürten Dokumenten hasteten vom Regierungssitz zum Capitol, während eine Patrouille der Militärpolizei mit aufgepflanzten Bajonetten langsam die Ninth Street zum Bell Tower hinuntermarschierte, von dem aus Feueralarm und andere Notfälle in der Stadt ausgeläutet wurde. Zwei Kinder gingen Hand in Hand mit einem ihrer Haussklaven hügelaufwärts zur Statue George Washingtons. Vor zwei Jahren, dachte Adam, war diese Stadt so traulich und friedlich gewesen wie Seven Springs, der Familiensitz in Faulconer County, nun aber verströmte sie eine Atmosphäre von Gefahr und Intrige. Adam erschauerte bei dem Gedanken an die Falltür, die sich vor seinen Füßen geöffnet hatte, an die Leere, die ihn verschlingen würde, nachdem man ihm die raue Schlinge um den Hals gelegt hatte, die sich mit einem heftigen Ruck um seine Kehle schließen würde, und dann wieder sagte er sich, dass er keinen Grund zur Sorge hatte, denn James Starbuck hatte sein Wort gegeben, Adams Namen niemals preiszugeben, und James war ein Christ und ein Gentleman, und deshalb war es unmöglich, dass Adam verraten worden war. Die Verhaftung von Scully und Lewis, wer sie auch sein mochten, musste Adam nicht beunruhigen. Nachdem er sich auf diese Art beschwichtigt hatte, setzte sich Adam an seinen Schreibtisch, zog einen Notizblock heran und schrieb eine Einladung für Captain Nathaniel Starbuck und Miss Victoria Royall zum Tee am Freitag bei Reverend Gordon.

SECHS

J ohn Scully und Price Lewis gestanden nichts, nicht einmal, als eingenäht in ihre Kleidung Dokumente entdeckt wurden, die sogar einen Heiligen belastet hätten. Lewis, der Engländer, besaß eine Karte von Richmond, auf der ein Überblick über die neuen Verteidigungsstellungen skizziert war, die General Lee anlegte. Schraffierte Markierungen zeigten, wo Redouten und Sternbastionen lediglich vermutet wurden. Ein zur Skizze gehörendes Memorandum erbat die Bestätigung der Vermutungen und eine Einschätzung der Artilleriegeschütze, die in den neuen Verteidigungsanlagen stationiert waren. John Scully, der kleine Ire, hatte einen unfrankierten, an den Ehrenamtlichen Sekretär des Konföderierten Armee-Bibelversorgungsvereins adressierten Brief bei sich, den ein Major James Starbuck von der U.S. Army unterschrieben hatte, der sich selbst gegenüber dem unbekannten Briefempfänger als «Bruder in Christus» bezeichnete. Der Brief besagte, dass den beigefügten Anweisungen vertraut werden könne, und diese Anweisungen baten um eine komplette und aktuelle Auflistung der konföderierten Truppen unter General Magruders Kommando, mit besonderer Berücksichtigung der Gesamtzahl der zur Verfügung stehenden Truppen in den Städten, Garnisonen und Festungen zwischen Richmond und Yorktown.

Konfrontiert mit dem Brief, den man in seinen Rockaufschlag eingenäht gefunden hatte, schwor John Scully, dass er seine Kleidung bei einem Händler vor der Stadt gekauft und nicht die geringste Ahnung habe, was dieser Brief bedeuten solle. Er schenkte dem Major, der das Verhör leitete, ein Lächeln. «Es tut mir leid, Major, sehr leid. Ich würde Ihnen unbedingt helfen, wenn ich könnte.»

«Auf Ihre Hilfe kann ich verzichten, zum Teufel.» Major Alexander war ein großer, korpulenter Mann mit einem buschigen Backenbart und einem Gesichtsausdruck ständiger Empörung. «Wenn Sie nicht reden», drohte er Scully, «knüpfen wir Sie auf.»

«Das werden Sie nicht tun, Major», sagte Scully, «in Anbetracht dessen, dass ich ein Bürger Großbritanniens bin.»

«Zum Teufel mit Großbritannien.»

«Darin hingegen würde ich Ihnen normalerweise zustimmen, ganz sicher, doch im Augenblick, Major, haben Sie einen Iren vor sich, der Gott dem Allmächtigen auf Knien danken möchte, dass er ihn zum Briten gemacht hat.» Scully lächelte wie ein barocker Putto.

«Brite zu sein wird Ihnen auch nicht helfen. Sie werden hängen!», knurrte Alexander, doch Scully redete trotzdem nicht.

Am nächsten Tag kam die Nachricht, dass die Yankees schließlich doch aus ihrer Stellung bei Fort Monroe ausgerückt waren. General McClellan war auf der Halbinsel eingetroffen, und nun wussten alle Virginier, von wo aus der Blitzschlag auf sie niederfahren würde. Eine gewaltige Armee rückte gegen die schwachen Verteidigungsstellungen zwischen Yorktown und Mulberry Island vor. «Noch ein Monat», versicherte Price Lewis seinem Gefährten John Scully, «und wir sind gerettet. Wir werden Helden sein.»

«Falls sie uns nicht vorher hängen», sagte John Scully und bekreuzigte sich.

«Das werden sie nicht. Das wagen sie nicht.»

«Da bin ich nicht so sicher.» Scullys Selbstvertrauen wankte.

«Das werden sie nicht!», beharrte Price Lewis. Doch schon am nächsten Tag wurde das Militärgericht zum Gefängnis berufen, und man legte den Richtern die Karte mit Richmonds Verteidigungsanlagen und den Brief an den Ehrenamtlichen Sekretär des Konföderierten Armee-Bibelversorgungsvereins vor. Diese Beweise brachten sämtliche Skrupel zum Verstummen, die das Gericht aufgrund der Nationalität der Gefangenen gehabt haben mochte, und weniger als eine Stunde, nachdem das Gericht zusammengetreten war, verurteilte der vorsitzende Richter die beiden Gefangenen zum Tode. Scully schlotterte vor Angst, doch der große Engländer grinste die Richter nur höhnisch an. «Das werden Sie nicht wagen.»

«Bringt sie weg!» Der Lieutenant Colonel, der dem Gericht vorgesessen hatte, ließ seine Faust auf den Tisch krachen. «Ihr werdet gehängt, ihr Hundesöhne!»

Mit einem Mal spürte Scully, wie die Flügel des Todesengels dicht über ihn hinwegstrichen. «Ich will einen Priester!», flehte er Major Alexander an. «Um der Liebe Christi willen, Major, holen Sie mir einen Priester.»

«Halt die Klappe, Scully!», rief Price Lewis.

Der Engländer wurde eilig den Gang hinunter und in seine Zelle geschafft, während John Scully in einen anderen Raum geführt wurde, in den ihm Major Alexander eine Flasche Roggenwhiskey brachte. «Das ist verboten, John. Aber ich dachte, das hilft Ihnen über ihre letzten Stunden auf Erden.»

«Das werden Sie nicht wagen! Sie können uns nicht hängen!»

«Hören Sie mal genau hin!», sagte Alexander, und in der Stille hörte Scully ein Hämmern. «Sie sind schon dabei, den Galgen für morgen früh aufzubauen, John», sagte Alexander leise.

«Nein, Major, bitte.»

«Lynch heißt der Henker», sagte Alexander, «das müsste Ihnen eigentlich gefallen.»

«Mir gefallen?», fragte Scully verwirrt.

«Gefällt es Ihnen nicht, von einem anderen Iren gehängt zu werden? Allerdings ist der alte Lynch nicht gerade ein Künstler in seinem Fach. Die letzten beiden Fälle hat er verbockt. Einer war ein Schwarzer, der hat zwanzig Minuten zum Sterben gebraucht, und das war kein schöner Anblick, wahrhaftig nicht. Hat an dem Seil gezuckt, sich bepisst, und der Atem hat in seiner Kehle gerasselt wie Schmirgelpapier. Grauenhaft.» Alexander schüttelte den Kopf.

John Scully bekreuzigte sich, dann betete er mit geschlossenen Augen um Stärke. Er würde stark sein, er würde Pinkertons Vertrauen nicht enttäuschen. «Alles, was ich will, ist ein Priester», wiederholte er.

«Wenn Sie reden, John, werden Sie morgen früh nicht gehängt», köderte ihn Alexander.

«Ich habe nichts zu sagen, Major, außer zu einem Priester», widerstand Scully tapfer.

An diesem Abend kam ein Priester in John Scullys neue Gefängniszelle. Der Priester war ein sehr alter Mann, dennoch besaß er volles, weißes Haar, das ihm bis weit über den Kragen seiner Soutane fiel. Sein Gesicht war stark gebräunt, als hätte er sein Leben in den tropischen Missionsgebieten verbracht. Es war ein asketisches, freundliches Gesicht, in dessen Ausdruck zudem ein Hinweis auf einen abstrakten Intellekt zu liegen schien, der nahelegte, dass er mit seinem Denken schon in einer höheren und besseren Welt angekommen war. Er setzte sich auf Scullys Bett und nahm ein altes, abgenutztes Skapulier aus seiner Hülle. Er küsste das bestickte

Stoffstück und legte es sich um den mageren Hals, dann zeichnete er vor dem Gefangenen das Kreuzzeichen in die Luft. «Mein Name ist Pater Mulroney», stellte er sich vor, «und ich komme aus Galway. Mir wurde gesagt, du möchtest beichten, mein Sohn?»

Scully kniete sich vor den Priester. «Vergebt mir Pater, denn ich habe gesündigt.» Er bekreuzigte sich.

«Sprich weiter, mein Sohn.» Die Stimme Pater Mulroneys war tief und wohlklingend, die Stimme eines Mannes, der vor großen Versammlungen traurige Wahrheiten gepredigt hatte. «Sprich weiter», wiederholte Mulroney, und seine wundervolle Stimme war leise und beruhigend.

«Meine letzte Beichte muss zehn Jahre her sein», begann Scully, und dann brach der Damm, und er sprudelte die Liste all seiner Verfehlungen heraus. Pater Mulroney schloss die Augen, während er zuhörte, und dass er überhaupt wach war, sah man nur an der leichten Bewegung seines langen, knochigen Zeigefingers, mit dem er auf das aparte Elfenbeinkruzifix tippte, das an einer schlichten Eisenkette um seinen Hals hing. Er nickte auch ein- oder zweimal, während Scully seine jämmerlichen Sünden herunterleierte: die Huren, die er betrogen hatte, die Flüche, die er gesprochen hatte, der gestohlene Kleinkram, die Lügen, die Missachtung der religiösen Gebote. «Meine Mutter hat immer gesagt, mit mir nimmt es einmal ein schlimmes Ende, das hat sie immer gesagt.» Der kleine Ire schluchzte beinahe, als er mit seiner Liste am Ende war.

«Ruhig, mein Sohn, ruhig.» Die Stimme des Priesters war wie ein kühles Flüstern und doch sehr beruhigend. «Bereust du diese Sünden, mein Sohn?»

«Das tue ich, Pater, o Gott, das tue ich.» Scully weinte nun. Er hatte sich nach vorn gebeugt und den Kopf in die Hände gebettet, die ihrerseits auf den Knien des alten Mannes lagen. Pater Mulroneys Miene zeigte keine Reaktion auf Scullys Schrecken und Reue;

stattdessen strich er dem Iren mit seinen langen Fingern leicht über den Kopf und starrte in die weiß gestrichene Zelle mit ihrer Laterne und dem trostlosen, vergitterten Fenster. Die Tränen rannen über Scullys Wangen hinab und verursachten einen feuchten Fleck auf Mulroneys ausgebleichter, fadenscheiniger Soutane. «Ich habe den Tod nicht verdient, Vater», sagte Scully.

«Warum hängen Sie dich dann, mein Sohn?», fragte Mulroney, und strich weiter über Scullys kurzes, schwarzes Haar. «Was hast du so Schlimmes getan?», fragte der Priester mit seiner traurigen, freundlichen Stimme, und da erzählte ihm Scully, wie Allan Pinkerton ihn und Lewis gebeten hatte, in den Süden zu fahren, um nach einem vermissten Geheimagenten zu suchen, dem besten Agenten des Nordens, und wie Pinkerton ihnen versichert hatte, dass sie als britische Untertanen vor jeder Anschuldigung durch die Rebellen sicher wären, und wie sie trotz dieser Versicherung vom Militärgericht zum Tod durch Erhängen verurteilt worden waren.

«Natürlich verdienst du den Tod nicht, mein Sohn», sagte Mulrony mit leiser Empörung, «denn alles, was du getan hast, war der Versuch, deinem Gefährten zu helfen. Ist das nicht die Wahrheit?» Noch immer beschwichtigten seine streichelnden Finger Scullys Ängste. «Und hast du deinen Mann überhaupt gefunden?» Pater Mulroneys irischer Akzent schien sich im Verlauf der Beichte verstärkt zu haben.

«Das haben wir, Pater, und er war aus dem Grund verschwunden, dass er krank ist. Hundeelend geht es ihm. Er hat das Gelenkfieber. Er sollte im Ballard House Hotel sein, nur ist er umgezogen, und wir haben einen Tag oder so gebraucht, um ihn ausfindig zu machen, jedenfalls ist der arme Mann jetzt im Monumental Hotel, und eine von Pinkertons Damen kümmert sich um ihn.»

Mulroney beruhigte Scully, der einfach verzweifelt drauflos redete. «Der arme Mann», sagte Mulroney. «Du sagst, er ist krank?»

«Er kann sich kaum bewegen. Er ist schrecklich krank, das ist er.»

«Nenne mir seinen Namen, mein Sohn, damit ich für ihn beten kann», sagte Mulroney leise, dann spürte der Priester ein Zögern bei Scully, und er klopfte ihm in äußerst mildem Tadel mit den Fingern auf den Kopf. «Das ist eine Beichte, die du hier ablegst, mein Sohn, und die Beichtgeheimnisse gehen mit einem Priester ins Grab. Was du hier sagst, mein Sohn, ist ein Geheimnis zwischen dir und mir und Gott dem Allmächtigen. Also sage mir den Namen, damit ich für den armen Mann beten kann.»

«Webster, Pater, Timothy Webster. Und er war immer der echte Spion, nicht wir. Price und ich haben Pinkerton einfach nur einen Gefallen getan, indem wir hier nach ihm gesucht haben. Webster ist der wahre Spion. Er ist der beste Spion, den es gibt!»

«Ich werde für ihn beten», sagte Mulroney. «Und die Frau, die sich um den armen Mann kümmert, wie lautet ihr Namen, mein Sohn?»

«Hattie, Pater, Hattie Lawton.»

«Ich werde auch für sie beten», sagte Mulroney. «Aber der Major hier im Gefängnis, wie hieß er gleich? Alexander? Er sagte, du hättest einen Brief bei dir gehabt.»

«Wir sollten den Brief nur ausliefern, wenn wir Webster nicht finden, Pater», sagte Scully, und dann beschrieb er das Anschlagsbrett im Vestibül von St. Paul's, wo der Brief unter das Gitter aus Bändern geschoben werden sollte. «Was ist Böses dabei, einen Brief in eine Kirche zu bringen, Pater?»

«Ganz und gar nichts, mein Sohn, ganz und gar nichts», sagte Mulroney, dann versicherte er dem verängstigten Mann, dass er eine gute Beichte abgelegt habe. Sanft hob er Scullys Kopf an und erklärte dem Iren, dass er nun auch Buße tun und vier Ave-Marias beten solle, dann erteilte er ihm in getragenem Latein die Absolution und versprach anschließend, dass er bei den konföderierten Behörden um Gnade für Scully bitten würde. «Aber du weißt ja, mein

Sohn, dass sie kaum auf uns Katholiken hören. Oder auf uns Iren. Diese Südstaatler sind genauso schlimm wie die Engländer, das sind sie. Sie mögen uns nicht besonders.»

«Aber Sie versuchen es?» Scully sah verzweifelt zu den freundlichen Augen des Priesters auf.

«Ich werde es versuchen, mein Sohn», sagte Mulroney, dann erteilte er Scully den Segen und machte das Kreuzzeichen über seinem Kopf.

Pater Mulroney ging langsam zurück zum Hauptbüro des Gefängnisses, wo ihn Major Alexander und ein dünner, brilletragender Lieutenant erwarteten. Keiner der Offiziere sagte etwas, während Pater Mulroney das Skapulier abnahm und dann die Soutane über den Kopf zog, unter der ein alter, aber gut geschnittener, schwarzer Anzug zum Vorschein kam. Auf dem Schreibtisch stand eine Schüssel mit Wasser, und der alte Mann begann sich die Hände zu waschen, als wolle er jede Spur der Berührung von Scullys Haar beseitigen. «Die Person, die Sie schnappen wollen», sagte der Mann, der sich Mulroney genannt hatte, jetzt mit einer Aussprache, die kein bisschen nach Irland, sondern ausschließlich nach Virginia klang, «ist ein gewisser Timothy Webster. Sie finden ihn im Monumental Hotel. Er ist krank, also wird er Ihnen wohl keine Schwierigkeiten machen. Er hat eine weibliche Begleiterin namens Hattie Lawton. Sie gehört ebenfalls zu diesem Abschaum, also nehmen Sie die Frau auch mit.» Der alte Mann holte ein Silberkästchen aus seiner Tasche und entnahm ihm eine schlanke, duftende Zigarre. Der Lieutenant mit der Brille schnellte nach vorn und nahm eine Kerze vom Schreibtisch, um sie an die Zigarre zu halten. Der alte Mann saugte die Flamme an und musterte dann zynisch den Lieutenant. «Sind Sie Gillespie?»

«Ja, Sir, der bin ich.»

«Was ist in der Tasche, Gillespie?» Der alte Mann nickte in Richtung einer Ledertasche, die über der Schulter des Lieutenants hing. Gillespie öffnete die Tasche und zeigte einen Messingtrichter und eine sechseckige Flasche aus dunkelblauen Glas.

«Das Öl meines Vaters», sagte Gillespie stolz.

Der Mund des alten Mannes zuckte. «Hatten Sie vielleicht vor, den Gefangenen dieses Öl zu verabreichen?»

«Bei Geisteskranken wirkt es Wunder», sagte Gillespie abwehrend.

«Ihre verdammten Geisteskranken sind mir egal», zischte der alte Mann. «Sie können es an einem anderen Gefangenen ausprobieren, einem, auf den es nicht ankommt. Aber Lewis und Scully müssen geschont werden.» Sein schmales, asketisches Gesicht zuckte vor Abscheu, dann strich er sein langes, silberfarbenes Haar über seinen Kragen zurück und sah Alexander an. «Ich fürchte, politische Erwägungen zwingen uns dazu, diesen Abschaum am Leben zu lassen, ihr Tod könnte die Briten davon abbringen, uns zu unterstützen. Aber selbst die Briten werden nicht von uns erwarten, es ihnen hier bequem zu machen. Stecken Sie die beiden in die Negerabteilung, damit sie ein paar Monate im Steinbruch schuften.» Stirnrunzelnd zog er an seiner Zigarre, dann gab er Befehl, dass der Brief, der an den Ehrenamtlichen Sekretär des Konföderierten Armee-Bibelversorgungsvereins adressiert war, an seinen Platz im Vestibül von St. Paul's gebracht und Tag und Nacht beobachtet werden sollte, falls der Verräter kam, um ihn abzuholen. «Aber zuerst verhaften Sie Webster.»

«Gewiss, Sir», sagte Alexander.

Der alte Mann nahm einen edlen Goldring aus der Tasche, der mit einem alten Wappen verziert war, das die lange Ahnenreihe des Mannes bezeugte. «Regnet es immer noch?», fragte er, während er den Ring über seinen Finger streifte.

«In der Tat, Sir, ja», sagte Alexander.

«Das wird den Vormarsch der Yankees behindern, nicht wahr?»,
sagte der alte Mann grimmig. Der Vorstoß der Nordstaatler auf
Yorktown wurde von Schlamm und Regen verzögert, doch auch
so wusste der alte Mann, was für schreckliche Gefahren der Konföderation drohten. Sie hatten so wenig Zeit, doch wenigstens hatte
die Arbeit dieses Abends einen weiteren Spion enttarnt und konnte
möglicherweise sogar zu dem Verräter führen, der sich hinter der
Maske des Ehrenamtlichen Sekretärs des Konföderierten Armee-
Bibelversorgungsvereins versteckte. Der alte Mann freute sich
auf den Moment, in dem er diesen Mann finden und ihn an einer
Schlinge würde baumeln sehen. Er zog eine Derringer-Pistole aus
seiner Jackentasche und überprüfte, dass sie geladen war, dann
nahm er seinen Mantel und seinen Hut. «Ich werde morgen Vormittag vorbeikommen, um mir diesen Webster selbst anzusehen.
Guten Abend, Gentlemen.» Er drückte sich den Hut auf das lange
Haar und verließ das Gebäude, vor dem eine altehrwürdige Kutsche
mit lackierten Panelen und vergoldeten Achskappen auf ihn wartete.
Ein Sklave öffnete die Kutschentür und faltete die Stufen für ihn
herunter.

Alexander atmete hörbar aus, als der alte Mann gegangen war,
beinahe als habe er das Gefühl, ein unheilvolles Wesen sei aus dem
Gefängnis geschwunden. Dann zog er seinen Revolver und überprüfte, ob die Zündhütchen fest aufgesetzt waren. «An die Arbeit»,
verkündete er Gillespie. «An die Arbeit! Suchen wir Mr. Webster auf!
An die Arbeit!»

Der Regen verwandelte die Straßen, die von Fort Monroe landein-
wärts führten, in schlüpfrige Streifen aus gelbem Sand. Diese hellen
Streifen wirkten zwar fest, doch sobald ein Pferd einen Huf auf die
Oberfläche setzte, brach die sandige Kruste und enthüllte darunter
einen Morast aus klebrigem rotem Schlamm.

Ein Trupp Nordstaatenkavallerie verließ die Straße und ritt unter niedrigen, grauen Wolken und tröpfelndem Regen nach Süden. Es war April, die Bäume hatten Knospen angesetzt und die Wiesen waren saftig grün, doch der Wind war kalt, und die Kavalleristen ritten mit gegen den Regen hochgeschlagenen Kragen und tief in die Stirn gezogenen Hüten. Ihr Kommandant, ein Captain, hielt im Regen blinzelnd Ausschau, ob eine gegnerische Kavallerieeinheit wie grau uniformierte Teufel aus dem Schlamm auftauchte, doch zu seiner Erleichterung schien die Landschaft menschenleer.

Eine halbe Stunde, nachdem sie von der Straße abgebogen waren, verließ die Patrouille den Schutz eines mageren Kiefernwäldchens, um sich die roten Narben frisch aufgerissener Erde anzusehen, deren Verlauf die Linie der Rebellenfestungen von Yorktown nach Mulberry Island markierte. Die Erdwälle verliefen nicht durchgängig, es handelte sich eher um einzelne Wallfestungen mit schweren Kanonen, von denen aus die dazwischenliegenden Bereiche überfluteter Auwiesen unter Flankenfeuer genommen werden konnten. Der Captain führte seine Patrouille weiter nach Süden und stoppte alle paar hundert Schritt, um die gegnerischen Stellungen mit einem kleinen Fernrohr zu mustern. Der Colonel hatte präzise Anweisung gegeben, dass seine Kavalleriepatrouillen feststellen sollten, ob die gegnerischen Kanonen echt oder aus Holz waren, und der Captain fragte sich schlecht gelaunt, wie um alles in der Welt er diese Erkundung durchführen sollte. «Wollen Sie den Wall raufreiten und mit den Fingerknöcheln an eine von diesen Kanonen klopfen, Sergeant?», fragte der Captain den Reiter neben ihm.

Der Sergeant lachte in sich hinein, dann tauchte er in seinem Uniformmantel ab, um sich eine Zigarre anzuzünden.

«Die Kanonen sehen echt aus, Captain!», rief einer der Männer.

«Die bei Manassas haben auch echt ausgesehen», sagte der Captain und schrak auf, als plötzlich eine der Kanonen in der Entfernung abgefeuert wurde. Der Rauch wurde dreißig Schritt weit vor die Schießscharte gespien und verhüllte die Feuerzunge in seinem Zentrum. Das Geschoss, offenkundig eine massive Kanonenkugel oder ein länglicher Eisenbolzen, krachte knapp hinter der Patrouille ins frische Grün der Bäume.

«Bastarde», sagte der Sergeant und rammte seinem Pferd die Sporen in die Flanken. Keiner der Kavalleristen war verletzt worden, aber ihre unvermittelte Hastigkeit löste Jubel bei den Kanonieren der Gegenseite aus.

Eine halbe Meile weiter kam der Captain zu einem kleinen Felskopf, der sich ein paar Fuß über das flache, regendurchtränkte Land erhob. Er führte seine Männer auf das Plateau des Felskopfs, wo sie aus dem Sattel stiegen und wo der Captain einen passenden Baum mit einer Astgabelung entdeckte, in der er sein Fernrohr abstützen konnte. Von diesem Punkt aus hatte er einen Blick über einen Streifen Marschland zwischen zwei der gegnerischen Redouten, auf dem die Hyazinthen in strahlender Blüte standen, und weit hinter die Gefechtslinie der Rebellen, wo er gerade noch eine Straße ausmachen konnte, die durch schattige Kiefernwäldchen führte. Auf dieser Straße marschierten Truppen, oder jedenfalls kämpften sie sich an den morastigen Straßenrändern vorwärts. Er zählte sie, Kompanie um Kompanie, und wurde sich bewusst, dass er ein vollständiges Rebellenbataillon südwärts ziehen sah.

«Hören Sie, Sir.» Der Sergeant hatte sich neben den Captain gestellt. «Hören Sie das auch, Sir?» Der Captain schlug seinen Kragen herunter, lauschte angestrengt und fing das Geräusch ferner Trompeten auf, das vom Wind herangetragen wurde. Das Geräusch war zart und kam von weit her. Eine Trompete wurde geblasen, eine andere beantwortete das Signal, und nachdem der Captain nun seine Aufmerksamkeit auf die elfenhaft zarten Klänge gerichtet hatte, erschien es ihm, als sei die gesamte feuchte Landschaft von ihnen erfüllt. «Das sind ziemlich viele von den Bastarden», sagte der Sergeant und erschauerte, als würde das geisterhafte Geräusch einen mysteriösen Feind ankündigen.

«Wir haben nur dieses eine Bataillon gesehen», sagte der Captain, doch dann tauchte noch eine Kolonne grau uniformierter Soldaten auf der fernen Straße auf. Er beobachtete sie durch sein Fernrohr und zählte weitere acht Kompanien. «Zwei Bataillone», sagte er, und kaum hatte er es ausgesprochen, als das dritte Regiment in Sicht kam.

Die Kavallerie blieb zwei Stunden auf dem Felskopf, und in dieser Zeit sah der Captain acht Rebellenregimenter südwärts marschieren. Ein hoffnungsvolles Gerücht hatte gelautet, dass die Rebellen nur zwanzig Bataillone hatten, um die gesamten Verteidigungsanlagen von Yorktown zu bemannen, doch hier, fünf Meilen südlich der berühmten Stadt, hatte der Captain Regiment um Regiment vorbeiziehen sehen. Der Gegner war offenkundig wesentlich stärker, als die Optimisten gehofft hatten.

Am Nachmittag stiegen die Kavalleristen wieder in den Sattel. Der Captain verließ den Felskopf als Letzter. Als er sich noch einmal umdrehte, sah er das nächste Rebellenregiment in dem Wald auftauchen. Er blieb nicht, um die Soldaten zu zählen, stattdessen trug er seine Neuigkeiten ostwärts über die feuchten, üppigen Kleewiesen und vorbei an Bauernhöfen, deren Bewohner missmutig beobachteten, wie ihr Gegner vorüberkam.

Sämtliche Kavalleriepatrouillen der Nordstaaten kehrten mit derselben Geschichte von massiven Truppenbewegungen hinter den Rebellenlinien zurück, von versteckten Einheiten, die sich über Trompetensignale verständigten, und von echten Kanonen, die in frisch gegrabene Erdschanzen geschafft worden waren. McClellan hörte sich die Berichte an und erschauerte. «Sie hatten recht», erklärte er Pinkerton. «Wir haben es mit wenigstens siebzigtausend

Mann zu tun, vielleicht sogar hunderttausend!» Der General hatte das bequeme Kommandoquartier in Fort Monroe übernommen, von wo aus er einen Blick auf die zahlreichen Schiffe hatte, die seine Armee von Alexandria nach Süden gebracht hatten. Die Armee war nun bereit zum Einsatz, und McClellan hatte auf einen blitzartigen Vorstoß gegen Richmond gehofft, ein Manöver, mit dem er die schwachen Verteidigungsstellungen um Yorktown aufgebrochen hätte, doch die Erkundungsritte der Kavallerie bedeuteten, dass es keinen schnellen Vorstoß geben würde. Die Einnahme Yorktowns und Richmonds würde nun auf die altmodische Art durchgeführt werden, auf die harte Art, mit Belagerungskanonen und Geduld und eigenen Schützengräben. Seine hunderteinundzwanzigtausend Mann würden warten müssen, bis die Belagerungsstellungen gebaut und die schweren Belagerungskanonen über albtraumhafte Straßen von Fort Monroe herbeigeschafft wären. Die Verzögerung war zu bedauern, aber Pinkerton hatte ihn vorgewarnt, dass die Stellungen der Rebellen viel stärker bemannt sein konnten, als irgendwer annahm, und jetzt dankte der General dem Leiter seines militärischen Geheimdienstes für diese rechtzeitige und zutreffende Information.

Unterdessen hockte das einsame Bataillon aus Georgia, das neun Mal über denselben morastigen Straßenabschnitt marschiert war und sich neun Mal durch den Wald zurückgeschlichen hatte, um den nächsten Marsch über die Straße zu beginnen, frierend hinter den Erdwällen der Rebellen, und die Männer murrten, dass ihre Zeit vergeudet wurde. Sie waren in die Armee eingetreten, um den Yankees eine Lektion zu erteilen, die sie nicht vergessen würden, nicht, um Runde um Runde in verdammten Kreisen zu laufen und dem Ständchen einzelner Signaltrompeter zu lauschen, die durch den menschenleeren Wald ritten. Nun saßen sie unter den Bäumen, zündeten Lagerfeuer an und fragten sich, ob es jemals aufhören würde zu regnen. Sie fühlten sich sehr allein, und kein Wunder, denn im

Umkreis von drei Meilen befand sich kein einziges weiteres Infanteriebataillon. Tatsächlich waren sie nur dreizehntausend Mann, die sich über die gesamte feuchte Halbinsel verteilten, und diese dreizehntausend Soldaten sollten die größte Armee aufhalten, die jemals in Amerika zusammengezogen worden war. Es war wirklich kein Wunder, dass die Männer aus Georgia schaudernd am Feuer saßen und darüber murrten, dass sie den ganzen Tag im Regen den Narren hatten spielen müssen.

In den dämmrigen Bäumen gab ein Vogelschwarm sein schrilles Abendkonzert. Der Klang unterschied sich etwas von dem Ruf derselben Vögel in Georgia, aber die Männer, die den ganzen Tag im Kreis marschiert waren, kamen vom Land und wussten genau, welcher Vogel im abendlichen Wald solch einen Aufruhr verursachte.

General Magruder wusste es auch, und irgendwann lächelte er über das Geräusch, denn er hatte all diese Tage damit verbracht, die Yankees glauben zu lassen, sie hätten es mit einem ganzen Heer zu tun, obwohl die Verteidigungslinie in Wahrheit jämmerlich schwach besetzt war. Magruder hatte seine Männer den ganzen Tag marschieren und zurückmarschieren lassen, hatte eine Machtdemonstration vorgetäuscht, und jetzt betete er im abendlichen Regen, dass der Vogelgesang McClellan galt und nicht ihm.

Denn in der Dämmerung sangen die Spottdrosseln.

Der Regen schien nie mehr aufhören zu wollen. Wasser rauschte in den Rinnsteinen von Richmond Richtung Fluss, in den weiß schäumend das Abwasser aus den Eisenhütten und Zigarrenfabriken und Gerbereien und Schlachthäusern gepumpt wurde. Die wenigen Menschen auf der Straße hasteten unter tristen schwarzen Regenschirmen dahin. Sogar um die Mittagszeit brannten Kohlegaslampen im Kongressraum der Konföderierten, wo über Maßnahmen zur Entwicklung künstlichen Salpeters für die Herstellung von Schwarzpulver debattiert wurde. Die Stimmen im Saal mussten sich gegen das Geräusch des strömenden Regens erheben, das von draußen hereindrang. Eine Handvoll Abgeordneter hörte zu, einige schliefen, wieder andere nippten an dem Whiskey, der ihnen von Apothekern als Medizin verkauft worden war, um das Alkoholverbot in der Stadt zu umgehen. Ein oder zwei der Abgeordneten hatten Sorge, dass die Yankee-Armee, die auf Yorktown vorrückte, diese Debatte überflüssig machte, doch niemand wagte einen solchen Gedanken laut auszusprechen. Es hatte in letzter Zeit schon genügend Defätismus gegeben und zu viele gute Gründe dafür; zu viele Küstenforts waren von der U.S. Navy erobert worden, und zu viele Hinweise legten nahe, dass die Konföderation von einem unerbittlichen Feind eingekesselt wurde.

Sally Truslow, Arm in Arm mit Nate Starbuck, waren die Yankees, die siebzig Meilen entfernt standen, ebenso gleichgültig wie der Regen. Sally war beschwingt von dem Gedanken, in einem respektablen Haus den Tee zu nehmen, zu welcher Gelegenheit sie ein dunkles Kleid mit hohem Kragen, langen Ärmeln und einem Rock angezogen hatte, der lediglich von zwei Petticoats aufgebauscht wurde. Zudem hatte sie aller Schminke abgeschworen, abgesehen von einem Hauch Puder und einer Andeutung von Schwarz um die Augen.

Sally und Starbuck rannten die Franklin Street hinunter, halb geschützt von dem Regenschirm, den Starbuck hielt, dann stellten sie sich im Eingang einer Bäckerei an der Ecke Second Street unter, bis ein Wagen von der Pferdebahn in Sicht kam. Sie drängten sich in den Wagen und zahlten den Fahrpreis bis zum Shockoe Friedhof. «Vielleicht gehen sie bei diesem Wetter ja gar nicht ins Krankenhaus», sagte Sally. Sie drückte sich in dem feuchten, überfüllten Wagen eng an Starbuck und spähte durch ein schmieriges Fenster hinaus in den Regen.

«Schlechtes Wetter hält das gute Werk nicht auf», sagte Starbuck verdrießlich. Er freute sich nicht auf diesen Nachmittag oder den Abend, denn nicht einmal Sallys überschäumende Gesellschaft konnte ihn damit versöhnen, dass er nun einer Welt begegnen würde, die er glaubte, in Boston weit hinter sich gelassen zu haben. Aber er konnte Sally ihre Freude nicht versagen, und deshalb hatte er beschlossen, alles zu ertragen, was dieser Tag an Unbehagen mit sich bringen würde, obwohl er immer noch nicht verstand, warum Sally so entzückt gewesen war, als Adams Einladung eintraf.

Auch Sally selbst hätte das kaum erklären können, aber sie verstand, dass die Gordons eine Familie waren, und sie hatte das vage Gefühl, dass sie selbst nie das Mitglied einer Familie gewesen war, jedenfalls keiner normalen, durchschnittlichen, einfachen, biederen Familie. Sie war die Tochter eines Pferdediebes und seiner Frau, zwei Flüchtlingen, die ein karges Stück Land in den hochgelegenen Bergen bewirtschaftet hatten, und nun war sie eine Hure und schlau genug, um zu wissen, dass sie jeden ehrgeizigen Aufstieg verwirklichen konnte, wenn sie nur den wahren Wert der Dienste erkannte, die sie anbot. Aber sie wusste ebenfalls, dass sie nie die Befriedigung erfahren würde, die es mit sich brachte, zum ganz gewöhnlichen, einfachen und rechtschaffenen Volk zu gehören. Sally hegte, anders als Starbuck, die romantische Vorstellung, dass der Lohn des Erfolgs die Alltäglichkeit war. Sie war als Außenseiterin aufgewachsen und hatte sich nach Respektabilität gesehnt, während Starbuck in einem respektablen Haus aufgewachsen war und es genoss, ein Rebell zu sein.

Julia und Mrs. Gordon hießen sie in dem engen Flur willkommen, in dem kaum genügend Platz war, um das feuchte Cape und den Mantel auszuziehen und an eine Spiegelgarderobe zu hängen, an der Sally und Starbuck sich anschließend vorbeischoben, um zur Salontür zu gelangen. Der Frühlingstag war kühl genug, um ein

Feuer in dem kleinen, gusseisernen Kaminofen zu rechtfertigen, auch wenn das Häufchen glühender Kohlen so klein war, dass die Wärme kaum über den eisernen Kaminschirm hinausdrang. Auf dem Boden lagen Streifen bemalter Baumwoll-Leinen, der Teppich der armen Leute, doch alles war peinlich sauber, roch nach Seifenlauge und Möbelwachs und gab Starbuck eine Idee, was Adam an einer Tochter dieses Hauses anziehen mochte, das solch ehrliche Armut und einfache Werte ausstrahlte. Adam selbst stand neben einem Klavier, ein zweiter junger Mann stand am Fenster, während Reverend John Gordon, der Missionar, seine Hände über dem winzigen Gluthäufchen wärmte. «Miss Royall!», begrüßte er Sally, wenn auch undeutlich, da er den Mund voller Kuchen hatte. «Entschuldigen Sie, meine Liebe.» Er wischte sich eine Hand am Rockschoß ab, stellte Tasse und Teller auf den Kaminsims und streckte ihr dann die Hand zum Willkommen entgegen. «Es ist mir eine Freude, Sie kennenzulernen.»

«Sir», sagte Sally und sank in einen verlegenen Knicks, statt die angebotene Hand zu schütteln. In ihrem eigenen Haus wusste sie Generäle und Senatoren zu begrüßen, sie konnte die angesehensten Ärzte der Stadt necken und die Bonmots der Anwälte mit Verachtung strafen, aber hier, angesichts all dieser Ehrbarkeit, verlor sie jede Selbstsicherheit.

«Es ist mir eine Freude, Sie kennenzulernen», wiederholte Reverend John Gordon anscheinend mit echter Freundlichkeit. «Ich glaube, Major Faulconer kennen Sie schon? Dann erlauben Sie mir, Ihnen Mr. Caleb Samworth vorzustellen. Das ist Miss Victoria Royall.» Sally lächelte, knickste erneut, dann trat sie zur Seite, um Platz für Starbuck, Mrs. Gordon und Julia zu machen. Nach den übrigen Vorstellungen brachte ein blasses, schüchternes Dienstmädchen ein weiteres Tablett mit Teetassen herein, und Mrs. Gordon machte sich mit der Kanne und dem Sieb zu schaffen. Alle stimmten darin überein, dass dies ein schreckliches Wetter war, vermutlich der schlimmste Richmonder Frühling seit Menschengedenken, und niemand erwähnte die Nordstaatenarmee, die irgendwo östlich der Stadt aufzog.

Reverend John Gordon war ein kleiner, schlanker Mann mit einem auffällig rosafarbenen Gesicht und zarten weißen Haarsträhnen über dem Schädel. Er hatte ein fliehendes Kinn, das ein anderer Mann wohl hinter einem Vollbart versteckt hätte, doch der Missionar war glatt rasiert, was darauf hindeutete, dass seine Frau keine Bärte mochte. Tatsächlich wirkte der Missionar so klein und schutzlos – während Mrs. Gordon so überaus respekteinflößend erschien –, dass Starbuck zu dem Schluss kam, es müsse sie und nicht er sein, die in diesem gewollt beengten Haushalt das Regiment führte. Mrs. Gordon schenkte den Tee aus und erkundigte sich nach der Gesundheit von Miss Royalls Tante. Sally erklärte, ihrer Tante gehe es weder besser noch schlechter, und damit ließ Mrs. Gordon, sehr zu Sallys Erleichterung, den Gesundheitszustand der Tante auf sich beruhen.

Mrs. Gordon erklärte Caleb Samworths Anwesenheit damit, dass er einen Pferdewagen besaß, auf dem sie alle zum Chimborazo Hospital fahren konnten. Samworth lächelte, als sein Name genannt wurde, und starrte dann Sally an wie ein verdurstender Mann, der in unerreichbarer Ferne einen Fluss mit kühlem Wasser sieht. Der Pferdewagen, erklärte er stockend, gehöre seinem Vater. «Haben Sie vielleicht schon von uns gehört? Samworth and Son, Einbalsamierer und Bestatter?»

«Leider nein», sagte Starbuck.

Adam und der schmachtende Samworth luden Sally ein, sich mit ihnen ans Fenster zu setzen. Adam legte einen großen Stapel leerer Tuchsäcke beiseite, die von den Damen des Hauses, wie von beinahe allen Damen Richmonds, aus jedem Fetzen Stoff genäht wurden,

den sie entbehren konnten. Die Säcke wurden zu Granny Lees neuer Grabenstellung geschafft und mit Sand gefüllt, doch was solche Wälle gegen die Horde aus dem Norden ausrichten konnten, die von Fort Monroe herandrängte, wusste niemand zu sagen. «Sie sitzen hier, Mr. Starbuck», sagte Reverend John Gordon und zog einen Stuhl neben seinen, dann stürzte er sich in ein Lamento über die Probleme, die der Amerikanischen Gesellschaft zur Verkündigung des Evangeliums unter den Armen durch die Sezession erwuchsen. «Unsere Zentrale, wissen Sie, ist nämlich in Boston.»

«Mr. Starbuck weiß ganz genau, wo die Zentrale der Gesellschaft ist, Gordon», warf Mrs. Gordon von ihrem Thron hinter dem Teetablett ein. «Er ist selbst Bostoner. Sein Vater ist sogar einer der Treuhänder der Gesellschaft, nicht wahr, Mr. Starbuck?»

«Das ist er in der Tat», sagte Starbuck.

«Einer der Treuhänder», fügte Mrs. Gordon spitz hinzu, «die all diese Jahre die Vergütung der Missionare gedrückt haben.»

«Mutter», kam es als zaghafter Tadel von Reverend John Gordon an seiner Frau.

«Nein, Gordon!» Mrs. Gordon würde sich nicht davon abbringen lassen. «Gott hat mir eine Zunge zum Reden gegeben, damit ich reden soll, also rede ich, ja, das werde ich. Eine der Segnungen, die uns die Südstaaten-Sezession geschenkt hat, war unsere Befreiung von den Treuhändern aus dem Norden! Das hat Gott eindeutig so gewollt.»

«Wir haben seit neun Monaten nichts von der Zentrale gehört!», erklärte Reverend John Gordon sorgenvoll. «Glücklicherweise werden die Ausgaben der Mission vor Ort bestritten, Lob sei Gott, aber es ist besorgniserregend, Mr. Starbuck, äußerst besorgniserregend. Es fehlen Abrechnungen, Berichte sind nur zur Hälfte fertiggestellt, und Zusammenkünfte sind ausgefallen. Das verstößt gegen die Regeln!»

«Es ist göttliche Fügung, Gordon», korrigierte Mrs. Gordon ihren Ehemann.

«Beten wir darum, Mutter, beten wir darum.» Reverend John Gordon seufzte schwer und biss von seiner Scheibe trockenem, mehligem Früchtekuchen ab. «Ihr Vater ist also Reverend Elial Starbuck?»

«Ja, Sir, das stimmt.» Starbuck nippte an seinem Tee, und es gelang ihm, trotz des bitteren Geschmacks nicht das Gesicht zu verziehen.

«Ein bedeutender Gottesmann», sagte Gordon recht verdrießlich. «Ein eifriger Verfechter der Sache des Herrn.»

«Aber blind für die Bedürfnisse der Missionare!», verkündete Mrs. Gordon mit scharfer Zunge.

«Ich finde es merkwürdig, wenn ich das sagen darf, dass Sie eine Südstaatenuniform tragen, Mr. Starbuck», merkte Reverend Gordon zurückhaltend an.

«Ich bin sicher, dass Mr. Starbuck das Werk Gottes verrichtet, Gordon.» Mrs. Gordon, die Starbucks Entscheidung für den Süden bei ihrer ersten Begegnung ebenso unerklärlich gefunden hatte, beschloss nun, ihren Gast gegen die bescheidene Neugier ihres Ehemannes zu verteidigen.

«Gewiss, gewiss», sagte der Missionar eilig. «Aber auch so ist es tragisch.»

«Was ist tragisch, Sir?», fragte Starbuck.

Reverend John Gordon hob die Hand in einer hilflosen Geste. «Gespaltene Familien, eine gespaltene Nation. Es ist so traurig.»

«Es wäre überhaupt nicht traurig, wenn der Norden einfach seine Truppen zurückziehen und uns in Frieden leben lassen würde», sagte Mrs. Gordon. «Finden Sie nicht auch, Miss Royall?»

Sally lächelte und nickte. «Ja, Ma'am.»

«Sie werden sich nicht zurückziehen», sagte Adam düster.

«Dann müssen wir sie einfach zur Hölle fahren lassen», sagte Sally, ohne nachzudenken.

«Ich habe mir gedacht» – Julia schlug eine Taste auf dem Klavier an, um die plötzliche Stille auszufüllen, die sich nach Sallys Worten im Zimmer ausgebreitet hatte –, «dass wir auf der Station heute vielleicht lieber nicht zu traurige Lieder spielen sollten, was meinst du, Vater?»

«Da hast du ganz recht, meine Liebe, ganz recht», sagte ihr Vater. Er erklärte Sally und Starbuck, dass er seinen Gottesdienst in der Krankenstation mit einer Auswahl von Liedern und einem Gebet anfing. Danach würde einer aus ihrer Gruppe Gottes Wort verkünden. «Vielleicht möchte Miss Royall gern aus der Bibel lesen?», schlug er vor.

«O nein, Sir, nein.» Sally errötete bei dieser Absage, im Bewusstsein, dass sie schon ihren zweiten Schnitzer gemacht hatte. Sie war dabei, lesen zu lernen, und ihre Fortschritte des vergangenen Jahres erlaubten es ihr inzwischen, ein Buch zum Vergnügen aufzuschlagen, aber ihren Fähigkeiten als Vorleserin vertraute sie noch nicht.

«Sind Sie errettet worden, Miss Royall?», fragte Mrs. Gordon misstrauisch und musterte ihren Gast.

«Errettet, Ma'am?»

«Sind sie mit dem Blut des Lamms gewaschen worden? Haben Sie Jesus in Ihr Herz gelassen? Ihre Tante hat Sie doch bestimmt mit Ihrem Erlöser bekannt gemacht, nicht wahr?»

«Ja, Ma'am», sagte Sally ängstlich, denn sie hatte keine Ahnung, was Mrs. Gordon meinte.

«Ich würde sehr gern für Sie lesen», sagte Starbuck schnell zu Reverend John Gordon.

«Mr. Samworth liest sehr gut aus der Bibel», sagte Mrs. Gordon.

«Caleb, möchten Sie vielleicht Gottes Wort vorlesen?», fragte Reverend John Gordon, «und danach» – er wandte sich an seine

Gäste, um den weiteren Verlauf des Gottesdienstes zu erklären – «haben wir Zeit für Gebete und Glaubenszeugnisse. Ich ermutige die Männer zu bezeugen, wie sie die Macht Gottes zur Seelenrettung in ihrem Leben erfahren haben, und dann singen wir noch ein Lied, und ich spreche ein paar Worte, bevor wir unseren Gottesdienst mit einem letzten Lied und einem Segen abschließen. Dann geben wir den Kranken Gelegenheit zum Einzelgespräch oder Gebet. Manchmal brauchen sie uns auch, um Briefe für sie zu schreiben. Ihre Unterstützung», er lächelte zuerst Sally und dann Starbuck an, «wird außerordentlich geschätzt werden, da bin ich sicher.»

«Und wir brauchen Hilfe, um die Gesangbücher zu verteilen», sagte Mrs. Gordon.

«Das mache ich sehr gerne», sagte Sally herzlich, und zu Starbucks Erstaunen schien sie den Nachmittag zu genießen, denn als sich die Unterhaltung allgemeineren Themen zuwandte, klang ihr Lachen oft und unbeschwert durch den kleinen Raum. Mrs. Gordon quittierte das Lachen mit Stirnrunzeln, aber Julia fühlte sich in Sallys Gesellschaft sichtlich wohl.

Um fünf Uhr räumte das blasse Dienstmädchen das Teegeschirr weg, und danach sprach Reverend John Gordon ein Gebet, in dem er den Allmächtigen darum bat, ihren Gottesdienst an diesem Abend mit seinem Segen zu erfüllen, und dann holte Caleb Samworth den Pferdewagen, den er in einem Hof in der Charity Street gleich um die Ecke abgestellt hatte. Der Wagen war schwarz angestrichen und hatte ein schwarzes Segeltuchdach, das wie bei einem Planwagen von Halbreifen gestützt wurde. Zwei Bänke verliefen an den Längsseiten der Ladefläche, und in der Mitte dazwischen waren ein paar schimmernde Stahlschienen angebracht. «Wird hier der Sarg drauf abgestellt?», fragte Sally, als ihr Caleb die Stufen hinaufhalf, die in das aufgeklappte Querbrett an der Rückseite des Wagens eingelassen waren.

«Ganz recht, Miss Royall!», sagte er.

Sally und Julia teilten sich eine Bank mit Adam. Starbuck saß mit Reverend Gordon und seiner Frau zusammen, während Caleb in einem Umhang aus Öltuch auf dem Kutschbock hockte. Der Leichenwagen brauchte zwanzig Minuten bis zu den neuerrichteten Krankenhausbaracken, die sich auf den Rasenflächen des Chimborazo-Parks ausbreiteten. Es wurde dämmrig, und trüber, gelblicher Lampenschein sickerte aus Dutzenden winziger Fenster. Zarter Kohlenrauch hing im Regen über den geteerten Dächern der Baracken. Die Missionsgruppe stieg vor der Station, die für diesen Abendgottesdienst ausgewählt worden war, vom Wagen, dann sollten Caleb und Adam noch einmal losfahren, um das Harmonium des Krankenhauses zu holen, während Julia und Sally die Gesangbücher der Missionsgesellschaft verteilten.

Starbuck begleitete Adam. «Ich wollte allein mit dir reden», sagte er zu seinem Freund, als der Bestattungswagen über den feuchten Boden holperte. «Hast du mit deinem Vater gesprochen?»

«Ich hatte noch keine Gelegenheit», sagte Adam. Er sah Starbuck nicht an, sondern starrte in die regnerische Dunkelheit hinaus.

«Ich will doch einfach nur zurück zu meiner Kompanie», bat Starbuck.

«Ich weiß.»

«Adam!»

«Ich werde es versuchen! Aber es ist schwierig. Ich muss den richtigen Moment abwarten. Vater ist empfindlich, das weißt du doch.» Adam schüttelte den Kopf. «Warum bist du nur so versessen auf den Kampf? Warum sitzt du den Krieg nicht einfach hier aus?»

«Weil ich ein Soldat bin.»

«Ein Narr, meinst du wohl», sagte Adam mit einem Anflug von Erbitterung, dann kam der Wagen schwankend zum Stehen, und es war Zeit, das Harmonium in die Krankenstation zu tragen.

In der Holzbaracke lagen sechzig Männer. Zwanzig Pritschen waren an jeder Längswand aufgereiht, weitere zwanzig in einer Doppelreihe in der Mitte. Ein Kanonenofen bildete das Zentrum des Raumes, auf seiner Wärmeplatte standen Kaffeekannen dicht an dicht. Der Tisch der Krankenschwester wurde zur Seite gerückt, um Platz für das Harmonium zu schaffen. Julia pumpte mit den gepolsterten Pedalen und spielte dann ein paar röchelnde Akkorde, als würde sie Spinnweben aus den Durchschlagzungen des Instrumentes blasen.

Der Reverend und Mrs. Gordon machten eine Runde an den Pritschen vorbei, schüttelten Hände und sprachen den Männern Trost zu. Sally tat das Gleiche, und Starbuck fiel auf, wie ihre Anwesenheit die Verletzten aufheiterte. Ihr Lachen erfüllte die Baracke mit Fröhlichkeit, und Starbuck dachte, dass er Sally noch nie so glücklich gesehen hatte. Wassereimer standen in der Station verteilt, sodass die Verbände der Verletzten feucht gehalten werden konnten, und Sally entdeckte einen Schwamm und befeuchtete sanft die fleckigen Verbandsstreifen. In der Station stank es nach faulendem Fleisch und menschlichen Ausscheidungen. Es war kalt und feucht trotz des Ofens und düster trotz des halben Dutzends Lampen, die von den roh zurechtgesägten Dachsparren herunterhingen. Einige Männer waren bewusstlos, die meisten fieberten, und nur ein paar hatten Kampfverletzungen. «Wenn die Kämpfe erst wieder richtig anfangen», sagte ein Sergeant, der einen Arm verloren hatte, zu Starbuck, «dann werden Sie hier genug Verwundete ankommen sehen.» Der Sergeant war mit etwa zwanzig weiteren Patienten aus benachbarten Baracken zum Gottesdienst gekommen, und er hatte Stühle und zusätzliche Lampen mitgebracht. Er war bei einem Zugunfall verletzt worden. «Bin auf die Gleise gefallen», erklärte er Starbuck, «war betrunken. Meine eigene Schuld.» Er sah bewundernd zu Sally hinüber. «Das ist aber mal eine seltene Schönheit, Captain, ein solches Mädchen verleiht dem Leben eines Mannes Sinn.»

Der Klang der Kirchenlieder brachte noch mehr Patienten in die Station und auch ein paar unverwundete Offiziere, die Freunde besucht hatten und sich nun an der Rückwand der Baracke zusammendrängten. Einige der Verwundeten waren Yankees, aber alle Stimmen erhoben sich gemeinsam in den Melodien und erfüllten die Baracke mit sentimentaler Kameradschaft, bei der sich Starbuck plötzlich wieder nach der Gesellschaft seiner Soldaten sehnte. Nur ein Mann schien unberührt von dem Gesang, ein bärtiger, bleicher, ausgemergelter Kerl, der geschlafen hatte, nun aber mit einem Mal aufwachte und panisch zu schreien anfing. Die Sänger gerieten ins Stocken, aber da ging Sally zu dem Mann hinüber, setzte sich zu ihm, nahm seinen Kopf in die Arme und streichelte seine Wange, und Starbuck sah, wie die unkontrolliert zitternden Hände des Mannes sich beruhigten und auf die abgewetzte, graue Decke seiner Pritsche sanken.

Der ausgemergelte Mann blieb auch ruhig, als der Gesang wieder aufgenommen wurde. Starbuck betrachtete Julia am Harmonium, und mit einem Mal spürte er die Anziehungskraft seines alten Glaubens. Vielleicht lag es an dem diffusen, gelblichen Licht oder an den Gesichtern der Verwundeten, die so mitleiderregend froh aussahen, weil ihnen Gottes Wort gebracht wurde, oder vielleicht lag es an Julias selbstvergessener Schönheit, doch auf einmal überfielen Starbuck die Schuldgefühle des Sünders, während er Reverend John Gordon über Gottes Segen predigen hörte, der über diese verwundeten Männer kommen würde. Der Missionar hatte eine sanfte und gewandte Sprechweise, die viel angemessener schien als die wütenden Tiraden, in die sich Starbucks Vater gestürzt hätte. Die Lesung stammte aus dem Buch der Prediger, Kapitel zwölf, und Samworth las mit hoher, zittriger Stimme. Starbuck folgte der Passage in der Bibel seines Bruders, die ihm Adam zusammen mit der Einladung zum Tee geschickt hatte.

Die Worte der Heiligen Schrift trafen mitten in Starbucks Seele. «Und gedenke deines Schöpfers in den Tagen deiner Jugendzeit», begann der Abschnitt, und James hatte in seiner winzigen Schrift danebengeschrieben: «Ist es im späteren Leben einfacher, ein Christ zu sein? Bringen die Jahre Weisheit? Bete jetzt um Gnade», und Starbuck wusste, dass er in Ungnade gefallen war, dass er ein Sünder war, dass für ihn die Tore der Hölle so weit aufstanden wie der Flammenschlund des Hochofens unten am Fluss von Richmond, und er fühlte den bebenden Schrecken des Sünders, der vor Gottes Angesicht tritt. «Denn der Mensch geht hin zu seinem ewigen Hause», las Samworth, «und die Klagenden ziehen umher auf der Straße. Ehe zerrissen wird die silberne Schnur und zerschlagen die goldene Schale und zerbrochen der Eimer am Quell und zerschlagen die Schöpfwelle am Brunnen.» Und die Worte erfüllten Starbuck mit der Vorahnung, dass er einen verfrühten Tod sterben würde; zerrissen von einem Yankee-Schuss, ausgeweidet von einer rächenden, gerechten Granate, ein Sünder auf dem Weg ins ewige Fegefeuer.

Er bekam von der Predigt nicht sehr viel mit und auch nicht von den Glaubenszeugnissen, mit denen die Verwundeten Gott für seine Segnungen priesen. Stattdessen verlor sich Starbuck in den dunklen Abgründen seiner Reue. Nach dem Gottesdienst, beschloss er, würde er Reverend John Gordon um ein Gespräch bitten. Er würde seine Sünden vor Gott bekennen und mit der Unterstützung des Missionars versuchen, seine Seele an ihren rechten Ort zurückzuführen. Aber wie sollte er je wieder an diesen rechten Ort finden? Er hatte wegen Sally mit Ethan Ridley gestritten, und er hatte Ethan Ridley wegen dieses Streites getötet, und schon diese Tat allein genügte ganz gewiss, um seine Seele in die ewige Verdammnis zu schicken. Er hatte sich vorgemacht, er hätte aus Notwehr getötet, doch in seinem Innersten wusste er, dass es Mord gewesen war. Starbuck blinzelte seine Tränen weg. Alles war eitel, aber was nutzte alle Eitelkeit angesichts der ewigen Verdammnis?

Es war schon nach acht Uhr, als Reverend John Gordon den Segen über die Kranken sprach, und dann ging der Missionar von Bett zu Bett, betete und sprach aufmunternde Worte. Die Verwundeten sahen so jung aus; selbst auf Starbuck wirkten sie beinahe wie Kinder.

Einer der leitenden Chirurgen des Krankenhauses kam noch in seiner blutigen Schürze in den Raum, um Reverend John Gordon zu danken. Bei dem Chirurgen war ein Geistlicher, Reverend Doctor Peterkin, der im Krankenhaus ehrenamtlich als Kaplan arbeitete und einer der beliebteren Geistlichen der Stadt war. Er entdeckte Adam und ging für ein Gespräch zu ihm, während sich Julia, nachdem ihre Musik beendet war, zu Starbuck stellte. «Wie hat Ihnen unser kleiner Gottesdienst gefallen, Mr. Starbuck?»

«Ich war sehr bewegt, Miss Gordon.»

«Vater ist gut, nicht wahr? Seine Aufrichtigkeit teilt sich mit.» Starbucks Miene bereitete ihr Sorgen. Sie verwechselte seine Schuldgefühle als Sünder mit Abscheu vor den grauenhaften Verletzungen der Männer auf der Station. «Wird Sie das vom Kämpfen abhalten?», fragte Julia.

«Ich weiß nicht. Darüber habe ich nie nachgedacht.» Er sah zu Sally hinüber, die sich dem struppigen, verängstigten Mann widmete, der sich an ihre Hände klammerte, als könne nur sie allein für sein Überleben sorgen. «Soldaten denken nicht daran, dass sie an Orten wie diesem landen könnten.»

«Oder schlimmeren», sagte Julia trocken. «Es gibt hier Stationen für die Sterbenden, für Männer, denen nicht mehr zu helfen ist. Obwohl ich ihnen so gerne helfen würde.» Ihre Stimme klang wehmütig.

«Ich bin sicher, das würden Sie», sagte Starbuck galant.

«Ich meine nicht durch Besuche oder indem ich Kirchenlieder spiele, Mr. Starbuck. Ich meine, indem ich sie pflege. Aber Mutter will nichts davon hören. Sie sagt, ich werde mich mit einem Fieber anstecken. Und Adam will es auch nicht erlauben. Er will mich vor dem Krieg beschützen. Wissen Sie, dass er den Krieg ablehnt?»

«Das weiß ich», sagte Starbuck und sah Julia an. «Und Sie?»

«Ich sehe hier nichts, was Zustimmung verdient», sagte Julia. «Und doch muss ich zugeben, dass ich zu stolz bin, um mir einen Triumph des Nordens über uns zu wünschen. Also bin ich vielleicht eine Kriegstreiberin. Ist es das, was Männer zum Kämpfen bringt? Nur ihr Stolz?»

«Nur ihr Stolz», sagte Starbuck. «Auf dem Schlachtfeld will man beweisen, dass man besser ist als der Gegner.» Er erinnerte sich an die wilde Freude, mit der er bei Ball's Bluff in die offene Flanke der Yankees vorgestoßen war, an die Panik in den blau uniformierten Reihen, an die Schreie, als die Gegner von der Kuppe des Steilufers und hinunter zu dem blutigen, von Kugeln gepeitschten Fluss gejagt worden waren. Dann überkamen ihn erneut Schuldgefühle, weil er sich an diese Freude des Kampfes erinnert hatte. Die Tore der Hölle, dachte er, standen für ihn gewiss besonders weit auf.

«Mr. Starbuck?», fragte Julia, besorgt über den Schrecken, der sich in seiner Miene zeigte, doch bevor er antworten und bevor Julia ein weiteres Wort sagen konnte, eilte Sally durch die Station heran und nahm Starbucks Ellbogen.

«Bring mich weg, bitte.» Ihre Stimme war leise und dringlich.

«Sal-», Starbuck unterbrach sich, weil ihm wieder einfiel, dass Julia Sally als Victoria kannte. «Was ist denn?»

«Dieser Mann», Sally hauchte die Worte nur und machte sich nicht die Mühe, näher zu beschreiben, von wem sie sprach, «hat mich erkannt. Bitte, Nate. Bring mich weg.»

«Ich bin sicher, das spielt keine Rolle», sagte Nate leise.

«Bitte!», zischte Sally. «Bring mich einfach hier raus!»

«Kann ich helfen?», fragte Julia verwirrt.

«Ich glaube, wir sollten gehen», sagte Starbuck. Allerdings lagen Sallys Umhang und sein Mantel auf dem Stapel am anderen Ende der Baracke, wo der Chirurg mit der blutverschmierten Schürze stand. Und es war der Chirurg gewesen, der Sally erkannt und dann mit Reverend Doctor Peterkin darüber gesprochen hatte, der sich nun seinerseits an Mrs. Gordon wandte. «Komm», sagte Starbuck, und er nahm Sally an der Hand. Er würde die Mäntel einfach dalassen, auch wenn es ihm leidtut, den schönen grauen Mantel zu verlieren, der Oliver Wendell Holmes gehört hatte. «Werden Sie mir verzeihen?», fragte er Julia, als er sich an ihr vorbeischob.

«Mr. Starbuck!», rief Mrs. Gordon gebieterisch. «Miss Royall!»

«Beachte sie einfach nicht», sagte Starbuck zu Sally.

«Miss Royall! Kommen Sie hierher!», rief Mrs. Gordon, und Sally ließ sich von ihrem Ton treffen und drehte sich zu ihr um. Adam hastete durch die Station, um festzustellen, was vor sich ging, während Reverend John Gordon von einem fiebernden Mann aufsah, neben dessen Pritsche er gekniet hatte.

«Ich werde draußen mit Ihnen sprechen», verkündete Mrs. Gordon und ging auf die kleine Veranda, auf der sich die Patienten an schönen Tagen unter dem Schutz eines schrägen Vordachs an der frischen Luft aufhalten konnten.

Sally zog ihren Umhang aus dem Stapel. Der Chirurg grinste sie höhnisch an und vollführte eine kleine Verbeugung. «Hundesohn», zischte ihm Sally zu. Starbuck nahm sich seinen Mantel und ging hinaus auf die Veranda.

«Mir fehlen die Worte», empfing Mrs. Gordon Sally und Starbuck in der regnerischen Dunkelheit.

«Sie wollten sich mit mir streiten?», forderte Sally sie heraus.

«Ich kann nicht glauben, dass Sie das getan haben, Mr. Starbuck.»

Mrs. Gordon ignorierte Sallys Herausforderung und sah stattdessen Starbuck an. «Dass Sie, aufgezogen in einem gottesfürchtigen Heim, die Geschmacklosigkeit haben, eine solche Frau in mein Haus zu bringen.»

«Was für eine Frau?», fragte Sally. Reverend John Gordon war ebenfalls auf die Veranda gekommen und hatte, die scharfe Anweisung seiner Frau befolgend, die Tür hinter sich geschlossen, zuvor allerdings hatten sich auch noch Adam und Julia auf die enge Veranda hinausgeschoben.

«Du gehst hinein, Julia!», befahl ihre Mutter.

«Sie soll bleiben!», sagte Sally. «Was für eine Frau?»

«Julia!» Mrs. Gordon funkelte ihre Tochter wütend an.

«Mutter, Liebe», sagte Reverend John Gordon, «würdest du uns mitteilen, worum es hier geht?»

«Doctor Peterkin», sagte Mrs. Gordon empört, «hat mich gerade darüber informiert, dass diese, diese Frau eine ...» Sie hielt inne, unfähig, auf ein Wort zu kommen, das schicklich genug war, um es vor ihrer Tochter auszusprechen. «Julia! Hinein, augenblicklich!»

«Meine Liebe!», sagte Reverend John Gordon. «Was ist sie?»

«Eine Magdalena!» Mrs. Gordon schrie das Wort heraus.

«Sie meint, ich bin eine Hure, Reverend», sagte Sally missmutig.

«Und Sie haben sie in mein Haus gebracht!», schrie Mrs. Gordon Starbuck schrill ins Gesicht.

«Mrs. Gordon», fing Starbuck an, doch es gelang ihm nicht, die Schimpfkanonade zu unterbrechen, die auf ihn niederging wie der Regen auf das Teerpappe-Dach der Veranda. Mrs. Gordon fragte sich laut, ob Reverend Elial Starbuck wohl wusste, in welche Abgründe des Frevels sein Sohn hinabgesunken und wie sehr er bei Gott in Ungnade gefallen war und mit welch übler Gesellschaft er sich umgab. «Sie ist eine gefallene Frau!», schrie Mrs. Gordon. «Und Sie haben sie in mein Haus gebracht!»

«Unser Herr hat mit den Sündern verkehrt», sagte Reverend John Gordon mit schwacher Stimme.

«Aber er hat ihnen keinen Tee angeboten!» Mrs. Gordon war keiner vernünftigen Argumentation mehr zugänglich. Sie wandte sich an Adam. «Und Sie, Mr. Faulconer, ich bin schockiert darüber, welche Freundschaften Sie pflegen. Es gibt kein anderes Wort. Ich bin schockiert.»

Adam sah Starbuck zerknirscht an. «Ist das wahr?»

«Sally ist eine Freundin», sagte Starbuck. «Eine gute Freundin. Ich bin stolz darauf, sie zu kennen.»

«Sally Truslow!», sagte Adam, dem endlich einfiel, wer Miss Royall wirklich war.

«Soll das etwa heißen, dass Sie diese Frau kennen, Mr. Faulconer?», fragte Mrs. Gordon herausfordernd.

«Er kennt mich nicht», sagte Sally müde.

«Ich muss mich fragen, ob Sie die passende Gesellschaft für meine Tochter sind, Mr. Faulconer.» Mrs. Gordon nutzte ihren Vorteil. «Dieser Abend war göttliche Vorsehung. Vielleicht hat er uns Ihr wahres Selbst offenbart.»

«Ich sagte, er kennt mich nicht!», beharrte Sally.

«Kennen Sie sie, Adam?», fragte Reverend John Gordon.

Adam zuckte mit den Schultern. «Ihr Vater war früher ein Pächter meiner Familie. Das ist schon lange her. Davon abgesehen kenne ich sie nicht.»

«Aber Sie kennen Mr. Starbuck.» Mrs. Gordon hatte noch nicht das ausreichende Maß an Reue aus Adam herausgeholt. «Wollen Sie mir etwa sagen, dass Sie den Umgang befürworten, den er pflegt?»

Adam sah seinen Freund an. «Ich bin sicher, dass Nate nicht wusste, was Miss Truslow tut.»

«Ich wusste es», sagte Starbuck, «und wie ich schon sagte, sie ist eine Freundin.» Er legte Sally den Arm um die Schulter.

«Und befürworten Sie, welche Begleitung sich ihr Freund erwählt?», wollte Mrs. Gordon von Adam wissen. «Tun Sie das, Mr. Faulconer? Denn ich kann meiner Tochter keine Verbindung mit einem Mann erlauben, der mit den Freunden sündiger Frauenzimmer verkehrt, ganz gleich, wie ehrenwert er ist.»

«Nein», sagte Adam. «Ich befürworte es nicht.»

«Du bist genau wie dein Vater», sagte Sally. «Verdorben bis ins Mark. Ohne euer Geld wärt ihr Faulconers weniger wert als ein Straßenköter.» Sie riss sich von Starbuck los und rannte in den Regen hinaus.

Starbuck wandte sich um, weil er ihr folgen wollte, wurde aber von Mrs. Gordon aufgehalten. «Sie treffen eine Entscheidung!», ermahnte sie ihn. «Heute Abend entscheiden Sie sich zwischen Gott und dem Teufel, Mr. Starbuck!»

«Nate!», schloss sich Adam Mrs. Gordons Ermahnung an. «Lass sie gehen.»

«Warum? Weil sie eine Hure ist?» Starbuck spürte den Zorn in sich hochkommen, einen rasenden Zorn auf diese scheinheiligen Heuchler. «Ich habe es dir gesagt, Adam, sie ist eine Freundin, und Freunde lässt man nicht im Stich. Gott verfluche euch alle.» Er rannte Sally nach und holte sie bei den letzten Baracken ein, wo der morastige Hang des Chimborazo Parks steil zum Bloody Run hin abfiel und wo sich neben dem Fluss der Duellplatz der Stadt befand. «Es tut mir leid», sagte er zu Sally und nahm ihren Arm.

Sie schluchzte auf. Der Regen hatte ihr Haar dunkler werden lassen und dazu geführt, dass es vom Kopf abstand. Sie weinte, und Starbuck zog sie an seine Brust und in die Umhüllung seines scharlachrot gefütterten Mantels. Der Regen trommelte auf sein Gesicht. «Du hattest recht», sagte Sally. «Wir hätten nicht hingehen sollen.»

«Sie hätten sich nicht so benehmen sollen», sagte Starbuck.

Sally weinte leise vor sich hin. «Manchmal will ich einfach bloß ein ganz normales Leben führen», sagte sie mit tränenerstickter Stimme. «Ich will einfach nur ein Haus und Kinder und einen Teppich auf dem Boden und einen Apfelbaum. Ich will nicht leben wie mein Vater, und ich will nicht sein, was ich jetzt bin. Nicht für immer. Ich will einfach nur ganz gewöhnlich sein. Verstehst du, was ich meine?» Sie sah zu ihm auf, das Gesicht erhellt von den Feuern der Eisengießereien auf der anderen Seite des Flusses.

Er streichelte ihr über das regennasse Gesicht. «Ja», sagte er.

«Willst du denn nicht sein wie alle anderen?», fragte sie.

«Manchmal schon.»

«Verdammt», fluchte Sally. Sie löste sich von ihm, fuhr sich mit dem Ärmel unter der Nase entlang und schob sich das feuchte Haar aus der Stirn. «Ich dachte, wenn der Krieg vorbei ist, habe ich genug Geld, um mir einen kleinen Laden zu kaufen. Nichts Besonderes, Nate. Kurzwaren vielleicht. Ich spare mein Geld, weißt du, damit ich ganz normal leben kann. Niemand Besonderes bin. Keine Royall mehr, nur einfach ganz normal und gewöhnlich. Aber mein Vater hat recht», sagte sie jetzt mit einem Anflug von Rachsucht in der Stimme, «es gibt zwei Arten von Menschen auf der Welt. Es gibt Schafe und Wölfe, Nate, Schafe und Wölfe, und man kann seine Natur nicht ändern. Und die hier sind allesamt Schafe.» Sie deutete verächtlich auf die Krankenhausbaracken. «Einschließlich dein Freund. Er ist wie sein Vater. Er fürchtet sich vor Frauen.» Es war ein vernichtendes Urteil.

Starbuck zog sie erneut an sich und starrte über die Schatten des Bloody Run dorthin, wo sich die Lichter der Eisengießereien im regengepeitschten Fluss spiegelten. Er hatte bis zu diesem Augenblick noch nicht recht begriffen gehabt, wie allein er auf der Welt war. Ein Außenseiter, ein einsamer Wolf. Sally war genauso, abgelehnt von der feinen Gesellschaft, weil sie in ihrer verzweifelten Suche nach einem Ausweg deren Regeln gebrochen hatte, und das würde man ihr niemals verzeihen, ebenso wenig, wie man Starbuck verzeihen würde. Und das bedeutete, dass er es allein schaffen musste, er würde auf diese Leute spucken, die ihn ablehnten, und er würde es tun, indem er ein so guter Soldat wie nur möglich wurde. Er hatte schon immer gewusst, dass seine Rettung im Süden in der Armee lag, denn dort kümmerte es niemanden, was er war, solange er nur gut kämpfte.

«Weißt du was, Nate?», sagte Sally. «Da drin habe ich gedacht, ich hätte vielleicht eine Chance. Eine echte Chance, verstehst du? Dass ich gut sein könnte.» Die letzten Worte stieß sie leidenschaftlich hervor. «Aber sie wollen mich nicht in ihrer Welt, oder?»

«Du brauchst ihre Anerkennung nicht, um ein guter Mensch zu sein, Sally.»

«Die will ich auch gar nicht mehr. Eines Tages werden solche Leute wie sie darum betteln, von mir empfangen zu werden. Du wirst schon sehen.»

Starbuck lächelte im Dunkeln. Sie waren eine Hure und ein gescheiterter Soldat, die der Welt den Krieg erklärten. Er beugte sich zu Sally hinunter und küsste ihre regennasse Wange. «Ich bringe dich jetzt nach Hause», sagte er.

«In dein Zimmer», sagte Sally. «Mir ist nicht nach Arbeiten.»

Unter ihnen fuhr ein Zug aus der Stadt, das Licht aus seiner Feuerkammer warf einen grellen Schein über das feuchte Gras neben dem Fluss. Die Lokomotive zog Waggons mit Munition, die für die Halbinsel bestimmt waren, wo eine dünne Linie schauspielernder Rebellen eine ganze Horde Nordstaatler aufhielt.

Starbuck ging mit Sally nach Hause und führte sie in sein Bett. Er war ein Sünder, aber dieser Abend war am Ende doch nicht zur Buße geeignet.

Sally verließ Starbuck kurz nach ein Uhr morgens, sodass er allein in dem schmalen Bett lag, als die Uniformierten kamen. Er war fest eingeschlafen, und das Erste, was er von dem Übergriff mitbekam, war das splitternde Geräusch, mit dem die äußere Stalltür aufgebrochen wurde. Sein Zimmer war dunkel. Er tastete nach seinem Revolver, während Schritte die Treppe heraufpolterten, und es war ihm gerade gelungen, die Waffe mit dem Elfenbeingriff aus dem Halfter zu ziehen, als die Tür aufgerissen wurde und flackerndes Laternenlicht die kleine schäbige Dachkammer erhellte. «Runter mit der Waffe, Junge! Runter damit!» Die Männer waren uniformiert und trugen Gewehre mit aufgepflanzten Bajonetten. In ganz Richmond war ein aufgepflanztes Bajonett das Erkennungszeichen eines «Schlägers», eines Angehörigen von General Winders martialischer Militärpolizei, und Starbuck war vernünftig genug, den Revolver auf den Boden fallen zu lassen. «Ihr Name ist Starbuck?», fragte ihn der Mann, der ihm befohlen hatte, die Waffe zu senken.

«Wer sind Sie?» Starbuck beschirmte seine Augen mit der Hand. Es waren nun drei Laternen im Zimmer und anscheinend ein ganzer Zug Soldaten.

«Beantworten Sie die Frage!», brüllte die Stimme. «Ist Ihr Name Starbuck?»

«Ja.»

«Nehmt ihn mit! Schnell jetzt!»

«Lassen Sie mich doch wenigstens etwas anziehen, verdammt!»

«Beeilung, Jungs!»

Zwei Männer packten Starbuck, zerrten ihn nackt aus dem Bett und drückten ihn mit einem schmerzhaften Ruck an die Wand mit dem abblätternden Verputz.

«Wickelt ihn in eine Decke, Jungs. Wir wollen schließlich nicht die Pferde scheu machen. Aber zuerst fesseln Sie ihn, Corporal!» Starbucks Augen hatten sich inzwischen an das Licht gewöhnt, und er sah, dass der befehlshabende Offizier ein Captain mit breiter Brust und braunem Bart war.

«Was zum Teufel ...», begann Starbuck zu protestieren, als der Corporal Ketten und Handfesseln zum Vorschein brachte, aber der Soldat, der Starbuck festhielt, drückte ihn fest an die Wand.

«Ruhe!», brüllte der Captain. «Nehmt alles mit, Männer, alles! Die Flasche da beschlagnahme ich als Beweismittel, danke, Perkins. Sämtliche Papiere sind einzupacken; dafür sind Sie verantwortlich, Sergeant. Und diese Flasche auch, Perkins, zu mir.» Der Captain steckte die Whiskeyflaschen in seine geräumigen Uniformtaschen, dann ging er voran und die Treppe hinunter. Starbuck, die Handgelenke aneinandergefesselt und den Körper lose in einen grobe, graue Decke eingehüllt, stolperte hinter dem Captain durch das leere Kutschenhaus und hinaus auf die Sixth Street, wo im Licht der Straßenbeleuchtung eine schwarze Kutsche mit vier Pferden wartete. Es regnete immer noch, und der Atem der Pferde zog dampfend durch das Gaslicht. Eine Kirchenglocke schlug vier Uhr, und klappernd wurde ein Fenster auf der Rückseite des Haupthauses hochgeschoben. «Was geht da vor?», rief eine Frau. Starbuck überlegte, ob es wohl Sally war, aber er konnte es nicht sagen.

«Nichts, Ma'am! Gehen Sie wieder schlafen!», rief der Captain, dann schob er Starbuck über die heruntergeklappte Treppe in die Kutsche. Anschließend stiegen der Captain selbst und drei Soldaten ein. Die übrigen durchsuchten noch Starbucks Unterkunft.

«Wohin fahren wir?», fragte Starbuck, als sich die Kutsche mit einem Ruck vom Bürgersteig weg in Bewegung setzte.

«Sie sind jetzt Häftling der Militärpolizei», erwiderte der Captain äußerst förmlich. «Sie sprechen, wenn Sie angeredet werden, und zu keiner anderen Zeit.»

«Sie sprechen mich doch gerade an», sagte Starbuck. «Also, wohin fahren wir?»

Es war dunkel in der Kutsche, und Starbuck sah die Faust nicht kommen, die ihn unvermittelt über dem Auge traf, sodass sein Hinterkopf an die Rückwand der Kutsche prallte. «Halt's Maul, verflucht noch mal, Yankee-Bastard», knurrte eine Stimme, und Starbuck, dessen Augen nach dem Hieb tränten, tat, was der Mann gesagt hatte.

Die Fahrt war kurz, nicht länger als eine halbe Meile, und dann kreischten die eisenbeschlagenen Räder, als die Kutsche um eine scharfe Kurve bog, bevor sie holpernd zum Stehen kam. Die Tür wurde aufgerissen, und Starbuck sah die von Fackeln beleuchteten Tore von Lumpkin's Jail, dem Gefängnis, das inzwischen Castle Goodwin genannt wurde. «Bewegung!», rief der Corporal, und Starbuck wurde die Kutschtreppe hinunter und durch eine Schlupftür in einem der großen Torflügel von Castle Goodwin geschoben.

«Nummer vierzehn!», brüllte ein Gefängniswärter, als der Verhaftungstrupp durch das Tor kam. Eine uniformierte Wache ging voraus durch einen Backsteinbogen und dann einen gepflasterten Gang hinunter, der von zwei Öllampen beleuchtet wurde, bis sie zu einer stabilen Holztür kamen, auf die mit einer Schablone die Zahl «14» aufgebracht worden war. Die Wache öffnete die Tür mit einem schweren Schlüssel aus glänzendem Stahl. Der Corporal nahm Starbuck die Handfesseln ab.

«Dort hinein, Yankee», sagte die Wache, und Starbuck wurde in die Zelle geschoben. Er sah eine Holzpritsche, einen Metalleimer und eine große Pfütze. Die Zelle stank nach Jauche. «Scheiß in den Kübel, schlaf auf dem Bett, oder auch umgekehrt, Yankee.» Der Wachmann lachte, dann fiel die Tür mit einem hallenden Schlag zu, und die Zelle wurde in absolute Dunkelheit getaucht. Erschöpft und zitternd legte sich Starbuck auf die Holzpritsche.

Sie gaben ihm ein Paar grober, grauer Hosen, klobige Lederhalbstiefel und ein Hemd, aus dem die Blutflecken des letzten Besitzers nicht herausgewaschen worden waren. Das Frühstück bestand aus einem Becher Wasser und einem altbackenen Brotkanten. Die Kirchenglocken schlugen neun Uhr, als zwei Wachmänner kamen, ihm befahlen, sich auf die Bettkante zu setzen und die Füße auszustrecken. Sie ketteten ihm ein Paar Ringe aus Stahl um die Knöchel. «Die bleiben dran, bis du entlassen wirst», sagte einer der Wachmänner, «oder bis sie dich hängen.» Er streckte die Zunge heraus und verzerrte das Gesicht zum grotesken Grinsen eines Gehenkten.

«Aufstehen!», sagte der zweite Wachmann. «Bewegung!»

Starbuck wurde in den Flur geschoben. Die Ketten an seinen Füßen zwangen ihn zu einem unbeholfenen Schlurfen, aber die Wachen waren offenkundig an diesen langsamen Gang gewöhnt, denn sie versuchten nicht, Starbuck voranzuhetzen, stattdessen ermunterten sie ihn zum Trödeln, als sie durch einen Innenhof gingen, der Starbuck an grausige Berichte von mittelalterlichen Folterkammern erinnerte. Ketten hingen an den Wänden, und in der Mitte des Hofs stand ein Holzpferd, das aus einer Bohle bestand, die quer auf zwei Böcke genagelt war. Bei dieser Strafmaßnahme musste sich der Delinquent auf die Kante der Bohle setzen, und seine Füße wurden so mit Gewichten beschwert, dass sich das Holz in seinen Schritt bohrte. «Das ist nichts für so einen wie dich, Yankee», sagte einer der Wachmänner. «Bei dir probieren sie was Neues aus. Weitergehen.»

Starbuck wurde in einen Raum mit Backsteinwänden, einem gepflasterten Boden, einem Abfluss in der Mitte, einem Tisch und einem Stuhl gebracht. Ein vergittertes Fenster ging ostwärts auf den offenen Abwasserkanal von Shockoe Slip hinaus, der mitten durch die Stadt führte. Eine der kleinen Fensterscheiben stand offen, und der säuerliche Geruch des Abwassers erfüllte den Raum. Die Wachmänner, die Starbuck nun genauer mustern konnte, lehnten ihre Musketen an die Wand. Die Männer waren beide sehr groß, so groß wie Starbuck, mit bleichen, grobschlächtigen, glattrasierten Gesichtern und den ausdruckslosen Mienen von Männern, die vom Leben weder viel verlangten noch viel bekamen. Einer spuckte einen ekelhaften Strahl Tabaksaft in Richtung des offenen Abflusses. Die bräunliche Spucke landete mitten im Zentrum. «Volltreffer, Abe», sagte der andere Wachmann.

Die Tür öffnete sich, und ein schlanker, bleicher Mann kam herein. Über seine Schulter hing eine Ledertasche, und sein Kinn wurde von spärlichen, blonden Bartfransen bedeckt. Seine Wangen und seine Oberlippe glänzten noch von der morgendlichen Rasur, seine Lieutenants-Uniform war makellos ausgebürstet, und die Hose hatte messerscharfe Bügelfalten. «Guten Morgen», sagte er zurückhaltend.

«Antworte dem Offizier, du Yankee-Abschaum», sagte der Wachmann namens Abe.

«Guten Morgen», sagte Starbuck.

Der Lieutenant wischte die Sitzfläche des Stuhls ab, setzte sich, nahm eine Brille aus einer Tasche und schob die Bügel hinter seine Ohren. Er hatte ein schmales und sehr ernstes Gesicht, wie ein neuer Pfarrer, der in einer alten Gemeinde antrat. «Starbuck, nicht wahr?»

«Ja.»

«Rede den Offizier mit ‹Sir› an, du Abschaum.»

«Ruhig, Harding, ruhig.» Der Lieutenant runzelte in offenkundiger Missbilligung von Hardings Grobheit die Stirn. Er hatte die Ledertasche auf den Tisch gelegt und nahm nun eine Mappe heraus. Er löste die grünen Bänder der Mappe, schlug sie auf und sah die Papiere durch, die darin lagen. «Nathaniel Joseph Starbuck, ja?»

«Ja.»

«Derzeit ansässig in der Franklin Street, im alten Haus von Burrell, ja?»

«Ich weiß nicht, wer früher dort gewohnt hat.»

«Josiah Burrell, ein Tabakfabrikant. Die Familie musste schwere Zeiten durchmachen, wie so viele dieser Tage. Nun, lassen Sie mich sehen.» Der Lieutenant lehnte sich zurück, sodass sein Stuhl unheilvoll knarrte, dann nahm er die Brille ab und rieb sich erschöpft über die Augen. «Ich werden Ihnen einige Fragen stellen, Starbuck, und Ihre Rolle, wie Sie sich wohl denken können, ist, diese Fragen zu beantworten. Normalerweise werden solche Fälle selbstverständlich vor Gericht verhandelt, aber wir sind im Krieg, und ich fürchte, angesichts der dringenden Notwendigkeit, die Wahrheit herauszubekommen, kann man sich nicht mit dem langatmigen Geschwätz von Anwälten aufhalten. Verstehen Sie?»

«Eigentlich nicht. Ich möchte wissen, was zum Teufel ich hier soll.»

Die Wachmänner hinter Starbuck knurrten drohend über seine Aufsässigkeit, aber der Lieutenant hob beschwichtigend die Hand. «Das werden Sie bald erfahren, Starbuck, das verspreche ich Ihnen.» Er setzte die Brille wieder auf. «Ich habe es versäumt, mich vorzustellen. Wie nachlässig. Ich bin Lieutenant Gillespie, Lieutenant Walton Gillespie.» Er betonte den Namen, als müsse Starbuck ihn kennen, aber Starbuck zuckte bloß mit den Schultern. Gillespie nahm einen Bleistift aus seiner Uniformtasche. «Sollen wir anfangen? Sie wurden wo geboren?», fragte Gillespie.

«Boston», sagte Starbuck.

«Und wo genau, bitte?»

«Milk Street.»

«Im Hause Ihrer Eltern, ja?»

«Großeltern. Die Eltern meiner Mutter.»

Gillespie machte sich eine Notiz. «Und Ihre Eltern wohnen jetzt wo?»

«Walnut Street.»

«Tatsächlich? Wie schön für sie! Ich war vor zwei Jahren in Bos-

ton und hatte die Ehre, Ihren Vater die Bibel auslegen zu hören.»
Gillespie lächelte in offenkundiger Freude über diese Erinnerung.
«Fahren wir fort», sagte er und stellte Starbuck weitere Fragen zu
seinem Schulbesuch und dem Studium am Theologischen Seminar
der Universität Yale und darüber, wie er bei Kriegsbeginn in den
Süden gekommen war und wie er in der Legion Faulconer gekämpft
hatte.

«So weit, so gut», sagte Gillespie, als er sich Starbucks Bericht
über Ball's Bluff angehört hatte. Er wendete ein Blatt um und runzelte die Stirn bei dem, was auch immer er nun las. «Wann haben Sie
John Scully kennengelernt?»

«Nie von ihm gehört.»

«Price Lewis?»

Starbuck schüttelte den Kopf.

«Timothy Webster?»

Starbuck zuckte mit den Schultern, um zu zeigen, dass er Webster ebenfalls nicht kannte.

«Ich verstehe», sagte Gillespie in einem Ton, der andeutete, dass
ihn Starbucks Leugnen überaus verwirrte. Er machte sich immer
noch stirnrunzelnd eine Notiz, dann setzte er die Brille ab und
massierte sich den Nasenrücken. «Wie lautet der Name Ihres Bruders?»

«Ich habe drei Brüder. James, Frederick und Sam.»

«Wie alt sind sie?»

Starbuck musste nachdenken. «Sechsundzwanzig oder sieben-
undzwanzig, siebzehn und dreizehn.»

«Der älteste. Sein Name lautet?»

«James.»

«James.» Gillespie wiederholte den Namen, als hätte er ihn noch
nie zuvor gehört. Im Innenhof schrie plötzlich ein Mann auf, und
Starbuck hörte das scharfe Zischen, mit dem eine Peitsche durch die

Luft fuhr, und dann das Klatschen, mit dem die Peitsche ihr Ziel traf.

«Habe ich die Tür zugemacht, Harding?», fragte Gillespie.

«Die ist fest zu, Sir.»

«Dieser Lärm, schrecklich. Sagen Sie mir, Starbuck, wann haben Sie James das letzte Mal gesehen?»

Starbuck schüttelte den Kopf. «Das muss lange vor dem Krieg gewesen sein.»

«Vor dem Krieg», sagte Gillespie, während er es aufschrieb. «Und wann haben Sie den letzten Brief von ihm bekommen?»

«Das war auch vor dem Krieg.»

«Vor dem Krieg», wiederholte Gillespie erneut, dann nahm er ein kleines Federmesser aus seiner Tasche. Er klappte die Klinge aus und spitzte seinen Bleistift, dann schob er die Holzkringel und Bleireste betulich am Rand des Tischs zu einem säuberlichen Häufchen zusammen. «Was sagt Ihnen der Konföderierte Armee-Bibelversorgungsverein?»

«Nichts.»

«Ich verstehe.» Gillespie legte seinen Bleistift auf den Tisch und lehnte sich auf dem wackeligen Stuhl zurück. «Und welche Informationen haben Sie Ihrem Bruder über die Stärke unserer Truppen geschickt?»

«Keine!», widersprach Starbuck, der endlich begriff, um was es bei dem ganzen Durcheinander ging.

Erneut nahm Gillespie seine Brille ab und rieb die Gläser an seinem Ärmel. «Ich habe schon erwähnt, Mr. Starbuck, dass wir gezwungen sind, bedauerlicherweise gezwungen sind, bei unseren Anstrengungen zur Wahrheitsfindung extreme Maßnahmen zu ergreifen. Normalerweise würden wir, wie ich sagte, einen Prozess vor Gericht anstrengen, aber extreme Zeiten erfordern extreme Maßnahmen. Verstehen Sie?»

«Nein.»

«Dann lassen Sie mich noch einmal fragen: Kennen Sie John Scully und Lewis Price?»

«Nein.»

«Haben Sie in Verbindung mit Ihrem Bruder gestanden?»

«Nein.»

«Haben Sie Briefe über den Konföderierten Armee-Bibelversorgungsverein erhalten?»

«Nein.»

«Und haben Sie einen Brief über Mr. Timothy Webster im Monumental Hotel verschickt?»

«Nein», protestierte Starbuck.

Gillespie schüttelte traurig den Kopf. Major Alexander hatte bei der Verhaftung Timothy Websters und Hattie Lawtons ein Schreiben in Großbuchstaben entdeckt, das die gesamten Verteidigungsanlagen Richmonds beschrieb. Der Brief war an Major James Starbuck adressiert, und derselbe Name tauchte in den Mitteilungen auf, die bei John Scully gefunden worden waren. Der Brief wäre zur Katastrophe für den Süden geworden, denn er hatte sogar über die Scharade berichtet, mit der General Magruder die Patrouillen McClellans getäuscht hatte. Webster hatte das Schreiben nur deshalb nicht weitergeleitet, weil ihn seit Wochen ein schreckliches Gelenkfieber ans Bett fesselte.

Starbuck, der erneut zu dem Brief befragt wurde, schüttelte den Kopf. «Von einem Timothy Webster habe ich noch nie gehört.»

Gillespie verzog das Gesicht. «Und Sie bestehen auf diesen Antworten?»

«Sie sind die Wahrheit!»

«Wie bedauerlich», sagte Gillespie, öffnete die Ledertasche und nahm einen glänzenden Messingtrichter und eine Flasche aus blauem Glas heraus. Er zog den Stöpsel aus der Flasche, sodass sich ein leicht säuerlicher Geruch ausbreitete. «Mein Vater ist, wie der

Ihre, Starbuck, eine Art Berühmtheit. Er ist der medizinische Leiter des Irrenhauses von Chesterfield. Kennen Sie es?»

«Nein.» Starbuck musterte besorgt die blaue Flasche.

«Es gibt zwei Lehrmeinungen, was die Behandlung Geisteskranker angeht», sagte Gillespie. «Die eine geht davon aus, dass die Patienten von ihrem Wahnsinn durch sanften Umgang, frische Luft, gutes Essen und Freundlichkeit geheilt werden können, die andere aber, der mein Vater anhängt, beharrt darauf, dass die Geisteskrankheit durch einen Schock aus dem Körper des Leidenden vertrieben werden kann. Im Wesentlichen geht es darum, Starbuck», Gillespie sah seinen Gefangenen mit merkwürdig glitzernden Augen an, «dass wir den Geisteskranken für sein anormales Verhalten bestrafen müssen, um ihn so in die Gemeinschaft der zivilisierten Menschheit zurückzuführen. Das hier», er hob die blaue Glasflasche, «gilt als das beste Zwangsmittel, das die Wissenschaft kennt. Erzählen Sie mir etwas über Timothy Webster.»

«Ich habe nichts zu erzählen!»

Gillespie schwieg einen Moment, dann nickte er den beiden Wachmännern zu. Starbuck drehte sich nach dem Nächststehenden um, doch er war zu langsam. Er wurde von hinten getroffen und auf den Boden geworfen, und bevor er sich umdrehen konnte, drückten sie ihn auf das Steinpflaster. Die Ketten um seine Knöchel klirrten, als ihm die Hände auf den Rücken gedreht wurden. Er fluchte, aber die beiden kräftigen Männer hatten Übung in der Überwältigung von Häftlingen und beachteten seine Flüche nicht, als sie ihn auf den Rücken drehten. Einer von ihnen nahm den Messingtrichter und rammte ihn in Starbucks Mund. Als er die Zähne zusammenbeißen wollte, drohte ihm einer der beiden, den Trichter mit dem Hammer in seine Kehle zu treiben, sodass die Zähne brechen würden, und Starbuck, der wusste, wann er geschlagen war, lockerte seinen Kiefer.

Gillespie kniete sich mit der blauen Flasche neben ihn. «Das ist Krotonöl», erklärte er Starbuck, «kennen Sie das?»

Starbuck konnte nicht sprechen, also schüttelte er nur den Kopf.

«Krotonöl wird aus den Samen der *Croton-tiglium*-Pflanze gewonnen. Es ist ein Abführmittel, Mr. Starbuck, und zwar ein sehr starkes. Mein Vater wendet es an, wenn ein Patient ausfälliges Verhalten zeigt. Kein Geistesgestörter kann gewalttätig oder pervers werden, verstehen Sie, wenn er pro zehn Minuten zwanzigmal Stuhlgang hat.» Gillespie lächelte. «Was wissen Sie über Timothy Webster?»

Starbuck schüttelte den Kopf, dann versuchte er, sich aus dem Griff der Wachen zu winden, aber die beiden Männer waren viel zu stark für ihn. Einer von ihnen drückte Starbucks Kopf heftig zurück auf die Steinfliesen, während Gillespie die Flasche über den Trichter hob. «In vergangenen Zeiten bestand die Behandlung Geisteskranker allein aus körperlichen Strafen», erklärte Gillespie, «aber der Beitrag meines Vaters zur Medizin war die Entdeckung, dass die Anwendung dieses Reinigungsmittels wirksamer ist als der heftigste Gebrauch der Peitsche. Zuerst nur ein kleiner Vorgeschmack, würde ich sagen.» Er goss einen dünnen Strahl des Öls in den Trichter. Es schmeckte fettig und ranzig. Starbuck würgte, aber einer der Wachmänner hielt seinen Kiefer fest, und Starbuck konnte nichts anderes tun, als das Öl zu schlucken. Es hinterließ ein Brennen in seinem Mund.

Gillespie nahm die Flasche weg und bedeutete den Wachmännern, Starbuck loszulassen. Starbuck rang keuchend um Atem. Sein Mund brannte, und seine Kehle war rau. Er spürte, wie das dickflüssige Öl seinen Magen erreichte, als er sich auf die Knie hochkämpfte.

Dann setzte die Wirkung des Abführmittels ein. Starbuck krümmte sich und erbrach sich über den Boden. Er war atemlos von den Krämpfen, aber bevor er sich erholen konnte, schoss der nächste Krampf von seinem Magen empor, dann entleerte sich unkontrollierbar sein Darm, und der Raum füllte sich mit seinem grässlichen Gestank. Er konnte sich nicht beherrschen. Er stöhnte und wälzte sich auf dem Boden, dann wieder zuckte er zusammen, wenn der nächste Krampf seinen Körper zerriss.

Die Wachmänner traten grinsend zurück. Gillespie, den der furchtbare Geruch nicht störte, beobachtete Starbuck neugierig durch seine Brille und schrieb gelegentlich etwas in ein kleines Notizbuch. Noch immer wurde Starbuck von Krämpfen gequält. Auch als in seinem Magen und seinem Darm nichts mehr war, keuchte und zuckte er, während das grausige Öl durch seine Innereien kreiste.

«Unterhalten wir uns noch einmal», sagte Gillespie nach ein paar Minuten, als Starbuck ruhiger geworden war.

«Bastard», sagte Starbuck. Er war dreckig, lag in seinem eigenen Dreck, seine Kleider waren mit Dreck verschmiert; der Dreck beschämte und entwürdigte ihn, und er machte ihn wehrlos.

«Kennen Sie einen Mr. John Scully oder einen Mr. Lewis Price?», fragte Gillespie auf seine pedantische Art.

«Nein. Und zur Hölle mit dir.»

«Haben Sie in Verbindung mit Ihrem Bruder gestanden?»

«Nein, verflucht.»

«Haben Sie Briefe über den Konföderierten Armee-Bibelversorgungsverein erhalten?»

«Nein!»

«Und haben Sie Informationen an Timothy Webster im Monumental Hotel geliefert?»

«Ich werde dir sagen, was ich getan habe, du Bastard!» Starbuck hob den Kopf und spuckte Erbrochenes in Gillespies Richtung. «Ich bin für dieses Land mit der Waffe in den Kampf gezogen, und das ist mehr, als du je getan hast, du Drecksack von einem Hundesohn!»

Gillespie schüttelte den Kopf, als wäre Starbuck eigentümlich widerspenstig. «Noch einmal», sagte er zu den Wachen und nahm die Flasche vom Tisch.

«Nein!», sagte Starbuck, aber einer der Wachmänner warf ihn zu Boden und beide hielten ihn fest. Gillespie kam mit dem Krotonöl herüber.

«Ich bin gespannt darauf, wie viel von dem Öl ein einzelner Mensch verkraftet», sagte Gillespie. «Dreht ihn herum, ich will mich nicht in seine Exkremente knien.»

«Nein!», stöhnte Starbuck, aber der Trichter wurde ein weiteres Mal in seinen Mund gepresst, und Gillespie goss beinahe lächelnd den nächsten Schluck der tückischen gelblichen Flüssigkeit in die Trichteröffnung.

Die Krämpfe setzten erneut ein. Dieses Mal war der Schmerz viel stärker; eine grausame Qual, als würde ihm inwendig die Haut abgezogen, brannte in Starbucks Magen und breitete sich aus, als er sich in seinem eigenen Dreck krümmte. Noch zwei weitere Male schüttete ihm Gillespie das Abführmittel in die Kehle, doch auch das brachte ihm keine weiteren Informationen. Starbuck beharrte darauf, dass er niemanden namens Scully oder Lewis oder Webster kannte.

Um die Mittagszeit schütteten die Wachmänner kübelweise kaltes Wasser über ihn. Gillespie sah ausdruckslos zu, als der schlaffe und stinkende Körper des Nordstaatlers aus dem Raum getragen wurde, um in seiner Zelle abgeladen zu werden, und dann eilte der Lieutenant, verärgert über die Verspätung, die er nun hatte, zu seinem Bibelkreis, der sich regelmäßig zur Mittagszeit in der nahe gelegenen Universalist Church traf.

Während Starbuck in der feuchten Kälte lag und wimmerte.

Zögernd, wie ein schweres Tier, das sich nach einem langen Schlaf erhebt, rückte die Rebellenarmee von ihren Stellungen um Culpeper Court House aus. Sie bewegte sich langsam und vorsichtig, denn

General Johnston hielt es für möglich, dass der Norden ein groß-
angelegtes Täuschungsmanöver vorbereitete. Vielleicht war die laut
angekündigte Fahrt der großen Schiffe von Alexandria nach Fort
Monroe nur Theater, damit er seine Truppen auf die schwache Seite
von Richmond verlegte. Solch eine Kriegslist würde die Straßen
Nordvirginias für den echten Angriff der Union freimachen, und,
weil er genau diese Art der Irreführung erwartete, schickte Johnston Kavallerie-Patrouillen bis weit in die Countys Fauqier und Prince
William hinein und dann noch weiter nach Norden in den Loudoun
County. Die Männer der Partisanenbrigaden, die erschöpften Reiter,
deren Aufgabe es war, sich hinter der Armee zu halten und möglichen
Eindringlingen aus dem Norden das Leben schwerzumachen, überquerten den Potomac nach Maryland, doch sämtliche Patrouillen
kamen mit derselben Nachricht zurück. Die Yankees waren weg.
Die Verteidigungsstellungen um Washington waren voll bemannt,
ebenso wie die Forts zum Schutz der Nordstaatenenklave im Fair-
fax County von Virginia, aber die Feldarmee des Nordens war verschwunden. Der neue Napoleon würde auf der Halbinsel angreifen.

Die Brigade Faulconer war unter den Ersten, die in die Umgebung
von Richmond beordert wurden. Washington Faulconer rief Major
Bird zu sich, um ihm die Befehle zu erteilen. «Ist es nicht Swynyard,
der deinen Laufburschen spielen sollte?», fragte Bird.

«Er ruht sich gerade aus», sagte Faulconer.

«Du meinst, er ist betrunken.»

«Unsinn, Pecker.» Washington Faulconer trug seinen neuen
Uniformrock mit den lorbeerumkränzten Sternen eines Brigadegenerals auf dem Kragen. «Er langweilt sich. Er will, dass etwas passiert. Der Mann ist Soldat.»

«Der Mann ist ein trunksüchtiger Irrer», sagte Bird. «Gestern
wollte er Tony Murphy in die Arrestzelle stecken lassen, weil er ihn
nicht gegrüßt hat.»

«Captain Murphy hat eine rebellische Ader», sagte Faulconer.

«Ich dachte, eine rebellische Ader wird von uns allen erwartet», stellte Bird fest. «Ich sage dir, Faulconer, der Mann ist ein Suffkopf. Man hat dich reingelegt.»

Aber Washington Faulconer hatte nicht vor, einen Fehler zuzugeben. Er wusste genauso gut wie jeder andere, dass Griffin Swynyard eine alkoholgetränkte Katastrophe war, aber mit dieser Katastrophe musste man es eben aushalten, bis sich die Brigade Faulconer in der Schlacht einen Namen gemacht und damit ihrem Kommandanten die Freiheit verschafft hatte, sich über den Einfluss des Richmonder *Examiners* hinwegzusetzen. Die Zeitung lag aufgeschlagen vor Faulconer auf dem Klapptisch. «Hast du schon das Neueste über Starbuck gelesen?»

Bird hatte weder die Zeitung gesehen noch irgendetwas über Starbuck gehört.

«Er ist verhaftet worden. Er steht unter Verdacht, mit dem Gegner Informationen ausgetauscht zu haben. Ha!» Faulconer sprach mit offenkundiger Befriedigung. «Er war nie zu irgendetwas gut, Pecker. Gott allein weiß, warum du ihn immer verteidigst.»

Bird wusste, dass sein Schwager Streit suchte, also weigerte er sich zu streiten. «Gibt es sonst noch etwas, Faulconer?», fragte er stattdessen kühl.

«Noch eins, Pecker.» Faulconer, der den Rock zugeknöpft und den Gürtel geschlossen trug, zog seinen gekrümmten Säbel und hieb damit betont lässig durch die Luft. «Die Wahlen», sagte Faulconer vage, als wäre ihm das Thema gerade eben erst in den Sinn gekommen.

«Ich habe alles vorbereitet.»

«Ich will keinen Unsinn erleben, Pecker.» Faulconer richtete die Säbelspitze auf Bird. «Keinen Unsinn, hast du gehört?»

In zwei Wochen sollte die Legion ihre Kompanieoffiziere neu

wählen. Die Auflage war gerade von der Regierung der Konföderation erlassen worden, nachdem sie die Wehrpflicht eingeführt und gleichzeitig die Dienstzeit der Männer verlängert hatte, die ursprünglich nur für ein Jahr zur Armee gekommen waren. Von nun an mussten die Einjährigen dienen, bis sie der Tod, Invalidität oder ein Friedensschluss aus den Rängen der Soldaten entließ. Doch weil die Regierung der Ansicht war, diese bittere Pille bräuchte eine Zuckerumhüllung, hatte sie auch bestimmt, dass die Einjährigen-Regimenter ein weiteres Mal ihre eigenen Offiziere wählen durften. «Was für einen Unsinn sollte es denn geben?», fragte Thaddeus Bird in aller Unschuld.

«Das weißt du, Pecker, das weißt du genau», gab Faulconer drohend zurück.

«Ich habe nicht die leiseste, nicht die geringste, überhaupt gar keine Ahnung, was du meinst», sagte Bird.

Die Säbelspitze fuhr herum und blieb nur wenige Zoll vor Birds zerzaustem Bart bebend in der Luft stehen. «Ich will Starbucks Name nicht auf dem Stimmzettel sehen.»

«Dann werde ich dafür sorgen, dass er nicht draufgedruckt wird», sagte Bird harmlos.

«Und ich will nicht, dass die Männer ihn bei der Wahl auf den Zettel schreiben.»

«Das, Faulconer, liegt außerhalb meines Einflusses. Nennt sich Demokratie. Ich glaube, dein Großvater und auch meiner haben für deren Einführung gekämpft.»

«Unsinn, Pecker.» Faulconer spürte die übliche Verdrossenheit, die ihn bei den Gesprächen mit seinem Schwager überkam, und das übliche Bedauern darüber, dass Adam es so stur ablehnte, Johnston zu verlassen und das Kommando der Legion zu übernehmen. Faulconer fiel kein anderer Mann ein, den die Männer der Legion statt Pecker akzeptieren würden, und sogar Adam, gestand sich Faulconer ein, würde Schwierigkeiten haben, seinen Onkel zu ersetzen. Und das bedeutete, dass Bird vermutlich zum Colonel des Regiments erhoben werden musste. Warum konnte Pecker angesichts dessen nicht wenigstens einen Hauch Dankbarkeit oder Kooperationsbereitschaft an den Tag legen? Washington Faulconer hielt sich für einen Mann von großzügigem und freundlichem Wesen, und dafür wollte er einfach nur gemocht werden, doch häufig schien er stattdessen Abneigung hervorzurufen. «Die Männer wären bestimmt nicht in der Versuchung, für Starbuck zu stimmen, wenn die Kompanie K von einem guten Offizier angeführt würde», gab Faulconer nun zu bedenken.

«Und der wäre?»

«Moxey.»

Bird verdrehte die Augen. «Den würde Truslow bei lebendigem Leib verspeisen.»

«Dann musst du Truslow maßregeln!»

«Warum? Er ist der beste Soldat in der Legion.»

«Unsinn», sagte Faulconer, aber er hatte keinen weiteren Kandidaten zum Vorschlagen. Er schob den Säbel zurück, und die Klinge fuhr zischend in die hölzerne Scheidenkehle. «Sag den Männern, dass Starbuck ein Verräter ist. Das sollte ihre Begeisterung abkühlen. Sag ihnen, dass er noch vor Monatsende gehängt wird, und sag ihnen, dass es genau das ist, was dieser Hundesohn verdient hat. Und er verdient es wirklich! Du weißt verdammt genau, dass er den armen Ethan ermordet hat.»

Nach Birds Ansicht war der Mord an Ethan Ridley das Beste, was Starbuck je getan hatte, doch er behielt seine Meinung für sich. «Hast du noch weitere Befehl, Faulconer?», fragte er stattdessen.

«Bereite alles zum Abmarsch in einer Stunde vor. Ich will, dass die Männer ordentlich aussehen. Wir marschieren durch Richmond, denk dran, also müssen wir unseren Anhängern etwas bieten.»

Bird trat aus dem Zelt und zündete sich eine Zigarre an. Armer Starbuck, dachte er. Er glaubte keine Sekunde an Starbucks Schuld, aber es gab nichts, was Bird hätte tun können, und der Schulmeister, der zum Soldaten geworden war, hatte schon lange beschlossen, sich nicht von Dingen beeinflussen zu lassen, die er nicht selbst beeinflussen konnte. Dennoch, dachte er, war es eine traurige Sache mit Starbuck.

Allerdings, überlegte Bird weiter, würde Starbucks Tragödie bestimmt in der größeren Katastrophe untergehen, die McClellans Einmarsch bedeutete. Wenn Richmond fiel, würde sich die Konföderation noch ein paar Monate verzweifelt zur Wehr setzen, doch ohne ihre Hauptstadt und ohne die Tredegar Iron Works, die größte und produktivste Waffenschmiede des Südens, würde die Rebellion wohl kaum überleben. Seltsam, ging es Bird durch den Kopf, als er am Rand des Feldlagers entlangging; es war auf den Tag erst ein Jahr her, seit die Rebellion mit den Kanonenschüssen auf Fort Sumter begonnen hatte. Ein Jahr, und nun schloss sich der Norden um Richmond wie eine riesige, gepanzerte Faust, die kurz davor war, sich zu ballen.

Trommeln wurden geschlagen, und die gerufenen Befehle der Exerziermeister hallten über den feuchten Lagerplatz, als sich die Brigade zum Abmarsch bereit machte. Zum ersten Mal seit Wochen zeigte sich sogar die Sonne hinter den Wolken, als die Legion Faulconer Richtung Südosten loszog, wo Amerikas Schicksal in der Schlacht entschieden werden sollte.

In einer einzigen Sache nur konnte Lieutenant Walton Gillespie Starbuck eine Art Fehlverhalten nachweisen, und nachdem er diese Schwachstelle entdeckt hatte, ritt er mit verzweifeltem Eifer darauf herum. Starbuck hatte zugegeben, Passierscheine verkauft zu haben, und auf dieses Geständnis stürzte sich Gillespie. «Sie geben also zu, Passierscheine ausgestellt zu haben, ohne ihre Gültigkeit zu überprüfen?»

«Das tun wir alle.»

«Warum?»

«Für Geld natürlich.»

Gillespie, der ohnehin schon recht blass war, schien bei dieser Beichte moralischer Verworfenheit noch weiter zu erbleichen. «Sie meinen, Sie haben Bestechungsgelder angenommen?»

«Natürlich habe ich das», sagte Starbuck. Er war schwach wie ein neugeborenes Kätzchen, seine Speiseröhre und sein Magen ein einziger feuriger Schmerz und sein Gesicht mit nässenden Pusteln übersät, wo auch immer das Krotonöl auf seine Haut gespritzt war. Draußen wurde es langsam wärmer, aber er zitterte trotzdem die ganze Zeit und fürchtete, sich ein Fieber zu holen. Tag für Tag war er verhört worden, und Tag für Tag hatte man ihm das widerliche Öl eingeflößt, bis er schließlich nicht mehr wusste, wie lange er schon im Gefängnis war. Die Fragen schienen niemals zu enden, Tag und Nacht wurde er von Brechreiz und Durchfall gefoltert. Es bereitete ihm Schmerzen, wenn er einen Schluck Wasser trinken wollte, es bereitete ihm Schmerzen, wenn er atmete, es bereitete ihm Schmerzen, am Leben zu sein.

«Wer hat Sie bestochen?», fragte Gillespie, dann verzog er das Gesicht, als Starbuck blutigen Speichel auf den Boden spuckte. Starbuck saß zusammengesunken auf einem Stuhl, denn er war zu schwach zum Stehen, und Gillespie verhörte nicht gern Männer, die auf dem Boden zusammengebrochen waren. Die beiden Wachmänner lehnten an der Wand. Sie langweilten sich. Nach ihrer Meinung – die nichts zählte, damit hatten sie sich längst abgefunden – war der verdammte Nordstaatler unschuldig, aber Gillespie bearbeitete ihn trotzdem weiter. «Wer?» Gillespie bestand auf einer Antwort.

«Alle möglichen Leute, verdammt.» Starbuck war so schwach,

hatte solche Schmerzen. «Major Bridgford kam einmal mit einem Stapel Formulare, genau wie –»

«Unsinn!», fauchte Gillespie. «So etwas würde Bridgford niemals tun.»

Starbuck zuckte mit den Achseln, als wäre es ihm ohnehin gleichgültig. Bridgford war der Kommandeur der Militärpolizei, und er hatte Starbuck tatsächlich einen Stapel Blanko-Passierscheine zum Unterschreiben gebracht und Starbuck danach eine Flasche Roggenwhiskey als Bezahlung für Gefälligkeit auf den Schreibtisch gestellt. Etwa zwanzig weitere hochrangige Offiziere und wenigstens ein Dutzend Kongressabgeordnete hatten das Gleiche getan und gewöhnlich mehr bezahlt als eine illegale Flasche Alkohol, und Starbuck nannte auf Gillespies Aufforderung sämtliche Namen. Der einzige Mann, den er nicht aufzählte, war Belvedere Delaney. Der Anwalt war ein Freund und ein Wohltäter, und das Mindeste, was Starbuck zum Ausgleich tun konnte, war, ihn zu schützen.

«Was haben Sie mit dem Geld gemacht?», fragte Gillespie.

«Das hab ich bei Johnny Worsham's verloren», antwortete Starbuck. Johnny Worsham's war die größte Spielhölle der Stadt, ein Lokal mit zügellosen Frauen und Musik, das von zwei Schwarzen bewacht wurde, die so groß und kräftig waren, dass es sogar bewaffnete Militärpolizisten nicht wagten, sich mit ihnen anzulegen. Starbuck hatte dort einiges von seinem Geld verspielt, aber der größte Teil lag in Sallys Zimmer unter Verschluss. Starbuck wagte es nicht, das Versteck preiszugeben, weil er fürchtete, dass Gillespie dann Sally nachstellen würde. «Beim Pokern», fügte er hinzu. «Bin eine Niete im Pokern.» Er atmete schwer ein und stöhnte, als er wieder ausatmen musste. Gillespie hatte das Krotonöl schon seit einigen Tagen nicht mehr angewendet, doch Starbuck krümmte sich wegen der Schmerzen in seinem Magen noch immer nach vorn.

Am nächsten Tag erstattete Gillespie Major Alexander Bericht, der eine Grimasse schnitt, als er feststellte, wie wenig Gillespie aus Starbuck herausgeholt hatte. «Vielleicht ist er ja unschuldig», sagte Alexander.

«Er ist ein Yankee», sagte Gillespie.

«Dessen ist er schuldig, gewiss, aber hat er sich auch dadurch schuldig gemacht, dass er an Webster geschrieben hat?»

«Wer hätte es denn sonst sein können?», fragte Gillespie.

«Genau das, Lieutenant, sollen wir herausfinden. Hatten Sie nicht gesagt, die wissenschaftlichen Methoden Ihres Vaters wären unfehlbar? Und wenn sie unfehlbar sind, dann ist Starbuck unschuldig.»

«Er hat Bestechungsgelder angenommen.»

Alexander seufzte. «Für dieses Vergehen könnten wir den halben Kongress verhaften, Lieutenant.» Er blätterte durch Gillespies Verhörprotokoll und nahm mit Widerwillen die enorme Menge Öl zur Kenntnis, die dem Häftling mit Gewalt eingeflößt worden war. «Ich habe den Verdacht, dass wir damit unsere Zeit verschwenden», folgerte Alexander aus den Unterlagen.

«Noch ein paar Tage, Sir!», drängte Gillespie. «Ich bin sicher, dass er kurz davor ist, mürbe zu werden, Sir. Ich weiß es!»

«Das haben Sie letzte Woche auch schon gesagt.»

«Ich habe in den letzten Tagen mit dem Öl ausgesetzt», sagte Gillespie eifrig. «Ich gebe ihm die Gelegenheit, sich zu erholen, und dann verdopple ich mein nächsten Mal die Dosis.»

Alexander klappte Starbucks Akte zu. «Wenn er uns etwas zu sagen hätte, Lieutenant, hätte er es inzwischen gestanden. Er ist nicht unser Mann.»

Gillespie musste sich im Zaum halten bei dieser indirekten Andeutung, seine Verhörmethode habe versagt. «Wissen Sie», fragte er Alexander, «dass Starbuck in einem Bordell gewohnt hat?»

«Verurteilen Sie einen Mann dafür, dass er sich vergnügt?», fragte Alexander.

Gillespie errötete. «Eine der Frauen hat sich nach ihm erkundigt, Sir. Sie ist zweimal zum Gefängnis gekommen.»

«War es diese hübsche Hure? Die Royall heißt?»

Gillespie schoss noch mehr Blut in die Wangen. In der Tat war Victoria Royall schöner gewesen als in seinen kühnsten Träumen, aber das wagte er vor Alexander nicht einzugestehen. «Sie hieß Royall, allerdings. Und sie war so anmaßend, als wäre sie tatsächlich eine Königin. Sie wollte mir nicht sagen, warum sie sich für den Gefangenen interessiert, und ich glaube, man sollte sie verhören.»

Alexander schüttelte erschöpft den Kopf. «Sie interessiert sich für den Gefangenen, weil ihr Vater in Starbucks Infanteriekompanie gedient hat, Lieutenant, und sie selbst hat vermutlich ihre Dienste in Starbucks Bett geleistet. Ich habe mit der Frau geredet, und sie weiß überhaupt nichts, also besteht keine Notwendigkeit, dass sie noch einmal von Ihnen verhört wird. Oder hatten Sie eine andere Art von Unterhaltung im Sinn?»

«Natürlich nicht, Sir.» Gillespie empörte sich über diese Andeutung, doch er hatte wirklich darauf gehofft, dass ihm Major Alexander die Befragung Miss Victoria Royalls übertragen würde.

«Denn falls Sie etwas anderes im Sinn gehabt haben», fuhr Alexander fort, «dann sollten Sie wissen, dass die *nymphes du monde* in diesem Haus dort die kostspieligsten in der gesamten Konföderation sind. Die Ladys in dem Etablissement gegenüber des YMCA entsprechen möglicherweise eher Ihrem Geldbeutel.»

«Sir! Ich muss protestieren ...»

«Seien Sie still, Lieutenant», sagte Alexander müde. «Und falls Sie vorhaben, Miss Royall privat aufzusuchen, dann denken Sie daran, wie viele hochrangige Offiziere zu ihren Kunden gehören. Miss Royall kann Ihnen vermutlich wesentlich größere Probleme machen als Sie ihr.» Einige dieser Kunden hatten schon Beschwerde gegen Starbucks Verhaftung eingelegt, die Alexander auch selbst immer schwerer zu rechtfertigen erschien. Gott im Himmel, dachte der Major. Dieser Fall erwies sich als wirklich schwierig. Starbuck war als naheliegendster Kandidat erschienen, aber er gab nicht das Geringste zu. Timothy Webster, der in seiner Zelle krank auf der Pritsche lag, hatte bei seinem Verhör keine Informationen preisgegeben, und der Mann, der die Anschlagtafel in St. Paul's beobachtete, verschwendete offenbar nur seine Zeit. Ein falscher Brief war unter die Bänder der Tafel im Kirchenvestibül geschoben worden, aber noch war niemand erschienen, um ihn abzuholen.

«Wenn Sie mir einfach erlauben würden, Webster das Abführmittel meines Vaters zu verabreichen», schlug Gillespie diensteifrig vor.

Alexander lehnte diesen Vorschlag mit einer Handbewegung ab. «Mit Mr. Webster haben wir andere Pläne.» Alexander bezweifelte außerdem, dass der kränkelnde Webster die Identität des Mannes kannte, der an Major James Starbuck geschrieben hatte. Vielleicht kannte ihn nur James Starbuck.

«Und die Frau, die gemeinsam mit Webster verhaftet wurde?», lautete Gillespies nächster Vorschlag.

«Wir werden den Zeitungen des Nordens keine Gelegenheit geben zu schreiben, dass wir Frauen mit Abführmitteln foltern», sagte Alexander. «Sie wird unversehrt in den Norden zurückgeschickt.» Die Klänge einer Militärkapelle lockten Alexander ans Fenster, von dem aus er auf ein Infanteriebataillon hinuntersah, das auf der Franklin Street nach Osten zog. Johnstons Armee, die schließlich ihre Stellung um Culpeper Court House verlassen hatte, traf zur Verteidigung der Hauptstadt ein. Die ersten Regimenter waren schon weitergezogen, um Magruders Stellung bei Yorktown zu verstärken, während die später ankommenden Truppen nun ihre Lager östlich und nördlich von Richmond aufschlugen.

Die Infanteriekapelle spielte «Dixie». Kinder mit Stöcken statt

Musketen stolzierten neben den Soldaten, die alle Narzissen an ihre Hüte gesteckt hatten. Sogar vom dritten Stock aus konnte Alexander erkennen, wie abgerissen und schlecht uniformiert die Soldaten waren, aber sie marschierten recht ordentlich, und ihre Moral schien gut zu sein. Sie warfen den hübschesten Mädchen Narzissen zu. Ein Mulattenmädchen, das zwischen anderen Zuschauern auf dem gegenüberliegenden Bürgersteig stand, hatte schon einen ganzen Arm voll Blumen und lachte, als ihr die Soldaten noch mehr Blüten dazulegten. Die Infanterie war ganz bewusst durch die Stadt geführt worden, damit die Richmonder wussten, dass eine Armee zu ihrer Verteidigung eingetroffen war, allerdings schienen eher die Soldaten eine Verteidigung vor der Stadt nötig zu haben, beziehungsweise vor ihren mit Geschlechtskrankheiten verseuchten Huren, und deshalb wurde die marschierende Kolonne auf beiden Seiten von Militärpolizisten mit aufgepflanztem Bajonett eskortiert, die dafür sorgten, dass kein Soldat aus der Marschordnung trat und in der Menge untertauchte.

«Wir können Starbuck nicht einfach entlassen», beschwerte sich Gillespie. Er hatte sich an das zweite Fenster gestellt.

«Wir können ihn wegen Bestechlichkeit anklagen, schätze ich», gestand ihm Alexander zu, «aber wir können ihn nicht vor ein Kriegsgericht zerren, wenn er aussieht wie der wandelnde Tod. Waschen Sie ihn, geben Sie ihm Zeit zur Erholung, und dann entscheiden wir, ob wir ihn wegen der Annahme von Bestechungsgeldern vor Gericht bringen.»

«Und wie finden wir den echten Verräter?», fragte Gillespie.

Alexander dachte an einen alten Mann mit langem Haar und erschauerte unwillkürlich. «Ich glaube, wir müssen uns mit dem Teufel einlassen, Gillespie.» Alexander wandte sich vom Fenster ab und betrachtete verdrießlich die Landkarte von Virginia, die an der Wand seines Büros hing. Wenn sie einmal hinter Yorktown waren, dachte er, gab es nichts mehr, was die Yankees aufhalten konnte. Sie würden gegen die Stellungen Richmonds anlaufen wie eine Springflut, die ein auflandiger Sturm vor sich hertreibt. Sie würden die Stadt einschließen und ihr die Luft abdrehen. Und was würde dann aus der Konföderation werden? Im Westen hatte sich Beauregard, trotz der Versuche der Südstaatenpresse, einen Sieg herbeizureden, nach erheblichen Verlusten von einem Ort namens Shiloh zurückgezogen. Der Norden reklamierte den Sieg dort für sich, und Alexander fürchtete, dass sich das als zutreffend herausstellen würde. Und wie lange würde es noch dauern, bis der Norden hier in Virginia seinen Sieg erklärte? «Haben Sie je daran gedacht», fragte er Gillespie, «dass dies alles vielleicht vergebliche Anstrengungen sind?»

«Wie könnte das sein?» Gillespie verstand die Frage nicht. «Wir haben doch das moralische Recht auf unserer Seite. Gott wird uns nicht im Stich lassen.»

«Gott hatte ich ganz vergessen», sagte Alexander, dann setzte er seinen Hut auf und ging, um dem Teufel einen Besuch abzustatten.

SIEBEN

Zwei Soldaten holten Starbuck aus seiner Zelle. Sie weckten ihn bei Dunkelheit, und er schrie in plötzlichem Schrecken laut auf, als sie ihm die Decke vom Körper zogen. Er war immer noch nicht ganz wach, als sie ihn hastig durch den Gang eskortierten. Weil er mit dem nächsten Verhör rechnete, drehte sich Starbuck unwillkürlich rechts herum, aber einer der Soldaten schob ihn in die andere Richtung. Im Gefängnis herrschte nächtliche Ruhe, durch die Gänge zog der Rauch der kleinen Flammen von den Talgkerzen, die alle paar Schritte in Halterungen brannten. Starbuck zitterte trotz der fühlbaren Wärme in der Frühlingsluft. Es war Tage her, dass Gillespie ihm das letzte Mal das Krotonöl verabreicht hatte, aber er war immer noch jämmerlich mager und leichenblass. Zwar musste er nicht mehr würgen und hatte sogar etwas Haferschleim essen können, ohne dass sein Magen die Nahrung sofort wieder abwies, aber er fühlte sich schwach wie ein Kätzchen und dreckig wie ein Schwein, auch wenn ihm das Ende der Verhöre schließlich als winziger Hoffnungsschimmer erschienen war.

Starbuck wurde ins Wachlokal des Gefängnisses geführt, wo ein

Sklave damit beauftragt wurde, ihm die Fußfesseln abzunehmen. Auf dem Tisch des Wachlokals lag ein ewiger Kalender, der aus Pappkarten in einem Holzrahmen bestand. Den Karten zufolge war es Montag, der 29. April 1862. «Wie fühlst du dich, Junge?», fragte der Sergeant hinter dem Tisch. Er hatte seine großen Hände um einen Zinnbecher geschlossen. «Wie geht's deinem Magen?»

«Er ist leer, und er brennt», sagte Starbuck.

«Das ist doch für heute schon mal nicht schlecht.» Der Sergeant lachte und nippte an dem Becher. Dann verzog er das Gesicht. «Kaffee aus gerösteten Erdnüssen. Schmeckt wie Yankee-Scheiße.»

Die Soldaten befahlen Starbuck in den Gefängnishof. Das Fehlen der Fußfesseln führte dazu, dass er seine Füße unnatürlich weit anhob, sodass sein Gang grotesk und schwerfällig aussah. Eine schwarze Gefängniskutsche wartete im Hof. Die einzige, rückwärtige Tür stand offen, und ein Pferd mit Scheuklappen und Senkrücken war angeschirrt. Starbuck wurde in das Gefährt geschoben. «Wohin fahre ich?», fragte er.

Keine Antwort. Stattdessen wurde die Kutschtür vor seiner Nase zugeschlagen. Innen an der Tür gab es keinen Griff, und die Kutsche hatte auch keine Fenster. Es war einfach eine Kutsche zum Gefangenentransport; eine Holzkiste auf Rädern mit einer Lattenbank, auf die sich Starbuck stöhnend setzte. Er hörte die Wachmänner auf den Fußtritt hinten an der Kutsche steigen, und dann ließ der Kutscher die Peitsche knallen.

Die Kutsche setzte sich mit einem Ruck in Bewegung. Starbuck hörte die Gefängnistore knarrend aufschwingen, dann holperte das schwerfällige Gefährt über den Bordstein und auf die Straße. Zitternd und einsam saß er in der Dunkelheit und fragte sich, welche neuen Demütigungen auf ihn warteten.

Nach einer halben Stunde blieb die Kutsche stehen, und die Tür wurde geöffnet. «Raus, Yankee», sagte eine der Wachen, und Starbuck stieg aus in die Morgendämmerung und sah, dass er nach Camp Lee gebracht worden war, Richmonds altem Messeplatz, der im Westen der Stadt lag. Camp Lee war jetzt das größte Armeedepot der Stadt. «Dort entlang», sagte der Wachmann und deutete auf die Rückseite der Kutsche.

Starbuck drehte sich um, und eine oder zwei Sekunden lang konnte er sich nicht bewegen. Zuerst war es Unverständnis, das ihn stehen bleiben ließ, dann, als ihm klarwurde, was er in dieser Morgendämmerung vor sich hatte, erstarrte er vor Schreck.

Denn dort, im geisterhaften Licht, stand ein Galgen.

Das Gerüst war aus geschälten Rohholzbalken neu errichtet. Es war eine monströse Konstruktion, schaurig anzusehen in den letzten, grauen Schatten der Nacht, mit einer Plattform in etwa zwölf Fuß Höhe. Zwei Pfosten auf der Plattform trugen noch etwa zehn Fuß darüber einen Querbalken. Über dem Balken hing ein Strick, sein zu einer Schlinge geknüpftes Ende lag vermutlich auf der Falltür zusammengerollt. Eine Leiter führte von der Wiese auf die Plattform, wo ein bärtiger Mann in einem schwarzen Hemd, schwarzen Hosen und einer fleckigen weißen Jacke auf seine Arbeit wartete. Er lehnte an einem der Pfosten und rauchte Pfeife.

Eine kleine Gruppe uniformierter Männer wartete am Fuß des Galgens. Sie rauchten Zigarren und unterhielten sich, doch als Starbuck erschien, breitete sich Schweigen aus, während sie sich einer nach dem anderen umdrehten, um ihn zu mustern. Einige verzogen das Gesicht, und kein Wunder, denn Starbuck trug ein schmutzstarrendes Hemd, schmutzstarrende, zerrissene Hosen, die von einem ausgefransten Stück Schnur zusammengehalten wurden, und grobe Lederhalbstiefel, die um seine Knöchel schlotterten wie Würfelbecher. Seine Knöchel waren von den Fußfesseln blutig aufgeschürft, sein Haar war verfilzt und schmutzig und sein neuer Bart struppig und verdreckt. Er stank.

«Bist du Starbuck?», bellte ihn ein schnurrbärtiger Major an.

«Ja.»

«Du bleibst dort stehen und wartest», sagte der Major und deutete auf eine Stelle etwas abseits von der Gruppe. Starbuck gehorchte, dann drehte er sich erschrocken um, als die Kutsche, die ihn vom Gefängnis abgeholt hatte, sich plötzlich wieder in Bewegung setzte. Würde er in dem Kiefernsarg von hier weggebracht werden, der neben der Leiter stand? Der Major sah den Schrecken in Starbucks Gesicht und runzelte die Stirn. «Der ist nicht für dich, du Esel.» Erleichterung breitete sich in Starbuck aus. Er hätte beinahe angefangen zu taumeln, beinahe angefangen zu weinen.

Als die Gefängniskutsche davonfuhr, erschien eine zweite Kutsche. Die neu eingetroffene Kutsche war ein elegantes, altmodisches Gefährt mit dunkel lackierten Panelen, vergoldeten Achskappen und vier dazu passenden Pferden. Der schwarze Kutscher hielt auf der anderen Seite des Galgens, zog die Bremse an und stieg dann vom Bock, um die Tür der Kutsche zu öffnen. Ein alter Mann kam aus der Kutsche. Er war groß und schlank, und eine enorme weiße Mähne umrahmte sein tiefgebräuntes und stark zerfurchtes Gesicht. Er trug keine Uniform, sondern einen eleganten schwarzen Anzug. Das Licht der Morgendämmerung blitzte in der Uhrkette mit den Anhängern, die der Mann trug, und im Silberknauf seines Gehstocks. Und es schimmerte in seinen Augen, die mit starrem Blick auf Starbuck gerichtet waren, sodass dieser anfing, sich unwohl zu fühlen. Starbuck erwiderte das Starren und kämpfte sein Unbehagen über die Musterung des alten Mannes nieder, und gerade, als es so schien, als wäre er in einen kindischen Wettkampf darüber geraten, wer zuerst den Blick abwenden würde, verriet Unruhe hinter Starbuck die Ankunft des Mannes, der am Galgen sterben sollte.

Der Kommandant von Camp Lee führte die kleine Prozession an, und hinter ihm kam der Kaplan der Episkopalkirche, der laut den Psalm dreiundzwanzig vorlas. Der Häftling folgte ihnen, gestützt von zwei Soldaten.

Der Häftling war ein großer, gutaussehender Mann mit einem breiten Schnurrbart, glattrasiertem Kinn und dichtem, schwarzem Haar. Er trug Hemd, Hose und Schuhe. Seine Hände waren vor dem Körper gefesselt, an den Füßen hatte er weder Ketten noch Stricke, und doch schien er Schwierigkeiten mit dem Gehen zu haben. Er hinkte, und jeder Schritt war ihm eine Qual. Wieder senkte sich Stille über die Anwesenden.

Die Beschämung darüber, einen Krüppel zu seiner Richtstätte gehen zu sehen, wurde noch stärker, als der Häftling versuchte, die Leiter hinaufzusteigen. Seine gefesselten Hände hätten den Anstieg in jedem Fall erschwert, aber die Schmerzen in seinen Beinen machten ihn beinahe unmöglich. Die beiden Soldaten halfen ihm, so gut es ging, und der Henker mit der weißen Jacke klopfte die Glut aus seiner Pfeife und beugte sich hinunter, um dem Häftling die letzten paar Leitersprossen hinaufzuziehen. Bei jedem Schritt hatte der Mann gestöhnt. Nun hinkte er zu der Falltür, und Starbuck sah, wie der Henker in die Hocke ging, um dem Mann die Füße aneinanderzufesseln.

Der Kaplan und der Kommandant waren dem Häftling auf die Plattform gefolgt. Die ersten Sonnenstrahlen tauchten den Querbalken des Galgens in goldenes Licht, während der Kommandant den Hinrichtungsbefehl auseinanderfaltete. «In Übereinstimmung mit dem über Sie verhängten Urteil durch das Kriegsgericht, das recht- und gesetzmäßig am sechzehnten April in Richmond zusammengetreten ist ...», begann der Lagerkommandant zu lesen.

«Es gibt kein Gesetz, nach dem Sie das tun dürfen», unterbrach der Häftling den Kommandanten. «Ich bin ein amerikanischer Staatsbürger, ein Patriot, ein Diener der rechtmäßigen Regierung dieses Landes!» Der Häftling trug seinen Protest mit heiserer Stimme vor, die dennoch erstaunlich kräftig war.

«... wurden Sie, Timothy Webster, zum Tode verurteilt, weil Sie sich des Vergehens der Spionage schuldig gemacht haben, die Sie unrechtmäßig innerhalb der Grenzen der souveränen Konföderierten Staaten von Amerika ausgeübt haben ...»

«Ich bin ein Bürger der Vereinigten Staaten», brüllte Webster seinen Widerspruch, «die hier allein die obrigkeitliche Gewalt ausüben dürfen!»

«Dieses Urteil soll nun entsprechend der gesetzlichen Bestimmungen vollstreckt werden.» Der Kommandant las hastig zu Ende, dann trat er einen Schritt von der Falltür zurück. «Haben Sie noch etwas zu sagen?»

«Gott segne die Vereinigten Staaten von Amerika!», sagte Timothy Webster mit seiner rauen, tiefen Stimme. Einige der Offiziere auf der Wiese hatten ihre Hüte abgenommen, andere den Blick halb abgewandt. Der Henker musste sich auf die Zehenspitzen stellen, um Webster die schwarze Kapuze über den Kopf zu ziehen und die Schlinge um den Hals zu legen. Murmelnd rezitierte der Kaplan den Psalm ein zweites Mal. Die Sonnenstrahlen krochen an den Balken hinunter und näherten sich langsam der Kapuze des Verurteilten.

«Gott schütze die Vereinigten Staaten von Amerika!», rief Webster laut, die Stimme von der Kapuze gedämpft, und dann trat der Henker den Bolzen weg, der die Falltür geschlossen hielt, und die Zuschauer keuchten auf, als die Klappe aus Kiefernholz heftig herunterschwang und der Häftling abwärtsraste.

Alles geschah so schnell, dass sich Starbuck die Einzelheiten später neu ins Gedächtnis rufen musste, und selbst dann war er nicht sicher, ob seine Phantasie das Geschehen nicht noch etwas ausgeschmückt hatte. Der Strick schien sich zu spannen, hielt den Verurteilten sogar einen Moment in der Luft fest, doch dann schien die Schlinge über sein verhülltes Gesicht nach oben zu rutschen, und plötzlich, Hände und Füße zusammengebunden wie eine Schlachtsau, stürzte Webster auf den Boden, während über ihm im Morgenlicht der Strick pendelte, in dessen Schlinge sich die schwarze Kapuze verfangen hatte. Webster schrie vor Schmerz, als er auf seinen empfindlichen, rheumatischen Gelenken aufkam. Starbuck erschauerte bei den gequälten Schreien, während der alte, weißhaarige Mann mit dem silberverzierten Gehstock einfach nur den Blick auf Starbuck geheftet hielt.

Einer der Offiziere, die zuschauten, hob die Hand vor den Mund und drehte sich weg. Ein anderer musste sich an einen Baum lehnen. Zwei oder drei zogen Flachmänner aus der Tasche. Einer bekreuzigte sich. Der Henker sah einfach nur mit weit aufgerissenen Augen durch die offene Luke nach unten.

«Noch mal! Noch mal machen!», rief der Kommandant. «Beeilung. Hebt ihn auf! Lassen Sie ihn, Doktor.» Ein Mann, offenkundig ein Arzt, hatte sich neben Webster gekniet, zog sich nun aber unsicher zurück, als zwei Soldaten herbeieilten, um dem Verurteilten aufzuhelfen. Webster schluchzte, nicht vor Angst, sondern wegen der grauenvollen Schmerzen in seinen Gelenken.

«Beeilung!», rief der Kommandant erneut. Einer der Offiziere übergab sich.

«Sie werden mich ein zweites Mal umbringen!», protestierte Webster, und seine Stimme bebte vor Qual.

«Beeilung!» Der Kommandant schien in Panik zu verfallen.

Die Soldaten schleppten Webster zu der Leiter. Sie mussten seine Fußfessel lösen und seine Füße einen Schritt nach dem anderen auf die Leitersprossen stellen. Webster kam langsam nach oben, immer noch schluchzend vor Schmerz, während der Henker die Schlinge einholte. Einer der Zuschauer drückte die Falltür von unten mit seinem Schwert wieder zu.

Die Kapuze war aus der Schlinge gerutscht, und der Henker murrte, er könne ohne die schwarze Haube seine Arbeit nicht machen. «Das spielt keine Rolle!», zischte der Kommandant. «Jetzt machen Sie schon, um Himmels willen!»

Der Kaplan zitterte so sehr, dass er die Bibel nicht ruhig halten konnte. Der Henker fesselte dem Häftling erneut die Füße zusammen, zog ihm die Schlinge über den Kopf und knurrte, als er den Knoten unter dem linken Ohr des Verurteilten festzog. Der Kaplan begann das Vaterunser aufzusagen und ratterte die Worte so schnell herunter, als habe er Angst, sie zu vergessen, wenn er zu langsam betete.

«Gott segne die Vereinigten Staaten!», rief Webster laut, auch wenn es mehr ein Schluchzen war. Er krümmte sich vor Qual, aber dann, als die strahlende Morgensonne ihn in ihr Licht tauchte, unterdrückte er mit äußerster Anstrengung den Schmerz, um seinen Mördern zu zeigen, dass er stärker war als sie. Zoll für Zoll richtete er seinen leidenden Körper auf, bis er schließlich ganz aufrecht stand. «Gott segne die Vereinigten –»

«Tun Sie's endlich!», kreischte der Kommandant.

Zum zweiten Mal trat der Henker den Bolzen weg, und zum zweiten Mal krachte die Falltür auf, und zum zweiten Mal schoss der Häftling abwärts, nur dass sich der Strick dieses Mal straff spannte und der Körper kurz zurückschnellte, als sich der Hals streckte und das Genick brach. Einer der Offiziere schnappte vor Entsetzen hörbar nach Luft, während der tote Körper am Seil tanzte. Dieses Mal war Webster augenblicklich getötet worden, das Genick glatt gebrochen, sodass sein hintenübergekipptes Gesicht zu der Falltür aufzublicken schien, die im Morgenlicht knarrend hin und her pendelte. Die Zunge des Toten zeigte sich zwischen den Lippen, und dann begann eine Flüssigkeit von seinem rechten Schuh herunterzutropfen.

«Holt ihn runter!», rief der Kommandant.

Die Offiziere wandten sich ab, nur der Arzt hastete unter die Plattform, um den Tod des Spions zu bescheinigen. Starbuck, der sich fragte, warum man ihn durch die ganze Stadt gebracht hatte, um dieser barbarischen Exekution zuzusehen, drehte sich zur aufgehenden Sonne um. Er hatte so lange keinen freien Himmel mehr gesehen. Die Luft war frisch und klar. Ein Hahn krähte im Lager, sein Schrei bildete den Kontrapunkt zu den Hammerschlägen, mit denen Soldaten den Sargdeckel über der Leiche des Spions zunagelten.

Eine knochige Hand fiel auf Starbucks Schulter. «Kommen Sie mit, Starbuck, kommen Sie mit.» Es war der alte, weißhaarige Mann, und nun führte er Starbuck zu seiner Kutsche. «Nachdem jetzt unser Appetit angeregt ist», sagte der alte Mann fröhlich, «können wir frühstücken gehen.»

Ein paar Schritt von dem Galgen entfernt war ein Grab ausgehoben worden. Die Kutsche fuhr an der leeren Grube vorbei und holperte südwärts über den Exerzierplatz auf die Stadt zu. Der alte Mann hatte die Hände über den Silberknauf seines Stocks gelegt und lächelte während der gesamten Fahrt. Zumindest sein Tag hatte gut angefangen.

Hyde House, wo der alte Mann wohnte, befand sich auf einem dreieckigen Grundstück, dort wo die Brook Avenue das Gittermuster der Richmonder Straßen diagonal schnitt. Das Grundstück war von einer hohen Backsteinmauer umgeben, die von einer Reihe weiß erodierter Steine gekrönt wurde, über denen üppig blühende Bäume emporragten. Tief in dem ungepflegten Park, dessen Eingang ein Metalltor mit Lanzettenspitzen bildete, stand ein dreistöckiges, einst herrschaftliches Haus mit umlaufenden Balkons an jedem Stockwerk und einem verschnörkelten Vorbau als Kutschzufahrt.

Es regnete nicht, aber in der Morgenfrühe schien alles um das Haus herum feucht zu sein. Sogar die schönen, blühenden Kletterpflanzen, die von den Balkongeländern herabhingen, tropften trostlos vor sich hin, während von den Balkons selbst die Farbe abblätterte und die Balustraden beschädigt waren. Die Zugangstreppe aus Holz, die der alte Mann Starbuck hinaufführte, sah halb verrottet aus und wie von grünlichem Schimmel überzogen. Eine Sklavin riss die lackierte Eingangstür gerade noch rechtzeitig auf, sonst wäre der alte Mann geradewegs in die schwere Tür hineingelaufen.

«Das ist Captain Starbuck», schnarrte der alte Mann in Richtung der hübschen jungen Frau, die ihm die Tür geöffnet hatte. «Zeig ihm sein Zimmer. Ist sein Bad eingelassen?»

«Ja, Massa.»

Der alte Mann zog seine Uhr heraus. «Frühstück in fünfundvierzig Minuten. Martha wird Ihnen zeigen wo. Gehen Sie!»

«Sir?», sagte Martha zu Starbuck und winkte ihn zur Treppe.

Starbuck hatte während der gesamten Fahrt kein einziges Wort gesagt, aber jetzt, umgeben von dem unerwarteten und verblassenden Luxus dieses alten Herrenhauses, spürte er, wie ihn sein Selbstbewusstsein verließ. «Sir?», sagte er zu dem Rücken des alten Mannes.

«Frühstück in fünfundvierzig Minuten!», wiederholte der alte Mann verärgert, dann verschwand er durch eine Tür.

«Sir?», sagte Martha erneut, und Starbuck ließ sich von ihr die Treppe hinauf in ein weitläufiges und verschwenderisch eingerichtetes Schlafzimmer führen. Der Raum war einst elegant gewesen, doch nun hatte seine kostspielige Tapete Feuchtigkeitsflecken, und der edle Teppich war ausgebleicht und mottenzerfressen. Über das Bett waren fadenscheinige Tapisserien drapiert, auf denen – als wäre es die feinste Abendgarderobe – Starbucks Konföderierten-Uniform ausgebreitet worden war. Der Uniformrock war gewaschen und geflickt worden, der Gürtel war poliert, und seine Stiefel, die mit Stiefelspannern am Fußende des Betts standen, waren ausgebessert und gewichst. Sogar Oliver Wendell Holmes' Uniformmantel war da. Die Sklavin öffnete eine Tür, die in einen kleinen Ankleideraum führte, wo eine dampfende Sitzbadewanne vor einem angeschürten Kohleofen stand. «Soll ich bleiben, Massa?», fragte Martha ängstlich.

«Nein. Nein.» Starbuck wusste nicht, wie ihm geschah. Er ging in den Ankleideraum und streckte zögernd die Hand ins Wasser. Es war so heiß, dass er es kaum ertragen konnte. Auf einem Rohrsessel lag ein Stapel weißer Handtücher und auf einem Waschtisch ein Rasiermesser, Seife und ein Rasierpinsel.

«Wenn Sie Ihre alte Kleidung vor die Tür legen ...», sagte Martha, beendete den Satz aber nicht.

«Dann verbrennst du die Sachen?», riet Starbuck.

«Ich hole Sie in vierzig Minuten hier ab, Massa», sagte sie und sank in einen Knicks, bevor sie rückwärts aus der Tür ging und sie hinter sich zuzog.

Eine Stunde später war Starbuck rasiert, geschrubbt und angezogen und hatte sich mit Eiern, Schinken und gutem Weißbrot vollgeschlagen. Sogar der Kaffee war richtiger Kaffee gewesen, und die milde Zigarre, die er nach dem Essen rauchte, duftete angenehm. Das fette Essen hätte leicht weitere Übelkeitskrämpfe auslösen können, aber er hatte langsam angefangen und erst geschlungen, als sein Magen nicht rebelliert hatte. Der alte Mann hatte während des Frühstückes kaum etwas gesagt, abgesehen von seinen Spötteleien über einige Artikel in der Morgenzeitung. Er wirkte auf den neugierigen Starbuck genauso außergewöhnlich wie bösartig. Seine Haussklavinnen hatten offenkundig Angst vor ihm. Zwei Mädchen servierten das Essen, beide genauso hellhäutig und gutaussehend wie Martha. Starbuck überlegte, ob er in seinem Zustand einfach sämtliche Frauen begehrenswert fand, aber der alte Mann sah ihn eine der beiden Sklavinnen mustern und bestätigte sein Urteil. «Ich kann im Haus keinen hässlichen Anblick ertragen, Starbuck. Wenn ein Mann schon Frauen besitzen muss, dann sollen es wenigstens die schönsten sein, und ich kann sie mir leisten. Ich verkaufe sie weiter, wenn sie fünfundzwanzig sind. Wenn man eine Frau zu lange behält, glaubt sie irgendwann, einem das Leben vorschreiben zu können. Kauf sie jung, halte sie fügsam, verkaufe sie rechtzeitig. Dann ist man zufrieden. Kommen Sie mit in die Bibliothek.»

Der alte Mann führte Starbuck durch eine Flügeltür in einen prachtvollen Raum, auch wenn es zugelassen worden war, dass diese Pracht schrecklich litt. Wundervoll geschnitzte Bücherschränke reichten von dem Hartholzboden bis zu der stuckverzierten, zwölf Fuß hohen Decke, doch der Stuck bröckelte ab, und das Blattgold auf den Bücherschränken war abgegriffen, und die Rücken der leder-gebundenen Bände hatten sich gelöst. Alte Tische waren übersät mit Büchern, die vor Feuchtigkeit aufgequollen waren, und der ganze traurige Raum roch dumpf. «Mein Name ist de'Ath», sagte der Mann mit seiner verführerischen Stimme.

«Death?», fragte Starbuck verwundert.

«Kleines D, E, Apostroph, A, T, H. Französische Herkunft: de'Ath. Mein Vater kam mit Lafayette hierher und ist nie wieder nach Hause gefahren. Hatte nichts, zu dem er zurückkehren konnte. War ein Bastardkind, Starbuck, auf der falschen Seite des Lakens einer Adels-hure geboren. Die ganze Sippe hat im französischen Revolutions-terror bekommen, was sie verdiente. Kopf ab mit Doktor Guillotins großartiger Apparatur. Ha!» De'Ath ließ sich hinter dem größten Tisch nieder, auf dem ein Durcheinander von Büchern, Papieren, Tintenfässern und Stiften herrschte. «Die ausgezeichnete Vorrich-tung Doktor Guillotins hat mich zu einem Marquis von irgendwas gemacht, nur sind wir unter der weisen Regierung unseres früheren

Landes nicht befugt, unsere Titel zu tragen. Glauben Sie an diesen ganzen Jefferson'schen Unsinn von der Gleichheit aller Menschen, Starbuck?»

«Ich bin in diesem Glauben erzogen worden, Sir.»

«Ich bin nicht daran interessiert, welchen Humbug man Ihnen als Kind eingetrichtert hat, sondern daran, welcher jetzt in ihrem Kopf steckt. Glauben Sie, dass alle Menschen gleich sind?»

«Ja, Sir.»

«Dann sind Sie ein Narr. Es ist doch für jeden offensichtlich, dass manche Männer klüger sind als andere, manche stärker, und eine glückliche Minderheit skrupelloser als die übrigen, woraus wir klar folgern können, dass unser Schöpfer beabsichtigte, uns in den angenehmen Grenzen einer Hierarchie leben zu lassen. Machen Sie alle Menschen gleich, Starbuck, dann erheben Sie Dummheit zur Weisheit und verlieren die Fähigkeit, beides zu unterscheiden. Das habe ich Jefferson oft genug erklärt, aber er hat nie auf die Einsichten anderer gehört. Setzen Sie sich. Aschen Sie auf den Boden. Wenn ich sterbe, wird ohnehin alles verrotten.» Er wedelte mit einer mageren Hand, um zu verdeutlichen, dass er über das Haus und seine großartige, aber verfallende Einrichtung sprach. «Ich halte nichts von ererbtem Reichtum. Wenn ein Mann nicht sein eigenes Geld verdienen kann, dann sollte er auch nicht über das Vermögen eines anderen verfügen dürfen. Sie sind schlecht behandelt worden.»

«Allerdings.»

«Es war Ihr Pech, dass man Sie als Konföderierten angesehen hat. Wenn wir einen Nordstaatler verhaften, den wir für einen Spion halten, prügeln wir ihn nicht, weil wir auch nicht wollen, dass die Nordstaatler unsere Spione prügeln. Ausländer werden nach Maßgabe dessen behandelt, was wir uns von ihren Ländern wünschen, aber unsere eigenen Leute behandeln wir grässlich. Major Alexander ist ein Narr.»

«Alexander?»

«Natürlich, Sie haben Alexander nicht kennengelernt. Wer hat Sie denn verhört?»

«Ein mieser Bastard namens Gillespie.»

De'Ath grunzte. «Ein bleiches, hinkendes Ekel. Seine Verhörtechniken hat er in der Irrenanstalt seines Vaters gelernt. Er hält Sie immer noch für schuldig.»

«Weil ich Bestechungsgelder angenommen habe?», fragte Starbuck wütend.

«Ich will doch hoffen, dass Sie die angenommen haben. Wie könnte in dieser Gesellschaft der Gleichen sonst jemals etwas erreicht werden? Nein, Gillespie denkt, Sie sind ein Spion.»

«Er ist ein Dummkopf.»

«Ausnahmsweise stimme ich Ihnen einmal zu. Haben Sie die Hinrichtung genossen? Die Sache wurde ganz schön vermurkst, was? Das passiert, wenn man solchen Cretins Verantwortung überträgt. Sie sollen uns angeblich gleich sein, aber sie können nicht einmal einen Mann ordentlich hängen! Wie schwer kann das sein? Ich wage zu sagen, Sie oder ich hätten es beim ersten Mal richtig gemacht, Starbuck, aber Sie und ich wurden von unserem Schöpfer auch mit einem Gehirn ausgestattet und nicht mit einem Schädel voll abgestandenem Grießbrei. Webster hat an rheumatischem Fieber gelitten. Die schlimmste Strafe für ihn wäre gewesen, an einem feuchten Ort leben zu müssen, aber wir waren gnädig und haben ihn aufgehängt. Er war angeblich der beste und intelligenteste Spion des Nordens, aber so weit kann es mit seiner Intelligenz nicht her gewesen sein, wenn wir es geschafft haben, ihn zu verhaften und zu Tode zu murksen, was? Und jetzt müssen wir noch einen anderen erwischen und zu Tode murksen.» De'Ath stand auf und ging zu einem schlierigen Fenster, durch das er in die dichte, feuchte Vegetation starrte, die das Haus abschirmte. «Präsident Davis hat mich, *ex officio*, zu seinem Hexenjäger-General ernannt, besser gesagt, zu dem Mann, der unser Land von Verrätern befreit. Glauben Sie, dass es möglich ist, diese Aufgabe zu bewältigen?»

«Das kann ich nicht sagen, Sir.»

«Es ist natürlich nicht möglich. Sie können keinen Strich auf die Landkarte malen und sagen: Fortan ist jeder auf dieser Seite der Linie treuer Bürger eines anderen Landes! Wir müssen Hunderte von Leuten haben, die heimlich auf einen Sieg des Nordens hoffen. Hunderttausende, wenn man die Schwarzen mitzählt. Die meisten von den Weißen sind Frauen und Geistliche, harmlose Narren, aber ein paar von ihnen sind gefährlich. Meine Aufgabe ist es, die wirklich gefährlichen auszumerzen und die übrigen zu benutzen, um falsche Informationen nach Washington einzuschleusen. Lesen Sie das.» De'Ath durchquerte den Raum und warf Starbuck ein Blatt Papier auf den Schoß.

Das Blatt war sehr dünn und mit sehr kleiner Blockschrift bedeckt, aus der ein enormer Wille zum Landesverrat sprach. Selbst Starbuck, der nichts über die Stellungen der Armee wusste, konnte sich denken, dass diese Nachricht in McClellans Hauptquartier von immensem Nutzen wäre. Und das sagte er auch.

«Wenn McClellan es glauben würde, ja», bemerkte De'Ath, «aber unsere Aufgabe ist es zu verhindern, dass er dazu überhaupt Gelegenheit hat. Haben Sie auch gesehen, an wen der Brief adressiert ist?»

Starbuck drehte das Blatt um und las den Namen seines Bruders. Ein paar Sekunden starrte er die Adresse vollkommen ungläubig an, dann fluchte er leise, weil er verstand, warum er die letzten Wochen im Gefängnis gesessen hatte. «Hat Gillespie geglaubt, ich hätte diesen Brief geschrieben?»

«Er will es glauben, aber er ist dumm», sagte De'Ath. «Ihr Bruder war als Kriegsgefangener hier in Richmond, nicht wahr?»

«Ja.»

«Haben Sie ihn in dieser Zeit gesehen?»

«Nein», sagte Starbuck, doch er dachte daran, dass Adam während der Haft bei James gewesen war, und er hob den Brief an und musterte die Handschrift. Der Schreiber hatte sie verstellt, aber die Angst, dass es dennoch die Schrift seines Freundes sein könnte, schnürte ihm die Kehle zu.

«Was denken Sie?» De'Ath spürte, dass sich etwas an Starbucks Verhalten geändert hatte.

«Ich habe gedacht, Sir, dass James nicht gerade der geeignete Mensch für Lug und Trug ist», log Starbuck geschickt. In Wahrheit hatte er sich gefragt, ob Adam überhaupt noch sein Freund war. Adam hätte ihn bestimmt im Gefängnis besuchen können, hätte sogar Gillespies Folter stoppen können, aber soweit Starbuck wusste, hatte Adam weder das eine noch das andere versucht. War Adam derart entsetzt, weil Starbuck Sally in einem anständigen Haus vorgestellt hatte, dass es das Ende ihrer Freundschaft bedeutete? Dann stellte sich Starbuck vor, wie Adam die Leiter zum Galgen hinaufgestoßen wurde und wie er oben auf der Falltür stand, während ihm der Henker unbeholfen die Füße fesselte, ihm die Kapuze über den Kopf zog. Und ganz gleich, welche Spannungen es in ihrer Freundschaft gab, Starbuck wusste, dass er diesen Anblick niemals dulden könnte. Er sagte sich, dass ein Gespräch mit James Adam noch nicht zu einem Verräter machte. Dutzende konföderierter Offiziere mussten die Häftlinge in Castle Lightning besucht haben.

«Wen kennt Ihr Bruder hier in Richmond?» De'Aths Stimme war immer noch misstrauisch.

«Ich weiß es nicht, Sir. James war vor dem Krieg in Boston ein sehr bekannter Anwalt, also nehme ich an, dass er im Süden wohl viele Staatsanwälte kennt.» Starbuck ließ seine Stimme unschuldig und spekulativ klingen. Er wagte nicht, Adams Namen zu erwähnen, aus Furcht, dass sein Freund sonst in eine feuchte Zelle in Castle Godwin gesperrt und mit Gillespies Krotonöl gefoltert würde.

De'Ath schwieg und sah Starbuck ein paar Sekunden finster an, dann zündete er sich eine Zigarre an und warf den Fidibus zu dem anderen Abfall, der auf dem Kaminrost lag. «Lassen Sie sich sagen, was jetzt geschehen wird, Starbuck. Lassen Sie sich die bitteren Kriegsnachrichten erzählen. McClellan schickt Ströme von Männern und Waffen zu seinen Belagerungsstellungen bei Yorktown. Innerhalb von einem oder zwei Tagen werden wir uns zurückziehen. Wir haben keine Wahl. Das bedeutet, dass die Nordstaatenarmee ungehindert auf Richmond vorrücken kann. Johnston glaubt, er kann sie am Chickahominy aufhalten. Wir werden sehen.» De'Ath klang zweifelnd. «Nächste Woche um diese Zeit» – de'Ath blies eine Rauchwolke in Richtung eines Ölgemäldes, das so dunkel gefirnisst war, dass Starbuck kaum das Bild darunter erkennen konnte – «könnte Richmond schon aufgegeben worden sein.»

Starbuck richtete sich mit einem Ruck auf. «Aufgegeben?»

«Glauben Sie etwa, wir gewinnen den Krieg? Mein Gott, Mann, glauben Sie etwa diese Märchen von dem Sieg bei Shiloh? Diese Schlacht haben wir verloren. Tausende Männer sind tot. New Orleans hat sich ergeben, Fort Macon ist erobert, Savannah ist bedroht.» De'Ath zählte knurrend die Liste der konföderierten Rückschläge auf, die Starbuck überrumpelte und entmutigte. «Der Norden hat sogar seine Musterungsstellen geschlossen, Starbuck, und seine Musterungsoffiziere zu den Bataillonen zurückgeschickt. Wissen Sie, warum? Weil man im Norden weiß, dass der Krieg gewonnen ist. Der Aufstand ist vorbei. Alles, was der Norden jetzt noch tun muss, ist Richmond einzunehmen und die Scherben zusammenzufegen. Das denken sie, und vielleicht haben sie damit recht. Wie lange wird der Süden Ihrer Meinung nach ohne die Fabriken von Richmond durchhalten?»

Starbuck antwortete nicht. Es gab nichts zu sagen. Er hätte sich nicht träumen lassen, dass die Konföderation in einer so unsicheren Lage war. Im Gefängnis hatte er Gerüchte über Niederlagen an den südlichen und westlichen Außengrenzen der konföderierten Staaten gehört, aber er hätte nie gedacht, dass der Norden dicht genug vorm Sieg stand, um die Musterungsbüros zu schließen und die Musterungsoffiziere zu ihren Regimentern zurückzuschicken. Nun musste der Norden nur noch Richmonds höllisches Konglomerat von Hochöfen und geschmolzenem Metall einnehmen, seine Sklavenviertel und Kohlehalden, seine kreischenden Fabriksirenen und krachenden Dampfhämmer, und dann war die Rebellion Geschichte.

«Aber vielleicht können wir doch noch gewinnen.» De'Ath unterbrach Starbuck in seinen düsteren Gedanken. «Allerdings nicht, wenn uns Spione wie der hier verraten.» Er deutete auf den Brief in Starbucks Schoß. «Wir haben diesen Brief in Websters Hotelzimmer entdeckt. Er hatte keine Gelegenheit, ihn in den Norden zu schicken, aber früher oder später wird ein anderer Mann die Informationen über die Grenze bringen.»

«Was wollen Sie von mir?», fragte Starbuck. Keinen Namen, betete er, alles, aber keinen Namen.

«Warum kämpfen Sie?», fragte De'Ath plötzlich.

Starbuck war völlig überrascht von dieser Frage und zuckte nur mit den Schultern.

«Glauben Sie an die Sklaverei als Institution?», forderte ihn De'Ath heraus.

Über diese Frage hatte Starbuck nie nachgedacht, denn im Hause Reverend Elial Starbucks aufzuwachsen, bedeutete, dass er nie darüber hatte nachdenken müssen. Sklaverei war schlicht und einfach böse, und damit war das Thema erschöpfend behandelt, und diese Einstellung war so tief in Starbuck verwurzelt, dass er sich sogar noch nach einem Jahr in der Konföderation in der Gesellschaft von Sklaven unbehaglich fühlte. Sie vermittelten ihm Schuldgefühle. Allerdings war er auch davon überzeugt, dass es bei dem Streit im Grunde nicht darum ging, ob die Sklaverei richtig oder falsch war – die meisten Leute wussten, dass sie falsch war –, sondern darum, wie zum Teufel man nun damit umgehen sollte. Und dieses Dilemma hatte die größten und menschenfreundlichsten Gemüter Amerikas jahrelang vor ein Rätsel gestellt. Die Frage war einfach zu bedeutsam für eine oberflächliche Antwort, und wieder zuckte Starbuck bloß mit den Schultern.

«Waren Sie unzufrieden mit der Regierung der Vereinigten Staaten?»

Vor dem Krieg hatte Starbuck nie einen Gedanken an die Regierung verschwendet. «Nicht besonders», sagte er.

«Glauben Sie, dass grundlegende Verfassungsprinzipien auf dem Spiel stehen?»

«Nein.»

«Warum kämpfen Sie dann?»

Und wieder zuckte Starbuck nur mit den Schultern. Nicht, dass er keine Antwort gehabt hätte, aber seine Antwort schien vollkommen unzureichend. Als er angefangen hatte, für den Süden zu kämpfen, war es eine Unabhängigkeitsdemonstration gegenüber seinem übermächtigen Vater gewesen, aber mittlerweile war es mehr als jugendliche Aufsässigkeit. Der Außenseiter hatte eine Heimat gefunden, und das genügte Starbuck. «Ich habe so gut gekämpft», antwortete er streitlustig, «dass ich nicht erklären muss, warum ich kämpfe.»

«Und Sie wollen weiter für den Süden kämpfen?», fragte de'Ath skeptisch. «Sogar nach dem, was Gillespie mit Ihnen gemacht hat?»

«Ich will für die Kompanie K bei der Legion Faulconer kämpfen.»

«Vielleicht bekommen Sie dazu keine Gelegenheit mehr. Vielleicht ist es schon zu spät.» De'Ath zog an seiner Zigarre. Ein Aschekegel fiel von der Zigarrenspitze auf seinen Gehrock. «Vielleicht ist dieser Krieg schon vorbei, Starbuck, aber falls wir eine Chance bekommen, diese Bastarde aus unserem Land zu jagen, werden Sie uns dann helfen?»

Starbuck nickte zurückhaltend.

De'Ath blies Rauch durchs Zimmer. «Morgen steht in den Zeitungen, dass die Anklage gegen Sie fallengelassen wurde und Sie aus der Haft entlassen worden sind. Sie brauchen das gedruckt, damit Ihr Bruder Ihnen Ihre Geschichte glaubt.»

«Mein Bruder?» Starbuck verstand nicht.

«Denken Sie mal nach, Starbuck.» De'Ath ließ sich in einen Pförtnersessel sinken, der neben dem Kamin stand. Die tiefe, schalenartige Form des Sessels tauchte sein Gesicht in Schatten. «Da ist ein Spion, ein sehr fähiger Spion, der mit ihrem Bruder Kontakt hatte. Er hat durch Webster Informationen weiterleiten lassen, aber Websters Krankheit hat den Informationsfluss unterbrochen, und deshalb hat uns der Norden zwei Hohlköpfe namens Lewis und Scully geschickt, um den Austausch wiederherzustellen. Lewis und Scully sind jetzt in Haft, Webster ist zu Tode gemurkst, und der Norden muss sich fragen, wie in Gottes Namen er wieder mit seinem Mann in Verbindung treten kann. Dann, aus heiterem Himmel, tauchen Sie an ihrer Frontlinie auf und haben den Brief des Spions dabei. Beziehungsweise, Sie tauchen mit einem gefälschten Brief auf, den ich mir ausdenken werde. Sie werden Ihrem Bruder erzählen, dass Sie vom Süden enttäuscht sind, dass Sie Ihre Erfahrungen im Gefängnis von allen romantischen Vorstellungen befreit haben, aus denen heraus Sie die Rebellion unterstützen wollten. Sie werden ihm sagen, dass Sie in Richmond herumerzählt haben, wie sehr Sie der Süden enttäuscht hat, und dass deshalb ein Unbekannter bei Ihnen aufgetaucht ist und Ihnen einen Brief gegeben hat, den Sie Ihrem Bruder überbringen sollten. Dann werden Sie anbieten, nach Richmond zurückzukehren, um in Zukunft als Bote für weitere Mitteilungen zu dienen. Sie werden Ihren Bruder davon überzeugen, dass Ihre neuentdeckte Leidenschaft für den Norden Sie dazu gebracht hat, Websters Platz einzunehmen. Ich bin davon überzeugt, dass Ihr Bruder Ihnen glauben und Ihnen erzählen wird, wie Sie mit diesem Spion in Verbindung treten können, und Sie, wenn Sie wirklich der Konföderation und nicht ihrem heimatlichen Norden dienen wollen, werden es mir weitererzählen. Und dann stellen wir eine Falle auf, Mr. Starbuck, und geben uns dem ausgesuchten Vergnügen hin, einem Narren dabei zuzusehen, wie er den nächsten Spion zu Tode murkst.»

Starbuck stellte sich vor, wie Adam am Galgen hing, wie sein goldfarbener Schopf in einem schrägen Winkel zum Strick zurückgeneigt war, wie seine geschwollene Zunge zwischen den Zähnen hervorquoll, wie sein Urin von den pendelnden Stiefeln tropfte. «Angenommen mein Bruder vertraut mir nicht», sagte Starbuck.

«Dann haben Sie immerhin ein paar falsche Informationen abgeliefert, die unsere Sache unterstützen, und können selbst entscheiden, wann Sie zurückkommen. Umgekehrt können Sie uns natürlich auch verraten, indem Sie die Vorgesetzten Ihres Bruders davon überzeugen, dass wir eine geschlagene Macht sind, die nur noch mit haltlosen Tricks zu überleben versucht. Zugegebenermaßen, Mr. Starbuck, ist die Übermacht des Nordens gegenwärtig so groß, dass wir wohl kaum überleben werden, aber ich ziehe es vor, auch noch unsere letzte Karte auszuspielen.» De'Ath hielt inne, zog an seiner Zigarre, sodass die Spitze im Halbdunkel des tiefen Sessels rot aufglühte. «Wenn wir besiegt werden sollten», fuhr er leise fort, «dann sollten wir diesen Bastarden wenigstens einen Schlag verpassen, der ihnen noch jahrelang Albträume bereitet.»

«Wie komme ich durch die Frontlinien?»

«Es gibt sogenannte Lotsen. Das sind Männer, die Reisende durch die Linien bringen. Ich besorge Ihnen einen der besten, und alles, was Sie tun müssen, ist, Ihrem Bruder einen Brief auszuhändigen, den ich schreiben werde. Ich werde die gleiche verstellte Handschrift benutzen, in der Websters Brief geschrieben war, nur wird dieser Brief ein reines Lügengespinst sein, in dem wir Phantasien von erfundenen Regimentern und von Kavallerieeinheiten und von unzähligen Kanonen verweben, die wie Drachensaat aus der Erde emporgestiegen sind. Wir werden McClellan zu der Überzeugung bringen, dass er einer rachsüchtigen Horde Abertausender gegenübersteht. Wir werden, kurz gesagt, versuchen, ihnen einen Schwindel aufzutischen. Und? Wollen Sie mein Schwindler sein, Mr. Starbuck?» De'Aths Augen glitzerten unter der weit nach vorn kragenden Haube des Sessels, während er auf Starbucks Antwort wartete.

«Wann soll ich gehen?», fragte Starbuck.

«Heute Abend.» De'Ath bedachte Starbuck mit einem boshaften Lächeln. «Bis dahin können Sie die Annehmlichkeiten meines Hauses genießen.»

«Heute Abend!» Irgendwie hatte sich Starbuck vorgestellt, er hätte ein paar Tage zur Vorbereitung.

«Heute Abend», beharrte De'Ath. «Es wird zwei oder drei Tage dauern, Sie sicher durch die Linien zu bringen, je eher Sie also gehen, desto besser.»

«Eins will ich aber vorher», sagte Starbuck.

«Von mir?» De'Ath klang gefährlich, wie ein Mann, der es nicht gewöhnt ist zu feilschen. «Gillespie? Ist es das? Wollen Sie sich an dieser jämmerlichen Erscheinung rächen?»

«Darum werde ich mich zu gegebener Zeit kümmern», sagte Starbuck. «Nein, ich muss in der Stadt einige Besuche machen.»

«Bei wem?», wollte de'Ath wissen.

Starbuck zeigte den Anflug eines Lächelns. «Frauen.»

De'Ath verzog das Gesicht. «Gefällt Ihnen Martha etwa nicht?» Er deutete ärgerlich zur Rückseite des Hauses, wo vermutlich seine

Sklaven untergebracht waren. Starbuck schwieg, und de'Ath starrte finster vor sich hin. «Und wenn Ich Sie Ihre Besuche machen lasse, werden Sie dann meinen Brief zu Ihrem Bruder bringen?»

«Ja, Sir.»

«Dann können Sie von mir aus heute Abend Ihre Mätressen besuchen», sagte de'Ath säuerlich, «und danach reiten Sie nach Osten. Sind wir uns einig?»

«Wir sind uns einig», sagte Starbuck, obwohl er in Wahrheit vorhatte, ein viel komplizierteres Spiel zu spielen, ein Spiel, das nicht damit enden sollte, dass ein Freund am Galgen baumelte. «Wir sind uns einig», log er noch einmal. Und dann wartete er auf den Abend.

Die Nordstaatentruppen hatten vier Wochen gebraucht, um die Belagerungsanlagen zu bauen, mit denen die Grabenstellungen der Rebellen bei Yorktown zerstört werden konnten. Major General McClellan war im Hauptberuf Militärpionier und im Nebenberuf Belagerungsenthusiast, und er plante, die Belagerung zur Demonstration der unerbittlichen Durchschlagskraft seines Landes zu nutzen. Die Augen der Welt blickten auf seinen Feldzug; Zeitungsleute aus Europa und Amerika zogen in seiner Armee mit und Militärbeobachter sämtlicher Großmächte in seinem Stabskommando. Bei Yorktown, wo Amerika den Unabhängigkeitskrieg gewonnen hatte, würde die Welt nun zum Zeugen werden, welche Blüte das militärische Können auf diesem Kontinent erreicht hatte. Es würde eine Belagerung von schonungsloser Härte werden, erdacht vom neuen Napoleon Amerikas.

Zuerst mussten die Straßen von Fort Monroe nach Yorktown mit Holzstämmen verstärkt werden, damit der enorme Armeetross die Belagerungsstellung gegenüber den Verteidigungsanlagen von Yorktown erreichen konnte. Hunderte Holzarbeiter fällten Tausende von Bäumen und stutzten sie auf die richtige Länge. Dann wurden die Stämme von Fuhrwerken aus den Wäldern dorthin gezogen, wo die Stämme längs auf die unsicheren Schlammwege gelegt werden sollten. Eine zweite Lage Stämme wurde quer darübergelegt, um die eigentliche Straße zu bilden. An manchen Stellen sanken die neuen Bohlenstraßen trotzdem in den zähen, rötlichen Morast ein, und weitere Lagen frischgefällter Bäume mussten aufgelegt werden, bis endlich die Kanonen und die Munition weitergeschafft werden konnten.

Fünfzehn Artilleriestellungen wurden gebaut. Zu Beginn wurde nachts gearbeitet, sodass die Männer den Scharfschützen der Rebellen kein Ziel boten. An jeder der fünfzehn Batterien wurde ein sechs Fuß hoher Wall aufgeschüttet, auf dessen schräge Seiten dann Flechtgitter gelegt wurden, um zu verhindern, dass die Wälle in dem unaufhörlichen Regen abrutschten. Die Wälle waren fünfzehn Fuß dick, damit sie eine explodierende Granate der Gegenseite aufhalten und ersticken konnten. Vor der Batterie befand sich ein Graben, der durch den Aushub für die Wälle entstanden war, und vor diesen Gräben legten die Pioniere einen Verhau aus Dornzweigen an. Bei jedem Angriffsversuch würden sich die Rebellen also zuerst durch das hüfthohe, stachelige Dickicht kämpfen müssen, dann durch den Sumpf des gefluteten Grabens waten, bevor sie die Schräge des Walls erklettern konnten, wo eine Reihe Sandsäcke eine Brustwehr bildete, und die ganze Zeit würden die Angreifer von den Kanonen dieser Batterien und auch von den Kanonen der Flankenbatterien nördlich und südlich beschossen werden.

Als die Wälle, Gräben und der Verhau fertig waren, wurden die Batterien für die Geschütze bereit gemacht. Die kleineren Kanonen, die Zwölfpfünder und Vier-Zoll-Geschütze, benötigten nur eine mit Planken ausgelegte Fläche, die nach dem Schuss den Rückstoß abfing, die schweren Geschütze jedoch, die großen Kanonen, mit denen die Verteidigungsstellungen der Rebellen in Schutt und Asche gelegt würden, erforderten mehr Arbeit. Hinter den Schießscharten wurden Fundamente ausgehoben und mit Bruchstein gefüllt, der in schweren Fuhrwerken von Fort Monroe gebracht worden war. Die Pioniere gossen dann eine Mischung aus Stein, Sand und Zement darüber, die begradigt wurde, um eine eisenharte Plattform zu bilden. Doch bevor der Beton aushärten konnte, wurde eine große, gebogene Metallschiene in die Oberfläche gedrückt. Die Schiene bildete einen Halbkreis, die offene Seite war auf den Gegner ausgerichtet. Knapp hinter der Schießscharte wurde auf der Innenseite der Batterie ein Metallpfosten in die Kanonenplattform gesenkt, sodass die gekrümmte Schiene dahinter einen Kompassbogen um den aufragenden Pfosten beschrieb.

Der Pfosten und die gebogene Schiene waren nun bereit, eine Lafette aufzunehmen. Die Basis der Lafette bestand aus zwei Gusseisenträgern, die von hinten nach vorn anstiegen. Am Ende des Doppelträgers waren Metallräder montiert, die in die gebogene Schiene passten, während vorne eine Fassung über den eingefetteten Pfosten gehängt wurde, sodass nun die gesamte Lafette um die Aufhängung an dem Pfosten schwingen konnte. Auf den Eisenträgern saß die Lafette selbst, die, nachdem das Geschütz abgefeuert worden war, auf den Trägern zurückglitt. Die Reibung mehrerer Tonnen Metall auf den Zwillingsträgern reichte aus, um den enormen Rückstoß zu absorbieren. Zuletzt wurden die schweren Kanonenrohre zu den Batterien gebracht. Die größten Geschütze waren zu schwer für die Bohlenstraßen und mussten von Fort Monroe auf Flachbooten geholt werden, die beim Höchststand der Flut langsam die Flüsschen der Halbinsel hinauffuhren. Von den Lastbooten wurden die Kanonen auf Riemenkarren umgeladen, die aus wenig mehr bestanden als einem Räderpaar von so enormer Größe, dass die schweren Kanonenrohre unter ihre Achse gehängt werden konnten. Die seltsamen, fahrenden Gestelle rollten zu den Batterien, und die mächtigen Kanonenrohre wurden vorsichtig mit Winden heruntergelassen, bis ihre Zapfen in die Halterungen der bereitstehenden Lafetten glitten. Der Transfer musste bei Nacht bewerkstelligt werden, dennoch entdeckten die Rebellen, was vor sich ging, und schossen eine kreischende Granate nach der anderen über die regengetränkte Erde, um das Weiterkommen der Yankees zu behindern.

Die größten Geschütze waren Monster von mehr als dreizehn Fuß Länge und über acht Tonnen Gewicht. Sie verschossen eine Granate, die acht Zoll breit war und zweihundert Pfund wog. Ein Dutzend weiterer Kanonen schoss mit Hundert-Pfund-Granaten, und selbst diese kleineren Kanonen waren größer als jedes Geschütz, das sich hinter den Schießscharten der Rebellen verbergen mochte. Doch McClellan war immer noch nicht zufrieden und dekretierte, dass das Belagerungsbombardement erst beginnen konnte, wenn er die schwersten Mörser des Nordens herangeschafft hatte, von denen der größte mehr als zehn Tonnen wog. Die Mörser waren Steilfeuergeschütze mit kurzem Rohr und breiter Mündung, die auf ihren breiten Holzsockeln hockten wie riesenhafte Kochtöpfe und die Granaten von zweihundertzwanzig Pfund in einem hohen Bogen abschießen konnten, sodass die Geschosse, nachdem sie den Scheitelpunkt der Flugbahn überschritten hatten, beinahe senkrecht in der konföderierten Linie niedergingen. Die großen Kanonen mit ihren Schlittenlafetten sollten die Grabenstellungen der Rebellen mit direktem Beschuss zerstören, während die Mörsergranaten hinter den bröckelnden Wällen losgehen sollten, um in den Stellungen der Rebellen in tödlichen Explosionen zu zerschellen. McClellan plante, den Beschuss zwölf schreckliche Stunden lang aufrechtzuerhalten, und erst wenn die schweren Geschütze ihr grauenvolles Werk beendet hätten, sollte die Infanterie des Nordens den Befehl erhalten, über das Frühlingsgras vorzurücken, das zwischen den Fronten gesprossen war.

Schließlich waren sämtliche Geschütze in Stellung gebracht. Jede der Batterien war mit gemauerten unterirdischen Kammern ausgestattet, und Tag für Tag wurden diese Munitionsmagazine mit sechshundert Wagenladungen Munition gefüllt, die von den Schiffen bei Fort Monroe geholt wurde. Andere Pioniere hoben den weiter vorne gelegenen parallelen Graben aus, von dem sich der Infanterieangriff in Bewegung setzen würde. Scharfschützen der Rebellen nahmen die grabenden Männer aufs Korn, ab und zu traf eine Mörsergranate in die Gruppe, und Kanonenschüsse rissen einige der dünnen Flechtzäune weg, die als Sichtschutz vor dem Gegner dienten, doch Zoll für Zoll und Schritt für Schritt nahm die Belagerungsfront der Union Gestalt an. Für die Kanoniere wurden bombensichere Unterstände gegraben, sodass sie sich vor dem Gegenfeuer der konföderierten Batterien in Sicherheit bringen konnten, Reichweiten wurden genau vermessen und die schweren Geschütze mit mathematischer Präzision ausgerichtet. Wenn alle Geschütze gemeinsam feuerten, und dazu war McClellan entschlossen, würde jede Salve des Nordens mehr als drei Tonnen Sprenggranaten auf die Rebellen niedergehen lassen. «Wir werden diese Schussfrequenz über zwölf Stunden aufrechterhalten, Gentlemen», informierte McClellan die gespannten ausländischen Beobachter am Abend vor dem Bombardement. McClellan schätzte, dass er die Rebellenstellung mit mehr als zweitausend Tonnen glühendem Metall überziehen würde und dass am Ende dieses Gemetzels die überlebenden Verteidiger der Rebellen ganz benommen und leichte Beute für die Nordstaateninfanterie wären. «Wir werden den Sezessionisten einen halben Tag lang unsere Medizin verabreichen, Gentlemen», prahlte McClellan, «und dann sehen wir, welchen Widerstand sie uns noch entgegensetzen können. Morgen Nachmittag sind sie geschlagen.»

An diesem Abend, beinahe, als wüssten sie, welches Schicksal sie am nächsten Morgen erwartete, eröffneten die Rebellen das Feuer auf die fertiggestellte Nordstaatenlinie. Schuss um Schuss kreischte durch die regnerische Dunkelheit, die brennenden Lunten zogen Glutfäden in die Nacht. Die meisten Granaten explodierten harmlos auf dem regengetränkten Boden, aber einige fanden ein Ziel. Ein angepflocktes Maultier schrie vor Schmerz, ein Zelt in den Reihen des 20th Massachusetts wurde getroffen und zwei seiner Insassen getötet. Es waren die ersten Männer des Bataillons, die seit der schrecklichen Feuertaufe auf Ball's Bluff in kriegerischen Auseinandersetzungen starben. Und immer noch peitschten die Granaten der Rebellen durch die Nacht, bis, so plötzlich, wie das Bombardement eingesetzt hatte, die Geschütze schwiegen und die Dunkelheit bellenden Hunden und wiehernden Pferden überließen und dem Ruf der Spottdrossel.

Der nächste Tag zog mit einer klaren Morgendämmerung herauf. Im Norden standen Wolken am Himmel, und die Farmer aus der Gegend schworen, dass es Regen geben würde, doch die Morgensonne strahlte. Rauch von zehntausend Kochfeuern stieg von den Zeltlagern der Nordstaateninfanterie auf. Die Männer waren in Erwartung eines leichten Sieges gut gelaunt. Die Kanoniere würden die gegnerischen Verteidigungsstellungen vernichten, dann würde die Infanterie über das Gelände zwischen den Fronten schlendern, um die Überlebenden aus den rauchenden Trümmern zu graben. Es würde ein Angriff wie aus dem Lehrbuch werden, ein Beweis dafür, dass ein amerikanischer General und eine amerikanische Armee in zwölf Stunden erreichen konnten, was die Europäer in ebenso vielen Wochen auf der Krim verpfuscht hatten. McClellan war als Beobachter bei der Belagerung von Sewastopol gewesen und entschlossen, den französischen und britischen Offizieren gemeinsam mit seiner Armee eine stillschweigende aber unmissverständliche Lektion zu erteilen.

In den nagelneuen Geschützstellungen trafen die Yankee-Kanoniere letzte Vorbereitungen. Die großen Kanonen wurden geladen, Reibungszünder in Zündlöcher geschoben, und Artillerieoffiziere musterten ihre Ziele durch ihre Fernrohre. Über hundert schwere Geschütze warteten auf das Signal, um ihr grauenvolles Zerstörungswerk in der konföderierten Verteidigungsstellung zu verrichten. Ein Monat schwerer Arbeit hatte diesen Moment vorbereitet, und vielen Nordstaatlern, die in ihren Bastionen abwarteten, schien es, als würde die Welt den Atem anhalten. Auf dem York fuhren die Kanonenboote näher ans Ufer, bereit, mit ihrer eigenen Kanonade die vernichtende Gewalt des Artilleriebombardements zu steigern. Leichter Wind bewegte die Marineflaggen und trug den Rauch der Dampfmaschinen ostwärts übers Wasser.

Eine halbe Meile hinter den Geschützstellungen der Yankees, verborgen von einer Kieferngruppe, die irgendwie den Äxten der Straßenbauer entgangen war, nahm ein merkwürdiges gelbes Gebilde gewaltige Gestalt an. Männer gossen eilig Schwefelsäure aus Korbflaschen in Bottiche, die zur Hälfte mit Eisenspänen gefüllt waren, und noch mehr Männer betrieben die riesigen Pumpen, um den Wasserstoff, der sich in den Bottichen bildete, durch gummierte Segeltuchschläuche in den großen, gelben Ballon zu leiten, der über den Bäumen langsam zu seiner vollständigen, bauchigen Form anschwoll. Die Befüllung des Ballons hatte im Dunkeln begonnen, damit sie kurz nach Sonnenaufgang abgeschlossen war, und als es hell wurde, musste das enorme Fluggerät von dreißig Männern am Boden gehalten werden. Zwei Männer bestiegen die aus Weiden geflochtene Gondel des Ballons. Der eine war Professor Lowe, der berühmte Luftschiffer und Ballonfahrer, dessen Kenntnisse den Bau des Gefährts ermöglicht hatten, der andere war General Heintzelmann, der mit aufstieg, damit er mit seinem erfahrenen militärischen Blick die Zerstörungen des Bombardements einschätzen konnte. Heintzelmann sah dieser Aufgabe freudig entgegen. Er würde die Kanonen beim Beschuss beobachten und an McClellan telegraphieren, wenn er sah, wie sich die Kampflinie der Rebellen auflöste und sie panisch nach Westen flüchteten. Professor Lowe überprüfte die Funktion des Telegraphen, dann rief er der Mannschaft am Boden zu, dass sie den Ballon freigeben sollten.

Langsam, wie ein imposanter gelber Mond, der über den Bäumen aufging, hob sich der Ballon. Fünfzehnhundert Fuß Kabellänge verbanden das Gefährt bei seinem Fesselflug mit einer klobigen Winde und rollten sich langsam ab, als die Luftschiffer höher und höher in den klaren Himmel aufstiegen. Normalerweise hätte der Anblick des Ballons einen nervösen Kanonenbeschuss aus der Rebellenstellung provoziert, doch an diesem Morgen herrschte Stille. «Sprechen wohl grade ihre Gebete, was?», meinte Professor Lowe vergnügt.

«Das haben sie auch nötig», antwortete General Heintzelmann. Er trommelte mit den Fingern auf die Reling der Gondel. Er hatte mit seinem Stabschef gewettet, dass die Verteidigung der Rebellen innerhalb von sechs Stunden zusammenbrechen würde, nicht erst in zwölf. Die Gondel schwankte knarrend, aber das war, fand Heintzelmann, nicht unangenehm. Jedenfalls besser als die meisten Reisen auf See, so viel stand fest. Als der Ballon achthundert Fuß Höhe überstiegen hatte, richtete der General sein Fernrohr auf den Horizont im Westen, wo er den dunstigen Rauchschleier sah, der über der Hauptstadt der Rebellen hing. Er erkannte sogar die frischen Narben in der Erde, wo die neuen Verteidigungsstellungen in die Berge um die Stadt gegraben worden waren. «Das Schlangennest, Professor!», verkündete Heintzelmann.

«Ganz recht, General, und bald werden wir die Vipernbrut ausräuchern!»

Heintzelmann beendete seine Fernerkundung und blickte stattdessen auf die gegnerische Stellung hinab, die klar und deutlich unter ihm lag. Er fühlte sich geradezu übermächtig bei diesem gottgleichen Blick, der ihm auf die Geheimnisse des Gegners gewährt wurde. Er sah ihre Batterien und die Gräben, die von ihren bombensicheren Unterständen ausgingen, und die Zelte, die verborgen hinter den Wällen standen. Der Krieg würde sich für immer verändern, dachte Heintzelmann, wenn es keinen Ort mehr gab, an dem man sich verstecken konnte. Er richtete sein Fernrohr auf eine der größeren gegnerischen Geschützbatterien. Keine Yankee-Kanone würde das Feuer eröffnen, solange Heintzelmann noch nicht bereit war, über die Wirkung des Beschusses Bericht zu erstatten, und dieser Moment, beschloss er, war nun gekommen. «Ich denke, wir sind so weit, uns zu melden, Professor», sagte der General.

«Nicht besonders viele Kochfeuer, General», sagte Lowe und nickte zu dem Rebellenlager hinüber, wo eine Handvoll schäbiger Zelte zwischen den mit Grassoden bedeckten Unterständen zu sehen war. Ein paar Feuer rauchten in der Stellung, aber es waren sehr wenige, und aus den Zinnrohren, die aus den Unterständen ragten, stieg überhaupt kein Rauch auf.

Heintzelmann starrte auf die Geschützbatterie hinunter. Eine Rebellenflagge hing an der Fahnenstange, aber Kanoniere waren nicht zu sehen. Erwarteten sie das Bombardement und hatten sich schon in die Unterstände zurückgezogen? Er hob das Fernrohr, um das Feldlager abzusuchen. Er sah, wo Pferde angepflockt gewesen waren und wo Protzen ihre Abdrücke im Gras hinterlassen hatten, aber Soldaten sah er keine.

«Was sollen wir ihnen sagen?», fragte Lowe. Die Hand des Professors schwebte über dem Telegraphen des Ballons, der über einen Draht entlang der Leine mit der Erde verbunden war. Ein zweiter Telegraph stand an der Landestation des Ballons bereit, um die Mitteilungen der Luftschiffer an McClellans Hauptquartier weiterzuleiten.

McClellan selbst war im Bett geblieben, er war es zufrieden, seine Kanoniere ihre Arbeit ohne seine Anwesenheit erledigen zu lassen.

Ein Adjutant weckte den neuen Napoleon zwei Stunden nach Sonnenaufgang. «Wir haben einen Bericht, Sir, von dem Ballon.»

«Und?» Der General fühlte sich gestört, weil er geweckt worden war.

«Der Gegner, Sir, ist abgezogen.»

McClellan spähte auf seine Uhr, die auf dem Nachttisch lag, dann beugte er sich zum Fenster und zog die Blende weg. Das helle Licht ließ ihn zusammenzucken, dann wandte er sich wieder an den Adjutanten. «Was haben Sie gesagt?»

«Die gegnerischen Stellungen, Sir, sind verlassen.» Der Adjutant war Louis Philippe Albert d'Orleans, der Comte de Paris, und er war im Geist Lafayettes nach Amerika gekommen, um die Wiedervereinigung Amerikas zu unterstützen, und einen Augenblick lang fragte er sich, ob sein Englisch fehlerhaft war. «Die Rebellen haben sich zurückgezogen», sagte er so deutlich er konnte. «Die Stellungen sind leer.»

«Wer sagt das?», fragte McClellan ärgerlich.

«General Heintzelmann ist in der Gondel des Ballons, Sir, zusammen mit Professor Lowe.»

«Die phantasieren. Sie phantasieren!» Solche Dummheit konnte der General nicht ertragen. Wie hätten sich die Rebellen zurückziehen können? Noch am Vorabend hatten sie den Himmel mit ihrer Kanonade erhellt! Das Mündungsfeuer der Kanonen hatte am westlichen Horizont geflackert wie ein Sommergewitter, die Zündschnüre hatten ein gleißendes Muster in den Himmel gezeichnet, und der Hall der Explosionen war bedrohlich über das feuchte Land gerollt. Der General zog die Blende wieder zu und scheuchte seinen aristokratischen Adjutanten zurück zur Tür. Von unten ließ sich das Tickern des Telegraphen vernehmen, mit dem neue Nachrichten von den Ballonfahrern eintrafen, aber der General wollte nichts davon wissen. Er wollte noch eine Stunde Schlaf. «Wecken Sie mich um acht Uhr», befahl er. «Und sagen Sie, dass das Feuer eröffnet werden soll.»

«Ja, Sir, gewiss, Sir.» Der Comte de Paris zog sich still aus dem Raum zurück, schloss die Tür, und dann erlaubte er sich einen Seufzer über die Begriffsstutzigkeit des Generals.

Die Kanoniere warteten. Hinter ihnen, hoch am Himmel, hing der Ballon an seiner Fessel. Wolken zogen vor die Sonne, und die ersten Regentropfen klatschten auf die gummierte Ballonhülle. Ein Dutzend ausländischer Militärattachés und zwanzig Zeitungsschreiber warteten in den größten Geschützstellungen auf den Befehl zur Eröffnung des Feuers, doch obwohl die Kanonen ausgerichtet und die Zünder scharf waren, kam kein Befehl vom Ballon.

Stattdessen ritt eine kleine Kavallerieeinheit aus der Unionsstellung. Die Einheit bestand aus einem Dutzend Männern, die sich als Voraustrupp in einer auseinandergezogenen Linie bewegten, für den Fall, dass ein gegnerisches Geschütz mit Trauben- oder Büchsenkartätschen auf sie abgefeuert würde. Sie rückten mit äußerster Umsicht vor, hielten alle paar Schritt, während ihr Offizier die gegnerische Stellung durch sein Fernrohr musterte. Die Pferde senkten ihre Köpfe zu dem saftigen, langen Gras, das ungestört auf dem Gelände zwischen den gegnerischen Armeen gewachsen war.

Dann rückte die Kavallerie wieder vor. Hier und dort war in den gegnerischen Redouten ein Wachposten zu sehen, doch die Wachposten bewegten sich nicht einmal, wenn sie von den Kugeln der Scharfschützen aus dem Norden getroffen wurden. Die Wachposten waren Strohpuppen, die aufgegebene Stellungsgräben sicherten, denn in der Nacht hatte General Johnston den Verteidigungseinheiten Magruders den Befehl erteilt, sich nach Richmond zurückzuziehen. Die Rebellen waren in aller Stille abgezogen und hatten ihre Kanonen, ihre Zelte, ihre Feuer und alles andere, was sie nicht auf dem Rücken tragen konnten, aufgegeben.

General McClellan, der schließlich wach genug war, um sich den Tatsachen zu stellen, befahl eine Verfolgung, doch niemand in der Nordstaatenarmee war auf ein solch spontanes Manöver vorbereitet. Die Kavalleriepferde grasten, während die Kavalleristen Karten spielten und dem Regen zuhörten, der auf ihre Zelte trommelte. Die einzigen Einheiten, die zum Einsatz bereit waren, waren die Artilleristen, und diesen Männern waren über Nacht ihre Ziele abhandengekommen.

Es regnete heftiger, als die Infanterie der Nordstaaten die aufgegebenen Stellungen besetzte. Die Kavallerie sattelte schließlich die Pferde, aber die detaillierten Befehle zur Verfolgung blieben aus, sodass die Reiter nicht ausrückten. McClellan erstellte unterdessen seine Depesche für die Hauptstadt der Nordstaaten. Yorktown, schrieb der General nach Washington, sei in einer brillanten Demonstration der nordstaatlichen Überlegenheit gefallen. Er behauptete, dass einhunderttausend Rebellen mit fünfhundert Kanonen aus ihren Stellungen zurückgedrängt worden waren, sodass der Vormarsch auf die gegnerische Hauptstadt weitergeführt werden konnte. Es würden noch weitere erbitterte Schlachten folgen, gab er zu bedenken, aber zumindest an diesem Tag habe Gott den Norden mit seiner Gunst unterstützt.

Magruders Männer marschierten ohne jede Störung nach Westen, während sich der neue Napoleon zu seinem verspäteten Gabelfrühstück niederließ. «Wir haben heute einen Sieg errungen», erklärte er seinen Adjutanten. «Dank Gott dem Allmächtigen haben wir einen Sieg errungen.»

De'Ath erteilte Starbuck in der Halle des verfallenen Richmonder Hauses seine letzten Instruktionen. Regen strömte aus gebrochenen

Dachrinnen wie ein Wasserfall über das Verandadach; er tropfte aus dem üppigen Laubwerk im Garten und lief in Pfützen auf der sandigen Zufahrt zusammen, wo de'Aths Kutsche wartete. In den vergoldeten Achskappen spiegelte sich das trübe Schimmern der flackernden Laternen auf der Veranda. «Die Kutsche wird Sie zu Ihren Damen bringen», sagte de'Ath mit spöttischer Betonung des Wortes ‹Damen›, «aber Sie werden den Kutscher höchstens bis Mitternacht warten lassen. Um diese Zeit soll er sie zu einem Treffen mit einem Mann namens Tyler bringen. Tyler ist der Lotse, der Sie durch die Linien führen wird. Das hier ist der Passierschein, mit dem Sie aus der Stadt kommen.» De'Ath reichte Starbuck einen der vertrauten braunen Passierscheine. «Tyler ist auch der Mann, der Sie zurückbringt. Falls Sie zurückkommen.»

«Ich werde zurückkommen, Sir.»

«Wenn dann noch etwas übrig ist, zu dem man zurückkehren kann. Hören Sie!» Der alte Mann deutete in Richtung der Straße hinter seiner hohen Gartenmauer, und Starbuck hörte die Geräusche von Rädern und Hufen. Seit der Nachricht von der Aufgabe Yorktowns, die in Richmond eine panikartige Flucht ausgelöst hatte, herrschte dichter Verkehr. Wer Geld hatte, mietete Karren oder Kutschen, stapelte sein Gepäck darauf und machte sich auf den Weg in die südlichen Countys, während diejenigen, die ihre Schätze nicht in Sicherheit bringen konnten, sie im Garten hinterm Haus vergruben. In den Fluren der Regierungsbehörden stapelten sich Kartons mit amtlichen Papieren. Auf den Kartons stand der Bestimmungsort Columbia, South Carolina, das die nächste Hauptstadt der Konföderation werden würde, falls Richmond fiel, und im Eisenbahndepot der Richmond and Petersburg Railway an der Byrd Street stand eine Lokomotive unter vollem Dampf bereit, um in gepanzerten Güterwaggons den Goldvorrat der Konföderation zu evakuieren. Sogar die Frau des Präsidenten, hieß es gerüchteweise, mache sich bereit, um ihre Kinder vor den anrückenden Yankees in Sicherheit zu bringen. «Das war zu erwarten», hatte de'Aths säuerlicher Kommentar gelautet, als diese Neuigkeit in Hyde House ankam. «Diese Frau hat die Kultur eines Fischweibs.»

Nun, in der regnerischen Dunkelheit, überprüfte de'Ath, dass Starbuck im Besitz des gefälschten Briefes war, den sich der alte Mann nachmittags ausgedacht hatte. Die Schrift des Briefes ahmte die Großbuchstaben des Dokuments nach, das in Websters Hotelzimmer gefunden worden war, und das Schreiben berichtete über eine massive Truppenkonzentration der Rebellen in Richmond. Der Brief war in ein wasserdichtes Etui aus Wachstuch eingenäht, das in Starbucks Hosenbund versteckt war. «Ich habe ihn, Sir», sagte Starbuck.

«Dann steh Ihnen Gott bei», sagte de'Ath unvermittelt und wandte sich ab.

Starbuck erriet, dass er außer diesem kurzen Segen keinen weiteren Abschied zu erwarten hatte, legte sich Oliver Wendell Holmes' Mantel um die Schultern, drückte sich seinen Schlapphut auf den Kopf und rannte durch den Regen zu der wartenden Kutsche. Er hatte keine Waffe dabei. Ein Schwert trug er schon seit seiner ersten Schlacht nicht mehr, sein Gewehr hatte er bei Sergeant Truslow gelassen, und der schöne Revolver mit dem Elfenbeingriff, den er Ethan Ridleys Leiche bei Manassas abgenommen hatte, war ihm während seiner Haft gestohlen worden. Starbuck hätte gerne einen Revolver gehabt, aber de'Ath hatte davon abgeraten. «Ihr Ziel ist es, durch die feindlichen Linien zu kommen und möglichst nicht für einen Schleuser gehalten zu werden. Gehen Sie unbewaffnet, heben Sie Ihre Hände hoch und lügen Sie wie ein Anwalt.»

«Und wie lügt ein Anwalt, Sir?»

«Mit Inbrunst, Mr. Starbuck, und nachdem er sich selbst, wenn auch nur für eine begrenzte Zeit, davon überzeugt hat, dass die Sachverhalte, die er da herunterleiert, der reinste Stoff für die göttliche Wahrheit sind. Sie müssen an die Lüge glauben, und um zu diesem Glauben zu kommen, müssen Sie sich selbst davon überzeugen, dass die Lüge nur eine Abkürzung auf dem Weg zum Guten ist. Wenn die Wahrheit einem Klienten nicht hilft, dann sagt ein Anwalt nicht die Wahrheit. Das Gute ist das Überleben des Klienten, und die Lüge ist die Dienerin des Guten. Und Ihre Lügen dienen dem Überleben der Konföderation, und ich bete zu Gott, dass Sie sich dieses Überleben ebenso sehr wünschen wie ich.»

De'Aths schwarzer Kutscher saß in mehrere Umhänge gehüllt und mit einer Wachstuchkapuze über dem Kopf auf dem Kutschbock. «Wohin, Massa?», rief der Mann.

«Fahren Sie einfach die Marshall Street runter. Ich sage Ihnen, wann Sie anhalten sollen.» Starbuck stieg ein, und das große Gefährt setzte sich mit einem Ruck in Bewegung. Das Leder der Kutschsitze war aufgesprungen, und aus den Spalten ragte die Pferdehaarpolsterung heraus. Starbuck zündete sich an der Blendlaterne, die das Innere der Kutsche in trübes Licht tauchte, eine Zigarre an, dann schob er eines der Lederrollos hoch. Die Kutsche kam nur langsam voran, denn auch die aufziehende Dunkelheit hatte den Flüchtlingsverkehr kaum gemindert. Starbuck wartete, bis sie die Thirteenth Street hinter sich hatten, dann zog er das Fenster herunter und rief dem Kutscher zu, er solle vor der medizinischen Hochschule von Virginia halten. Er hatte beschlossen, sich ein gutes Stück von seinem Ziel entfernt absetzen zu lassen, damit der Kutscher de'Ath nicht erzählen konnte, in welches Haus er gegangen war.

«Warten Sie einfach hier», befahl er, dann sprang er auf die Straße und eilte zwei Blocks weit durch die Marshall Street, um dann in die Twelfth Street abzubiegen. Das Haus, zu dem er wollte, lag am anderen Ende der Clay Street, es war ein großes Haus, eines der luxuriösesten von ganz Richmond, und Starbuck verlangsamte seinen Schritt, als er auf das Haus zuging, weil er nicht sicher war, wie er sein Vorhaben am besten anpacken sollte.

Er verstand sehr gut, welche Falle de'Ath auslegte, aber er wollte Adam nicht hineintappen lassen. Sofern der Verräter wirklich Adam war. Starbuck hatte keinen Beweis, nur den Verdacht, dass sich die Abneigung seines ehemaligen Freundes gegen den Krieg womöglich in Verrat verwandelt hatte und dass Adams Bekanntschaft mit James leicht einen Weg geschaffen haben könnte, um den Verrat außer Landes zu tragen.

Wenn «Verrat» überhaupt das richtige Wort war. Denn falls Adam der Spion sein sollte, war er einfach nur dem Land seiner Geburt treu, genau wie Starbuck jetzt einer Freundschaft treu war. Diese Freundschaft mochte auf die Probe gestellt worden sein, mochte sogar zerbrochen sein, und trotzdem konnte Starbuck nicht kaltblütig zusehen, wie die Falle zuschnappte. Er würde Adam warnen.

Und so überquerte er die Straße und ging die Treppen zum Stadthaus der Faulconers hinauf. Er zog an dem großen Messinggriff und hörte in den Tiefen des Hauses die Glocke in den Dienstbotenräumen anschlagen. Starbuck hatte einmal in diesem Haus gewohnt, als er gerade in Richmond angekommen war und Washington Faulconer noch als Verbündeten erlebt hatte, nicht als seinen Gegner.

Die Tür wurde geöffnet. Polly, eins der Dienstmädchen, starrte entgeistert auf die durchnässte Gestalt, die da auf der obersten Treppenstufe vor ihr stand. «Mr. Starbuck?»

«Hallo, Polly. Ich hoffe, der junge Mr. Faulconer ist zu Hause.»

«Er ist nicht hier, Massa», sagte Polly, und dann, als Starbuck eine Bewegung machte, um das Haus zu betreten, hob sie ängstlich die Hand.

«Es ist schon gut, Polly», versuchte Starbuck sie zu beruhigen. «Ich will nur eine Nachricht schreiben, die ich Adam hierlassen kann.»

«Nein, Massa.» Polly schüttelte stur den Kopf. «Sie sollen nicht ins Haus gelassen werden. Hat Mr. Adam befohlen.»

«Das hat Adam gesagt?» Starbuck hätte sich vorstellen können, dass solch ein Verbot von Washington Faulconer gekommen war, aber nicht von Adam.

«Falls Sie je vorbeikommen sollten, müssen wir Sie wegschicken. Das hat Mr. Adam gesagt», beharrte Polly. «Es tut mir leid.»

«Schon gut, Polly», sagte Starbuck. Mit einem Blick an ihr vorbei sah er, dass die Bilder, die das berühmte, geschwungene Treppenhaus geschmückt hatten, allesamt abgenommen worden waren. Ein schönes Portrait von Adams Schwester Anna hatte der Tür gegenüber gehangen, doch nun war dort nur noch ein helleres Rechteck auf der Tapete. «Kannst du mir sagen, wo Mr. Adam ist, Polly?»

«Er ist nicht hier, Massa.» Polly wollte die Tür schließen, doch da erklang hinter ihr eine neue Stimme.

«Adam ist zur Armee zurückbefohlen worden», sagte die Stimme. Es war eine Frauenstimme, und als Starbuck in die düsteren Tiefen der Halle spähte, sah er den Umriss einer großen, dunklen Gestalt, die sich vor der Tür zum unteren Salon abhob.

«Verbindlichen Dank, Ma'am», sagte Starbuck. «Ist er bei den Einheiten seines Vaters? Oder bei General Johnston?»

«Bei General Johnston.» Die Sprecherin trat aus dem Schatten, und Starbuck erkannte Julia Gordon. Er zog seinen Hut. «Anscheinend», fuhr Julia fort, «ist es seit der Aufgabe von Yorktown ein Fall von *Alle Mann an Deck*. Glauben Sie, dass wir davor stehen, von rachsüchtigen Nordstaatlern überrannt zu werden, Mr. Starbuck?»

«Dazu kann ich überhaupt nichts sagen, Miss Gordon.» Der Regen trommelte auf seinen Kopf und lief an seinen Wangen herunter.

«Genauso wenig wie ich. Und Adam schreibt es mir nicht, also bleibt alles ein großes Geheimnis. Warum kommen Sie nicht herein, bei diesem Regen?»

«Weil es mir untersagt wurde, das Haus zu betreten, Miss Gordon.»

«Oh, so ein Unsinn. Lass ihn herein, Polly. Ich werde es niemandem erzählen, wenn du es auch nicht tust.»

Polly zögerte, dann grinste sie und zog die Tür weit auf. Starbuck trat über die Schwelle, und von seinem Mantel tropfte Wasser auf die einfachen Tücher, die an der Tür ausgelegt waren, um den Holzboden zu schützen. Er ließ sich von Polly Mantel und Hut abnehmen, und sie legte beides über eine Trittleiter, die zum Abhängen der Bilder aufgestellt worden war. Beinahe die gesamte Einrichtung war aus der Eingangshalle verschwunden. Die wertvollen europäischen Möbel, die Bilder, die türkischen Teppiche, sogar der prächtige, vergoldete Kronleuchter, der an einer mindestens fünfzig Fuß langen Kette im Treppenhaus gehangen hatte. «Ist alles nach Faulconer Court House geschickt worden», sagte Julia, die bemerkt hatte, wie Starbuck den Blick umherschweifen ließ. «General Faulconer glaubt, dass seine Besitztümer auf dem Land sicherer sind. Die Lage muss wirklich verzweifelt sein, denken Sie nicht auch?»

«Der Norden hat aufgehört, Soldaten zu rekrutieren», sagte Starbuck, «falls man daraus etwas schließen kann.»

«Das heißt doch sicher, dass wir verloren haben, oder?»

Starbuck lächelte. «Vielleicht haben wir ja noch nicht einmal angefangen, richtig zu kämpfen?»

Julia gefiel diese Prahlerei, und sie winkte Starbuck in den beleuchteten Salon. «Kommen Sie, sonst hat Polly Angst, dass Sie jemand von draußen sieht und sie beim General verpetzt.» Julia führte ihn in den unteren Salon, der von zwei Gaskandelabern erhellt wurde. Auch hier war der größte Teil der Einrichtung verschwunden, die Bücherregale allerdings waren noch voll, und ein einfacher Küchentisch stand neben ein paar offenen Kisten. Als Starbuck den altvertrauten Raum betrat, dachte er darüber nach, wie seltsam es war, zu hören, dass Washington Faulconer als der General bezeichnet wurde, und doch war er einer, und dadurch ein noch mächtigerer Gegner. «Ich sehe die Bücher durch», sagte Julia. «Der General will nicht alle auf dem Land haben, nur die wertvollen, und er traut mir zu, ihm zu sagen, welche das sind.»

«Sind sie denn nicht alle wertvoll?»

Julia zuckte mit den Schultern. «Ein paar schöne Einbände, aber die meisten Bücher sind recht weit verbreitet.» Sie nahm irgendeines in die Hand. «Motleys *Aufstieg der Republik der Vereinigten Niederlande?* Wohl kaum eine Rarität, Mr. Starbuck. Nein, ich suche die besten Bände heraus, die Bücher mit besonders schönen Abbildungen, und ein paar andere.»

«Kennen Sie sich mit Büchern aus?», fragte Starbuck.

«Ich weiß jedenfalls mehr über Bücher als General Faulconer», sagte Julia mit einem Anflug von Belustigung. Sie trug ein dunkelblaues Kleid mit Stehkragen und Raffungen um die Hüfte. Ihre Kleiderärmel wurden von weißen Leinenärmelschonern geschützt. Ihr schwarzes Haar war zu einer Hochfrisur aufgesteckt, aus der sich ein paar Strähnen gelöst hatten, die ihr über die Stirn fielen. Sie war eigentümlich attraktiv, bemerkte Starbuck, und sofort bekam er Schuldgefühle wegen dieses Gedankens. Sie war Adams Verlobte.

«Bringen Sie sich selbst nicht in Sicherheit, Miss Gordon?», fragte Starbuck.

«Wohin könnten wir denn gehen? Die Familie meiner Mutter wohnt in Petersburg, aber wenn Richmond fällt, kommt Petersburg auch bald an die Reihe. Der General hat zwar eine Einladung für uns nach Faulconer Court House gemurmelt, aber er hat keine Vorkehrungen für unser Mobiliar getroffen, und der Leichenwagen des armen Mr. Samworth ist von der Armee requiriert worden, was bedeutet, dass unsere Habe hierbleiben müsste. Aber wo ihre Möbel sind, da ist auch Mutter, also müssen wir in Richmond bleiben, weil wir keinen Wagen haben, und hier die Yankee-Invasion überstehen. Falls es dazu kommt.» Sie sah zu einer einfachen Uhr in einem Zinngehäuse, die aussah, als sei sie im Dienstbotenquartier ausgeliehen worden. «Ich habe nicht viel Zeit, Mr. Starbuck. Mein Vater kommt gleich, um mich nach Hause zu begleiten, aber ich wollte mich noch bei Ihnen entschuldigen.»

«Bei mir?», fragte Starbuck überrascht.

Julia sah ihn ernst an. «Für den Abend im Hospital», erklärte sie.

«Ich bezweifle, dass es etwas gibt, für das Sie sich entschuldigen müssten», sagte Starbuck.

«Doch, ich glaube, das müssen wir», beharrte Julia. «Man sollte doch meinen, nicht wahr, dass die Türen einer Mission für die Armen auch solchen Mädchen wie Ihrer Freundin offen stehen?»

Starbuck lächelte. «Besonders arm ist Sally eigentlich nicht.»

Julia gefiel diese Bemerkung, und sie erwiderte das Lächeln. «Aber sie ist Ihre Freundin?»

«Ja, das ist sie.»

Julia drehte sich wieder zu dem Tisch um und begann Bücher durchzusehen, während sie weitersprach. «Wir sind doch aufgefordert, nicht wahr, Christus in allen Dingen nachzueifern? Und doch glaube ich, dass an diesem Abend unserem Heiland Ihr Verhalten besser gefallen hätte als unseres.»

«Ach nein», sagte Starbuck beschämt.

«Ich denke doch. Adam hat mir verboten, jemals wieder über diesen Abend zu sprechen. Mir verboten, Mr. Starbuck!» Über diese Anordnung war sie offenkundig pikiert. «Adam ist die Geschichte überaus unangenehm. Er fürchtet, meine Mutter zu kränken, verstehen Sie? Das fürchtet er, glaube ich, mehr, als mich zu kränken.» Sie wischte Staub von einem Buchrücken. «Macauleys *Essays*? Ich denke, darauf kann man verzichten. War ihre Freundin sehr verletzt?»

«Nicht lange.»

«Baynes' *Christliches Leben*. Ich bezweifle, dass uns dieses Werk an jenem Abend eine besondere Orientierungshilfe gewesen wäre. Sehen Sie mal, die Seiten sind noch nicht mal aufgeschnitten, aber es hat ohnehin keinerlei Wert. Bis auf seinen spirituellen Rat, aber dafür könnte ich vom General bestimmt keinen Dank erwarten.» Sie ließ das Buch auf den Tisch zurückfallen. «Würde Ihre Freundin es mir wohl übel nehmen, wenn ich sie besuche?»

Diese Frage kam völlig überraschend, aber es gelang Starbuck, sein Erstaunen zu verbergen. «Ich glaube, dass sie sich darüber freuen würde.»

«Ich habe mich so weit vorgewagt, Adam vorzuschlagen, dass ich sie besuche, aber diese Idee hat ganz eindeutig nicht seinen Gefallen gefunden. Er hat mich darüber in Kenntnis gesetzt, dass der Kontakt mit solchen Niederungen den guten Ruf schädigt, und ich bin ihm für diese Information außerordentlich dankbar, aber ich konnte mich doch nicht gegen den Gedanken wehren, dass der Kontakt mit solchen Niederungen viel eher den Ruf eines Mannes schädigen kann als den einer Frau. Würden Sie mir darin zustimmen?»

«Das mag sehr wohl so sein, Miss Gordon», sagte Starbuck mit vollkommen ernster Miene.

«Mutter würde es missbilligen, wenn sie wüsste, dass ich über einen solchen Besuch nachdenke, und ihre Missbilligung kann ich nachvollziehen. Aber warum sollte es denn Adam so viel ausmachen?»

«Sollte das Weib Cäsars nicht über jedes Misstrauen erhaben sein?»

Julia lachte. Sie hatte ein bereitwilliges Lachen, das ihr Gesicht strahlen ließ und Starbuck bis ins Herz drang. «Sie halten Adam für einen Cäsar?», fragte sie spöttisch.

«Ich glaube, er will das Beste für Sie», sagte Starbuck taktvoll.

«Und glauben Sie auch, er weiß, was das ist?», fragte Julia leidenschaftlich. «Ich selbst scheine jedenfalls nicht zu wissen, was das Beste für mich ist. Ich würde gern Krankenschwester werden, aber Mutter sagt, das sei keine passende Beschäftigung, und Adam ist ihrer Meinung.» Sie warf ein Buch auf den Tisch, dann schien ihr die Heftigkeit ihrer Geste leidzutun. «Ich bin nicht ganz sicher, ob Adam überhaupt weiß, was für ihn selbst das Beste ist», fügte Julia hinzu, dann nahm sie ein schmales, in dunkelrotes Leder gebundenes Buch in die Hand. «Lambardes *Eirenarcha*. Über zweihundert Jahre alt und immer noch wert, gelesen zu werden. Glauben Sie, dass Adam weiß, was das Beste für mich ist, Mr. Starbuck?»

Starbuck wurde sich vage bewusst, dass sie sich am Rand von tiefen, dunklen Gewässern bewegten, die besser unausgelotet blieben. «Das hoffe ich doch, wenn Sie heiraten wollen.»

«Und werden wir denn heiraten?» Sie sah ihn mit ihren dunkelbraunen Augen herausfordernd an. «Adam will noch warten.»

«Bis der Krieg vorbei ist?»

Julia lachte und unterbrach damit die seltsam vertraute Stimmung, die für ein paar Sekunden lang geherrscht hatte. «Das sagt er jedenfalls, und ich bin sicher, dass er damit schon recht haben wird.» Sie blies Staub von einem Buch, las den Titel und warf es in eine der offenen Kisten. Mit einem Mal wurde das Gaslicht schwächer, dann leuchtete es wieder hell. Julia verzog das Gesicht. «Das passiert ständig. Ist das ein Zeichen für den Untergang der Zivilisation? Habe ich Sie zu Polly sagen hören, dass Sie mit Adam sprechen wollen?»

«Ja. Sogar recht dringend.»

«Ich wünschte, ich könnte Ihnen helfen. General Johnston hat seine Anwesenheit erbeten, und Adam ist geradezu geflogen, um den Befehl auszuführen. Aber wo General Johnston ist, kann ich Ihnen nicht sagen, obwohl ich annehme, dass Sie ihn finden müssten, wenn Sie dem Geräusch der Kanonen nachgehen. Soll ich ihm etwas ausrichten? Ich bin sicher, dass er bald wieder in der Stadt ist, und wenn nicht, kann ich ihm immer noch einen Brief schreiben.»

Starbuck dachte kurz nach. Er konnte nicht einfach zur Armee gehen und Adam suchen. Sein Passierschein erlaubte ihm nur, sich aus der Stadt zu entfernen, und die Militärpolizei würde ihm niemals gestatten, in den hinteren Linien der Armee nach einem Kommando-Adjutanten zu suchen. Er hatte vorgehabt, hier im Haus eine Nachricht für Adam zu hinterlassen, doch nun beschloss er, dass sie ebenso gut von Julia weitergegeben werden konnte. «Aber nicht schriftlich», bat er sie.

«Nein?» Julia wurde neugierig.

Briefe konnten, wie Starbuck wusste, geöffnet und gelesen werden, und diese Mitteilung, mit ihren Andeutungen über verräterische Korrespondenz, durften keinem Mann wie Gillespie in die Hände fallen. «Könnten Sie», bat er Julia, «Adam bei Ihrem nächsten Treffen ausrichten, dass er gut beraten wäre, die Korrespondenz mit meiner Familie zu unterbrechen?» Er hätte beinahe gesagt, ‹mit meinem Bruder›, doch dann hielt er es für besser, nicht zu eindeutig zu werden. «Und falls er diesen Rat unverständlich findet, werde ich es erklären, sobald ich kann.»

Julia sah Starbuck ein paar Sekunden sehr ernst an. «Ich finde sie unverständlich», sagte sie nach einem Moment.

«Ich fürchte, so muss es bleiben.»

Julia nahm ein Buch in die Hand und betrachtete den Buchrücken. «Adam sagte, Sie waren im Gefängnis.»

«Ich wurde heute entlassen.»

«Als unschuldiger Mann?»

«So unschuldig wie ein Neugeborenes.»

«Wirklich?» Julia lachte, sie konnte offenbar nie lange ernst bleiben. «In der Zeitung hat gestanden, Sie hätten sich bestechen lassen.»

«Das habe ich auch. Jeder nimmt Bestechungsgeld.»

Julia legte das Buch weg und sah Starbuck nachdenklich an. «Sie sind geradeheraus, was Ihre Unehrlichkeit angeht. Aber nicht, was Ihre Freundschaften angeht. Adam erklärt uns, wir sollen nicht mit Ihnen oder Ihrer Freundin sprechen, und Sie sagen, er soll nicht mit Ihrer Familie sprechen. Sollen wir etwa alle ein Schweigegelübde ablegen? Nun, ich werde dennoch mit Ihrer Freundin Miss Royall sprechen. Um welche Uhrzeit wird es ihr wohl am besten passen?»

«Am späten Vormittag, denke ich.»

«Und mit welchem Namen wird sie am liebsten angesprochen?»

«Ich glaube, das fragen Sie besser Miss Royall selbst, allerdings ist ihr echter Name Sally Truslow.»

«Truslow. Mit einem W?» Julia schrieb sich den Namen auf, dann die Adresse in der Franklin Street. Sie warf einen erneuten Blick auf die Uhr. «Ich muss Sie verabschieden, bevor mein Vater kommt und sich Sorgen macht, dass ich meinen Ruf durch den Kontakt mit den Niederungen geschädigt habe. Aber vielleicht haben wir trotzdem eines Tages das Vergnügen, uns wiederzusehen.»

«Das würde mich sehr freuen, Miss Gordon.»

In der Halle zog Starbuck seinen Mantel an. «Haben Sie sich die Mitteilung gemerkt, Miss Gordon?», fragte er.

«Adam soll nicht mit Ihrer Familie korrespondieren.»

«Und bitte sprechen Sie mit niemandem sonst darüber. Nur mit Adam. Und schreiben Sie es ihm nicht in einem Brief, bitte.»

«Man musste mir schon als kleinem Mädchen nicht mehr alles zweimal sagen, Mr. Starbuck.»

Starbuck lächelte über den Tadel. «Verzeihen Sie, Miss Gordon. Ich bin eben den Umgang mit Männern gewohnt, nicht mit Frauen.» Mit diesen Worten verabschiedete er sich von einer lächelnden Julia, und er musste selbst lächeln, als er in den Regen hinausging.

Ihr Gesicht stand so klar vor ihm, dass er beinahe in ein Fuhrwerk hineingelaufen wäre, auf dem eine weitere Flüchtlingsfamilie ihr Mobiliar Richtung Osten brachte. Der schwarze Kutscher schrie ärgerlich auf, dann ließ er die Peitsche über den Köpfen der unruhigen Pferde knallen. Das Fuhrwerk war hoch mit Einrichtungsgegenständen beladen, die eine ungeeignete Plane nur halb vor dem Regen schützte.

Starbuck ging von einem Lichtkegel der Gaslaternen zum anderen. Mit einem Mal bestürmten ihn Verlustgefühle. Er hatte Julia gegenüber geprahlt, dass der Süden nur wirklich anfangen müsse zu kämpfen, doch die Wahrheit sah wohl anders aus. Der Krieg war vorbei, der Aufstand niedergeschlagen, der Norden triumphierte, und Starbuck, der nach einem sinkenden Stern gegriffen hatte, wusste, dass er seinem Leben eine neue Richtung geben und sich einen anderen Weg suchen musste. Er blieb stehen, drehte sich um und betrachtete das Haus Faulconer. Dies war, so dachte er, ein Abschied. Eine Phase seines Lebens, die mit einer Freundschaft in Yale begonnen hatte, endete in einer Nacht der schrecklichen Niederlage, doch in ihrem Ende gestattete sich Starbuck zumindest eine Haltung selbstverleugnenden Edelmuts. Sein Freund hatte ihn zurückgewiesen, aber er war seinem Freund treu geblieben. Er hatte die Warnung an Adam auf den Weg gebracht und seinen Freund so vor dem Galgen in Camp Lee gerettet. Adam würde überleben, würde heiraten, und er würde es zweifellos weit bringen.

Starbuck wandte sich von dem Haus ab und ging weiter zu de'Aths wartender Kutsche. Auf den Straßen hallten die eisenbeschlagenen Räder der Fuhrwerke und die Rufe der Kutscher wider. In den Häusern brannten noch zu später Stunde die Lichter. Unten im Tal rumpelte und ratterte ein Zug, seine Dampfpfeife schickte Klagetöne in den anhaltenden Regen. Sklaven und Bedienstete hievten Überseekoffer und Reisetaschen auf Fuhrwerke; Kinder weinten. Irgendwo im Osten, verhüllt von der Dunkelheit, rückte eine Vergeltungs-armee an, um eine Stadt zurückzufordern, und Starbuck machte sich auf den Weg, um sich selbst zu retten.

Er ging durch die Hintertür und kam in die Küche, wo Grace und Charity auf dem schwarzen Herd Fleisch brieten. Die beiden Skla-vinnen schrien auf, als Starbuck durch die Tür trat, dann begrüßten sie ihn mit einem Sturm von Fragen darüber, von wo er kam, und mit lebhaften Kommentaren über den Zustand seiner Kleidung und seiner Gesundheit. «Sie sind aber dünn geworden!», sagte Grace. «Wie sehen Sie nur aus!»

«Ich habe euer Essen vermisst», sagte Starbuck, dann gelang es ihm zu sagen, dass er Miss Truslow sehen wollte. «Ist sie beschäf-tigt?»

«Beschäftigt? Ja, sie ist mit den Toten beschäftigt!», sagte Grace unheilvoll, wollte aber keine weiteren Erklärungen abgeben. Statt-dessen band sie sich die Schürze ab, strich notdürftig ihr Haar glatt und ging die Treppe hinauf. Fünf Minuten später kam sie zurück und sagte Starbuck, er solle über die Hintertreppe zu Sallys Schlaf-zimmer gehen und dort warten.

Der Raum lag im dritten Stock, und vom Fenster aus konnte man über den nassen, verwilderten Garten zu dem Stallungsgebäude mit dem dunklen Fenster von Starbucks altem Zimmer blicken. Sallys Zimmer war mit einer eleganten, blassgrünen Streifentapete geschmückt, und an ihrem Himmelbett hingen grüne Stoffdrape-rien. Trockenblumen standen in einer Goldvase auf dem Kaminsims, und Landschaftsgemälde in lackierten Rahmen zierten die Wände. Das Zimmer wurde von zwei Gasglühstrümpfen beleuchtet, doch für den Fall einer Gasunterbrechung standen auch Kerzen auf einem Tisch. Die Möbel waren mit Wachs poliert, die Gardinen sauber, die Teppiche gut geklopft und gelüftet. Es war ein Raum, der gediegene amerikanische Tugend ausstrahlte, ein Raum, auf den Starbucks Mutter stolz gewesen wäre.

Die Tür wurde aufgeklinkt, und Sally eilte herein. «Nate!» Sie rannte quer durchs Zimmer und schlang ihre Arme um seinen Hals. «O Gott! Ich hatte solche Angst um dich!» Sie küsste ihn, dann schmiegte sie sich an seine Brust. «Ich habe versucht, dich zu finden. Ich war im Stadtgefängnis, dann unten im Lumpkin's, und ich habe Leute um Hilfe gebeten, aber es hat nichts genutzt! Ich durfte nicht zu dir. Ich wollte, aber ...»

«Es ist in Ordnung. Mir geht es gut», erklärte er ihr. «Wirklich, es geht mir gut.»

«Du bist dünn.»

«Ich nehme wieder zu», sagte er und lächelte, dann neigte er seinen Kopf zur offen stehenden Tür, durch die Gelächter aus dem Erdgeschoss zu hören war.

«Sie lassen die Toten auferstehen», sagte Sally erschöpft. Sie zog den Einsteckknoten aus ihrem Haar und legte ihn sorgsam auf ihre Frisierkommode. Ohne die künstlichen Locken sah sie jünger aus. «Sie tun so, als würden sie eine Séance veranstalten», erklärte Sally. «Sind allesamt blau wie die Indianer und versuchen, sich Rat bei General Washington zu holen. Es liegt daran, dass die Yankees kommen, alle schütten sich mit Whiskey zu.»

«Und du nicht?»

«Honey, wenn du in diesem Geschäft Geld machen willst, bleibst du besser stocknüchtern.» Sie ging durch den Raum und wollte die Tür schließen, dann hielt sie inne. «Oder wolltest du nach unten gehen? Dich mit ihnen amüsieren?»

«Nein. Ich gehe sowieso gleich wieder.»

Sie hörte die Bedeutungsschwere in seiner Stimme. «Wohin?»

Er zeigte ihr den Passierschein. «Ich gehe auf die andere Seite. Zurück zu den Yankees.»

Sally runzelte die Stirn. «Wirst du für sie kämpfen, Nate?»

«Nein. Es wird ohnehin bald keine Kämpfe mehr geben. Es ist bald vorbei, Sally. Die Bastarde haben gewonnen. Sie sind so verdammt überheblich, dass sie sogar ihre Rekrutierungsbüros geschlossen haben. Überleg mal, was das bedeutet!»

«Es bedeutet, dass sie von sich überzeugt sind», sagte Sally verächtlich, dann schlug sie mit einem Knall die Tür zu. «Na und? Hast du schon jemals einen Yankee getroffen, der nicht von sich überzeugt war? Verdammt, das macht sie doch erst zu Yankees. Angeben und Wirbel veranstalten, Nate, und den Rest der Welt belehren, aber ich sehe trotzdem noch keinen von ihnen die Franklin Street runtermarschieren. Es ist, wie mein Pa sagt. Es ist nicht vorbei, bis die Sau aufhört zu quieken.» Sie ging zu einem Tisch und nahm zwei Zigarren aus einem Humidor. Sie zündete beide an dem Gaslicht an, brachte Starbuck eine davon und setzte sich ihm gegenüber auf den Kaminvorleger. Ihr Reifrock rauschte, als sie sich niederließ. Sie trug ein aufwendiges weißes Seidenkleid mit weitem Rock und schmaler Taille, das ihre Schultern unter einem Tuch aus durchsichtiger perlenbestickter Spitze durchschimmern ließ. Weitere Perlen trug sie als Halskette und Ohrringe. «Bist du gekommen, um dich zu verabschieden?», fragte sie.

«Nein.»

«Warum dann? Dafür?» Sie hob das Kinn Richtung Bett.

«Nein.» Er hielt inne. Das Geräusch einer zersplitternden Flasche drang von unten herauf, gefolgt von spöttischem Jubel. «Das ist aber mal eine Séance», sagte er lächelnd. Spiritismus war in Richmond hoch im Schwange, wurde von den Kirchenkanzeln aus verdammt, aber angewendet von den Familien gefallener Soldaten, die sicher sein wollten, dass ihre Söhne und Ehemänner gut im Jenseits angekommen waren.

«Das ist keine richtige Séance. Sie sitzen bloß um den Tisch und treten an die Tischbeine.» Sally hielt einen Moment inne und schenkte Starbuck ein verhaltenes Lächeln. «Also, worum geht es, Nate?»

Er sprang ins kalte Wasser. Adam war in Sicherheit, nun war er an der Reihe. «Erinnerst du dich an den Abend im Hospital?», fragte er. «Wie du mir gesagt hast, du willst ganz gewöhnlich sein? Ein ganz normales Leben, vielleicht einen Laden führen? Dann komm mit mir. Mit diesem Passierschein kommen wir alle beide durch die Linien.» Das wusste er zwar nicht ganz genau, aber er war ziemlich sicher, dass er nicht ohne Sally gehen würde, wenn sie bereit war, ihn zu begleiten. «Ich habe die Erlaubnis zu gehen», erklärte er ihr, «weil ich etwas für die Regierung tue.»

Sally runzelte die Stirn. «Für unsere Regierung?»

«Ich muss einen Brief abgeben», sagte Starbuck, aber er konnte ihr vom Gesicht ablesen, dass sie immer noch vermutete, er würde zurückgehen, um für den Norden zu kämpfen. Also wurde er deutlicher. «Es gibt hier in Richmond einen Spion», erklärte er, «einen gefährlichen Spion, und sie wollen, dass ich eine Falle für ihn aufstelle, verstehst du? Und um das zu tun, muss ich diesen Brief zu den Yankees bringen.»

«Und sie erwarten nicht von dir, dass du zurückkommst?», fragte Sally.

«Sie wollen, dass ich zurückkomme», räumte Starbuck ein, aber mehr sagte er nicht dazu. Er hatte ihr schon alles verraten, was er nur konnte, und er wusste nicht, wie er ihr den Rest erklären sollte; dass er Adam für den Spion hielt und dass er seinen Freund mit seiner Rückkehr nach Richmond in Gefahr bringen würde. Stattdessen hatte er vor, den falschen Brief zu überbringen, und damit den Schaden wiedergutzumachen, den Adam angerichtet hatte, und dann würde er mit Sally weggehen und es den Armeen überlassen, dieses Kriegsende zu bestreiten. Er schätzte, dass die Konföderation im besten Fall noch ein oder zwei Monate durchhalten konnte, und es war besser, das sinkende Schiff zu verlassen, als am Ende mit untergehen. «Nimm dein Geld mit», drängte er Sally, «und wir gehen nach Norden. Vielleicht nach Kanada. Oder Maine? Wir eröffnen deinen Kurzwarenladen. Oder sollen wir vielleicht lieber in den Westen?» Er runzelte die Stirn, weil er wusste, wie schlecht er sich ausdrückte. «Ich will sagen, dass du von vorne anfangen kannst. Ich will, dass du mit mir kommst. Ich werde mich um dich kümmern.»

«Mit meinem Geld?» Sally lächelte.

«Du hast auch Geld von mir. Ich weiß, dass es nicht viel ist, aber wir beide können damit auskommen. Verdammt, Sally, wir können uns niederlassen, wo wir wollen! Nur du und ich.»

Sie zog an ihrer Zigarre und betrachtete ihn. «Soll das heißen, du willst mich heiraten, Nate Starbuck?», fragte Sally nach einer Weile.

«Natürlich!» Hatte sie das etwa nicht verstanden?

«Oh, Nate.» Sally lächelte. «Im Weglaufen bist du schon immer gut gewesen.»

«Das tue ich doch gar nicht», sagte er, getroffen von der Anschuldigung.

Sie bemerkte nicht, wie verletzt er war. «Manchmal will ich heiraten, Nate, und manchmal nicht. Und wenn ich es wollte, Honey, dann wärst du weiß Gott meine allererste Wahl.» Sie lächelte ihn traurig an. «Aber du hättest bald genug von mir.»

«Nein!»

«Sch!» Sie legte ihm den Zeigefinger auf die Lippen. «Ich habe gesehen, wie du im Hospital dieses Bibelmädchen angeschaut hast. Du würdest dich immer fragen, wie es wäre, mit jemandem aus deinen Kreisen verheiratet zu sein.»

«Das ist nicht fair», protestierte Starbuck.

«Aber es ist wahr, Honey.» Sie zog an ihrer Zigarre. «Du und ich, wir sind Freunde, aber als Ehepaar wären wir eine Katastrophe.»

«Sally!», widersprach Starbuck.

Sie bedeutete ihm noch einmal zu schweigen. «Ich stehe diesen Krieg durch, Nate. Wenn die Yankees kommen, spucke ich auf sie, und dann ziehe ich den Bastarden das Geld aus der Tasche. Ich weiß nicht, was ich sonst noch tun werde, aber ich weiß, dass ich nicht weglaufe.»

«Ich laufe nicht weg», protestierte er, doch es klang recht schwach.

Sie dachte kurz nach. «Du hattest es im Leben nicht schwer, Nate. Ich kenne viele Männer wie dich. Du liebst deine Bequemlichkeit.» Dieses Mal sah sie, dass sie ihn verletzt hatte, und streckte die Hand aus, um ihm über die Wange zu streichen. «Vielleicht irre ich mich auch. Ich vergesse immer, dass das hier nicht dein Land ist, aber es ist meins.» Sie schwieg eine Weile nachdenklich, dann lächelte sie ihn flüchtig an. «Es kommt der Moment, in dem du auf eigenen Beinen stehen musst, nicht auf den Schultern deines Vaters. Das hat mir mein Pa beigebracht. Ich bin kein Drückeberger, Nate.»

«Ich bin kein ...»

«Sch!» Sie legte erneut die Finger auf seine Lippen. «Ich weiß, dass die Yankees noch nicht gewonnen haben, und du hast mir selbst erklärt, dass man fünf Yankees braucht, um einen von unseren Jungs zu töten.»

«Ich habe doch bloß geprahlt.»

«Wie ein Mann eben.» Sie lächelte. «Aber die Sau quiekt noch, Honey. Wir sind noch nicht geschlagen.»

Starbuck rauchte schweigend. Er hatte sich eingeredet, dass Sally mit ihm kommen würde. Keinen Augenblick lang hatte er sich vorgestellt, dass sie lieber bleiben und den Yankee-Sieg erleben würde. Er hatte gedacht, sie würden zusammen weglaufen und sich irgendwo, weit weg von den Sorgen der Welt, einen kleinen Schlupfwinkel einrichten. Ihre Absage erzeugte bei ihm Ratlosigkeit.

«Nate?», fragte Sally. «Was willst du vom Leben?»

Er dachte über die Frage nach. «Vergangenen Winter war ich

glücklich», sagte er. «Als ich bei der Kompanie war. Ich bin gern Soldat.»

«Und wenn du etwas haben willst, Honey, dann geh und hol es dir. Wie mein Pa sagt, die Welt schuldet dir verdammt noch mal gar nichts, und das heißt, um das zu kriegen, was du möchtest, musst du rausgehen und es pflanzen, es bauen, es kaufen oder es stehlen.» Sie lächelte ihn an. «War das dein Ernst mit dieser Spiongeschichte?»

Er sah sie an. «Ja. Ich schwör's.»

«Dann geh und schnapp den Bastard, Honey. Du hast versprochen, den Brief abzugeben, also tu es. Und wenn du danach weglaufen willst, ist das deine Angelegenheit, nur musst du es allein machen, nicht mit mir als Ausrede.» Sie beugte sich vor und küsste ihn. «Aber wenn du hierher zurückkommst, Honey, werde ich noch da sein. Ich schulde dir noch einiges.» Sally zuliebe hatte Starbuck Ethan Ridley getötet, und Sallys Dankbarkeit für diese Tat war aufrichtig und tief empfunden. Jetzt warf sie den Rest ihrer Zigarre in den Kamin. «Soll ich dir dein Geld geben?»

Er schüttelte den Kopf. «Nein.» Seine Sicherheiten lösten sich auf und ließen ihn erneut ratlos zurück. «Würdest du etwas für mich tun?», fragte er Sally.

«Sicher, wenn ich es kann.»

«Schreib an deinen Vater.»

«Meinem Pa!» Sie klang erschreckt. «Er will sicher keinen Brief von mir!»

«Das glaube ich aber doch.»

«Aber ich kann nicht richtig schreiben!» Sie errötete, mit einem Mal beschämt über ihre mangelhafte Bildung.

«Er kann auch nicht übermäßig gut lesen», sagte Starbuck. «Schreib ihm einfach, dass ich zurückkomme. Schreib ihm, ich bin noch vor dem Ende des Frühlings wieder bei der Kompanie. Das versprichst du ihm.»

«Ich dachte, dieser Bastard Faulconer will dich nicht in der Legion haben.»

«Mit Faulconer werde ich fertig.»

Sally lachte. «Vor einer Minute, Nate, wolltest du noch weglaufen und dich in Kanada verstecken, und jetzt willst du es mit General Faulconer aufnehmen? Ist gut, ich schreibe meinem Pa. Bist du sicher, was dein Geld angeht?»

«Bewahre es für mich auf.»

«Also kommst du zurück?»

Er lächelte. «Die Sau quiekt noch, Honey.»

Sie küsste ihn, dann stand sie auf und ging zu ihrer Frisierkommode, wo sie sorgfältig den Ansteckknoten in ihrem zurückgekämmten Haar befestigte. Sie überprüfte, dass die Locken natürlich fielen, dann lächelte sie ihn an. «Wir sehen uns, Nate.»

«Ganz bestimmt.» Er sah ihr zu, wie sie zur Tür ging. «Das Bibelmädchen. Julia Gordon», fiel ihm unvermittelt wieder ein.

«Was ist mit ihr?» Sally blieb mit der Hand an der Tür stehen.

«Sie will dich besuchen und mit dir reden.»

«Mit mir?» Sally grinste. «Und über was? Über Gott?»

«Kann sein. Hast du etwas dagegen?»

«Wenn Gott nichts dagegen hat, warum zum Teufel sollte ich was dagegen haben?»

«Sie hat ein schlechtes Gewissen wegen diesem Abend.»

«Den hab ich schon längst vergessen», sagte Sally, dann zuckte sie mit den Schultern. «Nein, hab ich nicht. Ich habe irgendwie gehofft, ich könnte ihn vergessen. Aber vielleicht kann ich ihr ja auch das eine oder andere beibringen.»

«Zum Beispiel?»

«Was ein richtiger Mann ist, Honey.» Sie grinste ihn an.

«Bring sie nicht durcheinander», sagte Starbuck und war selbst überrascht von seinem plötzlichen Beschützerinstinkt gegenüber

Julia, aber Sally hatte ihn nicht gehört. Sie war schon aus der Tür. Er rauchte seine Zigarre zu Ende. Es schien, als gäbe es keinen einfachen Ausweg, was bedeutete, dass er ein Versprechen zu halten und einen Verräter zu verraten hatte. Irgendwo in der Dunkelheit schlug eine Turmuhr, und Starbuck ging hinaus in die Nacht.

ACHT

as soll denn das sein?» Belvedere Delany hielt einen Geldschein zwischen Daumen und Zeigefinger hoch, als würde die knittrige Banknote eine ansteckende Krankheit übertragen. «Gemeinde von Point Coupee», las er von dem Schein ab, «zwei Dollar. Meine liebe Sally, ich hoffe, dieser Betrag ist nicht das, was Sie für Ihre Dienste berechnen.»

«Sie sind wirklich zu komisch», sagte Sally, dann nahm sie dem Anwalt den Geldschein aus der Hand und legte ihn zurück zu den Stapeln auf dem Kirschholztisch. «Spielgewinne», erklärte sie.

«Aber was soll ich damit anfangen?», erkundigte sich Delaney mäkelig und nahm die anstößige Banknote wieder auf. «Soll ich nach Louisiana reisen und den Gemeindeschreiber von Point Coupee auffordern, mir zwei Dollar auszuzahlen?»

«Sie wissen ganz genau, dass die Scheine bei der Exchange Bank diskontiert werden können», sagte Sally kurz angebunden, nahm die Banknote zurück und legte sie zu den Wocheneinnahmen. «Das sind vierhundertzweiundneunzig Dollar und dreiundsechzig Cents von unten.» Mit ‹unten› waren die Tische gemeint, an denen Poker und

Euchre gespielt wurden und wo das Haus einen ordentlichen Prozentsatz der Spielgewinne einstrich. Die Regel lautete, dass unten jede Geldwährung, mit denen die anderen Spieler einverstanden waren, an den Tischen eingesetzt werden konnte, oben allerdings wurden nur die neuen Dollarscheine aus dem Norden, Gold- und Silbermünzen sowie Schatzbriefe des Staates Virginia akzeptiert.

«Und wie viel von diesen vierhundertzweiundneunzig Dollar haben wir in brauchbarem Geld?», fragte Delaney.

«Die Hälfte», räumte Sally ein. Das Übrige waren Phantasie-Geldscheine, die von diversen Banken der Konföderation, Händlern und Gemeindevorständen herausgegeben wurden, die ihre Druckerpressen angeworfen hatten, um den Mangel an Nordstaaten-Geld auszugleichen.

«Die Bank von Chattanooga», sagte Delaney höhnisch, während er durch ein Bündel Geldscheine blätterte. «Und was im Namen Jehovas soll das sein?» Er ließ ein Stück ausgebleichtes Papier zwischen den Fingern baumeln. «Ein Fünfundzwanzig-Cent-Schein vom Bezirksgericht Butts County, Jackson, Georgia? Mein Gott, Sally, wir sind reich! Ein ganzer Vierteldollar!» Er warf den Geldschein auf den Tisch. «Warum drucken wir uns eigentlich nicht gleich unser eigenes Geld?»

«Ja, warum nicht?», fragte Sally. «Das wäre verdammt noch mal viel einfacher als die Arbeit, die ich oben mache.»

«Wir könnten ganze Gemeinden erfinden! Ganze Countys! Wir könnten uns unsere eigenen Banken ausdenken!» Delaney war sehr angetan von diesem Einfall. Alles, was die Konföderation sabotierte, hatte für Belvedere Delaney einen Reiz, und die Währung zusammenbrechen zu lassen, würde das Scheitern der Rebellion fraglos beschleunigen. Nicht dass die Währung des Südens noch viel stärker entwertet werden konnte; die Preise stiegen jeden Tag, und das gesamte Finanzsystem ruhte auf losen Versprechen, deren Erfüllung vom Kriegsgewinn der Konföderation abhing. Dies galt sogar für die offiziellen Banknoten der Regierung, die dem Besitzer zwar den Nennwert der Banknote versprachen, aber erst sechs Monate nach dem Friedensschluss der kriegführenden Parteien. «Wir könnten doch eine Druckerpresse in die Remise stellen», schlug Delaney vor. «Wer sollte schon davon erfahren?»

«Der Drucker?», fragte Sally säuerlich. «Dafür brauchen Sie zu viele Leute, Delaney, und so sicher wie das Amen in der Kirche fangen die irgendwann an, Sie zu erpressen. Davon abgesehen habe ich eine besser Idee für die Remise.»

«Und die wäre?»

«Verdunkeln Sie alles und statten Sie den Raum mit einem Teppich, einem Tisch und einem Dutzend Stühlen aus, und ich garantiere Ihnen einen höheren Gewinn, als Sie ihn je aus meinem Schlafzimmer herauskriegen können.»

Delaney schüttelte ratlos den Kopf. «Wollen Sie dort Essen servieren?»

«Von wegen. Es geht um Séancen. Führen Sie mich als Richmonds bestes Medium ein, berechnen Sie fünf Dollar für eine Gemeinschaftssitzung und fünfzig für eine Privatkonsultation.» Die Idee war Sally am Vorabend gekommen, als die Kunden eine Pseudo-Séance im abgedunkelten Salon abgehalten hatten. Es war nur ein Spiel gewesen, aber Sally hatte gesehen, dass einige der Teilnehmer dennoch auf übernatürliche Erscheinungen hofften, und sie dachte, dieser Aberglaube könnte dazu genutzt werden, Gewinne einzufahren. «Ich bräuchte einen Helfer, der an die Wände klopft und mit dem Batistschal wedelt», erklärte sie dem faszinierten Delaney, «und wir müssten ein paar Tricks erarbeiten.»

Delaney gefiel die Idee. Er hob vage die Hand in Richtung der oberen Stockwerke. «Und Ihr horizontales Gewerbe würden Sie aufgeben?»

«Solange ich auf die andere Art mehr Geld mache, auf jeden Fall. Aber Sie müssen zuerst etwas Geld investieren. Wir können den Humbug nicht mit einem billig ausgestatteten Raum an den Mann bringen. Es muss ordentlich gemacht werden.»

«Sie sind brillant, Sally. Wirklich brillant.» Delaneys Lob war echt. Er genoss seine wöchentlichen Termine mit Sally, deren Geschäftssinn ihn beeindruckte und deren handfester Menschenverstand ihn belustigte. Es war Sally, die sich um die finanziellen Fragen im Haus kümmerte, und sie tat dies mit einer forschen Tüchtigkeit und vollkommen ehrlich. Das Freudenhaus, mit seinem Luxus und der exklusiven Atmosphäre, war für den Anwalt eine Goldgrube, aber es war auch ein Ort, der ihm Tratsch über Südstaatenpolitiker und Militärbefehlshaber lieferte, und all dieser Tratsch wurde an Delaneys Kontaktmann in Washington weitergeleitet. Wie viele dieser Informationen zutrafen oder verwendet werden konnten, wusste Delaney nicht immer, aber es kümmerte ihn auch nicht. Es genügte, dass er sich auf die Seite des Nordens geschlagen hatte und so damit rechnen konnte, von dieser Allianz zu profitieren, sobald der Norden seinen, wie Delaney es sah, unausweichlichen Sieg davontrug. Während er noch über Sallys Vorschlag nachdachte, die Rückgebäude des Hauses in eine spiritistische Stätte zu verwandeln, nahm sich Delaney seinen Anteil. «Und was gibt es für Neuigkeiten?»

Sally deutete zum Fenster. Draußen verstopften noch immer die Karren und Kutschen der Flüchtlinge die Straßen. «Das sind die Neuigkeiten, oder? Bald haben wir keine Kunden mehr hier.»

«Oder es kommen neue an», bemerkte Delaney feinsinnig.

«Und denen berechnen wir das Doppelte», zischte Sally, dann fragte sie, ob es stimme, dass der Norden seine Rekrutierungsbüros geschlossen habe.

«Davon habe ich nichts gehört», sagte Delaney und achtete darauf, seine Begeisterung über diese Nachricht nicht zu zeigen.

«Die Yankees müssen so richtig aus dem Häuschen sein», sagte Sally mit einer Grimasse.

Und aus gutem Grund, dachte Delaney, denn die Nordstaatenarmee stand inzwischen nur noch einen Tagesmarsch vor Richmond. «Welcher Kunde hat Ihnen von den Rekrutierungsbüros erzählt?», fragte er Sally.

«Das war kein Kunde», sagte Sally. «Es war Nate.»

«Starbuck?», fragte Delaney überrascht. «Er war hier?»

«Gestern Abend. Sie hatten ihn gerade aus dem Gefängnis entlassen.»

«Ich habe davon gelesen», sagte Delaney. Die Meldung hatte sowohl im *Examiner* als auch im *Sentinel* gestanden. «Ist er in seinem alten Zimmer? Ich sollte ihm kurz guten Tag sagen.»

«Dieser dämliche Bastard ist ein verdammter Idiot.» Sally zündete sich eine Zigarre an. «Gott weiß, wo er jetzt ist.»

«Was heißt das?», fragte Delaney. Sally hatte versucht, die Sorge nicht in ihrer Stimme durchklingen zu lassen, aber Delaney war viel zu scharfsinnig, um diese Nuance in ihrem Ton zu überhören, und er wusste, wie sehr sie Starbuck mochte.

«Dass er sein verdammtes Leben riskiert», sagte Sally. «Er bringt einen Brief durch die Gefechtslinien und wollte, dass ich mitkomme.»

Delaney witterte einen fetten Brocken, aber er wollte nicht zu neugierig erscheinen, um nicht Sallys Misstrauen zu wecken. «Er wollte, dass Sie zu den Yankees gehen? Wie eigenartig.»

«Er wollte, dass ich ihn heirate», korrigierte Sally ihn.

Delaney lächelte sie an. «Welch auserlesenen Geschmack unser Freund Starbuck doch hat», sagte er galant. «Und trotzdem haben Sie abgelehnt?», neckte er sie.

Sally schnitt ein Gesicht. «Er meinte, wir könnten in Maine einen Kurzwarenladen eröffnen.»

Delaney lachte. «Meine liebe Sally, dort wären Sie wirklich vergeudet! Und Sie würden Maine hassen. Die Leute dort wohnen in Eiskellern, nagen zum Überleben an Salzfisch und singen zur ihrer Unterhaltung Psalmen.» Delaney schüttelte betrübt den Kopf. «Der arme Nate. Ich werde ihn vermissen.»

«Er sagt, dass er zurückkommt», sagte Sally. «Er wollte nicht zurückkommen, nicht, wenn ich mit ihm gegangen wäre, aber da ich hierbleibe, sagt er, dass er seinen Brief abliefert und dann wiederkommt.»

Delaney tat so, als müsste er ein Gähnen unterdrücken. «Was für ein Brief ist es denn?», fragte er in aller Unschuld.

«Das hat er nicht gesagt. Nur, dass es ein Brief von unserer Regierung ist.» Sally hielt inne, aber ihre Sorge um Starbuck trieb sie zu weiteren Erklärungen, und sie hätte nie vermutet, dass ihre Worte Starbuck in Gefahr bringen könnten. Sally vertraute Delaney vollkommen. Der Anwalt war ein Freund, ein Offizier in der Uniform der Konföderierten und ein Mann von sanfter Liebenswürdigkeit. Andere Huren mussten mit Schlägen und Geringschätzung leben, doch Belvedere Delaneys Verhalten gegenüber den Frauen, die er beschäftigte, war immer taktvoll und höflich; tatsächlich wirkte er um das Glück und die Gesundheit seiner Beschäftigten ebenso besorgt wie um die Gewinne, die sie ihm einbrachten, und deshalb hatte Sally das Gefühl, seinem mitfühlenden Ohr ihre Sorgen anvertrauen zu können. «Nate glaubt, es gibt hier einen Spion», sagte sie, «einen richtig gefährlichen, der den Yankees alles über die Taktik unserer Armee verrät, und wenn Nate es schafft, diesen Brief abzuliefern, dann wird dem Spion der Garaus gemacht. Mehr hat er mir nicht gesagt, aber das genügt auch. Er ist ein Narr. Er sollte sich nicht in diesen Mist hineinziehen lassen, Delaney. Sonst endet er noch wie der Mann, den sie bei Camp Lee aufgeknüpft haben.» Websters Tod war für die Zeitungen ein gefundenes Fressen gewesen, und sie hatten die Hinrichtung als wohlverdientes Schicksal für einen Spion bezeichnet.

«Wir wollen ganz bestimmt nicht, dass der arme Nate gehängt wird», sagte Delaney ernst, und er bemerkte ein leichtes Beben seiner rechten Hand, das gerade ausreichte, um den Rauch, der von seiner Zigarre zur Decke aufstieg, zum Zittern zu bringen. Sein erster Gedanke war, dass Starbuck losgeschickt worden war, um ihm eine Falle zu stellen, dann tat er diese Befürchtung als übertrieben ab. Richmond war voller Spione, von der offen für die Nordstaaten eintretenden reichen und verrückten Exzentrikerin Betty Van Lew, die durch die Stadt zog, von Verrat redete und den Häftlingen aus dem Norden Geschenke brachte, bis zu den subtil und verborgen agierenden wie Delaney selbst. Delaney allerdings hatte zu außerordentlich wenigen militärischen Geheimnissen Zugang, und Sallys Bericht legte nahe, dass der Spion, den Starbuck jagte, ein Militär war, und zwar einer, der sämtliche Geheimnisse der Konföderation kannte. «Und was wünschen Sie nun, das ich tue?», fragte Delaney.

Sally zuckte mit den Schultern. «Ich glaube, Nate wird nur glücklich, wenn er zur Legion zurück kann. Dort fühlt er sich wohl. Können Sie das ermöglichen? Wenn er von den Yankees zurückkommt, natürlich.»

«Und wenn es dann noch eine Konföderation gibt», sagte Delaney zweiflerisch.

«Natürlich gibt es dann noch eine Konföderation. Wir sind noch nicht geschlagen. Könnten Sie nicht mit General Faulconer reden?»

«Ich!» Delaney erschauerte. «Faulconer kann mich nicht leiden, meine Liebe, und Nate hasst er. Ich weiß genau, dass Faulconer Nate nicht wieder in seine kostbare Legion aufnehmen wird.»

«Könnten Sie Nate dann nicht in einem anderen Regiment unterbringen? Er ist gern Soldat.»

Was bedeutete, dass er ein noch viel größerer Narr war, dachte Delaney, behielt diese Meinung aber für sich. «Ich kann es versuchen», sagte er, dann warf er einen Blick auf die Goldbronze-Uhr auf dem Kaminsims. «Ich glaube, ich sollte jetzt gehen, meine Liebe.»

«Bleiben Sie nicht zum Frühstück?» Sally klang überrascht.

Delaney erhob sich. «Sogar Anwälte müssen von Zeit zu Zeit etwas arbeiten, meine Liebe», sagte er. Delaney war Rechtsberater im Kriegsministerium, ein Amt, das weniger als eine Stunde Arbeit monatlich erforderte, ihm aber ein jährliches Salär von 1560 Dollar einbrachte, auch wenn diese Dollars zugegebenermaßen in Südstaaten-Bezugsscheinen ausgezahlt wurden. Er zog seine Jacke glatt. «Ich werde mein Bestes für Nate tun, versprochen.»

Sally lächelte. «Sie sind ein guter Mensch.»

«Ist das nicht eine erstaunliche Wahrheit?» Delaney küsste Sallys Hand mit gewohnter Höflichkeit, steckte sein Geld in eine Ledermappe und beeilte sich, auf die Straße zu kommen. Es hatte wieder angefangen zu regnen; die Tropfen brachten einen für diese Jahreszeit ungewöhnlich kalten Wind mit.

Delaney hastete einen Block Richtung Norden zu seinem Domizil in der Grace Street, wo er seinen Rollschreibtisch aufschloss. Es gab Momente, in denen der Anwalt den Verdacht hatte, dass sich die Hundertschaften von Nordstaaten-Informanten in Richmond einen Wettstreit darüber lieferten, wer die besten Geheimdienstinformationen weiterleitete, und dass der Gewinner dieses heimlichen Wettstreits die größte Belohnung bekam, wenn der Norden die Stadt übernahm. Seine Feder kratzte eilig über das Papier, und er dachte, dass ihm dieser kleine Brocken Tratsch den Hauptgewinn einbringen würde, wenn der Sieg kam. Er schrieb alles auf, was ihm Sally gesagt hatte. Er warnte den Norden, dass Nathaniel Starbuck ein Verräter sei, dann versiegelte er den Brief in einem Umschlag und adressierte ihn an Lieutenant Colonel Thorne in der General-inspektion der Armee in Washington, D. C. Er siegelte den Umschlag in einen anderen ein, den er an Reverend Ashley M. Winslow, Canal Street, Richmond adressierte, dann gab er seinem Haussklaven das Päckchen und drei Nordstaaten-Dollars. «Es ist dringend, George. Es ist für unsere gemeinsamen Freunde bestimmt.»

George kannte und teilte die Loyalität seines Herrn. Er trug den Brief in die Canal Street und übergab ihn einem Mann namens Ashley, der einem Dienstaufseher der Central Virginia Railroad gehörte. George gab Ashley zwei Dollar. Bis zum Abend hatte ein Zug den Brief und eine der zwei Dollarmünzen zum Bahnhof von Catlett in Nordvirginia gebracht, wo ein freier Schwarzer, der einen kleinen Schusterladen führte, den Umschlag übernahm.

Unterdessen ging in Richmond der Exodus weiter. Die Frau des Präsidenten brachte ihre Kinder aus der Stadt. Die Fuhrgelder verdreifachten sich. Wenn der Wind aus Osten kam, war manchmal ein seltsam gedämpftes Trommeln zu hören, kaum vernehmbar, aber dennoch da. Es war das Geräusch von Kanonenschüssen. Belvedere hörte das ferne Geschützfeuer und legte die Nordstaatenflagge in seinem Salon bereit, damit er sie als Gruß an die siegreichen Yankees aus dem Fenster hängen konnte. Er fragte sich, ob sein Brief rechtzeitig in Washington eintreffen würde oder ob der Krieg vorbei wäre, bevor Starbucks Verrat entdeckt wurde. Irgendwie hoffte er, dass der junge Nordstaatler überleben würde, denn Starbuck war ein gutaussehender Schuft, aber eben trotzdem ein Schuft, was vermutlich bedeutete, dass er so oder so am Galgen enden würde. Delaney würde seinen Tod bedauern, aber in dieser Zeit des Todes machte eine Leiche mehr oder weniger keinen großen Unterschied. Es wäre schade, aber viel mehr nicht. Der Anwalt lauschte auf das Geräusch der fernen Kanonen und betete, dass es die Niederlage der Rebellion bedeutete.

Die ersten Yankees, die auf Starbuck aufmerksam wurden, waren Infanteristen des 5th New Hampshire, die ihn für einen versprengten Südstaatler hielten und ihn mit vorgehaltenem Bajonett zu ihrem Adjutanten führten, einem hageren Captain mit struppigem Bart und einer dicken Brille, der auf seinem Schecken saß und durch den Regen auf den verdreckten Gefangenen hinuntersah. «Habt ihr den elenden Bastard durchsucht?», fragte der Captain.

«Er hat nichts», antwortete einer der Männer, die Starbuck gefangen genommen hatten. «Arm wie ein ehrlicher Anwalt.»

«Bring ihn zur Brigade», befahl der Captain. «Und wenn das zu umständlich ist, erschießt den Bastard, wenn gerade keiner hinschaut. Das ist es nämlich, was Deserteure verdienen, eine Kugel.» Er grinste Starbuck schief an, als wollte er ihn herausfordern, diesem Urteil zu widersprechen.

«Ich bin kein Deserteur», sagte Starbuck.

«Hab ich auch nicht gedacht, Reb. Ich schätze, du bist einfach nur ein fußlahmer Bastard. Schätze, ich würde den Sezessionisten sogar noch einen Gefallen tun, wenn ich dich einfach umbringe.» Der Captain nahm die Zügel kürzer und machte eine auffordernde Bewegung mit dem Kinn. «Bringt den Bastard weg.»

«Ich habe eine Nachricht bei mir», sagte Starbuck verzweifelt. «Ich bin kein Deserteur und kein Nachzügler. Ich habe eine Nachricht für Major James Starbuck vom Geheimdienst. Ich habe die Nachricht vorgestern Abend in Richmond bekommen!»

Der Captain warf Starbuck einen langen, verbitterten Blick zu. «Junge», sagte er schließlich, «ich bin hundemüde, völlig ausgehungert und nass bis auf die Haut, und ich will einfach nur zu Hause in Manchester sein; wenn du also hier meine Zeit verschwendest, könnte es sein, dass ich dich so verdammt über habe, dass ich deinen elenden Kadaver verscharre, ohne vorher eine Kugel an ihn zu vergeuden. Also, überzeug mich, Bursche.»

«Dazu muss ich mir ein Messer ausleihen.»

Der Captain sah die beiden kräftigen Männer an, die Starbuck gefangen hatten, und grinste bei dem Gedanken, dass der Gefangene vorhaben könnte, gegen sie zu kämpfen. «Willst du den Helden spielen, Rebell, oder geht's dir einfach nur zu gut?»

«Ein kleines Messer», sagte Starbuck erschöpft.

Der Captain tastete in den Schichten seiner feuchter Kleidung herum. Hinter ihm stapfte die Infanterie von New Hampshire die morastige Straße entlang, Regen tropfte von langen Uniformmänteln, die sie wie Umhänge über ihren Habersäcken trugen. Ein paar sahen Starbuck neugierig an, versuchten, in diesem abgewetzten grauen Uniformrock und den geflickten Flatterhosen das Wirken des Teufels zu erkennen, das die Pfarrer im Norden beschrieben hatten.

Der Captain förderte ein kleines Walrosszahn-Taschenmesser zutage, und Starbuck schnitt damit die Naht seines Hosenbundes auf. Er zog das Wachstuchpäckchen heraus und reichte es dem Captain hinauf. «Es sollte nicht nass werden, Sir», sagte Starbuck.

Der Captain faltete das Päckchen auseinander, dann schlitzte er es auf und hatte die Blätter aus Dünndruckpapier vor sich. Er fluchte, als ein Regentropfen auf die oberste Seite fiel und augenblicklich ein Wort unleserlich machte. Dann beugte er sich vor, um das Papier mit seinem Körper vor dem Regen zu schützen. Er schob die regenbespritzte Brille auf seine Nasenspitze und spähte über ihren Rand auf die engbeschriebenen Seiten, und was er las, überzeugte ihn vollkommen von Starbucks Ehrlichkeit, denn er faltete die Papiere sorgsam zusammen und steckte sie wieder in die Wachstuchhülle, die er dann Starbuck zurückgab. «Du machst mir eine Menge Umstände, Junge, aber ich schätze, Uncle Sam würde wollen, dass ich mich anstrenge. Brauchst du irgendwas?»

«Eine Zigarre.»

«Gib dem Mann eine Zigarre, Jenks, und hört auf, dem armen Bastard mit dem Bajonett in die Rippen zu pieken. Sieht danach aus, als wäre er doch auf unserer Seite.»

Pferde wurden geholt, und dann wurde eine Eskorte aus zwei Lieutenants gebildet, die sich über die Gelegenheit, nach Williamsburg zu reiten, freuten. Niemand wusste genau, wo sich das Hauptquartier der Potomac-Armee befand, aber Williamsburg war am wahrscheinlichsten, und einer der Lieutenants hatte dort am Tag zuvor ein Mädchen gesehen, von dem er schwor, es sei der hübscheste Anblick gewesen, auf den er diesseits des Paradieses hoffen könne. Und so ritten sie nach Williamsburg. Die Lieutenants wollten wissen, ob die Mädchen in Richmond genauso hübsch waren, und Starbuck versicherte es ihnen. «Ich kann's kaum abwarten, dort hinzukommen», sagte der Lieutenant, während sein Kamerad weniger optimistisch gestimmt war und sich erkundigte, wie stark die Verteidigungsstellungen der Rebellen um die Stadt waren.

«Ziemlich stark», sagte Starbuck.

«Unsere Kanoniere warten jedenfalls bloß darauf, Kleinholz aus ihnen zu machen. Vor allem, seit die Sezessionisten von Yorktown abgehauen sind, ohne sich vorher umbringen zu lassen.»

Die Lieutenants vermuteten, und Starbuck wollte ihnen ihre Illusionen nicht rauben, er sei ein Patriot aus dem Norden, der sein Leben für sein Land riskiert hatte. Sie wollten wissen, woher er kam, und als ihnen Starbuck erzählte, dass er Bostoner war, berichteten sie von ihrem Durchzug durch Boston auf dem Weg in den Krieg. Boston hielten sie für eine wunderbare Stadt, besser als Washington, wo es nur windige Avenues und halbfertige Gebäude gebe und Schwindler, die versuchten, ehrlichen Provinzsoldaten einen Dollar oder zwei abzuluchsen. Sie hätten dort Präsident Lincoln gesehen, und er sei ein guter Mann, offen und ehrlich, aber was den Rest dieser schrecklichen Stadt anging, sagten sie, so fehlten ihnen die Worte.

Die Lieutenants hatten es nicht übermäßig eilig und hielten an einem Gasthaus, wo sie ein Bier bestellen wollten. Der Gastwirt, ein schlechtgelaunter Mann, sagte, sein Bier sei leergetrunken, und bot stattdessen eine Flasche Pfirsichwein an. Der Wein war süß, dickflüssig und ekelhaft. Starbuck, der auf der hinteren Veranda des Gasthauses saß, sah Hass auf die Invasoren in der Miene des Wirtes. Umgekehrt machten sich die beiden Lieutenants über den Wirt als langhaarigen Ignoranten lustig, der dringend Aufklärung aus dem Norden nötig habe. «Das Land ist nicht schlecht!» Der fröhlichere der Lieutenants deutete auf die Umgegend. «Wenn man ordentliche Entwässerungskanäle anlegen und Landwirtschaft nach neuesten Erkenntnissen betreiben würde, könnte man hier richtig Geld machen.»

Tatsächlich aber wirkte die verregnete Landschaft kein bisschen einladend. Das Gasthaus stand auf einer Waldlichtung etwas nördlich der Sümpfe, die sich am Chickahominy entlangzogen. Der Fluss selbst war kaum breiter als die Hauptstraße von Richmond und wurde von breiten Streifen feuchter oder überfluteter Marschen gesäumt, die einen üblen, lastenden Gestank verbreiteten. «Für mich sieht das hier nach einer ungesunden Gegend aus», sagte der pessimistischere Lieutenant. «In solchen Sümpfen werden alle möglichen Seuchen ausgebrütet. Das ist kein Land für Weiße.»

Die Lieutenants waren von dem dickflüssigen Süßwein enttäuscht und beschlossen weiterzureiten. Der Weg führte die drei Reiter einer Welle heranrückender Infanterie entgegen, und Starbuck nahm zur Kenntnis, wie gut die Nordstaatler ausgerüstet waren. Keiner dieser Männer trug Schuhe, die mit Schnur umwickelt waren, damit die Sohlen nicht abfielen, keiner hatte eine Steinschloss-Glattrohrmuskete, wie sie schon von George Washingtons Männern über genau dieselben Straßen getragen worden waren,

als sie gegen die Briten marschierten, um sie 1781 bei Yorktown ans
Meer abzudrängen. Diese Truppen hier hatten weder braune Flicken
auf der Uniform, noch mussten sie als Ersatzkaffee geröstete Erd-
nüsse und Trockenäpfel zermahlen. Diese Nordstaatler wirkten gut
ernährt, fröhlich und selbstbewusst. Eine gut ausgebildete und aus-
gerüstete Armee, die entschlossen war, einer traurigen Geschichte
ein schnelles Ende zu bereiten.

Eine Meile oder zwei vor ihrem Ziel kamen sie an einem Artil-
lerie-Stellplatz vorbei, wo Starbuck anhielt, um einfach nur verblüfft hinzustarren. Er hätte nicht geglaubt, dass es auf der Welt
so viele Kanonen gab, und schon gar nicht auf einem einzigen Feld
in Virginia. Die Kanonen waren Rad an Rad aufgereiht, alle hatten
frischlackierte Protzen, alle Rohre waren glänzend poliert, und hinter ihnen standen nagelneue Planwagen für den Proviant der Kanoniere und die Munitionsvorräte. Starbuck versuchte, die Kanonen
zu zählen, aber es wurde dunkel, und er sah nicht einmal genug,
um eine grobe Schätzung vorzunehmen. Es gab Reihen mit soliden
Zwölfpfünder-Napoleon-Kanonen, Reihen von Parrot-Geschützen
mit ihren bauchigen Verschlusskammern und ganze Morgen Drei-
Zoll-Vorderlader mit ihren schlanken Rohren. Einige der Geschütze
hatten rauchgeschwärzte Mündungen, die daran erinnerten, dass
die Rebellen ein lebhaftes Verzögerungsgefecht in Williamsburg
angestrengt hatten, um den Vormarsch der Union zu verlang-
samen. Artilleristen saßen um Lagerfeuer zwischen den abgestellten
Geschützen, und der Geruch von röstendem Fleisch sorgte dafür,
dass die drei Reiter ihre Pferde antrieben, um die Annehmlichkeiten
der Stadt schneller zu erreichen.

Der erste Lampenschein zeigte sich hinter den Fenstern, als sie
nach Williamsburg mit seinem schönen Ensemble historischer
College-Gebäude hineintrabten. Sie näherten sich dem College auf
einer Straße mit Schindelhäusern. Einige der Häuser waren makel-

los gepflegt, andere aber, die vermutlich von ihren Besitzern verlassen worden waren, hatten die Yankees durchwühlt. Zerrissene Vorhänge wehten aus zerbrochenen Fensterscheiben, und die Höfe waren mit Porzellanscherben übersät. Eine Puppe lag auf einem Hof im Schlamm, und eine zerfetzte Matratze hing über den gespalteten Ästen eines Kirschbaums. Ein Haus war bis auf die Grundmauern niedergebrannt worden, sodass nur noch zwei dünne, schwarz verkohlte Backsteinschornsteine und ein paar verdrehte, halb geschmolzene Bettgestelle übrig waren. In allen intakten Gebäuden waren Truppen einquartiert.

Das College of William and Mary hatte ebenso sehr gelitten wie die Stadt selbst. Die Lieutenants banden ihre Pferde an die Stange im Mittelhof und erkundeten das Wren-Gebäude auf der Suche nach dem Hauptquartier des Geheimdienstes. Ein Wachmann am Eingang des College-Geländes hatte ihnen versichert, das Büro habe seinen Sitz im College, nur wo genau, das wusste er nicht, und deshalb wanderten die drei Männer durch laternenbeschienene Korridore, die mit zerrissenen Büchern und zerfetzten Papieren übersät waren. Auf Starbuck wirkte es, als sei eine Barbarenhorde eingefallen, um die Bildung zu zerstören. Jedes Bücherregal war ausgeräumt worden, die Bücher lagen in Haufen auf dem Boden, wurden in den Kaminen verbrannt oder einfach mit einem Fußtritt zur Seite befördert. Gemälde waren aufgeschlitzt und alte Dokumente aus ihren Kisten geschüttet worden, die man zu Feuerholz verarbeitet hatte. In einem Raum war die aufwendig geschnitzte Täfelung von den Stuckwänden gerissen und zu Anmachholz zerkleinert worden, das nun als Asche in dem großen Kamin lag. In den Korridoren stank es nach Urin. Eine grobe Zeichnung von Jefferson Davis mit Teufelshörnern und einem gegabelten Schwanz war mit Kalkfarbe an die Wand eines Hörsaals gemalt worden. In den Räumen mit den hohen Decken kampierten Truppen. Ein paar Männer hatten Professorentalare in den Schränken gefunden und stolzierten nun mit den schwarzen Seidenroben durch die Korridore.

«Suchen Sie das Hauptquartier?» Ein Captain aus New York mit Whiskey-Atem zeigte den drei Männern durchs Fenster ein paar Häuser, die in kurzer Entfernung in der Dunkelheit zu erkennen waren. «Fakultätsgebäude.» Er bekam Schluckauf, dann grinste er, als das Lachen einer Frau aus dem Raum hinter ihm drang. Jemand hatte mit Kreide «Vereinigungssaal» auf den oberen Türbalken geschrieben. «Wir haben den Alkoholvorrat des Colleges requiriert und vereinigen uns gerade mit den befreiten Küchenmädchen», verkündete der Captain. «Wollen Sie uns nicht Gesellschaft leisten?»

Ein Sergeant aus dem New Yorker Regiment bot an, Starbuck zu dem Haus zu bringen, in dem seiner Meinung nach die Zentrale des Geheimdienstes war, während sich die beiden Lieutenants aus New Hampshire nach der Erfüllung ihrer Aufgabe der Feier der New Yorker anschlossen. Der Sergeant war wütend. «Die haben keine Ahnung von Pflichterfüllung», sagte er über seine Offiziere. «Wir sind auf einem gerechten Kreuzzug, nicht bei einer betrunkenen Orgie! Das sind nur Küchenmädchen, fast noch Kinder! Was sollen diese armen unschuldigen Schwarzen von uns denken? Dass wir nicht besser sind als die Südstaatler?»

Aber Starbuck konnte kein Mitgefühl für den Sergeant aufbringen. Er war viel zu unruhig, als er über einen Pfad voller Pfützen auf eine Reihe vornehmer Häuser mit erleuchteten Fenstern zuging. Nur noch Sekunden trennten ihn von der Begegnung mit seinem Bruder und der Erkenntnis, ob sein früherer Freund ein Verräter war. Starbuck musste zudem ein betrügerisches Spiel spielen und war nicht sicher, ob er es durchhalten konnte. Vielleicht würde seine Entschlossenheit wanken, wenn er James sah. Vielleicht war dieses ganze Täuschungsmanöver Gottes Weg, ihn zur Rechtschaffenheit zurückzuführen. Sein Herz schien langsam und dumpf in seiner

Brust zu schlagen; sein Magen, immer noch mitgenommen von Gillespies Misshandlung, schmerzte. Dies über alles: Sei dir selber treu, sagte er sich, doch das brachte ihm nur die Pilatus-Frage in Erinnerung. Was ist Wahrheit? Wollte Gott, dass er den Süden verriet? Für ein Almosen wäre er umgedreht und vor dieser Konfrontation geflohen, stattdessen aber deutete der Sergeant auf ein Haus, aus dem heller Kerzenschein fiel und vor dem zwei blau uniformierte Posten Wache hielten, die sich zum Schutz vor dem Wind dicht an die Backsteinmauer gestellt hatten. «Das ist das Haus», sagte der Sergeant, dann rief er den Posten zu: «Er hat drinnen zu tun.»

An der Haustür stand mit Kreide «Major E. J. Allan und Stab, EINTRITT VERBOTEN». Starbuck erwartete halb, dass ihm die Posten den Zugang verwehrten, aber sie ließen ihn ungehindert in die Eingangshalle, an deren Wänden Radierungen von europäischen Kathedralen aufgehängt waren. An einem Kleiderständer aus Hirschgeweihen hingen in einer dichten Traube blaue Uniformmäntel und Schwertgürtel. Männerstimmen und Besteckgeklapper auf Porzellan drangen aus einem Raum, der zu Starbucks Linken von der Halle abging. «Ist da jemand?», rief eine Stimme aus dem Esszimmer.

«Ich suche ...», begann Starbuck, aber seine Stimme war belegt, und er musste von vorne anfangen. «Ich suche Major Starbuck», rief er.

«Und wer in Dreiteufelsnamen sind Sie?» Ein kleiner, bärtiger Mann mit durchdringender Stimme tauchte an der offenen Tür auf. Er hatte sich eine Serviette in den Kragen gesteckt, und auf der Gabel in seiner rechten Hand steckte ein Stück Hühnchen. Er musterte Starbucks heruntergekommene Uniform mit einem verächtlichen Blick. «Sind Sie einer von den elenden Rebellen? Na? Sind Sie das? Wollen um eine anständige Mahlzeit betteln, oder? Jetzt wo dieser jämmerliche Aufstand gescheitert ist. Also? Reden Sie schon, Sie Narr.»

«Ich bin Major Starbucks Bruder», sagte Starbuck, «und ich habe ein Schreiben aus Richmond für ihn.»

Der streitlustige Mann starrte ihn ein paar Sekunden lang schweigend an.

«Beim Kreuze Christi», sagte er schließlich, blasphemisch vor Überraschung. «Sie sind der Bruder aus Richmond?»

«Ja.»

«Dann kommen Sie, kommen Sie herein!» Er gestikulierte mit seinem aufgespießten Stück Hühnchen. «Kommen Sie herein!»

Starbuck betrat das Zimmer, in dem ein Dutzend Männer um einen üppig gedeckten Tisch saß. Kerzen brannten in den drei Kandelabern auf der langen, polierten Holztafel, zahlreiche Platten mit frischem Brot, grünem Gemüse und Grillfleisch reihten sich aneinander, während Rotwein und schweres Tafelsilber im Licht der Flammen glitzerte. Starbuck nahm trotz all seines Hungers nichts davon wahr; stattdessen sah er nur den bärtigen Mann am anderen Ende des Tisches, der sich hatte erheben wollen, nun aber auf halbem Weg erstarrte. Er blickte Starbuck ungläubig an.

«Jimmy!», sagte der Mann, der Starbuck in der Eingangshalle so unfreundlich empfangen hatte. «Der Mann sagt, er wäre dein Bruder.»

«Nate», sagte James, immer noch halb über seinen Stuhl gekrümmt stehend, mit schwacher Stimme.

«James.» Mit einem Mal überwältigte Starbuck die Zuneigung zu seinem Bruder.

«Oh, Gott sei Dank», sagte James und ließ sich auf seinen Stuhl zurückfallen, als wäre das alles zu viel für ihn. «Oh, Gott sei Dank», wiederholte er und tupfte sich die geschlossenen Augen mit der Serviette ab, während er ein Dankgebet für die Rückkehr seines Bruders sprach. Die anderen Männer am Tisch sahen Starbuck schweigend an.

«Ich bringe dir eine Nachricht», unterbrach Starbuck das stille Gebet seines Bruders.

«Von?», sagte James hoffnungsvoll und hätte beinahe den Namen genannt, doch dann erinnerte er sich an sein Versprechen, Adams Identität geheim zu halten. Er bremste sich und legte sogar mahnend den Zeigefinger auf die Lippen, damit sein Bruder den Namen nicht laut aussprach.

Und da wusste Starbuck Bescheid. Die warnende Geste seines Bruders zeigte, dass er die Identität des Spions kannte, und das konnte nur heißen, dass der Verräter Adam war. Das war von Beginn an klar gewesen, doch das Offensichtliche hatte Starbuck nicht daran gehindert, zu hoffen und zu beten, dass sich der Spion als vollkommen Fremder entpuppen würde. Unvermittelt erfüllte ihn ein tiefes Bedauern für Adam, und Verzweiflung, weil er nun mit diesem neuen, sicheren Wissen umgehen, sein sicheres Wissen auch nutzen musste. James wartete immer noch auf eine Antwort, und Starbuck nickte. «Ja», sagte er, «von ihm.»

«Gott sei auch dafür Dank», sagte James. «Ich habe befürchtet, er wäre verhaftet worden.»

«Jimmy ist mal wieder bei seinen Gebeten», unterbrach der kleine, bärtige Mann fröhlich das Gespräch der Brüder, «da setzen Sie sich besser erst einmal und essen etwas, Mr. Starbuck. Sie sehen ziemlich verhungert aus. Haben Sie die Nachricht bei sich?»

«Das ist Mr. Pinkerton», stellte James den kleinen Mann vor. «Der Leiter der Geheimdienstabteilung.»

«Ich fühle mich geehrt, Sie kennenzulernen», sagte Pinkerton und streckt die Hand aus.

Starbuck schüttelte ihm die Hand, dann reichte er Pinkerton das eckige Wachstuchpäckchen. «Ich glaube, Sir, Sie haben auf das hier gewartet», sagte er.

Pinkerton faltete die Blätter auseinander und musterte eingehend die gefälschte Schrift. «Es ist echt, Jimmy! Von Ihrem Freund. Er hat uns nicht im Stich gelassen! Ich wusste es!» Vor Freude stampfte er mit dem Fuß auf den Teppich. «Setzen Sie sich, Mr. Starbuck! Setzen Sie sich! Essen Sie! Macht ihm Platz! Neben Ihrem Bruder, ja?»

James stand auf, als Nate auf ihn zukam. Nate war so glücklich, James zu sehen, dass er kurz versucht war, ihn zu umarmen, aber in ihrer Familie waren Gefühle nie zur Schau gestellt worden, und so begrüßten sich die Brüder nur mit einem Handschlag. «Setz dich», sagte James. «Lieutenant Bentley, dürfte ich um etwas Grillhuhn bitten? Danke. Und Brotsauce. Brotsauce hast du immer gemocht, Nate. Süßkartoffeln? Setz dich, setz dich. Limonade?»

«Wein, bitte», sagte Starbuck.

James war entsetzt. «Du trinkst Alkohol?» Dann, da er den Moment nicht mit frömmlerischer Missbilligung zerstören wollte, lächelte er. «Etwas Wein dann, natürlich. Weil er deinem Magen guttut, da bin ich sicher, und warum auch nicht? Setz dich, Nate, setz dich!»

Starbuck setzte sich und wurde mit Fragen bestürmt. Anscheinend wusste jeder am Tisch, wer er war, und alle kannten die Artikel aus den Zeitungen von Richmond, die seine Freilassung verkündet hatten. Diese Zeitungen waren um einiges schneller nach Williamsburg gelangt als Starbuck, der nun den Kollegen seines Bruders versicherte, dass seine Haft ein einziger Irrtum gewesen sei. «Du wurdest beschuldigt, Schmiergelder genommen zu haben!» Schon der Gedanke erschien James unwürdig. «Was für ein Unsinn!»

«Eine Scheinanklage», sagte Starbuck durch einen Mund voll Huhn und Brotsauce, «und nichts weiter als eine Ausrede, um mich festzuhalten, während sie versucht haben, mir ein Geständnis wegen Spionage abzupressen.» Jemand schenkte ihm Wein nach und wollte wissen, wie genau er aus Richmond weggekommen war. Also erzählte Starbuck von seinem Weg zuerst nördlich nach

Mechanicsville und dann ostwärts durch das Gewirr kleiner Straßen, die oberhalb des Chickahominys lagen. Er ließ es klingen, als wäre er allein unterwegs gewesen, doch in Wahrheit hätte er es ohne de'Aths Lotsen, der ihn sicher über verschwiegene Sträßchen und durch gespenstische Wälder geführt hatte, niemals bis zur Front der Nordstaaten geschafft. Sie waren nur nachts geritten, zuerst nach Mechanicsville, dann zu einer Farm knapp östlich von Cold Harbor, in der letzten Nacht durch die Postenkette der Rebellen bei der York and Richmond Railroad und anschließend hügelabwärts durch einen Kiefernwald in der Nähe der St. Peter's Church, in der George Washington geheiratet hatte. Und dort hatte sich der einsilbige Tyler von Starbuck verabschiedet. «Von hier aus gehen Sie zu Fuß weiter», hatte er gesagt.

«Wo sind die Yankees?»

«Wir haben ihre Kampflinie schon vor zwei Meilen überquert. Aber ab hier sind die Bastarde überall.»

«Wie komme ich zurück?»

«Gehen Sie zu Barker's Mill. Dort fragen Sie nach Tom Woody. Tom weiß, wie er mich findet, und wenn Tom nicht dort ist, sind Sie auf sich allein gestellt. Gehen Sie jetzt.»

Starbuck hatte sich beinahe den gesamten Vormittag im Schutz des Kiefernwaldes gehalten und war dann Richtung Süden gegangen, bis er zu der Straße kam, wo ihn das Regiment aus New Hampshire gefangen genommen hatte. Nun, gesättigt von einem Mahl, wie er es seit Monaten nicht gehabt hatte, schob er seinen Stuhl zurück und ließ sich eine Zigarre anbieten. Sein Bruder runzelte die Stirn, weil er rauchte, also versicherte Starbuck ihm, er tue das nur, um ein Bronchienleiden zu lindern, das ihn in den Verliesen der Rebellen befallen habe. Dann beschrieb er seine Behandlung im Gefängnis und entsetzte die Tischgesellschaft mit einer anschaulichen Schilderung von Websters Hinrichtung. Er konnte Pinkerton nichts Neues über Scully und Lewis mitteilen, und auch nicht über die Frau, Hattie Lawton, die zusammen mit Webster verhaftet worden war.

Pinkerton, der seine Pfeife mit James-River-Tabak stopfte, den sie in dem Fakultätsgebäude gefunden hatten, in dem sie einquartiert worden waren, runzelte die Stirn. «Warum haben die Rebellen Sie den Tod des armen Webster mit ansehen lassen?»

«Ich denke, sie haben erwartet, dass ich mich verrate, indem ich ihn erkenne, Sir», sagte Starbuck.

«Sie müssen uns für Trottel halten!», sagte Pinkerton und schüttelte den Kopf über diesen offenkundigen Beweis für die Dummheit der Südstaatler. Er entzündete seine Pfeife, dann tippte er auf die Seiten aus Dünndruckpapier, auf denen de'Aths gefälschte Nachricht geschrieben war. «Kann ich davon ausgehen, dass Sie den Mann kennen, der das hier geschrieben hat?»

«In der Tat, Sir.»

«Ein Freund der Familie, was?» Pinkerton ließ seinen Blick von Starbuck zu dem fülligeren James wandern und wieder zu Starbuck zurück. «Und ich gehe davon aus, Mr. Starbuck, dass dieser Freund, wenn er Sie um die Übermittlung dieses Briefes gebeten hat, um Ihre Sympathien für den Norden weiß?»

Starbuck vermutete, dass diese Frage ein ungeschickter Test seiner Landestreue sein sollte, und für eine Sekunde stellte sie ihn tatsächlich auf die Probe, denn nun war der Augenblick gekommen, in dem er anfangen musste zu lügen. Entweder das, oder er musste die Wahrheit bekennen und zusehen, wie seine Freunde in der Kompanie K und in Richmond von der Nordstaatenarmee niedergemacht wurden. Einen betäubenden Augenblick lang fühlte er sich versucht, die Wahrheit zu sagen, und sei es nur, um seiner Seele willen, doch dann dachte er an Sally und lächelte den erwartungsvollen Pinkerton an. «Er kennt meine Gesinnung, Sir. Ich habe ihm nun schon einige Zeit dabei geholfen, die Informationen zu sammeln, die er Ihnen schickt.»

Die Lüge kam ihm glatt über die Lippen. Er hatte sie sogar bescheiden klingen lassen, und einen Moment lag war er sich der schweigenden Bewunderung der Anwesenden bewusst, dann schlug Pinkerton beifällig auf den Tisch. «Also hatten Sie ihren Gefängnisaufenthalt doch verdient, Mr. Starbuck!» Er lachte, um klarzustellen, dass er einen Scherz gemacht hatte, dann schlug er noch einmal auf den Tisch. «Sie sind ein tapferer Mann, Mr. Starbuck, da gibt es keinen Zweifel.» Pinkerton sprach gefühlvoll, und die Männer um den Tisch murmelten ihre Zustimmung zu der Einschätzung ihres Vorgesetzten.

James legte Starbuck die Hand auf den Arm. «Ich wusste immer, dass du auf der richtigen Seite stehst. Gut gemacht, Nate!»

«Der Norden schuldet Ihnen Dank», sagte Pinkerton, «und ich werde mich selbst darum kümmern, dass diese Schuld beglichen wird. Nun, wenn Sie ihre Verköstigung abgeschlossen haben, darf ich Sie dann zu einem privaten Gespräch bitten? Und Sie natürlich auch, James, das versteht sich. Kommen Sie. Nehmen Sie ihren Wein mit, Mr. Starbuck.»

Pinkerton führte sie in einen kleinen, elegant eingerichteten Salon. Theologische Werke reihten sich in den Regalen aneinander, während auf einem Walnussholztisch eine Nähmaschine stand, unter deren Nähfuß noch ein halbfertiges Hemd klemmte. Silbergerahmte Familienportraits zierten einen Beistelltisch. Eines, die Daguerreotypie eines kleinen Kindes, war mit schwarzem Flor umkränzt, zum Zeichen, dass das Kind vor kurzem gestorben war. Ein anderes zeigte einen jungen Mann in der Artillerieuniform der Konföderierten. «Ein Jammer, dass an diesem Bild kein Trauerflor hängt, was, Jimmy?», sagte Pinkerton, nachdem er sich gesetzt hatte. «Nun, Mr. Starbuck, wie werden Sie genannt? Nathaniel? Nate?»

«Nate, Sir.»

«Und Sie können mich Bulldogge nennen. Das tun alle. Bis auf unseren Jimmy hier, weil er ein viel zu kalter Bostoner Fisch ist, um Spitznamen zu benutzen. Stimmt doch, Jimmy, oder?»

«Ganz recht, Chief», sagte James und lud Starbuck mit einer Geste ein, sich gegenüber von Pinkerton an den kalten Kamin zu setzen. Der Wind heulte im Kamin und trieb Regen an die Fenster hinter den zugezogenen Gardinen.

Pinkerton zog de'Aths gefälschte Nachricht aus seiner Westentasche. «Das sind schlechte Neuigkeiten, Jimmy», sagte der Detective düster. «Es ist genauso, wie ich befürchtet habe. Wir müssen es auf der Rebellenseite jetzt mit hundertfünfzigtausend Mann zu tun haben. Lesen Sie selbst.» James klemmte sich einen Zwicker auf die Nase, nahm den Brief entgegen und hielt ihn unter den Lichtkegel einer Öllampe. Starbuck fragte sich, ob seinem Bruder die nachgemachte Schrift auffallen würde, doch James schnalzte nur kopfschüttelnd mit der Zunge und stimmte offenkundig mit dem Pessimismus seines Vorgesetzten überein.

«Es steht schlecht, Major, sehr schlecht.»

«Und Sie schicken Jackson Verstärkung nach Shenandoah, haben Sie das gelesen?» Pinkerton zog an seiner Pfeife. «Daran sieht man, wie viele Männer sie haben! Sie können es sich leisten, Truppen von der Verteidigung Richmonds abzuziehen. Genau das habe ich befürchtet, Jimmy! Die Halunken versuchen uns seit Monaten davon zu überzeugen, dass sie nur eine kleine Armee haben. Sie wollen uns anlocken, verstehen Sie? Uns ins Land saugen. Um sich dann mit vereinten Kräften auf uns zu stürzen!» Er ahmte zwei Boxhiebe nach. «Mein Gott, ohne diese Nachricht, Jimmy, hätte das auch funktionieren können. Der General wird uns dankbar sein. Und wie er uns dankbar sein wird! Ich werde ihn in ein paar Minuten aufsuchen.» Pinkerton schien beinahe erfreut über die schlechten

Neuigkeiten, er wirkte wie elektrisiert. «Aber bevor ich gehe, Nate, erzählen Sie mir, was in Richmond vorgeht. Halten Sie sich nicht zurück, Kamerad. Erzählen Sie mir das Schlimmste, ersparen Sie uns nichts.»

Nach dieser Aufforderung beschrieb Starbuck eine Rebellen-hauptstadt, in der sich Soldaten aus jedem Winkel der Konföderation drängten. Er berichtete, dass die Tredegar Iron Works seit Kriegsbeginn Tag und Nacht Kanonen gegossen hatten und dass die Geschütze nun aus den Fabriktoren zu dem neugegrabenen Verteidigungsring um Richmond geschafft würden. Pinkerton hatte sich vorgebeugt, sog jedes Wort eifrig auf und zuckte bei jeder neuen Enthüllung zur Stärke der Rebellen zusammen. James, der danebensaß, schrieb in einem kleinen Notizbuch mit. Keiner der Männer hinterfragte Starbucks Erfindungen, stattdessen schluckten sie seine hanebüchenen Lügen, ohne mit der Wimper zu zucken.

Starbuck endete mit der Bemerkung, dass er in das Richmonder Eisenbahndepot der Petersburg Railroad Züge voller Kisten mit britischen Gewehren habe einfahren sehen, die durch die Blockade der U.S. Navy geschmuggelt worden seien. «Es heißt, dass jetzt jeder Soldat der Rebellen ein modernes Gewehr hat, Sir, und genügend Munition für ein Dutzend Schlachten.»

James runzelte die Stirn. «Die Hälfte der Gefangenen, die wir letzte Woche gemacht haben, waren mit altmodischen Glattrohrmusketen bewaffnet.»

«Das liegt daran, dass sie die neuesten Waffen nicht aus Richmond herauslassen», log Starbuck geschickt. Mit einem Mal genoss er die Situation.

«Sehen Sie, Jimmy? Sie locken uns an! Ködern uns!» Pinkerton schüttelte den Kopf über diese Perfidie der Rebellen. «Sie wollen uns ins Land holen und uns dann schlagen. Bei Gott, ist das gerissen.» Dann paffte er tief in Gedanken versunken an seiner Pfeife. Eine

Uhr tickte auf dem Kaminsims, während aus der regnerischen Dunkelheit singende Männerstimmen hereindrangen. Schließlich warf sich Pinkerton in seinem Sessel zurück, als sei es ihm unmöglich, einen Ausweg aus dem Dickicht der Feinde zu finden, das da plötzlich um ihn aufgetaucht war. «Und was Ihren Freund angeht, der diese Mitteilungen schreibt», sagte er und deutete mit seiner Pfeife auf Starbuck, «wie will er uns seine Briefe künftig zukommen lassen?»

Starbuck zog an seiner Zigarre. «Er schlägt vor, Sir, dass ich nach Richmond zurückgehe und Sie mich einsetzen, wie Sie Webster eingesetzt hätten. A–» Gerade noch rechtzeitig unterbrach er sich, bevor er Adams Namen ausgesprochen hatte. «Allerdings weiß ich, dass ich vielleicht nicht der ideale Mann für diese Aufgabe bin, ich denke aber, dass ich es schaffen könnte. Niemand in Richmond weiß, dass ich die gegnerischen Linien überquert habe.»

Pinkerton sah Starbuck schweigend an. «Welche Stellung haben Sie bei den Rebellen, Nate? Sie wurden aus dem Gefängnis entlassen, aber sind die Südstaatler dumm genug, Sie wieder in ihre Armee aufzunehmen?»

«Ich habe um Urlaub gebeten, Sir, und den haben sie mir gewährt, aber sie wollen, dass ich Ende des Monats wieder im Passamt sitze. Dort habe ich gearbeitet, als ich verhaftet wurde, verstehen Sie?»

«Bei meinem Wort, Sie könnten uns in diesem Büro mächtig nützlich sein, Nate! Ja wirklich, das wäre äußerst nützlich!» Pinkerton erhob sich aus seinem Sessel und schritt aufgeregt im Zimmer auf und ab. «Aber Sie gehen mit Ihrer Rückkehr ein gewaltiges Risiko ein. Wollen Sie das wirklich tun?»

«Ja, Sir, wenn es notwendig ist. Ich meine, falls Sie den Krieg nicht vorher gewonnen haben.»

«Sie sind ein tapferer Mann, Nate, ein tapferer Mann», sagte Pinkerton und ging dann weiter auf und ab, während Starbuck seine erloschene Zigarre wieder anzündete und den Rauch tief in die

Lungen zog. De'Ath, überlegte er, wäre wohl stolz auf ihn gewesen. Pinkerton blieb stehen und richtete seinen Pfeifenstiel auf Starbuck. «Möglicherweise will der General Sie sprechen. Halten Sie sich bereit, ja?»

Starbuck ließ sich nicht anmerken, dass ihn der Gedanke an ein Treffen mit dem Kommandanten der Nordstaatenarmee erschreckte. «Selbstverständlich, Sir.»

«Also!» Pinkerton nahm den gefälschten Brief, der auf dem Tisch vor James lag. «Ich mache mich auf den Weg zu Ihrer Lordschaft. Ich überlasse Sie beide Ihrem Gespräch.» Er rauschte hinaus und rief nach einer Ordonnanz, die ihm Mantel und Hut bringen sollte.

James, mit einem Mal verlegen, setzte sich auf den Sessel, auf dem zuvor Pinkerton gesessen hatte. Schüchtern suchte er den Blick seines Bruders, dann lächelte er. «Ich habe immer gewusst, dass du im Herzen kein Kupferkopf bist.»

«Kein was?»

«Kupferkopf», sagte James. «Das ist ein Schimpfwort für Nordstaatler, die mit dem Süden sympathisieren. Abgeleitet von der Giftschlange, die hier im Norden vorkommt. Die Journalisten benutzen den Ausdruck.»

«Unangenehme Biester, diese Kupferköpfe», sagte Starbuck leichthin. Einer seiner Männer war im Jahr zuvor beinahe von einem Kupferkopf gebissen worden, und er erinnerte sich daran, wie Truslow einen Warnschrei ausgestoßen und der Schlange ihren bräunlichen Kopf mit einem glatten Hieb seines Jagdmessers abgeschlagen hatte. Die Schlange hatte, wie Starbuck wieder einfiel, süßlich nach Geißblatt gerochen.

«Wie geht es Adam?», fragte James.

«Er ist ernst wie immer. Und verliebt. Sie ist die Tochter von Reverend John Gordon.»

«Von der ASPGP? Ich habe ihn nie kennengelernt, aber nur Gutes über ihn gehört.» James nahm die Lesebrille von der Nase und putzte die Gläser mit seinem Jackenärmel. «Du siehst mager aus. Haben Sie dich wirklich mit Brechmitteln gefoltert?»

«Ja, das haben sie.»

«Schrecklich, schrecklich.» James runzelte die Stirn und lächelte seinen Bruder mit unbeholfener Zuneigung an. «Jetzt waren wir beide im Gefängnis, Nate. Wer hätte das je gedacht? Ich muss zugeben, dass ich in Richmond großen Trost aus der Apostelgeschichte gezogen habe. Ich habe gedacht, wenn der Herr Paulus und Silas aus dem Kerker befreit hat, dann wird er gewiss auch mich befreien. Und er hat es getan!»

«Mich auch», sagte Starbuck und wand sich vor Beschämung. Pinkerton hinters Licht zu führen, machte ihm auf eine gewisse Weise sogar Vergnügen, aber James zu hintergehen ganz gewiss nicht.

James lächelte. «Adam hat mich darin bestärkt zu glauben, dass du wieder auf unsere Seite kommst.»

«Das hat er?», fragte Starbuck, außerstande, seine Überraschung darüber zu verbergen, dass ihn sein einstiger Freund so falsch verstanden haben konnte.

«Er hat mir erzählt, dass du zu Gebetstreffen gegangen bist», sagte James, «und da wusste ich, dass du dem Herrn deine Sorgen bekannt haben musst, und dafür habe ich Gott gedankt. Hat Adam dir die Bibel gegeben?»

«Ja, danke. Ich habe sie hier», sagte Starbuck und klopfte auf seine Brusttasche. Die Bibel hatte ihn zusammen mit seiner Uniform in de'Aths Haus erwartet. «Möchtest du sie zurückhaben?»

«Nein! Nein. Ich möchte, dass du sie behältst. Als Geschenk.» James hauchte seine Brillengläser an und polierte sie erneut. «Ich habe Adam gebeten, dich von einer Rückkehr nach Hause zu überzeugen. Natürlich erst, nachdem ich seine wahren Gefühle kannte, was den Krieg angeht.»

«Er hat mich überzeugt», log Starbuck.

James schüttelte den Kopf. «Also gibt es tatsächlich so viele Soldaten im Süden? Ich muss zugeben, dass ich meine Zweifel hatte. Ich dachte, Pinkerton und McClellan sehen Gefahren, wo keine sind, aber ich habe mich geirrt! Nun, mit Gottes Hilfe werden wir siegen, auch wenn es sicher ein harter Kampf wird. Zumindest hast du deine Pflicht getan, Nate, und ich werde es mir zur Aufgabe machen, Vater davon zu erzählen.»

Starbuck lächelte verlegen. «Ich kann mir nicht vorstellen, dass mir Vater verzeiht.»

«Er verzeiht niemandem so leicht», pflichtete ihm James bei, «aber wenn ich ihm erzähle, wie wertvoll dein Einsatz war, wer weiß? Vielleicht findet er dann einen Weg, um seine Zuneigung wieder wachsen zu lassen.» Wieder beschäftigte er sich mit dem Putzen seiner Brillengläser. «Er ist allerdings immer noch böse, muss ich sagen.»

«Wegen dem Mädchen?», fragte Starbuck unverblümt und meinte damit die Zeit, in der er sowohl vor Yale als auch vor dem Zorn seines Vaters weggelaufen war. «Und dem Geld, das ich gestohlen habe?»

«Ja.» James errötete, dann lächelte er. «Aber selbst Vater kann das Gleichnis vom verlorenen Sohn nicht ignorieren, oder? Und ich werde ihm sagen, dass es an der Zeit ist, dir zu vergeben.» Er hielt inne, gefangen zwischen seinem Wunsch, Gefühle zu zeigen, und einer Erziehung, die ihn gelehrt hatte, keine emotionalen Offenbarungen zuzulassen. Der Wunsch siegte. «Bevor du weg warst, habe ich nicht geahnt, wie sehr du mir fehlen wirst. Du warst immer der Aufsässige, oder? Ich glaube, ich habe deine Herausforderungen nötiger gehabt, als ich wusste. Nachdem du weg warst, dachte ich, wir hätten uns besser verstehen müssen, aber das können wir ja jetzt nachholen.»

«Das ist nett von dir», sagte Starbuck, sehr in Verlegenheit gebracht.

«Komm!» Mit einem Mal rutschte James von seinem Sessel und kniete sich auf den Knüpfteppich. «Sollen wir beten?»

«Ja, natürlich», sagte Starbuck, und zum ersten Mal seit Monaten kniete er sich hin. Sein Bruder betete laut, dankte dem Herrn für die Wiederkehr seines verlorenen Bruders und erflehte Gottes Segen für Nate und Nates Zukunft und die gerechte Sache des Nordens. «Möchtest du vielleicht», sagte James am Schluss, «ein Wort des Gebets hinzufügen, Nate?»

«Nur Amen», sagte Starbuck, und überlegte, wie oft er in den nächsten Tagen noch das Vertrauen anderer missbrauchen musste, wenn er das Versprechen halten wollte, das er Sallys Vater gegeben hatte. «Einfach Amen.»

«Also Amen und nochmals Amen», sagte James. Er lächelte glückstrahlend, denn die Gerechtigkeit hatte gesiegt, ein Sünder war nach Hause zurückgekehrt, und die Ehre einer Familie konnte wiederhergestellt werden.

Die CSS *Virginia*, das Panzerschiff, das man aus dem Rumpf der alten USS *Merrimack* gebaut hatte, war auf Grund gelaufen und verbrannt, als ihr Heimathafen Norfolk aufgegeben wurde. Der Verlust des Rebellen-Panzerschiffs bedeutete, dass die Nordstaatenmarine ungehindert in den James River einfahren konnte, und eine Flotte Kriegsschiffe schob sich flussaufwärts auf Richmond zu. Rebellenbatterien an den Ufern wurden von den Schiffskanonen bezwungen; die enormen Geschosse der flaschenförmigen Dahlgren-Geschütze rissen die regennassen Wälle auseinander, und die kreischenden Hundert-Pfund-Granaten der Parrot-Kanonen zerschmetterten die feuchten Artillerieplattformen und Lafetten. Meile um Meile rückte das Geschwader aus drei Panzerschiffen und zwei hölzernen Kanonenbooten stromauf, die Schiffsbesatzungen gingen davon aus, dass auf dem James River kein Sezessionistenschiff übrig war, das imstande wäre, sie herauszufordern, und sie entdeckten keine Artilleriestellung am Ufer, die stark genug war, um ihr Weiterkommen aufzuhalten.

Sechs Meilen südlich von Richmond, wo der James River einen beinahe rechten Winkel beschrieb, um danach nordwärts bis durchs Zentrum der Stadt zu führen, war noch ein letztes Rebellenfort übrig. Es stand hoch auf dem Drewry's Bluff, einem großen Hügel am Südufer des James Rivers, und seine schweren Geschütze waren ostwärts und flussabwärts ausgerichtet. Nördlich von Drewry's Bluff, wo der Fluss so einladend ins Herz des Aufstandes weiterfloss, war eine Barrikade aus Lastkähnen errichtet worden, die mit Steinen beladen zwischen Pfeilern versenkt worden waren. Das Wasser war etwas höher als die Barrikade und floss weiß schäumend durch die Zwischenräume. An der flussauf gelegenen Seite der Barrikade hatte sich ein dichtes Gewirr aus Treibholz und angeschwemmten Bäumen gebildet und ließ das Hindernis noch beeindruckender wirken.

Das Nordstaatengeschwader erreichte das letzte Fort und seine Barrikade kurz nach der Morgendämmerung. Die fünf Kriegsschiffe hatten über Nacht auf dem Fluss geankert und waren ständig vom Ufer aus unter Gewehrfeuer genommen worden, doch nun, mit der aufgehenden Sonne im Rücken, machten sie ihre Geschütztürme und Kanonendecks für die entscheidende Schlacht bereit. Zuerst würden sie das Fort unterwerfen, dann eine Lücke in die Barrikade sprengen. «Heute Abend sind wir in Richmond, Männer!», rief ein Offizier auf dem führenden Panzerschiff seinen Geschützmannschaften zu. Durch sein Fernrohr konnte er im ersten Licht die Stadt erkennen, konnte helle Kirchtürme und einen Säulentempel und die Hausdächer auf den sieben Hügeln Richmonds im Sonnenlicht schimmern sehen. Er sah die elenden Rebellenflaggen wehen und schwor, dass sein Schiff noch vor dem Abend einen Stoßtrupp an Land setzen würde, um einen von diesen Fetzen in Richmond zu erbeuten. Vorher würden sie dieses letzte Hindernis zerstören, dann würden sie flussauf ins Zentrum der Stadt dampfen und ihre Bewohner in die Unterwerfung bomben. So wäre die Armee gerettet und müsste keine Belagerung durchführen. Sieg bei Einbruch der Dunkelheit.

Die fünf Schiffe luden ihre Geschütze, holten ihre Anker vom schlammigen Grund des Flusses ein, dampften zur Schlacht, und ihre Flaggen leuchteten in der aufgehenden Sonne. Die Rebellen feuerten als Erste, schossen flussabwärts, als das führende Kriegsschiff nur noch sechshundert Schritt entfernt war. Die Granaten der Rebellen pfiffen vom Hügelkamm herab, jedes Geschoss zog eine dünne Peitschenschnur aus Rauch hinter sich her. Die ersten Schüsse gingen ins Wasser und jagten riesige Fontänen hoch, die als Sprühnebel davonzogen. Dann trafen die ersten Granaten ihr Ziel, und die Kanoniere der Rebellen jubelten. «Spart euch euren Atem! Nachladen! Bewegung!», rief ein Artilleriecaptain.

Das Panzerschiff USS *Galena* bildete die Angriffsspitze und ließ die Kanonade der Rebellen über sich ergehen, während es selbst in eine Gefechtsposition manövriert wurde. Zuerst wurde der Heckanker ausgeworfen, dann, nachdem die Schiffsschraube angehalten worden war, schwang die *Galena* mit der Strömung herum, sodass die volle Breitseite des Schiffs dem kleinen Fort auf dem hohen Hügel zugewandt werden konnte. Der Kapitän der *Galena* hatte vor, die Schwenkbewegung in der Strömung zu stoppen, indem er einen Buganker warf, sobald die Breitseite ihre Position vor den Geschützen der Rebellen erreicht hatte, doch kaum hatte das behelfsmäßige Panzerschiff mit der Schwenkbewegung begonnen, rissen die Granaten der Rebellen erste Panzerplatten ab. Die Eisenplatten, die auf den Holzrumpf der *Galena* geschraubt waren, boten den schweren Geschützen des Hügelforts keinen Widerstand. Sie wölbten sich und fielen ab, und dann rasten die gegnerischen Granaten durch die ungeschützte Holzhülle des Schiffs und verwandelten das Kanonendeck in ein Schlachthaus aus Feuer und weiß glühendem Stahl. Schreie hallten unter niedrigen Balken wider, Rauch quoll aus den Luken, und feurige Explosionen zuckten aus den Stückpforten. Das Ankertau des Kriegsschiffs wurde gekappt, und aus den Speigatts blutend kroch es flussab in Sicherheit.

Die *Monitor*, eine Spezialanfertigung mit einem Deck und einem Geschützturm aus Vollmetall, rückte donnernd zur Gefahrenstelle vor, während ihre Schiffsschraube von neun Fuß Durchmesser braunen Grundschlamm in den Fluss quirlte. Die Kanoniere des Forts pausierten, um den Rauch aus ihren acht Geschützen abziehen zu lassen, dann richteten sie die Kanonen genauer aus, indem sie die Richtkeile drehten und die Lafetten herumhebelten. Die *Monitor* war ein sehr viel schwerer anzugreifendes Ziel, denn sie war kaum mehr als ein flaches Metalldeck, das nur wenig über die Wasseroberfläche hinausreichte und auf dem ein runder Geschützturm von etwa zwanzig Fuß Höhe emporragte. Für die Männer im Fort sah die *Monitor* aus wie eine Kuchenform, die auf einem überschwemmten Tablett schwamm, aber dann stieg eine Rauchwolke auf, als ihre zusätzliche Dampfmaschine in Gang gesetzt wurde, um den Geschützturm des Schiffs herumschwenken zu lassen und damit ihre beiden monströsen Kanonen auszurichten.

«Feuer!», rief der Artilleriekommandant der Rebellen, und die Flammen peitschten aus den Kanonen, die auf den Schlitten ihrer Barbetten zurückkrachten. Die Granaten und Kugeln rasten auf das Panzerschiff zu. Einige trieben riesige Wasserschwaden aus dem Fluss hoch, andere trafen ihr Ziel direkt, doch nur, um von dem gepanzerten Deck abzuprallen und kreischend Richtung Ufer weiterzutrudeln.

Die Matrosen der *Monitor* kurbelten die Stückpforten auf. Das gesamte Schiff erbebte, als ein Schuss das Deck traf, und dann noch einmal, als eine Granate den Geschützturm widerhallen ließ wie eine riesenhafte Trommel. «Feuer!», kommandierte der Offizier des Geschützturms.

«Wir kommen nicht hoch genug!», rief ein Captain der Artillerie zurück. «Die Kanonen, wir können sie nicht höher ausrichten!» Eine weitere Granate traf den Geschützturm und ließ Staub von sämtlichen Nieten und Verbindungen der Innenpanzerung rieseln. Wasser spritzte von einem knappen Fehlschuss über die Geschütze, dann kreischte die nächste Granate über die Panzerplatten.

Der Offizier spähte an der Zielausrichtung des Geschützes entlang und sah, dass das Kanonenrohr lediglich auf den Hang unterhalb des Forts gerichtet war.

«Sie lassen sich nicht höher stellen!», rief der Artilleriecaptain über den schrecklichen Lärm hinweg, den eine Kanonenkugel auslöste, als sie an die acht Lagen der ein Zoll dicken Panzerplatten krachte. Die Hauptmaschine der *Monitor* stampfte im tiefen Schiffsbauch, hielt sie gegen die Strömung fest, während alle paar Sekunden ein Geräusch wie ein Peitschenknall den Schuss eines Scharfschützen aus den Schützengräben am Ufer markierte.

«Trotzdem feuern!», rief der Offizier.

Die *Monitor* feuerte, aber ihre riesigen Zwillingsgranaten bohrten sich nur in den feuchten Hügel und lösten einen kleinen Erdrutsch aus nassem Schlamm aus. Gegnerische Granaten schlugen dröhnend auf die einen Zoll dicke Panzerung des Decks, prallten ab und überfluteten bei ihrem klatschenden Einschlag ins Wasser die Lüftungsschlitze. Der Steuermann des Panzerschiffs kämpfte gegen die Seitendrift, die von der enormen Schraube ausgelöst wurde, spähte durch Schlitzöffnungen in dem Eisenkubus des Ruderhauses und sah nichts als Wasser und Kanonenrauch. Das Panzerschiff feuerte erneut, und beim Rückstoß der beiden Geschütze sank für ein paar Momente das gesamte Schiffsheck einen Fuß tiefer ins Wasser.

Doch wieder schlugen die Granaten weit unterhalb der Wallfestung ein, die so hoch über dem Fluss angelegt worden war. «Fahrt achteraus!», rief der Kapitän dem Steuermann zu. Da ihre Geschütze den gegnerischen Batterien nichts anhaben konnten, glitt die *Monitor* hinter der geschlagenen *Galena* den Fluss hinunter, und der Steuermann hörte den Spott und den Jubel der Rebelleninfanteristen auf den Ufern.

Das dritte Panzerschiff, die USS *Naugatuck*, schob sich an der erfolglosen *Monitor* vorbei und übernahm auf dem engen Fluss die Gefechtsspitze. Ihre erste Salve ging zu niedrig, die nächste Breitseite schoss über das Fort hinaus und ließ die hohen Bäume dahinter zersplittern, dann glaubten die Kanoniere, den richtigen Winkel gefunden zu haben, und rammten eine Hundert-Pfund-Granate in das zwölf Fuß lange Rohr ihres Parrott-Geschützes. Sie traten zurück, der Kanonier riss an der Abzugsleine, um über den Reibungszünder zu schaben und so den Schuss auszulösen, doch stattdessen explodierte das gesamte Kanonenrohr, über vier Tonnen Eisen, mit lautem Krachen in einem gleißenden Blitz. Blut spritzte, und Männer wurden davongerissen, als die gezackten Fragmente des geplatzten Rohrs über das Kanonendeck rasten. Flammen leckten über das Deck und brachten die vorbereitete Ladung der nächsten Kanone zur Explosion. Diese kleinere Explosion legte die Rippen eines Mannes so säuberlich frei, als wäre er mit dem Skalpell aufgeschnitten worden, und ergoss seine Eingeweide wie den Schlachtabfall eines Metzgers über einen Seilzug für Munition. Eine gegnerische Granate steigerte das Grauen noch, denn sie raste durch die offene Geschützpforte und tötete zwei Männer, die einen Löschschlauch nach achtern zogen. Flammen brüllten durchs Kanonendeck und trieben die Geschützmannschaften aufs Achterdeck, wo sie leichte Ziele für die Scharfschützen am Ufer waren. Mit Hilfe der Schiffspumpen wurde das Feuer unter Kontrolle gebracht, aber erst, als die *Naugatuck*, wie die *Galena* und die *Monitor*, mit der Strömung aus der Reichweite der gegnerischen Kanonen getrieben war. Die zwei kleineren Kanonenboote feuerten auf große Distanz, doch ihre Kapitäne wagten es nicht, die empfindlichen Holzrümpfe in die Nähe der unbeschädigten schweren Geschütze auf Drewry's Bluff zu steuern, und so ließ sich die gesamte Flottille Zoll für Zoll, als wollten die Nordstaatler ihre Niederlage nicht eingestehen, flussabwärts zurückfallen.

In Richmond klangen die Kanonen wie ein Sommergewitter. Sie ließen die Fensterläden klappern und die bunten Essenzen erzittern, die in langhalsigen Flakons im Schaufenster von Monsieur Ducquesnes Friseursalon ausgestellt waren. Die zwölfhundert Sklaven, die auf den höllischen fünf Morgen der Tredegar Iron Works schufteten, feuerten in Gedanken die Angreifer an, während ihre Aufseher nervöse Blicke durch die schmierigen Fenster warfen, als erwarteten sie, dort um die Flussschleife bei Rocket's Landing eine monströse Flotte Yankee-Panzerschiffe herandampfen zu sehen, die mit ihren Schornsteinen den Himmel verdunkelte und ihre schweren Geschütze ausrichtete, um der Hauptstadt der Sezession das Herz herauszureißen. Doch bei der Flussschleife rührte sich nichts außer dem Wasser, über das der Wind spielte. Die Kanonen krachten weiter, ihr Geräusch hallte gedämpft durch den langen, heißen Vormittag.

Das Geräusch verlieh auch einem Treffen der freien Bürgerschaft Dringlichkeit, das am Fuß der großen Treppe des Parlamentsgebäudes einberufen worden war. Oben auf der Treppe, umrahmt und geadelt von den Säulen der Jefferson'schen Architektur, legten der Bürgermeister von Richmond und der Gouverneur von Virginia heilige Eide ab, dass sich die Stadt niemals ergeben würde, solange sie noch einen Atemzug taten und noch einen Funken Stolz besäßen. Sie schworen, um jeden Straßenzug zu kämpfen, um jedes Haus, und sie versprachen, dass der James River eher rot vor Yankee-Blut sein würde, als dass sich die Hauptstadt Virginias der Tyrannei des Nordens ergab. Die schwerbewaffnete Menge stimmte jubelnd zu.

Julia Gordon, die auf dem Markt in der Union Street ein gutes Damasttischtuch aus der Aussteuer ihrer Mutter gegen zwei gehäutete Hasen eingetauscht hatte und nun mit ihnen auf dem Heimweg war, hielt am Rand der Menge an und hörte den Rednern zu. In den Pausen zwischen dem Beifall registrierte sie, wie der Kanonendonner anzuschwellen und abzuebben, wegzuziehen und nachzuhallen schien wie ein fernes Gewitter. Ein bekannter Kongressabgeordneter der Konföderierten hatte zu reden begonnen. Als Vorlage benutzte er einen Artikel des *New York Herald*, der berichtete, wie die Bürger Albanys, der Hauptstadt des Staates New York, den bevorstehenden Sieg des Nordens über die Sezession feierten. Auf den Straßen des Nordens würde getanzt, behauptete der Kongressabgeordnete, denn die selbstgefälligen Nordstaatler hielten ihren Krieg schon für gewonnen. Und warum glauben sie das?, fragte der Redner. Weil der große McClellan auf Richmond marschiere. «Und wird McClellan gewinnen?», brüllte der Kongressabgeordnete.

«Nein!», brüllte die Menge zurück.

Der neue Napoleon, sagte der Redner, werde sein Waterloo erleben, und der Tanz auf den Straßen Albanys werde sich in den schleppenden Gang Trauernder verwandeln. Die Kapellen würden verstummen, um gedämpftem Trommelschlag Raum zu geben, und statt bunter Harlekine werde man jammernde Witwen sehen. Denn für jeden tapferen Helden, der auf Richmonds Hollywood-Friedhof beerdigt lag, so versprach der Redner, würden im Norden zwanzig Leichen bestattet werden, und für jede Träne, die eine Südstaatenwitwe weinte, werde man in der verhassten Union einen ganzen Kübel voller Tränen vergießen. Richmond werde sich nicht ergeben, der Süden werde sich nicht unterwerfen, der Krieg sei nicht verloren. Die Menge jubelte, und die fernen Kanonen grollten.

Julia ging langsam weiter, die zwei blutigen, tropfenden Kadaver in der Hand. Sie umrundete die Menge und nahm den Pfad, der hinunter zum Bell Tower führte. Verkrüppelte Bettler saßen an den Bahngleisen, die an dem Turm vorbeiführten. All diese Männer waren in der Schlacht von Manassas verletzt worden. Hinter dem Turm, neben St. Paul's in der Ninth Street, stand ein Leichenwagen mit einem Pferdegespann, dem hohe, schwarze Federbüsche aufgesteckt worden waren. Die schwarzen Kutscher trugen weiße Handschuhe und schwarze Gehröcke. Hinter dem Leichenwagen wartete eine kleine Militärkapelle mit schwarzen Armbinden darauf, dass der Sarg aus der Kirche getragen wurde.

Julia überquerte vor den Pferden mit den Federbüschen die Straße, dann ging sie die Treppe zum Kriegsministerium hinauf und fragte den Schreiber in der Eingangshalle, ob Major Adam Faulconer vom Stab General Johnstons im Gebäude war. Der Schreiber musste nicht einmal in seinem Buch nachsehen. «Sämtliche Mitglieder des Generalstabs sind außerhalb der Stadt, Miss. Wir haben Major Faulconer jetzt seit einem Monat nicht mehr hier gesehen, Miss.»

«Hat er einen Brief für mich geschickt?», fragte Julia. Manchmal umgingen Stabsoffiziere den Postweg, indem sie den Militärkurieren ihre private Post in die Stadt mitgaben. «Für Miss Gordon», sagte Julia.

Der Schreiber sah die Briefe auf seinem Tisch durch, aber für Julia war nichts dabei. Sie bedankte sich und ging langsam weiter hügelaufwärts, bog in die Franklin Street ein und versuchte sich darüber klarzuwerden, ob Adams Schweigen sie enttäuschte oder ob es auf eine merkwürdige Weise sogar eine Erleichterung war. Julia hatte Adam geschrieben, dass sie eine Nachricht für ihn hatte, aber keine Antwort erhalten, und langsam überkam sie der Verdacht, dass Adams Schweigen möglicherweise ein Zeichen für einen Sinneswandel war.

Es hatte Julia überrascht, als Adam begonnen hatte, ihr den Hof zu machen, aber es hatte ihr auch geschmeichelt, denn er war ein auffällig gutaussehender Mann und bekanntermaßen sowohl ehrenwert als auch aufrichtig. Adam war außerdem – und Julia war ehrlich genug, um nicht so zu tun, als sei sie blind für diesen Vorteil – der Alleinerbe eines der größten Vermögen in Virginia. Und obwohl sich Julia ständig sagte, dass ihre Zuneigung zu Adam von diesem Umstand in keiner Weise beeinflusst wurde, war ihr dennoch klar, dass er genauso ausgeprägte und dauerhafte Wirkungen entfalten musste wie die unsichtbare Wirkung der Sonne auf die Gezeiten. Julias Mutter lebte in ständiger Scham über ihre Armut und vergällte ihrem Ehemann deshalb das Leben, und wenn sie in die Familie Faulconer einheiratete, konnte Julia die Unzufriedenheit ihrer beiden Eltern mildern.

Aber irgendetwas, überlegte Julia, während sie langsam weiterging, schien nicht ganz echt an ihren Gefühlen für Adam. Das Wort ‹Liebe›, dachte sie, war so ungenau. Liebte sie Adam? Sie war sich dessen sicher, und sie erwartete ein Eheleben voll guter und wohltätiger Werke, das sehr lange währen würde, sogar bis ins nächste Jahrhundert hinein, und jedes Mal, wenn sie über dieses nützliche, gute Leben nachdachte, stellte sie sich ein Leben in eifriger Geschäftigkeit vor, aber nie in Begriffen von Glück und Zufriedenheit. Unglücklich wäre sie gewiss nicht, aber glücklich eben auch nicht, und dann schalt sie sich für die unchristliche Selbstsucht, überhaupt nach eigenem Glück zu suchen. Glück, sagte sie sich, war nicht das Ergebnis angenehmer Beschäftigungen, sondern ein Gefühl, das sich einstellte, wenn man unablässig gute Werke verrichtete.

Aber manchmal, wenn sie mitten in der Nacht aufwachte, der Wind seufzend über die Dächer fuhr und der Regen in den Dachrinnen gluckerte, überkam sie Melancholie, weil sie spürte, wie sehr es ihr an Freude im Leben fehlte. Machte sich Adam, fragte sie sich, jemals Gedanken über die Freude? Er schien so schwermütig, so erfüllt von hehren Zielen und schweren Sorgen. Er sagte, das käme davon, dass ihm der Krieg auf der Seele liege, aber Julia sah schließlich genügend andere junge Leute, deren Liebe und Glück die Kämpfe überdauerte.

Julia wurde bewusst, dass sie die Franklin Street in westlicher Richtung entlangging, was hieß, dass sie bald an dem Haus vorbeikommen musste, in dem Sally Truslow wohnte. Julia hatte den Mut für einen Besuch bisher noch nicht aufgebracht, und sie schämte sich für diese Schwäche. Sie ging auf der anderen Straßenseite an dem Haus vorbei und war von seiner Pracht eingeschüchtert. Schwaches Sonnenlicht lag auf den Fenstern, doch man konnte die Kronleuchter erkennen, die in den Räumen dahinter hingen. Die Eingangstür glänzte in der ungewohnt strahlenden Sonne. Mit einem Mal hätte Julia am liebsten die Straße überquert und den polierten Messingglockenzug betätigt, doch dann fand sie, mit zwei blutigen Hasen in ein Haus zu kommen, selbst wenn es sich um ein übel beleumundetes Haus handelte, wäre wohl kaum der beste Beginn einer Seelenrettung. Und nur aus diesem Grund, beteuerte sie sich selbst, wollte sie Sally überhaupt besuchen.

Sie ging weiter heimwärts, an verschlossenen und verbarrikadierten Häusern vorbei, deren Bewohner vor den Yankees geflohen waren. Die Stadt war nun sicherer, denn aufgrund der Evakuierung hatte die Armee die Patrouillen der Militärpolizei verstärkt, um die ansonsten ungeschützten Häuser zu bewachen. Weitere Patrouillen hatten in den ärmeren Vierteln der Stadt nach Deserteuren gesucht, und in den Zeitungen stand, dass die Behörden Jagd auf Spione machten, die vorhatten, die Konföderation zu verraten. Die Stadt war erfüllt von Gerüchten und Angst, und nun zitterte sie unter dem Donner von Kanonen. Der Feind stand vor den Toren.

Julia kam an ihr Elternhaus. Sie blieb einen Moment lang stehen und lauschte auf das dumpfe Trommeln der schweren Geschütze, die auf dem Fluss abgefeuert wurden, und sie schloss die Augen und betete darum, dass alle jungen Männer sicher nach Hause kamen. Ungerufen hatte sie dabei mit einem Mal Starbucks Gesicht vor Augen und war so überrascht darüber, dass sie in Gelächter ausbrach. Dann trug sie die Hasen hinein und schloss die Tür vor den Geräuschen des Krieges.

Belvedere Delaneys Brief an Lieutenant Colonel Thorne blieb eine ganze Woche lang in seinem Versteck in dem Schusterladen am Bahnhof von Catlett. Jeden Tag legte der Schuhmacher ein paar weitere Briefe in das Versteck, bis er schließlich genügend beisammenhatte, damit sich die Fahrt lohnte. Dann, nachdem er sechzehn Briefe an Colonel Thorne in einen großen Umschlag gesteckt und ihn versiegelt hatte, schloss er seine Werkstatt ab und erklärte seinen Freunden, er würde weiter entfernt wohnenden Kunden reparierte Schuhe zurückbringen. Mit einer schweren Tasche, in deren Futter die geheimen Briefe versteckt waren, ging er nordwärts. Nachdem er seinen Bezirk verlassen hatte, ging er nur noch nachts weiter und achtete darauf, den Patrouillen berittener Partisanen auszuweichen, die dafür berüchtigt waren, freie Schwarze, ob mit oder ohne Passierschein, am nächsten Baum aufzuknüpfen.

Er brauchte zwei Nächte, um die Linien der Union südlich des Potomacs zu erreichen, wo er einfach in ein Lager der Infanterie aus Pennsylvania schlenderte. «Suchst du Arbeit, Sambo?», rief ihn ein Sergeant an.

«Bloß die Poststelle, Sir.» Der Schuster zog den Hut und senkte ehrerbietig den Kopf.

«Bei der Krämerbude steht ein Postwagen, aber ich behalte dich im Auge! Wenn du irgendwas klaust, du schwarzer Bastard, benutzen meine Männer deinen Balg für Schießübungen!»

«Ja, Sir! Ich tue nichts, Sir! Danke, Sir!»

Der Schreiber vom Postdienst nahm den großen Umschlag, frankierte ihn, schob das Wechselgeld über den Tisch und erklärte dem Schuhmacher, er solle sich verziehen. Am nächsten Tag wurden die sechzehn Briefe auf Lieutenant Colonel Thornes Schreibtisch in der Generalinspektion in Washington D. C. gelegt, wo sie mit über einhundert anderen Briefen darauf warteten, dass ihnen der Colonel seine Aufmerksamkeit widmete. Das Büro des Colonels war beklagenswert unterbesetzt, denn die Generalinspektion war durch die schnelle Vergrößerung der U.S. Army zwangsläufig eine bequeme Stelle geworden, an die man Aufgaben delegieren konnte, zu deren Erledigung andere Abteilungen entweder nicht imstande oder nicht willens waren. Zu diesen Aufgaben gehörte die Einschätzung von Geheiminformationen, die aus der Konföderation eintrafen, eine Arbeit, die im Büro des Geheimdienstes möglicherweise fachgerechter ausgeführt worden wäre, doch nicht jeder bei der U.S.-Regierung teilte General McClellans Vertrauen in Detective Pinkerton, und so hatte sich in Washington ein gesonderter Geheimdienst entwickelt, der, wie jede andere verwaiste Aufgabe, in der Generalinspektion angesiedelt worden war.

Es war diese planlose Delegation von Verantwortlichkeiten, die Belvedere Delaneys ursprüngliches Unterstützungsangebot auf den Schreibtisch Lieutenant Colonel Thornes geleitet hatte. Seitdem schickte Delaney, ebenso wie zwei Dutzend andere Nordstaaten-Sympathisanten, sein Material an Thorne, und dieser fügte solche Schreiben der großen Flut von Informationen hinzu, die sein ohnehin schon mit abteilungsfremden Pflichten überlastetes Büro zu überschwemmen drohte. Aufgrund dieser Pflichten hielt sich Thorne, als Delaneys jüngster Brief eintraf, nicht einmal in der Nähe Washingtons auf, sondern leitete in Massachusetts eine Inspektionstour durch die Küstenfestungen der Nordstaaten, die voraussichtlich bis weit über Mitte Mai hinaus dauern sollte, und so wartete Delaneys Brief in Washington, während Colonel Thorne in Fort Warren die Löschkübel und Latrinen zählte. Dafür, sagte sich Thorne, war er nicht in die Armee eingetreten, aber er lebte in der Hoffnung, eines Tages über ein rauchverhangenes Feld galoppieren und sein Land vor einer Katastrophe retten zu können. Colonel Thorne konnte, trotz seines harten Gesichtsausdrucks, seines eisernen Blicks und seines Rückens, der so gerade war wie ein Ladestock, immer noch Soldatenträume träumen und Soldatengebete sprechen, und in seinen Gebeten bat er darum, wenigstens eine Schlacht für sein Land schlagen zu dürfen, bevor der neue Napoleon Amerika einen dauerhaften Frieden brachte.

Und auf den Briefen sammelte sich der Staub.

Die Landmine war nicht gesprengt worden, damit der Kommandant der Potomac-Armee mit eigenen Augen sehen konnte, zu welch erbärmlichen Niederungen die Rebellenkräfte gesunken waren. «Es ist nur dem Allmächtigen zu verdanken, dass wir die hier entdeckt haben, bevor sie hochgegangen ist, allerdings sind weiß Gott zu viele andere ohne Vorwarnung explodiert.» Der Sprecher war ein kleiner, barscher Major aus dem Pionierskorps, über dessen Hemd sich Hosenträger spannten und der eine sachkundige Tüchtigkeit ausstrahlte, die Starbuck an Thomas Truslow erinnerte.

Major General McClellan glitt von seinem Pferd und ging steifbeinig zu der Landmine hinüber, die man in einem Fass gefunden hatte, das zwar mit Buchstabenschablonen, aber dennoch fehlerhaft beschriftet war: «Getrognete Austern, Messrs Moore und Carline, Mt. Folly, Va.» McClellan, makellos in einem blauen Gehrock mit einer Doppelreihe Messingknöpfe und einem schönen, vergoldeten Gürtel, näherte sich dem Fass zögernd.

«Wir haben es gesichert, Sir, wie Sie feststellen werden.» Der

Major musste die Nervosität des Generals bemerkt haben. «Aber es war eine scheußliche Vorrichtung, wahrhaftig, das war es, Sir.»

«Eine Schandtat», sagte McClellan, der sich weiter in einiger Entfernung von dem Austernfass hielt. «Eine echte Schandtat.»

«Wir haben das Fass dahinten in dem Haus gefunden.» Der Major deutete auf ein kleines Bauernhaus, das verlassen etwa hundert Schritt von der Straße entfernt stand. «Wir haben es hierhergebracht, damit Sie es sich ansehen können, Sir.»

«Und das war auch recht so, damit alle Welt es sehen kann!» McClellan stand sehr steif aufgerichtet, eine Hand hatte er vor der Brust in eine nicht zugeknöpfte Öffnung seines Gehrocks geschoben, und er sah mit besorgtem Stirnrunzeln vor sich hin. Dieses besorgte Stirnrunzeln schien, wie Starbuck festgestellt hatte, der ständige Gesichtsausdruck des jungen Generals zu sein. «Ich hätte nicht geglaubt», sagte McClellan laut und langsam, damit die Reiter, die sich an der Straße gesammelt hatten, jedes Wort verstanden, «dass sich Männer, die in den Vereinigten Staaten von Amerika geboren und aufgewachsen sind, selbst wenn es Männer sind, die von der Sezession angesteckt wurden, zu derart verachtenswerten Tricks und bösartigen Apparaturen herablassen.» Viele der berittenen Offiziere nickten ernst, während Pinkerton und James, die Starbuck auf dem Ritt mit dem General nach Westen begleiteten, laut und missbilligend mit der Zunge schnalzten. Die ausländischen Zeitungsreporter, an die McClellans Bemerkungen in Wahrheit gerichtet waren, kritzelten auf ihren Notizblöcken. Der einzige Mann, der weder überrascht noch schockiert über die versteckte Bombe in dem Austernfass wirkte, war ein narbenübersäter, einäugiger französischer Militärbeobachter, der, wie Starbuck fand, eindeutig belustigt von dem schien, was er hier sah, selbst von diesem teuflischen Gerät.

Das Austernfass war halb mit Sand gefüllt worden, in den man aufrecht eine Dreieinhalb-Zoll-Granate gesteckt hatte. Der kupferne

Aufschlagszünder war von der Spitze der Granate abgeschraubt worden, sodass eine schmale Röhre sichtbar war, die in die explosive Ladung im Bauch des Geschosses führte. Diese Röhre war mit Schwarzpulver gefüllt worden, doch zuvor hatte man einen derben, altmodischen Steinschlosszünder auf die Spitze der Granate gelötet. Der Major führte vor, wie eine Schnur, die an der Innenseite des Fassdeckels befestigt war, den Steinschlosszünder hätte auslösen sollen, um einen Funken zu erzeugen, der zuerst das Schwarzpulver und dann die Hauptladung tief in der Granate zur Explosion brachte. «Das hätte einen Mann sehr leicht töten können», sagte der Major ernst. «Und sogar zwei oder drei Männer, falls sie nahe genug dabei gestanden hätten.»

Die Konföderierten hatten auf ihrem Rückzug Dutzende solcher Landminen hinterlassen. Einige waren in die Straßen eingegraben, andere bei Brunnen oder in verlassenen Häusern; es waren so viele, dass die vorrückenden Yankees inzwischen dazu übergegangen waren, nach Stolperdrähten und anderen Auslösemechanismen Ausschau zu halten, und dennoch forderten jeden Tag ein oder zwei der Vorrichtungen ihre Opfer, und jedes dieser Opfer steigerte die Empörung der Nordstaatler. «Das sind Taktiken», verkündete McClellan den Zeitungsleuten, die seine Stabsoffiziere begleiteten, «vor denen sogar die wilden Heiden zurückschrecken würden. Man würde annehmen, nicht wahr, dass die Rebellen bei der zahlenmäßigen Überlegenheit, derer sie sich erfreuen, auf solche verzweifelten Maßnahmen verzichten könnten. Ich glaube, man muss diese Vorrichtungen als Gradmesser für ihre geistige und moralische Verkommenheit sehen.»

Zustimmendes Gemurmel ertönte, als der General wieder in den Sattel stieg und von dem tödlichen Fass wegtrabte. Die anderen Reiter reihten sich hinter ihrem Armee-Kommandanten ein und suchten die Aufmerksamkeit des großen Mannes, aber McClellan entschied über seine Gesellschaft auf dem nächsten Abschnitt des Ritts, indem er Pinkerton heranwinkte. «Bringen Sie Ihren Mann zu mir, Pinkerton!», rief McClellan, und Pinkerton drängte Starbuck zur Eile. Sie hatten tagelang auf dieses Gespräch mit dem General gewartet, ein Gespräch, auf das Starbuck keineswegs begierig war, was nach Pinkertons Meinung aber stattfinden musste. «Das ist also Ihr Bote, Pinkerton?», sagte McClellan grimmig.

«Das ist er, Sir. Und ein tapferer Mann.»

McClellan sah Starbuck flüchtig an. Seine Miene verriet nichts. Sie ritten durch flaches Land, an zertrampelten Feldern vorbei und dunklen Schlammtümpeln und tropfenden Kiefernwäldern. Hyazinthen wuchsen an den Rändern kleiner Bäche, aber sonst war kaum etwas zu sehen, das die Szenerie aufheiterte. «Ihr Name?», bellte McClellan.

«Starbuck, Sir.»

«Sein Bruder, Sir, ist einer meiner besten Männer.» Allan Pinkerton deutete mit seinem Pfeifenstiel auf James. «Er ist direkt hinter uns, Sir, wenn Sie ihn begrüßen wollen?»

«Ganz recht, sehr gut», sagte McClellan etwas zusammenhanglos, dann verfiel er in Schweigen. Starbuck sah den Kommandanten der Yankees verstohlen an und hatte einen kleinen, kräftig gebauten Mann mit hellbraunem Haar, blauen Augen und frischem Teint vor sich. Der General kaute Tabak und spuckte hin und wieder einen Strahl Tabaksaft auf die Straße, wobei er sich weit aus dem Sattel beugte, damit keine Spucke auf seiner Uniform oder seinen glänzend gewichsten Stiefeln landete. «Wussten Sie, was in der Mitteilung stand, die Sie abgeliefert haben?», wollte McClellan plötzlich von Starbuck wissen.

«Ja, Sir.»

«Und? Und? Was sagen Sie dazu? Stimmen Sie damit überein?»

«Selbstverständlich, Sir.»

«Es ist eine üble Sache», sagte McClellan, «eine üble Sache.» Erneut schwieg er, und Starbuck bemerkte, dass der spöttische französische Offizier zu ihnen aufgeschlossen hatte, damit er ihr Gespräch mithören konnte. McClellan sah den Franzosen ebenfalls. «Sehen Sie nun, Colonel Lassan, womit wir es zu tun haben?» Der General drehte sich im Sattel zu dem Franzosen um.

«Und was genau ist das, *mon General*?»

«Eine erdrückende Übermacht des Gegners, das ist es! Ein Gegner, der uns zwei Soldaten entgegenstellen kann, wo wir einen haben, und was tut Washington? Wissen Sie, was sie dort tun? Sie hindern McDowells Einheit daran, zu unserer Verstärkung zu kommen. Gibt es in den Annalen des Kriegswesens, Colonel, ja, in der gesamten Militärgeschichte einen vergleichbaren Verrat? Und warum? Warum? Um Washington zu schützen, das aber überhaupt nicht angegriffen wird, überhaupt nicht! Das sind Narren! Feiglinge! Verräter! Affen!» Der plötzliche Temperamentsausbruch erstaunte Starbuck, aber eine echte Überraschung war er nicht. Die meisten Angehörigen der Armee wussten von Major General McClellans Ärger darüber, dass Präsident Lincoln das 1st Corps nicht zur Verstärkung auf die Halbinsel hatte segeln lassen. McClellan, sagte der Präsident, müsse mit den hundertzwanzigtausend Mann auskommen, die er schon habe, doch McClellan erklärte, die fehlenden fünfunddreißigtausend seien der Schlüssel zum Sieg. «Wenn wir doch nur diese Männer hätten, könnte ich etwas erreichen. So können wir nur auf ein Wunder hoffen. Nichts anderes wird uns retten, nur ein Wunder.»

«Gewiss, *mon General*», sagte Colonel Lassan, Starbuck jedoch hörte aus diesen Worten einen außerordentlichen Mangel an Überzeugung heraus.

McClellan wandet sich wieder an Starbuck und wollte wissen, welche Einheiten er bei ihrem Marsch durch Richmond gesehen hatte, und Starbuck, der sich nun daran gewöhnt hatte, haarsträubende Lügen zu verbreiten, führte eine Einheit nach der anderen auf, die er weder je gesehen noch von denen er je gehört hatte. Er erfand eine ganze Florida-Brigade, dachte sich ein Kavallerieregiment aus Louisiana aus und beschwor Batterien mit schweren Geschützen aus dem blauen Himmel Virginias herunter. Zu seinem Erstaunen und seiner Belustigung lauschte ihm McClellan ebenso aufmerksam, wie es Pinkerton getan hatte, und er nahm Starbucks Wort zum Beweis, dass ein mächtiger Feind darauf wartete, ihn bei Richmond in die Falle laufen zu lassen. «Genau das haben wir befürchtet, Pinkerton!», sagte McClellan, als Starbuck seine Erfindungen bekannt gegeben hatte. «Johnston muss hundertfünfzigtausend Mann haben!»

«Mindestens, Sir.»

«Wir müssen vorsichtig sein. Wenn ich diese Armee verliere, ist der Krieg vorbei», sagte McClellan. «Wir müssen genau über die Einsatzpläne dieser neuen Rebellenbrigaden Bescheid wissen.» Diese Anforderung war an Pinkerton gerichtet, der dem General versicherte, Starbuck sei bereit, nach Richmond zurückzukehren, sobald er eine Liste mit Fragen erhalten habe, die McClellan von dem hochgelobten, geheimnisvollen Spion beantwortet haben wollte, der sich anscheinend mitten im Zentrum des konföderierten Oberkommandos bewegte. «Sie bekommen Ihre Fragen», versicherte McClellan Starbuck, dann hob er die Hand, um eine Gruppe Schwarzer zu grüßen, die ihm vom Straßenrand aus zujubelten. Eine Frau mit einem zerlumpten Kleid und zerrissener Schürze lief mit einem Strauß Hyazinthen heran und streckte sie dem General hin. McClellan zögerte, offenkundig in der Hoffnung, dass einer seiner Adjutanten die Blumen für ihn nehmen würde, doch die Frau drückte ihm den Strauß in die Hand. Er nahm ihn mit einem gezwungenen Lächeln. «Armes Volk», sagte er, als sie außer Hörweite waren. «Die Leute glauben, wir wären gekommen, um sie zu befreien.»

«Und das stimmt nicht?» Starbuck konnte die Frage nicht zurückhalten.

«Dieser Krieg wird nicht geführt, um Bürgern der Vereinigten Staaten ihr rechtmäßiges Eigentum wegzunehmen, selbst wenn diese Bürger so dumm sind, einen Aufstand gegen ihre Regierung auszurufen.» Der General klang verärgert darüber, dass er diese Erklärung überhaupt abgeben musste. «In dieser Auseinandersetzung geht es um die Bewahrung der Union, und wenn ich nur einen Moment glauben würde, dass wir das Blut weißer Männer riskieren, um Sklaven zu befreien, würde ich den Dienst quittieren. So ist es doch, oder, Marcy?» Bei dieser Forderung nach Bestätigung sprach er über die Schulter, und Marcy, ein trübselig wirkender Stabsoffizier, bestätigte, dies sei in der Tat die feste Überzeugung des Generals. Mit einem Mal sah McClellan finster auf die Hyazinthen in seiner Hand herab und warf sie zum Straßenrand, wo die Blüten in einer Pfütze landeten. Starbuck drehte sich im Sattel um und sah, dass die Schwarzen ihrer Reitergruppe immer noch nachschauten. Der Gedanke, abzusteigen und die Blumen aufzuheben, schoss ihm durch den Kopf, doch gerade, als er die Zügel kürzer nehmen wollte, trampelte Pinkertons Pferd die Blüten in den Schlamm.

Der Anblick der Schwarzen brachte Colonel Lassan dazu, von einem Sklavenmädchen zu erzählen, dem er in Williamsburg begegnet war. «Erst neunzehn, und ein hübsches Ding. Sie hatte schon vier Söhne und jeden von einem anderen weißen Mann. Sie meinte, das würde den Wert ihrer Söhne steigern. Sie war stolz darauf. Sie sagte, ein gutes, männliches Mischlingskind könnte fünfhundert Dollar einbringen.»

«Ein hübsches Mischlingsmädchen bringt noch eine ganze Stange mehr», warf Pinkerton ein.

«Und manche sind verdammt hell, praktisch weiß», sagte ein

Stabsoffizier. «Bei manchen sieht man verdammt noch mal keinen Unterschied mehr.»

«Kaufen Sie eine von den Weißen, Lassan, und nehmen Sie das Mädchen mit nach Hause», empfahl Pinkerton.

«Warum nur eine?», fragte der Franzose mit gespielter Unschuld. «Ich könnte es mit einer ganzen Schiffsladung aufnehmen, wenn sie hübsch genug sind.»

«Stimmt es», unterbrach McClellan das Gespräch in einem Ton, der nahelegte, dass er derart müßige und liederliche Unterhaltungen missbilligte, «stimmt es», wiederholte er, während er Starbuck angestrengt musterte, «dass Robert Lee zu Johnstons Stellvertreter als Armeekommandant befördert worden ist?»

«Davon habe ich nichts gehört, Sir», sagte Starbuck wahrheitsgemäß.

«Ich bete, dass es stimmt», sagte McClellan mit nachdenklichem Stirnrunzeln. «Lee war schon immer viel zu vorsichtig. Ein schwacher Charakter. Er übernimmt nicht gern Verantwortung. Ihm fehlt die moralische Stärke, und solche Männer sind im Krieg ängstlich. Das ist meine Erfahrung. Wie wird Lee im Süden genannt, Starbuck?»

«Granny, Sir.»

McClellan stieß ein kurzes, bellendes Lachen aus. «Ich vermute, ein neuer Napoleon wird mit einer Großmutter wohl fertig werden, was, Lassan?»

«Gewiss, *mon General*.»

«Aber wird er auch mit hundertfünfzigtausend Rebellen fertig?», fragte McClellan und verfiel in Schweigen, während er über diese Frage nachdachte. Sie ritten nordwärts durch eine Gegend, in der Infanterie kampierte, und als die Nordstaatler entdeckten, dass ihr General in der Nähe war, rannten sie zur Straße und begannen zu jubeln. Starbuck ließ sich hinter McClellan zurückfallen und beobachtete, wie diese Bewunderung den kleinen General augenblicklich belebte und dass die Bewunderung vollkommen echt war. Die Männer wurden durch McClellans Anwesenheit aufgemuntert, und der General durch ihre Jubelrufe. Der Jubel wurde noch lauter, als McClellan sein Pferd anhielt und einen Soldaten bat, ihm seine rauchende Pfeife zu leihen, damit er sich eine Zigarre daran anstecken konnte. Diese trauliche Szene schien vor allem den Infanteristen ans Herz zu gehen, denn sie drängten sich heran und versuchten, den großen Rappen des Generals zu berühren.

«Sagen Sie uns, wo wir die Rebs besiegen werden, General!», rief ein Mann.

«Alles zu seiner Zeit! Alles zu seiner Zeit! Ihr wisst, dass ich euer Leben nicht unnötig aufs Spiel setze! Alles zu seiner Zeit!» Einer der Männer bot dem General einen Hartkeks an, und McClellan rief Begeisterung mit der Frage hervor, ob er dieses Ding essen oder als Dachschindel verwenden solle.

«Er ist ein wundervoller Mann», vertraute James seinem Bruder an.

«Nicht wahr?», sagte Starbuck. In den vergangenen paar Tagen hatte er festgestellt, dass er am besten mit James auskam, wenn er einfach allem zustimmte, was sein Bruder sagte, doch selbst das war manchmal nicht leicht durchzuhalten. James' Erleichterung und Freude über die Rückkehr des verlorenen Sohnes war echt, und er wollte Starbuck für seinen Sinneswandel belohnen, doch seine Aufmerksamkeiten waren zuweilen übertrieben. James glaubte wie sein Vater, dass Tabak ein Teufelskraut war, doch wenn Starbuck rauchen wollte, kaufte James bereitwillig Zigarren an den Wagen der Krämer, die bei jedem Regimentslager als Handelsstation dienten. James gab sogar vor, Starbuck die Behauptung abzunehmen, er bräuchte Wein und Whiskey, um seinen Magen wieder in Ordnung zu bringen, und bezahlte die sogenannte Medizin mit seinem eigenen Geld.

James' liebevoller Eifer aber verstärkte bloß Starbucks Schuldgefühle, und noch schlimmer wurden sie, als Starbuck feststellte, wie gern sein Bruder mit ihm zusammen war. James war stolz auf seinen Bruder, beneidete ihn sogar, und es gefiel ihm, die Geschichte zu verbreiten, dass sein Bruder, der im vergangenen Jahr alles andere als ein Kupferkopf gewesen sei, in Wahrheit seit den ersten Kampfhandlungen des Krieges als Agent der Nordstaaten arbeitete. Starbuck widersprach diesen Erzählungen nicht, aber James' Freude daran führte zu noch größeren Gewissensbissen bei dem jüngeren Bruder, der vorhatte, dieses Vertrauen zu enttäuschen. Allerdings wurde diese Aussicht auf den neuen Verrat perverserweise auch immer verlockender, denn sie bedeutete, dass er nach Richmond zurückkehren und den Aufmerksamkeiten von James endlich entkommen konnte. Alles, was Starbucks Rückkehr noch aufhielt, war die Liste mit Fragen, die er Adam überbringen sollte. Diese Fragen wurden von McClellan und Pinkerton zusammengestellt, da aber jeder Tag neue Gerüchte über Truppenverstärkungen bei den Rebellen brachte, ergaben sich auch jeden Tag neue Fragen und Änderungen an denen, die schon auf der Liste standen.

Ein weiterer Trupp eifriger Soldaten kam heran, um sich um den General zu scharen. Es waren so viele, dass James und Starbuck weggedrängt wurden. Starbucks Pferd wich seitwärts aus und begann neben den morastigen Karrenfurchen am Straßenrand zu grasen. General McClellan hielt seine gewohnte Rede darüber, dass er seine hochgeschätzten Jungs zum Sieg führen würde, aber erst, wenn der richtige Moment gekommen sei und günstige Bedingungen herrschten. Die Männer jubelten noch, als der General schon weiterritt.

«Sie werden ihm überallhin folgen», sagte eine leise, spöttische Stimme hinter Starbuck. «Nur will er sie leider nie irgendwohin führen.»

Starbuck drehte sich um und hatte den wild aussehenden französischen Militärattaché Colonel Lassan vor sich, über dessen leerer Augenhöhle eine etwas schimmelig wirkende Klappe hing. Die Uniform des Franzosen zeigte verblasste Pracht, die Metalllitzen seines Uniformrocks waren angelaufen und die Epauletten ausgefranst. Er trug ein massives, gerades Schwert mit Stahlheft, und in seinen Sattelhalftern steckten zwei Revolver. Er zündete eine Zigarre an und reichte sie Starbuck. Diese Beschäftigung führte dazu, dass die anderen Stabsoffiziere an ihnen vorbei weiterritten, und das hatte der Franzose offenkundig bezweckt. «Einhundertfünfzigtausend Mann?», fragte Lassan skeptisch.

«Vielleicht mehr.» Starbuck hatte die Zigarre entgegengenommen. «Danke.»

«Siebzigtausend?» Der Franzose zündete sich ebenfalls eine Zigarre an, dann schnalzte er mit der Zunge, und sein Pferd trottete gehorsam weiter.

«Sir?»

«Ich schätze, Monsieur, dass General Johnston siebzigtausend Mann hat. Höchstens, und dass Sie den Auftrag haben, General McClellan zu täuschen.» Er lächelte Starbuck an.

«Diese Andeutung ist ungeheuerlich», protestierte Starbuck hitzig.

«Selbstverständlich ist sie ungeheuerlich», sagte Lassan amüsiert, «aber auch wahr, oder?» Vor ihnen, schemenhaft durch eine Regenböe erkennbar, schwankte der birnenförmige gelbe Umriss eines von Professor Lowes Ballons am grauen Himmel. «Lassen Sie sich meine Position erklären, Mr. Starbuck», fuhr Lassan verbindlich fort. «Ich bin ein Beobachter, von meiner Regierung entsandt, um den Krieg mitzuverfolgen und nach Paris zu berichten, welche Techniken und Waffen möglicherweise auch für unsere Armee nützlich wären. Ich bin nicht hier, um Partei zu ergreifen. Ich bin nicht wie der Comte de Paris oder der Prince de Joinville» – er deutete auf zwei elegante französische Stabsoffiziere, die dicht hinter dem General ritten –, «die hierhergekommen sind, um für den Norden zu kämpfen. Offen gestanden ist es mir gleichgültig, welche Seite gewinnt. Es gehört nicht zu meinen Aufgaben, mich darum zu kümmern, sondern nur zu beobachten und Berichte zu schreiben, und es scheint mir, dass es vielleicht an der Zeit ist, den Kampf von der Seite der Südstaaten aus zu begutachten.»

Starbuck zuckte mit den Schultern, als wollte er sagen, dass ihn Lassans Entscheidungen nichts angingen.

«Denn ich würde wirklich sehr gerne sehen, wie es siebzigtausend Mann schaffen wollen, hundertzwanzigtausend Mann auszutricksen», sagte Lassan.

«Die hundertfünfzigtausend Mann der Rebellen», sagte Starbuck hartnäckig, «werden sich eingraben und die Nordstaatler mit Artilleriebeschuss vertreiben.»

«So wird es wohl nicht gehen», sagte Lassan. «Sie können es sich weder leisten, dass ihnen so viele Yankees auf die Pelle rücken, noch McClellan bei einer Belagerung Widerstand zu bieten. Der Mann mag ein Schaumschläger sein, aber als Pionier macht ihm niemand etwas vor. Nein, Ihre Rebellen werden ihn ausmanövrieren müssen, und dieser Kampf wird zweifellos faszinierend werden. Mein Problem ist allerdings, dass ich keine Genehmigung habe, die Gefechtslinien zu überqueren. Also habe ich entweder die Wahl, zu den Bermuda-Inseln zu segeln und einen Blockadebrecher dafür zu bezahlen, dass er mich in einen Hafen der Konföderierten schmuggelt, oder nach Westen zu gehen und auf dem Landweg durch Missouri zurückzukommen. So oder so würde ich die Frühjahrskämpfe verpassen. Es sei denn, natürlich, Sie erklären sich damit einverstanden, dass ich Sie auf Ihrem Rückweg auf die Rebellenseite begleite.»

«Wenn ich auf die Rebellenseite zurückgehe», sagte Starbuck mit aller Herablassung, die er aufbringen konnte, «tue ich das im Dienst der Vereinigten Staaten.»

«Unsinn!», sagte Lassan entspannt. «Sie sind ein Filou, Mr. Starbuck, ich erkenne doch meinesgleichen. Und Sie sind ein sehr einfallsreicher Lügner. Die 2nd-Florida-Brigade! Sehr gut, Mr. Starbuck, wirklich sehr gut. Allerdings leben in Florida gewiss nicht genügend weiße Männer, um eine Brigade zusammenzubringen, von zwei Brigaden ganz zu schweigen! Wissen Sie, warum General McClellan Ihnen glaubt?»

«Weil ich die Wahrheit sage.»

«Weil er Ihnen glauben will. Er wünscht sich verzweifelt, dass die andere Seite in der Überzahl ist. Auf diese Art, verstehen Sie, hat seine Niederlage nichts Unehrenhaftes. Und wann gehen Sie zurück?»

«Das kann ich noch nicht sagen.»

«Dann lassen Sie mich wissen, wenn Sie es sagen können», sagte Lassan. Irgendwo vor der Reitergruppe wurde das dumpfe, von der feuchten Luft gedämpfte Bellen von Artilleriegeschützen hörbar. Das Geräusch schien links der Straße hinter einem entfernten Wald aufzusteigen. «Jetzt passen Sie auf», sagte Lassan zu Starbuck. «Wir werden unseren Vormarsch jeden Augenblick unterbrechen. Sie werden ja sehen, ob ich recht habe.»

Die Kanonen krachten erneut, und mit einem Mal hob General McClellan die Hand. «Wir könnten hier eine Pause einlegen», verkündete der General, «nur um die Pferde ausruhen zu lassen.»

Lassan blickte Starbuck amüsiert an. «Sind Sie ein Spieler?»

«Ich habe ein bisschen Poker gespielt», sagte Starbuck.

«Glauben Sie, dass das Zweierpaar der Rebellen den Royal Flush des neuen Napoleons schlagen kann?»

«Nichts kann einen Royal Flush schlagen», sagte Starbuck.

«Das hängt davon ab, wer ihn in der Hand hat, Mr. Starbuck, und ob er es wagt, das Blatt auszuspielen. Vielleicht möchte der General ja nicht, dass seine schönen, neuen Karten schmutzig werden.» Der Franzose lächelte. «Was sagen die Leute in Richmond? Dass der Krieg verloren ist?»

«Einige schon», sagte Starbuck und fühlte, dass er rot wurde. Er hatte es selbst gesagt, und er hatte versucht, Sally davon zu überzeugen.

«Er ist es nicht», sagte Lassan, «jedenfalls nicht, solange der Süden den neuen Napoleon zum Gegner hat. Er hat Angst vor Gespenstern, Mr. Starbuck, und ich vermute, Sie sollen dafür sorgen, dass er Gespenster sieht, wo keine sind. Sie sind einer der Gründe, aus denen siebzigtausend Mann möglicherweise tatsächlich hundertundzwanzigtausend besiegen können.»

«Ich bin nur ein Nordstaatler, der zur Vernunft gekommen ist», gab Starbuck zurück.

«Und ich, Monsieur, bin der König von Timbuktu», sagte Lassan. «Lassen Sie mich wissen, wann Sie nach Hause reiten.» Er legte den Finger an die Hutkrempe und gab seinem Pferd die Sporen. Starbuck sah dem Franzosen nach, der in Richtung des Kanonendonners ritt, und wusste plötzlich, dass er sich geirrt und Sally recht gehabt hatte. Die Sau quiekte noch, und der Krieg war noch nicht verloren.

«Denkst du, der Krieg ist schon verloren, du Bastard?» Sergeant Truslow packte Izard Cobbs am Ohr, ohne auf die Schmerzensschreie des Mannes zu achten. «Wenn ich dir sage, du sollst dich beeilen, du blonder Scheißhaufen, dann beeilst du dich. Und jetzt beeil dich!» Er verpasste Cobbs einen Tritt in den Hintern. Eine Kugel zischte über ihren Köpfen vorbei, sodass sich Cobbs duckte. «Und beeil dich aufrecht», brüllte Truslow, «du gottverdammter Sohn einer schwangeren Hure!»

Eine Rauchwolke quoll empor, als in der Entfernung am Waldrand eine Kanone abgefeuert wurde. Der Zünderrauch der Granate zog einen schmalen, grauen Strich in die Luft, den nur jene Männer sehen konnten, die in einer Linie mit der Geschossbahn standen. Sergeant Truslow sah die Granate kommen und wusste, dass keine Zeit war, sich in Deckung zu bringen, also spielte er den Unbekümmerten. Das Geschoss schlug in den Eisenbahndamm direkt hinter ihm ein, und sofort danach rollte der Kanonendonner über den Fluss und die Marschen.

«Corporal Bailey!», schrie Truslow, sobald der Sand, den die Granate in die Luft geschleudert hatte, wieder abgesunken war.

«Sergeant!»

«Graben Sie diese Granate aus!» Die Granate war nicht explodiert, was bedeutete, dass dort vermutlich ein voll funktionsfähiges Geschoss in dem weichen Sand des Bahndamms lag. Es gab in Truslows Nähe keine konföderierte Artilleriestellung, sonst hätte er den Kanonieren die geborgene Granate angeboten, damit sie zu ihrem Absender zurückgeschickt wurde, aber da nun einmal keine Kanoniere da waren, die sein Geschenk gewürdigt hätten, beschloss er, die Granate zur Landmine umzubauen.

Die Legion befand sich auf dem südlichen Ufer des Chickahominy, dicht bei der Gerüstbrücke der Richmond and York Railroad. Die letzte Lokomotive der Konföderierten war vor drei Stunden über die Brücke gedampft und hatte sämtliche Waggons und Loks von dem Eisenbahndepot bei White House und den Abstellgleisen des Bahnhofs Tunstall hinter sich hergezogen. Dann hatte die Pioniereinheit Sprengladungen an der Brücke angebracht, die Lunten gezündet und beobachtet, wie nichts passiert war. Die Legion Faulconer, die Infanterieeinheit, die sich am dichtesten bei der Brücke befand, hatte den Befehl bekommen, die gegnerischen Voraustrupps aufzuhalten, während die Pioniere ermittelten, warum ihre Sprengsätze versagt hatten.

Die Brücke war kein großes Werk der Ingenieurskunst. Weder musste sie in luftiger Höhe eine gähnende Schlucht überspannen noch die Gleisverbindung zwischen zwei gewaltigen Bergen herstellen; stattdessen bestand sie aus kaum mehr als einem niedrigen Gerüstdamm, der über die Marschen und den Fluss führte und dann noch eine Meile durch feuchtes Gelände, bis die Schienen auf dem anderen Ufer des Chickahominy wieder festen Untergrund hatten. Auf diesem festen Grund hatten die Yankees neben einem dichten Gewirr moosbärtiger Bäume zwei Feldgeschütze abgeprotzt, und nun donnerte das Artilleriefeuer des Nordens über die Marschenwiesen mit ihren stehenden Tümpeln, Krüppelbüschen und Röhrichtbüscheln. Ein paar Nordstaaten-Kavalleristen waren abgestiegen und arbeiteten sich auf dem Gelände vor, von dem aus sie mit ihrem Gewehrfeuer die Kanonade unterstützten, während eine weitere Gruppe unberittener Kavalleristen über die Gerüstbrücke vorrückte, um die Pioniere der Südstaaten zu vertreiben.

«Sergeant Hutton!», rief Truslow. «Holen Sie Ihre Abteilung! Beeilung!»

Carter Hutton rief seine Männer an den Bahndamm, wo sie Truslow in zwei Reihen antreten ließ. Ein paar Sekunden lang bildeten sie ein verlockendes Ziel für die Kanoniere, aber Truslow hatte auf den Takt der Kanonenschüsse geachtet und wusste, dass er eine halbe Minute hatte, während die gegnerischen Artilleristen nachluden. «Zielt auf die Bastarde! Genau an den Gleisen entlang! Visiere auf dreihundert Schritt.» Er sah zu den vorrückenden Kavalleristen hinüber, denen die Gefahr nicht bewusst war und die weiter über die Gleise herankamen, statt auf dem Marschland seitlich des Gerüstes zu gehen. «Feuer!», rief Truslow. «Und jetzt runter, runter von den Gleisen, schnell!»

Fünf Sekunden später kreischte eine Granate genau über die Stelle, an der Truslow seine Doppelreihe postiert hatte, und explodierte in dem Wald hinter der Stellung der Legion, ohne Schaden anzurichten. Der Rauch von Truslows Salve verzog sich, sodass die Kavalleristen wieder sichtbar wurden, die sich in die vom Regen gefüllten Tümpel auf beiden Seiten der Brücke zerstreut hatten. «Sorgt dafür, dass sie die Köpfe unten halten!», rief Truslow, dann drehte er sich um, als Andrew Bailey mit der ausgegrabenen Granate im Arm zu ihm kam. Es war ein Zehn-Pfund-Geschoss, mit etwas unter drei Zoll Durchmesser und einem Zinkpfropfen auf der Spitze. Truslow legte die Granate auf eine Schienenverbindung und benutzte den Rücken seiner Jagdmesserklinge, um den Zündkopf zu lösen. Zwei Männer, die in der Nähe kauerten, rückten ängstlich weg und ernteten von Truslow einen verächtlichen Blick.

Der Aufschlagzünder aus Zinn hatte die Röhre versiegelt, die ins Innere der Granate führte. In der Röhre befand sich ein beweglicher Stößel, auf dessen Spitze ein Zündhütchen aus Messing saß, das der Aufschlag der Granate nach vorn hätte schleudern sollen, damit es an der Unterseite des Pfropfens explodierte. Der bewegliche Stößel wurde von zwei dünnen, zerbrechlichen Metallvorsprüngen an Ort und Stelle gehalten, die den Zünder daran hindern sollten, nach vorn zu rutschen, wenn die Granate transportiert oder Erschütterungen ausgesetzt wurde. Nur der gewaltsame Aufschlag der abgeschossenen Granate sollte genügend Kraft entwickeln, um die Metallvorsprünge brechen zu lassen, aber bei dieser Granate waren sie bei der weichen Landung in der Erde des Bahndamms intakt geblieben.

Truslow zerbrach die Zwillingsvorsprünge mit seiner Messerklinge, dann drehte er die Granate auf den Kopf, um den Stößel herauszuschütteln. In dem Stößel, auf dessen Spitze das Zündhütchen saß, befand sich eine schmale Bohrung, die mit Schwarzpulver gefüllt war. Dieses Pulver sollte die Zündung hinunter in die Hauptladung schießen, die durch eine Papiermembran vor Feuchtigkeit geschützt wurde. Truslow nahm einen Stock, um die Membran zu durchstoßen, dann füllte er die leere Zünderröhre der Granate zur Hälfte mit Schwarzpulver aus Gewehrpatronen. Schließlich schob er den Stößel zurück in die Röhre, doch nun, statt bis zum Ende der Röhre durchzurutschen, ragte der Stößel einen Zoll weit über die Spitze der Granate hinaus. Wenn irgendjemand den Stößel berührte, würde der Funke in die Granate fahren, das Schwarzpulver, das Truslow in die Zünderröhre gefüllt hatte, zur Explosion bringen und so die Hauptladung auslösen.

Nun musste er eine geeignete Stelle für die Granate finden. Nach dem letzten Zug hatten die Pioniere die Stahlschienen abgebaut und zum Transport nach Richmond auf die Waggons des Zuges geladen, die feuchten Holzschwellen aber lagen noch halb in den Boden eingesunken auf der Bahnstrecke. Truslow ließ zwei Männer eine dieser Schwellen ausgraben und dann die rechteckige Vertiefung weiter aushöhlen, die nach der Entfernung der Bahnschwelle im Gleisbett entstanden war. Er stellte die Granate aufrecht in das Loch, dann legte er einen Stein daneben und balancierte vorsichtig die Bahnschwelle auf dem Stein aus. Behutsam ließ er die Schwelle wippen, bewegte sie einen Zoll auf und ab, und dann trat er zurück, um sein Werk zu bewundern. Die Bahnschwelle schien etwa einen Zoll aus ihrer ursprünglichen Position erhöht, aber mit ein wenig Glück würden die Yankees nichts davon bemerken, und ein Mann würde auf die Schwelle treten und so das Holz auf das Zündhütchen schlagen lassen.

«Nun? Amüsieren Sie sich gut, Sergeant?» Major Bird war vom Waldrand, wo der größte Teil der Legion wartete, zu Truslow gekommen.

«Wär doch eine Schande, so eine gute Granate zu verschwenden», sagte Truslow, der einen Hauch Missbilligung in Birds ansonsten vollkommen unschuldiger Frage gespürt hatte.

Bird war nicht recht überzeugt, dass Landminen eine faire

Methode der Kriegsführung waren, doch er wusste auch, dass einen Krieg nach den Gesetzen der Fairness zu führen, eine lächerliche Vorstellung war, eine, wie sie sein Schwager pflegen würde. Im Krieg ging es ums Töten, nicht darum, kryptische Leitsätze der Ritterlichkeit zu erfüllen. «Gerade ist ein Brief für Sie angekommen», erklärte er Truslow.

«Für mich?», fragte Truslow erstaunt.

«Hier.» Bird zog den Brief aus der Tasche und reichte ihn Truslow, dann beäugte er durch seinen halben Feldstecher, wie die Pioniere vorankamen. «Warum dauert das so lange?»

«Feuchte Lunten», sagte Truslow, dann wischte er sich die Hände an seinem Uniformrock ab, bevor er den zarten, rosafarbenen Umschlag öffnete und das einzelne, rosafarbene Blatt herausnahm, das einem Vorkriegsvorrat aus handgeschöpftem Papier mit Goldprägung entstammen musste. Truslow musterte als Erstes die Unterschrift. «Er ist von meiner Sally!» Er klang überrascht. Eine Kugel pfiff an seinem Ohr vorbei, und eine Granate raste mit einem schaurigen Wimmern über ihre Köpfe.

«Oh, gut», sagte Major Bird, allerdings nicht zu Truslows Bemerkung, sondern weil die Pioniere endlich auf dem Rückweg ans südliche Ufer waren.

«Gebt ihnen Deckung!», rief Truslow, und die Schüsse der Tirailleure knatterten über den Fluss. «Ich wusste nicht, dass meine Sally überhaupt schreiben kann.»

Wenn man von dem Umschlag ausging, dachte Bird, konnte sie es auch nicht. Es war ein Wunder, dass der Brief überhaupt angekommen war, allerdings gab man sich bei der Armee viel Mühe, um genau dieses Wunder geschehen zu lassen. Weniges hob die Moral so sehr wie ein Brief von zu Hause. «Was schreibt sie?», fragte Bird.

«Kann ich nicht so richtig sagen», knurrte Truslow.

Bird warf Truslow einen verschmitzten Blick zu. Truslow war

zweifellos der härteste Mann in der Legion, er war vielleicht sogar der härteste Mann, dem Bird je begegnet war, doch jetzt lag in Truslows Blick so etwas wie schamhafte Verlegenheit. «Kann ich helfen?», fragte Bird.

«Es ist die Schrift», sagte Truslow. «Ich kann ihren Namen entziffern, gerade so, aber viel mehr nicht.»

«Lassen Sie mich sehen», sagte Bird, der genau wusste, dass Truslow kein großer Leser war. Er nahm den Brief, dann sah er auf, weil die Pioniere an ihm vorbeirannten. «Zurückfallen lassen!», rief Bird den Männern der Kompanie K zu, dann senkte der den Blick wieder auf das Schreiben. «Mein Gott!», rief Bird aus. Die Handschrift war in der Tat grauenvoll.

«Geht es ihr gut?», fragte Truslow sofort mit ängstlicher Stimme.

«Es ist nur ihre Schrift, Sergeant, sonst nichts. Also, sehen wir einmal. Sie werden überrascht sein, von ihr zu hören, sagt sie, aber es geht ihr wirklich gut, und sie meint, sie hätte schon längst schreiben sollen, aber sie sagt, dass sie genauso dickköpfig ist wie Sie, und das ist der Grund, aus dem sie nicht vorher geschrieben hat», paraphrasierte Bird. Über ihn und Truslow, die nun allein auf dem Bahndamm übrig geblieben waren, ging ein Hagel von Karabinerkugeln hinweg. Ein Pionier rief den beiden Männern zu, sie sollten zurückkommen, bevor die Lunte angezündet wurde, und so begannen sie, langsam zur Deckung des Waldes zurückzugehen. «Sie sagt, es tut ihr leid, was passiert ist», las Bird weiter, während die Kavalleriekugeln um sie pfiffen, «aber was sie getan hat, tut ihr nicht leid. Ergibt das einen Sinn?»

«Hab noch nie das kleinste bisschen von dem verstanden, was das Mädchen von sich gibt», lautete Truslows barscher Kommentar. In Wahrheit vermisste er Sally. Sie war ein dickköpfiges kleines Luder, aber alles, was er an Familie besaß.

Bird ging schneller, weil er Truslow nicht dadurch in Verlegenheit bringen wollte, dass er seine Tränen sah. «Sie sagt, sie hat Nate Starbuck gesehen! Das ist ja interessant. Er ist zu ihr gekommen, als sie ihn aus dem Gefängnis entlassen hatten, und er hat sie gebeten, Ihnen zu schreiben, dass er verspricht, zur Legion zurückzukommen. Also deshalb hat sie geschrieben. Ich muss sagen», sagte Bird, «dass Starbuck eine recht merkwürdige Art hat, seine Rückkehr anzukündigen.»

«Und wo ist er?», wollte Truslow wissen.

«Das hat sie nicht geschrieben.» Bird drehte den Brief um. Die Pioniere hatten die Lunte angezündet, und die funkensprühende Spur schlängelte sich unbemerkt an den beiden Männern vorbei. Stirnrunzelnd mühte sich Bird, die zweite Seite zu entziffern. «Sie sagt, sie hat geschrieben, weil Nate sie darum gebeten hat, aber sie ist froh, dass er sie gebeten hat, weil es Zeit wird, dass Sie beide sich besser verstehen. Und sie sagt auch, dass sie eine neue Arbeit hat, eine, die Ihnen gefallen würde, aber sie schreibt nicht, was sie jetzt macht. So, das war's.» Bird gab Truslow den Brief zurück. «Ich bin sicher, jetzt können Sie ihn selbst lesen, nachdem ich ungefähr beschrieben habe, was drinsteht.»

«Schätze schon», sagte Truslow, dann schniefte er. «Also kommt Nate Starbuck zurück!»

«Nach dem, was Ihre Tochter schreibt, ja.» Bird klang zweifelnd.

«Also müssen Sie keinen Offizier für die Kompanie K ernennen.»

«Das hatte ich ohnehin nicht vor», sagte Bird.

«Gut», sagte Truslow. «Schließlich haben wir Starbuck gewählt, oder etwa nicht?»

«Ich fürchte, das haben Sie.» Und zwar sehr gegen General Faulconers Willen, dachte Bird heiter. Über siebenhundert Männer hatten bei der Wahl der Feldoffiziere ihre Stimme abgegeben, und Starbucks Name war auf mehr als fünfhundert der Stimmzettel geschrieben worden.

«Und wenn eine Wahl irgendetwas bedeutet», sagte Truslow, «dann sollte Starbuck jetzt hier sein, oder?»

«Ich vermute, das sollte er», sagte Bird, «wie ich allerdings gestehen muss, kann ich mir nicht vorstellen, dass General Faulconer das erlauben wird. Oder Colonel Swynyard.» Nicht, dass Swynyard in diesen Tagen übermäßig in Erscheinung trat. Soweit Bird es beurteilen konnte, befand sich der stellvertretende Kommandant der Brigade in einem ununterbrochenen Rauschzustand, der durch einen unendlichen Vorrat an hirnerweichendem Whiskey für vier Dollar die Gallone hervorgerufen wurde.

«Ich wette um einen Dollar, dass Starbuck mit dem General fertig wird», sagte Truslow. «Das ist ein schlauer Hund, dieser Starbuck.»

«Um einen Dollar?», fragte Bird. «Einverstanden.» Er schüttelte gerade Truslows schmutzige Hand, als die Brücke hinter ihnen explodierte. Dreihundert Pfund Schwarzpulver ließen die Gerüstbalken zersplittern und alte Holzpfähle durch die Luft wirbeln. Rauch und Lärm zogen über die Marschen und schreckten Wildvögel aus dem Schilf auf. Das Wasser des Flusses schien sich vor der Explosion zurückzuziehen, dann strömte es in einem riesigen Schwall zurück und jagte dem Rauch eine quellende Wolke aus Wasserdampf hinterher. Wo eine Brücke gestanden hatte, befand sich jetzt nur noch eine Reihe angebrochener, geschwärzter Stümpfe in dem strudelnden Wasser, während auf beiden Seiten der Explosion die Trümmer in den Chickahominy stürzten oder in die stehenden Marschentümpel, sodass die Wasserottern und Mokassinschlangen Reißaus nahmen.

Ein Stück Holz wurde hoch in die Luft geschleudert, und als es wieder abstürzte, raste es zielsicher auf die Bahnschwelle herab, die Truslow mit solcher Sorgfalt auf dem Stein ausbalanciert hatte. Der Aufprall des Holzes schlug die Schwelle auf das Zündhütchen, die Granate darunter explodierte und riss einen kleinen Krater in den durchnässten Damm. «Verfluchter Scheißer», sagte Truslow und meinte offenkundig den Sprengsatz, für den er so viel Mühe vergeblich aufgewendet hatte, aber Major Bird sah, dass der Sergeant lächelte. Solche Freude, dachte er, konnte in Kriegszeiten nicht hoch genug geschätzt werden. Am einen Tag konnte man noch lachen und fröhlich sein, doch schon der nächste konnte das bringen, was die Pfarrer die lange, dunkle Heimstatt unter der Erde nannten. Und der Gedanke an solche Gräber erfüllte Bird auf einmal mit Panik. Was wäre, wenn Truslow nicht lange genug am Leben bleiben würde, um seine Sally wiederzusehen? Was wäre, wenn seine eigene teure Priscilla zur Witwe würde? Diese Vorstellung ließ in Bird die Befürchtung aufkommen, dass er nicht hart genug war, um Soldat zu sein. Denn für Bird war der Krieg ein Spiel, obwohl er oft genug voll Sarkasmus das Gegenteil predigte. Der Krieg war für Bird ein geistiger Wettstreit, in dem der unbeachtete Schulmeister beweisen würde, dass er klüger und findiger und schneller und besser war als alle anderen. Wenn aber die wachsgesichtigen Toten als düstere Anklage nebeneinander aufgereiht lagen und der Blick aus ihren verquollenen, dreckverschmierten Gesichtern den schlauen Bird fragte, warum sie hatten sterben müssen, wusste er keine Antwort.

Die beiden Yankee-Kanonen feuerten ein letztes, unnützes Mal, und ihre Granaten schlugen klatschend in die Marschen ein. Der aufgewühlte Fluss beruhigte sich, bis das Wasser wieder langsam und grau an den rauchgeschwärzten Überresten der Brücke vorbeifloss, um seine tote Fracht aus weißbäuchigen Fischen Richtung Meer zu tragen. Nebel kroch über das Feuchtgebiet und vermischte sich mit dem Kanonenrauch. Die Wälder waren voller Nachtschwalben, und Major Bird, der nicht an Gott glaubte, bat plötzlich den Allmächtigen, diesem gottverdammten Krieg ein Ende zu machen.

DRITTER TEIL

NEUN

ie Truppen kamen in einer Kurve zum Halt, die nordöstlich um Richmond verlief. General Johnston hatte sich nun so weit zurückgezogen, dass die Soldaten der Nordstaaten den Glockenschlag der Richmonder Kirchtürme hören konnten, und, wenn der Wind aus Westen kam, rochen sie auch den Tabakgeruch und den Kohlenrauch der Stadt.

Die Richmonder Presse kritisierte, dass die Yankees so dicht an die Stadt herangelassen worden waren, und die Ärzte beider Seiten murrten, weil so viele Truppen im ungesunden Marschland des Chickahominy lagerten. Die Hospitäler füllten sich mit Männern, die am Flussfieber starben, einer Krankheit, die ihre Opfer vor Kälte unkontrollierbar zittern ließ, obwohl die Tage wärmer wurden und bald stickige Sommerhitze herrschen würde. Die Ärzte erklärten, das Fieber sei eine natürliche Folge der unsichtbaren Miasmen, die als üble, krankheitserregende Nebelschwaden vom Fluss heranzogen und in der Morgen- und Abenddämmerung weiß über den Marschen standen, und man müsse die Truppen nur an einen höheren Standort verlegen, dann würde das Fieber verschwinden.

Aber General Johnston beharrte auf dem Standpunkt, das Schicksal Richmonds hinge von dem Fluss ab und deshalb müssten seine Männer die Miasmen ertragen, die der Nebel mitbrachte. Dahinter stecke eine Strategie, betonte Johnston, und angesichts dieser militärischen Vokabel blieb den Ärzten nichts anderes übrig, als ihre Überzeugungsversuche aufzugeben und ihre Patienten sterben zu sehen.

Ende Mai, an einem schwülen, ruhigen Freitagnachmittag, rief Johnston seine Adjutanten zusammen und erklärte diese Strategie. Er hatte im Salon des Hauses, das ihm als Hauptquartier diente, eine Landkarte an die Wand geheftet und benutzte eine Röstgabel mit einem Griff aus Nussbaumholz als Zeigestock. «Sehen Sie, Gentlemen, wie ich McClellan gezwungen habe, sich um den Chickahominy aufzuteilen? Die Armee der Nordstaaten ist eine gespaltene Kraft, Gentlemen, eine gespaltene Kraft.» Er betonte seine Bemerkung, indem er mit der Röstgabel nördlich und südlich des Flusses auf die Landkarte klopfte. «Eine der wichtigsten Regeln des Kriegshandwerks lautet: Teile im Angesicht des Gegners niemals deine Truppen. Aber genau das hat McClellan getan!» Johnston war in belehrender Stimmung und behandelte seine Adjutanten, als wären sie Kadetten in der Militärakademie West Point. «Und warum sollte ein General seine Truppen niemals teilen?», fragte er nun und ließ seinen Blick erwartungsvoll über die Adjutanten schweifen.

«Weil sie dann in Einzelangriffen geschlagen werden können, Sir», gab einer der Adjutanten flott zurück.

«Ganz genau. Und morgen früh, Gentlemen, im Morgengrauen, werden wir diese Hälfte der Nordstaatenarmee ausradieren.»

Er hatte auf der Landkarte das Gelände östlich von Richmond und südlich des Chickahominys markiert. Die Quelle des Flusses befand sich nordwestlich der Stadt, dann wurde er schnell breiter, schnitt die nördlichen Zufahrtswege nach Richmond in schrägem

Winkel, um dann die Tiefebene östlich von Richmond zu durchqueren, bevor er in den James River mündete. Johnstons gesamte konföderierte Armee lag südlich des Flusses, doch McClellans größere Armee war geteilt; die Hälfte der Truppen befand sich nördlich der Malariasümpfe des Chickahominys und die andere Hälfte südlich davon. Johnston plante einen Überraschungsangriff aus den morgendlichen Nebelbänken, mit dem er die südlich stehende Hälfte der Armee vernichten würde, bevor die Yankee-Truppen nördlich des Flusses über ihre Ersatzbrücken marschieren konnten, um ihren bedrängten Kameraden beizustehen. «Und wir werden den Plan morgen früh durchführen, Gentlemen, sobald es hell wird», sagte Johnston und konnte sich ein befriedigtes Lächeln nicht verkneifen, als er das Erstaunen seiner Adjutanten sah.

Er war zufrieden, denn ihre Überraschung war genau die Reaktion, auf die er es angelegt hatte. Johnston hatte niemanden über seine Pläne informiert; nicht seinen stellvertretenden Kommandanten, General Smith, und noch nicht einmal seinen Präsidenten, Jefferson Davis. Es waren zu viele Spione in Richmond und zu viele Männer, die versucht sein konnten, mit derartigen Neuigkeiten zum Feind überzulaufen, und um solchen Verrat zu verhindern, hatte Johnston seine Pläne im Geheimen ausgebrütet und sie bis jetzt niemandem verraten, denn nun war der Nachmittag vor der Schlacht gekommen, und die Adjutanten mussten seine Befehle zu den Divisionskommandanten bringen.

Daniel Hills Division würde den Angriff anführen und im Zentrum der gegnerischen Linie zuschlagen. «Hill muss eine Weile allein kämpfen», erklärte Johnston seinen Adjutanten, «weil wir die Yankees dicht an uns heranlocken wollen, um ihnen dann in die Flanken zu fallen, hier und hier.» Die Röstgabel klopfte auf die Landkarte, wobei kleine Risse entstanden, und sie zeigte, dass sich der Zwillingsangriff über die Flanken wie die äußeren Zinken eines

Dreizacks in einen Feind graben würde, der sich zuvorkommender-
weise schon selbst auf die mittlere Zinke gespießt hatte. «Longstreet greift ihre nördliche Flanke an», fuhr Johnston fort, «während
General Hugers Division von Süden kommt, und bis zur Mittagszeit, Gentlemen, sind die Yankees tot, gefangen oder in den White-
Oak-Sumpf geflüchtet.» Johnston genoss den Vorgeschmack des
Sieges; er hörte schon den Jubel, wenn er zum Richmonder Capitol
Square ritt, und er sah den Neid auf den Gesichtern seiner Rivalen
im Generalsrang, wie Beauregard und Robert Lee. Sein Plan, das
wusste er, war brillant. Alles, was zwischen diesem Augenblick und
seinem Ruhm lag, war die Schlacht, die beginnen würde, wenn seine
grau uniformierten Truppen aus dem Morgennebel schwärmten.
Und wenn diese Truppen die Überraschung auf ihrer Seite hatten,
dann, so glaubte Johnston, war der Sieg gesichert.

Drei Adjutanten sollten die versiegelten Befehlsschreiben zu den
Divisionsgenerälen bringen. Adam Faulconer erhielt Weisung, zu
General Hugers Hauptquartier zu reiten, das beinahe am Stadtrand
von Richmond lag. «Eine Abschrift der Befehle», sagte Johnstons
Stabschef, ein umgänglicher Mann namens Morton, zu Adam, als
er ihm das versiegelte Schreiben aushändigte. «Und hier Ihre Unterschrift, Adam.» Colonel Morton hielt einen Empfangsschein hoch,
auf dem Adam bestätigte, dass er den Umschlag entgegengenommen hatte. «Und Huger lassen Sie hier unterschreiben, sehen Sie?
Der alte Huger wird Sie vermutlich zum Abendessen einladen, aber
sehen Sie zu, dass Sie um Mitternacht wieder zurück sind. Und sorgen Sie um Himmels willen dafür, Adam, dass er weiß, was er morgen früh zu tun hat.» Das war der Grund, aus dem Johnston seinen
Adjutanten die Strategie ausführlich erläutert hatte; so konnten sie
selbst die Fragen der Generäle beantworten. Wenn er die Generäle
zu sich ins Hauptquartier geholt hätte, das wusste Johnston, wäre
bei den Truppen die plötzliche Unruhe aufgefallen, und dann wäre

garantiert irgendein erbärmlicher Kerl nachts zum Feind überge-
laufen, um zu sagen, dass sich etwas zusammenbraute.

Adam unterschrieb den Empfangsschein und bestätigte damit,
dass er die Verantwortung für eine Abschrift der Befehle übernommen hatte, dann schob er die Papiere in eine kleine Ledertasche
an seinem Gürtel. «An Ihrer Stelle würde ich mich auf den Weg
machen», sagte Colonel Morton, «bevor es anfängt zu regnen. Und
sorgen Sie dafür, dass Huger diesen Empfangsschein abzeichnet,
Adam! Entweder er oder sein Stabschef. Sonst niemand.»

Adam wartete draußen auf der Veranda, während sein Pferd
gesattelt wurde. Kein Lüftchen wehte, drückend stand die Luft,
und diese Atmosphäre passte zu Adams grüblerischer und nieder-
geschlagener Stimmung. Er betastete den wichtigen Befehl, fragte
sich, ob dieser Umschlag das Ende all seiner Hoffnungen bedeutete.
Vielleicht, dachte er, war der Umschlag der Schlüssel zum Sieg des
Südens, und er stellte sich vor, wie die Nordstaatenarmee genau wie
beim Bull Run flüchtete, und in seinen Befürchtungen sah er von
Panik erfüllte Männer, die sich durch die brusthohen Tümpel des
White-Oak-Sumpfs kämpften und die von niederträchtigen, scha-
denfrohen Rebellen erschossen wurden, genau wie die lachenden
Teufel, die von der Kuppe des Ball's Bluff heruntergefeuert hatten.
Er sah einen blutroten Chickahominy in den James River münden
und erschauerte bei den realistischen Bildern, die ihm seine Phantasie eingab, und eine irrwitzige Sekunde lang war er versucht, sein
Pferd zu nehmen und durch die Linien zu galoppieren, dem Tier die
Sporen zu geben, bis seine Flanken wund waren, während er an den
überraschten Wachposten der Konföderierten vorbeipreschte und
zur Nordenstaatenarmee überlief. Dann dachte er an den Kummer,
den er seinem Vater mit einer solchen Fahnenflucht bereiten würde,
und er dachte an Julia in Richmond, und die ganze alte Verwirrung
nahm erneut von Adam Besitz. Der Krieg war falsch, dennoch war

er ein Faulconer und damit Erbe einer Familie, deren Vorfahren an der Seite George Washingtons in die Schlacht geritten waren. Ein Faulconer machte seiner Abstammung keine Schande, indem er zum Feind desertierte.

Nur wie konnte das Land, das von Washington gegründet worden war, auf einmal der Feind sein?

Adam fingerte an der Gürteltasche herum und fragte sich zum tausendsten Mal, warum der neue Napoleon so lange zögerte. Adam hatte die Schwäche des Südens auf der Halbinsel verraten, und als Reaktion hatte er erwartet, dass McClellan aus Fort Monroe ausbrechen würde wie ein Racheengel, doch stattdessen hatte der Kommandant der Nordstaatenarmee ein langsames, behutsames Vorrücken gewählt und damit den Rebellen mehr als genug Zeit gegeben, die Verteidigungsanlagen von Richmond zu verstärken und auszubauen. Und jetzt, wo der Norden nur noch einen Nachmittagsspaziergang vor Richmond lag, planten die Rebellen einen Angriff, der dem Norden den Todesstoß versetzen konnte, und Adam, der auf der Veranda stand und nachtschwarze Wolken unheilverkündend über dem schweigenden Wald stehen sah, wusste, dass er außerstande war, die Katastrophe abzuwenden. Sein Mut reichte nicht, um zu desertieren.

«Adam! Bleiben Sie noch!» Colonel Morton steckte seinen Kopf zwischen den Musselinvorhängen eines Fensters am anderen Ende der Veranda heraus. «Wir geben Ihnen noch einen anderen Brief mit!»

«Sehr wohl, Sir», erwiderte Adam. Eine Ordonnanz hatte gerade Adams Pferd vors Haus geführt, und Adam sagte dem Mann, er solle die Zügel ans Verandageländer binden. Das Pferd senkte den Kopf und rupfte an dem üppigen Gras, das an der Verandatreppe wuchs. Ein Sklave, der dem Eigentümer des requirierten Hauses gehörte, grub die zertrampelten Überreste eines Gemüsegartens um. Der

Mann war müde und hielt immer wieder inne, doch dann erinnerte er sich an Adam auf der Veranda, wischte sich über die Stirn und nahm seine Arbeit wieder auf. Adam sah dem Mann zu, und plötzlich erfasste ihn eine absurde und ungerechte Wut auf alle Schwarzen. Warum in Gottes Namen hatte irgendwer diese Menschen nach Amerika importiert? Ohne sie wäre dieses Land ganz gewiss das glücklichste, friedlichste Land auf Erden. Adam schämte sich sofort für diesen ungerufenen Gedanken. Es war nicht die Schuld der Sklaven, sondern der Sklavenhaltergesellschaft. Es waren nicht die Schwarzen, sondern die Menschen seiner eigenen Hautfarbe, die den Frieden gestört und im Land Unzufriedenheit verbreitet hatten. «Es ist zu heiß zum Arbeiten, oder?», rief er dem Sklaven zu, in einem Versuch, seine unausgesprochenen Gedanken mit einer ausgesprochenen Freundlichkeit wiedergutzumachen.

«Zu heiß, Massa. Is wahr, zu heiß.»

«Ich würde mich an deiner Stelle ausruhen», sagt Adam.

«Gibt genug Ruhe im Himmel, der Herr sei gelobt, Massa», sagte der Sklave und stieß das breite Blatt des Spatens in die schwere, rötliche Erde.

«So, da hätten wir's, Adam.» Colonel Morton trat sporenklirrend auf die Veranda heraus. «Wir leihen Pete Longstreet ein paar von Hugers Männern. Das wird Huger nicht gefallen, aber Longstreet rückt dichter auf die Yankees vor, also kann er die zusätzlichen Männer gut brauchen. Und gehen Sie mit Huger um Himmels willen diplomatisch um.»

«Selbstverständlich, Sir.» Adam nahm den Umschlag von Morton entgegen. «Brauchen Sie auch ...» Er hatte fragen wollen, ob Colonel Morton für diesen zweiten Umschlag mit Befehlen ebenfalls eine Empfangsbestätigung von General Hugers haben wollte, doch dann ließ er den Satz unausgesprochen. «Sehr wohl, Sir.»

«Und um Mitternacht sind Sie zurück, Adam, wir haben heute

Nacht alle unseren Schönheitsschlaf nötig. Und seien Sie nett zu dem alten Huger. Er ist ein ziemlich empfindlicher Knabe.»

Adam ritt nach Westen. Wo die Straße durch den Wald führte, war die Luft noch drückender. Die Blätter hingen bewegungslos an den Ästen, und ihre Starrheit hatte etwas seltsam Bedrohliches. Der ganze Tag hatte etwas Unwirkliches, doch in Adams Welt hatte in diesen Tagen so vieles etwas Unwirkliches, sogar Julia, und dieser Gedanke erinnerte ihn daran, dass er sich darum bemühen sollte, sie bald einmal zu sehen. Sie hatte ihm wegen einer geheimnisvollen Mitteilung geschrieben, und auch wenn sie betont hatte, dass diese Mitteilung nichts mit ihnen beiden zu tun hatte, konnte Adam den Verdacht nicht abschütteln, dass Julia die Verlobung lösen wollte. In der letzten Zeit hatte Adam angefangen zu denken, dass er Julia im Grunde nicht verstand, und er hatte zu ahnen begonnen, dass ihre Sehnsüchte wesentlich verwirrender waren, als er jemals vermutet hätte. Äußerlich war sie eine bürgerliche, fromme und, wie es sich gehörte, liebenswürdige junge Dame, aber Adam war eine unterschwellige muntere Lebhaftigkeit bewusst geworden, die Julia verbarg und die ihm das Gefühl vermittelte, ihrer nicht würdig zu sein. Er hatte den Verdacht, dass auch seine Mutter einst diese Eigenschaft besessen hatte und sie ihr von seinem Vater ausgetrieben worden war.

In einem Waldstück, in dessen Nähe kein Feldlager zu sehen war, hielt Adam sein Pferd an. Sein Ritt hatte ihn durch beinahe zwei Dutzend Regimentslager gebracht, und nun war er mit einem Mal allein in einem dunklen, stillen Wald, und hier konnte er eine Idee überdenken, die ihm etwas früher durch den Kopf geschossen war. Er öffnete die Gürteltasche und zog die beiden Mitteilungen heraus. Die zwei hellbraunen Umschläge unterschieden sich nicht, sie waren mit den gleichen Klecksen aus rotem Siegelwachs verschlossen und mit der gleichen schwarzen Tinte in der gleichen eckigen Handschrift beschriftet. Der Umschlag mit den Befehlen zur Schlacht war etwas dicker als der andere, aber davon abgesehen gab es nichts, was den einen Umschlag von dem anderen unterschied.

Er holte den Empfangsschein heraus. Darauf war nur ein Umschlag mit Befehlen vermerkt.

Adams Blick wanderte wieder zu den Umschlägen. Angenommen, er würde einfach vergessen, die Befehle zur Schlacht auszuhändigen? Angenommen, Huger würde am Morgen nicht angreifen? Angenommen, der Norden würde die morgige Schlacht gewinnen und Richmond besetzen; wer würde dann noch nach einem fehlenden Umschlag mit Befehlen fragen? Und falls durch irgendeinen unglaublichen Zufall der Süden ohne Hugers Truppen gewann, wer würde dann noch danach fragen? Und selbst wenn sein Versäumnis bekannt würde – und Adam war nicht so dumm zu glauben, dass es nicht irgendwann herauskäme –, dann musste es nicht als Verrat angesehen werden, sondern als einfache Vergesslichkeit oder schlimmstenfalls als Unachtsamkeit. Dieses Pflichtversäumnis würde ihn zweifellos seinen Posten in Johnstons Stab kosten, aber es würde ihm keine Schande bringen, sondern nur einen schlechten Ruf aufgrund seiner Achtlosigkeit. Und vielleicht, sagte er sich, sollte er sich für den Rest dieses Krieges unter die Fittiche seines Vaters verkriechen. Vielleicht wäre er als Stabschef seines Vaters zufriedener, weil er dort wenigstens versuchen konnte, die Pächter und Nachbarn seines Vaters in der Legion vor den schlimmsten Unbilden des Krieges zu bewahren. «Oh lieber Gott», murmelte er vor sich hin, und es war ein Gebet um sein eigenes Glück und nicht um göttlichen Rat, denn Adam hatte schon entschieden, was er tun würde.

Langsam, wohlüberlegt und mit einer gewissen Feierlichkeit, die der Situation angemessen schien, riss Adam den Umschlag mit dem Befehl zur Schlacht in der Mitte durch, und dann zerriss er die Stücke wieder in der Mitte, und dann riss er alles in noch kleinere

Fetzen. Er fühlte sich, als würde er wahrhaftig den Stoff zerfetzen, aus dem Geschichte wird, und als nur noch eine Handvoll Papierschnipsel übrig waren, streute er die Fetzen in das schwarze Wasser eines Grabens neben der Straße. Und mit diesem Akt verräterischer Zerstörung überkam ihn plötzlich ein starkes Glücksgefühl. Er hatte den Sieg unmöglich gemacht! Er hatte an einem trüben Tag das Werk des Herrn getan, und er fühlte sich, als sei die ganze ermüdende Last der Schuldgefühle und der Unentschiedenheit mit einem Mal von seinen Schultern genommen worden. Er trieb sein Pferd weiter Richtung Westen.

Eine halbe Stunde später erreichte Adam das kleine Haus, in dem Huger sein Hauptquartier hatte, und bestand mit einer Förmlichkeit, die an Insubordination grenzte, auf der Unterschrift des Generals, bevor er ihm den einen Umschlag übergab, der nun noch übrig war. Dann trat er respektvoll beiseite, während Huger den einzelnen Bogen mit dem Befehl auseinanderfaltete und durchlas. Der General, der stolz auf seine französischen Ahnen zurückblickte, war ein penibler, vorsichtiger Mann, der in der alten U.S. Army erfolgreich Karriere gemacht hatte und nun mit größtem Gefallen unvorteilhafte Vergleiche zwischen seinem alten und seinem neuen Arbeitgeber anstellte. «Ich verstehe nicht!», erklärte er Adam, nachdem er den Befehl ein zweites Mal durchgelesen hatte.

«Wie meinen, Sir?» Adam stand mit Hugers Adjutanten auf der Veranda, die auf einen kleinen Bach namens Gillies Creek hinunterblickte. Das Haus stand so nahe bei Richmond, dass Adam das Gewirr aus Dächern und Schornsteinen hinter Rockett's Landing erkennen konnte, wo die Masten und Rahen Dutzender Schiffe, die durch die Barrikade bei Drewry's Bluff hier festsaßen, in der Abendsonne glänzten. Hinter dem Haus, am Ende einer langgezogenen Weide, auf der die Fuhrwerke und Kanonen von Hugers Artillerie standen, verlief die Richmond and York Railroad neben dem Bach, und im abnehmenden Licht, das noch von den dunklen Wolkenmassen vermindert wurde, dampfte ein Zug langsam Richtung Stadt. Die Lok zog eine seltsame Mischung aus flachen Güterwaggons, deren Ladung aus der Ballon-Ausrüstung der konföderierten Armee bestand. Die Ballonhülle selbst war eine schöne Mischung aus den Stoffen bester Seidenkleider, die von den Richmonder Ladys gespendet worden waren, und der Aufstieg beziehungsweise das Einholen des Ballons wurde mit Hilfe einer riesenhafte Winde bewerkstelligt, die auf einen der flachen Waggons geschraubt worden war. Auf anderen dieser Waggons befand sich die chemische Ausrüstung zur Herstellung des Wasserstoffs. Der Ballon, mit dem zuvor die gegnerische Front jenseits des zerstörten Kopfbahnhofs bei Fair Oak ausgekundschaftet worden war, wurde gerade noch heruntergeholt, während der Zug ratternd und stampfend und dampfend unter General Hugers Hauptquartier vorbeikam. «Soll ich daraus etwa entnehmen» – der weißhaarige Huger spähte Adam nun über die Gläser seiner Lesebrille an –, «dass einige meiner Männer General Longstreets Kommando unterstellt werden?»

«Ich glaube, so ist es, Sir, ja», sagte Adam.

Huger gab ein paar leise, schnaubende Geräusche von sich, die offenkundig als sarkastisches Lachen gemeint waren. «Ich vermute», stellte Huger schließlich fest, «dass es General Johnston bewusst ist, jedenfalls schwach bewusst ist, dass ich einen höheren Rang als General Longstreet innehabe.»

«Das weiß er gewiss, Sir.»

Huger steigerte seinen Groll zu einer beeindruckenden Demonstration verletzter Eitelkeit. «General Longstreet war, wenn mich meine Erinnerung nicht trügt, in der alten Armee ein Zahlmeister. Nichts weiter als ein Major. Und ich glaube nicht, dass er dort jemals in einen höheren Rang befördert oder mit einer schwierigeren Aufgabe betraut wurde, als den Truppensold auszuzahlen. Und trotzdem soll er jetzt Männern aus meinem Kommando ihre Befehle erteilen?»

«Nur einigen Ihrer Männer», bemerkte Adam taktvoll.

«Und warum?», wollte Huger wissen. «Bestimmt hat Johnston doch seine Gründe, oder? Hat er daran gedacht, Ihnen diese Gründe auseinanderzusetzen, junger Mann?»

Das hatte Johnston, aber diese Erklärungen weiterzugeben, hätte Adams Absichten durchkreuzt, also begnügte er sich mit der dürftigen Feststellung, dass General Longstreets Division näher am Gegner lag und dass es deshalb ratsam erschienen sei, seine Brigaden mit zusätzlichen Männern zu verstärken. «Ich bin sicher, dass es sich nur um eine kurzfristige Notlösung handelt, Sir», endete Adam, dann starrte er an dem unzufriedenen Huger vorbei zu dem Zug, der nun endgültig zum Halt gekommen war, während der Ballon mit der Winde die letzten paar Fuß heruntergeholt wurde. Der Rauch aus der Lokomotive hob sich eigentümlich weiß und strahlend gegen die schwarzen Wolken ab.

«Ich beklage mich nicht», sagte Huger empört. «Ich stehe über solch niedrigen Reaktionen, und in der Zwangslage dieser Armee muss mit solchen Beleidigungen gerechnet werden. Aber es wäre zumindest höflich von Johnston gewesen, mich zu fragen, ob ich etwas dagegen einzuwenden habe, dass meine Truppen dem Befehl eines einfachen Zahlmeisters unterstellt werden. Das hätte die Höflichkeit geboten, oder etwa nicht?», fragte er seine eigenen Adjutanten, die eifrig nickten.

«Ich bin sicher, dass General Johnston damit keine Kränkung beabsichtigt hat, Sir», sagte Adam.

«Sie können so sicher sein, wie Sie wollen, junger Mann, aber ich habe in diesen Dingen mehr Erfahrung.» Huger, der sich selbst für so etwas wie einen geborenen Aristokraten hielt, richtete sich steif auf, sodass er auf Adam herabsehen konnte. «Vielleicht braucht General

Johnston meine Männer ja, um den Armeesold zu bewachen, ist es das?» Dass dies ein Witz sein sollte, wurde von erneutem Schnauben angezeigt, das Hugers Adjutanten durch kameradschaftliches Lächeln quittierten. «Es hat einmal eine Zeit gegeben», sagte Huger und faltete den Befehl zu einem Rechteck zusammen, «in der die militärischen Angelegenheiten Nordamerikas ordentlich geregelt wurden. In der solche Fragen soldatisch beantwortet wurden. Wie es sich in einer gutorganisierten Armee gehört.» Er warf den zusammengefalteten Befehl auf eine Sitzbank, die mit Ketten an den Deckenbalken der Veranda befestigt war. «Nun gut, junger Mann, richten Sie Johnston aus, dass ich seine Befehle erhalten habe, auch wenn ich sie nicht verstehe. Ich bin sicher, dass Sie zu Ihrem Vorgesetzten zurück wollen, bevor es anfängt zu regnen, und deshalb wünsche ich Ihnen jetzt einen guten Tag.» Diese knappe Entlassung, ohne Adam auch nur ein Glas Wasser angeboten zu haben, war eine absichtliche Brüskierung, doch das störte Adam nicht. Er war ein enormes Risiko eingegangen und hatte seine Rolle gut gespielt, aber er glaubte nicht, dass er weitere Nachfragen des Generals gut würde parieren können. Mein Gott, dachte Adam mit plötzlichem Schrecken, die Hölle würde losbrechen, falls Johnston herausfand, was passiert war. Dann beruhigte sich Adam wieder damit, dass er sich lediglich einer Vergesslichkeit schuldig gemacht hatte.

Er steckte die unterschriebene Empfangsquittung in seine Tasche und ging zu seinem Pferd. Es war Freitag Abend, und er wusste, dass er Julia im nahe gelegenen Chimborazo Hospital finden würde. Er hatte Schuldgefühle wegen ihres Briefes, und er hatte den Abend frei, also ritt er los, um seine Verlobte zu treffen. Sein Weg führte ihn an einer der neuen, sternförmigen Befestigungen General Lees vorbei, die ringförmig um die Stadt angelegt worden waren. Die Erdwälle waren mit Reihen frischgefüllter Sandsäcke gekrönt, die von den Nähzirkeln Richmonds beigesteuert worden waren. Die Ladys hatten jedes verfügbare Stoffstück verwendet, sodass die neuen Wälle an eine Flickendecke aus geblümtem Chintz, dunklem Samt und fröhlichen Baumwolldrucken erinnerten, und in dem düsteren Licht des heraufziehenden Gewitterabends wirkte dieses Flickwerk merkwürdig heiter, wie ein heimeliger Anklang in dieser Kriegsatmosphäre. Die Luft, die den ganzen Tag schwül und unbewegt über der Stadt gelegen hatte, rührte sich plötzlich in heftigen Böen und ließ die Konföderiertenflagge über den bunt bekränzten Bastionen flattern. Die Landschaft südlich des Flusses wurde von den letzten, schrägen Sonnenstrahlen beschienen, die weit unter die Wolken reichten, sodass das Land heller wirkte als der Himmel. Adam, der seinen neuen Verrat hinter sich gebracht hatte, versuchte, die fernen, goldenen Strahlen als Omen für Glück und Erfolg zu sehen.

Bei einem der Wachtposten an den Zufahrtsstraßen zur Stadt musste er sich mit seinem Passierschein des Hauptquartiers ausweisen. Fernes Gewittergrollen in der Gegend zwischen den beiden Flüssen klang wie Kanonendonner. Der Posten verzog das Gesicht. «Schätze, heute Abend gibt es einen Sturm, Major. Und zwar einen ordentlichen.»

«Sieht so aus», pflichtete ihm Adam bei.

«Hab noch nie so einen Frühling erlebt», sagte der Wachposten und unterbrach sich, als neuer Donner unheilverkündend durch den Himmel rollte. «Vielleicht ertränkt er ja einen Yankee oder zwei. Dann müssen wir die Scheißkerle nicht alle selber umbringen.»

Darauf sagte Adam nichts, sondern nahm nur seinen Passierschein wieder an sich und ritt weiter. Blitze erhellten den Himmel im Norden. Er ließ sein Pferd traben, ritt gegen den Regen, der in großen, unheilverkündenden Tropfen einsetzte, als er zum Gelände des Hospitals kam. Eine Ordonnanz erklärte Adam, in welcher Station der Gottesdienst gehalten wurde, und Adam galoppierte durch

den heftigen Wind, der plötzlich aufgekommen war und die Rauch-
fäden verwehte, die aus den Metallschornsteinen der Baracken aufstiegen. Der Regen wurde stärker, trommelte auf die Blechdächer
und ließ die straff gespannten Leinwände der Zelte beben, die als
zusätzliche Krankenstationen aufgebaut worden waren. Adam fand
die richtige Baracke, band sein Pferd an einen Verandapfosten und
eilte in demselben Augenblick in das Gebäude, in dem ein Donnerschlag den Himmel aufzureißen schien und einen Wolkenbruch
auslöste, der derartig laut auf das Dach der Baracke prasselte, dass
Reverend John Gordons Stimme übertönt wurde. Julia, die an dem
fiependen kleinen Harmonium saß, lächelte erfreut, als Adam so
unerwartet auftauchte. Adam zog die Tür hinter sich zu und stellte
fest, dass es einer der Freitagabende war, an denen Julias Mutter
beschlossen hatte, nicht mit ins Hospital zu kommen. Da waren nur
Julia, ihr Vater und der unvermeidliche Mr. Samworth, der beunruhigt zum Dach hinaufsah, als ein neuer Donnerschlag aus dem
Himmel herabfuhr.

Der Gottesdienst schleppte sich dahin, unterbrochen von Donner
und übertönt vom Trommeln des Regens. Adam, der an einem Fenster stand, sah, wie sich die Dunkelheit über Richmond senkte und
wie diese Dunkelheit von Blitzen erhellt wurde, in denen die Kirchtürme in höllisch blendender Helligkeit aufschienen. Das Gewitter
nahm noch an Stärke zu, als würde im Himmel ein Krieg toben,
während der Regen mit solcher Gewalt auf das Dach niederging,
dass Reverend Gordon den ungleichen Kampf aufgab und ein Lied
ansagte. Julia pumpte Luft in das kleine Instrument und stimmte
«Lob Gott den Herrn zu aller Zeit» an. Nach dem Lied sprach der
Missionar einen Segen, den niemand hören konnte, und beendete
damit den gewitterumtosten Gottesdienst.

«Das müsste bald vorüberziehen!» Reverend Gordon musste die
Stimme erheben, damit Adam ihn verstand, doch der Sturm schien

sich über der Stadt festgesetzt zu haben und hatte nichts von seiner Gewalt eingebüßt. Das Dach der Baracke war an einem Dutzend Stellen undicht, und Adam half, die Pritschen unter dem Getröpfel wegzuschieben. Julia wollte den Sturm sehen, legte sich ihren Mantel um die Schultern und ging auf die schmale Veranda an der Rückseite der Baracke, wo sie und Adam unter dem vorkragenden Schindeldach beobachteten, wie das kolossale Gewitter den Himmel über Virginia erschütterte. Blitz um Blitz fuhr auf die Erde nieder, und Donner um Donner hallte in den Wolken wider. Es war dunkel geworden, doch die Dunkelheit wurde von dem Strahlen der Blitze zerklüftet, und mächtig hallte das Donnergrollen im Firmament. Irgendwo auf dem Gelände des Hospitals jaulte ein Hund, und Bäche von Regenwasser strömten und gurgelten und ergossen sich in die Tiefen des Bloody Runs.

«Mutter hat Kopfschmerzen. Ihre Kopfschmerzen sagen ihr immer voraus, wann mit einem Gewitter zu rechnen ist», erklärte Julia Adam merkwürdig heiter. Aber Julia hatte Gewitter schon immer gemocht. Sie nahm im Zorn der Natur etwas sehr Eigenes wahr, sah sie als schwaches Echo der chaotischen Kräfte, aus denen Gott die Welt erschaffen hatte. Sie zog ihren Mantel eng um sich, und im Licht der Blitze sah Adam, dass ihre Augen vor Erregung strahlten.

«Du wolltest mich sehen?», fragte Adam.

«Ich hoffe, du wolltest mich auch sehen!», sagte Julia neckend, aber insgeheim ersehnte sie ein leidenschaftliches Bekenntnis von Adam, dass er durch ein Dutzend solcher Stürme geritten wäre, nur um sie zu sehen.

«Gewiss wollte ich das, ja», sagte Adam. Er hielt schicklichen Abstand zu Julia, obwohl er sich wie sie mit dem Rücken an die Wand der Baracke gelehnt hatte, wo ihnen das schmale Dach der Veranda den größten Schutz bot. Wasser rann von den Dachschindeln herunter und bildete einen Vorhang, der silbern aufleuchtete, sobald ein Blitz von den Wolken herabzuckte. «Aber du hast mir geschrieben», brachte ihr Adam ins Gedächtnis.

Julia hatte den Brief, in dem sie etwas von einer wichtigen Mitteilung angedeutet hatte, schon fast vergessen, und jetzt, wo schon so viel Zeit vergangen war, vermutete sie, dass die Mitteilung wohl nicht mehr so dringend sein konnte. «Es ging um deinen Freund, Nate Starbuck», erklärte sie.

«Nate?» Adam, der halb damit gerechnet hatte, dass seine Verlobung aufgelöst wurde, konnte seine Überraschung nicht verbergen.

«Er wollte dich besuchen, gleich nachdem er aus dem Gefängnis entlassen war», sagte Julia. «Ich war zufällig im Haus deines Vaters, und ich weiß, dass ich ihn nicht hätte hineinbitten sollen, aber es hat fast genauso stark geregnet wie jetzt, und er wirkte so hoffnungslos, dass ich Mitleid bekommen habe. Das macht dir doch nichts aus, oder?» Sie starrte zu Adam empor.

Adam hatte den Anlass schon beinahe vergessen, der ihn dazu gebracht hatte, Starbuck bei den Bediensteten seines Vaters zur unerwünschten Person zu erklären. In jenem Moment, kurz nach der himmelschreienden Vorstellung einer gefallenen Frau im Haus eines Missionars, war ihm der Bann als passende Vorsichtsmaßnahme erschienen, doch seit diesem furchtbaren Abend hatte sich Adams Wut stark abgekühlt. «Was wollte er?», fragte er jetzt.

Julia hielt inne, während eine wahre Kaskade von Donnerschlägen über der Stadt dröhnte und dann langsam verhallte. Blitze ließen die Wolken aufleuchten, zuckten über den schwarzen Himmel und schimmerten wie matte Silberflüsse in der Luft. Ein Blitzeinschlag hatte irgendwo in der Stadt Manchester auf der anderen Seite des James Rivers einen Brand ausgelöst, und ein paar Sekunden lang war ein trüber, roter Schein zu sehen, den der Regen aber gleich wieder auslöschte. «Er hatte eine Mitteilung für dich», sagte Julia. «Ich fand das alles sehr mysteriös, aber er wollte es mir nicht erklärten. Er hat nur gesagt, du würdest es schon verstehen. Er sagte, du sollst deine Korrespondenz mit seiner Familie einstellen.»

Ein kalter Schauer lief Adam über den Rücken. Er sagte nichts, blickte nur in das dunkle Flusstal hinunter, wo der Regen auf das träge Wasser hämmerte.

«Adam?», fragte Julia.

Vor Adam tauchte plötzlich das Bild einer Schlinge auf, die von einem hohen Balken herabhing. «*Was* hat er gesagt?», brachte er heraus.

«Er hat gesagt, du sollst nicht mehr mit seiner Familie korrespondieren. Kommt dir das seltsam vor? Mir schon, sogar sehr. Schließlich leben die Starbucks in Boston, wie könntest du also mit ihnen korrespondieren? Ich habe gehört, dass Leute Briefe in den Norden schmuggeln, aber ich kann mir beim besten Willen nicht vorstellen, dass du dir solche Umstände machst, bloß um Reverend Elial Starbuck zu schreiben. Außerdem hat Nate gesagt, er würde es dir erklären, sobald er kann, aber daraus, wann das sein könnte, hat er ebenfalls ein Geheimnis gemacht.»

«Oh, lieber Gott», sagte Adam und zitterte, als ihm der ganze Schrecken aufging. Er dachte an die Schande, wenn sein Vater herausfand, dass sein Sohn Virginia verraten hatte. Und wie hatte Starbuck es erfahren? Hatte James ihm geschrieben? Es gab keine andere Erklärung. Wie sonst hätte Starbuck es entdecken können? Und wenn Starbuck Bescheid wusste, wer wusste es dann noch? «Wo ist Nate?», fragte er Julia.

«Ich weiß es nicht. Woher sollte ich das wissen?» In Wahrheit hegte Julia die absonderliche Vorstellung, dass Starbuck die feindlichen Linien überquert hatte, aber da diese Idee von Sally Truslow ausgegangen war, hielt sie es nicht für klug, es zu erwähnen. Julia hatte schließlich den Mut für einen Besuch bei Sally aufgebracht, bewaffnet mit einer Bibel und einer Tasche voller Traktate, in denen die grässlichen Höllenstrafen beschrieben wurden, mit denen Sünder zu rechnen hatten. Doch dann hatte sich dieser Besuch unerwartet in einen fröhlichen Vormittag verwandelt, bei dem sich Julia dabei ertappte, wie sie Sallys viele Kleider und Tücher bewunderte, statt zu versuchen, die jüngere Frau zum Herrn zurückzuführen. Sie hatten über Batist und Chambray-Stoff gesprochen und darüber, ob man aus Steifgaze ebenso gute Schleier machen konnte wie aus Tüll, und Julia hatte mit den Fingern über Sallys Seiden- und Satinstoffe gestrichen, und nach der dumpfen Angst, die in der Stadt herrschte, war diese Unterhaltung über Lappalien und Nichtigkeiten eine reine Wohltat. Julias religiöse Gefühle waren nur durch Sallys begeisterte Pläne für einen Spiritistentempel in einem Hintergebäude verletzt worden, doch Sallys offensichtlicher Zynismus und ihre ehrliche Schilderung der Methoden, mit denen sie ihre Kunden ausnehmen wollte, hatten bei Julia schließlich zu mehr Belustigung als Missbilligung geführt. Auch Sallys Sorge um Nate hatte Julia berührt, und sie war in große Verlegenheit geraten, als Sally behauptet hatte, dass Nate Julia sehr mögen würde. Es war alles recht seltsam gewesen, viel zu seltsam, um es Adam zu erklären, der bestimmt schon beim bloßen Gedanken daran, dass seine Verlobte eine Kurtisane besuchte, in rechtschaffenen Zorn ausgebrochen wäre. Allerdings wirkte Sallys Haus nach außen hin so respektabel wie nur irgendeines in Richmond, und noch dazu war es darin erheblich sauberer als in den meisten anderen. Doch Julia konnte Adam ebenso wenig von diesem Besuch erzählen wie ihrer Mutter. «Spielt es eine Rolle, wo Nate ist?», fragte Julia jetzt.

«Vermutlich nicht.» Adam verlagerte unruhig sein Gewicht von einem Fuß auf den anderen, seine Sporenketten und die Metallglieder des Schwertgürtels klirrten leise im tosenden Regen und dem heulenden Wind.

«Und was bedeutet diese Mitteilung nun?», fragte Julia ohne Umschweife. Ihre Neugier war von Adams Reaktion angestachelt worden, die in ihren Augen sehr nach Schuldbewusstsein aussah.

Adam schüttelte den Kopf, gab dann aber stockend eine Erklärung ab. «Es ist eine alte Sache», sagte er langsam und nicht eben redegewandt. «Aus der Zeit, in der Nate gerade hier angekommen war. Ich habe es versucht. Vater hat es versucht – wir wollten Nate wieder mit seiner Familie versöhnen. Das kam mir wichtig vor.» Adam war ein schlechter Lügner, und um seine Beschämung zu verbergen, stieß er sich von der Wand der Baracke ab und stützte sich mit den Händen auf das Verandageländer. «Ich glaube, Nate nimmt uns unsere Bemühungen übel», endete er wenig überzeugend.

«Also ist es gar nicht so besonders geheimnisvoll?», fragte Julia, die kein Wort von dem glaubte, was Adam gesagt hatte.

«Nein», sagte Adam, «eigentlich nicht.»

Julia lauschte auf die jaulenden Hunde, das Wiehern der Pferde und die im Wind schlagenden Segeltuchbahnen der Zelte. «Was hat Nate getan?», fragte sie nach einer langen Pause.

«Was meinst du damit?»

«Ich meine, was hat Nate getan, um die Zuneigung seiner Familie zu verlieren?»

Adam antwortete lange nicht, dann sagte er schulterzuckend: «Er ist weggelaufen.»

«Ist das alles?»

Adam würde Julia ganz bestimmt nicht erzählen, dass eine Frau im Spiel gewesen war, eine Schauspielerin, die Starbuck als Komplizen missbraucht hatte, um ihn dann in Richmond fallenzulassen. «Er hat sich sehr ungut verhalten», sagte Adam schwülstig und wusste, dass dies eine schlechte und noch dazu unfaire Erklärung war. «Nate ist kein schlechter Kerl», fügte er hinzu, wusste aber nicht, wie er diese Charakterisierung abschließen sollte.

«Bloß zu leidenschaftlich?», fragte Julia.

«Ja», sagte Adam, «zu leidenschaftlich.» Dann schwieg er, weil ein neuer gewaltiger Donner den Himmel widerhallen ließ. Ein Flächenblitz ging auf das andere Ufer des Flusses nieder und tauchte die Marinewerft in grelles, weißes Geisterlicht, dem pechschwarze Dunkelheit folgte. «Wenn die Yankees kommen» – Adam wollte nicht weiter über Nate Starbucks Charakter sprechen –, «solltest du zu Hause bleiben.»

«Denkst du, ich habe vor, mich in Richmond als Begrüßungskomitee auf die Straße zu stellen?», fragte Julia spitz.

«Habt ihr eine Flagge? Ich meine, eine Flagge der Vereinigten Staaten?», fragte Adam.

«Nein.»

«Ich bin sicher, dass in meinem Zimmer in der Clay Street noch eine ist. Sag Polly, sie soll sie dir geben. Hängt die Flagge zu Hause aus dem Fenster.»

Julia fand, dass dieser Rat eine erhebliche Gleichgültigkeit ausdrückte. «Du scheinst sehr sicher, dass sie in Richmond einrücken», sagte sie.

«Das werden sie», sagte Adam inbrünstig. «Es ist Gottes Wille.»

«Ist es das?» Julia war überrascht. «Dann frage ich mich allerdings, warum Gott das alles überhaupt erst zugelassen hat.»

«Wir haben den Krieg erklärt», sagte Adam. «Das hat der Mensch getan, nicht Gott, und es war der Süden, der die Kriegserklärung ausgesprochen hat.» Er schwieg eine Weile, prüfte sein Gewissen und kam zu einem sehr mangelhaften Urteil. «Ich habe alles geglaubt, was mein Vater damals gesagt hat. Er hat mir erklärt, Amerika bräuchte einfach einen kleinen Aderlass, wie wenn ein Arzt einen Egel anlegt. Eine heftige Schlacht, und danach hätten wir alle begriffen, wie klug friedliche Verhandlungen sind. Und nun sieh dir das an!» Mit einer weit ausholenden Geste deutete er hinaus auf das

Gewitter, und gehorsam starrte Julia über das Tal auf einen blau-weißen Zackenblitz, der das filigrane Muster der Schiffstakelagen auf dem Fluss silhouettenhaft aufscheinen ließ und weißes Licht über die Wasserstraße goss. Der Regen trommelte auf die Erde und spritzte von den Dächern der Baracken und überflutete die Abflussgräben und strömte in den Fluss unterhalb des Hospitals. «Wir werden dafür bestraft werden», sagte Adam.

Julia dachte an Starbucks Prahlerei, als er John Paul Jones' trotzige Worte zitiert hatte. «Ich dachte, wir hätten noch gar nicht angefangen zu kämpfen?» Sie wiederholte, was Starbuck gesagt hatte, und war von ihrer eigenen Kriegslust überrascht. Sie hatte sich nie als Unterstützerin derjenigen gesehen, die Krieg führen wollten, aber sie war zu eifrig in die Diskussion vertieft, um festzustellen, dass sie politische Loyalitäten benutzte, um über eine persönliche Beziehung zu streiten. «Wir können uns nicht einfach kampflos geschlagen geben!», bekräftigte sie.

«Wir werden bestraft werden», wiederholte Adam. «Wir haben das Böse entfesselt, verstehst du? Ich habe es heute erlebt.» Er schwieg wieder, und Julia, die glaubte, er sei Zeuge einer entsetzlichen Ungerechtigkeit geworden, drängte ihn nicht, davon zu erzählen. Doch dann gab Adam eine ganz andere Erklärung, indem er berichtete, wie er sich dabei ertappt hatte, einen Sklaven für den Krieg verantwortlich zu machen. «Siehst du nicht, wie der Krieg in uns allen nur das Schlechteste hervorruft?», fragte er sie. «Alle Bindungen an Gott und Anstand werden gekappt, und wir treiben in einer verdorbenen Flut aus Hass davon.»

Julia runzelte die Stirn. «Du glaubst, dass der Süden die Niederlage verdient, weil du schlecht über einen Sklaven gedacht hast?»

«Ich glaube, dass es nur ein vereinigtes Amerika gibt», sagte Adam.

«Das klingt für mich», sagte Julia und bemühte sich, ihren aufsteigenden Ärger zu bezähmen, «als würdest du für die falsche Seite kämpfen.»

«Vielleicht tue ich das auch», sagte Adam leise, aber nicht so leise, dass ihn Julia nicht über den strömenden Regen hinweg hören konnte.

«Dann solltest du in den Norden gehen», sagte sie kühl.

«Sollte ich das?», fragte Adam sonderbar kleinlaut, als wolle er tatsächlich Julias Rat haben.

«Du musst für das kämpfen, woran du glaubst», sagte Julia unumwunden.

Adam nickte. «Und du?», fragte er.

Julia erinnerte sich an etwas, das Sally gesagt hatte, etwas, das sie überrascht hatte: dass Männer, trotz all ihrer Prahlerei und der großen Auftritte, so schwach wie neugeborene Kätzchen waren. «Ich?», fragte Julia, als hätte sie nicht sofort verstanden, was Adam wissen wollte.

«Würdest du den Süden verlassen?»

«Würdest du das denn von mir wollen?», fragte Julia, und in Wahrheit waren ihre Worte eine Einladung an Adam, sie zu umwerben und zu erklären, dass eine große Liebe auch große Gesten verdient. Julia wollte die Liebe nicht als etwas Alltägliches sehen, sie wollte, dass die Liebe ebenso lebensverändernde Geheimnisse barg wie die Religion und dass sie ebenso stürmisch verlief wie das Gewitter, das sich gerade über der gesamten Halbinsel austobte.

«Ich würde wollen, dass du tust, was immer dir dein Herz und deine Seele raten», erklärte Adam steif.

«Dann rät mir mein Herz, in Virginia zu bleiben», gab Julia ebenso kalt zurück. «Es sagt mir, dass ich hier arbeiten soll, hier im Hospital. Mutter heißt das nicht gut, aber möglicherweise muss ich darauf bestehen. Hättest du etwas dagegen, wenn ich Krankenschwester werde?»

«Nein», sagte Adam, klang dabei aber kein bisschen überzeugend. Er wirkte, als habe er die Sprache verloren, wie ein Reisender, der in einem fremden Land gestrandet ist, doch dann wurde er davor gerettet, noch etwas sagen zu müssen, weil die Tür der Baracke geöffnet wurde und Reverend John Gordon ängstlich auf die Veranda hinausspähte.

«Ich habe schon befürchtet, ihr zwei wärt weggeschwemmt worden», sagte Julias Vater und äußerte damit den schärfsten Tadel, zu dem er fähig war. Seine Frau hätte laut gegen die Unschicklichkeit protestiert, dass Adam und Julia allein in der Dunkelheit standen, aber Reverend Gordon konnte in ihrem Verhalten nichts Sündiges erkennen.

«Wir sind vollkommen trocken, Vater», sagte Julia, ohne auf den sanften Vorwurf ihres Vaters einzugehen. «Wir haben uns nur das Gewitter angesehen.»

«Und die Winde wehten und stürmten wider jenes Haus; und es fiel nicht, denn es war auf einen Felsen gegründet», zitierte Reverend John Gordon heiter aus dem Matthäusevangelium.

«Ich bin nicht gekommen, Frieden zu bringen», zitierte Julia aus demselben Evangelium, «sondern das Schwert.» Sie sah Adam an, während sie das sagte, doch er nahm ihren Blick nicht wahr. Er starrte in die schwarze Finsternis, die von Blitzen gespalten wurde, und dachte an die weißen Papierfetzen, die er in den schwarzen Graben gestreut hatte. Das war die Spur eines Verrats, der dem Norden den Sieg bringen sollte und im gesegneten Kielwasser dieses Sieges den Frieden. Und bestimmt, dachte Adam, würden sich im Frieden alle wieder vereinen.

Morgen.

Der regennasse Boden dampfte in der Morgensonne. Der Angriff sollte inzwischen schon seit zwei Stunden laufen, er sollte schon das Zentrum der Yankee-Front erreicht und die Nordstaatler zum White-Oak-Sumpf zurückgedrängt haben, aber nichts rührte sich auf den drei Straßen, die von der Linie der Rebellen zu den Yankee-Stellungen führten.

General Johnston hatte geplant, die drei Straßen wie einen Dreizack einzusetzen. Hills Division sollte zuerst in der Mitte vorrücken und über die Williamsburg Stage Road die Nordstaatentruppen angreifen, die hinter der Bahnstation von Fair Oaks lagen. Johnston hoffte, dass sich die Yankee-Infanterie dann auf Hills vorrückende Truppen stürzen würde wie ein Bienenschwarm, um dann überraschend vom Norden aus durch Longstreets Division und vom Süden aus durch Huger angegriffen zu werden. Alles, was Hills Division brauchte, um ihren Angriff zu starten, war die Nachricht, dass die Einheiten von Longstreet und Huger aus ihren Lagern in der Nähe von Richmond ausgerückt waren. Longstreets Männer sollten auf der Nine Mile Road in der Nähe der Old Tavern marschieren, während für Hugers Division die Charles City Road bei der White's Tavern vorgesehen war.

Nur dass beide Straßen verlassen waren. Überall standen nach dem heftigen Regen der vergangenen Nacht tiefe Pfützen, doch kein Mensch war zu sehen. Die Morgennebel verzogen sich und enthüllten eine wassergetränkte Landschaft, über die ein böiger, kalter Wind fuhr, stark genug, um die beiden Aufklärungsballons der Yankees am Boden zu halten und den Rauch der Lagerfeuer zu verwehen, die mit dem feuchten Holz mehr schlecht als recht in Gang gehalten wurden. «Wo zum Teufel sind sie?», wollte Johnston wissen und schickte seine Adjutanten zur Suche nach den vermissten Divisionen über die unheilverkündenden leeren Straßen. «Findet sie, findet sie einfach nur!», rief er. Inzwischen hätte der Angriff nach Johnstons Zeitplan schon die Yankee-Linie durchbrochen haben und Massen panischer Flüchtlinge in den White-Oak-Sumpf treiben sollen. Stattdessen ahnten die Yankees nichts von dem Schicksal, das für sie vorgesehen war, und im Osten hing der Rauch ihrer zahlreichen Lagerfeuer.

Ein Adjutant kehrte von General Hugers Hauptquartier zurück, um zu berichten, dass er den General tief schlafend im Bett vorgefunden hatte.

«*Wo* war er?», fragte Johnston ungläubig.

«Im Bett, Sir. Und sein ganzer Stab auch.»

«Nach Sonnenaufgang?»

Der Adjutant nickte. «Haben im Tiefschlaf gelegen, Sir.»

«Guter Gott im Himmel!» Johnston starrte den Adjutanten fassungslos an. «Hat er seine Befehle nicht bekommen?»

Der Adjutant, ein Freund von Adam, zögerte, während er sich überlegte, wie er seinen Kameraden schützen konnte.

«Nun?», fragte Johnston ärgerlich nach.

«Sein Stabschef sagt nein, Sir», sagte der Adjutant mit einem entschuldigenden Schulterzucken Richtung Adam.

«Gottverdammt noch mal!», schnaubte Johnston. «Morton!»

«Sir?»

«Wer hat Huger seine Befehle überbracht?»

«Das war Major Faulconer, Sir, aber ich kann Ihnen versichern, dass die Befehle ausgehändigt wurden. Ich habe einen Empfangsschein mit der Unterschrift des Generals. Hier, Sir.» Colonel Morton holte den Empfangsschein und reichte ihn dem General.

Johnston warf einen kurzen Blick auf das Papier. «Also hat er die Befehle erhalten? Und soll das bedeuten, dass er einfach verschlafen hat?»

«Es sieht danach aus, Sir», antwortete der Adjutant, der General Huger geweckt hatte.

Johnston bebte vor unterdrücktem Zorn, für den er keine Worte fand. «Und wo zum Teufel ist Longstreet?», fragte er stattdessen.

«Wir suchen noch nach ihm, Sir», berichtete Colonel Morton. Er hatte einen Adjutanten zur Nine Mile Road geschickt, aber dieser Adjutant war genauso spurlos verschwunden wie die Division von Longstreet, der unbekümmert entschieden hatte, dass er nicht über die Nine Mile Road vorrücken wollte, und stattdessen die Charles City Road genommen hatte. Diese Entscheidung hatte zur Folge, dass seine Division mitten durch das Feldlager von General Hugers Truppen marschieren musste. General Huger, der grob aus dem Schlaf gerissen worden war mit dem Befehl, dass er ostwärts über die Charles City Road vorrücken solle, stellte fest, dass diese Straße von Longstreets Einheiten komplett verstopft war. «Diesen Zahlmeister soll der Teufel holen», sagte Huger und bestellte sein Frühstück.

Eine halbe Stunde später kam der Zahlmeister persönlich in Hugers Hauptquartier. «Ich hoffe, es stört Sie nicht, dass ich Ihre Straße benutze», sagte Longstreet, «aber meine Straße war zu feucht zum Marschieren. Da wären wir knietief im Schlamm gewatet.»

«Trinken Sie einen Kaffee?», fragte Huger.

«Sie sind wirklich verflucht gelassen für jemanden, der kurz vor der Schlacht steht, Huger», sagte Longstreet und ließ seinen Blick über die üppigen Platten mit Schinken und Eiern wandern, die seinem Generalskollegen soeben serviert worden waren.

Huger wusste nichts von einer Schlacht, aber er würde seine Unkenntnis ganz bestimmt nicht vor einem Emporkömmling von Zahlmeister zugeben. «Und wie lauten Ihre heutigen Befehle?», fragte er und unterdrückte seinen wachsenden Schrecken, dass er etwas Wichtiges verpasst haben könnte.

«Genauso wie Ihre, vermute ich. Nach Osten marschieren, bis wir auf die Yankees treffen, dann Angriff. Ist das frisches Brot?»

«Bedienen Sie sich», sagte Huger und fragte sich, ob alle Welt verrückt geworden war. «Aber ich kann nicht vorrücken, wenn Sie auf meiner Straße sind.»

«Ich mache Ihnen Platz», bot Longstreet großzügig an. «Ich bringe meine Leute über den Wasserlauf und lasse sie dann eine Rast einlegen, während Sie vorbeimarschieren. Sind Sie damit einverstanden?»

«Nehmen Sie doch auch Schinken und Eier», sagte Huger, «ich glaube, ich habe keinen besonderen Hunger.» Er stand auf und rief nach seinem Stabschef. Er hatte eine Division in Marsch zu setzen und eine Schlacht zu schlagen. Guter Gott, dachte er, solche Dinge hatte man in der alten Armee wahrhaftig besser organisiert! Viel besser.

Im Hauptquartier der Armee klappte General Johnston zum hundertsten Mal seine Uhr auf. Die Schlacht sollte nun schon seit vier Stunden laufen, und es war immer noch kein einziger Schuss abgegeben worden. Der Wind kräuselte die Oberfläche der Pfützen, vertrieb aber nicht die feuchte Luft. Die Musketen würden verstopfen, dachte Johnston. Ein trockener Tag bedeutete, dass das Schwarzpulver sauber verbrannte, während feuchtes Wetter verschmauchte Gewehrläufe und anstrengende Arbeit mit dem Ladestock zur Folge hatte. «Wo in Gottes Namen sind sie?», rief er frustriert.

General Hills Division hielt sich seit Tagesanbruch in Bereitschaft. Seine Männer standen mit dem Gewehr in der Hand in einem Wald, in dem die Blitze große Bäume gespalten hatten, und warteten auf das Signal zum Vorrücken. Die vordersten Reihen konnten die Yankee-Posten auf der anderen Seite der feuchten Lichtung sehen. Diese Wachtposten verfügten über einen groben Unterstand aus Ästen, hinter denen sich die Wachen der Nordstaatler so gut es ging vor dem Wetter schützten. Einige der Gegner hatten Mäntel und Hemden zum Trocknen über den behelfsmäßigen Windschutz gehängt. Ein Yankee, nicht ahnend, dass in dem Wald auf der anderen Seite der Lichtung ein Gegner auf den Angriffsbefehl wartete, nahm eine Schaufel und ging am Waldrand entlang. Er winkte zu den Rebellen hinüber, vermutete, dass er nur von denselben Wacht-posten der Südstaaten beobachtet wurde, mit denen er noch am Tag zuvor Kaffee gegen Tabak und eine Zeitung aus dem Norden gegen eine aus dem Süden eingetauscht hatte.

General Hill klappte seine Uhr auf. «Irgendwelche Neuigkeiten?»

«Keine, Sir.» Die Adjutanten des Generals waren zur White's Tavern und zur Old Tavern geritten und hatten weit und breit nichts entdeckt.

«Haben Sie etwas von Johnston gehört?»

«Nichts, Sir.»

«Gottverdammt. So kann man keinen Krieg gewinnen.» Hill rammte die Uhr zurück in seine Westentasche. «Geben Sie das Signal!», rief er in Richtung einer Artilleriestellung. Es war abge-sprochen worden, dass drei Kanonenschüsse in gleichem Abstand das Signal zum Angriff sein sollten.

«Sie wollen ohne Unterstützung vorrücken?», fragte ein Adjutant entsetzt von dem Gedanken, dass es die Division ohne jede Verstär-kung auf den Flanken mit der halben Nordstaatenarmee aufnehmen sollte.

«Das sind nur erbärmliche Yankees. Die Bastarde schlagen wir in die Flucht. Feuern Sie das Signal!»

Die dumpfen, brutalen, seelenlosen Schläge der drei Signal-schüsse zerstörten den mittäglichen Frieden. Die erste Kanonenku-gel raste krachend durch den Wald, ließ Äste splittern und Tropfen und Kiefernnadeln herabregnen, die zweite prallte von einer feuch-ten Wiese ab und schlug in einen Baumstamm ein, während die dritte und letzte Kugel die Schlacht auslöste.

«Johnston wird nicht angreifen», versicherte James Starbuck seinem Bruder.

«Woher wissen wir das?»

«McClellan kannte ihn vor dem Krieg. Kannte ihn gut, also weiß er, was in seinem Kopf vorgeht», erklärte James, ohne sich die Ironie dessen bewusst zu machen, dass der Geheimdienst der Vereinigten Staaten anscheinend keine verlässlichere Methode zur Erkundung der gegnerischen Absichten hatte als die Gedankenleserei ihres kommandierenden Generals. James bediente sich von der Schinkenplatte. Er war immer ein guter Esser gewesen, und obwohl Mittagszeit war und die Köche James mit einer gutgefüllten Platte Grillhühnchen versorgt hatten, hatte er darum gebeten, dass auch noch der restliche Schinken vom Frühstück serviert wurde. «Nimm ein bisschen von dem Schinken», forderte er seinen Bruder auf.

«Ich bin schon satt.» Starbuck blätterte durch den enormen Stapel Zeitungen, die überall hingebracht wurden, wo der Geheimdienst sein Feldquartier aufschlug. Dieser Stapel enthielt das *Journal* aus Louisville, den *Mercury* aus Charleston, den *Codman* aus Cape, die *New York Times*, den *New York Herald*, den *Mississippian*, die *National Era*, *Harpers Weekly*, die *Gazette* aus Cincinnati, den *Republican* aus Jacksonville, den *North American* aus Philadelphia und das *Chicago Journal*. «Liest eigentlich irgendwer all diese Zeitungen?», fragte Starbuck.

«Ich. Wenn ich Zeit habe. Aber die Zeit reicht nie aus. Wir haben nicht genügend Personal, das ist das Problem. Sieh dir nur diesen Berg an!» James sah von der Zeitung auf, die er gerade las, und deutete auf die telegraphischen Mitteilungen, die entschlüsselt werden mussten und wegen fehlender Schreibkräfte unbearbeitet geblieben waren. «Vielleicht könntest ja du zu uns kommen, Nate», schlug James vor. «Der Chief mag dich.»

«Wenn ich aus Richmond zurück bin, meinst du?»

«Warum nicht?» James war begeistert von der Idee. «Sicher, dass du keinen Schinken willst?»

«Ganz sicher.»

«Du kommst nach Vater», sagte James, schnitt sich ein Stück frischgebackenes Brot ab und bestrich es mit Butter, «wogegen ich immer füllig war, so wie Mutter.» Er blätterte eine Zeitungsseite um, dann sah er auf, weil Pinkerton hereinkam. «Wie geht es dem General?», fragte James.

«Schlecht», sagte Pinkerton. Er hielt inne, um sich eine Scheibe Schinken von James' Platte zu stibitzen. «Aber er wird es überleben. Die Ärzte haben ihn in Flanelltücher gewickelt und verabreichen ihm Chinin.» General McClellan lag mit dem Chickahominy-Fieber im Bett und schwitzte und zitterte abwechselnd in einem requirierten Schlafzimmer. Pinkertons Geheimdienst hatte das Nachbarhaus übernommen, denn der General war nie gern weit von seiner besten Informationsquelle entfernt. «Aber sein Verstand arbeitet vollkommen klar», fuhr Pinkerton fort, «und er ist auch der Meinung, dass es Zeit für Ihre Rückkehr ist.» Er deutete mit dem Rest seiner Scheibe Schinken auf Starbuck.

«Oh, lieber Gott», sagte James und sah seinen jüngeren Bruder bestürzt an.

«Sie müssen nicht, Nate», sagte Pinkerton, «nicht, wenn Sie es für zu gefährlich halten.» Er steckte den Rest Schinken in den Mund und ging zum Fenster, um zum Himmel hinaufzusehen. «Zu verdammt windig für Ballons. Hab noch nie einen Sturm wie den von gestern Abend erlebt. Konnten Sie schlafen?»

«Ja», sagte Starbuck und verbarg seine Aufregung. Er hatte angefangen zu glauben, dass er diese Liste mit Fragen niemals bekommen und niemals zurück in den Süden gehen und Sally und ihren Vater niemals wiedersehen würde. In Wahrheit langweilte er sich, und wenn er ehrlich war, langweilte ihn die Gesellschaft seines Bruders am meisten. James war wirklich eine herzensgute Seele, aber er kannte keine Gesprächsthemen außer Essen, Familie, Gott und McClellan. Als Starbuck zu den Yankees gegangen war, hatte er anfänglich befürchtet, seine Landestreue würde auf die Probe gestellt werden und seine Verehrung des Sternenbanners so stark wieder aufleben, dass seine Zugehörigkeitsgefühle zu den Rebellen schwinden könnten, doch die langweilige Gesellschaft von James hatte als Bollwerk gegen eine solche Erneuerung seines Patriotismus gewirkt.

Davon abgesehen hatte er seinen Ruf als Außenseiter gepflegt, und in der Südstaatenarmee galt er als Überläufer, als Teufelskerl, als echter Rebell, während er in dieser größeren Armee mit ihrer strafferen Organisation nie mehr sein konnte als einer der vielen jungen Männer aus Massachusetts, deren Leben für immer von der Erwartung ihrer Familien eingeschränkt wurde. Im Süden, dachte Starbuck, konnte er selbst bestimmen, was er sein wollte, und die einzigen Grenzen, die seinem Ehrgeiz gesetzt waren, lagen in ihm selbst, im Norden aber würde er für immer Elial Starbucks Sohn bleiben. «Wann?», fragte er Pinkerton ein wenig zu eifrig.

«Heute Abend, Nate?», schlug Pinkerton vor. «Sie erzählen im Süden, Sie wären auf Reisen gewesen.» Pinkerton und James hatten sich eine Geschichte ausgedacht, um zu erklären, warum Starbuck so lange nicht in Richmond gewesen war. Dieser Geschichte zufolge hatte sich Starbuck von seinen Erfahrungen im Gefängnis erholen müssen und war deshalb durch den Süden der Konföderation gereist, wo er von schlechtem Wetter und unpünktlichen Zügen aufgehalten worden war. Pinkerton ahnte ebenso wie James nichts davon, dass diese Geschichte überflüssig war und Starbuck einzig und allein das Papier brauchte, das Pinkerton nun aus der Tasche zog und das Starbuck seinem mächtigen Beschützer de'Ath in Richmond aushändigen würde. «Die Bettruhe hat den General wenigstens dazu gebracht, sich auf unsere Aufgabe zu konzentrieren», sagte Pinkerton fröhlich, «also können Sie Ihrem Freund jetzt diese Fragen bringen.» McClellans Fragen befanden sich, wie zuvor die gefälschte Mitteilung von de'Ath, in einem versiegelten Umschlag, der in Wachstuch eingenäht war.

Starbuck nahm das Päckchen und schob es in seine Tasche. Er trug einen der ausrangierten Yankee-Uniformröcke seines Bruders, eine voluminöse, zweireihige Jacke aus blauem Stoff, die in Falten an Starbucks schlankem Körper herunterhing.

«Wir müssen viel mehr über die Verteidigungsstellungen von Richmond erfahren», erklärte Pinkerton. «Wir werden eine Belagerung durchführen, Nate. Unsere Kanonen gegen ihre Erdwälle, und wir wollen, dass Ihr Freund uns sagt, welche Forts am schwächsten sind.» Pinkerton sah wieder James an. «Ist das frisches Brot, Jimmy?»

«Guter Gott!» James beachtete die Frage seines Vorgesetzten nicht, sondern starrte mit weit aufgerissenen Augen auf die Ausgabe des *Examiners* aus Richmond, die frisch hereingekommen war. «Nein, so was», sagte er dann.

«Brot, Jimmy?», versuchte es Pinkerton erneut.

«Henry de'Ath ist tot», sagte James, ohne den Hunger seines Vorgesetzten wahrzunehmen. «Nein, so was.»

«Wer?», fragte Pinkerton.

«Achtzig Jahre ist er auch noch geworden! Ein schönes Alter für einen so schlechten Menschen. Nein, so was.»

«Vom wem zum Teufel reden Sie da?», wollte Pinkerton wissen.

«Henry de'Ath», sagte James. «Damit geht eine Epoche zu Ende, das steht fest.» Er beugte sich etwas dichter über die verschmierte Druckerschwärze der Zeitung. «Hier steht, er ist im Schlaf gestorben. Was für ein Schurke, was für ein Schurke!»

Starbuck überlief ein Schauer, aber er wagte es nicht, seine plötzliche Besorgnis zu zeigen. Vielleicht war Henry de'Ath nicht der Mann, der Starbuck über die gegnerischen Linien geschickt hatte, sondern nur ein anderer mit demselben Familiennamen. «Was für eine Art Schurke?», fragte er.

«Er hatte Prinzipien wie eine Hyäne», sagte James, wenn auch mit einem Hauch Bewunderung in der Stimme. Als Christ musste er de'Aths Ruf missbilligen, aber als Anwalt beneidete er den Mann um seine Durchsetzungsfähigkeit. «Er war der einzige Mann, den Andrew Jackson nicht zum Duell fordern wollte», fuhr James fort, «vermutlich weil de'Ath damals schon sechs Männer getötet hatte, vielleicht waren es auch mehr. Er war tödlich mit einem Schwert oder einer Pistole. Und im Gerichtssaal auch. Ich weiß noch, wie mir Richter Shaw einmal erzählt hat, de'Ath habe vor ihm damit geprahlt, dass er wissentlich mindestens ein Dutzend Männer unschuldig an den Galgen gebracht hat. Shaw hat natürlich protestiert, aber de'Ath hat behauptet, der Baum der Freiheit würde mit Blut gedüngt, und dann hat er Shaw gesagt, er solle nicht so wählerisch dabei sein, ob es nun das Blut eines Schuldigen oder eines Unschuldigen ist.» James schüttelte über diese Bösartigkeit vorwurfsvoll den Kopf. «Er hat immer behauptet, ein halber Franzose zu sein, aber Shaw war davon überzeugt, dass er ein unehelicher Sohn Thomas Jeffersons war.» James wurde tatsächlich rot bei diesem Anwaltstratsch. «Ich bin sicher, das stimmt nicht», fügte er hastig hinzu, «aber dieser Mann hat solche Übertreibungen einfach herausgefordert. Jetzt steht er vor seinem letzten Richter. Jeff Davis wird ihn vermissen.»

«Warum?», fragte Pinkerton.

«Die beiden haben zusammengehalten wie Pech und Schwefel, Sir», sagte James. «De'Ath war eine *eminence grise*. Muss einer von Davis' engsten Beratern gewesen sein.»

«Dann danken wir Gott, dass der Bastard seinen letzten Atemzug getan hat», sagte Pinkerton gut gelaunt. «Also, ist dieses Brot frisch?»

«Das ist es, Chief», sagte James. «Ganz frisch.»

«Schneiden Sie mir ein Stück ab, wenn es recht ist. Und für einen Hühnchenschenkel wäre ich auch dankbar. Ich habe mir gedacht», sagte Pinkerton, nachdem er sich sein Mittagessen gesichert hatte, und drehte sich zu Starbuck um, «dass wir Sie heute Abend über den James rudern. Wir müssen sie ein oder zwei Stunden Fußmarsch von Petersburg entfernt absetzen, und von dort aus müssen Sie sich selbst nach Norden durchschlagen. Glauben Sie, dass Sie das schaffen?»

«Ganz bestimmt, Sir», sagte Starbuck und war erstaunt, dass seine Stimme so normal klang, denn in seinem Inneren herrschte Aufruhr und Angst. Ihm war schlecht. De'Ath tot? Wer würde nun in Richmond für Starbuck bürgen? Wer in der Konföderation konnte garantieren, dass er kein Deserteur war? Starbuck erschauerte. Er konnte nicht zurück! Wie ein eisiger Schock drang die Erkenntnis in sein Bewusstsein. Nur de'Ath konnte für ihn bürgen, und ohne de'Ath hatte er in Richmond keine Freunde. Ohne de'Ath würde er als Doppelagent dastehen, doppelt verabscheuungswürdig, und ohne de'Ath würde er niemals in den Süden zurückkehren können, ganz zu schweigen von einem Wiedereintritt in die Legion.

«Sie wirken beunruhigt, Nate!», sagte Pinkerton markig. «Machen Sie sich Sorgen über ihre Rückkehr in den Süden? Ist es das?»

«Es wird schon gutgehen, Sir», sagte Starbuck.

«Da bin ich sicher. Meine besten Agenten sind alle nervös. Nur Dummköpfe zeigen keine Nerven bei der Vorstellung, in den Süden zu gehen.» Der Schotte drehte sich erstaunt um, als aus der Ferne Kanonenschüsse zu hören waren. «Sind das Kanonen?», fragte er. «Oder schon wieder ein Gewitter?» Er durchquerte den Raum und riss ein Fenster auf. Das unverwechselbare Geräusch von Kanonendonner rollte über den Himmel, verlor sich und schwoll wieder an, als sich eine weitere Batterie an dem Gefecht beteiligte. Pinkerton lauschte und zuckte dann mit den Schultern. «Vielleicht eine Artilleriemannschaft beim Exerzieren?»

«Kann ich mir ein Pferd ausleihen und nachsehen?», fragte Starbuck. Er wollte allein sein, um über seine Zukunft nachzudenken, nun, wo sein Beschützer tot war. Er stellte sich vor, wie de'Ath in dem verfallenden Herrenhaus lag, die toten Lippen von einem höhnischen Lächeln umspielt. Ob der alte Mann wohl ein Schreiben zu Starbucks Entlastung hinterlassen hatte? Irgendwie zweifelte Starbuck daran, und erneut überlief ihn trotz der Wärme ein Zittern.

«Nimm mein Pferd», bot James an.

«Aber seien Sie vor sechs Uhr zurück!», schärfte Pinkerton Starbuck ein. «Ich habe für sechs Uhr einen Mann bestellt, der Sie zum Fluss bringt!»

«Sechs Uhr», versprach Starbuck und dann ging er, wie betäubt vor Unsicherheit und Angst, zum Stallgebäude.

Pinkerton nahm Starbucks Stuhl und bediente sich mit einem weiteren Stück Huhn. «Er ist ein ausgezeichneter junger Mann, Ihr Bruder. Aber sehr angespannt, Jimmy, sehr angespannt.»

«Er hat schon immer unter Nervenschwäche gelitten», sagte James. «Und er tut sich nichts Gutes, wenn er dann auch noch Tabak und Alkohol konsumiert.»

Pinkerton lächelte. «Bekanntermaßen habe ich das früher auch getan, Jimmy.»

«Aber Sie sind ein kräftig gebauter Mann», erklärte James, «und mein Bruder ist mager. Menschen wie Sie und ich, Major, haben Magen- und Darmleiden, aber Männer wie mein Bruder werden immer Probleme mit den Nerven haben. Darin kommt er nach meinem Vater.»

«Es muss großartig sein, wenn man so gebildet ist», sagte Pinkerton und widmete sich seinem Teller. Das Artilleriefeuer verstärkte sich, aber er achtete nicht darauf. «Meine Großmutter allerdings, Gott schenke ihrer Seele den ewigen Frieden, hat immer behauptet, es gäbe keine Krankheit auf Gottes Erdboden, die man nicht mit einem Fingerhut voll Whiskey kurieren könnte. Ich bezweifle, dass

Sie ihr darin zustimmen würden, Jimmy, aber sie hat außerordentlich lange gelebt und war kaum einen Tag krank.»

«Aber sie hat nur einen Fingerhut voll Whiskey empfohlen», sagte James, entzückt, ein schlagendes Argument gefunden zu haben, «und nicht etwa, ihn sich kübelweise einzuverleiben, Major, und kein vernünftiger Mensch bestreitet die Heilkräfte des Whiskeys, nur wird er bedauerlicherweise selten als Medizin eingenommen.»

«Ihr Bruder trinkt jedenfalls gerne mal ein Tröpfchen», merkte Pinkerton boshaft an.

«Nate ist eine schmerzliche Enttäuschung», gab James zu. «Aber ich sehe es so, Major: Er hat seinem politischen Irrtum abgeschworen, und das ist schon ein guter Anfang auf dem steinigen Weg der Wiedergutmachung. Er ist weit zurückgefallen, aber mit Gottes Gnade wird er jeden Schritt dieses Irrweges hinter sich lassen und die ewige Erlösung finden.»

«Da haben Sie vermutlich recht», grummelte Pinkerton. Er fühlte sich nie wohl, wenn sein Stabschef diesen Predigerton an sich hatte, doch er schätzte James' verlässliche Qualitäten und wusste, dass die eine oder andere Predigt kein zu hoher Preis für die rigorose Ordnung war, die James im Büro des Geheimdienstes durchgesetzt hatte.

«Und vielleicht können wir Nates Errettung ja unterstützen», fuhr James fort, «indem wir ihm einen Posten hier im Büro anbieten. Wir sind beklagenswert unterbesetzt, Chief. Sehen Sie sich das an!» Er deutete auf den Stapel mit Fernschreiben und Verhörprotokollen.

«Wenn er aus Richmond zurück ist», sagte Pinkerton, «denken wir darüber nach, das verspreche ich Ihnen.» Unvermittelt drehte er den Oberkörper zum Fenster. «Dieses Artilleriefeuer ist ziemlich lebhaft. Glauben Sie, wir werden von den Sezessionisten angegriffen?»

«Wir haben keinerlei Hinweise auf einen Rebellenangriff»,

sagte James und deutete damit an, dass ein Angriff daher praktisch undenkbar war. Vor jedem Angriff tauchten ein paar Deserteure auf, die von den Vorbereitungen des Gegners berichteten, doch in den letzten Tagen war es an der Front zwischen den beiden Armeen ungewöhnlich ruhig geblieben.

«Sie haben recht, Jimmy, Sie haben recht.» Pinkerton drehte sich wieder zum Tisch. «Wahrscheinlich ist es nur die Geschützmannschaft eines Kanonenbootes bei einer Übung. Und sollte es etwas Bedeutsameres sein, werden wir es zweifellos bald genug erfahren.» Er nahm eine Ausgabe des *Republican* aus Jacksonville zur Hand, die schon eine Woche alt war, und begann einen großsprecherischen Artikel darüber zu lesen, wie ein Blockadebrecher vor der Küste von South Carolina den Kriegsschiffen des Nordens entwischt war. Das Schiff hatte Segeltuch aus Genua, französische Schuhe, britische Zündhütchen, Guttapercha aus Malaysia und Kölnischwasser geladen. «Was wollen sie denn mit Kölnischwasser?», fragte Pinkerton. «Warum in Gottes Namen wollen sie so etwas haben?»

James antwortete nicht. Er gab sich seinem Mittagessen hin und hatte sich gerade noch einmal von dem Grillhühnchen genommen, als plötzlich die Tür zum Salon aufgerissen wurde und ein großer, hagerer Colonel hereinkam. Der Colonel trug Reitstiefel und hatte eine Peitsche in der Hand. Seine Uniform war von einem schnellen Ritt über und über mit rotem Schlamm besprizt. «Wer zum Teufel sind Sie?» Pinkerton sah von seiner Zeitung auf.

«Thorne. Lieutenant Colonel Thorne. Generalinspektion Washington. Und wer zum Teufel sind Sie?»

«Pinkerton.»

«Also, Pinkerton, wo ist Starbuck?»

«Sir? Ich bin Starbuck, Sir», sagte James, zog sich die Serviette aus dem Halsausschnitt und stand auf.

«Sie sind Nathaniel Starbuck?», fragte Colonel Thorne grimmig.

James schüttelte den Kopf. «Nein, Sir, ich bin sein Bruder.»

«Wo zur Hölle ist dann Nathaniel Starbuck? Haben Sie ihn verhaftet?»

«Verhaftet?», fragte Pinkerton.

«Ich habe Ihnen gestern telegraphiert. Kümmert sich denn hier niemand um die Arbeit?», fragte Thorne verbittert, obwohl ihm bewusst war, dass Delaneys Brief, der Starbuck als Verräter entlarvte, viel zu lange ungeöffnet auf seinem Schreibtisch gelegen hatte. «Also, wo zum Teufel ist er?»

James hob eine bebende Hand zum hinteren Teil des Hauses. «Im Stallgebäude, glaube ich.»

«Dann bringen Sie mich dorthin!» Thorne zog einen Revolver aus einem Gürtelhalfter und steckte über einer Kammer der Trommel ein Zündhütchen auf das Piston.

«Dürfte ich fragen ...», begann James besorgt.

«Nein, Sie dürfen verdammt noch mal nicht fragen! Führen Sie mich zu dem Stallgebäude!», brüllte Thorne. «Ich bin nicht den ganzen Weg von Washington hierhergekommen, um Sie schlottern zu sehen wie eine Jungfrau in der Hochzeitsnacht. Und jetzt Bewegung!»

James rannte zum Stallgebäude.

Die Tür zu der Box, in der sein Pferd gestanden hatte, schwang knarrend im Wind. Die Box war leer. «Er wollte feststellen, was es mit dem Artilleriefeuer auf sich hat», sagte James mit schwacher Stimme. Thornes wilder Gesichtsausdruck jagte ihm Angst ein.

«Er ist um sechs Uhr zurück», sagte Pinkerton beruhigend zu Thorne.

«Beten Sie lieber, dass es so ist», sagte Thorne. «Wo ist McClellan? Er muss mir einen Trupp Kavalleristen geben, damit wir den verräterischen Bastard verfolgen können.»

«Aber warum?», fragte James. «Warum? Was hat er denn getan?»

Doch der Colonel war schon weg. In der Ferne krachten die Kanonen, und in derselben Richtung zogen nun weiße Rauchschwaden über den Wald. Nate war nach Westen geritten, ein schreckliches Verhängnis schien sich anzubahnen, und James rutschte das Herz in die Hose. Er betete darum, dass seine Ängste unbegründet waren, und dann suchte er sich ein Pferd.

Die konföderierte Infanterie bewegte sich im Laufschritt über das Gelände, das an manchen Stellen fest und an anderen morastig war. Die Yankee-Wachtposten sahen, wie sich die Reihe graubraun Uniformierter aus dem Wald löste, und hasteten zurück, um ihre Kameraden vor dem Rebellenvorstoß zu warnen.

In den Feldlagern der Union, die sich rund um den Bahnhof von Fair Oaks ausgebreitet hatten, wurde Alarm geblasen. General McClellan hatte diese Männer sorgfältig ausgebildet und wäre stolz darauf gewesen, wie sie zu den Waffen eilten. Ganze Regimenter ließen die Briefe fallen, die sie gerade schrieben, und den Kaffee, den sie kochten, und die Baseballs und die Spielkarten, und die Männer schnappten sich ihre Gewehre, die zeltartig aneinandergelehnt standen, und hasteten los, um in Reihen hinter dem hüfthohen Baumverhau anzutreten, der ihre Lager schützte. Die Tirailleure schwärmten zu einem Schützengraben aus, der hundert Schritt vor dem Verhau angelegt worden war, wo eine leichte Geländeerhebung dafür hätte sorgen sollen, dass der Boden trocken blieb, aber das nächtliche Gewitter hatte die Schützengräben trotzdem überflutet. Und so knieten sich die Tirailleure neben die wassergefüllten Gräben und zogen die Mündungsstopfen aus ihren Gewehren, die verhindert hatten, dass die Gewehrläufe im Regen Rost ansetzten. Die übrigen Männer der Regimenter, in denen Alarm ausgerufen worden war, bildeten zwei lange Reihen, die nun in dem warmen, heftigen Wind standen und den Wald beobachteten, aus dem die

Wachtposten gerannt waren. Die Männer luden ihre Waffen und setzten Zündhütchen auf die Gewehrpistons.

Der Verhau vor der wartenden Infanterie war eine dichte Barriere aus gefällten Bäumen und Ästen. Unterbrochen wurde sie von Lücken für die Tirailleure und den Erdwällen von Geschützstellungen. Die Kanonen, zumeist Zwölfpfünder-Napoleons, die von wenigen Zehnpfünder-Parrotts ergänzt wurden, waren schon mit Granaten geladen. Kanoniere zogen Planen von Munitionsprotzen, rammten Reibungszünder in Zündlöcher und befahlen die Bereitstellung von Kartätschen für den zweiten und dritten Schuss. Die vorrückenden Rebellen scheuchten Vögel aus den Bäumen auf, dann brachen zwei Hirsche aus dem Wald und galoppierten vor der Front eines frischen New Yorker Bataillons ohne Kampferfahrung entlang. «Nicht schießen!», knurrte ein Sergeant einem Mann zu, der sein Gewehr auf einen der Hirsche richtete. «Niedrig zielen, wenn sie kommen, sucht nach ihren Offizieren! Ganz ruhig bleiben!» Der Sergeant schritt vor der Kampflinie seiner unruhigen Männer entlang. «Das ist nur eine Horde unfähiger Bauerntrottel, also dasselbe wie euer elender Haufen. Rebellen haben keine Zauberkräfte. Sie können genauso getötet werden wie jeder andere. Zielt niedrig, wenn ihr sie seht.»

Ein junger Bursche murmelte wieder und wieder «o Gott, o Gott» vor sich hin. Seine Hände zitterten. Einige der Männer hatten ihre Ladestöcke in den feuchten Boden gesteckt, um sie beim Nachladen schneller zur Hand zu haben. «Wartet ab, Jungs, wartet», sagte der Sergeant, der die Unruhe auf den jungen Gesichtern sah. Der Colonel galoppierte hinter dem letzten Rang vorbei, von den Hufen seines Pferdes spritzten Wasser und Schlamm.

«Wo sind sie?», fragte ein Mann.

«Du siehst sie noch früh genug», sagte ein anderer. In der Mitte der Linie hob sich die Flagge leuchtend gegen den trüben Himmel ab.

Irgendwo auf der rechten Seite wurde eine Musketensalve abgegeben. Das Geräusch klang wie brennender Röhricht. Eine Kanone wurde mit einem so lauten Knall abgefeuert, dass die Männer zusammenzuckten. Dort von der rechten Flanke drang ein dämonisches Gekreische herüber, und Rauch trieb über den feuchten Boden, aber vor den Männern aus New York waren immer noch keine Feinde aufgetaucht. Eine zweite Kanone wurde abgefeuert und spie eine Rauchwolke dreißig Schritt weit vor ihre Mündung. Eine Granate explodierte in der Luft hinter dem New Yorker Regiment, also war eine Geschützstellung der Rebellen ganz in der Nähe. Plötzlich beugte sich einer der New Yorker vor und erbrach seinen Mageninhalt aus Zwieback und Kaffee. «Es geht euch besser, sobald ihr sie seht», grummelte der Sergeant. Ein weiterer Hirsch brach aus dem Wald und galoppierte nordwärts in die Richtung des Rauchs und des Lärms, dann kehrte er um und rannte an der Front des Regiments entlang. Zwischen den Bäumen wurden jetzt bewegliche Gestalten, matte Lichtreflexe von Waffen und die strahlenden Farbkleckse der Rebellenflaggen sichtbar.

«Bereitmachen! Zielen!», rief der Colonel der New Yorker, und siebenhundert Gewehre wurden an siebenhundert Schultern gehoben. Die Tirailleure neben den überschwemmten Schützengräben hatten das Feuer schon eröffnet, sodass über dem unebenen Gelände Rauchwolken schwebten, die bald vom Wind nach Norden getrieben wurden.

«Befehl abwarten! Befehl abwarten!», rief der Sergeant. Ein Lieutenant hieb mit seinem Schwert nach irgendeinem Unkraut. Er versuchte zu schlucken, aber seine Kehle war zu trocken. Seit Tagen hatte er Verstopfung, und jetzt plötzlich fühlte er sich, als hätte er nur noch Wasser im Darm. «Ruhig! Befehl abwarten!» Der Sergeant reihte sich in den ersten Rang ein.

Und dann, ganz unvermittelt, war er da: Der Gegner, von dem

sie alle gelesen hatten, von dem ihnen alle erzählt und über den sie Witze gerissen hatten, und was für einen armseligen, zerlumpten Gegner hatten sie jetzt vor sich, nichts als eine auseinandergezogene Reihe von abgerissenen Männern in schlammbraunen und rattengrauen Uniformen, die auf der anderen Seite der Lichtung aus dem Schatten des Waldes auftauchten.

«Feuer!» Der Colonel hatte sein Schwert gezogen und ließ es jetzt niederfahren. Die erste Reihe des New Yorker Regiments verschwand hinter den Rauchwolken.

«Feuer!», riefen die Captains der Artillerie, und Granaten rasten kreischend zum Waldrand hinüber und explodierten mit abrupten kleinen Rauchwolken. Männer wischten Kanonenrohre aus und rammten Kartätschen auf die Schießpulverladungen.

«Ihr haltet sie auf, Jungs! Ihr haltet sie auf!» Der Kaplan der New Yorker ging mit langen Schritten hinter den Kompanien auf und ab, in der einen Hand seine Bibel, in der anderen einen Revolver. «Schickt ihre Seelen zum Herrn, Jungs, führt die Halunken zur ewigen Seligkeit! Gut gemacht! Lob sei dem Herrn, zielt niedrig!»

«Feuer!» Die Kartätschen explodierten an der Mündung der Kanonen und jagten ihre Schrotladung fächerförmig nach vorn. Rebellen wurden rücklings umgerissen, ihr Blut tröpfelte in die Pfützen der Regennacht. Ladestöcke aus Stahl klapperten in Gewehrläufen, als die New Yorker nachluden. Der Rauch ihrer Eröffnungssalve hatte sich verzogen, und sie sahen, dass der Gegner weiter vorrückte. Er hatte nun kleine Gruppen gebildet, die anhielten, sich hinknieten, feuerten und weiterliefen, und die ganze Zeit stießen sie diesen unheimlichen heulenden Ruf aus, das berüchtigte Kampfgeschrei der Rebellen. Ihre neue Kriegsflagge hob sich blutrot vor den Bäumen ab. «Feuer!», rief der Sergeant und beobachtete, wie eine der Rebellengruppen gestoppt wurde. Zwei Männer in Grau gingen zu Boden. Ein Ladestock, der versehentlich mit weggeschossen worden war, wirbelte durch den Rauch. Einige Kugeln der Rebellen schlugen in die Stämme des Verhaus ein, während andere darüber hinwegpfiffen. Die Tirailleure der New Yorker ließen sich zurückfallen, überließen die nutzlosen Schützengräben den Tirailleuren der Rebellen. Rauch begann das Schlachtfeld zu verhüllen und einen ungleichmäßigen Vorhang zu bilden, hinter dem sich die Rebellen nur noch als schemenhafte Gestalten abhoben, markiert durch das Mündungsfeuer ihrer Gewehre.

Die Kanonen krachten auf ihre Lafetten zurück und gruben tiefe Furchen in die regengetränkte Erde. Es war nicht genügend Zeit gewesen, um richtige Geschützstellungen mit festem Boden zu errichten, vor den Kanonen war lediglich ein grober Wall aufgeschüttet worden, von dem aus nun die tödlichen Kartätschenladungen auf den Gegner zujagten. Jede Zwölfpfünder-Kanone wurde jetzt mit einer Doppelladung aus zwei Kartätschen bestückt, die auf einen Beutel mit zweieinhalb Pfund Schwarzpulver gerammt wurden, sodass jedes Kanonenrohr vierundfünfzig Musketenkugeln verschoss, die einen Durchmesser von vollen anderthalb Zoll hatten. Die Kartätschen selbst bestanden aus Zinkblech, das beim Austritt aus dem Kanonenrohr auseinanderriss, und die Kugeln lagen in Sägespänen, die im Mündungsfeuer der Kanonen verbrannten. Die Kugeln trafen die Bäume hinter den angreifenden Rebellen, schlugen in den nassen Boden ein und zerfetzten Konföderierte. Jedes Mal, wenn die Kanonen abgefeuert wurden, trieb der Rückstoß sie etwas weiter nach hinten und den Lafettensporn tiefer in die feuchte Erde, und die Kanoniere hatten weder die Kraft noch die Zeit, um die schweren Geschütze aus dem saugenden Morast zu ziehen. Die Kanonenrohre mussten tiefer ausgerichtet werden, um die einsinkenden Lafettensporne auszugleichen, doch das Artilleriefeuer konnte die Rebellen immer noch aufhalten. Der unheimliche Rebellenschrei hatte aufgehört, war ersetzt worden von dem zischenden

Geräusch, mit dem die Kartätschenladungen durch den Wald auf der anderen Seite rasten.

«Ihr schlagt sie! Ihr schlagt sie!» Der Colonel aus New York stand in den Steigbügeln und feuerte seine Männer an. «Ihr macht es ausgezeichnet», sagte er noch, dann stieß er ein ersticktes Keuchen aus, weil ihn eine Kugel in den Halsansatz getroffen hatte. Der Colonel begann mit dem Kopf zu zucken, wie jemand, der einen zu engen Kragen trägt. Er versuchte, etwas zu sagen, aber es kamen keine Worte aus seinem Mund, nur eine Mischung aus Blut und Speichel. Er fiel schwer in den Sattel zurück, und ein erstaunter Ausdruck trat in sein Gesicht, dann entglitt ihm das Schwert und bohrte sich mit der Spitze voran in den Schlamm.

«Die Jungs machen es gut, Sir, sehr gut!» Ein Major ritt neben den Colonel und musste entsetzt mit ansehen, wie sein Kommandooffizier langsam aus dem Sattel kippte. Das Pferd des Colonels wieherte, trabte weg, und zog den Colonel, dessen linker Fuß im Steigbügel hängen geblieben war, hinter sich her.

«O Gott», sagte der Major. «Ein Arzt! Wo ist der Arzt?» Dann kam von einer anderen Kanone der dumpfe Knall, mit dem Kartätschen verschossen werden, nur dass die Kugeln dieses Mal in die Reihen der New Yorker trafen, in den Verhau prasselten und vier Männer rückwärts taumeln ließen. Ein weiteres Feldgeschütz wurde abgefeuert, und der Major sah, dass die Rebellen noch zwei Kanonen vor seiner linken Flanke aufgestellt hatten und zwei weitere dort abprotzten. Er ließ sein Pferd umdrehen, um zu der bedrohten Flanke zu reiten, doch die Flügelkompanie wich schon vor dem bevorstehenden Angriff der Rebellen zurück. Es standen noch andere Nordstaatentruppen auf dieser Flanke, aber sie waren zu weit weg und mussten selbst einen Angriff der Rebellen abwehren.

«Haltet sie auf! Haltet sie auf! Haltet sie auf!», rief der Major, aber die neuen Artilleriegeschütze der Rebellen hatten dem Angriff des

Südens neuen Schwung verliehen, und jetzt rückten die graubraunen Gestalten noch näher an den Verhau heran, und ihr Musketenfeuer wurde immer treffsicherer. Verwundete hinkten und krochen von den Reihen der New Yorker weg, suchten Hilfe bei den Musikern der Regimentskapelle, die als Ordonnanzen im Sanitätsdienst eingesetzt wurden. Die Toten der Yankees wurden aus den Reihen getragen, und die Lebenden schlossen die Lücken in der Mitte der Gefechtslinie. Ihre Münder waren trocken von dem Salz in dem Schießpulver, das jedes Mal herausrieselte, wenn sie eine Patrone aufbissen, und ihre Gesichter waren schwarz von Pulverrauch. Sie rammten die Ladestöcke in die Gewehrläufe und feuerten, rammten und feuerten, zuckten zurück, wenn die schweren Gewehrkolben im Rückstoß an ihre geprellten Schultern stießen, dann rammten sie die nächste Kugel in den Lauf und feuerten wieder. Hinter den Rebellen lagen Tote und Verwundete, wo ein Kartätschenschuss die vorrückenden Reihen zerrissen hatte. Die neue Flagge der Rebellen mit ihrem sternengeschmückten blauen Diagonalkreuz auf rotem Grund war von der Kugelladung einer Kartätsche zerfetzt worden, aber ein Mann nahm die Fahnenstange auf und stürmte weiter, bis eine Yankee-Kugel ihm das Bein zerschmetterte und er die Flagge wieder fallen ließ. Doch schon hob sie ein anderer Mann auf, und ein Dutzend Infanteristen aus New York feuerten auf ihn.

Ein Sergeant aus New York beobachtete einen Jungen, der eine Kugel in den Lauf seines Gewehrs rammte, doch der Ladestock ließ sich schon nach zwanzig Zoll im Gewehrlauf nicht mehr weiterbewegen. Der Sergeant schob sich durch die Reihen und nahm dem Jungen das Gewehr ab. «Du musst die gottverdammte Kugel auch abfeuern, bevor du eine neue in den Lauf schiebst.» Der Sergeant vermutete, dass der Junge wenigstens vier oder fünf Ladungen in dem Lauf platziert und vergessen hatte, jedes Mal dazwischen das Piston mit einem Zündhütchen scharf zu machen. Der Sergeant warf das Gewehr zur Seite und nahm einem Toten die Waffe ab. «Deswegen hat Gott doch die Zündhütchen erfunden, Junge, damit du Rebellen damit umbringst. Und jetzt mach weiter.»

Der Major aus New York drehte um und galoppierte an der Leiche seines Colonels vorbei zur nächsten Geschützbatterie der Yankees, wo sein Pferd mit schlitternden Hufen anhielt. «Könnt ihr nicht auf diese Kanonen halten?», fragte er und deutete mit gezogenem Schwert auf die Geschütze der Rebellen, die Rauch aufs Schlachtfeld pumpten.

«Wir können die Kanonen nicht bewegen!», rief ein Artillerie-Lieutenant zurück. Die Geschütze der Nordstaatler hatten sich nun so tief in den Schlamm gegraben, dass sie auch mit vereinten Kräfte von Pferden und Männern nicht mehr freizubekommen waren. Eine Granate heulte über den Köpfen der New Yorker und explodierte knapp hinter ihrem Zeltlager. Zwei der Yankee-Kanonen feuerten, aber der Sporn ihrer Lafetten war inzwischen so tief in die Erde gesunken, dass ihre Kartätschenladungen nur schaurig kreischend und viel zu hoch über die Rebellen hinwegjagten.

Dann begann das unheimliche Kriegsgeschrei von neuem. Das schrille Kläffen, das einem das Blut in den Adern erstarren ließ und puren Irrsinn, aber auch eine perverse Lust am Töten auszudrücken schien. Und es war dieser Klang, und weniger der Musketenbeschuss oder die Artillerie der Rebellen, der die New Yorker zu dem Schluss brachte, sie hätten nun ihre Pflicht getan. Sie traten von dem Verhau zurück, feuerten noch während des Rückzugs, beeilten sich aber, dem höllischen Kartätschenbeschuss und den Gewehrsalven zu entkommen, die durch den Verhau drangen und die Männer aus ihren Rängen niedermähten. «Stellung halten, Jungs! Stellung halten!», rief der Major, als seine Truppen begannen zurückzuweichen. Die Verwundeten bettelten darum, von ihrem Bataillon beim Rückzug mitgenommen zu werden, und jeder Mann, der sich das Gewehr über die Schulter hängte, um bei der Rettung eines Verwundeten zu helfen, war einer weniger, der den Angriff abwehrte. Die Rebellen verstärkten den Beschuss, während er bei den New Yorkern schwächer wurde, doch selbst jetzt noch zeigten die unerfahrenen New Yorker Tapferkeit. Sie schossen beim Rückzug weiter und ließen keine Panik aufkommen.

«Bin stolz auf euch, Jungs! Stolz auf euch!», rief der Major mit trockenem Mund, dann keuchte er auf, als ein Schmerz wie von einem Vorschlaghammer durch seinen linken Arm fuhr. Fassungslos starrte er auf das viele Blut, das plötzlich aus seinem Ärmel rann. Er versuchte, seine Hand unter dem triefenden Blut zu bewegen, doch nur sein kleiner Finger rührte sich, also beugte er seinen Arm aufwärts, und das stoppte die Blutung. Er fühlte sich merkwürdig schwach, tat diese Empfindung jedoch als unwürdig ab. «Ihr macht es gut, Jungs, wirklich gut!» Aber seiner Stimme fehlte die Überzeugungskraft, und im Ellbogen seines Ärmels sammelte sich Blut.

Die Rebellen hatten nun den Verhau erreicht und nutzten ihn als Brüstung für ihre Gewehre. Ein paar Männer begannen, die Barrikade auseinanderzuziehen, während andere die Lücken für die Tirailleure und Wachtposten entdeckten und hindurchdrängten. Rauchwolken stiegen an der Gefechtslinie der Rebellen auf und wurden verweht. Die New Yorker zogen sich nun schneller zurück, verängstigt von dem Anblick ihrer Kanoniere, die ihre stecken gebliebenen Geschütze aufgaben und auf den Rücken der Gespannpferde flüchteten. Ein Artillerieoffizier blieb, um die Geschütze unbrauchbar zu machen, indem er weiche Nägel in die Zündlöcher hämmerte, doch er wurde angeschossen und dann mit dem Bajonett aufgespießt von einem Rebellen, der anschließend hastig die Taschen seines Opfers durchsuchte.

Dem Major gelang es schließlich, einen Druckverband um seinen linken Ellbogen zu schlingen. Sein Pferd trottete führungslos im

Zeltlager des Regiments umher, in dem nach der morgendlichen Inspektion noch immer makellose Ordnung herrschte. Die Seitenplanen und Türklappen der Zelte waren hochgebunden, die Bodenplanen gefegt und die Decken auf den Pritschen säuberlich gefaltet. Lagerfeuer brannten. Auf einem verkochte Kaffee. Spielkarten flatterten im Wind umher. Die Rebellen beschleunigten nun ihren Vormarsch, und die New Yorker rannten auf den Wald hinter ihrem Lager zu. Irgendwo hinter diesem Wald, in der Nähe der Straßenkreuzung, an der eine einsame Gruppe aus sieben hohen Kiefern stand, die «Seven Pines», befanden sich weitere Truppen der Nordstaaten, größere Geschützstellungen und ein breiterer Verhau. Dort lag die Rettung, und so flüchteten die Yankees, und die Konföderierten übernahmen ihr Feldlager mit seinen Schätzen an Lebensmitteln und Kaffee und Annehmlichkeiten, die von liebenden Familien an die Männer geschickt worden waren, die sich der großen und heiligen Aufgabe widmeten, die Union zu erhalten.

Vier Meilen entfernt, auf einer Straße aus zähem Schlamm, die sich zwischen düsteren Wäldern erstreckte, hielt sich General Hugers Division bereit, während ihr Kommandooffizier herauszufinden versuchte, wo er eigentlich hinsollte. Einige seiner Männer waren zwischen die letzten Einheiten von General Longstreets Division geraten und wurden noch weiter dadurch verwirrt, dass Longstreet gerade den Befehl an seine Brigaden ausgegeben hatte, umzukehren und auf demselben Weg zurückzumarschieren, auf dem sie gekommen waren. Die stickige, warme Luft verzerrte die Schallwellen und dämpfte sie, sodass die Schlacht einmal meilenweit entfernt wirkte und sich ein anderes Mal weiter nach Osten verlagert zu haben schien. Die Männer der beiden Divisionen, die sich wie ein Stahlkiefer um die Yankee-Armee hätten schließen sollen, liefen schlecht gelaunt und ziellos umher, während General Johnston, der weder ahnte, dass seine Flügeldivisionen durcheinandergeraten waren, noch, dass die Mitte ohne ihre Unterstützung angegriffen hatte, bei der Old Tavern auf die Ankunft von Longstreets Truppen wartete. «Haben wir Nachricht von Longstreet?», fragte der General zum zwanzigsten Mal in einer Stunde.

«Nichts, Sir», sagte Morton bedrückt. Longstreets Division war verschwunden. «Aber Hugers Männer rücken vor», sagte Morton, obwohl er lieber nicht hinzufügte, wie langsam dieser Vormarsch vonstattenging, denn er bezweifelte, dass Huger das Schlachtfeld bei diesem Tempo vor Einbruch der Dunkelheit erreichen würde.

«In dieser Sache wird es eine gründliche Untersuchung geben, Morton», sagte Johnston drohend. «Ich will wissen, wer welche Befehle missachtet hat. Sie werden das organisieren.»

«Selbstverständlich, Sir», sagte Morton, obwohl sich der Stabschef größere Sorgen über den Kanonendonner machte, der aus der Richtung von Hills Division herüberklang. Das Geschützfeuer war nicht laut, denn wieder dämpfte die schwüle Luft den Klang, sodass sich der Lärm der nahen Schlacht anhörte wie ein fernes Gewittergrollen.

Johnston tat die Bedenken seines Stabschefs ab. «Ein Artilleriegefecht auf dem Fluss», vermutete er. «Hill würde nicht ohne Unterstützung angreifen. Er ist schließlich kein Narr.»

Sechs Meilen entfernt, in Richmond, waren die Kanonen wesentlich deutlicher zu hören, ihr Hall echote durch die Straßen, die von dem nächtlichen Gewitterregen durchgespült worden waren. Die Leute kletterten auf Dächer und stiegen in die Glockentürme der Kirchen, um zu dem Kanonenrauch hinüberzuschauen, der im Osten über dem Wald aufstieg. Der Präsident war nicht darüber informiert worden, dass eine Schlacht bevorstand, und schickte Beschwerden an seinen Armeekommandanten, in denen er Aufklärung forderte. Griffen die Yankees an? Sollten die Goldreserven auf den bereitstehenden Zug geladen und ins weiter südlich gelegene

Petersburg gebracht werden? General Robert Lee, der ebenso wenig von Johnstons Plänen wusste wie Präsident Davis, riet dem Präsidenten zur Vorsicht. Es wäre besser, Informationen abzuwarten, sagte er, statt eine neue panische Flüchtlingswelle in der Stadt auszulösen.

Nicht alle warteten so ungeduldig auf Neuigkeiten. Julia Gordon verteilte im Chimborazo Hospital das Neue Testament, während Sally Truslow in der Franklin Street am anderen Ende der Stadt die kundenfreie Zeit nutzte, um im Haus einen großen Frühjahrsputz zu machen. Laken wurden gewaschen und im Garten zum Trocknen aufgehängt, Draperien und Teppiche wurden ausgeklopft, zarte Glasschirme wurden vom Lampenruß befreit, Holzböden wurden gewachst, und Fenster wurden mit essiggetränkten Zeitungsseiten poliert. Am Nachmittag kam auf einem Fuhrwerk der große, runde Mahagoni-Tisch an, der das Herzstück von Sallys Séancenzimmer bilden würde und der ebenfalls eingewachst wurde. In der Küche dampften Wasserfässer mit Lauge und Wachssoda. Sally, die Arme und Hände gerötet, das Haar aufgesteckt und das Gesicht schweißglänzend, sang bei der Arbeit. Ihr Vater wäre stolz auf sie gewesen, doch Thomas Truslow schlief tief und fest. Die Brigade Faulconer war eine Reserveeinheit und bewachte die Übergänge über den Chickahominy im Nordosten der Stadt, wo die Männer auf die Geräusche der fernen Schlacht lauschten, Karten und Hufeisenwerfen spielten und dankbar waren, dass man sie an diesem Tag nicht auf das Schlachtfeld gerufen hatte.

Starbuck ritt auf der Straße, die zum nächsten Übergang über den Chickahominy führte, nach Südwesten. Er wusste nicht, wohin er gehen und was er tun sollte. De'Ath hatte ihn gefördert und beschützt, nun aber war Starbuck auf sich allein gestellt. Tagelang hatte Starbuck befürchtet, dass eine echte Nachricht von Adam bei

James eintreffen und damit seinen Betrug aufdecken würde, aber diese gefährliche Situation hatte er nicht vorausgesehen – sich ohne Freunde auf der falschen Seite der Kampflinien wiederzufinden. Er fühlte sich wie ein gejagtes Tier, das man aus seinem Bau herausgescheucht hatte, dann dachte er an die Dokumente, die ihm Pinkerton gerade gegeben hatte, und fragte sich, ob sie die Macht hatten, ihn wieder in die Legion zu bringen. Er wusste genau, dass er dorthin zurückwollte, aber nun musste er es ohne de'Aths Hilfe schaffen, und diese Vorstellung brachte ihn erneut an den Rand der Verzweiflung. Vielleicht, dachte er, sollte er sich einfach als Freiwilliger bei einem Infanterieregiment der Nordstaaten melden. Einen falschen Namen angeben, ein Gewehr in die Hand nehmen und so in den blau uniformierten Reihen der größte Armee Amerikas untertauchen.

Starbucks Pferd trottete am Straßenrand entlang, während sein Reiter in all den Befürchtungen und Phantasien, die auf ihn einstürmten, nach einem Hoffnungsschimmer suchte. Die Straße hatte sich in einen tief zerfurchten Morast verwandelt, und in den Räderspuren der Kanonen und Fuhrwerke stand das Regenwasser, dessen Oberfläche nun vom Wind gekräuselt wurde. Um die Straße erstreckte sich flaches Ackerland, unterbrochen von Waldstücken und Sumpfstreifen, durch das träge, schilfgesäumte Bäche mäanderten, doch nicht weit voraus erhoben sich niedrige Hügel, die festeren Tritt für sein geliehenes Pferd versprachen.

Der Geschützdonner hielt nun dauerhaft an, was darauf hindeutete, dass eine Seite entschlossen war, die andere aus ihrer Stellung zu vertreiben, und dennoch herrschte erstaunlich wenig Betriebsamkeit in den Feldlagern, die auf diesen unangenehm feuchten Wiesen errichtet worden waren. Die Männer vertrödelten den Nachmittag, als würde die Schlacht auf der anderen Seite des Flusses von einer fremden Armee oder einem fremden Land geführt. Soldaten standen an einer Krämerbude Schlange, um sich mit den kleinen Annehmlichkeiten zu versorgen, die der Händler anbot, und eine noch längere Schlange stand vor einem Zelt, in dem getrocknete Austern angeboten wurden. Einer der Männer zwinkerte Starbuck zu und klopfte an seine Feldflasche, um anzudeuten, dass der Austernverkäufer in Wahrheit illegal Whiskey verkaufte. Starbuck schüttelte den Kopf und ritt weiter. Sollte er vielleicht einfach ganz verschwinden? In die Badlands des Westens gehen? Dann fiel ihm Sallys Spott wieder ein, und er wusste, dass er nicht einfach davonlaufen konnte. Er musste um das kämpfen, was er wollte!

Er kam an einer Baptistenkirche vorbei, die als Lazarett genutzt wurde. Neben der Kirche hatte ein Bestatter seine Gespanne abgestellt. Auf den Segeltuchbahnen des Planwagens stand in groben, zinnoberroten Buchstaben «Ethan Cornett and Sons, Newark, New Jersey, Einbalsamierung, billig und sorgfältig, garantiert geruchsfrei und hygienisch». Ein zweiter Wagen war mit Kiefernholzsärgen beladen, auf denen Zettel mit den Adressen klebten, an die sie geliefert werden sollten. Die einbalsamierten Leichname würden heim nach Philadelphia und Boston, Newport und Chicago, Buffalo und St. Paul gebracht und dort, begleitet von schluchzenden Familien und den pathetischen Reden blutrünstiger Pfarrer, bestattet werden. Die meisten Toten wurden dort beerdigt, wo sie gefallen waren, aber manche Männer, die im Lazarett starben, bezahlten dafür, dass ihre Leichen nach Hause gebracht wurden. Noch während Starbuck hinsah, wurde ein Toter aus der Kirche gebracht und auf einen Tisch neben dem Zelt des Einbalsamierers gelegt. Die Zehen der Leiche waren zusammengebunden worden, und von ihrem Knöchel hing ein Schildchen herab. Ein Mann in Hemdsärmeln und einer fleckigen Segeltuchschürze, der ein Messer mit breiter Klinge in der Hand hielt, kam aus dem Zelt, um den neuen Toten in Augenschein zu nehmen.

Starbuck trieb das Pferd durch den ranzigen Geruch der Einbalsamierungsmittel und dann einen leichten Anstieg hinauf, der zu einem dichten Waldgürtel führte, hinter dem ein paar armselige Bauerngehöfte lagen. Von den Weidezäunen, die hier einmal um die Wiesen aufgestellt worden waren, sah man nur noch Zickzackspuren im Gras, denn die Balken waren von den Soldaten für ihre Lagerfeuer gestohlen worden. An der Straße stand ein Blockhaus, an dessen Grassodendach ein selbstgemachtes Sternenbanner hing. Die Streifen bestanden aus dunklem und hellem Sackleinen, die Sterne waren vierunddreißig Kalkfarbenkleckse auf einem verblichenen blauen Stück Segeltuch. Das Blockhaus gehörte offensichtlich einer Familie freigelassener Sklaven, denn ein alter, weißhaariger Schwarzer kam aus dem winzigen Haus, als Starbuck vorbeiritt. Der Mann ging mit einer Grabgabel zu seinem Gemüsegarten und hob sie, um Starbuck zu grüßen. «Machen Sie ihnen die Hölle heiß, Master!», rief er. «Tun Sie das Werk des Herrn, Sir, haben Sie gehört, Sir?»

Starbuck hob zur Bestätigung schweigend die Hand. Vor sich sah er nun die schimmernden Windungen eines Flusses und in der Ferne dahinter einen breiten Rauchvorhang, als würde ein großes Waldgebiet brennen. Das waren die Zeichen einer Schlacht, und der Anblick brachte Starbuck dazu, sein Pferd anzuhalten. Er dachte an die Kompanie K, und er fragte sich, ob Truslow hinter diesem Rauch war und ob Decker und die Cobb-Zwillinge und Joseph May und Esau Washbrook und George Finney dort kämpften. Gott, dachte er, wenn sie dort kämpften, wie sehr wünschte er sich, bei ihnen zu sein. Im Stillen verfluchte er de'Ath dafür, gestorben zu sein, dann sah er weit über den Rauch hinweg, dorthin, wo dunklerer Dunst die Stelle anzeigte, an der die Eisengießereien und Walzwerke Richmonds ihre üblen Dämpfe in den windigen Himmel bliesen, und dieser Hinweis auf die ferne Stadt weckte die Sehnsucht nach Sally in ihm.

Er nahm eine Zigarre aus seiner Tasche und strich ein Streichholz an. Gierig sog er den Rauch ein. Als er die Streichhölzer zurücksteckte, fühlte er das schmale Wachstuch-Päckchen und wusste, dass es seine letzte Chance war. Die Papiere darin mussten sein Passierschein zur Legion werden, doch falls die Liste mit den verräterischen Fragen von einem Militärpolizisten der Rebellen entdeckt wurde, konnte es den Galgen bedeuten. Wieder überkamen Starbuck Angst und die Versuchung, beiden Seiten den Rücken zu kehren.

«Tun Sie das Werk des Herrn, Master, machen Sie ihnen die Hölle heiß, Sir», sagte der alte Schwarze, und Starbuck drehte sich um, weil er glaubte, der Mann hätte ihn noch einmal angesprochen, stattdessen aber sah er einen Reiter auf sich zugaloppieren. Eine Viertelmeile hinter dem Reiter gab ein Trupp Nordstaatenkavalleristen auf der morastigen Straße seinen Pferden die Sporen. Es war das erste Zeichen von Dringlichkeit, das Starbuck auf dieser Seite des Chickahominy entdeckte.

Als ein besonders lauter, hallender Donnerknall über die Landschaft rollte, wandte er den Blick zurück zu der Rauchbank. Dann rief ihn eine Stimme an, die er nicht sofort einordnen konnte, und als sich Starbuck mit einem erschreckten Ruck wieder umdrehte, stellte er fest, dass noch mehr Probleme auf ihn zukamen.

ZEHN

Der Angriff der Rebellen geriet in dem aufgegebenen Feldlager des New Yorker Regiments ins Stocken. Die Rebellen wurden nicht vom Widerstand der Nordstaatler aufgehalten, sondern von ihrem Wohlstand, denn in den Zelten aus starkem, weißem Segeltuch, von deren Qualität die Südstaatler nur noch träumen konnten, waren Kisten voller Lebensmittel, Tornister mit guten Hemden, Ersatzhosen und ordentlichen Lederschuhen, die für den rechten und den linken Fuß zugeschnitten waren; nicht so wie die breiten Konföderierten-Halbstiefel aus hartem Leder, die durch ihre gleiche Form an beiden Füßen getragen werden konnten und an beiden Füßen die gleichen Schmerzen verhießen. Dann waren dort Pakete mit Lebensmitteln von liebenden Angehörigen aus dem Norden: Schachteln mit Kastanien, Gläser mit scharf eingelegten Essiggurken, Büchsen mit Apfelkraut, in Papier eingeschlagene Stücke Ingwerkuchen, Dosen mit Früchtekuchen, Behälter mit Bonbons, in Tücher eingeschlagene Käselaibe und, das Beste von allem, Kaffee. Echter Kaffee. Kein Kaffee, der mit gerösteten und zermahlenen Erdnüssen gestreckt war, oder Kaffee aus Getreidepulver, oder Kaffee aus gedörrten Löwenzahnblättern, gemischt mit getrocknetem Apfelpulver, sondern echte, duftende, schwarze Kaffeebohnen.

Zuerst versuchten die Rebellenoffiziere, ihre Soldaten an den Fallstricken der gegnerischen Schätze vorbeizulotsen, doch dann wurden die Offiziere selbst von der leichten Beute in den aufgegebenen Zelten verführt. Da waren prächtige Schinken, Räucherfisch, getrocknete Austern, gelbe Butter und frischgebackenes Brot. Da waren warme Decken und in manchen Zelten sogar Steppdecken, die Frauen für ihre heldenhaften Söhne und Männer genäht hatten. Auf einer Steppdecke prangte die Unionsflagge und mit Buchstaben aus goldfarbener Seide der Aufruf: «Rächt Ellsworth!»

«Wer zum Teufel ist Ellsworth?», fragte einer der Rebellen seinen Offizier.

«Ein New Yorker, der sich hat umbringen lassen.»

«Das machen sich die Yankees dieser Tage zur Gewohnheit, was?»

«Aber er war der Erste. Wurde erschossen, als er versucht hat, eine unserer Flaggen von einem Hoteldach in Virginia herunterzuholen.»

«Der Hundesohn hätte eben in New York bleiben sollen, oder nicht?»

In den Offizierszelten waren gute deutsche Feldstecher, silbergerahmte Familienfotos standen auf Klapptischen, es fanden sich elegante Schreibmappen mit geprägtem Papier, ledergebundene Bücher, Haarbürsten mit glänzenden Schildpattauflagen, Rasiermesser aus Stahl in Lederfutteralen, Schachteln mit Roussel's Rasiercreme, abgegriffene Stapel mit frivolen Daguerreotypien von unbekleideten Damen, Steingutflaschen mit gutem Whiskey und in Kisten mit Sägemehl eingelagerte Flaschen mit bestem Wein. Ein Major der Konföderierten, der einen solchen Flaschenspeicher entdeckte, feuerte mit dem Revolver auf die Kiste, um seine Männer vor den Versuchungen des Alkohols zu bewahren. «Sorgen Sie dafür, dass die Männer weitermarschieren!», rief der Major seinen Offizieren zu, aber die Offiziere waren wie die anderen Männer, und die Männer waren wie Kinder in einem Spielzeuggeschäft und ließen sich nicht dazu bringen, ihre eigentlichen Pflichten zu erfüllen.

Im Fuhrpark des Bataillons, der sich hinter den Zelten des Hauptquartiers befand, entdeckte ein Sergeant hundert nagelneue Enfield-Rifle-Gewehre. Sie lagen in einer Kiste mit Griffen aus Tauen, und auf der Kiste stand mit Schablonenschrift der Herstellername «Ward & Sons, Birmingham, England». Die Enfield war eine hochgeschätzte Waffe und ein viel zuverlässigeres und robusteres Gewehr, als in diesem Rebellenregiment eingesetzt wurde, und bald drängten sich streitende Männer um das Fuhrwerk, weil jeder sich eines der kostbaren Gewehre sichern wollte.

Es dauerte eine Weile, bis die Ordnung wiederhergestellt war. Ein paar Offiziere und Sergeanten kappten die Spannseile der Zelte, sodass sie in sich zusammenbrachen, damit die Männer mit der Plünderung aufhörten und sich wieder an die Verfolgung der Yankees machten. Auf den Flanken, wo kein Feldlager den Marsch verzögerte, stießen die Rebellen schon durch einen breiten Waldgürtel vor, in dem Buschwindröschen, Blutwurz und Veilchen blühten. Und dann kamen die Angreifer auf offenes, feuchtes Weidegelände, auf dem der Wind über die Pfützen strich und die schweren Flaggen der Yankees hob, die westlich von jener Kreuzung Stellung bezogen, wo die drei Straßen zusammenkamen, auf denen der Rebellenangriff hätte ausgeführt werden sollen. An der Kreuzung standen die auffällige Kieferngruppe aus sieben Bäumen, nach der diese Stelle «Seven Pines» genannt wurde, und zwei ärmliche Bauerngehöfte, die Wahrzeichen dieses Schlachtfeldes, auf dem Johnston die Vernichtung der Yankee-Truppen südlich des Flusses geplant hatte.

Die Kreuzung wurde von einer starken Erdwall-Festung geschützt, die mit Kanonen bestückt war und über der die US-Flagge Old Glory an einer Stange aus einem zurechtgesägten Kiefernstamm wehte. Die Zugänge zu der Festung wurden von Verhaustrecken und Schützengräben gekreuzt. Hier hatte Johnston die Yankees einkesseln wollen, hatte geplant, sie zuerst in der Mitte zu treffen und dann von Norden und Süden her in die Zange zu nehmen, um sie anschließend in die schlangenverseuchten Marschen des White-Oak-Sumpfs abzudrängen, doch stattdessen stieß eine Südstaaten-Division allein aus dem Wald vor. Diese Division hatte schon eine Gefechtslinie des Nordens aufgebrochen, und nun sahen die Männer jenseits des windgepeitschten Morasts eine zweite Linie unter der leuchtenden Flagge warten. Und da stimmten die grau und braun uniformierten Soldaten wieder ihren schrillen, unheimlichen Kampfruf an.

«Feuer!», rief ein Nordstaatenoffizier, der auf dem Festungswall stand. Die Kanonen des Nordens ruckten auf ihren Lafettensporen zurück. Granaten explodierten über den Rebellen, und aus weißem Rauch schossen glühende Metallsplitter auf sie herunter. Minié-Geschosse pfiffen über die Marschen, und Blutnebel stäubte auf, wenn sie ihr Ziel trafen. Die Flaggen fielen zu Boden und wurden wieder aufgehoben, während die Rebellen über den sumpfigen Boden vorrückten.

General Huger hörte das Wiederaufflammen der Kanonade, weigerte sich aber, darin einen Grund zur Eile zu sehen. «Hill versteht sein Handwerk», verkündete er, «und wenn er unsere Hilfe bräuchte, hätte er uns Nachricht gegeben.» In der Zwischenzeit rückte er mit einer Brigade vorsichtig über eine menschenleere Straße vor und behauptete, es sei Verstärkung im Anmarsch. Die Brigade traf auf niemanden. Longstreet, der seine Männer zuerst in die eine Richtung und dann in die andere hatte marschieren lassen, befahl unterdessen ein weiteres Mal, auf demselben Weg umzukehren. Beide Generäle fluchten darauf, dass es keine Landkarten gab, und auf die Nebelbänke, die sich nachmittags bildeten und den Geschützrauch verhüllten, der ihnen sonst angezeigt hätte, woher der schwer zu lokalisierende, gedämpfte Kanonendonner kam.

Präsident Davis ärgerte sich über die mangelnden Informationen von seinen Kommandogenerälen und ritt von Richmond aus in Richtung des Schlachtfeldes. Er fragte jeden Offizier, dem er begegnete, nach Neuigkeiten, doch niemand wusste, was in den Marschen südlich des Flusses vor sich ging. Sogar der Militärberater des Präsidenten bekam nichts heraus. Robert E. Lee hatte keinen Einblick in die aktuellen Angriffspläne und konnte nur vermuten, dass ein Angriff der Konföderierten gestartet worden war, doch mit welchem Ziel oder Erfolg konnte er nicht sagen. Der Präsident fragte, ob irgendwer wisse, wo Johnstons Hauptquartier lag, doch nicht einmal das konnte jemand sicher beantworten, aber der Präsident fand, dass er Johnston auf jeden Fall sprechen müsse, und so machte er sich mit seinem Stab auf den Weg Richtung Osten, um etwas über eine Schlacht zu erfahren, die neu aufflammte, als Hills Truppen ohne Unterstützung auf die Wallanlagen der Yankees bei Seven Pines vorstießen.

Wo die Kanonenrohre immer heißer wurden und wo, angeschürt von Verwirrung und Stolz, das Töten weiterging.

Der Mann, der Starbuck zugerufen hatte, war der französische Militärbeobachter, Colonel Lassan, der nun in leichtem Galopp über die Hügelkuppe ritt, dann Starbucks Pferd am Zaum nahm und ihn von der Straße und damit aus der Sicht der Yankee-Kavallerie zog. «Wissen Sie, dass Sie in Schwierigkeiten sind?», fragte der Franzose.

Starbuck versuchte, das Zaumzeug seines Pferdes aus dem Griff des Franzosen zu ziehen.

«Seien Sie kein solcher Narr!», fauchte Lassan. «Folgen Sie mir!»

Er ließ das Zaumzeug los und gab seinem Pferd die Sporen, und seine Autorität war so groß, dass Starbuck dem Franzosen unwillkürlich folgte, der nun scharf rechts von der Straße abbog und dann über eine morastige Lichtung ritt bis in die Deckung dichtbelaubter Bäume. Die beiden Männer erkämpften sich einen Weg durch buschiges Unterholz unter niedrigen, tropfenden Zweigen und kamen schließlich in ein lichteres Waldstück, wo der Franzose sein Pferd umdrehen ließ und die Hand hob, damit Starbuck still blieb.

Die beiden Männer lauschten. Starbuck hörte das dumpfe, hallende Dröhnen der schweren Geschütze auf der anderen Seite des Flusses und das hellere, schärfere Geknatter der Musketen, und er hörte das Rauschen und Seufzen des Windes in den Baumkronen, aber sonst hörte er nichts. Der Franzose aber lauschte immer noch, und Starbuck betrachtete neugierig seinen Retter. Lassan war hochgewachsen, vielleicht Mitte vierzig, mit einem schwarzen Schnurrbart und einem schmalen Gesicht, das von Kriegsnarben gezeichnet war. Ein russischer Säbel hatte die rechte Wange des Franzosen aufgeschlitzt, eine Kosakenkugel hatte ihm das linke Auge geraubt, und die Kugel aus einem österreichischen Gewehr hatte ihm den linken Kieferknochen zermalmt, doch trotz dieser Verletzungen strahlte der Franzose so viel Zuversicht und Lebensfreude aus, dass man sein schrecklich zernarbtes Gesicht nicht hässlich nennen konnte. Eher schon war es beeindruckend zugerichtet; ein Gesicht, auf dem das Leben die Spuren von Abenteuern hinterlassen hatte, in die sich Lassan nur allzu gern stürzte. Er ritt sein großes, schwarzes Pferd mit der gleichen unangestrengten Eleganz wie Washington Faulconer, während seine Uniform, die einst prächtige Litzen und Goldketten und vergoldete Brustschnüren geschmückt hatten, nun verblichen und ausgebessert war, und der schöne metallische Aufputz war entweder trüb geworden oder fehlte ganz. Einst musste er einen prachtvollen Uniformhut besessen haben, vielleicht mit weichem Pelz oder schimmerndem Messing und gekrönt von einem Federbusch oder einem scharlachroten Aufsatz, doch nun trug er einen Bauern-Schlapphut, der aussah, als sei er einer Vogelscheuche gestohlen worden. «Alles in Ordnung.» Lassan brach das Schweigen. «Sie verfolgen uns nicht.»

«Wer sind sie?»

«Der Anführer ist ein Mann namens Thorne. Kommt aus Washington.» Lassan hielt inne und tätschelte seinem Pferd den Hals. «Behauptet, beweisen zu können, dass Sie vom Süden geschickt wurden, um die Yankees in die Irre zu führen. Schlimmer, dass Sie geschickt wurden, um herauszufinden, wer ihr bester Spion in Richmond ist.» Lassan zog einen Kompass aus der Tasche, wartete, bis sich die Nadel beruhigt hatte, und zeigte dann nach Nordwesten. «Wir nehmen diese Richtung.» Er ließ sein Pferd umdrehen und ritt langsam durch den Wald. «Um es auf den Punkt zu bringen, mein Freund, die Yankees wollen an Ihrem Hals für einen Strick Maß nehmen. Ich habe damit zu tun bekommen, weil der tatkräftige Thorne bei McClellan um den Einsatz von Kavallerie gebeten hat. Das habe ich gehört, und hier bin ich. Zu Ihren Diensten, Monsieur.» Lassan sah Starbuck mit einem verwegenen Grinsen an.

«Warum?», fragte Starbuck schroff.

«Warum nicht?», gab Lassan gut gelaunt zurück, dann schwieg er, als sein Pferd die Uferböschung eines kleinen Bachlaufs hinunter trabte und auf der anderen Seite wieder hinauf. «Also gut, ich sagen Ihnen warum. Es ist genau, wie ich schon erklärt habe. Ich muss auf die Seite der Rebellen kommen, ganz einfach, und am liebsten, bevor dieser Krieg vorbei ist, was bedeutet, dass ich Wochen damit verbringen kann, um die halbe verdammte Welt zu reisen, bloß um von Yorktown nach Richmond zu kommen. Ich ziehe es aber vor, direkt durch die Frontlinien zu reiten, und ich dachte, Sie hätten heute Nachmittag das Gleiche vor, und da habe ich mir gesagt: Warum nicht? Zu zweit ist es sicherer als allein, und wenn wir auf der anderen Seite sind, werden Sie mein Bürge, damit die Südstaatler mich nicht verhaften und als Spion erschießen, sondern Ihr Wort dafür nehmen, dass ich tatsächlich Patrick Lassan bin, Chasseur Colonel der Kaiserlichen Leibwache.» Er grinste Starbuck an. «Klingt das einleuchtend?»

«Patrick?», fragte Starbuck, den dieser Name stutzig machte, weil er so ganz und gar nicht französisch klang.

«Mein Vater war Engländer und sein bester Freund Ire, daher der Name. Meine Mutter ist Französin, und ich habe ihren Familiennamen, weil sie nie die Zeit gefunden hat, ihren Engländer zu heiraten, und das macht mich, *mon ami*, zu einem echten Bastard.» Lassan hatte mit deutlicher Zuneigung von seinen Eltern gesprochen, eine Zuneigung, die Starbucks Neid erregte. «Es macht mich außerdem zu einem gelangweilten Bastard», fuhr Lassan fort. «Die Yankees sind anständig und gastfreundlich, aber sie werden immer mehr von einer geradezu teutonischen Disziplin heimgesucht. Sie wollen mich mit Anordnungen und Regeln an die Kette legen. Sie wollen, dass ich mich in geziemendem Abstand von den Kämpfen halte, wie es sich gehört für einen Beobachter, der nicht mitkämpft, aber ich muss die Schlacht riechen, sonst kann ich nicht darüber berichten, wie dieser Krieg gewonnen und verloren wird.»

«Bei uns gibt es auch Anordnungen und Regeln», sagte Starbuck.

«A-ha!» Lassan drehte sich im Sattel um. «Also sind Sie ein Rebell?»

Eine Sekunde lang hätte Starbuck aus der Gewohnheit der letzten Wochen beinahe geleugnet, dann zuckte er mit den Schultern. «Ja.»

«Gut für Sie. Vielleicht sind ihre Regeln und Anordnungen ja genauso schlimm wie die der Yankees, das wird sich zeigen. Aber es wird auf jeden Fall ein Abenteuer, oder? Ein großartiges Abenteuer. Kommen Sie!» Er führte Starbuck aus dem Wald und über eine Weide, auf der ein Artilleriefuhrpark eingerichtet worden war.

Dahinter lag eine Straße, und daneben rasteten Infanterieeinheiten der Yankees. Für den Fall, dass sie gefragt würden, was sie hier verloren hatten, schlug Lassan vor zu sagen, er sei ein zugelassener Militärbeobachter, der zur Schlacht ritt, und Starbuck seine Ordonnanz. «Aber unser größtes Problem ist die Überquerung des Flusses. Ihre Verfolger werden auf der Straße hinter uns bleiben, aber es ist immerhin möglich, dass sie an sämtliche Brückenposten telegraphiert haben, damit die Wachen nach uns Ausschau halten.»

Starbucks Magen zog sich zusammen. Wenn ihn die Yankees erwischten, würden sie ihn hängen, und wenn die Militärpolizei der Rebellen Pinkertons Schreiben entdeckte, würden sie das Gleiche tun. Doch falls es ihm gelang, die Seiten zu wechseln, hatte er immer noch eine Chance, sich in die Legion zurückzubluffen. «Sie gehen ein hohes Risiko ein, nicht wahr?», fragte er Lassan.

«Ganz und gar nicht. Wenn sie uns festnehmen, werde ich leugnen, irgendetwas von Ihrem kriminellen Charakter zu wissen. Ich werde behaupten, Sie hätten mich ausgetrickst und belogen, und dann rauche ich eine Zigarre, während Sie gehängt werden. Aber keine Sorge, ich werde ein Gebet für Ihr Seelenheil sprechen.»

Der Gedanke an sein verlorenes Seelenheil ließ Starbuck an all die Gebete denken, die sein Bruder an ihn verschwendet hatte. «Haben Sie meinen Bruder gesehen?», fragte Starbuck, als sie sich zwischen den abgestellten Geschützen auf die Infanteristen zubewegten, die an der Straße rasteten.

«Er hat Ihre Unschuld beteuert. Ihr Bruder, denke ich, ist nicht gerade ein geborener Soldat.» Das war eine überaus wohlwollende Beurteilung. «Ich habe den größten Teil der Schlacht bei Bull Run in der Gesellschaft Ihres Bruders verbracht. Er liebt die Einengung durch Regeln und Anordnungen. Er ist kein Draufgänger, denke ich. Armeen könnten ohne diese vorsichtigen Männer nicht überleben, aber Draufgänger haben sie noch nötiger.»

«James ist ein guter Anwalt», brachte Starbuck zur Verteidigung seines Bruders vor.

«Warum seid Ihr Amerikaner eigentlich so stolz auf eure Anwälte? Anwälte sind doch nur ein Symptom für eine streitsüchtige Gesellschaft, und jeder Cent, den man einem Anwalt gibt, ist ein Schluck Champagner, eine eroberte Frau oder eine geraucht Zigarre weniger. Zum Teufel mit dem ganzen Blutsaugerpack, sage ich, auch wenn ich sicher bin, dass Ihr Bruder im Vergleich zu den anderen ein wahrer Engel ist. Sergeant!» Lassan hatte zu einem der Infanteristen hinübergerufen. «Zu welcher Einheit gehören Sie?»

Der Sergeant, überzeugt durch Lassans zur Schau getragene Autorität, sagte, seine Einheit sei das 1st Minnesota aus der Brigade General Gormans. «Wissen Sie, was los ist, Sir?», fragte der Sergeant.

«Die verdammten Rebellen machen ein bisschen Theater, Sergeant. Aber Sie werden schon bald die Gelegenheit bekommen, ihnen eine ordentliche Abreibung zu verpassen. Viel Glück!» Lassan ritt weiter, trabte zwischen den tiefen Schlammfurchen der Straße und der wartenden Infanterie hindurch. «Das ist General Sumners Korps», erklärte er Starbuck. «Sumner muss dicht zur Brücke aufgeschlossen haben, was bedeutet, dass er auf den Angriffsbefehl wartet, aber er wird ihn wohl kaum allzu bald bekommen. Unser neuer Napoleon ist offenbar nicht davon überzeugt, dass heute Eile geboten ist. Er ist krank, aber er sollte trotzdem ein wenig aktiver sein.»

«Mögen Sie McClellan nicht?», fragte Starbuck.

«Mögen?» Der Franzose dachte einen Moment über die Frage nach. «Nein, nicht besonders. Er ist ein guter Exerziermeister, aber kein guter General. Er ist nichts weiter als ein aufgeblasener kleiner Mann, der unter schwerer Selbstüberschätzung leidet. Das würde keine Rolle spielen, wenn er Schlachten gewinnen würde, aber er scheint nicht imstande, überhaupt eine Schlacht zu führen, vom Gewinnen einmal ganz abgesehen. Bis jetzt hat er auf diesem Feldzug nichts anderes getan, als die Rebellen zu bedrängen, sie mit seiner Übermacht zum schrittweisen Rückzug zu bringen, aber er hat noch nicht gegen sie gekämpft. Er fürchtet sich vor ihnen! Er glaubt, sie hätten zweihunderttausend Mann!» Lassan stieß ein bellendes Lachen aus, dann deutete er auf einen glänzenden Telegraphendraht, der an Behelfspfosten neben der Straße entlang gespannt war. «Das ist unser Problem, Starbuck. Was ist, wenn unser Freund Thorne voraustelegraphiert hat, was? Vielleicht werden Sie an der Brücke schon erwartet. Vermutlich werden Sie an dem Galgen in Fort Monroe aufgeknüpft. Die letzte Tasse Kaffee, eine Zigarre, schnell den dreiundzwanzigsten Psalm heruntergeleiert, dann stülpen Sie Ihnen die Kapuze über den Kopf und lassen Sie durch die Falltür sausen. Ein schneller Tod, heißt es. Viel besser als erschießen. Haben Sie schon mal einem Erschießungskommando zugesehen?»

«Nein.»

«Kommt noch. Mich wundert es immer, wie oft so ein Kommando danebentrifft. Man stellt die Mistkerle in zehn Schritt Entfernung auf, steckt dem armen Mann dort ein Stück Papier an die Brust, wo das Herz ist, und trotzdem durchlöchern sie ihm Leber, Ellbogen und Blase. Eigentlich schießen sie an sämtliche Stellen, die den armen Teufel nicht von seinem Elend erlösen, was bedeutet, dass der Offizier hingehen muss, um dem Mann, der sich da auf dem Boden krümmt, den Gnadenschuss in den Kopf zu verpassen. Meinen ersten vergesse ich nie. Meine Hand hat gezittert wie Espenlaub, und der arme Kerl hat gezuckt wie ein Fisch auf dem Trockenen. Es hat mich drei Schüsse gekostet und dann volle zwei Wochen, bis ich sein Blut aus meinen Stiefelnähten heraus hatte. Schmutzige Sache, diese Erschießungskommandos. Alles in Ordnung mit Ihnen?»

«Mir geht es bestens», sagte Starbuck, und das stimmte auch. Die Unterhaltung mit Lassan lenkte ihn von seinen Sorgen über de'Aths Tod ab.

Lassan lachte über Starbucks demonstrative Gelassenheit. Die Straße hatte sie in einen düsteren, feuchten Waldabschnitt geführt, in dem Schlingpflanzen von den Ästen hingen und trübe Tümpel einen fauligen Geruch verbreiteten. Die Straße verlief hier als Bohlenweg, was den Pferden das Weiterkommen erschwerte, und zwar so sehr, dass Lassan nach einer Weile vorschlug, abzusteigen und die Pferde am Zügel zu führen. Er erzählte vom Krimkrieg und der Verbohrtheit der Generäle, dann von 1832, dem Jahr, in dem er als Offizierskadett in die französische Armee eingetreten war. «Mein Vater wollte, dass ich zur britischen Armee gehe. Du solltest zum Schützenbataillon, erklärte er mir, das sind die Besten der Besten, aber meine Mutter wollte, dass ich bei den Franzosen Kavallerist werde. Ich habe mich für die Franzosen entschieden.»

«Warum?»

«Weil ich in ein Mädchen verliebt war, dessen Eltern in Paris wohnten, und ich dachte mir, wenn ich auf die Militärakademie Saint Cyr ginge, könnte ich meine Angebetete verführen, wenn ich dagegen nach England ginge, würde ich sie nie wiedersehen.»

Starbuck dachte an Mademoiselle Dominique Demarest aus New Orleans, die ordinäre Schauspielerin und Hure, die ihn dazu verführt hatte, der Universität von Yale den Rücken zu kehren und mit einem Wandertheater fortzulaufen. Er fragte sich, wo Dominique jetzt wohl sein mochte und ob er sie jemals wiedersehen würde, damit er seine Rechnung mit ihr begleichen konnte. Dann ging ihm plötzlich auf, dass er keinen Groll gegen Dominique hegte. Sie hatte ihn nur dazu gebracht zu tun, was er hatte tun wollen, und das war die Flucht vor den Fesseln gewesen, als die er seine Familienbande empfand. «Was ist aus Ihrer Angebeteten geworden», fragte Starbuck.

«Sie hat einen Tuchhändler in Soissons geheiratet», sagte Lassan. «Und inzwischen weiß ich kaum noch, wie sie aussah.»

«Hat sich Ihr Vater sehr geärgert?»

«Nur über meinen Frauengeschmack. Er sagte, da habe er schon in einem Ochsengespann hübschere Gesichter gesehen.» Lassan lachte wieder. «Aber ich habe meine Wahl aus Liebe getroffen, verstehen Sie, und ich bereue es nicht. Und wenn ich mich für den anderen Weg entschieden hätte, würde ich es vielleicht ebenfalls nicht bereuen. Es gibt kein perfektes Leben, aber eine verdammt gute Zeit, die auf alle wartet, die den Mut haben, sich diesem Leben zu stellen. Und Mut ist genau das, was wir jetzt brauchen, *mon ami*.» Lassan deutete auf die Brücke, die gerade in Sicht gekommen war. «Wenn wir diese Brücke überquert haben, müssen wir nur noch die Kugeln und Granaten von zwei Armeen überleben.»

Die Brücke war eine armselige Angelegenheit. Der schlammüberzogene Bohlenweg führte geradewegs durch ein Sumpfareal mit stehenden Gewässern, dann schien er sich als Brücke einen oder zwei Fuß über den übelriechenden, trägen Fluss zu erheben, bevor er sich auf dem südlichen Ufer wieder zu einem ekelhaften Streifen Moorland senkte. Die leichte Hebung wurde von vier Pontons gewährt, mit Zinkblech beschlagenen, flachen Holzkähnen, die den Bohlenweg über den Fluss stützten. Die Pontons wurden von enorm langen Tauen an Ort und Stelle gehalten, die hinten im Wald an Bäumen festgeknotet waren, doch es war offensichtlich, dass es mit der komplizierten Anordnung aus Tauen, Pontons, Flaschenzügen und Bohlenweg Probleme gab. Der Sturm des Vorabends hatte den Pegel des Flusses steigen lassen und eine Masse Treibgut angeschwemmt, das sich an der Brücke verfangen und die Festmachertaue so sehr gedehnt hatte, dass sich der Bohlenweg nun prekär flussabwärts wölbte. Die Gefahr, dass der Wasserdruck und das Treibgut die Taue reißen lassen und damit die Brücke zerstören könnten, war nicht zu übersehen. Um das zu verhindern, standen rund zwanzig unglückselige Soldaten der Pioniereinheit bis zur Brust in dem strömenden, brackigen Wasser und versuchten, die Brücke von dem Treibgut zu befreien und die Festhaltetaue nachzuspannen.

«Da können Sie nicht rüber!», rief ein Pionier in Hemdsärmeln Lassan und Starbuck zu, als sie ihre Pferde aus der Deckung des Waldes führten. Der Pionier war ein Mann mittleren Alters, seine Hosen waren mit Schlamm verschmiert, und über das schnurrbärtige Gesicht lief ihm der Schweiß, der auch schon sein weißes Hemd dunkel gefärbt hatte. «Ich bin Colonel Ellis, Pionierkorps», stellte er sich Lassan vor. «Die Brücke ist nicht sicher. Der Sturm hat ihr verdammt zugesetzt.» Ellis sah Starbuck kurz an, zeigte aber kein besonderes Interesse an ihm. «Eine Meile flussauf ist noch eine Brücke.»

Lassan verzog das Gesicht. «Wie kommen wir zu dieser Brücke?»

«Reiten Sie den Weg zurück, auf dem Sie gekommen sind. Nach einer halben Meile gibt es eine Abzweigung nach links, die nehmen Sie. Eine halbe Meile weiter folgt eine T-Kreuzung, da biegen Sie wieder links ab.» Ellis schlug nach einem Moskito. Im Fluss hängte sich gerade eine Reihe Männer an eines der Taue, und Starbuck sah, wie die instabile Bohlenbrücke etwas untertauchte und bebte, als sich das dicke Seil straffte. Das Tau hob sich aus dem Wasser, und tropfende Pflanzen hingen daran herunter, und dann schrie einer der Männer im Fluss auf, weil er eine Schlange an dem neu gespannten Tau hängen sah. Er ließ los, und die Panik verbreitete sich unter seinen Kameraden, die nun ebenfalls alle das Tau losließen und ans Ufer flüchteten. Knarrend wölbte sich die Brücke wieder stromab.

Ein Sergeant brüllte die Pioniere an, nannte sie Feiglinge und Bastarde. «Das ist nur eine Mokassinschlange! Die bringt euch nicht gleich um! Jetzt wieder ans Tau! Ziehen, ihr Bastarde, ziehen!»

«Wissen Sie, dass ein Korps darauf wartet, diese Brücke überqueren zu können?», fragte Lassan Colonel Ellis ernst, als wäre der

Colonel der Pioniere persönlich dafür verantwortlich, dass sich der Vormarsch des Korps verzögerte. «Sie warten hinter dem Wald.»

«Hier überquert keiner irgendwas, solange die Brücke nicht repariert ist», sagte Ellis schlecht gelaunt.

«Ich glaube, wir sollten selbst feststellen, ob die Brücke sicher ist», sagte Lassan leichthin. «Die Zukunft der Union könnte davon abhängen. Im Krieg, Colonel, müssen Risiken eingegangen werden, die in Friedenszeiten undenkbar wären, und wenn eine instabile Brücke der einzige Weg zum Sieg ist, dann muss das Risiko in Kauf genommen werden.» Er verkündete diesen Unsinn, während er mit seinem Pferd am Zügel entschlossen auf die Brücke zuging, die unter der starken Strömung schwankte. Starbuck sah, dass das Unwetter zwei Pontons aus ihrer Vertäuung gerissen hatte, sodass sich der Bohlenweg aufgefächert hatte und fußbreite Lücken in der oberen Balkenschicht entstanden waren.

«Wer sind Sie?» Der schlammbespritzte Colonel der Pioniere hastete dem Franzosen nach. Lassan beachtete ihn nicht, stattdessen warf er im Vorübergehen einen Blick in ein kleines Zelt, das gefährlich nahe an einem Tümpel mit stehendem Wasser aufgestellt worden war und in dem ein Telegraphengerät einsam vor sich hin ratterte. «Ich frage Sie, wer Sie sind!», wiederholte der Colonel, der vor Wut rot angelaufen war.

«Ich bin General Lassan, Viscount Seleglise des Herzogtums Normandie und Chasseur Colonel der Kaiserlichen Leibwache, derzeit zum Stab Major General George McClellans gehörig.» Lassan ging weiter voraus, und Starbuck ging an seiner Seite.

«Von mir aus sind Sie der König von Siam», sagte Ellis. «Sie kommen trotzdem nicht rüber.»

«Vielleicht nicht, falls ich bei dem Versuch den Tod finde», sagte Lassan großartig. «Wenn meine Leiche gefunden wird, Colonel, dann bitte ich darum, sie in die Normandie zurückzuschicken. Mein

Begleiter dagegen stammt aus Boston, also können Sie seine Leiche ruhig dort verrotten lassen, wo auch immer in diesem verseuchten Sumpf sie liegen bleibt. Komm schon, Junge!» Diese letzte Aufforderung galt seinem Pferd, das unruhig den Kopf zurückwarf, weil der Tritt immer unsicherer wurde, je näher sie an die Brücke kamen. Die Balken des Bohlenwegs sanken unter dem Gewicht des Pferdes ein, und blasiger Schlamm stieg in den Spalten hoch.

«Kommen Sie zurück, zum Teufel!», rief der Sergeant, der bis zur Hüfte im Wasser stand und das Ende eines Taus in den Händen hielt.

«Ich gehe weiter. Es ist mein Risiko, nicht Ihres!», rief Lassan zurück, dann grinste er Starbuck verschmitzt an. «Vorwärts, immer vorwärts.»

«General! Bitte!», versuchte es Colonel Ellis ein letztes Mal, doch Lassan beachtete ihn nicht und ging über die Balken dorthin, wo sich die Brücke leicht über das strudelnde, schnell fließende Wasser des vom Regen angeschwollenen Flusses hob. Der Bohlenweg tauchte knarrend ein Stück ein, als sie die Schräge erreichten. Starbuck kam am ersten Ponton vorbei und sah, dass er halb voller Regenwasser stand, dann war er bei der ungewollten Wölbung der Brücke angelangt, und sein Pferd scheute zurück vor dem Wasser, das schäumend um das Treibgut und die Pontons strudelte. Starbuck zog das Tier weiter, doch es ging nur sehr langsam voran, denn das Pferd brauchte Zeit, um seine Hufe auf die schwankenden Balken zu setzen. «Bleiben Sie auf der flussauf gelegenen Seite», sagte Lassan. «Da sind die Balken dichter aneinander.» Der zweite Ponton stand beinahe komplett unter Wasser, und unter dem Gewicht von Lassans Pferd senkte sich der Bohlenweg gefährlich dicht zu den rötlich-schlammigen Strudeln des Flusses. «Colonel Ellis!», rief Lassan über die Schulter.

«Was?»

«Sie hätten es leichter mit der Arbeit, wenn Sie zuerst die Pontons auspumpen würden!»

«Warum kümmern Sie sich nicht um ihre eigenen Angelegenheiten, verdammt?»

«Eine gute Frage», sagte Lassan heiter zu sich selbst. Er und Starbuck waren nun halb über die Brücke, ihr Gewicht drückte die schwere Bohlenkonstruktion bis auf wenige Zoll zur Wasseroberfläche hinunter. «Sie haben sehr gute Pioniereinheiten in diesem Land», erklärte der Franzose Starbuck. «Besser als unsere. Die Franzosen lieben nun einmal die Kavallerie, schlimmstenfalls sind sie noch damit einverstanden, zur leichten Infanterie zu gehen, aber alles andere gilt als entwürdigend. Ich habe allerdings den schrecklichen Verdacht, dass künftige Kriege von der Artillerie und den Pionieren entschieden werden, von den Technikern unter den Soldaten und den mathematischen Hilfswissenschaften des Kriegshandwerks, während wir prächtigen Reiter zu Botenjungen herabgestuft werden. Trotzdem, ich kann mir nicht vorstellen, dass sich eine richtige Frau in einen Techniker verliebt, Sie etwa? Das ist das Gute an einem Dasein als Kavallerist, es macht einem die wirklich bedeutenden Eroberungen im Leben etwas leichter.»

Starbuck lachte, dann keuchte er auf, weil ihm der Fuß auf einem schlüpfrigen Balkenstück wegrutschte. Es gelang ihm, das Gleichgewicht zu wahren, doch die plötzliche Bewegung schien das Festhalteitau des nächsten Pontons gestrafft zu haben, sodass die ganze Brücke unter der herandrängenden Strömung schlingerte und das Wasser in einer Spalte zwischen den Balken heraufschäumte. Starbuck und sein Pferd blieben wie erstarrt stehen, bis sich die größten Schwankungen der Brücke gelegt hatten und sie vorsichtig weitergehen konnten. «Sind Sie wirklich ein Viscount?», fragte Starbuck den Franzosen und dachte daran, dass auch de'Ath einen französischen Adelstitel für sich reklamiert hatte, doch wenn der Tratsch von James stimmte, war de'Aths Abstammung sogar noch erlesener.

«Da bin ich nicht ganz sicher», sagte Lassan unbekümmert. «Es ist ein alter Titel, bei der Revolution offiziell abgeschafft, aber mein Großvater hat ihn benutzt, und ich bin sein einziger direkter männlicher Nachkomme. Ich vermute allerdings, dass ich das Recht auf die Zugehörigkeit zum Adel in dem Moment verloren habe, in dem mich meine Mutter und mein Vater außerehelich gezeugt haben, aber ab und zu grabe ich den Titel wieder aus, um das einfache Volk zu beeindrucken.»

«Und Sie haben gesagt, Sie sind ein General?»

«Nur ehrenhalber. Als die Kriege gegen Österreich vorbei waren, wurde ich wieder zu einem einfachen, bescheidenen Colonel.»

«Und Ihre Regierung hat Sie hierhergeschickt, damit Sie beobachten, wie wir kämpfen?», fragte Starbuck, der sich darüber wunderte, dass ein solcher Mann nach Amerika beordert worden war.

«O nein. Sie wollten, dass ich ein Rekrutierungsdepot leite, nichts als grobschlächtige Feldarbeiter, klapprige Ersatzpferde und betrunkene Sergeanten. Sie haben ein paar Langweiler von der Militärakademie und eine Handvoll stumpfsinniger Infanteristen als offizielle Beobachter hergeschickt, aber ich wollte mir das mit eigenen Augen ansehen, also habe ich eine unbefristete Freistellung beantragt, und irgendwann hat die Regierung endlich zustimmen müssen, weil sie festgestellt haben, dass ich mich ohnehin nicht aufhalten lasse. Ich fühle mich, als wäre ich auf einer Vergnügungsreise, Starbuck.» Lassan zog sein Pferd weiter. «Beinahe geschafft. Ich weiß nicht, worüber sich diese dummen Kerle so aufregen. Ich hätte mit verbundenen Augen eine Division galoppierender Huren im Walzerschritt über diese Brücke bringen können.»

Starbuck grinste über diese himmelschreiende Angeberei, dann drehte er sich ruckartig um, weil eine strenge Stimme vom nördlichen Ufer des Flusses herüberschallte. Es war Colonel Ellis, der jetzt neben dem Telegraphenzelt stand. «Halt!», rief er. «Bleiben Sie auf der Stelle stehen! Halt!»

Starbuck winkte, als hätte er Ellis' Befehl missverstanden, und ging weiter. Er war schon fast von der Brücke herunter, und dicht vor ihm lag die morastige, glitschige Zubringerstraße. Er begann voranzuhasten, zog sein Pferd hinter sich her.

«Halt!», rief Ellis erneut, und dieses Mal verlieh er dem Befehl Nachdruck, indem er seinen Revolver zog und über Starbucks Kopf hinwegschoss. Die Kugel fuhr peitschend ins Laubwerk des Waldes, der noch etwa fünfzig Schritt vor ihnen lag.

«Führen Sie Ihr Pferd in einem Halbkreis in seine Richtung», sagte Lassan leise, «dann denkt er, Sie gehorchen ihm. Aber zugleich schwingen Sie sich in den Sattel, lassen das Pferd ganz herumdrehen, und dann reiten Sie wie der Teufel. Verstanden?»

«Verstanden», sagte Starbuck, winkte dem Colonel der Pioniere noch einmal zu und zog das Pferd am Zügel herum, um zu zeigen, dass er keinen Fluchtversuch vorhatte, doch gleichzeitig setzte er seinen schlammverdreckten Stiefel in den Steigbügel. Er packte den Sattelknauf und schwang sich auf das Pferd seines Bruders. Auch Lassan stieg auf.

Colonel Ellis eilte zur Brücke und hob die Hand. «Kommen Sie zurück!»

«Auf Wiedersehen, *mon Colonel*», sagte Lassan leise und lenkte sein Pferd in die entgegengesetzte Richtung. «Und jetzt zeigen Sie mir, was ein echter Ritt ist!», rief der Franzose, und Starbuck trieb seinem Pferd die Fersen in die Flanken und folgte dem Pferd des Franzosen. Der Bohlenweg war glatt und tückisch, aber irgendwie gelang es den Pferden, ihren Tritt zu behalten. «Reiten Sie!», trieb Lassan Starbuck an, und Colonel Ellis ermunterte ihn sogar noch mehr, indem er seinen Revolver abfeuerte, nur dass er dieses Mal nicht über die Köpfe der Flüchtlinge hinwegschoss, sondern auf ihre Pferde zielte. Aber die beiden Männer waren schon über hundert Schritt entfernt und Revolver keine besonders treffsicheren Waffen, wenn das Ziel weiter weg war als vierzig oder fünfzig Schritt. Der Colonel feuerte seine ersten beiden Kugeln viel zu hastig ab und zielte erbärmlich ungenau. Dann nahm er sich zusammen und zielte sorgfältiger, aber Lassan war schon im Schatten der Bäume, wo er sein schwarzes Pferd umdrehen ließ und seinen eigenen Revolver zog, mit dem er an Starbuck vorbei zurückfeuerte. Lassans Schüsse gingen ins Marschland oder trieben feuchte Splitter aus dem Bohlenweg. Der Franzose wollte niemanden töten, sondern den Colonel beim Zielen stören, und dann galoppierte Starbuck an ihm vorbei und ritt eine Kurve, sodass er aus Ellis' Sicht kam.

Lassan holte zu Starbuck auf, und die beiden Männer ritten durch einen genauso düsteren und von Schlingpflanzen überwucherten Wald wie auf dem Nordufer. «Jetzt wissen sie, wo wir sind», sagte Lassan. «Ellis wird ihnen telegraphieren.» Er lud seinen Revolver nach, drückte die Kugel mit dem hebelförmigen Kugelsetzer an der Unterseite des Laufs auf das Schwarzpulver. Der Schlachtenlärm war jetzt lauter, erfüllte die schwüle Luft mit einer Todesdrohung. Lassan entdeckte einen Pfad in den Wald und bog von der Straße ab, dann galoppierte er über einen breiten Reitweg, der sich zu einem Feld verbreiterte, hinter dem mehrere Gebäude lagen. Starbuck folgte ihm und spannte sich an, als der Franzose über einen Koppelzaun setzte. Starbuck packte die Zügel fester, schloss die Augen, und ließ sich von dem Pferd über den Zaun tragen. Irgendwie hielt er sich auf dem Rücken des Tieres, und als er die Augen wieder öffnete, sah er, dass sie einen Weg entlangtrabten, der zwischen einem Feld und einem weiteren Waldstück verlief. Ein Drehpflug war neben dem Weg aufgegeben worden, eine Erinnerung an friedlichere Zeiten, während sich auf der anderen Seite des Feldes ein Fuhrpark der Artillerie befand, auf dem die Pferde, Protzen und Geschütze einer Nordstaatenbatterie auf Befehle warteten. «Am besten tun wir so, als hätten wir überhaupt keine Eile», sagte Lassan. «Es gibt auf einem Schlachtfeld nichts Verdächtigeres als einen Mann, der es eilig hat. Haben Sie das auch schon bemerkt? Soldaten erledigen die meisten Dinge mit halber Geschwindigkeit. Die einzigen Leute, die sich beeilen, sind Stabsoffiziere und Flüchtlinge.»

Er ritt weiter ostwärts über das Feld und trabte lässig an den abgestellten Kanonen vorbei. Starbuck hielt sich an seiner Seite. Eine halbe Meile weiter links erstreckte sich der nächste Waldgürtel, hinter dem eine niedrige, bewaldete Hügelkette folgte, die das Schlachtfeld verdeckte. Hinter den Hügeln stiegen große Rauchfetzen auf, und Lassan ritt auf den Rand dieses Rauchs zu. «Es hat keinen Sinn, mitten im Getümmel herauszukommen, Starbuck. Wir halten auf die Flanke zu.»

«Sie genießen das richtig, stimmt's?», sagte Starbuck, der dem erfahreneren Franzosen sehr gern die Führung überließ.

«Es ist besser, als in McClellans Hauptquartier zu sitzen und zum achtundneunzigsten Mal die *World* aus New York zu lesen.»

«Aber was ist mit Ihrer Habe?», fragte Starbuck, dem plötzlich auffiel, dass der Franzose ohne jedes Gepäck von der Unionsseite auf die der Konföderierten wechseln wollte.

«Meine Habe befindet sich in Frankreich. Hier in Amerika besitze ich einen Mantel», Lassan klopfte auf das Kleidungsstück, das er hinter dem Sattel zusammengerollt hatte. «Ein wenig Geld.» Er klopfte auf eine Satteltasche. «Genug, damit Sie Lust bekommen könnten, mich umzubringen, aber ich rate Ihnen, es nicht zu versuchen.» Er lächelte vergnügt. «Ein Hemd zum Wechseln, ein bisschen Tabak, Revolverpatronen, Unterwäsche, eine Ausgabe von Montaignes Essays, eine Zahnbürste, drei Notizbücher, zwei Bleistifte, zwei Rasiermesser, ein Wetzstahl, ein Kompass, ein Feldstecher, ein Kamm, eine Uhr, eine Flöte, Kreditbriefe und meine Ausweispapiere.» Er klopfte auf die verschiedenen Taschen oder Satteltaschen, in denen er diese Besitztümer aufbewahrte. «Wenn ich sicher bei den Rebellen angekommen bin, kaufe ich mir ein Ersatzpferd, und dann habe ich wieder alles, was ich brauche. Ein Soldat sollte nicht mehr bei sich haben als das, und wenn ich mir einen Bart wachsen lassen würde, bräuchte ich nicht einmal die Rasiermesser.»

«Und was ist mit der Flöte?»

«Ein Mann sollte eine gewisse Kultur besitzen, *mon ami*, sonst ist er nichts weiter als ein Rohling. Gott, in diesem Land würde ich wirklich nicht gern kämpfen.» Das äußerte er, als die beiden über eine Anhöhe kamen und ein Gewirr aus kleinen Feldern und Wäldern vor sich hatten. «Hier ist kein Platz für die Kavallerie», sagte Lassan.

«Warum nicht?»

«Weil Kavalleristen den Wald hassen. Hinter Bäumen können Geschütze und Musketen versteckt werden, und wir Kavalleristen lieben weite, offene Ebenen. Zuerst setzt man den gegnerischen Infanteristen mit Artilleriebeschuss zu, dann jagt man die Kavallerie auf sie, und danach beerdigt man sie. So hat in der Alten Welt die Formel für den Verlauf einer Schlacht gelautet, aber die kann man nur in offenem Gelände umsetzen. Und ich sage Ihnen, mein Freund, dass es keinen größeren Nervenkitzel auf der Welt gibt, als auf einen unterlegenen Gegner zuzureiten. Das Trommeln der Hufe, die Trompeten, die Sonne über einem, der Gegner unter einem, mein Gott, der Krieg hat wirklich einen sündigen Reiz.» Sie trabten weiter, kamen an den ersten Hinweisen auf die Schlacht dieses Tages vorbei. Sanitätskarren brachten Verwundete zu einem Feldlazarett, und Krankenschwestern in einer Uniform aus langen Röcken und Männerhemden halfen, die blutigen Verletzten von den Fuhrwerken in die Zelte zu tragen. Hinter dem Feldlazarett saß eine Gruppe finster blickender Männer mit schießpulverfleckigen Gesichtern, Deserteure, die vor den ersten Angriffen der Rebellen weggelaufen und von Militärpolizisten des Nordens gefasst worden waren. Mit Gewehrmunition beladene Maultiere wurden über eine Straße in Richtung der Rauchwolken geführt.

Lassan und Starbuck trabten an den Maultieren vorbei und in das nächste Waldstück, wo Infanteristen der Nordstaaten lagerten. Die Gesichter dieser Männer waren nicht fleckig von Schießpulver, was zeigte, dass sie an diesem Tag noch nicht gekämpft hatten.

Jenseits des Waldes senkte sich die Straße leicht zum Damm der Richmond and York Railroad, der hier durch die Feuchtwiesen führte. Die Rebellen hatten die Gleise herausgerissen und die Brücke über den Chickahominy gesprengt, aber die fähigen Pioniere des Nordens hatten alles wieder in Ordnung gebracht, und gerade hatte ein Ballonzug rechts von der Kreuzung der Straße mit der Bahnlinie angehalten. Eine Lokomotive blies Rauchwolken in die Luft, während die Ballonmannschaft das plumpe Luftschiff von einem flachen Güterwaggon herunterhievte. Nach dem Sturm hatte der Wind etwas nachgelassen, doch immer noch hatte die Mannschaft schwer mit dem anschwellenden Fesselballon zu kämpfen.

«Ärger», knurrte Lassan.

Starbuck hatte zu dem Ballon geschaut, aber jetzt wandte er den Blick in die andere Richtung und sah, dass eine Kavalleriepatrouille am Bahndamm entlang auf sie zukam.

«Vielleicht suchen sie nur nach Drückebergern», sagte Lassan. «Wir müssen es riskieren. Wenn wir es erst einmal in den Wald dort drüben geschafft haben, sind wir vermutlich sicher.» Er deutete auf ein dichtes Waldstück auf der anderen Seite der Eisenbahnstrecke. «Lassen Sie das Pferd ganz gemächlich im Schritt gehen.»

Lassan und Starbuck ritten langsam die Straße hinunter. Der Franzose zündete eine Zigarre an, die er Starbuck weiterreichte, dann nahm er sich selbst eine. Die Patrouille war noch ein gutes Stück entfernt, und Starbuck spürte, wie seine Zuversicht wuchs, als sie immer näher an die Bahnlinie kamen. Die Straße stieg zwischen grasbewachsenen Randstreifen, die stellenweise vom Funkenflug der Lokomotive versengt waren, leicht bis auf die Höhe des Bahndamms an. Zwei Soldaten trugen einen Stab mit einer Spule und entrollten den Telegraphendraht, der die Gondel des Ballons mit jenem Draht verbinden würde, der neu entlang der Bahnlinie gespannt worden war. Einer der Männer schob sich mit einer Zange zwischen den Zähnen einen Mast hinauf. «Ich hasse die moderne Kriegsführung», sagte Lassan, als er und Starbuck die Kreuzung der Straße mit der Bahn erreichten. «Der Krieg, das sollten Pauken und Trompeten sein, nicht Techniker und Dampfmaschinen.» Zwei Sanitätsgespanne fuhren eilig nordwärts über die Straße, und Lassan lenkte sein Pferd an den Rand, um sie vorbeizulassen. Die Räder der beiden weiß gestrichenen Fuhrwerke klapperten über die Holzbohlen und ließen eine Spur aus Blutstropfen hinter sich auf der Straße. Lassan verzog beim Anblick der stöhnenden, fluchenden und blutenden Verletzten auf den Fuhrwerken das Gesicht, dann zog er seinen Feldstecher heraus, um das Gelände südlich der Bahnstrecke in Augenschein zu nehmen. Auf der linken Seite standen die Zeltreihen eines Feldlagers, und Erdwälle zeigten die Position einer Geschützbatterie an, aber die Kämpfe dieses Tages schienen mindestens eine Meile hinter dem Wald stattzufinden. Zwei Signalwinker, die ihre Signalflaggen so schnell bewegten, dass sie nur unscharf zu erkennen waren, standen auf dem Wall, um eine Nachricht Richtung Süden weiterzugeben. Die Kavalleriepatrouille, die sich ebenfalls vor Lassan und Starbuck befand, schwenkte von dem Bahndamm ab und galoppierte auf die Feuchtwiesen.

«Sie haben uns gesehen», warnte Starbuck den Franzosen, der mit einem Blick nach links feststellte, dass die Reiter der Nordstaaten in einem Winkel über die Feuchtwiesen ritten, von dem sie offenkundig hofften, dass er den beiden Flüchtlingen den Weg abschneiden würde.

Lassan richtete einen Moment sein Fernglas auf die Reiter. «Ihr Bruder ist dabei. Und Pinkerton. Ich glaube, wir sollten uns aus dem Staub machen, oder?» Er grinste Starbuck an, dann trabte er die abschüssige Straße hinunter, die auf der südlichen Seite von dem Bahndamm wegführte. Am Fuß der Schräge angekommen, beobachtete er ihre Verfolger erneut durch das Fernglas, und was er sah, schien ihm nicht zu gefallen, denn er nahm die schwere Metallscheide seines großen, hässlichen Schwerts und klemmte sie sich zwischen den linken Oberschenkel und den Sattel, damit sie ihn beim Ritt nicht behinderte. «Galopp», erklärte er Starbuck.

Beide Männer rammten ihren Pferden die Fersen in die Flanken, und die Tiere warfen den Kopf zurück und begannen, über den roten Morast der Straße zu galoppieren. Eine Kavallerietrompete blies Angriff, und als sich Starbuck unbeholfen im Sattel umdrehte, sah er die blau uniformierten Reiter über die Wiese schwärmen. Die nächsten Kavalleristen waren immer noch dreihundert Schritt entfernt, und ihre Pferde waren erschöpft, doch mit einem Mal knallte eine Pistole oder ein Karabiner, und Starbuck sah die Rauchwolke hinter den Reitern in der Luft stehen bleiben. Er war nicht sicher, aber er glaubte, James zu erkennen, dann krachte der nächste Schuss, und Starbuck zog den Kopf ein und machte, dass er hinter Lassan herkam. Das Pferd des Franzosen stürmte in den Wald, wo Lassan von der Straße abbog und ins dichte Unterholz ritt. Starbuck folgte ihm, ritt verzweifelt um undurchdringliches Dickicht herum und duckte sich unter niedrigen Ästen, bis Lassan sein Pferd schließlich in einen langsamen Trab fallen ließ und sich mit einem Blick über die Schulter versicherte, dass sie ihre Verfolger abgeschüttelt hatten. Starbuck, dessen Herz raste, versuchte, sein verschwitztes Pferd zu beruhigen. «Ich hasse reiten», sagte er.

Lassan legte den Zeigefinger auf die Lippen, dann deutete er in die Richtung, in die er weiterreiten wollte. Er ließ die Pferde im Schritt gehen. Starbuck roch den fauligen Gestank von Schießpulverrauch, und der Kanonendonner war jetzt so nahe, dass jeder Schuss in ihren Ohren hallte, doch immer noch verbargen die Bäume das Schlachtfeld. Lassan hielt erneut an. Der Franzose strahlte vor Zufriedenheit. Für ihn war das alles ein glorreiches Abenteuer, ein Riesenspaß in der Neuen Welt. «Vorwärts», sagte er, «immer vorwärts.»

Die beiden Männer kamen aus dem Wald auf eine kleine, unregelmäßige Weide, auf der sich ein Bataillon Nordstaateninfanterie bereithielt. Der Offizier, der die Fahneneinheit kommandierte, wirbelte eifrig herum, als Lassan auftauchte. «Befehle?», fragte er.

«Nicht von uns, aber viel Glück», rief Lassan zur Antwort, als er an der Fahneneinheit vorbeitrabte. Auf Starbucks linker Seite öffnete sich die Landschaft, und er sah Fuhrwerke und Kanonenprotzen an einer Kreuzung stehen, und quellender Rauch zeigte, wo Geschütze abgefeuert wurden. Eine Unionsflagge hob ihre roten und weißen Streifen in der Brise, und dann verlor Starbuck die Kreuzung aus dem Blick, weil er Lassan ins nächste Waldstück folgte.

Lassan führte ihn durch dornige Hecken und um einen umgestürzten, von Pilzen besiedelten Baum, und dann erreichten sie die nächste Lichtung, und dieses Mal entdeckte Starbuck den Bahndamm auf seiner rechten Seite. Soldaten waren nicht in Sicht. «Wir sind die Kavalleriepatrouille losgeworden», sagte Starbuck zu dem Franzosen.

«Sie können nicht weit sein.» Lassan war vorsichtig. «Wir haben sie für den Moment abgeschüttelt, aber bald haben wir sie wieder auf den Fersen. Hier entlang.»

Ihr Weg führte wieder in ein Wäldchen, dann erneut auf freies Land, das allerdings so sumpfig war, dass sie absteigen und die Pferde am Zügel durch das schwammige, saugende Gelände führen mussten. Nach dem Sumpf kamen ein paar niedrige Virginia-Eichen, dann ein Kiefernbestand. Der Schlachtenlärm hielt pausenlos an, doch merkwürdigerweise war jeder Hinweis auf die Anwesenheit von Soldaten verschwunden; tatsächlich war das Waldgebiet so unberührt, dass Lassan auf einmal nach rechts zeigte und Starbuck dort drei wilde Truthähne auf einer kleinen Lichtung entdeckte. «Schmecken die gut?», fragte Lassan.

«Sehr gut.»

«Aber heute leider nicht», sagte Lassan und wandte sich wieder nach vorn, als eine Gewehrsalve durch die feuchte Luft krachte. Dann wurde über die Schüsse der unverwechselbare, markerschütternde Schlachtruf der Rebellen hörbar, und beim Klang dieses herausfordernden Gebrülls machte Starbucks Herz vor Freude einen Satz. «Wenn ich an Ihrer Stelle wäre», sagte Lassan, «würde ich diesen blauen Uniformrock ausziehen.»

Starbuck trug noch immer den Rock seines Bruders. Nun klopfte er hastig die Taschen ab, nahm die Bibel heraus, die ihm James in Richmond gelassen hatte, dann seine paar billigen Zigarren, die Zündholzschachtel, das Taschenmesser und das Wachstuchpäckchen mit den Papieren. Er steckte alles in eine Satteltasche, dann streifte er die Jacke seines Bruders ab und ließ sie auf den Boden fallen. Nun trug er nur noch seine alten grauen Rebellenhosen, ein schmutziges Hemd, rote Hosenträger, die neuen Schuhe, die ihm sein Bruder bei einem Händler in einem Regiment aus Pennsylvania gekauft hatte, und einen Hut mit breiter Krempe, der genauso ramponiert und fleckig war wie Lassans exzentrische Kopfbedeckung.

Der Franzose führte ihn aus dem Wald. Von Zeit zu Zeit erhaschte Starbuck einen Blick auf den Bahndamm zu ihrer Rechten, aber die Truppen, die den Rebellenschrei ausstießen, sah er immer noch nicht. Alle paar Sekunden peitschte eine verirrte Gewehrkugel durchs Laub über ihren Köpfen, doch es war schwer zu sagen, aus welcher Richtung die Schüsse kamen. Lassan suchte sich seinen Weg sehr vorsichtig, so aufmerksam wie ein Jäger, der sich auf die nichtsahnende Beute zuschleicht. «Vielleicht müssen wir noch einmal auf die andere Seite der Bahnlinie», sagte der Franzose, dann aber war keine Zeit mehr für Entscheidungen oder Überlegungen, denn hinter ihnen ertönte ein Ruf. Die Kavalleriepatrouille war ihnen wieder auf die Spur gekommen. Unwillkürlich trieben die beiden Männer ihre Pferde zum Galopp an.

Eine Kugel zischte über ihnen vorbei, eine andere schlug in einen Baumstamm ein. Lassan schrie eine Warnung und duckte sich unter einem Ast hindurch. Starbuck folgte ihm und hielt sich an seinem Sattelknauf fest, als sein Pferd über einen morastigen Pfad galoppierte, auf eine kleine Anhöhe, und wieder hinunter auf eine Straße, auf der eine Doppelreihe Yankee-Infanteristen wartete. «Platz da! Platz da!», schrie Lassan mit seiner autoritären Stimme, und wie durch Zauberei rückten die Infanteristen zur Seite, damit die beiden Reiter vorbeipreschen konnten. Sie setzten über eine niedrige Hecke, überquerten ein Feld, dann kamen wieder Schüsse von hinten, und Starbuck fürchtete, das gesamte Infanteriebataillon könnte das Feuer eröffnen, aber unvermittelt war er wieder in einem Wald und sah Soldaten auf seiner linken Seite, nur dass diese Soldaten auf der Flucht waren, vor einem Feind davonliefen, der vor Starbuck war. Starbuck schöpfte Hoffnung. Die flüchtenden Soldaten waren Nordstaatler, also mussten die Rebellen dicht vor ihm sein.

Lassan sah die davonlaufenden Männer ebenfalls und schwenkte von ihnen weg. Starbuck hörte Hufschlag hinter sich, riskierte einen Blick über die Schulter, und da war etwa zwanzig Schritt hinter ihm ein bärtiger Reiter. Der Mann hatte seinen Säbel gezogen, die Klinge blitzte im trüben Licht des wolkenverhangenen Tages gefährlich auf. Vor ihnen krachten Infanteriesalven, und wieder erklang der Rebellenschrei, und dann flüchteten noch mehr Nordstaatler. Lassan warf einen Blick nach hinten und sah, dass der Kavallerist zu Starbuck aufschloss. Der Franzose ritt nach links, wurde langsamer und zog sein enormes Schwert. Er ließ Starbuck an sich vorbeireiten, dann schnitt er dem Nordstaatler den Weg ab und ließ sein Schwert mit aller Kraft auf den Schädel des Kavalleristenpferdes niederfahren. Die Klinge drang in die Stirn des Tieres ein, und das Pferd schrie, als es in die Knie ging. Es warf den Kopf vor und zurück, verspritzte Blut, dann brach es ganz zusammen und warf seinen Reiter ab, der fluchend in ein Dorngebüsch neben dem Weg rutschte. Lassan holte schon wieder zu Starbuck auf. «Man muss immer das Pferd angreifen, nie den Reiter», rief er, während er auf Starbuck zugaloppierte.

Als Starbuck und er auf weites, offenes Gelände kamen, schob der Franzose sein Schwert in die Scheide. Zu ihrer Rechten standen kleine Yankee-Trupps auf dem Bahndamm und sahen hilflos mit an, wie eine einzige Infanteriebrigade der Rebellen tollkühn über das offene Heideland vorrückte. Die Brigade bestand aus vier Bataillonen, von denen drei die neue Kriegsflagge der Konföderierten wehen ließen, während die vierte immer noch die alte Flagge mit den drei Streifen führte. Die Brigade rückte in zwei Reihen ohne Unterstützung durch Artillerie oder Kavallerie vor, doch nichts schien ihren Vormarsch aufhalten zu können. Vor ihnen drängte sich eine panische Masse Flüchtender, und hinter ihnen lagen Tote und Sterbende. Keine anderen Rebelleneinheiten waren in Sicht. Es war, als hätte diese eine Brigade eine Lücke in der Gefechtslinie der Yankees entdeckt und beschlossen, die Schlacht allein zu gewinnen.

Starbuck lenkte sein Pferd zu der Rebellenbrigade. «Virginia!», schrie er wie ein Schlachtruf. «Virginia!» Er winkte, um zu zeigen, dass er unbewaffnet war. Lassan folgte ihm, während sechzig Schritt hinter Lassan die Kavalleriepatrouille der Nordstaatler aus dem Wald brach.

Die Rebellenbrigade war die erste von General Longstreets Einheiten gewesen, die das Schlachtfeld erreicht hatte, und ihr Kommandant, Colonel Micah Jenkins, war gerade erst sechsundzwanzig

Jahre alt. Er führte drei Bataillone aus South Carolina und eines aus Georgia, und diese vier Südstaatenregimenter hatten die Yankee-Stellungen aufgebrochen. Jenkins hatte den Befehl zum Angriff erhalten, und niemand hatte ihm befohlen, den Angriff zu beenden, und deshalb stieß er bis weit in die Nachhut der Yankees vor. Mit dem Glück eines geborenen Soldaten hatte seine Brigade die Verteidigungsstellungen der Yankees dort angegriffen, wo nur wenige Kanonen und nur ein paar verstreute Infanterieeinheiten lagen, und eine nach der anderen waren die Stellungen der Nordstaatler überwältigt und die Männer in die Flucht geschlagen worden. Und jetzt wurden Jenkins' Leute von einer Handvoll Kavalleristen aus dem Norden bedroht, die auf ihrer linken Flanke aufgetaucht waren.

Ein Captain aus South Carolina ließ seine Kompanie nach links umschwenken. «Ladung prüfen!», rief er. «Zielt auf die Pferde!»

Einige der Yankees wussten, was nun kommen würde, und zügelten ihr Pferd. Eines, das zu schnell umdrehte, verlor auf dem feuchten Boden den Tritt und stürzte. Ein anderes bäumte sich wiehernd auf und warf seinen Reiter nach hinten ab. Aber die meisten der Yankees brüllten herausfordernd und galoppierten weiter, stürzten sich in die Ekstase von Kavalleristen im Sturmangriff. Dreißig Reiter hatten ihre Säbel gezogen, andere hielten Revolver in der Hand. Ein bärtiger Sergeant trug die Standarte, eine kleine, dreieckige Flagge auf einem Lanzenschaft, und nun senkte er die rasiermesserscharfe Speerspitze des Schafts, bis sie genau auf das Herz des Captains aus South Carolina gerichtet war.

Der Captain wartete, bis die zwei seltsamen Flüchtlinge zu Pferde sicher hinter seiner Infanterie waren, dann gab er Befehl zum Feuern. Fünfzig Gewehre knallten.

Pferde schrien und fielen in den Morast. Die Standarte bohrte sich in einen Grashügel, wo sie zitternd stecken blieb, während der Sergeant, dem Blut aus dem Mund quoll, rücklings vom Pferd geschleudert wurde. Ein Dutzend Pferde lag im Schlamm, und ein weiteres Dutzend galoppierte durch das Chaos aus Hufen und Männern, die versuchten, wieder auf die Füße zu kommen. Pferde schrien vor Schmerz. Die überlebenden Tiere wollten durch das Gewirr aus zuckenden Leibern und schlagenden Hufen nicht mehr angreifen und brachen seitlich aus. Ein paar Reiter feuerten mit ihren Revolvern in den dichten Rauch, der nach der Gewehrsalve vor der Gefechtslinie der Südstaatler hing, und galoppierten danach eilig weg, bevor die Infanterie nachladen konnte. Colonel Thorne war unter den Männern, die vom Pferd gestürzt waren, er lag unter seinem verwundeten Pferd eingeklemmt im Morast. Sein linkes Bein war gebrochen, und sein schöner Traum davon, zur Rettung seines Landes über ein rauchverhangenes Schlachtfeld zu galoppieren, war zu Blutgeruch, den Schreien verwundeter Tiere und den verklingenden Hufschlägen geschrumpft, mit dem sich die anderen Kavalleristen eilig zurückzogen. Der Captain aus South Carolina ließ seine Kompanie wieder in die Angriffslinie zurückschwenken und rückte weiter vor.

Colonel Jenkins galoppierte zu den Neuankömmlingen. «Wer zum Teufel sind Sie?»

«Captain Starbuck, Legion Faulconer, Virginia», sagte Starbuck atemlos.

«Lassan, Colonel der französischen Armee, gekommen, mir ein paar Kämpfe anzusehen», stellte sich Lassan vor.

«Da sind sie genau an der richtigen Stelle, Colonel. Was ist weiter vorne los?»

«Mein offizieller Status als Beobachter verbietet es mir, Ihnen darüber etwas zu sagen», erklärte Lassan, «aber mein Begleiter, falls er nicht so außer Atem wäre, würde Ihnen berichten, dass dort zwei getrennte Regimenter Yankee-Infanterie stehen. Eines auf einer Lichtung nach dem nächsten Wald und das andere eine Viertelmeile weiter hinten. Und danach folgt an der Kreuzung ihre größte Verteidigungsstellung.»

«Dann setzen wir uns am besten wieder in Bewegung», sagte Jenkins, «und ziehen den Bastarden noch ordentlich eins über.» Er sah Starbuck an. «Sie waren Gefangener?»

«Könnte man so sagen, ja.»

«Dann willkommen zu Hause, Captain, willkommen zu Hause.» Er ließ sein Pferd umdrehen und hob die Stimme. «Auf, Jungs, auf! Treibt die Kerle dorthin zurück, woher sie gekommen sind. Auf, Jungs, auf!»

Starbuck drehte sich zur linken Flanke um. Ein Kommando Tirailleure der Rebellen erlöste die verletzten Pferde von ihrem Leid, und ihre Schüsse klangen dumpf und hohl in der schwülen Luft. Die Reste der Kavallerieeinheit aus dem Norden hatten sich am Waldrand gesammelt und sahen machtlos zu, wie die Infanteristen der Rebellen die Satteltaschen und Taschen der gefallenen Reiter plünderten. Die Südstaatler zogen Thornes Pferd von dem Colonel weg, nahmen ihm Schwert und Pistole ab und ließen ihn dann fluchend liegen. Noch immer tauchten neue Reiter aus dem Wald auf, und Starbuck erkannte James unter ihnen. Der arme James, dachte er, und das Schuldgefühl traf ihn so plötzlich wie eine Gewehrkugel.

«Was ist?», fragte Lassan, der Starbucks gequälten Blick sah.

«Mein Bruder.»

«Sie spielen ein Spiel», sagte Lassan schroff. «Er hat verloren, und Sie haben gewonnen, und Sie sind beide noch am Leben. Es gibt Tausende Männer, die heute nicht so viel Glück haben werden.»

«Ich will nicht, dass er leidet.»

«Wieso sollte er denn gelitten haben?», fragte Lassan. «Das Schlimmste, was Ihrem Bruder passieren wird, ist, dass er in seinen Anwaltsberuf zurückkehrt, wo er den Rest seines Lebens damit verbringt, seinen Kollegen von seinem Tunichtgut von einem Bruder zu erzählen. Und glauben Sie wirklich, dass er nicht heimlich stolz auf Sie sein wird? Sie tun alles, was er niemals wagen wird, insgeheim aber gern tun würde. Männer wie er brauchen Brüder wie Sie, sonst würde in ihrem Leben niemals etwas passieren. Meine Mutter hat zu meiner Schwester und mir immer gesagt: Gänse schnattern mit ihrer Gänseschar, aber Adler fliegen allein.» Lassan grinste schelmisch. «Vielleicht ist das auch alles gar nicht wahr, *mon ami*, aber wenn diese Erklärung Ihr Gewissen beruhigt, würde ich mich daran klammern wie an eine warme Frau, die in einer kalten Nacht neben Ihnen im Bett liegt. Und jetzt hören Sie auf, sich schuldig zu fühlen, sondern suchen Sie sich eine Waffe. Es gibt eine Schlacht zu schlagen.»

Starbuck suchte nach einer Waffe. Er war zurück unter der Flagge, die er sich ausgesucht hatte, er hatte eine Schlacht zu schlagen, einem Strick zu entkommen und einen Freund zu betrügen. Er hob das Gewehr eines Toten auf, entdeckte ein paar Patronen und suchte nach einem Ziel, auf das er schießen konnte.

Schließlich begann die Verstärkung der Nordstaatentruppen über den Fluss zu setzen. Das Gewicht eines Feldgeschützes zerriss die beschädigte Brücke, doch erstaunlicherweise wurde dabei kein einziger Mann verletzt, und nicht einmal die Kanone ging verloren. Stattdessen wurden die Gespannpferde blutig gepeitscht, bis sie das schwere Geschütz aus dem Wasser und auf den Bohlenweg auf dem südlichen Ufer zogen.

McClellan blieb im Bett und behandelte sich mit Chinin, Honig und Brandy. Er hatte so viel Medizin genommen, dass er ganz benommen war und von Kopfschmerzen geplagt wurde, doch sein Arzt versicherte den Stabsoffizieren des Hauptquartiers, dem fiebernden General sei bewusst, dass eine Schlacht stattfinde, allerdings sei sein Patient nicht in der Verfassung, das Kommando über die Armee zu führen. Am folgenden Tag werde der neue Napoleon vielleicht in der Lage sein, seinen eisernen Willen auf dem Schlachtfeld durchzusetzen, doch bis dahin müsse er sich erholen und die Armee müsse sich ohne sein Führungsgenie behelfen. Die Generalstabsoffiziere gingen auf Zehenspitzen hinaus, um die Rekonvaleszenz des großes Mannes nicht zu gefährden.

Auf der Seite der Südstaatler dagegen hatte General Johnston, der bei der Old Tavern nördlich der Bahnlinie wartete, schließlich verstanden, dass der gedämpfte Gefechtslärm kein Artillerieduell war, sondern eine Schlacht, die ohne sein Wissen und ohne seine Führung tobte. General Longstreet war bei der Old Tavern angekommen, um zu bestätigen, dass seine vordersten Einheiten jetzt südlich der Eisenbahnlinie angriffen. «Ich habe Micah Jenkins aus den Augen verloren», erklärte er Johnston. «Gott allein weiß, wo seine Brigade inzwischen ist.» Longstreet explodierte beinahe vor nervöser Aufregung. «Wir müssen hier angreifen» – er klopfte mit einem schwarz geränderten Fingernagel auf Johnstons Landkarte –, «nördlich der Bahnlinie.»

Johnston war sich ziemlich sicher, dass er Longstreet den ausdrücklichen Befehl gegeben hatte, genau diesen Angriff nördlich der Schienen durchzuführen, und dieser Befehl hatte verlangt, dass der Angriff in der Morgendämmerung erfolgen sollte und nicht jetzt, wo der Tag schon fast vorbei war. Gott allein wusste, was mit seinem sorgfältig geplanten Dreizack-Angriff schiefgelaufen war, aber irgendetwas hatte ihn gefährlich geschwächt, und am nächsten Morgen, das schwor sich Johnston, würde er genau herausfinden, was falsch gelaufen war und wer dafür die Verantwortung trug. Doch diese Untersuchung musste bis nach dem Sieg warten, und so hielt er seine normalerweise scharfe Zunge im Zaum und gab stattdessen Befehl an eine der Reservedivisionen, nördlich des Eisenbahndamms anzugreifen.

Die neuen Angreifer marschierten an der Old Tavern vorbei, und Johnston, der unbedingt wissen wollte, was auf dem Schlachtfeld vor sich ging, schloss sich den vorrückenden Truppen an. Während des Ritts fragte er sich, warum in dieser Armee alles so unnötig kompliziert war. Bei Manassas war es dasselbe gewesen, überlegte er. Bei der Schlacht von Manassas hatte das Oberkommando der Rebellen ohne Informationen auf der rechten Flanke abgewartet, während sich auf der linken Flanke eine Schlacht entwickelt hatte. Er hingegen hatte nun auf der linken Flanke gewartet, während auf der rechten eine führungslose Schlacht aufgeflammt war. Doch noch konnte er dieses Chaos in einen Sieg verwandeln, falls die Yankees nicht zu viel Verstärkung über den Chickahominy gebracht hatten.

Als Präsident Davis bei der Old Tavern eintraf, erfuhr er, dass General Johnston nach Osten abgerückt war. Johnstons Stellvertreter, Gustavus Smith, der vor dem Krieg New Yorks Straßenbaubeauftragter gewesen war, räumte ein, über die Ereignisse des Tages nicht genau Bescheid zu wissen, erklärte aber vollmundig, alles verlaufe ausgezeichnet, soweit er es verstanden habe, auch wenn er zugeben müsse, dass dieses Verständnis recht begrenzt war. General Lee, der den Präsidenten begleitete, war solch eine Erklärung von einem Offizierskollegen derartig peinlich, dass er unbehaglich auf seinem Sattel herumrutschte. Der Wirt der Old Tavern brachte dem Präsidenten ein Glas Limonade, das Davis im Sattel austrank. In der Ferne sah Davis die beiden gelben Ballons der gegnerischen Luftaufklärung im böigen Wind schwanken. «Können wir denn nichts gegen diese Ballons unternehmen?», fragte Davis gereizt.

Einen Moment lang herrschte Schweigen, dann wies Lee ruhig darauf hin, dass der Elevationswinkel der Kanonen für einen Beschuss nicht genügte und dass man mit leistungsstarken Scharfschützengewehren noch die besten Chancen hätte, es den Ballonfahrern ungemütlich zu machen. «Aber ich bezweifle trotzdem, Mr. President, dass diese Gewehre die notwendige Reichweite haben.»

«Irgendetwas muss unternommen werden», sagte Davis ärgerlich.

«Adler?», schlug General Smith strahlend vor. Sowohl Lee als auch Davis sahen ihn fragend an, und Smith krümmte die Finger, um die Wirkung von Adlerklauen zu demonstrieren. «Abgerichtete Adler, Mr. President, könnten doch dazu gebracht werden, die Ballonhüllen zu zerfetzen, nicht wahr?»

«Ganz recht», sagte Davis überrascht. «Ganz recht.» Er warf seinem Militärberater einen Seitenblick zu, aber Lee starrte in eine Pfütze, als sei die Lösung für die Probleme der Konföderation in ihrem trüben Wasser zu finden.

Während auf den Feldern die Kanonen weiterschossen.

«Weiter! Weiter! Weiter! Weiter! Weiter!» Micah Jenkins schien nur zu wissen, wie er seine Männer vorwärtstreiben konnte. Er achtete nicht auf seine eigenen Verluste, ließ die Toten und Verletzten auf dem Feld hinter sich liegen und spornte seine Männer immer weiter an vorzurücken. Sie waren jetzt tief ins Yankee-Gebiet vorgestoßen, ohne jegliche Unterstützung von anderen Südstaateneinheiten, doch das kümmerte den jungen Mann aus South Carolina nicht. «Weiter! Weiter!», rief er. «Jetzt nicht stehen bleiben! Schickt die Bastarde zur Hölle. Trommler! Ich will euch hören! Weitermarschieren!» Eine Kugel pfiff um einen Zoll an Jenkins' Wange vorbei, ihre Druckwelle fühlte sich an wie ein milder, warmer Schlag. Jenkins sah eine Rauchwolke von der Krone einer Kiefer wegtreiben und galoppierte zu einer seiner Infanteriekompanien vor. «Habt ihr den Rauch gesehen? Da, in der Kiefer! Links neben dem Weißdorn. Da sitzt ein Scharfschütze im Baum. Ich will, dass ihr seine Frau augenblicklich zur Witwe macht!»

Ein Dutzend Männer kniete nieder, zielte und feuerte. Der Baum schien zu erbeben, dann sackte ein Körper aus der Krone, gehalten von dem Seil, mit dem sich der Scharfschütze an den Baum gebunden hatte. «Gut gemacht!», rief Jenkins, «gut gemacht! Weitermarschieren!»

Starbuck hatte sich von einem Toten des Regiments aus South Carolina ein Palmetto-Gewehr, einen Tornister mit Patronen und einen grauen Uniformrock genommen. Der Uniformrock hatte ein kleines Einschussloch auf der linken Brustseite und einen großen, blutigen Riss auf dem Rücken, aber es war immer noch eine bessere Uniform als sein schmutziges Hemd. Jetzt kämpfte er wie ein berittener Infanterist, lud und schoss vom Pferderücken aus. Er ritt knapp hinter Jenkins' Frontlinie, zog nach in diesem irrwitzigen Vorstoß, der einen blutigen Keil tief in die Reihen der Yankees hineingerammt hatte. Die Hauptschlacht dröhnte auf der rechten Seite der Brigade, aber sie schien zu einem vollkommen anderen Kampf zu gehören als dieser verwegene Angriff der Männer aus South Carolina.

Die Rebellen rückten in einer Reihe über eine Straße vor und warfen den Koppelzaun auf der anderen Seite um, bevor sie in ein Waldstück eindrangen. Von dem Halteseil des toten Yankees in der Krone der Kiefer tropfte Blut herunter. Sein Gewehr, ein teures Modell mit schwerem Lauf und Zielfernrohr, war heruntergefallen und in den unteren Ästen hängen geblieben, von wo es sich jubelnd ein Mann aus Georgia holte, der im selben Moment wieder zu seinen Kameraden aufschloss, als sie aus dem Waldstück marschierten und ein neues Bataillon Nordstaateninfanterie vor sich sahen. Die Nordstaatler waren gerade erst an die Gefechtslinie befohlen worden, als die Rebellen aus dem Wald brachen. Micah Jenkins brüllte seinen Männern zu, noch nicht zu schießen und nur zu stürmen. «Schreit!», rief er. «Schreit!» Und der heulende Kampfruf der Rebellen erklang aufs Neue.

Die Yankee-Linie verschwand hinter dem Rauch ihrer eigenen Gewehrsalve. Kugeln pfiffen an Starbuck vorbei. Konföderierte gingen zu Boden, wanden sich keuchend im Gras, doch immer weiter stieß die graue Linie vor, und Jenkins trieb sie erbarmungslos an. «Lasst die Verwundeten liegen! Lasst sie!», schrie er. «Weiter! Weiter! Weiter!» Die Yankees luden nach, ihre Ladestöcke wogten spitz über ihren beiden Reihen, doch dann überzeugte das durchdringende Kreischen der Angreifer und das Blitzen ihrer Bajonette im Rauch die Nordstaatler davon, dass dieser Tag verloren war. Das Bataillon löste sich auf, und die Männer flüchteten. «Verfolgt sie! Verfolgen!», rief Jenkins, und die erschöpften Rebellen schwärmten in das Waldstück, wo sie das Feuer auf die Flüchtenden eröffneten. Einige Yankees wollten sich ergeben, aber Jenkins hatte keine Zeit, Gefangene zu machen. Die Nordstaatler wurden nur entwaffnet und weggejagt.

Ein weiteres Yankee-Bataillon wartete am anderen Ende des Waldes, und diese Männer hatten, genau wie alle anderen Yankee-Regimenter, auf die Jenkins an diesem Nachmittag gestoßen war, keinerlei Unterstützung von anderen Infanterieeinheiten des Nordens. Das erste Zeichen, das sie von dem Angriff der Rebellen sahen, waren die flüchtenden Yankees, die aus dem Wald herausliefen, und bevor der Colonel die Verteidigung organisieren konnte, waren die Rebellen in Sicht, brüllten nach Blut, schrien und kreischten. Die Yankees flohen, strömten zurück über ein großes Weizenfeld zu der Kreuzung, wo das Gros ihrer Armee den starken, zentralen Vorstoß des Rebellenangriffs aufgehalten hatte. Und nun, im Angesicht dieser größeren Schlacht, stoppte Micah Jenkins seine Männer.

Die Brigade war weit hinter die Gefechtslinie der Yankees vorgedrungen, doch noch weiterzustürmen, hieß, die Niederlage herauszufordern. Vor Jenkins lag nun eine offene Ebene, auf der dicht an dicht Zelte, Fuhrwerke, Protzen und Munitionskisten standen, während zu seiner Rechten die Kreuzung mit den beiden zerbombten Bauerngehöften und den von Kugeln zerfetzten sieben Kiefern lag. Und dort, bei den Schützengräben und der großen Verteidigungsstellung, tobte die eigentliche Schlacht. Der Hauptangriff der Konföderierten war vor der Wallanlage zum Stillstand gekommen, von der aus die Yankees dauerhaft Widerstand leisteten. Kanonenschüsse flämmten den Weizen ab und mähten Rebellen nieder. An dieser Stelle hatte Johnston den hartnäckigen Widerstand der Yankees in der Zange zweier Flankenangriffe zum Erliegen bringen wollen, aber diese Flankenangriffe waren nicht geführt worden, und der Vorstoß in der Mitte wurde von den Kanonieren des Nordens blutig zurückgeschlagen.

Nur wollte es der Zufall, dass Micah Jenkins mit seinen zwölfhundert Mann jetzt im Rücken der Yankees stand. Die Brigade hatte den Kampf mit neunzehnhundert Mann begonnen, doch siebenhundert lagen tot oder verwundet auf der chaotischen Schneise, die Micah Jenkins über das Schlachtfeld gezogen hatte. Und nun hatte er die Gelegenheit, ein noch größeres Chaos unter den Yankees auszulösen.

«Gefechtslinie bilden!», rief Jenkins und wartete, während die zweite Reihe seiner Männer zu der ersten aufholte. «Laden!»

Zwölfhundert Rebellen in zwei Reihen rammten Minié-Kugeln auf Pulverladungen. Zwölfhundert Zündhütchen wurden auf die Zündpistons gesetzt und zwölfhundert Hähne gespannt.

«Zielen!» Nicht, dass es etwas Bestimmtes gab, auf das die Männer hätten zielen können. Kein Gegner stand unmittelbar vor Jenkins' Brigade; stattdessen hatten die Rebellensoldaten ein weites Feldlager der Yankees vor sich, über dem der böige Wind Rauchwolken trieb. Hinter der Gefechtslinie der Rebellen wurden ihre Flaggen in die Höhe gehalten, die Palmettoflagge von South Carolina und das Siegel von Georgia mit den drei Säulen und über allen anderen das

Sternenkreuz der konföderierten Kriegsflagge. Sechs gegnerische Flaggen lagen neben Jenkins' Pferd im Gras, alle hatte er an diesem Tag erobert, und er würde sie als Trophäen zur Plantage seiner Eltern auf Edisto Island schicken.

Jenkins hob seinen Säbel hoch über den Kopf, hielt einen Augenblick inne und ließ die gekrümmte Klinge dann niederfahren. «Feuer!»

Zwölfhundert Kugeln jagten über die nachmittäglichen Felder. Die Salve richtete kaum Schaden an, doch ihr gewaltiges, scharfes Krachen machte den Nordstaatlern klar, dass sie den Feind im Rücken hatten, und diese Erkenntnis genügte, um ihren Rückzug von der Kreuzung Seven Pines einzuleiten. Eine nach der anderen wurden die Yankee-Kanonen aus der Stellung gezogen, dann begannen die Infanteriebataillone, sich von den Wällen zurückzuziehen. Triumphierendes Rebellengeschrei hallte durch die aufziehende Dämmerung, und Starbuck sah eine Gefechtslinie grau uniformierter Männer durch die langen Schatten auf die Wallfestung zuschwärmen. Eine letzte Nordstaatenkanone wurde abgefeuert, und die Granate schleuderte eine Gruppe Männer in einer Wolke aus Blut zurück, doch dann stürmte eine Flut Bajonettträger über die Wälle aus Sandsäcken, und mit einem Mal war das Weizenfeld vor Micah Jenkins' Brigade schwarz vor Männern, die panisch Richtung Osten flohen. Die Yankees ließen ihre Zelte, ihre Artillerie und ihre Verwundeten zurück. Reiter galoppierten zwischen den Flüchtenden, die in die heraufziehende Dunkelheit rannten, und sie überließen die beiden Häuser und die zerfetzten Kiefern und die blutige Wallfestung den Rebellen.

«Bei Gott.» Jenkins spuckte einen Strahl Tabaksaft aus, der auf einer der erbeuteten Nordstaatenflaggen landete. «Rennen können die Yankees wirklich gut.»

Es war noch hell genug für die siegreichen Rebellen, um das aufgegebene Feldlager zu plündern, nicht aber, um den Sieg in einen Triumph zu verwandeln. Die Nordstaatler würden nicht in den Sumpf getrieben werden. Stattdessen hielten ihre Offiziere die panische Flucht anderthalb Meilen östlich der Kreuzung auf und befahlen den geschlagenen Bataillonen, neue Schützengräben auszuheben und Bäume für neue Barrikaden zu fällen. Von der Nachhut wurden Kanonen herangeschafft, um die neue Verteidigungslinie zu verstärken, doch an diesem Abend kamen keine Rebellen mehr, um die neu aufgestellten Geschützbatterien herauszufordern.

Nördlich der Bahnlinie watete Johnstons Flankeneinheit durch hüfttiefen Sumpf, um die Geschützstellungen anzugreifen, die von Infanterieeinheiten der Nordstaaten besetzt waren, welche gerade über den Fluss gesetzt hatten. Die Yankees eröffneten das Feuer, ihre Kanonen spuckten Granaten und Büchsenkartätschen und Traubengeschosse, sodass die grauen Reihen blutig zurückgeworfen wurden. Die Blauuniformierten jubelten im Zwielicht, als der kreischende Gegner zuerst verstummte, dann schwere Verluste erlitt und schließlich geschlagen war. Verwundete ertranken im Sumpf, ihr Blut sickerte in den übelriechenden Schlamm.

General Johnston sah seine Männer vor dem plötzlichen und unerwarteten Verteidigungsschlag der Yankees zurückweichen. Er saß zu Pferd auf einer kleinen Anhöhe, die einen guten Blick über das Schlachtfeld bot, welches nun unvermittelt von den Strahlen der Abendsonne, die unter den Wolken und dem Pulverrauch hindurchschienen, rot gefärbt wurde. Kugeln peitschten über ihn hinweg und zerfetzten das Laub eines kleinen Zürgelbaums. Einer seiner Adjutanten zuckte jedes Mal im Sattel, wenn eine Kugel vorbeipfiff, und die Ängstlichkeit des Mannes reizte den General. «Sie können sich nicht vor einer Kugel wegducken», knurrte er. «Wenn Sie die Kugel hören, ist sie schon an Ihnen vorbei.» Der General war in seiner Dienstzeit bei der alten U.S. Army fünf Mal verwundet worden und wusste, wie es war, unter Beschuss zu stehen. Außerdem wusste er, dass die sorgfältig geplante Schlacht, die ihm Ehre und Ruhm hätte bringen sollen, katastrophal fehlgeschlagen war. Bei Gott, dachte er rachsüchtig, dafür wird jemand leiden müssen. «Weiß irgendwer, wo Huger ist?», fragte er, aber niemand wusste es. Der General schien genauso spurlos verschwunden zu sein wie zuvor Longstreet, aber wenigstens war Longstreet schließlich doch noch am Ort der Schlacht eingetroffen. Huger aber blieb unauffindbar. «Wer hat Huger seine Befehle übergeben?», fragte Johnston wieder.

«Wie ich Ihnen schon sagte, Sir», gab Colonel Morton respektvoll zurück, «es war der junge Faulconer.»

Johnston wandte sich an Adam. «Hat er sie verstanden?»

«Ich glaube schon, Sir.»

«Was meinen Sie damit? Sie glauben schon? Hatte er Fragen?»

«Ja, Sir.» Adam spürte, dass er rot wurde.

«Welche Fragen?», blaffte Johnston.

Adam versuchte, seine Unruhe zu unterdrücken. «Über die Truppen, die Sie unter General Longstreets Befehl gestellt haben, Sir.»

Johnston runzelte die Stirn. «Zu dem Angriff hat er keine Fragen gestellt?»

«Nein, Sir.»

«Nun, morgen holen wir alle in einem Raum zusammen, General Huger, General Longstreet, dann werden wir schon herausfinden, was zum Teufel heute passiert ist, und ich verspreche Ihnen, dass sich derjenige, der diesen Tag verpfuscht hat, noch wünschen wird, nicht geboren worden zu sein. Ist es nicht so, Morton?»

«Absolut, Sir.»

«Und ich will, dass sämtliche Adjutanten, die einen Befehl überbracht haben, dabei sind», verkündete Johnston.

«Selbstverständlich, Sir», sagte Morton.

Adam starrte verbissen in den Geschützqualm. Angesichts der

unbändigen Wut Johnstons schien sein schneller Entschluss des vergangenen Abends nicht mehr so brillant. Er hatte vorgehabt, auf Vergesslichkeit oder Unbedachtheit zu plädieren, aber im Augenblick wirkten solche Entschuldigungen äußerst dürftig.

«Ich werde den Mann, der dafür verantwortlich ist, erschießen lassen!» Johnston war immer noch voller Zorn, dass seine sorgfältig geschmiedeten Pläne gescheitert waren, und plötzlich machte er eine weit ausholende Geste mit dem linken Arm, die merkwürdig deplatziert schien, und Adam, der voller Schrecken daran dachte, was bei der Untersuchung am nächsten Tag herauskommen würde, glaubte einen Moment lang, der General wolle ihn schlagen. Doch dann sah er, dass der General in die rechte Schulter getroffen worden war und dass er mit dem linken Arm ausgeholt hatte, um das Gleichgewicht zu halten.

Der General blinzelte einige Male, dann schluckte er und tastete mit den Fingerspitzen der linken Hand nach seiner rechten Schulter. «Verflucht, ich habe eine Kugel abbekommen», sagte er zu Morton. «Verflucht.» Er atmete schwer und keuchend.

«Sir!» Morton ritt an Johnstons Seite, um ihm zu helfen.

«Schon gut, Morton. Ist nicht lebensgefährlich. Nur eine Kugel, weiter nichts.» Unbeholfen zog Johnston ein Taschentuch heraus und begann es zu einer Kompresse zu falten, doch da exlodierte eine Yankee-Granate am Fuß der Anhöhe, und ein Schrapnellsplitter traf den General mitten in die Brust, sodass er rücklings vom Pferd stürzte. Er schrie auf, mehr vor Erstaunen als vor Schmerz, dann stürzten seine Adjutanten zu ihm, um seinen Schwertgürtel und seine Pistolen abzuschnallen und ihm den Uniformrock auszuziehen. Blut durchtränkte die Brust von Johnstons Uniform.

«Sie kommen wieder in Ordnung, Sir», sagte ein Adjutant, aber der General hatte das Bewusstsein verloren, und aus seinem Mund quoll Blut.

«Bringt ihn zurück!» Colonel Morton übernahm das Kommando. «Eine Trage hierher, schnell!» Die nächste Yankee-Granate explodierte ganz in der Nähe, und die Schrapnellsplitter rasten über sie hinweg und rissen noch mehr Blätter aus dem Zürgelbaum.

Adam sah zu, als Männer vom nächsten Infanteriebataillon mit einer Trage für den Kommandogeneral der Armee kamen. Johnstons Augen waren geschlossen, er war sehr blass, und sein Atem ging flach. Das war's mit der Untersuchung des nächsten Tages, dachte Adam mit neuer Hoffnung. Er würde damit durchkommen! Er hatte diesen Misserfolg in die Wege geleitet, und niemand würde je davon erfahren!

Auf der Ebene feuerten die Kanonen weiter. Die Sonne verschwand wieder hinter den Wolken, und die Toten lagen auf den feuchten Feldern, und die Verwundeten weinten, und die Unversehrten kauerten sich hin, um ihre Patronen aufzubeißen und ihre Gewehre abzufeuern. Die Dämmerung ließ das Mündungsfeuer nur noch umso heller erscheinen. Dann lockte der Abend die Glühwürmchen heraus, und langsam erstarb der Geschützdonner, bis die Schreie der Sterbenden das lauteste Geräusch zwischen der Stadt und dem White-Oak-Sumpf waren.

Flammen züngelten in der Dunkelheit. Weder Sterne noch der Mond waren zu sehen, nur Laternen und die kleinen Lagerfeuer. Männer beteten.

Am nächsten Morgen, das wussten sie, würde die Schlacht wieder aufleben, wie Glut, die von einer sanften Brise angefacht wird, doch jetzt, in der feuchten Dunkelheit, in der die Verwundeten um Hilfe riefen, ruhten die beiden Armeen aus.

Am Sonntagvormittag ging die Schlacht zu Ende. Die Rebellen, die nun von General Smith kommandiert wurden, machten einen Vorstoß in die Mitte, aber die Yankees hatten Verstärkung vom Nordufer des Chickahominy geschickt und ließen sich nicht aus ihrer neuen Verteidigungsstellung vertreiben. Dann begannen die Yankees einen Vorstoß und machten Boden gut, bis die beiden Armeen den Kampf erschöpft aufgaben. Die Rebellen, die keinen Vorteil darin sahen, das Stück Gelände, das sie gewonnen hatten, zu halten, zogen sich auf ihre ursprüngliche Gefechtslinie zurück und ließen die Yankees die Kreuzung bei Seven Pines erneut besetzen.

Arbeitstrupps fällten Bäume und errichteten Scheiterhaufen, auf denen die toten Pferde verbrannt wurden. Die Hitze zog die Sehnen der Tiere zusammen, sodass die toten Pferde inmitten der Flammen aussahen, als würden sie in einem Traumgalopp zucken. Die verwundeten Männer wurden zu Feldlazaretten getragen oder, auf der Rebellenseite, auf Fuhrwerke und flache Karren geladen, um nach Richmond gebracht zu werden. Die Nordstaatler verbrannten die Toten in flachen Gräbern, weil niemand genügend Energie hatte, um tiefe auszuheben, während die Konföderierten die Leichen auf Wagen stapelten, um sie zu den Friedhöfen von Richmond zu bringen. Als die Karren und Fuhrwerke knarrend durch die Stadt fuhren, starrten Frauen und Kinder entsetzt auf die Fracht aus Toten und Sterbenden.

Die Yankees feierten. Eines ihrer Beutestücke war ein Doppeldecker-Pferdebus, mit dem das Richmond Exchange Hotel früher seine Gäste zur Bahnstation gefahren hatte. Der Bus war bei der Schlacht als Sanitätswagen eingesetzt worden, doch er war so tief in den Schlamm eingesunken, dass er aufgegeben werden musste, und jetzt schleppten ihn die Unionssoldaten durch ihr Lager und boten Zwei-Cent-Fahrten den Broadway hinunter an. Alle Mann an Bord, riefen sie. Die Nordstaatler reklamierten den Sieg für sich. Hatten sie nicht trotz ihrer Unterzahl die gefürchteten Konföderierten zurückgeschlagen? Und als der kranke, zitternde, geschwächte McClellan sich in dem Durcheinander aus verkohlten Protzen, geborstenen

Kanonen, blutigem Gras und abgebrochenen Gewehren zu Pferde zeigte, wurde er mit Jubelrufen begrüßt, als sei er ein siegreicher Held. Eine Regimentskapelle aus New York brachte ihm mit «Hail to the Chief» ein Ständchen. Der General versuchte tapfer, eine Rede zu halten, doch seine Stimme war schwach, und nur ein paar Männer hörten ihn verkünden, dass sie das letzte, verzweifelte Aufbäumen der Rebellenarmee erlebt hätten und dass er sie bald, sehr bald, ins Zentrum der Sezession führen und den Aufstand endgültig niederschlagen werde.

Auf beiden Seiten der Frontlinie nahmen die Regimenter zum Sonntagsgottesdienst Aufstellung im Karree. Katholische Regimenter feierten die Eucharistie, Protestanten hörten den Wortgottesdienst, und alle dankten Gott für ihre Errettung. Kräftige Männerstimmen sangen Kirchenlieder, die schwermütig über das nach Tod und Pulverrauch riechende Schlachtfeld klangen.

Starbuck und Lassan hatten die Nacht mit Micah Jenkins' Brigade verbracht, doch am Nachmittag, als die Schlacht zu Ende war, suchten sie sich einen Weg zurück zwischen den Löchern der Granateneinschläge und vorbei an den vielen Toten, die von Kartätschenschüssen niedergemäht worden waren, bis sie in einem kleinen, mit Schindeln verkleideten Bauerngehöft nördlich der Bahnlinie das Hauptquartier der Armee fanden. Starbuck ging hinein, um sich nach dem Weg zu erkundigen, und danach verabschiedete er sich von Lassan draußen auf der Straße. Starbuck bestand darauf, dass der Franzose das Pferd seines Bruders nahm.

«Sie sollten das Pferd verkaufen!», widersprach Lassan.

Starbuck schüttelte den Kopf. «Ich schulde Ihnen etwas.»

«Und was, *mon ami?*»

«Mein Leben», sagte Starbuck.

«Ach, Unsinn! Solche Schulden macht man oft auf dem Schlachtfeld, und genauso oft gleicht man sie wieder aus.»

«Ich stehe trotzdem in Ihrer Schuld», beharrte Starbuck.

Lassan lachte. «Sie sind ein echter Puritaner. Sie lassen sich von der Angst zu sündigen reiten wie von einem Jockey. Also gut, ich nehme das Pferd als Strafe für die Sünden, die Sie sich einbilden. Wir sehen uns bald wieder, nicht wahr?»

«Das hoffe ich», sagte Starbuck. Aber das würde nur geschehen, wenn der Plan aufging, den er im Kopf hatte. Sonst, dachte er, würde er nämlich in einer kühlen Morgendämmerung an einem hohen Galgen baumeln, und er spürte die Versuchung, Pinkertons Papiere einfach wegzuwerfen. «Das hoffe ich», wiederholte er und widerstand der Versuchung.

«Und denken Sie an das, was ich Ihnen beigebracht habe», sagte Lassan. «Wenn es um Männer geht, niedrig zielen, aber wenn es um Frauen geht, das Ziel hoch stecken.» Er gab Starbuck die Hand. «Viel Glück, mein Freund.» Der Franzose ging los, um sich im Hauptquartier der Konföderierten vorzustellen, während sich Starbuck mit seinen paar Beutestücken vom Schlachtfeld langsam auf den Weg nach Norden machte. Er hatte ein gutes Rasiermesser mit Elfenbeingriff, ein Opernglas und einen Steingutbecher Kaffee. Er trank den Kaffe im Gehen und warf den leeren Becher weg, als er die Felder erreichte, auf denen die Brigade Faulconer ihr Lager hatte.

Es war Zeit, das zu tun, was ihm Sally schon so lange geraten hatte; es war Zeit zu kämpfen.

Er betrat das Feldlager, als die Soldaten gerade vom nachmittäglichen Gottesdienst zurückkamen. Er achtete darauf, einen Bogen um die Reihen der Legion zu schlagen, und ging stattdessen zu den Firstzelten des Hauptquartiers, die um zwei Kiefern standen, welche von ihren Ästen befreit worden waren und nun als Fahnenstangen dienten. An dem höheren Baum flatterte die Kriegsflagge der Konföderierten, der etwas kleinere trug die Flagge, die nach dem Wappen der Faulconers mit ihrem Motto «Forever ardent» – Leidenschaft allezeit – gestaltet worden war. Nelson, General Washington Faulconers Diener, war der erste Mann der Legion, der Starbuck im Lager sah. «Sie müssen wieder gehen, Mr. Starbuck. Wenn der Master Sie sieht, wird er sie verhaften lassen!»

«Schon gut, Nelson. Wie ich gehört habe, ist Master Adam hier?»

«Das stimmt, Sir. Und Captain Moxey teilt sein Zelt mit ihm, Sir, bis sie ein eigenes für ihn haben. Der Master ist so froh, dass er wieder da ist.»

«Moxey ist jetzt Captain?», fragte Starbuck belustigt.

«Er ist einer der Adjutanten des Generals, Sir. Und Sie sollten nicht hier sein, Sir, wirklich nicht. Der General kann Sie nicht ausstehen, Sir.»

«Zeig mir Moxeys Zelt, Nelson.»

Es war ein großes Zelt, das nicht nur zum Schlafen, sondern auch als Brigadebüro genutzt wurde. Zwei Feldbetten standen darin, zwei lange Tische und zwei Stühle, alles auf einem Boden aus Holzlatten. Auf Moxeys Bett türmten sich schmutzige Kleidungsstücke und abgelegte Ausrüstungsgegenstände, während Adams Feldgepäck ordentlich auf seinen säuberlich gefalteten Decken gestapelt war. Auf den Tischen lag die Büroarbeit, die das Kriegshandwerk mit sich brachte, und sämtliche Papierstapel waren mit Steinen beschwert, die dafür sorgten, dass der Wind, der durch die zurückgeschlagenen Zeltklappen hereinfuhr, die Dokumente nicht durcheinanderwirbelte.

Starbuck setzte sich auf einen der Segeltuch-Klappstühle. Das Licht der Mittagssonne, das ohnehin schon sehr schwach war, wurde von den Zeltbahnen in kränkliches Gelb verwandelt. Im Durcheinander von Moxeys Habseligkeiten entdeckte Starbuck einen Savage-Marinerevolver und nahm die Waffe gerade an sich, als auch schon die ersten Offiziere zum Hauptquartier zurückkamen. Pferde stampften mit den Hufen auf, Diener und Sklaven hasteten heran, um die Zügel zu übernehmen, während die Offiziersköche das Abendessen zu den Tischen der Messe trugen. Starbuck sah, dass der Savage nicht geladen war, aber, typisch für Moxeys Nachlässigkeit, auf einem der Pistons noch ein Zündhütchen saß. Er drehte die Trommel, bis das Zündhütchen vor die nächste Schussposition kam, dann sah er auf, und in diesem Augenblick duckte sich Captain Moxey unter dem Vorzelt herein. Starbuck grinste, aber sagte nichts.

Moxey sah ihn fassungslos an. «Sie sollten nicht hier sein, Starbuck.»

«Das höre ich ständig. Langsam fühle ich mich richtig unerwünscht, Moxey. Aber ich bin trotzdem da, also gehen Sie woanders spielen.»

«Das ist mein Zelt, Starbuck, und ...» Moxey unterbrach sich unvermittelt, als Starbuck den schweren Revolver auf ihn richtete. Er hob die Hände. «Also wirklich, Starbuck. Bitte! Nun seien Sie doch vernünftig!»

«Peng», sagte Starbuck, dann zog er am unteren Abzug des Revolvers, der den Hahn spannte und die Trommel drehte. «Gehen Sie», sagte er.

«Wirklich, Starbuck, bitte!», stammelte Moxey, und dann schrie er auf, denn Starbuck zog den oberen Abzug, sodass das Zündhütchen explodierte. Mit einem Kreischen flüchtete Moxey aus dem Zelt, während Starbuck die verbogenen und verkohlten Kupferstückchen von dem Piston kratzte. Im Zelt hing ein zarter, bitter riechender Rauchschleier.

Ein paar Sekunden später kam Adam herein. Er blieb stehen, als er Starbuck sah, und sein Gesicht schien alle Farbe verloren zu haben, aber vielleicht wurde dieser Eindruck auch nur durch die Lichtfilterung der Zeltbahnen hervorgerufen. «Nate», sagte Adam in einem Ton, der weder herzlich noch besonders unfreundlich, aber leicht zurückhaltend klang.

«Hallo, Adam», sagte Starbuck fröhlich.

«Meinem Vater ...»

«... wird es nicht gefallen, dass ich hier bin», beendete Starbuck den Satz für seinen Freund. «Und Colonel Swynyard auch nicht. Und Moxey gefällt meine Anwesenheit ebenfalls nicht, seltsam, nicht wahr? Allerdings wüsste ich nicht, warum zum Teufel wir uns um Moxeys Ansichten kümmern sollten. Ich will mit dir reden.»

Adam schaute auf die Waffe in Starbucks Hand. «Ich habe mich gefragt, wo du bist.»

«Ich war bei meinem Bruder James. Erinnerst du dich an James? Ich war bei ihm und bei seinem Vorgesetzten, einem ruppigen kleinen Mann namens Pinkerton. Oh, und ich war auch bei McClellan. Major General McClellan, den neuen Napoleon, dürfen wir auf keinen Fall vergessen.» Starbuck spähte in den Lauf des Savage. «Moxey hält seine Waffe nicht sauber. Wenn er sie nicht reinigt, wird er sich damit eines Tages die Hand wegschießen.» Starbuck richtete den Blick wieder auf Adam. «James sendet dir die besten Wünsche.»

Das Zelt zuckte heftig, als sich ein Mann unter den Eingangsklappen hereinduckte. Es war Washington Faulconer, sein gutaussehendes Gesicht rot vor Ärger. Hinter dem General war Colonel Swynyard, der aber draußen im wässrigen Sonnenlicht stehen blieb, während Faulconer dem Feind entgegentrat. «Was zum Teufel tust du hier, Starbuck?», fragte General Faulconer.

«Mit Adam sprechen», sagte Starbuck sanft und unterdrückte seine Aufregung. Auch wenn er Washington Faulconer nicht mochte, der Mann war trotzdem ein mächtiger Gegner und ein General.

«Du stehst auf, wenn du mit mir redest», sagte Faulconer. «Und leg die Waffe weg», fügte er hinzu, als Starbuck gehorsam aufgestanden war. Faulconer missverstand den Gehorsam als Unterwürfigkeit. Der General hatte das Zelt mit der rechten Hand auf dem Griff seines eigenen Revolvers betreten, doch nun entspannte er sich. «Ich habe dich aus meiner Legion ausgeschlossen, Starbuck», sagte er, «und als ich den Befehl dazu gegeben habe, meinte ich damit auch, dass du dich von meinen Männern fernhalten sollst. Von allen meinen Männern, und ganz besonders von meiner Familie. Du bist hier nicht willkommen, nicht einmal als Besucher. Und jetzt gehst du.»

Der General hatte mit Würde gesprochen und mit gesenkter Stimme, damit neugierige Lauscher nichts von dem Streit in dem Zelt hören konnten.

«Und was ist, wenn ich nicht gehe?», fragte Starbuck genauso ruhig.

Ein Muskel zuckte in Faulconers Gesicht und verriet, dass der General wesentlich nervöser war, als sein Verhalten nahelegte. Das letzte Mal hatten sich die beiden Männer am Abend der Schlacht bei Manassas gegenübergestanden, und an jenem Abend war es Faulconer gewesen, der gedemütigt worden war, und Starbuck hatte triumphiert. Faulconer war auf Rache aus. «Du gehst, Starbuck», sagte der General selbstbewusst. «Es gibt hier nichts für dich zu holen. Wir brauchen dich nicht, und wir wollen dich nicht, also kannst du zurück zu deiner Familie oder zu dieser Hure in Richmond kriechen, und du kannst es von allein tun oder unter Arrest. Aber du gehst. Ich führe hier das Kommando, und ich befehle dir zu gehen.» Faulconer trat einen Schritt zur Seite und deutete auf den Zelteingang. «Geh einfach», sagte er.

Starbuck öffnete die oberste Tasche seines fadenscheinigen Uniformrocks, den er dem toten Mann aus South Carolina verdankte, und zog die Bibel heraus, die ihm James gegeben hatte. Er sah Adam an und stellte fest, dass sein Freund das Buch erkannte.

«Vater», schaltete sich Adam leise ein.

«Nein, Adam!», sagte der General entschlossen. «Ich kenne dich,

ich weiß, dass du für deinen Freund eintreten willst, aber meine Entscheidung steht fest.» Faulconer starrte Starbuck wütend an. «Steck deine Bibel weg und geh. Sonst rufe ich die Militärpolizei.»

«Adam?», forderte Starbuck seinen Freund heraus.

Adam wusste, was Starbuck meinte. Die Bibel war ein Symbol für James, und James war Adams Verbindungsmann als Spion, und Adams schlechtes Gewissen stellte sofort die Verbindung zwischen der Bibel und seinem Verrat an der Sache seines Vaters her. «Vater», sagte Adam erneut.

«Nein, Adam!», beharrte Faulconer.

«Doch!» Adam blaffte das Wort so laut, dass sein Vater vollkommen erstaunt war. «Ich muss mit Nate reden», sagte Adam, «und danach werde ich mit dir reden.» Er klang elend.

Washington Faulconer spürte seine Selbstsicherheit dahinschwinden wie eine Gefechtslinie unter Kanonenbeschuss. Er leckte sich über die Lippen. «Was habt ihr zu bereden?», fragte er seinen Sohn.

«Bitte, Vater!»

«Was geht hier vor?», wollte Faulconer wissen. Swynyard draußen an der Zeltklappe kroch näher heran, um zu lauschen. «Was ist los?», insistierte Faulconer. «Sag es mir, Adam!»

Adam, der immer noch blass und krank aussah, schüttelte nur den Kopf. «Bitte, Vater.»

Doch Washington Faulconer wollte noch nicht kapitulieren. Er legte sein Hand wieder auf den Pistolengriff und funkelte Starbuck böse an. «Es reicht jetzt», sagte er. «Ich sehe nicht tatenlos zu, wie du uns wieder das Leben zur Hölle machst, also scher dich zum Teufel. Auf der Stelle!»

«General?», sagte Starbuck so gelassen und respektvoll, dass Washington Faulconer einen Moment lang sprachlos war.

«Was ist?», fragte er dann misstrauisch.

Starbuck schenkte seinem Gegner die Andeutung eines Lächeln. «Alles, worum ich Sie bitte, Sir, ist die Erlaubnis wieder in die Legion einzutreten. Sonst nichts, Sir, das ist alles, was ich möchte.»

«Ich rufe die Militärpolizei», sagte General Faulconer knapp und drehte sich zum Zelteingang um.

«Und für wen?», fragte Starbuck so kalt, dass Washington Faulconer stehen blieb. «Wenn ich jetzt nicht mit Adam reden kann», fuhr Starbuck unbarmherzig fort, «dann verspreche ich Ihnen, dass der Name Faulconer neben dem von Benedict Arnold in die Geschichte Virginias eingehen wird. Ich ziehe Ihre Familie so tief in den Dreck, dass sich danach nicht mal mehr ein Schwein in Ihrem Bett suhlen will. Ich zerstöre Ihren Namen, General, und eine ganze Nation wird auf ihn spucken.»

«Nate!», flehte Adam.

«Faulconer und Arnold.» Starbuck bekräftigte seine Drohung, und als er den Namen des Verräters aussprach, fühlte er den Rausch eines Spielers, und es war das gleiche Gefühl, das in ihm aufgebrandet war, als er bei Ball's Bluff den Yankees in die Flanke gefallen war. Er war allein hierhergekommen, bewaffnet nur mit einem wirkungslosen Stück Papier, und er war dabei, einen General zu besiegen, der von seiner gesamten Brigade umgeben war. Bei dem Gedanken an den anmaßenden Triumph dieses Augenblicks hätte Starbuck laut auflachen können. Er war ein Soldat, er forderte einen mächtigen Gegner heraus, und er triumphierte.

«Komm, lass uns reden!», sagte Adam zu Starbuck, und er drehte sich zum Zelteingang um.

«Adam?», rief ihm sein Vater nach.

«Bald, Vater, bald. Zuerst müssen Nate und ich uns unterhalten!», sagte Adam, als er sich ins Sonnenlicht hinausduckte.

Starbuck lächelte. «Schön, wieder bei der Legion zu sein, General.»

Eine Sekunde lang glaubte Starbuck, Washington Faulconer würde das Halfter aufschnallen und den Revolver ziehen, doch dann wandte sich der General von ihm ab und ging mit langen Schritten aus dem Zelt.

Starbuck folgte ihm. Der General und Swynyard gingen zusammen weg, sprengten die Gruppe Neugieriger, die sich vor dem Zelt zusammengedrängt hatte, um zu lauschen. Adam zog Starbuck am Arm. «Komm», sagte er.

«Willst du denn nicht hier reden?»

«Wir gehen ein Stück», sagte Adam und führte Starbuck durch den Kreis verwirrter und schweigender Offiziere. Sie durchquerten das Feldlager und stiegen auf eine bewaldete Anhöhe, auf der Judasbäume und Hainbuchen wuchsen. Die Cercisbäume standen mit duftigem, rosafarbenem Flor in voller Blüte. Adam blieb neben einem umgestürzten Baum stehen und drehte sich zu dem Feldlager und der Stadt dahinter um. «Wie viel weißt du?», fragte er.

«So ungefähr alles, schätze ich», sagte Starbuck. Er zündete sich eine Zigarre an, dann setzte er sich auf den Baumstamm und betrachtete die Spur aus Dampfwolken, die eine Lokomotive hinter sich ließ. Er vermutete, dass der Zug Kriegsopfer nach Richmond brachte, noch mehr Verletzte für die Baracken auf dem Chimborazo Hill und noch mehr Tote für die blumengeschmückten Gräber in Hollywood.

«Ich will, dass der Krieg endet, verstehst du?» Damit brach Adam das Schweigen. «Ich habe es falsch gemacht, Nate, von Anfang an. Ich hätte nie eine Uniform anziehen dürfen, niemals. Das war mein Fehler.» Er war durcheinander, unsicher, und Starbucks Schweigen beunruhigte ihn. «Ich halte nichts von dem Krieg», fuhr Adam trotzig fort. «Ich glaube, er ist eine Sünde.»

«Aber keine Sünde, die für beide Seiten gleich schwer wiegt?»

«Nein», sagte Adam. «Der Norden ist moralisch im Recht. Wir

nicht. Das hast du doch auch erkannt, oder? Das hast du doch bestimmt auch erkannt.»

Zur Antwort holte Starbuck das Wachstuchpäckchen aus der Tasche und zog die Naht auf. Während er an den eng genähten Stichen zupfte, erzählte er Adam, wie einer von dessen Briefen bei Websters Verhaftung abgefangen worden war, und wie die Behörden Starbuck als Urheber verdächtigt hatten, und wie er, nachdem er die Folter überstanden hatte, hinter die feindlichen Linien gesandt worden war, um den wahren Verräter zu entlarven. «Ich wurde von einem äußerst furchteinflößenden Mann aus Richmond losgeschickt, Adam. Er wollte wissen, wer diesen Brief geschrieben hat, und ich wusste, dass du es warst. Das heißt, ich habe es vermutet.» Starbuck nahm das eng gefaltete Papier aus der Wachstuchhülle. «Ich soll dieses Schreiben nach Richmond bringen. Es ist der Beweis, den sie haben wollen. Du wirst darin als der Spion genannt.» In dem Schreiben stand nichts dergleichen, es enthielt lediglich die Liste mit Fragen, die Pinkerton und McClellan zusammengestellt hatten, bevor den General das Chickahominy-Fieber erwischt hatte, aber unter dieser Liste befand sich ein runder Stempelabdruck: «Besiegelt auf Befehl des Geheimdienstchefs der Potomac-Armee», und Starbuck ließ Adam dieses Siegel sehen, bevor er den Brief schnell wieder zusammenfaltete.

Adam war zu erschrocken, um Starbucks Behauptung anzuzweifeln, dass dieses Schreiben seine Schuld bewies. Er hatte das Siegel gesehen, und er hatte die aufwendigen Vorsichtsmaßnahmen gesehen, die getroffen worden waren, um das Papier vor der Feuchtigkeit zu schützen, und was er gesehen hatte, war Beweis genug. Er hatte nicht die geringste Ahnung, dass alles nur ein Bluff war, dass er in diesem Schreiben keineswegs beschuldigt wurde und dass Starbucks furchteinflößender Mann in Richmond mit wachsgelbem Antlitz in einem Sarg lag. In Wahrheit hatte Starbuck ein lausiges Kartenblatt in der Hand, aber Adam war sich seiner Schuld zu sehr bewusst, um zu erkennen, dass ihn sein Freund für dumm verkaufte. «Und was wirst du jetzt tun?», fragte Adam.

«Was ich nicht tun werde», sagte Starbuck, «ist, zu dem furchteinflößenden Mann in Richmond zu gehen, um ihm diesen Brief zu geben.» Er steckte den Brief in seine Brusttasche zu der Bibel. «Aber was du tun kannst», schlug Starbuck seinem Freund vor, «ist, mich hier und jetzt zu erschießen. Dann kannst du mir den Brief abnehmen, und kein Mensch wird je erfahren, dass du ein Verräter bist.»

«Ich bin kein Verräter!», fuhr Adam auf. «Mein Gott, Nate, das alles hier war vor einem Jahr noch ein vereintes Land! Du und ich haben den Hut vor derselben Flagge gezogen, wir haben an jedem vierten Juli zusammen gefeiert, und wir hatten Tränen in den Augen, wenn die Nationalhymne gespielt wurde. Wie kann ich ein Verräter sein, wenn ich bloß für das kämpfe, was mich meine Erziehung zu lieben gelehrt hat?»

«Weil Männer, die deine Freunde sind, gestorben wären, wenn du Erfolg gehabt hättest», erwiderte Starbuck.

«Aber weniger, als jetzt sterben müssen!», rief Adam. Er hatte Tränen in den Augen, als er den Blick von Starbuck abwandte und über die grüne Landschaft zu den Kirchtürmen und dunklen Dächern Richmonds sah. «Verstehst du das denn nicht, Nate? Je länger der Krieg dauert, desto mehr Tote wird es geben!»

«Also wolltest du ihn einfach auf eigene Faust beenden?»

Adam hörte die Verachtung in Starbucks Stimme. «Ich wollte das Richtige tun, Nate. Weißt du noch, wie du selbst nach dem gesucht hast, was das Richtige ist? Wie du mit mir gebetet hast? Wie du in deiner Bibel gelesen hast? Wie es dir das Wichtigste überhaupt war, Gottes Willen zu tun? Was ist bloß mit dir passiert, Nate?»

Starbuck sah zu seinem wütenden Freund auf. «Ich habe ein Anliegen gefunden, für das es sich zu kämpfen lohnt», sagte er.

«Ein Anliegen!», höhnte Adam. «Den Süden? Dixie? Du kennst den Süden doch nicht mal! Du warst dein Leben lang noch nicht südlicher als Rockett's Landing! Hast du die Reisfelder in South Carolina gesehen? Hast du die Plantagen im Mississippi-Delta gesehen?» Adam ließ seiner erbitterten Wut freien Lauf. «Wenn du die Hölle auf Erden sehen willst, Nate Starbuck, dann sieh dir einmal an, was du da verteidigst. Fahr den Fluss hinunter, Nate, hör die Peitschen knallen, sieh das Blut fließen und schau zu, wie die Kinder vergewaltigt werden! Danach kannst du zurückkommen und mir was von deinem Anliegen erzählen.»

«Und was ist dein moralisches Anliegen?» Starbuck versuchte, die Oberhand wiederzugewinnen. «Glaubst du, der Norden sorgt für das Glück der Sklaven, wenn er diesen Krieg gewinnt? Glaubst du, sie sind dann besser dran als die Hungerleider in den Fabriken des Nordens? Du warst doch in Massachusetts, Adam, du hast die Fabriken in Lowell gesehen. Ist das dein neues Jerusalem?»

Adam schüttelte müde den Kopf. «Dieser Streit ist in Amerika schon tausend Mal geführt worden, Nate, und dann gab es Wahlen, und wir haben den Streit an der Wahlurne beigelegt, und es war der Süden, der diese Entscheidung nicht akzeptieren wollte.» Er breitete die Hände aus, als wolle er zeigen, dass er von dieser alten, fruchtlosen Diskussion genug hatte. «Mein Anliegen ist es, das Richtige zu tun, sonst nichts.»

«Und deinen Vater zu hintergehen?», fragte Starbuck. «Erinnerst du dich an letzten Sommer? In Faulconer County? Du hast mich gefragt, wie ich mich vor meinem Vater fürchten kann, aber nicht vor einer Schlacht. Warum also erzählst du deinem Vater dann nicht, woran du wirklich glaubst?»

«Weil es ihm das Herz brechen würde», sagte Adam einfach. Er schwieg und schaute nach Norden, wo eine Flussschlaufe des Chickahominy in der grünen Landschaft funkelte. «Weißt du, ich habe gedacht, dass ich zwei Herren gleichzeitig dienen könnte, meinem Land und meinem Staat, und dass, wenn der Krieg schnell beendet wäre, mein Vater niemals erfahren würde, dass ich das eine für das andere verraten habe.» Er unterbrach sich. «Und es kann immer noch so kommen. McClellan muss nur einen entschlossenen Vorstoß machen.»

«Das kann McClellan nicht. McClellan ist ein Gockel, er kann bloß aufgeblasen herumstolzieren, aber es steckt nichts dahinter. Davon abgesehen glaubt McClellan, dass wir ihm zahlenmäßig überlegen sind. Dafür habe ich gesorgt.»

Starbucks Ton ließ Adam zusammenzucken, aber er sagte lange nichts. Schließlich seufzte er. «War es James, der mich verraten hat?»

«Niemand hat dich verraten. Ich bin ganz allein draufgekommen.»

«Der kluge Nate», sagte Adam traurig. «Der kluge, eigensinnige Nate.»

«Was wird dein Vater tun, wenn er erfährt, dass du den Süden verraten hast?», fragte Starbuck.

Adam sah zu ihm hinunter. «Wirst du es ihm erzählen?», fragte er. «Du hast es ja schon beinahe getan, also erzählst du ihm jetzt auch noch den Rest, oder?»

Starbuck schüttelte den Kopf. «Was ich tun werde, Adam, ist, hinunter ins Feldlager zu gehen, Pecker Bird zu suchen und ihm zu sagen, dass ich zurückgekommen bin, um der Captain der Kompanie K zu sein. Das ist alles, was ich tun werde, es sei denn, irgendwer will mich noch einmal aus der Legion werfen. In diesem Fall werde ich nach Richmond gehen und einen sehr unangenehmen, durchtriebenen alten Mann aufsuchen, der sich dann um alles Weitere kümmern wird.»

Adam runzelte die Stirn angesichts dieser Drohung. «Warum?», fragte er nach einer Weile.

«Weil es das ist, was ich gut kann. Ich habe festgestellt, dass ich gerne Soldat bin.»

«In der Brigade meines Vaters? Er hasst dich! Warum gehst du nicht zu einem anderen Regiment?»

Starbuck antwortete nicht sofort. Die Wahrheit lautete, dass er kein Druckmittel hatte, mit dem er sich Zugang zu einem anderen Regiment verschaffen konnte, jedenfalls nicht als Captain, denn sein Fetzen Papier konnte nur gegen die Familie Faulconer als Waffe eingesetzt werden. Aber da war auch noch eine tiefere Wahrheit. Starbuck hatte angefangen zu verstehen, dass man nicht halbherzig in einen Krieg ziehen konnte. Kein Mann konnte das Töten einfach als Nebenbeschäftigung ausüben, genauso wenig wie ein Christ nebenbei mit der Sünde liebäugeln konnte. In den Krieg musste man sich mit Haut und Haar stürzen, man musste ihn feiern, sich an ihm berauschen, und nur eine Handvoll Männer überlebten diesen Prozess, doch der Ruhm dieser wenigen Helden hallte für immer durch die Geschichte. Washington Faulconer war kein solcher Mann. Faulconer liebte die Insignien hoher militärischer Ränge, aber den Krieg liebte er nicht, und mit einem Mal sah Starbuck klar vor sich, dass er selbst – wenn er die Kugeln und Granaten überlebte – eines Tages diese halbherzige Brigade in die Schlacht führen würde. Es würde eine Brigade Starbuck geben, und Gott helfe dem Gegner, wenn dieser Tag kam. «Weil man nicht vor seinen Feinden davonläuft», beantwortete er schließlich die Frage seines Freundes.

Adam schüttelte mitleidig den Kopf. «Nate Starbuck», sagte er verbittert, «verliebt in den Krieg und das Soldatenhandwerk. Kommt das davon, dass du mit allem anderen gescheitert bist?»

«Das ist der Platz, an den ich gehöre.» Starbuck beachtete Adams verbitterte Frage nicht. «Aber du nicht. Du wirst also deinen Vater dazu bringen, mich Captain bei der Kompanie K sein zu lassen. Wie du das machst, ist deine Sache. Du musst ihm nicht die Wahrheit erzählen.»

«Was könnte ich ihm denn sonst erzählen?», fragte Adam verzweifelt. «Du hast schon viel zu viel angedeutet.»

«Ihr habt eine Wahl, dein Vater und du», sagte Starbuck. «Ihr könnt das diskret und privat behandeln, oder ihr könnt dafür sorgen, dass alles an die Öffentlichkeit gezerrt wird. Ich glaube, ich weiß, was deinem Vater lieber ist.» Er unterbrach sich, dann schmückte er seinen Bluff mit einer weiteren Lüge aus. «Und ich schreibe dem alten Mann in Richmond und erzähle ihm, der Spion wäre tot. Ich sage, er wäre in der Schlacht gestern umgekommen. Schließlich hast du mit deiner Laufbahn als Spion abgeschlossen, oder etwa nicht?»

Adam hörte den beißenden Spott heraus und zuckte zusammen. Dann funkelte er Starbuck an. «Ich habe noch eine andere Wahl, erinnerst du dich?»

«Wirklich?»

Adam knöpfte die Halfterklappe seines Revolvers auf und zog die Waffe. Es war ein teurer Whitney-Revolver mit Elfenbeinauflagen an den Griffseiten und einem Lauf mit Schmuckgravierungen. Er nahm ein kleines Zündhütchen aus der Tasche und machte eine der geladenen Trommelkammern schussbereit.

«Um Gottes Willen, bring dich bloß nicht um», sagte Starbuck erschreckt.

Adam stellte die Trommel so ein, dass die schussbereite Kammer als nächstes unter den Hahn gedreht würde. «Ich habe schon manches Mal an Selbstmord gedacht, Nate», sagte er milde. «Tatsächlich habe ich sogar schon oft gedacht, wie wohltuend es wäre, wenn man sich keine Sorgen darüber machen muss, ob man das Richtige tut, wenn ich mir keine Sorgen über Vater machen müsste und keine Sorgen darüber, ob Julia mich liebt, oder ob ich sie liebe. Findest du das Leben nicht auch sehr kompliziert? Gütiger Gott im Himmel, ich finde es unglaublich verwickelt. Aber in all meinen Gebeten, Nate, und in all meinen Überlegungen der letzten Wochen habe ich wenigstens eine Sicherheit gefunden.» Er beschrieb mit dem geladenen Revolver eine weit ausholende Geste über die gesamte Landschaft. «Das hier ist Gottes Land, Nate, und er hat uns hierhergeführt, um seine Bestimmung zu erfüllen, und diese Bestimmung lautet nicht, uns gegenseitig umzubringen. Ich glaube an die Vereinigten Staaten von Amerika, nicht an die Konföderierten Staaten, und ich glaube, dass Gott die Vereinigten Staaten geschaffen hat, damit sie ein Beispiel und ein Segen für die ganze Welt werden. Also, nein, ich werde mich nicht umbringen, denn mein Selbstmord würde uns Amerikaner dem Tausendjährigen Reich nach der Wiederkunft Christi keinen Tag näher bringen, genauso wenig, wie uns irgendeiner der Kriegstoten diesem Reich auch nur einen Tag näher gebracht hat.» Er streckte den Arm aus und senkte die Waffe, bis er genau auf Starbucks Stirn zielte. «Aber wie du schon gesagt hast, Nate, ich könnte dich umbringen, und niemand würde etwas erfahren.»

Starbuck starrte die Waffe an. Er sah die spitz zulaufenden Kegel der Kugeln in den unteren Kammern, und er wusste, dass eine dieser Kugeln hinter der dunklen Revolvermündung auf ihn zielte. Die Waffe zitterte leicht in Adams Hand, als Starbuck seinen Blick zu dem bleichen, ernsten Gesicht seines Freundes darüber hob.

Adam spannte den Revolver. Das Geräusch, mit dem der Hahn einrastete, wirkte sehr laut. «Erinnerst du dich noch an unser Gespräch in Yale?», fragte Adam. «Daran, wie stolz wir darauf waren, dass es Gott den Menschen so schwer gemacht hat, tugendhaft zu sein? Dass es leicht ist, ein Sünder zu werden, und schwer, ein guter Christ zu sein? Aber du hast den Versuch aufgegeben, ein Christ zu sein, oder, Nate?» Die Waffe zitterte immer noch, die Mündung fing die letzten Sonnenstrahlen auf und lenkte sie ab. «Ich weiß noch, wie wir uns kennengelernt haben, Nate», fuhr Adam fort. «Ich habe mir immer so viele Sorgen um die Herausforderungen des Lebens gemacht, über die Schwierigkeit, Gottes Willen zu erkennen, und dann kamst du, und ich dachte, nie mehr wird mir irgendetwas so schwierig erscheinen wie zuvor. Ich dachte, du und ich würden uns die Bürde teilen. Ich dachte, wir würden gemeinsam Gottes Weg gehen. Ich habe mich geirrt, nicht wahr?»

Starbuck sagte nichts.

«Was du von mir verlangst», sagte Adam, «ist das, wozu du selbst nicht stark genug bist. Du verlangst von mir, meinem Vater ins Gesicht zu sehen und ihm das Herz zu brechen. Ich dachte immer, du wärst der Stärkere von uns beiden, aber das stimmt nicht, oder?» Adam schien den Tränen nah.

«Wenn du Mut hättest», sagte Starbuck, «würdest du nicht mich erschießen, sondern die Seiten wechseln und für die Yankees kämpfen.»

«Ich brauche deine Ratschläge nicht mehr», sagte Adam. «Was du mir an dreckigen Ratschlägen gegeben hast, reicht für ein ganzes Leben, Nate.» Dann drückte er den Abzug durch.

Der Knall war sehr laut, aber Adam hatte im letzten Moment den Lauf höher ausgerichtet, sodass er über Starbucks Kopf feuerte. Die Kugel raste durch eine Blütentraube des Cercisbaums, sodass die Blütenblätter auf Starbucks Schultern hinabrieselten.

Starbuck erhob sich. «Ich gehe zur Legion. Du weißt, wo ich zu finden bin.»

«Weißt du eigentlich, wie dieser Baum genannt wird?», fragte Adam, als Starbuck wegging.

Starbuck drehte sich um und überlegte, in welche Falle ihn Adam mit dieser Frage locken wollte. Er entdeckte keine. «Ein Cercis, warum?»

«Er wird Judasbaum genannt, Nate. Der Baum des Judas.»

Starbuck sah seinen Freund an. «Auf Wiedersehen, Adam», sagte er.

Aber er erhielt keine Antwort und ging allein zur Legion hinunter.

«Wissen Sie schon das Neueste?», sagte Thaddeus Bird, als Starbuck zu seinem Zelt kam.

«Ich bin zurück.»

«Wie man sieht», sagte Bird, als sei Starbucks plötzliches Erscheinen vollkommen normal. «Weiß mein Schwager, dass Sie wieder unter seinem Kommando stehen?»

«Er erfährt es gerade.» Starbuck hatte Adam zum Zelt seines Vaters gehen sehen.

«Und denken Sie, dass der General seine Einwilligung geben wird?», fragte Bird zweifelnd. Er hatte einen Brief geschrieben und legte nun seine Schreibfeder an den Rand der Transportkiste, die er als Tisch benutzte.

«Ich glaube nicht, dass er mich aus der Legion werfen wird.»

«Sie stecken voller Geheimnisse, junger Mann. Nun, ich bin sicher, dass Mr. Truslow sehr erfreut sein wird, Sie zu sehen. Aus irgendeinem Grund scheint er Ihre Abwesenheit bedauert zu haben.» Bird nahm die Feder auf und tauchte ihre Spitze ins Tintenfass. «Ich gehe davon aus, dass Sie das Neueste schon erfahren haben?»

«Das Neueste?»

«Wir haben einen neuen Armeekommandanten.»

«Tatsächlich?», fragte Starbuck.

«Robert E. Lee.» Bird zuckte mit den Schultern als wolle er andeuten, dass diese Neuigkeit kaum erwähnenswert war.

«Aha.»

«Genau. Aha. Es scheint, als hätte der Präsident Smith die Nachfolge von Johnston nicht zugetraut, also hat Granny Lee, unser König der Spaten, den Posten bekommen. Immerhin, sogar der König der

Spaten kann nicht schlimmer sein als Johnston, oder? Nun ja, vielleicht doch. Möglicherweise ist alles, worauf wir hoffen können, dass Lee besser ist als sein Ruf.»

«McClellan glaubt, dass es Lee an moralischer Stärke fehlt», sagte Starbuck.

«Und das wissen Sie wohl aus erster Hand, Starbuck, was?»

«Ja, Sir. McClellan hat es letzte Woche selbst zu mir gesagt.»

«Bestens, ausgezeichnet, und jetzt gehen Sie.» Bird wedelte großartig mit der Hand.

Starbuck rührte sich nicht. «Es ist gut, wieder zurück zu sein, Sir.»

«Gehen Sie früh schlafen, Starbuck. Wir haben ab Mitternacht Wachdienst. Major Hinton gibt Ihnen Ihre Befehle.»

«Ja, Sir.»

«Und geben Sie Sergeant Truslow einen Dollar.»

«Einen Dollar, Sir?»

«Geben Sie ihm einen Dollar! Das ist ein Befehl.» Bird schwieg kurz. «Ich bin froh, dass Sie wieder da sind, Nate. Und jetzt gehen Sie.»

«Ja, Sir.» Starbuck ging zwischen den Zeltreihen hindurch und hörte dem fernen, melancholischen Spiel einer Geige zu. Doch die traurige Melodie berührte ihn nicht, nicht heute, denn jetzt war er wieder dort, wo er hingehörte. Der Kupferkopf war zu Hause.

EPILOG

ür die Kompanie K begann das Sterben drei Wochen später. Joseph May war der Erste. Er holte gerade Wasser, als eine verirrte Granate neben dem Bach einschlug. Seine neue Brille wurde ihm vom Gesicht gerissen, ein Brillenglas zersplitterte, das andere war so gleichmäßig mit Blut überzogen, dass es aussah wie rot gefärbtes Glas.

Den ganzen Tag hatte sich die Legion bereitgehalten, während nördlich von ihr eine Schlacht geführt wurde. Die Kanonen donnerten von Sonnenaufgang bis Sonnenuntergang, doch die Rauchschwaden bewegten sich nicht von der Stelle, was bedeutete, dass sich die Yankees trotz aller Rebellenangriffe nicht zurückdrängen ließen. Am Abend jedoch, als der Gefechtslärm erstorben war, verlegte die Nordstaatenarmee ihre Einheiten Richtung Osten, und in der Morgendämmerung hörte man die Spaten, mit denen neue Schützengräben ausgehoben wurden, sodass die Rebellen wussten, was für ein hartes Stück Arbeit es werden würde, die Blauröcke weiter von Richmond wegzutreiben. An diesem Vormittag starb James Bleasdale. Er kletterte auf einen Baum, um Eier aus einem

Vogelnest zu holen, und ein Scharfschütze der Yankees traf ihn in den Hals. Bleasdale war tot, bevor er auf dem Boden aufschlug. Starbuck schrieb seiner Mutter, einer Witwe, und versuchte Worte zu finden, die nahelegten, dass ihr Sohn nicht umsonst gestorben war. «Er wird schmerzlich vermisst werden», schrieb Starbuck, aber das stimmte nicht ganz. Niemand hatte Bleasdale sonderlich gemocht, allerdings hatte auch niemand eine besondere Abneigung gegen ihn gehabt. Eine Gewehrsalve ließ erkennen, dass Sergeant Truslows Einheit den Yankee-Scharfschützen entdeckt hatte, aber Truslow kam unbefriedigt zurück. «Der Hurensohn ist getürmt», sagte der Sergeant, dann drehte er sich um und starrte zu Major Bird hinüber. «Er ist verrückt geworden.»

Major Bird verhielt sich in der Tat noch merkwürdiger als sonst. Er bewegte sich mit einer seltsamen, krabbenartigen Bewegung durchs Feldlager, wobei er manchmal ein paar Schritte vorschnellte, dann mit geschlossenen Füßen und einem Arm ausgestreckt stehen blieb, bevor er plötzlich eine ganze Drehung vollführte und wieder von vorne begann. Hie und da unterbrach er sein eigenartiges Gehüpfe, um etwa eine Gruppe Männer darüber zu informieren, dass sie sich in einer halben Stunde zum Abmarsch bereithalten sollten. «Er ist verrückt geworden», sagte Truslow noch einmal, nachdem er den absonderlichen Gang des Majors eine Weile beobachtete hatte.

«Ich lerne tanzen», verkündete Bird und vollführte eine ganze Drehung mit einer imaginären Partnerin in seinen mageren Armen.

«Warum?», fragte Starbuck.

«Weil der Tanz eine elegante Fertigkeit der höheren Ränge ist. Mein Schwager hat mich gerade zum Lieutenant Colonel befördert.»

«Glückwunsch, Pecker.» Starbuck freute sich aufrichtig.

«Anscheinend hatte er kaum eine andere Wahl, nachdem sich Adam vom Kampf zurückgezogen hat.» Pecker Bird konnte trotz seiner ausgesprochenen Geringschätzung für die militärische Hierarchie seine Freude nicht verbergen.

«Und er hatte erst recht keine andere Wahl, nachdem alle für Sie gestimmt haben», knurrte Truslow.

«Für mich gestimmt! Glauben Sie denn, ich verdanke meinen hohen militärischen Rang der schnöden Demokratie? Der Pöbelherrschaft? Ich bin ein Genie, Sergeant, wie ein Komet steige ich aus dem Meer der Mittelmäßigkeit auf. Und ich bin auch gut darin, Metaphern zu vermischen.» Bird spähte zu dem Papier, das Starbuck auf den Knien hatte. «Schreiben Sie Mutter Bleasdale ein paar Metaphern, Nate?»

«Nur die üblichen Lügen, Pecker.»

«Dann erzählen Sie ihr ein paar außergewöhnliche. Sagen Sie, ihr langweiliger Sohn sei zum Ruhm aufgestiegen, er sei nun von seinen irdischen Fesseln befreit und würde in den himmlischen Chören mittirilieren. Sagen Sie, dass er in Abrahams Schoß ruht. Das wird Sarah Bleasdale gefallen, sie war schon immer eine Närrin. Noch eine halbe Stunde, Starbuck, dann rücken wir ab.» Bird tanzte davon, wirbelte eine unsichtbare Partnerin über die Kuhfladen auf dem Feld, auf dem die Legion unterm Sternenzelt geschlafen hatte.

General Lee wartete an der Straße, als die Legion aus dem Feldlager marschierte. Er saß mit durchgedrücktem Rücken im Sattel, umgeben von seinem Stab, und er legte bei jeder Kompanie zum Gruß die Hand an die Hutkrempe. «Wir müssen sie davonjagen», sagte er dann jedes Mal im Plauderton, und dazwischen unterhielt er sich umständlich mit General Faulconer. «Jagt sie weg, Jungs, jagt sie weg», sagte Lee erneut, dieses Mal zu der Kompanie, die unmittelbar vor der von Starbuck marschierte, und als sich der General wieder zu Faulconer umdrehen wollte, stellte er fest, dass der Brigadier unerklärlicherweise davonritt. «Setzen Sie ihnen richtig zu,

Faulconer!», rief Lee ihm nach, irritiert über Faulconers plötzliches Verschwinden.

Für die Legion war Faulconers abrupter Abgang dagegen kein Rätsel, denn die Männer hatten schon längst bemerkt, wie sorgfältig ihr General der Kompanie K auswich. Er hatte mit den Offizieren sämtlicher anderer Regimenter seiner Brigade zu Abend gegessen, die Legion jedoch ausgelassen, damit er nicht gezwungen war, Starbucks Gegenwart zu ertragen. Faulconer erklärte Swynyard, er wolle nicht den Eindruck erwecken, er würde das Regiment, das seinen Namen trug, begünstigen, und mit derselben Behauptung begründete er, dass er seinem Sohn nicht das Kommando über die Legion Faulconer übertragen hatte, aber kein Mensch glaubte dieses Märchen. Es hieß, dass Adam krank sei und sich auf dem Landsitz seines Vaters erhole, allerdings vermuteten manche, darunter Bird und Truslow, dass diese ominöse Krankheit etwas mit Starbucks Rückkehr zu tun hatte. Starbuck selbst weigerte sich, über dieses Thema zu sprechen.

«Vertreibt sie, Jungs, vertreibt sie», sagte Lee zur Kompanie K und hob die Hand an die Hutkrempe. Hinter dem General erstreckte sich ein Waldstreifen, in dem die Kämpfe des Vortages tiefe Narben und schwarze Brandstellen hinterlassen hatten. Ein Trupp Schwarzer sammelte die Leichen ein und schleppte sie zu einem frisch ausgehobenen Massengrab. Hinter der nächsten Straßenkurve hing ein anderer Schwarzer tot an einem Baum. Auf seiner Brust hatte man ein Schild befestigt, auf dem in unbeholfener Schrift stand: «Dieser Nigger war ein Hälfer der Yankees.» Lee, der hinter der Kompanie K ritt, befahl wütend, die Leiche herunterzuholen.

An einer Kreuzung, wo ein Gasthaus Übernachtungen für fünf Cent anbot, trennte sich Lee von der Legion. Eine Gruppe verzweifelter Yankee-Gefangener saß auf den Treppen des Gasthauses und wurde von ein paar Soldaten aus Georgia bewacht, von denen keiner älter aussah als vierzehn Jahre. Eine halbe Meile entfernt explodierte eine Granate mitten im Flug, der Rauch hing unvermittelt und still am rosigen Himmel. Der Knall folgte einen Augenblick später, dann hallte das Knacken einer Musketensalve durch die Morgenluft und scheuchte eine Schar Vögel aus den Bäumen auf. Eine Geschützbatterie der Konföderierten wurde auf einem Feld rechts der Straße abgeprotzt. Hemdsärmlige Männer führten die Gespannpferde von den Kanonen weg, während andere Kanoniere die Schwammkübel mit Wasser füllten. Sie alle vermittelten den tüchtigen, unaufgeregten Eindruck von Arbeitern, die langgeübte tägliche Pflichten erfüllten.

«Colonel Bird! Colonel Bird!» Captain Moxey ritt in leichtem Galopp an der Marschkolonne der Legion entlang. «Wo ist Colonel Bird?»

«Im Wald», rief Sergeant Hutton zurück.

«Was macht er im Wald?»

«Was denken Sie denn?»

Moxey ließ sein Pferd umdrehen. «Er soll General Faulconer Bericht erstatten. Dort hinten ist eine Mühle.» Er deutete auf eine Nebenstraße. «Dort soll er hingehen. Sie heißt Gaine's Mill.»

«Wir richten es aus», sagte Truslow.

Unversehens fing Moxey Starbucks Blick auf, und er gab seinem Pferd sofort die Sporen, um möglichst schnell wegzukommen. «Den sehen wir heute nicht in der Nähe einer fliegenden Kugel», bemerkte Truslow trocken.

Die Legion wartete neben der Straße, während Bird die Befehle für sie abholte. Die Yankees waren eindeutig nicht weit entfernt, denn über einem nahe gelegenen Wald explodierten Granaten der Rebellen. Gewehrsalven erklangen unregelmäßig, als würden die Tirailleure beider Seiten das Gelände erkunden. Die Legion wartete, während die Sonne immer höher stieg. Irgendwo vor ihnen hing ein großer Staubvorhang in der Luft, der zeigte, dass viele Fuhrwerke auf der Straße unterwegs waren, aber ob es die Yankees auf dem Rückzug oder die Rebellen auf dem Vormarsch waren, konnte niemand sagen. Der Vormittag verging, und die Legion nahm ein kaltes Mittagessen aus Hartkeksen, vorgekochtem Reis und Wasser zu sich.

Bird kam kurz nach zwölf Uhr zurück und rief seine Offiziere zusammen. Eine halbe Meile vor der Legion, sagte er, liege ein Waldgürtel. Die Bäume verdeckten ein steiles Tal, durch das sich ein Marschengebiet und ein Bach zögen, der in den Chickahominy mündete. Die Yankees hätten sich am anderen Ufer des Flusses eingegraben, und die Aufgabe der Legion bestünde darin, die Hundesöhne von dort zu verjagen. «Wir sind die Frontlinie», erklärte Bird seinen Kompanieoffizieren. «Die Jungs aus Arkansas gehen links von uns, der Rest der Brigade kommt hinter uns.»

«Und dahinter kommt der Brigadier», sagte Captain Murphy mit seiner weichen irischen Aussprache.

Bird tat so, als hätte er die Stichelei nicht wahrgenommen. «Der Chickahominy liegt nicht weit hinter den Yankees», sagte er, «und Jackson ist schon unterwegs, um ihnen den Weg abzuschneiden, also können wir sie heute vielleicht ein für alle Mal besiegen.» Stonewall Jackson hatte seine Armee auf die Halbinsel gebracht, nachdem er die Yankees aus dem Shenandoah Valley vertrieben hatte. Die Nordstaatentruppen im Shenandoah Valley waren in der Überzahl gewesen, aber Jackson hatte zunächst einen Haken um sie geschlagen und ihnen dann blutig zugesetzt, und jetzt standen seine Einheiten unter Lees Befehl und würden gegen McClellans schwerfällige und zögerliche Armee kämpfen. Diese Armee war nach dem Kampf bei Seven Pines weder weiter vorgerückt, noch hatte sie sich zurückgezogen, stattdessen hatte sie sich mit der Einrichtung einer neuen Versorgungsbasis am James River beschäftigt. Voller

Verachtung hatte Jeb Stuart zwölfhundert Kavalleristen der Rebellen in einem Bogen um die gesamte Nordstaatenarmee geführt, sich damit über McClellans Unfähigkeit lustig gemacht und jedem Patriot des Südens einen neuen Helden geschenkt. Colonel Lassan war mit Stuart geritten und hatte Starbuck davon erzählt. «Es war prachtvoll!», schwärmte Lassan. «Der französischen Kavallerie ebenbürtig!» Er hatte drei Flaschen erbeuteten Brandy mitgebracht, die er mit den Offizieren der Legion teilte, während er sie mit Erzählungen von Schlachten in fernen Ländern unterhielt.

Doch McClellan sollte nicht von Reitern geschlagen werden, so brillant sie auch sein mochten, sondern von Infanteristen wie denen, die Bird nun zu dem Wald oberhalb des Bachs führte. Es herrschte drückende Hitze. Der Frühling hatte sich zum Sommer gewandelt, die Blütenpracht war verschwunden, und die morastigen Straßen der Halbinsel waren zu einer harten, zerfurchten Kruste geworden, die in dicke Staubwolken aufbrach, wo immer Mann oder Pferd entlangkamen.

Bird formierte acht Kompanien der Legion in zwei Rängen. Das kleine Bataillon aus Arkansas stellte sich links der Legion neben Starbucks Männern auf. Sie hoben ihre Fahnen. Die eine war eine alte Konföderiertenflagge mit den drei Streifen, die andere ein schwarzes Banner mit der groben Darstellung einer Schlange, die sich in der Mitte zusammengerollt hatte. «Das ist eigentlich nicht unsere Flagge», vertraute der Major aus Arkansas Starbuck an, «aber sie hat uns gefallen, und deshalb haben wir sie uns einfach genommen. Vorher gehörte sie einer Einheit aus New Jersey.» Er spuckte einen üblen Strahl Tabaksaft aus, dann erklärte er Starbuck, wie er und seine Männer ganz zu Beginn des Krieges als Freiwillige in Richmond angekommen waren. «Ein paar von den Jungs wollten nach der Schlacht bei Manassas zurück nach Arkansas, und das habe ich gut verstanden, aber ich habe ihnen immer gesagt, dass es hier mehr lebendige Yankees gibt als zu Hause, also sind wir geblieben, um noch ein paar von ihnen umzubringen.» Sein Name war Haxall, und sein Bataillon bestand aus etwas über zweihundert Männern, die allesamt so hager und ungepflegt waren wie Haxall selber. «Viel Glück, Captain», sagte er zu Starbuck und schlenderte zu seinem kleinen Bataillon zurück, als Swynyard gerade den Befehl zum Vorrücken gab. Es war nach der Mittagszeit, demzufolge hatte Swynyard schon Schwierigkeiten, sich im Sattel zu halten; bis zum Abend würde er keinen zusammenhängenden Satz mehr herausbringen und um Mitternacht im Vollrausch liegen. «Vorwärts!», rief Swynyard erneut, und die Legion stapfte auf den schattigen Wald zu.

«Weiß irgendwer, wo wir sind?», fragte Sergeant Hutton die Männer der Kompanie K.

Niemand wusste es. Sie waren einfach in irgendeinem sumpfigen Waldgebiet, über dem die Granaten explodierten. Starbuck hörte die Geschosse durchs Laub rasen, und gelegentlich zeigte das wild schlagende Geäst über ihren Köpfen, wo eine Granate durch die Baumkronen flog. Einige Geschosse explodierten zwischen den Bäumen, andere kreischten über die Legion hinweg zu der konföderierten Geschützbatterie auf dem Feld dahinter. Die Kanonen der Rebellen beantworteten den Beschuss, und die Luft war von dem donnernden Geheul eines Artillerieduells erfüllt. «Tirailleure!», rief Major Hinton. «Rücken Sie vor, Nate!», fügte er etwas beiläufiger hinzu, und Starbucks Kompanie löste sich gehorsam aus den Rängen und bildete fünfzig Schritt vor den anderen Kompanien eine unregelmäßige Vorhut. Starbucks Männer rückten in Vierergruppen vor, Starbuck als Offizier dagegen war allein und fühlte sich mit einem Mal sehr auffällig. Er trug nichts, was dem Gegner verriet, dass er Offizier war; kein Schwert, keine schimmernden Uniformlitzen, keinen Metallstreifen am Kragen, doch schon, dass er allein vorrückte, schien ihn plötzlich zu einem besonderen Ziel zu machen.

Er beobachtete den Waldrand, fragte sich, ob dort die Tirailleure des Nordens auf sie warteten, oder schlimmer, ob sich in den grünen Schatten Scharfschützen mit ihren Zielfernrohren und tödlichen Gewehren versteckten. Er spürte seinen eigenen Herzschlag, und jeder Schritt verlangte ihm neue Entschlossenheit ab. Unwillkürlich hielt er den Holzschaft seines Gewehrs über seinen Schritt. Knapp vor ihm explodierte eine Granate, und ein Schrapnellsplitter zischte an seiner Schulter vorbei. «Na? Froh, dass du wieder dabei bist?», rief ihm Truslow zu.

«Ich habe schon immer davon geträumt, so meinen Freitagnachmittag zu verbringen, Sergeant», sagte Starbuck und wunderte sich über den unbesorgten Klang seiner Stimme. Er ließ seinen Blick umherschweifen, um sicher zu sein, dass seine Männer nicht zurückfielen, und stellte erstaunt fest, dass die Legion nur einen kleinen Teil einer immensen grau uniformierten Infanterielinie bildete, die sich eine halbe Meile oder weiter zu seiner Linken erstreckte. Ein paar Sekunden lang vergaß er sogar seine Angst, als er die Tausende von Männern betrachtete, die in ihrer geschwungenen Angriffslinie unter den leuchtenden Flaggen vorrückten.

Die nächste Granate explodierte vor Starbuck, und er wandte seine Aufmerksamkeit wieder dem Wald zu. Er hastete an einem verbrannten Stück Wiese vorbei, wo ein Granatenfragment im Sand rauchte. Eine weitere Explosion erklang, dieses Mal hinter Starbuck, und sie war so gewaltig, dass sie eine heiße Druckwelle über die sommerliche Landschaft blies. Als sich Starbuck umdrehte, sah er, dass die Yankee-Granate eine Artillerieprotze getroffen hatte, die mit Munition beladen gewesen war. Rauch quoll von dem zerschmetterten Gefährt empor, und ein reiterloses Pferd hinkte von den Flammen weg. Eine Kanone in der Nähe wurde abgefeuert, und hinter dem Geschoss blieb eine zwanzig Schritt lange Rauchwolke in der Luft stehen. Das Gras vor der Kanonenmündung wurde von der Druckwelle fächerförmig flachgedrückt. Die zweite Linie der Brigade Faulconer marschierte auf, und irgendwo spielte eine Regimentskapelle das Lied «Gott hilft den Gerechten», das in Richmond sehr beliebt war. Starbuck wünschte, die Musiker hätten etwas Melodischeres ausgesucht, dann vergaß er die Musik, denn er tauchte in den Wald ein, wo das grelle Sonnenlicht vom Blattwerk grünlich gedämpft wurde. Ein Eichhörnchen flüchtete vor ihnen durch das morderde Laub. «Wann haben wir das letzte Mal Eichhörnchen gegessen?», fragte er Truslow.

«Wir hatten jede Menge davon, während du weg warst», sagte der Sergeant.

«Ich habe gerade große Lust auf gebratenes Eichhörnchen», sagte Starbuck. Noch vor einem Jahr hätte er bei der bloßen Vorstellung, Eichhörnchen zu essen, gewürgt, doch inzwischen teilte er die Vorliebe der Soldaten für junge, gebratene Eichhörnchen. Die älteren Tiere waren viel zäher und wurden besser geschmort.

«Heute Abend essen wir Yankee-Rationen», sagte Truslow.

«Das stimmt», sagte Starbuck. Wo zum Teufel waren die gegnerischen Tirailleure? Wo waren ihre Scharfschützen? Eine Granate fegte durch die Baumkronen, sodass mit klatschendem Flügelschlag ein paar Tauben aufflogen. Und wo, von allem anderen abgesehen, war das Marschland mit dem Bach? Dann sah er vor sich den Rand eines Tals, und dahinter auf der anderen Talseite hohe Bäume, und unter diesen Bäumen frisch aufgeworfene Erde, und er verstand, dass sich die Yankees auf dem anderen Hang eingegraben hatten, der ihnen als riesiger Verteidigungswall diente. «Stürmen!», rief er. «Stürmen!» Er wusste instinktiv, was gleich geschehen würde. «Angriff!», schrie er.

Und die Welt explodierte.

Die gesamte gegenüberliegende Talseite schien sich plötzlich in eine selbst hervorgebrachte Nebelbank zu hüllen. Das Geräusch kam einen Augenblick später, und mit dem Geräusch kam ein Kugelhagel, der reißend und splitternd durch den grünen Wald peitschte. Die Männer auf dem anderen Hang schrien und jubelten; Männer auf Starbucks Talseite starben.

«Sergeant Carter ist getroffen!», rief jemand.

«Weiterstürmen!», brüllte Starbuck. Es hatte keinen Sinn, an der Talkante zu bleiben, wo sie nur zum Opfer der Yankees würden. Der Pulverrauch verzog sich, und Starbuck sah Massen von blau uniformierten Infanteristen in dem Wald gegenüber, während auf der Hügelkuppe darüber eine Reihe Geschütze hinter neu aufgeworfenen Wällen in Stellung gebracht worden war. Das Mündungsfeuer aus Gewehren zuckte an der blauen Linie, dann wurde ein Geschütz abgefeuert und grauweißer Rauch zog in den Wald. Ein Mann schrie, als ihm eine Kartätschenkugel die Eingeweide herausriss, ein anderer kroch blutend zur Haupteinheit der Legion, die im Wald hinter den Tirailleuren vorrückte. Die Bäume über Starbuck klangen, als würde ein plötzlicher Sturm an ihren Ästen reißen. Noch mehr Geschütze wurden abgefeuert, und mit einem Mal war der ganze Wald von dem Kreischen und Heulen der Kartätschenladungen erfüllt. Gewehrkugeln pfiffen und schrillten. Würgend stieg die Angst in Starbucks Kehle auf, aber das Überleben seiner Männer hing davon ab, dass sie weiter vorstießen und in die grüne Talsenke eintauchten. Er sprang über die Abbruchkante des Tals und rannte halb schlitternd den steilen Hang hinunter. Die Männer aus Arkansas hatten den Kampfruf der Rebellen angestimmt. Einer von ihnen stürzte den Hang hinunter und zog eine Blutspur auf das tote Laub hinter ihm. Die Salven der Yankees waren ein unaufhörliches Splittern, ein anhaltendes, ohrenbetäubendes Krachen, als Hunderte Gewehre über das enge Tal schossen. Amos Parks wurde in den Bauch getroffen und zurückgeschleudert, als hätte ihn ein Maultier getreten. Kartätschenschüsse fegten über sie hinweg, ließen einen Sturm von zerfetzten Blättern und abgerissenen Ästen auf sie niedergehen. Die einzige Hoffnung der Legion bestand darin, weiterzustürmen und den Gegner mit Geschwindigkeit zu überwältigen.

«Bajonette aufpflanzen!», rief Haxall links von Starbuck.

«Weiterstürmen!», schrie Starbuck seinen Männern zu. Er wollte nicht, dass sie langsamer wurden, um ihre unhandlichen Bajonette aufzustecken. Es war besser, bis zu dem morastigen Gelände auf dem Talboden vorzurücken, wo ein dunkles, stehendes Gewässer von gesplitterten Ästen, umgestürzten Bäumen und sumpfigen Inselchen unterbrochen wurde. Der Bach floss vermutlich in der Mitte des Morasts, doch Starbuck konnte ihn nicht sehen. Er kam an den Fuß des Hangs und sprang auf einen umgestürzten Baumstamm und dann weiter auf eine üppig mit Gras bewachsene Erhöhung. Eine Kugel schlug vor ihm ins Wasser ein, eine andere ließ ein feuchtes, verrottetes Stück Holz aus einem Ast splittern. Spritzend kämpfte er sich durch einen Abschnitt mit Wasser und rutschte aus, als er auf eine niedrige, glitschige Schlamminsel steigen wollte. Er fiel nach vorn ins Gras, wo ihn ein großer, schwarzer, halbverfaulter Baumstamm vor den Yankees vor ihm und über ihm schützte. Er war versucht, in der Deckung des Stamms zu bleiben, aber er wusste, dass es seine Aufgabe war, seine Männer in Bewegung zu halten. «Weiter!», rief er und fragte sich, warum der Kampfruf der Rebellen nicht mehr zu hören war, doch als er aufstehen wollte, schnellte von hinten eine Hand heran und drückte ihn herunter.

Es war Sergeant Truslow, der ihn am Boden hielt. «Vergiss es!», sagte Truslow. Die ganze Kompanie hatte sich niedergekauert, und nicht nur die Kompanie, sondern die gesamte Legion. Tatsächlich waren sämtliche Rebellen in Deckung gegangen, weil das ganze Tal von pfeifenden Yankee-Kugeln, kreischenden und heulenden Kartätschengeschossen und quellendem Pulverrauch erfüllt war.

Starbuck hob den Kopf und sah, dass die gegnerische Talkante in Rauch gehüllt wurde, über dem die roten und weißen Streifen der Yankee-Fahnen flatterten. Eine Kugel schlug nur wenige Fingerbreit von seinem Gesicht entfernt in den Stamm ein, sodass ein Splitter in seine Wange fuhr. «Halt den Kopf unten», knurrte Truslow. Starbuck drehte sich um. Die einzigen sichtbaren Männer waren die Toten. Alle anderen kauerten hinter Bäumen oder hatten im Unterholz Deckung gesucht. Der größte Teil der Legion war noch oben an der Talkante und hatte sich in dem Waldstück auf den Boden geworfen. Nur die Tirailleure hatten die Talsenke erreicht, und nicht alle Tirailleure waren dabei mit dem Leben davongekommen. «Carter Hutton ist tot», sagte Truslow. «Gott allein weiß, wie seine Frau jetzt zurechtkommen soll.»

«Hat er Kinder?», fragte Starbuck und ärgerte sich, dass er nachfragen musste. Ein Offizier sollte so etwas wissen.

«Einen Jungen und ein Mädchen. Der Junge ist ein sabbernder Schwachkopf. Doc Billy hätte ihn bei der Geburt strangulieren sollen, wie er es sonst immer macht.» Truslow hob sein Gewehr über die Deckung des Stamms, seufzte kurz, feuerte und duckte sich sofort wieder. «Das Mädchen ist stocktaub. Carter hätte diese verfluchte Frau niemals heiraten sollen.» Er biss das obere Ende einer Patrone ab. «Die Frauen in dieser Familie bringen allesamt nur kranken Nachwuchs zustande. Man sollte eine Frau eben nicht heiraten, weil sie gut aussieht, sondern nur, wenn sie gesund und stark ist.»

«Und warum haben Sie Ihre Frau geheiratet?»

«Weil sie gut ausgesehen hat, natürlich.»

«Ich habe Sally gefragt, ob sie mich heiraten will», gab Starbuck verlegen zu.

«Und?»

Starbuck richtete sich auf die Knie auf, zielte nach oben auf den Hang, drückte den Abzug durch und warf sich gerade noch rechtzeitig auf den Boden, bevor ein ganzes Hornissennest von Kugeln in den Baumstamm raste. «Sie hat mir eine Abfuhr erteilt», gestand er.

«Also hat das Mädchen doch noch einen Rest Verstand übrig, was?» Truslow grinste. Er lud sein Gewehr im Liegen nach. Die Yankees jubelten, weil sie den konföderierten Angriff so mühelos aufgehalten hatten, doch dann verkündete der Kampfruf der Rebellen, dass die zweite Reihe der Brigade Faulconer an der Talkante angekommen war, und die Yankees schienen ihren Beschuss noch zu verdoppeln, als sie auf die neuen Angreifer zwischen den Bäumen feuerten. Einigen Männern aus der vordersten Linie gelang es, sich über die Talkante zu werfen und den Hang hinunterzuhasten, wo sie sich Deckung suchten. Kanonen feuerten schnurgerade übers Tal und machten grau uniformierte Männer nieder. Starbuck wollte sich ein Stück weiter vorarbeiten, doch der zweite Angriff wurde noch schneller gestoppt als der erste, und die Gewehrsalven der Yankees richteten sich wieder auf die Talsenke, wo das Wasser und der Schlamm unter den Kugeln aufspritzten. «Sind ganz schön wild heute Nachmittag, die Bastarde», knurrte Truslow.

«Ich schätze, wir müssen bis heute Abend hierbleiben», sagte Starbuck und biss eine Kugel aus einer Patrone. Er schüttete das Schießpulver in den Gewehrlauf und spuckte die Kugel in die Mündung. «Wir kommen hier nur im Dunkeln raus.»

«Außer die Bastarde hauen ab», sagte Truslow, allerdings klang es nicht sehr hoffnungsvoll. «Ich sag dir was. Faulconer werden wir hier unten nicht erleben. Der macht sich nicht die Hosen schmutzig.» Truslow hatte einen Spalt in dem Baumstamm entdeckt, durch den er ungesehen den gegnerischen Hang beobachten konnte. Die meisten Yankees saßen in Schützengräben und anderen Vertiefungen, aber Truslow fand ein Ziel und legte sorgfältig an. «Hab dich», sagte er und drückte den Abzug. «Sie hat dir wirklich eine Abfuhr erteilt?»

«Hat mir eine Standpauke gehalten», sagte Starbuck und rammte mit dem Ladestock die neue Kugel tief in den Gewehrlauf.

«Ist ein zähes Ding», sagte Truslow mit grummelnder Anerkennung. Wieder fegte eine Kartätschenladung durch die Baumkronen und ließ es Zweige und Blätter regnen.

«Sie kommt eben nach Ihnen», sagte Starbuck. Er richtete sich auf die Knie auf, feuerte und duckte sich wieder. Als die Vergeltungskugeln in den Baumstamm einschlugen, fragte er sich, worin genau Sallys neue Arbeit bestand. Er hatte keine Gelegenheit für einen Besuch in Richmond gehabt, und es würde auch keine geben, bis die Yankees aus der Nähe der Stadt vertrieben waren, aber wenn es so weit war, planten sowohl Truslow als auch er, Sally zu besuchen. Starbuck hatte noch weitere Vorhaben in der Stadt. Er wollte Lieutenant Gillespie einen Höflichkeitsbesuch abstatten. Er genoss die Vorfreude auf seine Rache, genauso wie er die Vorfreude auf ein Wiedersehen mit Julia Gordon genoss. Falls sie ihn überhaupt empfing, denn Starbuck vermutete, Julias Verbindung zu Adam würde dazu führen, dass sie ihm erst gar nicht die Tür öffnete.

Die Nordstaatler begannen, die festsitzenden Rebellen zu verhöhnen. «Habt wohl euren Mumm verloren! Was ist mit deinem Kampfschrei, Johnny? Eure Sklaven helfen euch bestimmt nicht!» Der Spott hörte abrupt auf, als die Geschütze der Rebellen endlich auf Schussweite in Stellung gebracht waren und begannen, Granaten auf den Gegner zu schießen. Truslow riskierte einen schnellen Blick den Hang hinauf. «Haben sich ziemlich tief eingegraben», sagte er.

Zu tief, um leicht aus ihrer Stellung vertrieben zu werden, schätzte Starbuck, was für die Kompanie eine lange Wartezeit in der Hitze bedeutete. Er zog seinen grauen Uniformrock aus und legte ihn neben den Baumstamm, dann lehnte er sich mit dem Rücken an das verfaulende Holz und versuchte festzustellen, wo seine Männer in Deckung gegangen waren. Klare Sicht hatte er lediglich auf die Toten. «Wer ist das?», fragte er und deutete auf eine Leiche, die dreißig Schritt entfernt bäuchlings und mit ausgebreiteten Gliedern in einer Pfütze lag. In der grauen Uniformjacke klaffte ein enormes Loch, in dem man blutiges Fleisch, wimmelnde Fliegen und eine weiße Rippe sehen konnte. «Felix Waggoner», sagte Truslow nach einem flüchtigen Blick.

«Woher wissen Sie, dass es nicht Peter ist?», fragte Starbuck. Peter und Felix Waggoner waren Zwillinge.

«Weil heute Felix an der Reihe war, die guten Stiefel zu tragen», sagte Truslow. Irgendwo stöhnte ein Verwundeter, doch niemand konnte sich aus der Deckung bewegen, um ihm zu helfen. Das Tal war eine Todesfalle. Die Yankee-Kanonen konnten zwar nicht steil genug abwärts ausgerichtet werden, um Kartätschen in die Talsenke zu schießen, aber die Schützen der Nordstaatler hatten sehr gute Sicht auf jeden, der versuchte, sich über den Morast zu bewegen, und deshalb würde der Verwundete weiter leiden müssen.

«Starbuck!», rief Colonel Bird von irgendwo unterhalb der Talkante. «Können Sie sich bewegen?»

«Komm schon, Starbuck! Beweg dich!», rief ein Yankee, und auf einmal skandierten ein Dutzend Gegner seinen Namen, machten sich über ihn lustig, und luden ihn ein, sein Glück gegen ihre Gewehre zu versuchen.

«Nein, Pecker!», rief Starbuck. Es wurde wieder still, so still es in einer Schlacht eben sein konnte. Immer noch dröhnte über ihren Köpfen ein Artillerieduell, und etwa alle halbe Stunde zeigte aufbrandendes Gewehrfeuer, dass die Rebellen einen neuen Versuch gemacht hatten, mit einer Brigade oder einem Bataillon über den Sumpf vorzustoßen. Doch die Yankees saßen am längeren Hebel und würden ihre Position nicht aufgeben. Sie waren eine Nachhut, die nördlich des Chickahominy positioniert worden war, um die Brücken zu bewachen, während der Rest ihrer Armee auf den südlichen Teil der Halbinsel übersetzte, den McClellan zu seiner neuen Operationsbasis erklärt hatte. Bisher hatten die Dampfschiffe ihren Nachschub entweder bei Fort Monroe oder bei West Point am Fluss York ausgeladen, von nun an aber würden sie zu Harrisons's Landing am James River fahren. McClellan beschrieb diese Truppenverlegung nach Süden als Stützpunktwechsel und erklärte, solch ein Manöver habe keine Parallele «in den Annalen der Kriegsgeschichte», doch den meisten seiner Soldaten erschien dieser Stützpunktwechsel mehr wie ein Rückzug, und deshalb genossen sie es ganz besonders, den Rebellen auf dem Grund dieses Sumpffieber-Tals eine Meile nördlich des Chickahominys eine Zwangspause zu verpassen. Und jede Stunde, in der sie die Rebellen in Schach hielten, war eine Stunde, in der weitere Soldaten der Nordstaaten über die gefährlichen Brücken in die zeitweilige Sicherheit des Südufers wechseln konnten.

Starbuck nahm die Bibel seines Bruders aus der Tasche seines Uniformrocks, blätterte bis zu den leeren Seiten ganz hinten und schrieb mit einem Bleistiftstummel die Namen der Männer auf, die bisher an diesem Nachmittag umgekommen waren. Er wusste schon von Sergeant Carter Hutton, Felix Waggoner und Amos Parks, doch nun erfuhr er durch Zuruf von Männern in der Nähe noch sechs weitere Namen. «Wir haben ordentlich Prügel bezogen», sagte Starbuck, als er die Bibel auf seinen Uniformrock legte.

«Aye.» Truslow feuerte durch sein Guckloch im Stamm, und die Rauchwolke, die aus seinem Gewehr aufstieg, löste eine wilde Gegenreaktion von etwa zwanzig Nordstaatlern aus. Die Kugeln fraßen sich in das verrottende Holz und schleuderten Splitter in die Luft. Ein Mann aus Arkansas schoss, dann einer von der Kompanie K, doch die Schüsse aus der Deckung kamen nur vereinzelt. Es gab keine Reserven, die man in diesen Teil des Tals schicken konnte, und General Faulconer unternahm keinerlei Anstrengung, um seine Männer aus ihren morastigen Schlupflöchern zu befreien. Weiter oben im Tal und weit außerhalb von Starbucks Sicht rief ein heftigerer Vorstoß einen Sturm von Gewehrsalven und Kanonenschüssen hervor, der langsam erstarb, als auch dieser Rebellenangriff gescheitert war.

Eine schwarze Schlange glitt über das Ende der Schlickbank, auf der Starbuck und Truslow Deckung gefunden hatten. Das Tier hatte eine rautenförmige Zeichnung auf dem Kopf. «Mokassinschlange?», fragte Starbuck.

«Du lernst dazu», sagte Truslow beifällig. Am Wasser angekommen hielt die Mokassinschlange inne, prüfte mit der Zunge die Luft und schwamm dann stromauf in ein Gewirr von heruntergefallenen Ästen. Auf der anderen Seite des Tals hatte sich eine Brandstelle gebildet, die Flammen leckten über das tote Laub unter einem umgestürzten Baum. Starbuck kratzte sich am Bauch und stellte fest, dass sich ein Dutzend Zecken in seine Haut gebohrt hatten. Er versuchte sie herauszuziehen, aber ihre Köpfe brachen ab und blieben in die Haut eingegraben. Der Nachmittag war schwül und drückend, in den Tümpeln stand das Wasser. Das lauwarme Wasser in Starbucks Feldflasche schmeckte salzig. Er erschlug einen Moskito. Irgendwo stromauf, hinter der nächsten Biegung des Tals, musste gerade ein weiterer Angriff angefangen haben, denn es hallten Schüsse und Schreie herüber. Der Angriff dauerte zwei Minuten, dann war nichts mehr zu hören. «Arme Schweine», sagte Truslow.

«Kommt schon, Rebs! Nicht so schüchtern! Wir haben genügend Kugeln für euch alle!», rief ein Yankee und lachte über das Schweigen der Rebellen.

Es schien noch heißer zu werden. Starbuck hatte keine Uhr und versuchte an den wandernden Schatten abzulesen, wie weit der Nachmittag fortgeschritten war, doch es schien, als würde die

Sonne stillstehen. «Vielleicht essen wir heute Abend doch keine Yankee-Rationen», sagte er.

«Ich hatte mich schon auf einen Kaffee gefreut», kam es sehnsüchtig von Truslow.

«In Richmond muss man inzwischen dreißig Dollar für ein Pfund echten Kaffee zahlen.»

«Das gibt's doch nicht.»

«Doch», sagte Starbuck, dann drehte er sich auf den Bauch, hob den Kopf und zielte auf die Einbuchtung eines Schützengrabens auf dem gegnerischen Hang. Er feuerte, duckte sich und erwartete, dass der übliche Kugelhagel den verrottenden Baumstamm beben ließ, doch stattdessen riefen sich die Yankees zu, dass sie sich mit dem Schießen zurückhalten sollten. Ein paar Kugeln trafen den Stamm, doch sofort verlangte eine befehlsgewohnte Stimme von den Nordstaatlern, das Schießen einzustellen. Irgendjemand fragte jammernd, was los war, dann rief ein ganzer Chor, es sei sicher. Truslow starrte fassungslos auf den Hang der Rebellenseite. «Verfluchter Mistkerl», murmelte er verblüfft.

Starbuck drehte sich um. «Großer Gott», sagte er. Die Nordstaatler hatten das Feuer eingestellt, und nun sorgte Starbuck dafür, dass seine Männer das Gleiche taten. «Feuer einstellen!», rief er. Colonel Bird rief oben auf der Kuppe des Hangs den gleichen Befehl.

Denn Adam war auf das Schlachtfeld gekommen.

Er machte keinerlei Anstrengung, sich zu verstecken, sondern schlenderte dahin, als wäre er bei einem Nachmittagsspaziergang. Er trug Zivil und war unbewaffnet, doch das war es nicht, was die Yankees dazu gebracht hatte, das Schießen einzustellen, sondern es war die Flagge, die er trug. Adam hielt ein Sternenbanner empor und schwenkte es hin und her, während er den Hang hinunterstieg. Als der Beschuss aufgehört hatte, legte er sich die Flagge wie ein Cape um die Schultern.

«Dem hat wohl einer ins Hirn geschissen», sagte Truslow.

«Ich fasse es nicht.» Starbuck legte die Hände trichterförmig zusammen. «Adam!»

Adam wechselte die Richtung und ging auf Starbucks Stimme zu. «Ich habe dich gesucht, Nate!», rief er heiter.

«Geh in Deckung!»

«Warum? Es schießt doch keiner.» Adam sah zu dem Hang der Yankees hinauf, und ein paar Nordstaatler jubelten ihm zu. Andere riefen ihn an, was er wolle, aber zur Antwort winkte er ihnen bloß.

«Was zum Teufel treibst du hier?» Starbuck hielt sich in der Deckung des von Schüssen vernarbten Baumstamms.

«Was du mir geraten hast, natürlich.» Adam verzog das Gesicht, denn er musste durch einen sumpfigen Abschnitt waten und trug seine besten Schuhe. «Guten Tag, Truslow. Wie geht es Ihnen?»

«Hab mich schon mal besser gefühlt, würde ich sagen.» Truslow klang argwöhnisch.

«Ich bin in Richmond Ihrer Tochter begegnet. Ich fürchte, ich war nicht sehr nett zu ihr. Würden Sie ihr meine Entschuldigung ausrichten?» Adam hinkte durch Schlamm und Wasser, um zu dem trockeneren Stück zu kommen, auf das sich Truslow und Starbuck zurückgezogen hatten. Er ging sorglos aufrecht, als fände überhaupt kein Kampf statt. Und das traf in diesem Moment für diesen Talabschnitt auch zu. Stattdessen waren auf beiden Seiten Männer aus der Deckung gekommen, um zu Adam hinüberzustarren und sich zu fragen, was für ein Narr man sein musste, um so dreist mitten in einen Geschosshagel zu spazieren. Ein Yankee-Offizier rief Adam erneut die Frage zu, was er wolle, doch Adam hob wieder nur die Hand, wie um anzudeuten, dass er bald alles klarstellen würde. «Du hattest recht, Nate», sagte er zu Starbuck.

«Adam, um Himmels willen, geh runter in Deckung!»

Adam lächelte. «Um des Himmels willen, Nate, gehe ich hinauf.»

Er deutete auf den Hang der Yankees. «Ich tue, was du auch getan hast, ich wechsle die Seiten. Ich werde für den Norden kämpfen. Ich desertiere, könnte man auch sagen. Möchtest du mitkommen?»

«Duck dich einfach, Adam.»

Doch statt in Deckung zu gehen, ließ Adam seinen Blick durch das grüne, feuchte Tal wandern, als wäre es ein ganz gewöhnlicher Ort, an dem nicht der Tod in der schwülen Luft lag. «Ich fürchte das Böse nicht, Nate. Jetzt nicht mehr.» Er zog aus einer Jackentasche ein Bündel Briefe, das mit einem grünen Band verschnürt war. «Würdest du dafür sorgen, dass Julia diese Briefe bekommt?»

«Adam!», flehte Starbuck vom Boden aus.

«Das sind ihre Briefe. Sie sollte sie zurückbekommen. Sie wollte nicht mit mir gehen, verstehst du? Ich habe sie gefragt, und sie hat nein gesagt, und dann wurde die Stimmung ein bisschen frostig und, um es kurz zu machen, wir werden nicht heiraten.» Er warf das Briefbündel auf Starbucks gefalteten Uniformrock und bemerkte die Bibel, die dort lag. Er beugte sich vor, nahm das Buch und blätterte durch die Seiten. «Liest du immer noch die Bibel, Nate? Die Heilige Schrift scheint mir nicht mehr recht zu dir zu passen. Ich hätte gedacht, du wärst mit einem Lehrbuch des Schlachterhandwerks besser bedient.» Er hob den Blick von der Bibel und sah Starbuck direkt in die Augen. «Warum stehst du nicht auf, Nate, und kommst mit mir? Rette deine Seele, mein Freund.»

«Geh in Deckung!»

Adam lachte über Starbucks Angst. «Ich tue Gottes Werk, Nate, also wird Gott mich behüten. Aber du? Du bist von einem ganz anderen Schlag, oder?» Er nahm einen Bleistift aus der Tasche, strich eine Stelle in Starbucks Bibel an und warf sie wieder auf den Uniformrock. «Vor ein paar Minuten habe ich Vater gesagt, was ich getan habe. Ich habe ihm gesagt, dass ich Gottes Willen erfüllt habe, aber Vater denkt, es ist alles dein Werk und nicht das Werk Gottes; allerdings war von Vater auch nichts anderes zu erwarten, oder?» Adam sah ein letztes Mal auf den Hang der Rebellen, dann drehte er sich zu den Yankees um. «Auf Wiedersehen, Nate», sagte er, dann schwenkte er die leuchtende Flagge in der warmen Luft, stieg über den schwarzen Baumstamm, und watete durch knietiefes Wasser zur anderen Talseite. Er verlor seine Schuhe im saugenden Schlamm des Baches, der in der Mitte des Sumpfes floss, und ging auf Strümpfen weiter. Das leichte Hinken, das ihm eine Yankee-Kugel bei Manassas eingebracht hatte, war deutlicher erkennbar, als er nach dem morastigen Talgrund anfing, den Hang der Yankees zu ersteigen.

«Er ist verrückt geworden!», sagte Truslow.

«Er ist ein gottverdammter Narr», sagte Starbuck. «Adam!», rief er, doch Adam schwenkte nur seine bunte Flagge und ging weiter. Starbuck kniete sich hin. «Adam! Komm zurück!», rief er über den umgestürzten Baumstamm hinweg. «Um Gottes willen, Adam! Komm zurück!» Doch Adam drehte sich nicht einmal um; stattdessen stieg er zu dem Wald auf der anderen Talseite hinauf und kam dort außer Sicht, wo die aufgeworfene Erde die Stellung der Yankees oben auf dem Hang erkenntlich machte. Adams Verschwinden brach den Bann, der die beiden Seiten gefangen gehalten hatte. Irgendjemand gab Befehl zum Feuern, und Starbuck duckte sich gerade noch rechtzeitig hinter den Stamm, bevor wieder Kugeln durch das ganze Tal pfiffen. Rauch trieb durch das Laubwerk und über die schwarzen Tümpel und die umgestürzten Baumstämme und die toten Soldaten hinweg.

Starbuck nahm die Bibel in die Hand. Adam hatte eine Stelle irgendwo in der Mitte angestrichen, und Starbuck blätterte durch die Seiten, um die Botschaft seines Freundes zu finden. Kugeln peitschten durch das Tal, als er die Seiten mit den Psalmen, dem Buch der Sprüche und dem Hohelied unter dem Daumen durchschnellen ließ. Dann entdeckte er es, ein Bleistiftkreis um den zwölften Vers des fünfundsechzigsten Kapitels im Buch Jesaja. Starbuck las den Vers, und plötzlich wurde ihm in der Hitze des Tales eiskalt. Hastig klappte er die Bibel zu.

«Was steht da?», fragte Truslow. Er hatte gesehen, wie Starbuck blass geworden war.

«Nichts», sagte Starbuck kurz angebunden, steckte die Bibel zurück in die Tasche seines Uniformrocks und zog das ausgefranste, fadenscheinige Kleidungsstück an. Die Briefe schob er in eine andere Tasche. «Überhaupt nichts», sagte er, nahm sein Gewehr und überprüfte, dass ein Zündhütchen auf dem Piston saß. «Bringen wir lieber ein paar von den gottverdammten Yankees um.» Aber dann zuckte er zusammen, weil plötzlich das ganze Tal von Kriegslärm widerhallte. Geschütze donnerten, und Gewehre krachten. Der dämonische Rebellenschrei klang aus dem Wald, als der nächste Rebellenangriff eine graue Welle über die Talkante schwappen ließ. Eine weitere Infanteriebrigade war zum Angriff links von Major Haxalls Männern aus Arkansas befohlen worden, und die Neuankömmlinge kreischten ihre Herausforderung, als sie den Hang hinunterstürmten. Die Yankees erwiderten das Feuer, die Mündungsflammen ihrer Gewehre stachen wie feurige Schwerter in die langsam länger werdenden Schatten des Nachmittags. Granaten explodierten auf der anderen Talseite, bitterer Rauchgestank breitete sich aus. Kartätschenschüsse der Nordstaatler löschten ganze Angreiferreihen der Südstaaten aus, tränkten das tote Laub mit Blut, doch immer mehr grau und braun uniformierte Männer kamen aus dem Wald an der Talkuppe und griffen über den vor lauter Blut schlüpfrigen Hang an, bis das ganze Tal von einer krabbelnden Flut brüllender Soldaten erfüllt war, die über den Schlamm und die Ertrunkenen hinweg weiterstürmten.

Starbuck stand auf. «Kompanie K! Angriff! Mir nach! Mir nach!» Die Gefahr kümmerte ihn nicht mehr. Er war von Gott verflucht, eine verlorene Seele in der immerwährenden Finsternis. Auf dem Hang vor ihm blühten Rauchwolken auf, blitzte das Feuer der Granaten. Starbuck begann zu schreien, nicht den Rebellenschrei, sondern den Schrei eines Mannes, der weiß, dass seine Seele verdammt ist. Er rannte in den Bach und kämpfte sich durch den saugenden, klebrigen Schlamm. Etwas voraus auf dem Hang sah er einen Yankee in einem Schützengraben, der auf ihn zielte, dann wurde der Mann von einem Schuss zurückgeschleudert, der von der Rebellenseite des Tals aus abgefeuert worden war. Ein anderer Nordstaatler beeilte sich, aus dem Schützengraben und den Hang hinauf zu kommen, und Starbuck sah an dem Flüchtenden vorbei und dachte, dass so Ball's Bluff für die sterbenden Yankees ausgesehen haben musste, an jenem Tag, als er und die anderen Rebellen oben auf der Kuppe Stellung bezogen und die wehrlosen Yankees unter sich erbarmungslos unter Feuer genommen hatten.

«Kommt schon!», brüllte er. «Tötet die Bastarde, mir nach!» Und er warf sich auf den Hang, zog sich an Wurzeln und Gestrüpp nach oben. Er kam an zwei aufgegebenen Schützengräben vorbei, dann bemerkte er rechts von sich eine plötzliche Bewegung und entdeckte einen weiteren Schützengraben, der halb von Unterholz verdeckt war. Ein Yankee legte gerade auf ihn an, und Starbuck ließ sich in demselben Moment nach vorn fallen, als der Mann abdrückte. Beißender Rauch quoll um Starbucks Gesicht. Er schrie Herausforderungen, er wollte diesen Mann sterben sehen. Er rollte sich auf den Rücken und feuerte aus der Hüfte sein Gewehr ab. Die Waffe spuckte Rauch, und die Kugel ging fehl. Der Yankee kletterte aus seinem Graben und begann zur sicheren Stellung oben auf dem Hang hinaufzusteigen, aber Starbuck verfolgte ihn und schrie dabei unablässig. Der Mann drehte sich um, auf einmal voller Angst, und versuchte Starbuck mit seinem ungeladenen Gewehr abzuwehren, doch Starbuck schlug ihm grob die Waffe aus der Hand und brachte den Mann zu Fall, indem er ihm sein eigenes Gewehr vor die Beine rammte. Der Yankee schrie entsetzt auf. Er tastete nach seinem Bajonett, das er in der Scheide trug, aber Starbuck war schon über ihm und hob sein Gewehr, sodass der schwere, messingbeschlagene Kolben über dem Mann schwebte, und der Mann schrie noch etwas, als Starbuck das Gewehr schon abwärtsrammte. Die Wucht des Hiebs fuhr ihm in die Arme, Blut spritzte auf seine Stiefel, und dann nahm er wahr, dass der gesamte Hang nun von grau unifomierten Männern wimmelte und durch das ganze grüne Tal der mörderische Angriffsschrei der Rebellen hallte. Die Flaggen mit dem Sternenkreuz bewegten sich immer weiter vor, und die Yankee-Flaggen wichen zurück. Starbuck ließ sein Opfer blutend liegen und hastete weiter, er wollte die Kuppe des Hangs als Erster erreichen, doch überall um ihn stürmten die Rebellen hügelauf, angepeitscht von Trompetensignalen, die sie hinauf auf das rauchverhangene Plateau trieben. Eine Handvoll Yankee-Kanoniere versuchte, ihr Geschütz zu retten, aber sie hatten nicht mehr genügend Zeit. Ein Sturm grau uniformierter Männer schwärmte aus dem Wald, und auf dem Gebiet zwischen dem Sumpf und dem Chickahominy brach Panik unter den Yankees aus.

Ein Trupp berittener Nordstaatler versuchte die Rebellen zurück-zudrängen. Zweihundertfünfzig Reiter hatten darauf gewartet, dass die Infanterie des Südens aus dem Wald kam, und jetzt griff die Kavallerie mit gezogenen Säbeln in drei Rängen die unregel-mäßige Linie der Rebellen an. Die Hufen der Pferde trommelten auf den Boden, sodass die ganze Hügelkuppe zu beben schien. Die Pferde bleckten im Galopp die Zähne und rissen die Augen so weit auf, dass man das Weiße darin sehen konnte. Ein Trompeter blies das Angriffssignal zum rauchverhangenen Himmel hinauf, und die Standartenlanzen senkten sich zu ihrem tödlichen Stoß. «Angriff!» Der Kommandant der Kavallerie zog das Wort zu einem langen, herausfordernden Schrei auseinander, als er seine Säbelspitze auf die Rebelleneinheiten richtete, die nur noch vierzig Schritt entfernt waren.

«Feuer!», befahl ein Offizier aus Alabama, und die Rebelleninfanterie gab eine Salve ab, die sämtliche Kraft und Herrlichkeit der Nordstaatenkavallerie zunichtemachte. Pferde schrien und stürzten, ihre Hufe wirbelten hilflos in der Abendluft, in der mit einem Mal ein Blutnebel hing. Reiter wurden erdrückt, spießten sich auf ihren eigenen Säbeln auf, wurden von Kugeln getötet. Die zweite Reihe der Kavallerie versuchte dem blutigen Gemetzel auszuweichen, das in der führenden Reihe angerichtet worden war.

«Feuer!» Eine zweite Salve spuckte Rauch und Blei, diese Salve war von der linken Flanke aus abgefeuert worden, und die überlebenden Kavalleristen wurden seitwärts abgedrängt. Pferde kollidierten mit anderen Pferden, Männer stürzten aus dem Sattel und wurden im Steigbügel hängend über den Boden geschleift. Andere blieben nicht in den Steigbügeln hängen, wurden jedoch von panischen Tieren totgetrampelt.

«Feuer!» Eine letzte Salve verfolgte die wenigen Reiter, die diesem Schlachthaus aus sterbenden Pferden und schreienden Männern zu entkommen versuchten. Die Rebellen schwärmten über die entsetzliche Szene, erschossen Pferde und plünderten die Gegner aus.

An einer anderen Stelle des Plateaus erbeuteten die Rebellen Geschütze der Nordstaatler, die noch warm von der Schlacht des Nachmittags waren. Gefangene, von denen manche sommerliche Strohhüte trugen, wurden zu Gruppen zusammengetrieben. Ein Mann paradierte stolz mit einer erbeuteten Flagge des Nordens vor den siegreichen Reihen, während im Sumpf die Verwundeten fluchten und bluteten und um Hilfe riefen.

Starbuck stieg auf das warme Rohr einer Zwölfpfünder-Kanone des Nordens. Das Zündloch und die Mündung des Geschützes waren schwarz von verbranntem Schießpulver, so schwarz wie die Schatten, die sich immer länger über die weitläufige Hügelkuppe legten. Die flüchtenden Nordstaatler bildeten im abnehmenden Licht eine dunkle Masse. Starbuck suchte mit den Blicken nach Adam, obwohl er wusste, dass er ihn zwischen so vielen anderen niemals entdecken würde. Ein Silberstreif verriet, wo der Fluss zwischen den dämmrigen Marschen verlief, und dahinter leuchtete die untergehende Sonne einen Fesselballon des Nordens an, der langsam seiner Winde am Boden entgegenschwankte. Starbuck starrte lange dorthin, dann schulterte er sein Gewehr mit dem blutigen, klebrigen Schaft und sprang auf den Boden.

An diesem Abend aßen die Männer der Legion Yankee-Proviant und saßen an Yankee-Lagerfeuern. Sie tranken Yankee-Kaffee und hörten Izard Cobb zu, der auf einer Yankee-Geige spielte. Die Legion hatte viele Verluste erlitten. Captain Carstairs und vier andere Offiziere waren tot, ebenso wie Sergeant Major Proctor. Achtzig weitere Männer waren tot oder wurden vermisst, und wenigstens noch einmal so viele waren verwundet.

«Statt zehn Kompanien sind wir jetzt nur noch acht», sagte Bird. Er hatte eine Kugel in den linken Arm abbekommen, weigerte sich aber, noch groß Notiz von der Verwundung zu nehmen, nachdem der Verband angelegt worden war.

«Wissen wir, wie es morgen für uns weitergeht?» Major Haxall von dem Bataillon aus Arkansas hatte sich den Offizieren der Legion an ihrem Lagerfeuer angeschlossen.

«Das weiß nur Gott allein», sagte Bird. Er nippte an einem erbeuteten Flachmann mit Yankee-Whiskey.

«Hat irgendwer Faulconer gesehen?», fragte Haxall. «Oder Swynyard?»

«Swynyard ist betrunken», sagte Bird, «und Faulconer ist auf dem besten Weg, es auch zu werden, und selbst wenn er nüchtern wäre, würde er jetzt mit niemandem reden.»

«Wegen Adam?», fragte Captain Murphy.

«Ja», sagte Bird.

«Was zum Teufel ist denn passiert?», fragte Murphy.

Lange Zeit beantwortete niemand seine Frage. Ein paar Männer sahen Starbuck an, weil sie von ihm die Erklärung für Adams Verhalten erwarteten, aber Starbuck sagte nichts. Er hoffte einfach nur, dass sein früherer Freund stark genug war, um als Fremder in einem fremden Land zu leben.

«Adam denkt zu viel nach», brach Bird schließlich das Schweigen. Im flackernden Licht des Lagerfeuers wirkte das schmale Gesicht des Colonels hagerer denn je. «Zu viel Nachdenken tut keinem Mann gut. Davon werden die einfachsten Dinge unnötig kompliziert. Wir sollten das Nachdenken in unserem neuen und ruhmreichen Land am besten ganz verbieten. Wir sollten unser Glück finden, indem wir die Bildung abschaffen und alle Ideen ächten, die den Verstand beschränkter Baptisten überfordern. Die wahre Befriedigung unseres Landes wird in nobler Beschränktheit liegen.» Er hob seinen Flachmann zu einem spöttischen Trinkspruch. «Feiern wir einen genialen Einfall: die gesetzlich erzwungene Dummheit.»

«Zufälligerweise bin ich Baptist», sagte Major Haxall milde.

«Mein lieber Major, es tut mir herzlich leid.» Bird war augenblicklich zutiefst zerknirscht. Er mochte sich gern reden hören, aber er konnte den Gedanken nicht ertragen, jemanden zu verletzen, den er mochte. «Werden Sie mir verzeihen, Major?»

«Ich könnte noch mehr tun, als Ihnen zu verzeihen, Colonel. Ich könnte nämlich versuchen, Sie davon zu überzeugen, dass Jesus Christus Ihr Herr und Retter ist.»

Bevor Bird noch über eine passende Antwort nachdenken konnte, erglühte auf einmal der gesamte südliche Himmel. Das enorme Licht stieg höher, beleuchtete einen großen Teil der Landschaft und ließ seinen grellen Abglanz beinahe bis nach Richmond fallen.

Einen Moment später rollte das Geräusch einer Explosion übers Land. Es war ein gewaltiger Knall, und danach folgten weitere Explosionen, und noch mehr glutrote Kugeln stiegen in den Himmel, dehnten sich aus und erloschen auf der anderen Seite des Flusses. Tausend Signalraketen zischten in die Nacht hinauf und zogen eine Funkenschleppe hinter sich her. Flammen loderten von ungeheuren Bränden empor, und brennende Ströme wanden sich über die dunkle Erde. «Sie vernichten ihre Vorräte», sagte Bird erstaunt. Er war aufgestanden, genau wie alle anderen Rebellen, um zu dem Inferno in der Ferne hinüberzuschauen. Neuer Explosionsdonner rollte übers Land, und neue Lichtbälle zerbarsten am Nachthimmel. «Die Yankees verbrennen ihre Vorräte!», jubelte Bird.

Die Nordstaatler legten Feuer an den Proviant und die Munition für einen ganzen Sommer. Eisenbahnwaggons, die aus den Depots des Nordens geholt und auf die Halbinsel verschifft worden waren, wurden dem Feuer geopfert. Sämtliche schwere Granaten, die Zweihundertpfünder und die Zweihundertzwanzigpfund-Bomben, die dazu vorgesehen waren, die Verteidigungswälle von Richmond zu zerstören, wurden zur Explosion gebracht.

Die Eisenbahnbrücke über den Chickahominy, die gesprengt und dann wieder aufgebaut worden war, wurde erneut hochgejagt, und als die Yankees sicher waren, dass die Brücke im dunklen Wasser untergegangen war, ließen sie einen Zug mit brennenden Munitionswaggons bei voller Geschwindigkeit ins Leere rasen. Die Lok bohrte sich als Erste in den Schlamm, danach stürzte eine Reihe explodierender Güterwaggons in die Lücke der Gerüstbrücke, bevor sie an den morastigen Ufern des Flusses weiterbrannten und explodierten. Die ganze Nacht loderten die Feuer, die ganze Nacht schoss explodierende Munition Lichtpfeile in den Himmel, und die ganze Nacht ging die Zerstörung weiter, bis zum Tagesanbruch keine Yankees mehr bei Savage Station waren und keine Vorräte, nur ein riesiger Scheiterhaufen, von dem öliger Rauch aufstieg, genau wie der, den die Rebellen drei Monate zuvor bei Manassas Junction hinterlassen hatten. McClellan, der immer noch davon überzeugt war, dass die Rebellen in der Überzahl waren, zog sich eilig südwärts zum James River zurück.

Und Richmond war in Sicherheit.

Die Männer der Legion beerdigten ihre Toten, sammelten ihre Gewehre ein und folgten den Yankees durch die Sümpfe des Chickahominy. Irgendwo vor ihnen wurde eine Kanone abgefeuert und eine Musketensalve abgegeben. «Vorwärts! Nehmt die Beine in die Hand!», trieb Starbuck seine neue Kompanie an, die aus den Überlebenden der Kompanien J und K gebildet worden war. «Schneller!», rief er. «Schneller!» Denn weit vor den erschöpften Männern quollen wieder Schießpulverwolken in den Himmel, das sichere Zeichen für das Walten des Todes an diesem Sommertag, und eine Rauchsäule lockte sie zu sich.

Denn sie waren Soldaten.

NACHWORT
DES AUTORS

Die Schlacht von Ball's Bluff war eine Katastrophe für den Norden; nicht aufgrund der Verluste, die nur leicht waren im Vergleich zu dem Blutvergießen, das noch folgen sollte, oder aufgrund der strategischen Bedeutung der Schlacht, die minimal war, sondern deshalb, weil sich der Kongress der Vereinigten Staaten von dieser Niederlage dazu aufgefordert fühlte, einen Gemeinschaftsausschuss zur Kriegsführung zu gründen, und jeder, der auch nur entfernt mit den Verfahrensweisen des US-Kongress vertraut ist, wird nicht im mindesten davon überrascht sein, dass der Ausschuss zu einer der lähmendsten, schlechtinformiertesten und ineffizientesten Institutionen der Nordstaatenregierung wurde.

Oliver Wendell Holmes, der überlebte und einer der berühmteren Richter am Obersten Gerichtshof der Vereinigten Staaten wurde, trug bei Ball's Bluff tatsächlich eine schwere Verwundung davon. Er kam rechtzeitig genug wieder zu Kräften, um sich mit seiner Einheit an McClellans Halbinsel-Feldzug zu beteiligen. Er wurde im Verlauf des Krieges noch zwei weitere Male verwundet.

Ob McClellan den Krieg mit einem erfolgreichen Angriff auf Richmond im Frühjahr 1862 hätte beenden können, ist natürlich ein strittiger Punkt. Was allerdings nicht bestritten werden kann, ist, dass der Norden seine beste und früheste Gelegenheit vertan hat, um dem Aufstand in diesen Monaten einen schweren Schlag zu versetzen, und vertan wurde diese Gelegenheit durch McClellans Zaghaftigkeit. Er überschätzte stets die Zahl der gegnerischen Rebellen und rechtfertigte damit seine Vorsicht. Seine eigenen Männer verehrten ihn paradoxerweise und hielten ihn, um mit den Worten von einem seiner Männer zu sprechen, «für den größten General der Geschichte». Diesem Urteil hätte McClellan zweifellos zugestimmt, auch wenn er sorgfältig darauf achtete, seinen Ruf nicht unter Beweis zu stellen, bis ihm eine Schlacht aufgezwungen wurde, in welchem Fall er es üblicherweise bewerkstelligte, viele Meilen vom Schauplatz der Kämpfe entfernt zu sein. Er führte seine Armee bis auf sechs Meilen an Richmond heran und zog wieder ab, sobald er ernsthaft herausgefordert wurde. Robert Lee übernahm anschließend so erfolgreich die Initiative der Südstaaten, dass die große Invasion des Nordens auf die Halbinsel innerhalb von zwei Monaten nur noch eine Erinnerung war. McClellans Meinung von Lee, wie sie in *Der Verräter* beschrieben wird, ist authentisch. Lee, schrieb McClellan, «fehlt die moralische Stärke, wenn er eine höhere Verantwortung zu tragen hat, und in der Kriegsführung ist er sehr wahrscheinlich ängstlich und unentschlossen».

Der Schauplatz der Kämpfe bei Ball's Bluff liegt etwas nördlich von Leesburg in Virgina, an einer Nebenstraße der U.S. Route 15. Dort befindet sich der kleinste Soldatenfriedhof der Vereinigten Staaten, nahe der Stelle, wo der glücklose Senator Baker getötet wurde. Ein Stein markiert die mutmaßliche Stelle. Das Gelände ist immer noch relativ unverändert, und eine fröhliche Legende, die in der Gegend dort erzählt wird, besteht darauf, dass man in den

Schatten der Dämmerung den Geist eines Konföderierten auf dem Schlachtfeld umgehen sehen kann.

Die größeren Schlachtfelder in der Nähe von Richmond sind zumeist sehr gut erhalten (wenn auch leider nicht der Ort der Schlacht von Seven Pines, die im Norden unter dem Namen Schlacht von Fair Oaks bekannt ist) und lassen sich am besten besichtigen, wenn man der Battlefield Route folgt, die am Besucherzentrum des Historical Center im Chimborazo Park von Richmond anfängt. Das Fort auf Drewry's Bluff ist auf jeden Fall einen Besuch wert. Die Schlacht, die im Epilog von *Der Verräter* beschrieben wird, ist die von Gaines' Mill, und die Vernichtung der Vorräte des Nordens bei Savage Station hat tatsächlich stattgefunden.

Ich hätte *Der Verräter* ohne Stephan W. Sears' großartige Beschreibung des Halbinsel-Feldzugs «To the Gates of Richmond» nicht schreiben können, und Leser, die wissen möchten, wo die Ereignisse des Romans mit den historischen Gegebenheiten übereinstimmen, können nichts Besseres tun, als Sears' Buch zu lesen. Viele der Personen in *Der Verräter* haben wirklich gelebt, einschließlich sämtlicher Generäle, natürlich mit Ausnahme Washington Faulconers. General Huger hat am Morgen der Schlacht von Seven Pines tatsächlich verschlafen und hatte keine Ahnung, dass ein Kampf bevorstand, bis ihn Longstreet, der über die falsche Straße vorrückte, über Johnstons Pläne informierte. Micah Jenkins' Brigade hat tatsächlich ein tiefes Loch in die Verteidigungslinie des Nordens gerissen. John Daniels, Herausgeber des Richmonder *Examiners* und Autor des infamsten Pamphlets über Sklaverei, das im Süden je entstanden ist, hat ebenso existiert wie Timothy Webster, der genauso gestorben ist, wie es der Roman beschreibt. Der Engländer Price Lewis und der Ire John Scully hatten Glück, dass sie Websters Schicksal nicht auch ereilte. Einer Geschichte zufolge, für die es keinerlei Belege gibt, wurde Scully das Eingeständnis der Spionage wirklich durch einen

Mann entlockt, der so tat, als nähme er ihm die Beichte ab. Pinkerton hat natürlich auch gelebt, und er hat seinen Vorgesetzten McClellan mit Phantasien über die Stärke der Rebellen gefüttert, die McClellans ohnehin schon vorhandener Ängstlichkeit neue Nahrung gaben.

Also ist, dank dieser Ängstlichkeit, der Krieg noch nicht vorüber. Die Rekrutierungsbüros des Nordens werden bald wieder öffnen, denn in Granny Lee hat der Süden einen der größten Soldaten aller Zeiten entdeckt. Der Aufstand ist dabei, zur Legende zu werden, und die drohende Niederwerfung wird sich in eine Reihe glänzender Siege und gewaltiger Rückschläge verwandeln. Der Süden hat tatsächlich gerade erst den Kampf aufgenommen, und das bedeutet, dass Starbuck und Truslow wieder in die Schlacht ziehen.